2019年湖南省作家协会重点扶持作品

苇花飘处

熊梦红◎著

南海出版公司

·海口·

图书在版编目(CIP)数据

苇花飘处 / 熊梦红著. —海口：南海出版公司，2021.7

ISBN 978-7-5442-5958-3

Ⅰ. ①苇… Ⅱ. ①熊… Ⅲ. ①长篇小说－中国－当代 Ⅳ. ①I247.5

中国版本图书馆CIP数据核字(2021)第134812号

WEIHUA PIAOCHU

苇 花 飘 处

作　　者	熊梦红
责任编辑	张爱国
出版发行	南海出版公司　电话：(0898)66722926(出版)　65350227(发行)
社　　址	海南省海口市海秀中路51号星华大厦五楼　邮编：570206
电子邮箱	nhpublishing@163.com
经　　销	新华书店
印　　刷	三河市金泰源印务有限公司
开　　本	787毫米×1092毫米　1/16
印　　张	23.25
字　　数	410千
版　　次	2021年7月第1版　2021年7月第1次印刷
书　　号	ISBN 978-7-5442-5958-3
定　　价	88.00元

南海版图书　版权所有　盗版必究

目 录

第一章/1
第二章/11
第三章/23
第四章/36
第五章/42
第六章/53
第七章/63
第八章/72
第九章/80
第十章/86
第十一章/96
第十二章/102
第十三章/109
第十四章/116
第十五章/125
第十六章/133
第十七章/140
第十八章/147
第十九章/159
第二十章/167
第二十一章/175
第二十二章/183
第二十三章/193

第二十四章/199

第二十五章/208

第二十六章/218

第二十七章/223

第二十八章/232

第二十九章/240

第三十章/249

第三十一章/257

第三十二章/266

第三十三章/275

第三十四章/285

第三十五章/293

第三十六章/301

第三十七章/310

第三十八章/317

第三十九章/324

第四十章/331

第四十一章/340

第四十二章/346

第四十三章/355

后　记/361

楔　子

　　夜幕还没完全隐退，晨雾已从洞庭湖中升起，一层层蒙上杨树梢头不肯下沉的月亮圆润的脸庞，再轻掩启明星明亮的眼睛；它趁早起的主妇们还没燃起炊烟，用轻盈的舞姿逗弄笨重的烟囱，又化身轻纱隔离河与树的守望，再缓缓回落，缠在开满黄色野菊的大堤腰际，还没停稳，又如舒展的水袖般甩向堤外，在树林里与早起的小鸟们捉迷藏，害得小鸟们扑楞楞飞起、与它在空中共舞一圈后，盘旋着找寻曾栖息过的树枝、草丛……

　　站在大堤上，眼神再好的人也看不到老杨树林外漫无边际的灰白苇花。

　　"搭信姐，拜上乖/七月、八月郎没来/七月间正是田间码稻草/八月间正是担谷上高仓/要得看姐到重阳。"嘶哑的声音，穿透浓雾把人们从睡梦里揪出来。住在三队码头边的李家嫂子首先惊醒，很不耐烦地在床上打了个翻身，"这谢癫子真是的，天天嚎丧一样，硬是一个不要钱的闹钟子。哎！"嘟哝完，闭上眼睛准备睡个回笼觉，又觉得忘了什么。把肥硕手臂上倚撑于枕上，翻来覆去想了一会儿，扬起嗓子朝隔壁喊："满伢儿，鸡都叫过好几遍了，你起来没？等会儿迟到了，莫又在堂屋里的地上打滚。"

　　隔不久，旁边的门不情不愿地被打开，小男孩微眯着眼走了出来。校服松松垮垮地半遮孩子瘦弱的肩，如同他的小主人般没睡醒。他走到阶基边。虽然孩子自认为是个读书人，但认知有限，许多事物只能随半文盲父母的习惯与经验命名，比如此刻正躲在墙角渔网堆里睡懒觉的小狗，虽说与他互为最好的朋友，但孩子仍土里土气的唤它为"gǎo"，而他所站立的屋檐下的长廊，也被唤成"阶基"。他伸了个长长的懒腰，再次揉了揉眼睛，定定地看了好一会儿，才半好奇半惊叹地念叨："咦！起雾了，可恨今天不是星期天，要不然和小伙伴到树林里捉迷藏，看哪个能找到我。"他扬起的脸上显出胜利者的自信,跨步走到禾场旁的粪凼边,撒了今天第一泡尿。

"满伢子,跟你讲过好多遍,就是一头猪我也把它教会了。叫你死得厕所里去屙,你的耳朵打蚊子的?眼睛也没吃油,进进出出的,没看见粪凼子早填平了?一个半大男人家了,天天对着屋角上冲,又不怕别个看见你的鸟儿……"听见声响,李嫂就知道那臭崽子积习难改。

"晓得哒,你睡你的啰!好大的雾,你怕别个是孙悟空都有火眼金睛?"妈妈每天早晨的啰嗦,让孩子有些不耐烦,他舒舒服服打了个尿颤后,拉好裤头,扯亮灶屋的灯,叮叮当当地给自己搞早饭。

不远处,又一张红漆木门不堪重荷般吱呀一声打开,出来的是早起放牛的鲁哆,他狠狠咳了一下,像是要把黏在肺腔里的痰底子都咳出来。"啊——呸",吐掉痰后,又一手捏住稍一用力就挤出白色油脂的酒糟鼻头,使足劲擤了一把鼻涕,厌恶地往远方一甩,手在红漆差不多掉光了的屋柱上狠擦几把,嫌不干净,又在民警蓝裤子上反复擦了几下,搓了下手,抬手揉了下眼睛,见眼前仍白茫茫一片,嘟哝一句:"又是一个雾罩子天!"

半靠在床头准备穿衣的鲁娭,立马把棉被拖上来盖住双肩,"什么,起雾了啊?"

鲁哆换上门边的三接头皮鞋,"咵、咵、咵"地走向牛栏屋。这双皮鞋是二儿子结婚时,他咬紧牙关给儿子买的。为这,鲁娭闹了几个月,直到儿媳肚皮传出喜讯,饭桌上才有了他这一家之长的位置。孙子三岁时,儿媳跟娘家嫂子攀比,嚷着不能让孩子输在起跑线上,硬要孩子到街上读幼儿园,儿子拗不过她,只好随她搬到街上酒厂附近的岳家,搭个偏厦安了家。被乡间泥水浸得变形的皮鞋自然没资格在城里马路上抖,鲁哆觉得这鞋比雨靴轻便了不少,一穿就是十多年。他回鲁娭的话道:"是呢,站在禾场里都看不见大堤。"

"这么大的雾,谢癫子也太勤快了啰,他那几只老山羊又不像他戴了眼镜架子,未必看得清草长在哪里。一黑早就鬼叫鬼叫的。哎,说到底都是少了一个煨脚的。"鲁娭只顾埋怨谢癫子扰人清梦,却忘了她家的牛跟谢癫子的羊一样,都是吃草的货色。

鲁哆从洗得发白的深蓝色中山装里子裂缝处,摸索半天,掏出一包烟,作贼似的往房间方向瞄一眼,轻轻抽出一根,叨在嘴里,并不急于点燃,打开牛栏屋的六毛丝门，牵起牛含糊着："嘀起、嘀起、嘀"地往大堤方向走，根本没听清鲁嫂的话。

"你个砍脑壳的，说话含了个烧萝卜一样，又背着我买了烟？你硬要屎到屁股尖上才晓得找茅屎缸，一睁开眼就咳咳吐吐的，何不听我的劝，戒了这耗钱的催命鬼？"

听婆婆子一吼，鲁嗲飞快地把烟取下来，调转烟头，藏在背后的掌心里。他忘了他的背正对着阶基，若是婆婆子站在阶基上，他岂不被抓了个现行？

紧接着第三、第四张……大门相继打开。人们对时不时光顾湖区的雾已司空见惯。美女天天看，过不了好久都厌烦，何况这雾。所以这场把小垸渲染得像仙境般的雾，除了要出门打鱼、上街的有些嫌弃外，其他人心中并没生出多少感慨。

当然被主人放出来的鸡、鸭也不会停下脚步欣赏这雾，它们天性灵敏，照样扑打着飞不起的翅膀，奔向昨晚回笼前发现的那块宝地。狗圆睁着双眼随来来往往的脚步声张望。良久，又认命地伏在阶基上。反正看不见，想来主人也不会责怪我不尽职尽责，算了，不如继续睡觉。

雾深处，劣质的高音喇叭突兀地响起，惊起在屋后、路旁杉树枝上躲懒的麻雀，一阵扑楞楞振翅声与歇斯底里的过时流行歌曲，是人们熟知的催促信号。不一会儿，看不见的大堤方向，传来急切的呼喊声、交谈声。

"鬼吖，前面哪个掉东西了？啊吓！老子运气蛮好了，一脚踩到一坨滚热的牛屎……"

"李老倌哎，你走慢点哕……这个鬼老倌打个转身就没看见人了，这该死的雾。"

"大家伙（父母称呼家中长女或长子），快点，快点，船不晓得开了没？"

停在简易码头边的船，可不管张三急得跑跛了脚还是李四忙得跑断了腿，暗自乐着，"一群蠢得要死的，这么大的雾，你看不见我，我也看不清路撒。跑啰，尽管快点跑……"

堤脚下的人们，一阵按部就班的锅碗瓢盆协奏曲过后，人声也开始鼎沸起来。女人喊在外放牛、出早工的男人回来吃早饭的。逮着哪个去场部要他帮忙捎东带西的。床上睁开眼睛不见妈妈放声大哭的小婴儿。背着书包的孩子怕迟到，在浓雾中乱碰乱撞，不小心撞到别人身上，引发一阵无恶意的责骂声。还有年轻的少妇娇声叫醒昨晚劳作辛苦的男人的……在你还没听全时，雾也因没多少人欣赏，黯然隐退,阳光越来越明朗。慢慢地,你看清隔壁婶子搬出凳子,杠柴做的棉花帘子,搭晒棉花的架子。李嫂早早晒到禾场边上的长竹篙上的衣裳。被"恶婆娘"佯骂了一顿的男人的憨笑……

　　各个房屋内逐渐冷清下来,人们急忙急火地往外赶,肯定不是去研究公路两边那几行杉树掉叶子时到底有没有声音,他们只想趁着难得的几个大晴天,把土里盛开的棉花、路旁的黄豆、田里弯着腰的稻谷早些收回家,因此不太宽阔的,用煤渣铺就的公路上,又因那此起彼伏的打招呼声、脚步声而热闹起来……

第一章

　　南洞庭的秋，是属于苇花的。闪着细细密密银光的苇花，在长空下，沐着杲杲秋阳，尽情舒展，试图以娇小之躯，覆盖苇叶的枯萎，掩盖苇杆的衰败。风过时，层层银浪往天际奔腾。破开这层银浪，可以看见两个小小垸落，一个像极了刚糊好的布鞋面，苇场人称它为老垸子；一个却似未修边的布鞋底，它便是人们口中的新垸子。新建管区恰好位于"鞋底"的最饱满处。说饱满，其实不算大，从南到北的公路不到五公里。可千万不要因此而忽略它存在的价值，几十年来，它不仅包容它所能包容的一切，还承载了垸内所有居民、生物的喜怒哀乐。

　　午后，一辆半旧的松鹤牌自行车慢慢悠悠从北响到南，骑自行车的少女没了早晨出去时活泼与兴奋。路旁挺立的水杉甚是焦虑，长针似的叶子飘落在女孩的额前、手上，似乎在提醒她骑车不要分神。

　　"凡妹子？喂——路上过身的是江家凡妹子不？凡妹子呢——你看这个鬼妹子啰，一双耳朵硬是摆看的，我喉咙都喊破，她头都不回。"路旁棉花地里，一位身穿深蓝色毛线衣的中年妇女，边往胸前的职工布（场部曾以灰色棉布为职工劳保福利，因此苇场人习惯称之为职工布）布袋里塞棉花，边朝路上扯起嗓子喊。

　　她叫周腊梅，不算正宗苇场人。这话可不能让她听见，否则，她定会站在你屋旁的椿树下，叉起茶壶腰，脸朝着屋门前的任何一方，嚷得下颌的二头肉一甩一甩，唾沫泡子到处飞，"X伢子呀，你毛都没长齐，就开始欺负我这个外乡人呐。说我不是正宗芦苇场人——你怕我不晓得，你们芦苇场的上万人口都没几个正儿八经的苇场人！"

　　周腊梅说得有道理。苇场老人在茶余饭后，都喜欢在桌子边、禾场里、大堤上摸着胡须，跟子孙辈们翻古。苇场的历史便传奇般地从他们的嘴里冲出。

往前算不过百把年，整个南洞庭湖除了水，便是一些由泥沙淤积起来的洲子，这些洲子是芦苇、杂草以及各种鸟类禽类的天堂，只有东头的周家坪、北边的陈家山、西头的新沙洲、拐棍洲等几个地势稍高的有几户打鱼的人家在此落脚。

洲子多了，南洞庭湖便被分割成一条条蜿蜒曲折的河，北边自东到西最长的河叫沙洋河。沙洋河流至新沙洲末端时，被前面的杨柳洲阻隔，被迫分出了一脉支流，人们叫它五花河。五花河曲曲折折，一路向北，汇入新沙洲南边的蒿竹河。在20世纪60年代末，围湖挽垸时，人们把五花河挽进来，当作贯通南北的灌溉主渠。而搬进垸里的便是高处洲子上生活的人们。江家、谢家都在其中。

民国初年，迫于生计，江梦凡的曾祖父江秉仁率江氏大房一支，从南边江家塞分离出来，下华容求生存。几经周折，落户于棋子涘。解放前夕，又因大儿子即江梦凡祖父江有德，私放了六名地下党，被当局追捕。为活命，秉嗲只好带领江氏全族驾船南上，藏于新沙洲上的苇山中。

当时新沙洲被"洲土大王"霸占。他是县域有名的大土豪，后来，花钱买了金陵某区长一职。去金陵就任之前，他曾买下新沙洲旁的拐棍洲，因行期匆忙，未办理任何土地权属证明。

三年后，"洲土大王"返乡，发现拐棍洲被卖给了别人，便赶到省府大发脾气。省府双方都不敢得罪，只好想了个折中的办法。说只要"洲土大王"不再在拐棍洲上浪费心思，南洞庭的湖洲大小不论，任他选，选定后再来补办手续。

俗话说"强龙斗不过地头蛇"，极擅审时度势的"洲土大王"就坡下驴，从省府回到南洞庭湖，租了一艘汽划子（烧煤炭的轮船），自白沙河口开到新挖口子，经过拐棍洲时，看上了旁边一个新淤积而成的洲子。他清楚地记得，这块洲子在他外出任职时，还只是沉浮于水中的沙土包。不想才三年，它便长成了一块长约五六百丈、宽也有百余丈的洲子。如此下去……他把目光投向了一眼望不到头的南洞庭湖，脸上堆满了满足与得意，仿佛泱泱洞庭都已在他名下。

因此处洲子西起新挖口子，东至白沙洲，他便为其取名为新沙洲。买下新沙洲后，他从老家请来张某代为管理。

机缘巧合，江有德在南洞庭打鱼时曾救过张某一命，这张某又是个知恩图报的，每次看见江有德的渔船经过新沙洲头，总要招呼他上岸。基于这点交情，江有德随父亲逃到南洞庭后，第一想到的便是请张某帮忙。经张某周旋，江有德一家在新沙洲佃了五十亩地势较高的洲头，正式落户于新沙洲。

鲁嗲、李嗲、刘嗲、谢嗲（当时他们都还只是哥）等，见他有这么硬的关系，也托他帮忙。凡事妥当后，他们把邻拐棍洲的一处高台子加宽筑高，搭起了一溜茅棚子。只要勤快，碰到不涨洪水的好年景，除了上缴的佃粮、租金，一家子的嘴巴便可糊住。这样好的地方，再经过他们在打鱼的伙计中一吹，立马吸引了当时许多累死累活，还吃不上一顿饱饭的人们。他们甚至没有细问，就把全部家当放在小木船上，拖娘带崽的来到新沙洲落脚，与江有德他们一起过起了半农半渔半樵的生活。

年复一年，洲子增长的速度已供不上人口增长的速度。矛盾、纷争、群殴、械斗，以及外来入侵，打破了洲子的平静。幸好，旁边的沙土包也长成了不少洲子，洞庭湖外面的天也在新旧更替。这样才有了现在的新垸子、老垸子等垸落。相较于蒿竹河对面的大垸子，苇场的两个垸子如同摆放在篮球旁的乒乓球。因垸内面积小，人口相对集中，所以藏不住秘密。任何一家祖宗三代的事，左邻右舍都晓得七八分。

说周腊梅不是正宗苇场人也有道理，周腊梅嫁人几次，婆婆不少，第一任婆婆是蒿竹湖的曾家婶子，第二任是东浃的周大娘，第三任才是苇场新建管区的谢嫂。

周腊梅嫁给谢溅堂时，带来了她在曾家、周家生的儿女。当时，第三任婆婆谢嫂已经走了，所以，没有瞧见她的曾姓、周姓孙子孙女，也没有亲手抱一下她的正牌孙子——谢波。

后来，彼此熟悉了，有好事者以"吃起饭来桌实桌，问起姓来各姓各"来打趣谢溅堂。

当然，周腊梅在新建管区出名不仅这些，挂在新建管区已婚男女嘴边的是她超乎常人的大度。

二十五年前，谢溅堂还是个刚做父亲不久的年青后生子。孩子满月，好几个亲戚朋友用"国库券"抵礼金，谢溅堂与前妻都是老实人，并没在意。不料，到年底换券时，其中一张居然中了大奖。谢溅堂拿到这笔巨款，首先把家里的三间茅屋改建成红砖瓦屋。哪知，第二年春上，他前妻收拾得整整齐齐，说要到东头的反边湖打猪菜。两人虽然晚上吵了几句，该做的事一件都没落下。因此谢溅堂没多想，背着桨叶送她上了船。谁知离岸不到一小时，他前妻便一头扎进了反边湖，可怜他们的孩子当时还不到两岁。

乡里有句俗话叫"狗改不了吃屎"。谢溅堂改不了本性，时不时在地方上出点小花脚乌龟，有次还被人在麻土沟里抓了个现行。队上的人都担心他会把周腊梅气得走他死鬼前妻的老路，人前背后都劝他收敛。

谁知，周腊梅在亲自把丈夫与那女人堵在自家床上后，仍然没事人一样。"事出反常必有妖"，左邻右舍的女人们，担心周腊梅已气得神经错乱，经过谢家时，都没话找话的跟她闲扯几句，以图开解。日子久了，才知周腊梅确实没当回事，上下邻居尤其是已成家的男人们在放下心的同时，不禁又羡慕起谢溅堂来。

他们从谢溅堂的嘴里得知，不只那次周腊梅没找谢溅堂扯皮，她还在谢溅堂心痒难耐的晚上，不止一次的拿钱给他，让他去会那女人，并且还嘱咐他，千万莫搞得对方的男人晓得。听到这些，队上的男人们暗自猜测，谢溅堂讨了个这么大方的堂客，莫不是他前头堂客已然后悔才在暗中保佑？

正派的女人们则当着谢溅堂骂周腊梅太软弱。虽然不至于像其前任一样以命搭，那也总要闹他个七进七出。女人家身板弱搞男的不赢，去找那个不晓廉耻的女人撕几次皮的气力总是有的。有人甚至说，若是周腊梅怕场伙（胆怯），她们铁定随喊随到。

周腊梅因此辩解道，"男人总有点小毛病，只要不例外我们几娘崽，他找个把、两个亲家母（情妇），又能怎样，反正又少不了什么。"最重要的是，周腊梅把它闷在了心里。

当初，她带着两个孩子来谢家填房，公公在病床前叮嘱谢溅堂，"堂伢子，不管周腊梅到谢家生不生，你都要把她的前头两处的孩子当作自己的。"

谢溅堂那时不太清楚周腊梅的为人，但大致晓得她是个糍粑心。要知道，在当时，一个女人不管你多能干，人长成一朵什么花，拖两个崽，想找个好点的人家，几乎是做梦。苇场经济虽比农村里稍活些，两口子要养活三四个崽女还是很费力，最主要的还有两个崽是别人的，若不是世上蛇咬绝了人，哪个好男人会受这个磨。

谢溅堂当然知道与周腊梅能干齐名的还有她克夫。据说，她出嫁不过半年，第一任丈夫便得急症走了。带着遗腹子嫁给第二任，不到三年，那个又因一点小事，喝甲胺磷走了。别人给他介绍时，他大姐担心老弟会被克死，一个劲地阻止。因为看准了她的糍粑心，死了堂客的谢溅堂偏不信邪，硬起颈根跟周腊梅搭了伙。

"凡妹子，帮婶子个忙，把这袋子棉花搭回去？"周腊梅的大嗓门终于唤回了梦凡的游魂。回头一看，只见谢婶背着鼓鼓囊囊的棉花袋，在棉花地里艰难穿行。梦凡急忙停好车，翻过路旁旱渠，准备去接她。

周腊梅一面示意梦凡不要过来，一面拼力走出棉花地，麻利地爬上公路，弯腰跪坐在路边，低头把棉花袋子卸下。站起身来，抱起袋子往自行车后座上搭。

梦凡见周腊梅喘气未定地在调整棉花袋"坐"姿，轻笑一声，"谢婶，你坐在后座上抱着它不就行了，摆来摆去做什么。"

"不呢，时间还早，我还捡点。再说，你单单瘦瘦的，也驮不动我。你只管帮我把棉花放你家就行，等下我经过你家屋前，再背回去。"其实，周腊梅担心未捡完的棉花沾多了露水，会变成"猪脚趾甲"，卖不起价。

"我还是帮你放到你屋里去。""好事做到底，送佛送到西"，梦凡想着自己反正没事，不怕耽搁这几分钟。

"那好的，凡妹子。你心肠这样好，以后定会找个好爱人。哟！哟！哟！到底没经过世事的，还红脸了。不说了，不说了，哈哈哈！"谢婶边笑边甩开双臂往棉花地里走，边走边运神，姑娘家家的，没找男人之前啊，一副冰清玉洁的样子，说不了几句脸就红。若是把崽一生，只要孩子一哭，还不都是不管三七二十一，撩开衣服就开始喂奶？

亏得梦凡没有窥心术，若不然她哪会帮一肚子绿毛鬼的谢婶驮棉花？

经过园林队池杉苗圃林，一座石桥拱着背横在路前，像极了等待孩子上背骑马的父亲。梦凡跳下车，一手扶着后座的棉花，一手撑车把，弓起身子，推车上桥。过桥后，公路两旁都是水稻田，谷刚刚收割，空气中还残留着稻草的清香。田里那些浅浅的禾苑，骄傲地瞪着眼睛望着天空，似乎在炫耀它们曾经的辉煌，或者在跟万物攀比它们对人类的贡献与功劳。

新垸子大部分房屋集中在大堤脚下约百余米处，前后两排，中间相隔五六十米，第一排屋前是煤渣与卵石铺成的出脚路，屋后是前后两排屋的菜园，菜园的前后以一条宽约一米的水沟隔开，左右以桃树或竹篱巴隔开，隔三四栋屋的菜园边有条窄巷子，供人畜穿行。菜园后是一条三米宽的公路，同样铺的煤渣与卵石。公路伴菜园那边也有一条浅沟，沟两边是女人们种的指甲花、美人蕉、月季花，以及不知从哪条沟港边移来的野菊花。

从牛栏屋角上木芙蓉宽厚的叶子间，可看见谢家那栋五间正屋搭一偏舍、天蓝色墙裙和白色墙的红瓦房。跟垸子里大多数房子一样，中间最敞亮的那间为堂屋，当家人与儿女们的房间左右排开，与堂屋有间门连通，东头偏舍后半间为猪栏、前半间是灶屋，与正屋以阶基相连。

谢溅堂老两口本来睡在堂屋东边的正房。家里的三个后生长大后，老两口便搬到了最西边的房间。正房先后做过两个继子的婚房。继子们搬到县城的菜队后，老两口直接让满崽谢波搬了进去，最后也成了谢波的婚房。

周腊梅的满儿媳向晖披一件深紫色呢子大衣，坐在阶基边，用脚逗弄着一只黄白相间的小猫。向晖本来长得挺灵秀，因为怀孕的缘故，脸似乎大了一圈，五官倒是没走样，只是新长了一些暗色的斑，在鼻翼两侧形似展翅的蝴蝶。

向晖是谢婶娘家队上的，今年端午节才嫁给谢波。她与梦凡是不同年老庚。谢波和他的两个异姓兄长一样，没读几天书，做起事来都一样，舍得霸蛮。谢波与他们不同的是闲不住。苇山收刀以后、不农忙时，他不是架起鸭划子到湖里装地笼、围网，便是挑一担鳝鱼笼子往田间地头跑。

因为是满崽，他婚后没跟父母分家。这样也有好处，一则家里劳动力相对多些；二则能方便谢婶照顾怀孕的向晖。

前几个月，向晖胎像不稳，动不动就动红，可把谢婶吓坏了，什么都不让她做，硬要她躺在床上养胎，一天三餐都是谢婶亲自送。

梦凡一直把车骑到谢家阶基前，才停下来。她边把棉花袋子往阶基上掀，边问向晖，"你这个还好吧？"把车停好后，梦凡双手在自己的小腹部做微微拱起状。

"好多了！多亏你妈送的老方子，吃下去就没有红的，只是人没劲，动不动就想睡觉。"许是躺在床上时间太久，向晖声音还带着细微颤音。她撑着后腰从椅子上站起来，想拖起棉花袋子，把它们放在棉花帘子上晾开，梦凡一见连忙喊她，"放那就好，你婆婆差不多要回了，你还是歇着吧，别又动了胎气。"

"姑娘家家的，动不动胎气不胎气的，也不晓怕丑。"向晖打趣道。

说话间，梦凡早从向晖手中抢过棉花袋子，乃至话音入耳，一层红晕迅速从脸颊窜到耳根边，准备扔下棉花袋子走，又怕向晖面子过不去，只好假装不在意的往帘子上倒棉花。

梦凡妈妈余凤桃以前是赤脚医生，女人生孩子那套，梦凡没见过，但听得多，就连向晖保胎的老紫苏蔸子，都是梦凡在间堤挖过来的。这些话一时情急脱口而出，本没什么不妥，只是她一个未经人事的女孩子，被人刻意取笑，便觉得羞涩难当。

梦凡倒完棉花，又觉得不该这么便宜了向晖，便抓起一把籽棉掷向向晖，"人家好心帮你，你倒好，倒找一耙。"

向晖知道梦凡不是那种没轻没重的人，看着飞来的棉花躲都懒得躲，"开玩笑的，你这大知识分子，生理课上什么没学过，何必放不开？再说这里只有我们两个，又没有第三个人听见，不碍事的。你稍等一下，我进去拿药罐子给你带回去，一直借了你家的没还，都不好意思了。"向晖边说边用右手撑着腰往灶屋里走。

"谁说没人听见，我就听见了。啧、啧、啧，硬没看出来呀，凡妹子，你年纪这么小，就急着没人跟你生崽。"谭文才边说边从谢婶灶屋水窗前的小巷子里晃了出来。我不是早就跟你说过啦，要你做我堂客。你放心啰，我谭文才别的本事没有，说话还是算数的，你只要跟我生，我保证把你当活祖宗供起来。"梦凡见他眼带红血丝，一脸轻薄像，话都没听清，便扔下棉花袋，推起车子往外走。

谭文才一个纵步跃到谢家禾场前，抬起一条腿，斜绊住梦凡的车前胎，痞里痞气地喊："凡妹子，我没得罪你吧，你怎么看见我就跑？"见谭文才又开始耍赖皮，梦凡一张粉脸陡地红透，急切地喊，"你让开，我有事。"

谭文才是生产主任谭麻子的儿子。谭麻子大号谭建武，因脸上出痘时留下许多坑，打小人家就叫他谭麻子。那次队上选会计，唱票时大家见黑板上有个谭建武，都面带疑惑，鲁嗲见状开玩笑似的朝队长喊："文绉绉地写什么谭建武，不如直接写个谭麻子。"众人才记起，谭建武就是谭麻子。

谭家是新建管区的大家族。谭文才的二伯父谭建清、满叔谭建高都住在新建南堤脚下的二、四队，大伯父谭建国与满叔谭春林屋挨屋的住在北堤六队，加上姑姑、儿女亲家，扯起来，几乎大半个管区的人，都跟谭家有点亲。谭文才的伯母与婶婶们都会生，每家三个男丁加一个女儿，只是顺序不同。张禾秀却不同，她一进谭家，接二连三生了五个女儿。

管区最早的大学生谢癫子，曾送了半副对联给谭建武，"天生一对傻夫妇，专门为人造老婆。"至今无人对上，当然不排除有人心存恻隐，对出来了，不忍心示众。眼见女儿们的名字从"赛男、念男、招男、盼男"取到了"正男"，谭建武的儿子还没影。碰巧计划生育越抓越紧，在谭建武以为"绝代种"当定了时，上了环的张禾秀突然一会儿想吃浸黄瓜、一会儿又想吃毛桃子。因不同于怀前几胎时想吃雪花肉汤，在妇女主任上门做工作时，张禾秀站在禾场中跳起脚来喊，"老子看哪个生红头发的，要搞得老子绝代。要想用老子崽的命去图积极、溜竿子爬，你得先看看你家祖坟开没开岔……"。

谭建武其实并不想要这一胎，他不担心拆屋、降级、罚款、坐笼子，他担心的是如果再生一个女儿，加上他堂客，刚好凑成了"七仙女"。

张禾秀脾气犟、性子烈，在娘屋里当女时，就逼得队上的泼妇跳过河。这次，她手握"续谭家香火"的天牌，怎会由得谭建武糊弄。不想，张禾秀这一犟，还真为谭家立了功，生下了谭文才，成了谭建武脑门心上的跳动的那块肉。连降三级工资加一周学习班的惩罚并不影响谭建武年近不惑得子的兴奋与骄傲，一得空便肩起谭文才到处跑，生怕别人忘了他谭建武也终于有崽了。谭文才幼时，张禾秀若骂他，谭建武对张禾秀轻则骂，重则打。若弹了谭文才一指甲，谭建武的母亲就以命相拼。

"让什么让，刘会计这晕鸡贼，还没去跟你爷娘讲？你还没毕业，老子就托他给我们俩做介绍（说媒）。"谭文才伸手死死按住梦凡自行车龙头，一副不得到满意答复便不让梦凡走的样子。

向晖见谭文才的脸越来越靠近梦凡，只好托着肚子跑到水窗前朝谭家大喊："谭婶、谭婶，你看你家谭文才，又拦着梦凡不让走。"

谭建武家有几分土挨着屋后渠道沟对面的电排屋，张禾秀嫌每次出工时都要从主公路上绕来绕去太麻烦，吵着要谭建武在沟中筑个坝基，否则莫想挨她的床边。谭建武是个灵泛（聪明）人，第二天从管区拖回两根修渠时剩下的大水泥涵管，埋入沟中，再用泥巴与砖渣混合筑成一个坝基，供张禾秀出入。他见涵管里不时有鱼虾进出，又从前屋鲁嗲家的楠竹山里砍回几根竹子，编了两只篾篓塞进涵管，一得空便提上来看一下。头几年，不时捞到了开闸时从外湖进来的草鱼、青鱼、鲇溜拐。在谭建武不出湖的日子，家里来了人客，全靠这两个花篮出荤菜。后来，只能隔三岔五的搞一碗刁子。等到十天半月起一次篓，也只看见四、五条寸把长的千年佬时，谭建武便任其在涵管里沤。

听得向晖在前头大叫，张禾秀把扯回来的苎麻往涵管旁一扔，跑到灶屋前的鬼柳树下一看，自家满崽如一只竖起冠子的叫鸡公，站在谢家禾场里拦着江国祥的满女，"这个鬼崽子，么子人不好拦，偏偏拦住她做么子啰。"想到这儿，三步并作两步奔过来，"满伢子啊，你做点好事，快点收手，让凡妹子回去啰。"

梦凡看见张禾秀，故作镇静地看谢家的狗与猫在禾场边的柴火堆旁打架，以掩饰紧张过后的疲惫。

张禾秀扑到谭文才面前，掰开他紧抓车龙头的手，拽住他的皮夹克领子，往屋里横拖。

别看张禾秀头发都不剩几根，身材却五大三粗，力气也大得很。相传有次谭麻子喝了点酒，麻起胆子想打她，还没近身，被张禾秀反手一抄，撂在灶坑里。这会儿她拖着手无四两劲的谭文才，更不费吹灰之力。只是摊上这样一个远近闻名的浪荡子，张禾秀再厉害，气起来也只能捶自己胸口，崽是自己硬要生的，能怪谁。

她很清楚，要想他不再做出格的事，只有早些给他讨堂亲。可介绍人委托了好几个，都赚了一餐吃后没了下文。这一阵，不晓得哪根筋搭错了，硬要请刘会计作媒，吵着要娶江梦凡。张禾秀晓得后，好话说了一箩筐。他不但不听，还硬起颈根、竖着眼睛骂他娘，自己吃饱了不晓得别人的肚子饿，气得张禾秀投河、吊颈，办法想尽，还是没让他打消念头。

向晖见张禾秀将谭文才拖回家中，折身走进灶屋端出一个黑砂罐子，"凡凡，烦你把药罐子带回去。"没人应，才知梦凡已回去了，"这鬼妹子，只怕吓伤了，跑得比兔子还快。"

周腊梅远远地见向晖拿着药罐子站在阶基上张望，心中一紧，手一松，肩上的棉花袋摔在路边，飞也似的奔向家中，连声问向晖，"晖伢儿（苇场人常把女孩称为'伢儿'，男孩称为'婆子或妹几'，比如谢波，人们便唤他'波妹几'。），没事吧？你没事吧？"

向晖见婆婆鼻尖上汗珠子都蹦出来了，又见她的视线落在了自己的小腹处，不禁掩口一笑，"妈，我没事呢。天天不动不挪地，能有什么事嘛。我是想让梦凡把药罐子带回去，不料一转身她就跑得不见人影了。"

"是梦凡开口要的？"

"梦凡没要，是我想着一直借着她家的没还，让她顺便带回去。"

"我的个蠢包崽吔，药罐子是不能还的呢——你这都不晓得，未必是读书读傻了。"

莫看苇场的垸子小，忌讳却蛮多。关于药的就有好几条，借人家的药罐子，用完了就放在家里，人家不来要，说明人家全家都好着，不需要熬药。若是还了，就有盼人家急需熬药的意思。吃完中药，药渣一定要倒在最当路的地方供人踩，否则病就不会好。

以往，任周腊梅说得唾沫横飞，向晖只是暗笑，这个迷信头子，这事搞不得，那事搞不得，那不懂这些的岂不是不能出门、不要做事？

后来发生了一件更好笑的事，郭美丽那天追着过路的肉案子到谢家门口，买了几块钱肉。打转身回去时，又记起要找向晖拿毛线衣花样，提着肉想进谢家堂屋门，不想刚上阶基，就被从灶屋里赶过来的周腊梅拦住，硬扯了一块指甲大的肉粘在墙壁上。还说什么若不如此，家中养的猪就会发瘟。怕郭美丽不信，周腊梅举了个例子，哪家养了一头母猪，靠得住一年两窝。全靠卖猪仔的钱，才能送家里的三个孩子读书。养了五六年都是如此，不想有一年，这头母猪下了一窝死猪仔后便一命呜呼，畜医都没找出原因。那家主妇仔细一回想，记起孩子姑姑在母猪产崽的头一天，提了个猪脑壳进她家门。所以……后来，两姑嫂好多年不相往来。

还有前排屋里的赵婶子陈月英，有年正月跟周腊梅她们一起出工回来，在路上捡到四十二块四毛钱。周腊梅当时告诉她，正月里捡钱不好，让她买个猪脑壳，炖一锅萝卜请队上的人吃掉，陈月英偏不信邪。果不其然，农历四月二十四，她当家人便得急症走了。这个话题一打开，前来串门的陈月英与隔壁的张禾秀唯恐别人会笑自己见识短，把听到的、看到的，或者自己编造的一起搜罗出来。听得向晖无比恐惧。以后，许多事情都惟婆婆之命是从。只是后来发生的事又让向晖对婆婆产生了怀疑。

周腊梅得知向晖怀孕后，再三嘱咐谢波不能在家的任何地方钉钉子、不能拖动床铺、不能同房……向晖自然严格遵守，可从第二个月起，她身上还是时不时动红。因此，向晖便开始怀疑婆婆那些禁忌的用处。她身子稳住后，不仅让谢波把床铺移开，找到了一个月前滚进床底的耳环，还偷偷与谢波行了几次房，她的身子现在不还是好好的。

"妈妈，我跟你说啰，隔壁的可能看上了凡妹子。"向晖本不想扯是非，因担心梦凡上当，不得不做一回长舌妇，希望婆婆给梦凡妈妈余凤桃递个话。

"隔壁的？谭文才？不是我算灵八字，那也只能是竹筒子枕脑——空相思。"周腊梅不是没领会到儿媳的意思，与谭家隔邻隔壁二十多年，谭文才是个什么人，她比谁都清楚，但她有她的想法。今天这事，看起来好像是谭文才硬要跟江梦凡处对象，暗地里说不定是谭建武在搞鬼。不过，也不怕。谭建武与江梦凡的父亲江国祥明争暗斗这么多年，几时争到过赢场？他们的事呀，少理为妙。

第二章

江国祥第一次在新建当支部书记时，按政策给地主谭玉保一家平了反，把北堤脚下，知青点边上用来办公的黑壳子瓦屋，还给了谭家后人。在中岭子主渠南岸新砌了一栋三层红砖楼房，五地五楼外加办公楼前面可以打篮球的禾场，是当时苇场所有村支部办公楼中最气派的。

这也难怪，随着芦苇的用途越来越广，芦苇越来越走俏。芦苇经过苇场人的整改、培育与改良，产量逐年提高，收益自然也逐年提高。

而新上任的江国祥更是敢想敢干。他为了保证芦苇质量与提高芦苇产量，制订了一系列制度与措施。刚开始，各队队长欺他年轻，加上想靠论资历上位落空了的老主任怂恿，想掀翻江国祥。江国祥发现问题后，先带了几斤谷酒，跟老主任谈了大半夜。第二天，就召集队长们在三队山场开现场会，逐个量尺，逐个称重。不达标的当场挑断捆蔑，命令队长亲自返工，直到个个达标。后来，又有部分群众每天收工后，把粗壮的杠柴一大捆一大捆的背回家中，留待来年做豆瓣扦子，江国祥怕不服众，招呼都没跟余凤桃打，勒令她将背了四五里路才背出山的大杠柴捆送回去，扣了她五十元工资，还让她在收芦结束后，戴着红袖章守了半个月山。现在余凤桃一跟他吵架，就翻出这事。不过，江国祥认为值得。因为那年，管区盈利近十万元。

二楼的会议室，墙壁上的马恩列斯毛五位伟人画像，已成蜡黄色，他们透过缭绕的烟雾，俯视着桌子边的几位努力奋斗的同志们。

江国祥把剩下的几根软白沙派给与会者后，自己点燃一根深吸了一口。如此安静的会场，是历届进山动员会上从未有过的。以前，往往人没到齐，队长们便开始拍胸口做保证，一定要增产多少多少，争取在什么时候收刀等。而今年……从苇场停发职工工资后，进山的人一年比一年少。外出打工、"下海"的人越来越多。加上时不时传出苇山将被承包的谣言，闹得人心惶惶。苇山到底还能属于自己多久，谁也说不好。可上缴还得年年交，不组织职工进山，单凭管区与生产队的这些"当官的"，能砍完几万亩芦苇？靠垸内每人不足一亩的土地，能完成上缴任务？莫说，苇场的田土还未开过上缴的先例。

江国祥故作镇定地把场部指示宣读完、下达他初定的任务后，会场突兀地热闹起来。队长们如同商量好的一样，都只讲难处。至于如何渡过眼前的难关，争来吵去，搞了半天，也没有个结果。时间已晚，江国祥只好无奈的宣布散会。刘会计喊住准备下楼的江国祥，谭建武意味十足地看了刘会计一眼。刘会计坚定地朝他摇了摇头。

刘会计大名刘定国，新沙大队老会计的长子。老会计是个老实人，搬到新垸子后，以年老眼花看不清账本为由申请退职。当时，三队会计刘定国已是一把公认的好算盘，但老会计并没提出让长子顶职。直到江国祥那次开现场会，发现刘会计的心算盘比他的算盘还快，才向场部打了个报告，把刘定国提到管区当会计。

刘定国的秉性极像其父，老实、憨厚、正直。知道谭家的意思后，他左思右想。要说两孩子的家世、年龄，倒也般配。只是梦凡这孩子不只五官秀气、身材高挑、皮肤白净、性情温和，最主要的是因多读了几年书，说话细声细气，见人笑眯眯的，很懂礼貌，走路的样子都透出知书达理的模样。而谭文才的品性有点不着调。退一步讲，就算谭文才再好也没有用，如今条件稍微好点的姑娘，都在想方设法嫁出去，莫说还是江国祥家的。

可笑的是，谭文才还跟他说，做好了这个媒，酒不会少了他的。我刘定国就算一世喝不到一滴酒，也不会做这个媒呀。本来，刘会计走江家门前的公路回家要近一里多路，因担心被余凤桃用扫帚赶，只好每天从主公路那边绕回家。

梦凡回到家，把帮谢婶送棉花的事简单跟妈妈说了一下。她有点做贼心虚，怕说多了被妈妈发现她和高轲的"地下工作"。

"就她怪气，算盘都打到你头上了。"余凤桃根本没想梦凡来找她的同学是男是女。

"妈，没事的，你不是常说气力用完了有回的。"虽然明知妈妈是典型的刀子嘴豆腐心，梦凡还是忍不住回了一句。又想起李嫂刚说要找妈妈有事，顺嘴说了一下。

"李嫂？哦，码头脚下的丽子吧。她找我有什么事？"余凤桃有些诧异，刚刚丽子骑车从江家门前公路经过，头也没回一下，这下又说有事，她能有什么事。

对高轲满怀的不舍，与对谭文才的满腹怨气，在梦凡脑中左冲右突，她多想找一个地方好好发泄，可，她只能在妈妈的注视下，装作很乖巧的选菜、洗菜。如果高轲在苇场，她一定会不顾一切地跑过去，扑到他怀里痛痛快快地哭诉一番。十八九岁的少女心中，有哪个地方会比爱人的怀抱更具治愈性呢？可，梦凡连什么时候再能见到他都不确定，哪能期待其他呢。想到这儿，梦凡心里酸得要命，眼泪不可抑制的往外涌，见妈妈从灶屋里出来，只好拿起毛巾走向屋外的摇井，想擦把脸平复心情。

江国祥一进堂屋门，见饭桌上放了一碟子煎得双面金黄的油刁子、一碟子酱油色的白辣椒炒猪脑壳皮、一盆红烧肉、一碗蒸南瓜、一小碟花生米旁放着一只小白瓷杯，棱角分明方脸上，闪过一丝少见的笑容。他接过余凤桃递来的毛巾，擦了一下脸和手，把毛巾掷到旁边的洗脸架上，拖开神龛前的高椅子，一屁股坐下，双腿在桌子底下翘着二郎腿。"吃饭！吃饭！好久没吃我婆婆子搞的红烧肉了，今天要多喝二两。"

换了件浅灰色青果领罩衣的梦凡，接过妈妈递过来的一把筷子，边摆放边在桌子上寻，反反复复看了三四遍也没看见红烧肉，便走到灶屋里问妈妈。

余凤桃以为江国祥在跟满女开玩笑，一碗红烧肉，至少要三斤精搭肥的五花肉，随便算一下都要二三十块钱。儿女生日和她娘家亲戚来了，她都舍不得开这个荤，莫说现在，不年不节的。摆饭时，无意间瞟见桌子上的菜，一时忍不住，哈哈大笑起来。见父女两齐刷刷地呆望着她，她强忍着笑，拿起江国祥的筷子，夹了一砣"红烧肉"喂给他。才咬第一口江国祥便知晓，所谓红烧肉，其实是放重了酱油的红烧冬瓜。

"我一直认为，冬瓜还是红烧了最好吃。"江国祥此时想起了当年用"珍珠翡翠白玉汤"把余凤桃骗到手的事。

余凤桃娘家在解放前，是县城数一数二的大家，五间铺面一字排开，里面陈列着各式洋布与上好土布。抗战期间，一场大火，不但把余家铺面化为乌有，还把余凤桃的祖父——余家布庄的当家人活活烧死。祖父死后，祖母（祖父的正室）当家，趁机联合余姓旁支拔掉心头刺——余凤桃父亲这支。余凤桃父亲是小妾所生，因自小聪明，倍受其父宠爱，且不止一次有把家业交给他的打算。

突遭横祸又遭宗族遗弃，余凤桃父亲虽觉此中有蹊跷，但深知自己势单力薄，只好带着生母与妻儿乘船北上。至白沙湖中，余凤桃的亲祖母投水自尽。为安葬老人，余凤桃父亲只好带领全家在挖口子上岸，于新水上村安顿，解放后一起迁入新港大队。余凤桃是在新港大队出生的,初长成后,余凤桃的父亲想起在水上村时,受新沙大队的江家诸多照顾,听说江家满崽江国祥与余凤桃年岁相仿,且两人在阳雀嘴学校又有一段同窗缘,于是,老人亲自带着二女上了江家的门。

因江家几代人都乐善好施,轮到江有德当家,家中已是一穷二白。见多年的好友带女上门,急坏了江有德。江国祥人瘦脑壳大,看到屋角上一只伢猪崽似的冬瓜,一下子想到娭毑说的,朱元璋曾吃过的"珍珠翡翠白玉汤"。

他让父亲陪客人在堂屋里闲聊,自己则抱着冬瓜和母亲进了灶屋。不久,一碗"江氏珍珠翡翠白玉汤"上了桌,同时上桌的还有"水煮圆蛋"。

余凤桃在不见油珠的汤里夹起一块薄冬瓜、捞起几粒比白米稍大的冬瓜粒以及一片白菜叶子后才明白,所谓"珍珠翡翠白玉汤"原来是一碗冬瓜白菜汤。

此时,余父也夹起了一只"水煮圆蛋",一尝方知,所谓圆蛋不过是与鸡蛋相似的萝卜崽儿。在返程途中,父女俩发生了有史以来的第一次也是唯一一次争吵。按余凤桃的想法,打死她也不要嫁给穷得滴血的江家,但余父认为人穷不怕,怕的是不会变通,而江国祥刚好极会变通,他的二女跟着他以后不会吃大亏。虽然,后来的事实证明余父对了,但余凤桃并不这么认为。

"冬瓜要切成宽约寸许,长约寸半的丁,再在背面像切腰花一样,抽几道五到八分的横线和竖线,刷上酱油、陈醋等调成的汤,在热锅里放比平时炒菜多二倍以上的油,等油烧热,把冬瓜丁摆入锅中,煎至两面金黄,再放入少许剁辣椒、大蒜末,再用由味精、盐、水调成的调料收一下起锅,那味道不次于红烧肉。"

余凤桃见江国祥又在梦凡面前卖弄他的厨艺,气不打一处来,"哪个不晓得,油放得多,盐菜子都有肉味。平时,要你帮我栽几分油菜,说尽了好话都请不动。后来嫌我唠叨,干脆把油菜地全部改插六九杨。现在又说什么油要放几倍,不是我娘屋里家姐每年送四五十斤菜油过来,我看餐餐都只吃得水浮油。"虽然,农忙时,江国祥都有各种理由逃避劳作,在余凤桃看来,所有的理由都大不过一个字——懒。

几十年的夫妻了,江国祥清楚余凤桃的性格。他不怕在崽女面前落面子,怕的是说到最后她会气到自己,只好嬉皮笑脸的和稀泥,"你呢?什么都好,只一样,开口就翻旧账。天天念哒你的那点油菜地,头几年不是让你往树空中甩了腊籽吗?"

余凤桃清楚江国祥这样讲的目的,只是放坡的单车刹不住了,"不讲那些腊籽还好,一讲我胸口就气得痛。搞了一年好的,第二年,种都没收得回。这几年,不说长腊籽,革命草跟野韭韭都被它厌得断了根。"

"不长草不还好些?省得三天两头去锄草。"江国祥说完,一双眼睛到处找儿子。得知他去了伏小清家后，转头对忙着端饭的余凤桃说，"我看，明年正月就把他们的事办了。"

"那也要正刚和小清两个同意。"余凤桃笑着说。

"有什么同意不同意的。自古以来，都是父母之命、媒妁之言。谈是他们自己谈的，什么时候结，老子说一他还敢说二？"江国祥不在意地说。

最近，梦凡一听到"自古以来"，火就往脑门顶窜。从小到大，爸爸的"自古以来"似乎成了她和哥哥头上的紧箍咒。过年、过节打扫卫生，她和哥哥拒绝玩伴的诱惑，肯老老实实窝在家里扫屋、擦桌子，左邻右舍都说他们难得，可她爸呢？背着手，满脸嫌弃的看一圈后，把兄妹俩叫到跟前，说"一屋不扫何以扫天下，这是自古以来的至理名言。几间屋都扫不干净，我还能指望你们，以后有多大的出息？"好容易他有天在家，妈妈想偷一下懒，让他帮忙煮饭，他也以古人云"君子远庖厨"为由拒绝。这不是明的欺负妈妈没读多少书吗。梦凡读初中后，不止一次地与父亲争论。可气的是，哥哥明知道什么意思，还站在父亲那一边。很长一段时间内，家中分为了两派。场部为解决基层干部后顾之忧，与某中专学校签订了定向委培指标。江国祥在梦凡填志愿前外出考察，梦凡填志愿时，因不清楚老爸到底是不是干部，因此没填。等江国祥回来，一切都迟了。余凤桃怪江国祥不该不顾孩子的前途，到处乱跑。江国祥气的脸色一变，张口就是"自古以来，靠人不如靠己，她自己对未来没规划，还找到我头上了"。高考落榜后，梦凡想复读，她爸想都没想，开口就是：自古以来女子无才便是德；女孩子书读再多也只能围着灶台转。梦凡听说复读的分数要高出应届生十几分，心里没底，不再坚持，但心里终归不痛快。现在听父亲又想一言堂的把哥哥的婚事办了，一时忍不住，出言反驳，"你以为现在还像你们那个年代，什么都是父母做主，嫂子他们是订婚了，如果他们有一方不同意也可以分开，谁规定了订婚一定要结婚。"

江国祥把筷子一放，从酒杯子底下，伸出食指指向梦凡，满嘴酒气的起高腔，"老子讲一句，你就讲了十句，都是你娘惯的你。老子辛辛苦苦送你读书，好样没学一点，倒学会忤逆老子，老子硬白丢了几千块钱。"说着又朝忙着给他夹菜的余凤桃嚷道："都是你，硬要让她去读什么鬼高中。照我当年的脾气，把她随便扔到哪个场办工厂，不晓得会省多少钱？她懂事就多留几年，像现在这样，早寻个人家，把她嫁了，还轮得到现在待在屋里吃爷饭穿娘衣的，还要忤逆老子？"

"钱、钱、钱，钱是你的命吧？你是会计出身，哪天做个账，记个数，等我发达了若不还你，我就不跟你姓！张口闭口钱、钱、钱！你不就是想讲，我生下来就是向你讨债的，我还不晓得你。"其实，高考落榜后，梦凡最担心、最恐惧的就是生存问题。自己若是跟其他同龄人一样，天天面朝黄土背朝天，比他们多读的那几年书又有什么意义。若是待在家里什么也不做，不说以目前的家境，养不起闲人，只说她心里也跨不过沦为寄生虫这个坎。读书时，梦凡最喜欢舒婷的《致橡树》，她不止一次在班级联欢会上朗读过这首诗。她暗暗发誓，不管在生活中还是爱情里，要做一株木棉，而不是凌霄花。她曾为此而自信。然而，命运却给她开了个玩笑，高考落榜了。在一天天的无所事事中，她感到理想在逐渐破灭，这下父亲的话又直戳她的痛处，让她一下子变成了"刺猬"，想用尖锐的言语，保护自己脆弱的内心。

"你！你……"江国祥脸色铁青、圆睁着那双因患甲亢而稍显突出双眼，指着梦凡。梦凡说完就后悔了，只好转头对妈妈撒娇，"妈，你看爸他又做个这样子，吓死人了。"

"吃饭、吃饭，饭都堵不住嘴巴，"余凤桃拍拍梦凡，不示弱地对江国祥嚷嚷，"当时到厂里上班的，有几个落了好的。以前在厂里人五人六的，两只鼻孔朝天走路，厂子一垮，天天二流子一样，这里荡到那里，那里荡到这里，我看啦，迟早荡出事来的。倒是谢波他们几个没跟着去瞎折腾，实在多了，老老实实地作田、装鳝鱼、砍芦苇。听周腊梅说，谢波结婚，她不但没拿一分钱出来，还得了一千多块钱的酒水人情。我看啦，当初这几个厂子根本就不应该办。"

"堂客们头发长见识短，不办厂、不办厂，他们这些年轻人晓得天有多高地有多大？只怕个个都像我们，一辈子窝在这屁大的垸子里。只是这几个厂子没经营好，吃的吃、贪的贪，倒害了苇场的群众。唉！我当时也是独臂难撑天呀。"想起曾在场办企业担任总厂厂长的辉煌与艰难，江国祥也顾不得与梦凡置气，长叹一声，端起酒杯深抿一口，随后又吩咐："婆婆子，正刚的事你莫想当甩手掌柜，你明天去他赵婶子那里，请她去亲家屋里探下口气，对彩礼有什么要求。正刚也不小了，过了年就二十四。我们那会儿，正刚都三四岁了。早点结婚，我也算完成了一个大任务。"

余凤桃用眼神制止着不以为然地扁着嘴的梦凡，连声答应着，"好、好、好，正刚回来，我问他一下，明天再跟陈月英商量。"说完，低声跟梦凡讲，"你爸最近心情不好，你也要懂点事，莫跟他对着干。"

李嫂走到梦凡家禾场上时，见他们三人说得极为热闹，开口喊了一声，"哟，江叔也回来了。"

"丽子，有什么好事啰，先前不讲，硬要留得夜发（晚上）来讲，未必见不得人呀。"余凤桃边开玩笑，边站起身来招呼。

梦凡也起身，搬了把椅子请郭美丽坐。

"不急，你们先吃饭啰，吃过饭后，我再跟你讲。"郭美丽手里提着一件织了一半的谷黄色毛线衣，边织边坐下。

余凤桃见她真的不急，就坐下来边吃饭边和她有一搭没一搭地聊。

"大月亮、小月亮，哥哥起来学木匠，嫂几起来煮茶饭，茶饭煮得喷喷香，敲锣打鼓接爷娘，爷娘跌哒青丝带，哥哥捡哒做腰带……"

堂客们的话题，江国祥不便参与。他吃完饭嘴也不揩，背着手瞎转悠。刚上堤，遇到几个孩子唱着童谣，牵着手在转圈圈。此刻的大堤，跟大热天的傍晚，到处是上来歇凉的热闹情景相比，显得有点冷清。仅有的一群，也聊不了几句就散了。不是因为冷，而是真的聊不下去。开口还没讲三句话，就有人唉声叹气，"唉——我硬是叫化子唱戏穷快活，我屋里崽，找我要了四五回生活费，今天吃饭的时候又哭哭啼啼，说再不交，老师要他莫去读书了，我还不晓得要交，只是我的袋子里布撞布，拿命去交？"只要有人开了这个头，便像传染病一样，一个接着一个来，这个说，"我家也是的。原来，还指望手拖机能挣几块活钱，这不，柴油机偏偏坏了，想去修，最近又只见出，没见进的，借，左邻右舍哪个有闲钱？唉——"那个说，"你们这还算好的呢。只有我，硬逼得做黄鸭古（鱼名：黄颡鱼）叫，前头我爷老子才出院，我娘老子又一跤摔断了大腿骨，在院里住了大半个月了，还下不得床，一天少说也要两三百块，我就是搞支笔画，也画不赢。晚稻刚刚晒干，就送得米厂了，还没搞三天，又搭得信来，要交钱。不说了，不说了，前几天有人接应来收棉花，我回去看看他来了没？"等了一天了，鬼影子都没见，剩下几个，勉强聊了几句，也垂着脑袋下了堤。江国祥上来时，他们已到了堤腰。

他也没在意，弯腰逗了逗鲁嗲的小孙孙小冬，直起腰身时，瞟见一枚弯月已爬上了柳树林。今天是十月初七、还是初八呢？只有两个多月过年了，群众的过年盘子还没着落。唉！若是那些小纸厂不关，往年的现在，什么经理呀、科长就要乘着快艇，一趟趟往苇山跑了。可那些纸厂若不关，他们的排污处理系统只在应付检查时开启，长久下去，还不是跟以前一样，不只一年到头看不见几回蓝天，湖里的水也变成了酱油色，湖湾的浪抹黑的，硬得像泡沫，就连空气，都臭得打不开眼睛。

想到这，刘定国的话又涌进脑中，"老江，你听到风声没有？对河公社里的青山已经承包出去了，收益全部归集体。只怕我们的苇山，过了多久也要姓别了哟。到那时，我们的群众跟它也没多少挂碍了。"虽然对河大垸的大名，早已由公社、乡变为了镇，苇场人还是习惯叫它为公社。与其说是习惯，不如说是群众对苇场曾经辉煌的留恋。曾几何时，公社里的人来苇场只有两件事，一件是找后门来苇场找副业；另一件则是，托熟人做买卖。因此，以苇山主人自居的苇场人，总觉要比他们高半级，在他们面前，不只腰杆挺得直，声音也洪亮许多。

江国祥自然知道刘定国担心的是正山。但身为一把手，为了全管区职工群众的安定，他不能像刘会计一样，更不能像群众一样听风就是雨，"就算苇山包出去，它也是国家的财产，怎么会改姓呢？再说，怎么会跟群众没挂碍呢。你这个同志，说话还是欠考量。你也不想想，不通过职工代表大会，苇山能承包出去吗？方案既然能在职工代表大会上通过，肯定是考虑到了群众的生存问题。你呀，只管把心放回肚子里。"在几个老伙计面前，江国祥很少摆架子、说官话，可一时又找不到合适的语言。谁不知道，职工代表大会已好几年没开了。唉——就算开又能怎样呢，你指望这些今天觉得你有理就跟在你身后附和，明天转身就跟着别人去唱你反调的人，能想出什么好建议？

青山承包这件事情，江国祥早听同年沐光辉说起过好几回。沐光辉离场部近，加上脑壳比他好使，因此，平时透露的消息可信度极高。只是关于这件事，每次都如六月天的干风暴，只听见打雷，没看见下雨。先前，他也小范围的跟老伙计们讨论过，当时都想得很简单。承包就承包，打算每家每户按人口分几十亩。只是要苦了他们这些人，除了去山里搞洲土面积摸底、好坏评估，回到垸子里，还要调解分山过程中出现的纠纷与矛盾，尤其是那几个眼皮子浅的，更是难得处理。如此，只怕又要跟当初分田土一样，连续搞它无数个夜晚不睡觉。而且分到户后开沟沥水、除藤打药、砍伐打叶、打出山、运输以及销售等等问题都得重新考虑。

他们不知道，这种方法，县里曾搞过试点，以人平5亩山场，每亩上交50元承包费的方案承包，芦苇收割后，统一计重、拖出山、销售。这方案表面看来切实可行，可真正实施起来却困难重重，先是群众因山场的好坏、远近吵得不可开交，后又因管理不到位，导致互相偷盗成风，山场毁坏严重……两年不到，试点便草草结束了。

既然分山到户的办法不行，那是否只能学对河的谁出的价高，谁就有承包权？

江国祥望向堤脚下半里开外的东南洲。冥冥薄暮下，湖洲上的芦苇如同士兵，听着风带来的口令，齐刷刷的一忽儿向左、一忽用向右。恰似他的心思般摇摆不定。

半个多世纪以来，几代苇场人在这一片片洲土上倾注了多少心血，寄托过多少希望呀。猛一听说要承包出去，如同精心调养的女儿突然要被人强娶，可怕的是，自己对那人的秉性一无所知。万一是个流氓地痞一进门就把她不当人呢？当然，这种近乎焦虑的担忧不是每个人都有，也不是每个人都懂。

可如果不承包,江国祥把视线收回到码放在河边的芦苇垛子上。新旧两、三年了,这些码得比小三间还要高的苇捆,仍无人问津。什么水浅水深都是借口,主要原因是没人敢露头了。如果承包,一旦口子拉开,出现承包水毁山场时"拼礼定三洲"的状况,那,这些苇山又能收回多少资金,又能解决多少问题?几年以后,山场还能剩多少?平时以砍苇为生的群众,单靠垸子里的田土,养活一家几口只怕都费力,孩子读书、老人生病的费用又从哪里出?都到湖里去打鱼?能打多少鱼先不说,外湖堤脚下湖边立着的水泥牌子上,"血吸虫重点疫区"几个红色大字,在江国祥看来是警示,也是由祖辈、父辈凝聚的血泪。别看现在医疗条件、卫生条件都比以前好,苇场还是有相当一部分人得肝硬化、肝癌的,前因都是因为感染了血吸虫病,没得到及时有效地治疗。江国祥长长叹一口气,转过身来,神情凝重地看向垸内,公路旁笔直的水杉、稻田、渔塘已被暮色渲染成水墨画,堤脚下的两排或高或矮的房屋已亮起了灯,一阵由近及远的犬吠过后,不想回栏的牛的低叫与笼中的鸡鸣相互应合,孩子们的嬉戏声与主妇们的笑骂声,如浪涛似的一拨接一拨,这幅历代诗人向往并反复吟咏的田园景象,还能维持多久呢?江国祥突然想起,自己许久没听到鸟叫了,他弯腰折下一根谷皮树枝,准备投向杨树林,惊飞在叶底作梦的鸟。

"祥哥,又游堤?"乡里人不时兴散步,至于消食更用不着。现在,好多人家白天收上来的晚稻还没进仓,男人们三下五除二的扒完几碗饭,筷子一丢,就和堂客或者半大的崽女一起抬起风车,车谷进仓。种一季稻人家的男人也不会闲着,若吃完饭天没全黑,肯定被堂客们逼着去挑粪泼菜、修剪篱笆或者拿起耙头、锄头、锹,修一修屋前落雨天被手扶拖拉机压烂了的路。就算天黑了他们也会拖把椅子,坐在堂屋的四十支光的电灯下,自觉自愿的修补麻篓、布围子、络子。像江国祥这般两头闲走的,除了谢癫子,全管区真找不出第二个。

江国祥没精力跟刘松柏掰扯游堤与散步的差别,见他背着双桨爬上堤,扔掉树枝,笑着递给他一根纸烟,问了一声,"河水好不?"也许是苇场四面环水,苇场人特别亲近水。又也许是人们认为收入跟河水的涨落一样捉摸不定,因此把"河水"暗指为收入。

刘松柏看了纸烟一眼,把它夹在耳朵后,从上衣口袋里掏出一盒精白沙,像信徒抖签筒一样抖出一根递给江国祥,"还是抽我的吧?堂堂支书,搞些个软白沙。"

江国祥也不客气,接过烟,夹在耳后,"这年月,拿工资的有根烟叭就不错了。哪像你们,摇手一摇,鱼虾起跳,机子一响,票子直滚。"说完,背着手慢慢向前方踱去。

"祥哥,莫走,莫走,我晓得,你是在散步。"刘松柏见江国祥转身欲走,把桨往堤边一丢,紧走几步,张开双臂拦在江国祥面前。

"游堤也好，散步也好，好大一个事。这年月，我又能拿您怎样？"

"祥哥，祥哥，我拦路是想找你开个后门。"刘松柏在三星湖打鱼时，听人讲荷叶湖旁的洲子已经承包出去了，还听说，苇场也要把芦苇产量稍低的石灰山、杨家山等洲子包出去。他吃完中饭，摇开磨盘机便往垸子里赶。湖里的鱼越来越少，出去忙活一天，搞不到工钱的情况时有发生。如今大崽已到了结婚年龄，满崽下半年又要进初中，都到了用大钱的时候，家里前几年存的老本，也用得差不多了，再不想点办法，只怕到时借都没地方借。

刘松柏肚算盘打得飞快，刘家跟江家在新沙洲的高处台子上是邻居。江国祥的祖父在民国时期曾救过刘松柏姑嫉驰一命。江国祥的父亲江有德，那年苇山赶火时，遇上风向反转被烧死在洲子上，是刘松柏父亲半夜不顾洲子上的灰烬里还有火星子，提着马灯找到江有德的遗体，并拖回垸子里的。二哥跟江国祥是同年弟兄，在二哥搬去菜队之前，两家走得比亲兄弟还亲。有这层关系在，刘松柏要包块山，江国祥应该说不出一个不字。

刘松柏大钱确实没几个，但他有三个当"海军"的姨妹子，东边凑点，西边挪点，包下反边湖应该没问题，前提是江国祥得同意。

梦凡收拾好桌子，捧着一大叠碗走出堂屋门，余凤桃走到门边，见梦凡走进灶屋，才转身回屋，随手把饭桌旁的凳子整理了一下，回身问郭美丽："丽子，你到底有什么事？"

郭美丽把凳子移到门边，侧过身子，偏头看了看在厨房忙碌的梦凡，指了指自己的耳朵小声说："凡妹子，没问题吧。"

余凤桃是个直性子，"有事就讲。黄天焦日鸡打雄、狗交尾的，这世上还有么子见不得人的事哩。"

郭美丽一听这话，想到自己的来意，不禁拍脚拍手放肆笑了起来。见余凤桃直直地盯着她，好容易才止住笑，轻手轻脚走到余凤桃身边，贴着耳朵小声说了好久，见余凤桃抽身去搬凳子，郭美丽的语调稍稍提高了些，"这事搞得好呢是喜事，搞不好呢……江家婶子，你可不能怪我多事。"

余凤桃就知道她来没好事。自从梦凡高考落榜后，自己来、托别人来保媒的不止一两个，她都以梦凡小，还要多养几年为借口拒绝。

她放下凳子，扯了扯郭美丽的衣角，示意她随自己走到菜园前的花圃边："你有事就直说，开口就是走羊角跌沙头的，绕得我脑壳都发晕。"

"那我就照直讲了。我老弟，江家婶子认为见得人不？你家凡妹子也差不多二十，俗话讲女大不中留，留来留去留成仇。我想保个媒，江婶你要是看得上我老弟，我就喊你一声亲家娘。你看，苇场现在不比以前，既没劳保补助又没职工钱。

以前我想都不敢想，现在凡妹子学校也没考上，将来也是个做工的命。芦苇场一人又有几分田土，养得肠子养不得命。这样一比起来，我老弟还强你家凡妹子一篾片子。他少说也有三四亩田土，加上我爷娘年纪都来了。俗话说爷一满崽，他们老两口的田土将来还不是凡妹子跟我老弟两口子的。当然，这得看凡妹子过门后对我爷娘好不好。"

江家灶屋离菜园并不远，虽然郭美丽已尽可能压低嗓子，还是被梦凡听了个大概。一天来，所受的种种一起在脑袋里交缠、撕扯，让她感到胸口像压了块麻石般难受。她想也没想，将手中的锅铲狠狠地往锅里一扔，急步冲到房间里，"嘭"地一下把房门关得震天响。

郭美丽一听，知道梦凡肯定不同意，便求助般地望向余凤桃，余凤桃的下巴朝梦凡房间方向扬了一下，"这妹子呀，担心她还没动婚姻，特意问过你们队上廖半仙。廖娭掐指一算，说她的婚姻倒是动了，只是……"

廖娭是苇场建场后的第二代外来媳妇，娘家在出神仙的三仙湖。苇场刚建场时，大垸子流行一首打油诗"娘呀娘，有女不嫁芦苇场，日砍柴来夜撕篾，芦席打到一夜天光"。老班子们说，以廖娭的面相、身段，打死也不会嫁到芦苇场。只是她十六岁时，不晓得什么原因眼睛瞎了，乖乖洁洁的妹几二十好几还没动婚姻。左等右等，终于在二十四岁时，嫁给了三十多岁的廖嗲做了填房。

众人只说廖嗲找了个包袱，谁也没料到廖娭却是个狠角色。确实，她刚嫁过来时，莫说到苇山砍苇撕篾，就连在家里，廖嗲不牵着她，她连房门都出不了。时间久了，队上的闲言碎语多了起来。廖娭听到后，只等廖嗲出门，便摸索着熟悉环境。廖嗲回来见她脸上、额头时不时有几个泛青发紫的包，很是心痛。他告诉她，家里的事等他回来后再做。你猜，廖娭怎么说？她说，"都讲眼瞎路熟。我慢慢摸，总有一天会碰熟的。"

路熟后，她又试着扫地、洗衣。硬让她摸得将三间茅屋收拾得整整齐齐，两人的衣服更是比廖嗲洗的还干净。不是没想到过做饭，她第一次煮饭，便把灶坑里的芦苇点燃了，亏得廖嗲在屋里，否则，煮饭引发的灾难就不是烧掉屋那么简单。

廖娭的第一个孩子一岁多时，江国祥当时还只是队长，看廖家实在太困难，便冒险出了个点子，让廖娭学着装神弄鬼。队上、本管区的人都晓得廖娭的法术是怎么回事，所以除了丢失东西请她起数、打时、卜卦，给小孩子收收惊、掐下丹，封点包封给她贴补家用外，其他的全不信。直到，北部有个清早起来突然口眼歪斜的少女，被她划的神仙水治好以后，廖娭名声大振，来访之客络绎不绝。虽然违背了当时只养家糊口的初衷，但因怜悯她不能务农，又生育了两个孩子，所以只要她不乱收包封、不闹出人命，便睁一只眼闭一只眼。

郭美丽的娘家也在北部，她对廖娭的法术深信不疑，此刻见余凤桃说话讲一半留一半，性急的她追问道，"只是什么？江家婶子吖，我又不是别个，你只管说，我保证一个人时谁也不说。"说着竖起三根手指发起誓来。

余凤桃故意不理会她话中的漏洞，长叹一声，"只是她千嘱咐万嘱咐，说是西北方、正北方的都不行，就算强行婚配，也是十场九空。其实，你来我就晓得你的意思。刚刚也在心里比划了一下，你娘家可不正在我们的北方吗？不怕一万，就怕万一，到时真出了事，我还不悔断肠肚心肺？我，我冒不了这个险。"

听话听音，话说到这个份儿上，郭美丽再蠢，也知道余凤桃不同意，只好夹着她的毛线衣悻悻离开。

余凤桃送出门外，见郭美丽的身影融入拐角处的暗影里，仍独自站在花圃边好久。唉！都说崽大爷难做，女大娘更难做呢！自己在梦凡这个年龄早就到江家担起这个家了。就算现在不是以前那个年代，在乡下，这个年纪的女孩子不说早嫁了，至少也要定亲了，自家的这姑娘啊，嫁早了舍不得，不给她说亲吧，又怕留成老女，唉！要是今年能遇上一个好人家，明年春就可以订婚，明年下半年或后年就可以出嫁，到时她和老伴也算真的完成了任务。

禾场里的灯把江国祥影子扯进堂屋，提醒弯腰摆放木椅子的余凤桃，他回来了。听到江国祥上阶基特意加重的脚步声，余凤桃伸直腰身，对着大门口轻骂一句；"晓得你回来了，就去给你打水。"边说边从杉木洗脸架下，抽出白底红花的搪瓷脸盆，拐进灶屋。

余凤桃以为，江国祥又会跟她驳一阵嘴巴子劲。在灶屋里等了一会儿，没听见声音，端着水走近堂屋时，只见江国祥端坐在堂屋后门口的椅子上，任沟那边队屋的灯光，随着屋后杉树的摇摆枝叶，在他脸上明暗交替，这让余凤桃觉得有些害怕。

"洗脚都要我去请？你官不大架子还蛮大。快点来洗脚，刚刚三队拐角上的婶子，含着一泡眼泪跑过来说她那两父子又吵得用凳子砍，请你出面调解。"余凤桃稳住心神，把水放在饭桌旁的椅子边，走到后门口推了推江国祥，江国祥如同木偶般前俯后仰。"喂，你个死老倌子，失了魂呀。"余凤桃绕到江国祥面前，半蹲下身子，伸手在江国祥面前晃了几晃，"啊吖，眼睛都不晓得动了，真的吓着了？凡妹子，你去我房里拿一件你爸穿的衣服出来，我要去找廖嫂收个吓。这大堤上又来什么神圣，把我们的'土地老倌'都吓成这副鬼样子。"

江国祥一把扯住正要开步的余凤桃，"么子鬼能吓到我？你只莫乱讲。跟我二十多年了，还这么没轻没重。"说完，起身快步走了出去。倒不是江国祥大男子主义，而是余凤桃嘴碎存不住话，自己若在她面前发几句牢骚，透露一些想法，隔天全队、全管区的人都会晓得，而且她又是他的堂客，群众更加会信以为真。经过几次教训后，江国祥养成了一个习惯，大凡工作上的事，他从不对妻儿讲。

第三章

傍晚，阴沉了一天的云终于凝聚成了小雨，"沙沙沙"地在池塘、小路以及新修的水泥禾场上作画，呼吸间便有了泥土的味道。正刚把自行车往禾场上一扔，冲到灶屋阶基前的洗脸架边，扯过毛巾，胡乱的往身上擦，偏过头，见余凤桃在刷锅，"妈，我岳母娘同意让我们明年结婚了，不过说要一万八千元彩礼、一台液晶彩电、一台全自动洗衣机、一台冰箱、一台柜机、一辆嘉陵摩托，还有……"

"还要什么？"自那年刘松柏三哥开船到县城买配件，在灯塔洲遇到强阵风出了意外，南线的水塔就因无人照管停止供水。自来水没了，总不能又到外河去挑水吃，因此每家每户都请人打了手摇井，以前丢弃在杂屋的大水缸又回归灶屋。江家的水缸是承包到户时，江国祥分回来的，又高又大，能装七、八担水。只有一样不方便，水差不多见底时，舀水太困难了。踮起脚伏在缸沿上舀水的余凤桃，听儿子说还有，葫芦瓢一下子溜进了缸底，她伸手捞了几次没捞着，便单手撑着缸沿，侧转身子边喘粗气边问儿子。

正刚走到缸边挽起衣袖，捞出瓢，递给妈妈，正儿八经地掰着指头说"还要金项链、金手镯、金戒指、金耳环，再有她家伯伯、叔叔、姑儿、姨儿、舅舅等的线钱。妈，什么线这么贵，我岳母娘说每个至少得两百元。"

"每个两百？她也舍得开口。你呀你，"余凤桃舀了一瓢水，倒进铁锅，回身伸出食指戳向儿子的前额："你也是的，只晓得回来张口要。硬不晓得跟你岳母娘诉点苦、还点价。你晓得你手指头随便跷几下就得多少钱？"余凤桃听到儿子说话的口气就恼火，屋里一个什么穷样子，他未必不晓得，亏他张口时还笑得出。这个冤孽呀，我硬是前世欠他的。唉——也不晓得他八十岁懂得事不。

沉浸在幸福中的正刚没注意妈妈的异样，仍笑嘻嘻地把从岳家听到的话，一一倒出来，"妈，我们又没吃亏，小清她家做一套杉木组合家具。我问过谢波，他们结婚时，光彩礼就有三万，还有一套金器及其他七七八八没得十几万，打死我也不信。"这也难怪，跟小清订婚以来，岳母娘今天喊拉开、明天喊退钱，过年过节上门，她人前人后没给过正刚好脸色，这下冷不丁听小清说她老人家首肯了，正刚没喜疯就算定力好的了。

余凤桃听到这里，气不打一处来，放下瓢，拿起抹布追着儿子狠抽了他一下，"你这鬼崽子，我看你忘了你自己姓什么了。还没结婚呢，就一心向着伏家，我看你干脆随他们姓好了。你还好意思跟谢波比，你也不看看他，一年到头地钻子一样没歇过气，田里土里的事做完，就驾船到山里捕鱼捞虾；就算大雨落得人出不了门，他也会提着篾篓到屋前屋后的沟港里装鳝鱼。一进山，他就像饿翻了鸡，找到了吃食场，从清早到擦黑，脑壳都不抬一下，挥着茅镰，只往前头拱。收刀后，他也没歇过气，拖出山、打方捆，只要赚钱，他丢了这样，捡起了那样。就算亏点账，那也是清早夜晚能还清的事。你呢？马上要吃二十五岁的饭了，不是做娘的小看了你，从农校回来算起，跟你大姑父学了半年木匠，吃不了那个苦，跑了回来。你屋里爷心疼你，把你安排到管区，又只搞得半年，就跑到街上的纸厂混日子，钱没赚到，骨头倒养懒了。回来后，除了每年收芦到山里记个数兼个总务搞几包烟钱，你为家里赚过几角钱？这么大的人了，双抢里要你挑几担谷，你还眼浅你妹妹没做得事，你看你像个当哥哥的不。还跟谢波比，以你这德性，就算你屋里爷老子是沈万三，上百万的家当也会被你败个精光。你只莫杵在我面前，看见你我心里这怄火。阶基上的黄豆杆子堆了好几天了，前天出太阳，要你们两爷崽用连枷棍打出来，你们倒好，一个个转身就跑，还说我不该点这么多。我不点这些黄豆，不晓得你结婚时的豆腐干子要钱买不？一下子要这么多钱，我借都没地方借。"

余凤桃越说越烦心，不再理会手头没做完的事，走进堂屋，一屁股坐在椅子上生闷气。一套金首饰少说也得两把金子，至少得一万元；线钱，每个人两百，小清爷爷这边有四个叔叔、两个姑姑，外婆那边舅舅有三个、婿妈、姨几有四个，随便算算就是两、三千元对不上花，还有那个一万八千，这里就得三万有零。彩电、洗衣机、空调、冰箱、摩托车，加起来两万块钱刀都划不断。床上铺的、家具上摆的，只怕还要一万多。问题是屋还要装修……你们两爷崽都一个德性，说得轻松，只把地面刷一层红漆，墙上刮一层白灰。谁都晓得，随便动一下都得一、两万。这样随便一加，就是七八万。这个媳妇我江家恐怕是接不进了。

吃完晚饭，周腊梅把靠背竹椅子，靠墙摆好，从职工布做的腰围巾处抽出一条抹布，把桌椅板凳前前后后擦了个遍，才双手扶腰，站起身来长叹了一声。不知是晚上的菜不合向晖的胃口，还是她身体又出了毛病，煨了一下午的黑鸡婆汤，硬说有鸡屎气，筷子都没伸。想当初，周腊梅怀初生子时，曾家婆婆还在世，鸡生了蛋，她趁热捡起来，藏在床脚下的绿罐子里，生怕做儿媳的会独吞，更莫说想吃其他东西。如今，她周腊梅好不容易熬成了婆，不想做媳妇的却金贵起来，怀个孕不要她做半点事，还得服侍祖宗一样服侍她。唉！谁叫她肚子里怀的是谢家续香火的呢。放下筷子，向晖对谢波说，闻着薰得金黄的干鲇鱼、黄牙古的味都能吃下几碗饭。若是以前，只要向晖开口，周腊梅立马会从装干货的大坛子掏出来，给她煎。现在，靠谢波的篾篓、丝网子？还是莫想这个六月六了。只怕等毛毛落地了，都凑不得一餐。刘松柏、刘超群父子俩也差不多要回哒，若不然去刘家问问。就算这回没有，下次让他们留几斤带回来也行。真是想什么来什么，周腊梅刚走出大门，隐约见前方有人背一副桨，弯着腰身下堤，她把屋檐下的白炽灯泡扯亮，那影子便愈加清楚，"喂，堤上背桨的是柏马虎不？"若是刘松柏的儿子刘超群，会像射出的箭一样往堤脚下直飙。

刘松柏之所以有"柏马虎"的雅号，全拜江国祥所赐。刘松柏、胡少兰婚后头一次接春客，刘松柏与江国祥他们这些男人们在堂屋里烤树蔸子火。见胡少兰一碗又一碗的往堂屋出菜，众人不免狠狠恭维了刘松柏一番。刘松柏也觉得妻子确实能干，你看，不到一个小时，八仙桌上就摆上了扣肉、粉蒸肉、蛋丝肉枣子汤、红烧猪脚、油煎坨鱼、三腊火锅以及用小碟子装的花生米、辣椒洋姜、饭豆子酱、腐乳各一份儿。不一会儿，整个屋子都被随腾腾热气飘散的菜香、酱香、腊货香笼罩，围着火闲聊的男人们都忍不住了，不断催促刘松柏去拿酒、抽筷子。刘松柏却不急不慢地拿着火钳往树蔸里继枯树枝，"莫急莫急，祖宗菜还没上？"祖宗菜，大过年的吃那个做什么？"祖宗菜"可能在冬季是萝卜，在青黄不接时是腌菜（又称梅干菜，一般用嫩萝卜、雪里蕻腌制。湖区也有用马齿苋腌制干菜的习惯），在夏秋又以冬、南瓜居多。在困难时期，连续一个月甚至几个月，饭桌上只有这一样菜，因此，湖区人戏称为"祖宗菜"。这刘松柏只怕也是穷狠了些，有这么多大菜上了桌，还要等着吃"祖宗菜"。

刘松柏知道他们心里是怎么想的，就是不肯明说。等到胡少兰端着一个热气直冒的洗脸盆，他才起身接过盆子，边放在桌子中央边得意洋洋地介绍："这个祖宗菜可不简单，它是由鲇鱼、鲫鱼、财鱼组成，我专门给它取了个名字'年年结余财'"众人才知，这个没读得书的家伙，把压席菜说成了祖宗菜。

众人拿起筷子准备开饭时，不知道谁把酒打翻了，胡少兰到处找抹布没找到，最后还是刘松柏用衣袖子揩干的。酒过三巡，贤惠的胡少兰起身去添饭，揭开锅盖，一声惊呼，原来抹布静静地躺在饭锅里，一锅饭都成了"酱油"拌饭。饭虽然重新煮了，但胡少兰因此也落了个"马虎婆"雅号。堂客是马虎婆，那刘松柏是什么呢？江国祥发话，"马虎婆，马虎婆，马虎鬼的婆婆（此处是湖乡人对妻子的别称），刘松柏不就是那个马虎鬼——"说罢，他带头大笑起来。众人愣了一下神后，也跟着哈哈大笑。就这样，刘松柏有了"柏马虎"的雅号。

刘松柏一听，连忙立住身形，循声看向谢家禾场，"是谢家婶子不？你人家眼神蛮好了，隔一排屋能看得出是我。"

十几年前，住在谢家菜园前的刘松柏二哥家把刚砌好的红砖瓦屋全拆下来，搬到了菜队，只留下个无遮无拦的空屋场地基。站在堤脚下，看出一个熟人的身形并不需要眼神有多好，莫说屋檐下还有一盏白炽光灯。

"我又不是个青光瞎。你慢点，我有事问你。"周腊梅说完，推开她房间的窗户，从书桌上拿出一支手电，别进腰围巾。刘家菜园巷子因走的人少，大部分路面被野草侵占，虽然明知这个季节不会有蛇，但被蛇咬怕了的周腊梅，还是需要手电仗胆。

"胶丝袋里装的什么好东西？"地上不平，手电一晃，周腊梅看见了刘松柏左手提的袋子里有活物在动。

"还能有什么，几条卖不出去的鲇鱼。"见周腊梅直直的朝他走来，刘松柏侧开一步，让出半身。

周腊梅一把抢过刘松柏的袋子，"全部盘给我，全部盘给我。"卖给谁不是卖呢，挨邻隔壁的，刘松柏报了个价。周腊梅一听，把袋子猛地往地上一掼，"一点这样家伙，还要五块钱一斤，柏马虎，你硬是杀黑杀到屋门口来了。"

"这还贵？我打贩出去都是这个价呢。算了，你爱要不要，本来这几斤我也没打算卖。你又不是不晓得，我满伢几在浮桥那边读书，天天带饭吃，我堂客吩咐我，每次带点鱼回来。她把它腌成糍粑干，再用清油一煎，一不放辣椒二不放大蒜。两条拃把长的鱼，我满崽就下得一铝盒子饭。"

生下满女时，已儿女双全的胡少兰响应政策，做了结扎术。不想，满女六岁时，她居然又怀上了。计生办晓得信后，劝她去引产。一向好打商量的胡少兰却不依了。她说结扎术的刀口摆在肚皮上，如今怀上了，她不去找计生办的麻烦也就算了，他们却兴师动众地跑过来捉她，这不是吊颈鬼倒发恶？计生办的上门一次，胡少兰要的补偿就提高一些。七吵八吵的，吵得肚里的毛毛七八个月了，还没个结果。毛毛落地后，胡少兰又配合计生办的做了一次结扎术。在这次手术中，妇幼保健院的才发现胡少兰是少有的双子宫。

"伢儿易长债难欠"。说话间，这孩子就十一二岁了。在中岭子的小学到五年级，升六年级时，校长说现有生源不足以开班，只好把五六年级学生全部转去场部中心小学。

周腊梅知道自己说错了话，但嘴巴不示弱，"我晓得呢。那，那你也不能乱涨价，我不是屋里有驮肚婆，哪会舍着这副老脸，黑灯瞎火的跑到这里来拦住你。"

刘松柏心说，你晓得？你晓得个屁！你知如今的湖里，还像你跟你那死鬼老倌打鱼时，随便找个地方，筑一个坝基，用虾舀子一舀，黄板刁都搞得七八斤。如今打鱼的网是先进了，但湖里的鱼却少得可怜。一网下去，能上来几斤横杆子、翘白刁、红梢鲌等杂鱼都算最看得起人，很多时候都是起的空网。"谢嫂子，你说得在理。都是队上的熟人，我刘松柏是么子样的人，你未必不清楚？实在是现在鱼价就这么高，收鱼的讲这是'物以稀为贵'。"

周腊梅虽然心痛钱，但更希望她的孙子能平平安安降临，咬牙从刘松柏手上分了两斤。

女人家过了四十，本来就觉少，若遇上点事就更睡不着，余凤桃也不例外。这天，她翻来覆去，等到鸡叫三遍，穿好衣服，叮叮当当，开始放鸡赶鸭打早火。正刚的事，她想了好几天，肯定不能听江国祥的，娶不进就先拖着。他不想想，小清的娘彭习珍之所以在钱上将他江家的军，就是不想小清嫁过来。若这次不接，依她那性子，这事恐怕会变桂花（变桂花：俗语，说明事情会黄）。把两个小的情份放一边，只说正刚今年二十四，若再拖下去，只怕会像谢癫子一样成为老单身。接吧，钱呢？这种年息，找人借都不晓得方向。她千思万想，唯一的办法就是去跟彭习珍商量商量，看她那里还有没有松动的可能。转而又担心自己开口把事情闹崩，反复考量，还是请介绍人陈月英去说比较稳妥。

陈月英是正刚逢生干娘子，住在三队最东头，房子是她老公在世时起的。跟周围的房屋一样，都是三间搭一偏首，不同的是偏首的阶基上倒扣的小渔船下，整齐码放着陈月英从堤外杨树林捡回来的烧柴。

趁烧洗脸水的空当，穿着暗红色罩衣、藏青色料子裤的陈月英，站在阶基旁，梳她那几根遮不严脑门的头发。看见余凤桃拐进她家禾场，陈月英用脚勾起身边的小矮凳，含含糊糊地对余凤桃说："坐啰。"说完，从嘴上取下皮筋扎着头发走进屋。端出一盆热水，放在船底，胡乱擦了两把，边擦边问余凤桃的来意。

余凤桃也不跟她绕圈子，开口就说无论如何要请她帮了这个忙。陈月英笑了笑，"阎王不差饿鬼，你再急，也得等我填饱肚子吧。"余凤桃闻言也笑了一下，随她进灶屋，蹲在灶门口，帮忙烧火。

陈月英边麻利地开汤下面，边对余凤桃说，"我晓得你今天会来找我，没想你会这么早，你也太性急了些，你媳妇在娘家好好待着呢，又不会跑掉。"

"不讲这事还好，一讲起我就闹心。我为这事，已急得几夜没睡。你说，我亲家又不是不晓得我屋里的家底子，彩礼、彩电、洗衣机都不算过份，只是冰箱、空调放得乡里又有什么用？要吃肉，肉案子、卤菜摊子天天在门口过身；要吃鱼，塘里、湖里有的是；小菜更不用管，冬有萝卜、白菜，夏有辣椒、豆角，未必不比冰箱里的菜新鲜？再说，我屋里南风赶南，北风赶北。一个六月，电扇都转不得几下，要空调做么子呢。我听别个讲，那家伙一天一夜要一二十块钱。你看看，我屋里是用得起这祖宗的户子不？这些都算了，那个摩托车搞哒做什么？给小清骑，她一个姑娘大姐，搞那么大一个铁坨坨，推都推不动。若是给正刚要的，我若有条件，早就给他安置了，我自己的崽还轮得上她心痛。我看呀，没准儿，就是她彭习珍不想做的。"

陈月英看在自己死鬼老倌的份儿上，一直念着江国祥的好。现在，见余凤桃为正刚的婚事急得火烧眉毛似的，不由得也在心里骂了一句，"江国祥，你这个蠢猪子，不要你贪几千几万，收儿媳的钱你总得安排好吧？没钱也就算了，莫说你还是支书，只说你是一家之主，也得你想办法左扯右借呀。这样让余凤桃一个女人家，跑上跑下的陪尽小心、说尽好话，自己撒手屙尿那什么都不管，是个什么搞法嘛。"想归想，却不能说出口。

她吃完面，从房间里拿出一个上海牌黑腈纶包，扯起余凤桃往外奔，"走啰！我们边走边讲。"

余凤桃没提防，下阶基时一个趔趄差点摔个跟头，"啊呀，英鬼婆吔，扯得我跟跄直滚。"

"真的是好心不得好报。我还不是为你好？你家老板（老板：此处代指丈夫）稍微替你想一下，只要开句口，什么事都会搞清楚。还轮着你急脚虾一样，跑过来找我？"

"是的呢，你又不是不清楚他的性格，生怕我们给他脸上抹黑，屋里什么事都不管，我看啦，他就不应该姓江，要姓'公'。我呢，有些话不晓得如何说，现在队上好多人以为我在故意哭穷。你看这叫什么话，哪个人前不想做个高子，何况是我。"余凤桃很少在人前埋怨江国祥的不是，这也是儿子的婚事逼得她恼了火。

"我晓得讲这话的是谁，有桩事我忍了好久，一直没机会跟你讲。"陈月英说着又把余凤桃拖回阶基。

前几天，陈月英在防浪林里捡烧柴，看见谭麻子两口子把屋里的船抬下水，便跑去问张禾秀，怎么又想起重操旧业了。

张禾秀鼻子一哼，把脸朝江家一转，"还不是托你那干亲家的福。管区的钱都落得他袋子里去了，硬搞得我们下面的没半点活路。"说完又骂了谭麻子几句，"你个擂栏猪变的家伙，跟在别人屁股后，卵骚都没闻到，还天天跑得挺来劲。"骂完谭麻子又调转脑壳面朝陈月英，"怎么，他们一袋一袋子的票子往屋里搬，没分点渣渣屑屑给你？"

说江国祥懒、好吃，甚至说哪个少妇儿看上了他，陈月英都信，说他搞了蛮多钱，她肯定不信。前几年，江国祥在县里搞纸厂，余凤桃一个人忙里忙外，瘦得不行，陈月英见了不忍心，隔三岔五把余凤桃拖进屋，给她炒一碗猪油炒饭。她开始还不好意思，后来那吃相呀，说给哪个听，哪个都不相信。现在听张禾秀张口倒粪桶一样，就忍不住争了几句，张禾秀自然说不过做媒人的陈月英，最后逼急了，便漏了几句口风。

"你猜张禾秀说了什么？"陈月英挽着余凤桃一起坐在窗前的砍凳上，这砍凳还是陈月英的公公用过的，上面尽是斧子留下的深痕。余凤桃觉得有些硌屁股，刚坐下又站了起来。

"管她说什么，我又不是她肚里的蛔虫。"

"张禾秀说，你家老江的前任当家时，她家谭麻子一年分的钱不下这个数。"陈月英说着伸出一根手指，在余凤桃眼前晃了晃。

余凤桃伸手佯拍了一下陈月英，"晃什么晃，看见了。一千块钱也不算什么，毕竟前几年年景好。"

"啊呀，我个桃鬼婆吔。你也太小看我陈月英，这千把块钱的事，值得我当奇事一样说给你听？一万呢。你晓得不？不下一万呢。看张禾秀的意思，除了这一万应该还有别的，只是被谭麻子一声咳嗽压下去了。难怪她那几年，一会儿打个金箍子，一会儿又置根牛链子。落雨天喊她打点角五分的歪胡子，都扎脚勒手，生怕别个没看见她手上的金圈。别人一问，就含含糊糊地讲，是她女儿们给她买的。俗话讲得好，嫁出门的女泼出门的水，你我都是做女儿的人，什么东西都跟做娘的置，莫说过婆婆这一关。满屋大小找你要吃要穿的，自己这关都过不了。再说，她的几个女过的什么日子，瞒得了哪个？如今想来，可能都是些来路不正的。这怪不得别人讲你家的哦，按她这样算，管区五个人，每年一万就是五万，两年就是十万。除去你家江国祥应得的两万，还有八万。伏家莫说只要一两万块钱彩礼，就算要上个五万、十万，你余凤桃也拿得出呀，犯得着这样见人就喊没钱收媳妇？你看除了我，哪个会信哟！"

江国祥搞了这么多年，余凤桃如何不知他一年到头的正经收入有多少。可账面上的是一回事，实际收入又是另一回事。条件最好的那几年，刨去单位上的人情费、过年过节的费用，江国祥一年的收入还没她砍一季芦苇的收入多。但她也知道，陈月英如此添油加醋，也是为她打抱不平，因此，只是轻描淡写的说了句，"人的嘴巴两块皮，只要上下合得齐。我哪管得人家讲些什么，按我家老江的说法，只要我们自己问心无愧就行。唉呀，说她做什么，快些忙正事要紧。"话音未落，余凤桃又从凳子上弹了起来。

陈月英打着哈哈把余凤桃按向凳子，"我告诉你哟，到了伏家，你只需这样讲，剩下的交给我，我保证彭习珍不会为难你。"陈月英说着，趴在余凤桃肩头如此这般地叮嘱她。

若真要去伏家，余凤桃肯定不用陈月英教她什么该说什么不该说，只是……无论陈月英怎么说，她还是决定先不跟彭习珍打照面，"我还是不去了，你先帮我去探一下口气。如果伏家真心实意想把小清嫁过来，就不要管这些，我和老倌子还能动，以后赚的一切还不是小清他们的。退一万步讲，就是我们现在借出这么多钱来，我就一个崽，以后小清进门了，不还是要他们小两口还账。你就劝劝我亲家，先退一步，让小两口把婚结了，其他的，以后等我们有条件后再补，成不？这也是现在，若是我父亲没把那些金器交公，我的日子也不至于过得如此艰难。英鬼婆，你不晓得，我娘屋里在土改以前，那是新天的大户呢，我娘的陪嫁只管光洋就有这么大一箱子……"

"你也老得跟我差不多了，一遇到难处只讲原日子。嗨，讲这些做么子呢，我们也言归正传，你说的那些呢，理是这个理，可又有几个人能听得进呢？听说，老江他们现在每年只拿半年工资，是真的不？"见余凤桃点了点头，陈月英轻叹了口气,"唉——我说句实话,你不要生气,归根结底还是正刚伢子肩膀太弱了点,他若不改,我都替小清担心,更何况是她亲娘?看我,又嘴巴多了,你这个事也不是没办法,只要小清同意,八字就有了一撇、九字也弯了一勾。我看呀,你还是去一趟吧,小清她跟你好得亲娘崽一样,只要她开口同意,她娘就没办法。这世上呀,只有崽女犟得过爷娘的,没见过爷娘犟得赢崽女的。"

余凤桃坚持自己的想法,"我还是不去了,拜托你了。你放心啰,皮鞋和猪脑壳少不得你的。"

"我未必是想穿那双鞋子?你这鬼婆子呀!说话就伤人,你安心的待在屋里等我的信吧。"

看着陈月英提着袋子,抖着一身肥肉走了,余凤桃的心暂时放了下来。

"桃姐,我找你找了一早晨。不晓得你到这里来了,快些快些,我有事跟你讲。"余凤桃抬头一看,是后面队屋里的余建亮。因为同姓余,余凤桃时不时帮衬余建亮他们一点,所以余建亮他们弟兄几个一直把余凤桃当自家姐姐。

前几天,余建亮去对河会他小对象,她摸着隆起的小腹,红着脸告诉余建亮,她有了。二十八九的后生子终于有后了,换别人,得一把抱起孩子他妈,狠狠的转上几个圈。余建亮也转了圈,只不过是在他脑壳里转的。婆娘伢几都有了,可吃了上顿没下顿的他,拿什么来接他们?

余建亮的事让余凤桃的焦虑度飙升。他真舍得开口,找她家借五千块钱,她年前年后要收媳妇,他未必没听到点动静。不帮他?先不说余建亮可怜巴巴的样子,只说他对象肚里的毛毛,她就狠不下心。不过,她头一次没给余建亮准信,只说等江国祥回来后再想办法。

伏小清初中刚毕业,便被父亲伏桂香托人安排进了县绳网厂。刚开始在办公室吃轻松饭,跟正刚好上后,为了多存些钱,小清主动要求到车间"三班倒"。最近,正刚怀疑她在县城工作,有了二心。为向正刚证明,也为向家里证明自己非嫁正刚不可的决心,她辞掉了在绳网厂的工作。不想,在船上听到几个妇女在高声议论她与正刚的婚事,她才知晓她家的价码又高了,这样,还不如直接把她卖掉。小清担心回家又会跟妈妈吵起来,等船到三队码头时,她跳下船,直接跑回了江家。

余凤桃站在屋角上,跟周腊梅有一搭没一搭的闲聊,一抬眼见小清甩着马尾辫从大堤上走下来,连忙走到菜园巷子去迎。

"小清来了啊！什么事这么急，跑得脸通红的。梅鬼婆，你来看看，我屋里小清是不是又长乖了？"余凤桃说这话可没半点讨好小清的意思。小清本就乖，一张圆乎乎的脸，笑起来嘴角两个诱人的小梨窝若隐若现，两只眼睛眯成一条线弯弯往上翘，配上那对好看的秀眉，加上高高鼻子、通红的嘴，一头乌发聚成一束马尾扎在脑后，露出整张满月般面庞，带笑又含春，让人既欣赏又怜爱。余凤桃一想起那些彩礼，笑容突然收拢，眉间的川字纹显露她满腔心事难以排解。

小清等周腊梅走后，拉起余凤桃的手往堂屋里拖。"妈，这五千块钱，本想给梦凡当学费的，她不复读，你先拿着。"

"这是做什么？我哪能要你的钱？这说出去，我的脸往哪儿放。"

一个未婚女子拿钱倒贴准婆婆家，是个什么概念？在别人口中又会生出多少是非，这点轻重小清也知道，但在说服她妈妈之前，她不得不这样做。

梦凡从渔塘角上见嫂子与妈妈在拉拉扯扯，以为她们闹矛盾了，远远地开口喊了声："嫂子。"余凤桃见女儿回来，撩起腰围巾假装擦手，顺便把钱暂时收进外套口袋里。

小清见余凤桃收下钱，开心地跑过去迎回梦凡"累了吧？你看脸都晒得通红的。"

"现在的太阳也不很晒，可能是骑车骑快了点，有点发热。"等小清把棉花袋子搬下来后，梦凡把自行车推进堂屋支好，顺手把身上的枣红色运动服拉链拉开透气，"嫂子，今天怎么来了，我哥去山里了。"

"你嫂子……"余凤桃刚想告诉梦凡，却看到小清朝她拼命的眨眼睛，知道小清不想让梦凡知道钱的事。

"来看你，不欢迎？"

"我可不敢，过不了多久，你就是这家的女主人了，我巴结还来不及，哪敢那么不识趣。"梦凡打趣小清。

"棉花还有好多捡？要不，明天我来帮你捡棉花？"

"不用了，这一批没剩多少白花了。不落雨都要等三四天才有捡的。"梦凡虽然恨摘棉花时不时刺伤她的手，但还是不愿小清陪她去。她喜欢一个人在棉花地里，天马行空的想心事。

小清没多想，脱下墨绿色呢子罩衣，敞着贴身穿的浅绿色提花薄羊毛衫，跑去帮余凤桃收棉花。

梦凡见小清和妈妈在一起有说有笑，不像是吵了架。她摇了摇头，唉，又以小人之腹度君子之心了，嫂子怎么会跟妈妈吵架呢？小清与哥两人能走到今天，真可谓情路坎坷。她至今都记得哥哥把小清带回来那天，爸爸气得把手中的饭碗掷向墙壁，指着正刚鼻子骂他是个忤逆子，他伏家是什么家庭，一屋子铜臭味，也值得你不管不顾地往他家钻等等。第二天，爸爸便让赵婶去浮桥那边的一位科长家提亲。幸亏那科长的女儿早已心有所属。也亏得小清没被初进门时吃的闭门羹吓倒，隔三岔五的跑过来帮妈妈忙这忙那的。两年下来，爸爸也终于不再说什么了，本以为可以水到渠成，谁知这边刚搞定，那边伏家又不同意了。

要比谁的脑壳灵泛，放眼整个苇场，小清的父亲伏桂香若居第二，还没人敢居第一。从不开玩笑的鲁嗲，曾当面说伏桂香吃了许多"灵泛得乐"，脑壳才会转得飞快。

早些年，苇场人都在肩扛手抬打出山时，他把堂客从牙齿缝里省出来的钱全拿出来，跑到山里牵了两头叫驴子回来拖出山，一年就赚回了本钱，还莫说大堤秋修、冬修包了不少工。

有了这笔钱，他开始收麻。头麻别人收二块三每斤，他收二块五每斤，给现钱。收到的麻，他并不脱手。而是在屋后搭了几间棚子（他叫仓库）囤麻。到三麻三块五时，他给三块八，还派他的舅子、弟弟到大垸子去收。

第二年，头麻麻价并没持续上涨，而是停留在三块八每斤。彭习珍见伏桂香还是只收不卖，先是呼天抢地，骂伏桂香没良心，要败光家底子，后来干脆拿根棕绳子，站在大堤上，打起号子喊，说是要吊得自家堂屋里。她闹得再厉害，伏桂香也不为所动，到场部找信用社贷了三万元，继续挨家挨户收麻，甚至以四块五的高价，定下了不少还没收回来的二麻。

遥远的海边，在浪潮退却时，总有一批最先得到消息的人涌向海边，不惧风浪、坚定前行。在那场因麻价上涨带来的经济大潮中，伏桂香凭着敏锐的嗅觉，成了赶潮人。

那年，伏桂香放了定金的二麻，被哄抬至七块五甚至七块八一斤。人们除了把所有土地都利用起来栽麻外，还把家中的泥砖屋、土砖房拆了，砌红砖瓦屋、楼房。

商机总是围在有准备的人身边，伏桂香以八元每斤的价格，把家中所有的麻都卖掉，在人们都向万元户的目标前进时，伏桂香轻轻松松成了苇场的第一个"超万元户"。在人们借钱、贷款学他的样做麻生意时，他却与县城的建材公司谈起了业务。

第三年，麻价毫无征兆的回落到了三块八、二块八、二块三。还在做麻生意的亏得一塌糊涂，伏桂香的资本却如汛期的洞庭湖，日渐丰盈。

作为商人，伏桂得清楚不能把所有鸡蛋放在同一个篮子里的道理，在做建材生意的同时,又购置了五六台平板手扶拖拉机,两条钢驳船,开始承包芦苇的出山与转运。由于,苇场与纸厂两头的质量关都卡得紧,每年赚的钱,除去人工、开销,按他的原话,"累死累活一年到头,只当得银行的利息。"

条件一变,彭习珍说话的腔调,与行事方式也跟着变了。回一趟娘家,不是说哥哥没出息,便是讲妹夫没搞头,害得娘家的兄弟姐妹吵的吵、闹的闹。如此几次,缓过神后,他们找到了不和的根源是彭习珍,于是除了找彭习珍借钱,都不想跟她有过多来往。婆家这边的亲戚也是好几年不进她家的门。正刚与小清确定关系的这几年,伏桂香与人合伙做芦苇生意又赚了不少钱,相较而言,江国祥家经济确实没有什么起色,所以,她有些踩低攀高,梦凡也能够理解。这次,喊哥哥过去要彩礼什么的,也许是前些日子,小清跟她提起的,那个县里的副局长的弟弟的事,让小清妈动了心思。

梦凡发呆的功夫,小清和余凤桃已经把棉花倒堂屋角落里了,白花花的一堆,估计也有三四百斤籽棉吧。

"小清,今年棉花好,你和正刚的事能成呢,这些棉花我就不卖掉了,留下来给你们弹几床絮被。"

小清知道一向爱自己的婆婆为什么会这样说,但她只能娇嗔着开玩笑,"妈——,我和正刚都到这一步了,还说什么成不成的,未必你们后悔了。"

"我可没这样想,我是怕我家没这个福气。"余凤桃不敢正视小清的眼睛,担心自己流露出来的焦灼会伤到她热情的心

"妈,没事的。你别信我妈的,是我嫁又不是她嫁。"尽管余凤桃一再掩饰,小清还是看见了她的忧色,连忙劝慰。

梦凡在旁边笑着用手指轻划脸庞。小清这才意识到自己说错话了,一跺脚,就往外跑。

梦凡紧追几步,拉着小清进房,"好嫂子,我没笑了,你别气。"

余凤桃看着两姑嫂勾肩搭背地走进屋,心中暗叹:说句良心话,她爷娘把她养这么大,要点钱真不算什么,只怪我家条件太不好,唉!

梦凡和小清根本没时间理会余凤桃在外面想什么,两个人在房间里叽叽喳喳聊个没完。

小清的大姨告诉小清,只要小清跟那个一订婚,就把她安排到县纸厂办公室,等领到结婚证就给小清解决户口和转正。

梦凡一听笑得咯天咯地,"嫂子,你大姨好好笑,你跟我哥都要结婚了,还在

想着给你找对象，难不成她想学电视里的，在你跟我哥结婚那天，让别人来抢亲？"

刚出校门的梦凡不知道，小清大姨说的那些条件可算是掐住了苇场姑娘的命门。现在苇场的哪个年轻妹子不想嫁进城？套用陈月英二儿媳一句话，搬到城里不图别的，只图入冬不用砍芦苇。莫说只要轻轻点下头，小清立马就有了正式工作，还吃上了国家粮，这可是苇场年轻姑娘做梦都不敢想的。

小清见亲如姐妹的梦凡根本不理解她的难处，想解释，又担心她听话听一半，到时传到准公公与准婆婆的耳朵里，还不知道他们会怎么想她，正刚前几日听到消息后，还阴阳怪气说她嫌弃泥腿子，想拣高枝了吗？想到这儿，她感到有些心酸，在船上忍了的泪水终于敞开了闸门。

第四章

　　相对于七拐八弯的防洪大堤，新垸子的公路还算平直。如果以南北为经、东西为纬，垸子里公路网主要由六条经线、五条纬线交织穿插而成，每条公路旁都有沟，它们既是灌溉用的主渠道又是沥积水的沥水沟。五七线贯穿新建管区，连接南河头、北河头两个客运兼货运的大码头，是垸中最粗的两条经线之一。庞翠英从北河头走到南河头时，太阳差不多落山了。苇场人都晓得，南河头、北河头只会从高处台子搬下来的老住户及他们后代口中冒出来，而郭美丽他们这样的半边户或天吊户，包括余凤桃、周元珍她们这样的外来媳妇，都称垸子南、北部为南、北岸或南堤、北堤。

　　新垸子与老垸子一样，四面环水，苇场群众时常自嘲居住地为宝岛。宝岛与外界相连的交通工具是各种各样的船，因此垸子外有许多泊船的码头，除去群众自己踩出来的小码头，整个垸子最主要的码头是北河头蒿竹河边的两个渡口，以及南河头沙洋河边三个码头，不管是渡口还是码头，都肩负着客运与货运的重任。南河头与北河头各有一艘到县城的客班船，庞翠英是搭的北河头的船。

　　按说，这种舍近求远的事，庞翠英打死也不会做的。全管区上下，谁不知道庞翠英是个稳当人。

　　苇场的经济日趋衰退，砍芦苇的工钱，开始以白纸条子替代。在人们为如何体面的生活下去而倍感忧心时，传来了一个让人欣喜的好消息。县里要在县郊围出的空地上组建一个菜队，吃供销粮的职工迁过去后，享受城镇居民待遇。换句话说，只要搬到菜队去，自己及自己的后代成了城镇居民。正所谓"无钱住街角，喝米汤都快活"，哪怕只是连街角都没挨上的郊区，哪怕仍然在地里刨食为生，但是这对祖祖辈辈闲时种地、忙时砍苇的苇场职工来说，无异于千载难逢的机会。可名额有限，得先满足从省纸厂、万洲猪场等地移民过来的职工，然后才是苇场职工。虽然如此，仍有许多群众为了一个名额，到处拉关系、走后门。

刘松柏二嫂庞翠英听到消息后，先让当家的按兵不动，自己独自一人跑到菜队搞调查。经过一番仔细察看与询问后得知，菜队的人单靠卖蔬菜，一天都能赚五块钱。她掰着指头一算，一天五块，十天五十，三十天就有一百五。不管江国祥他们这些农牧工，就算国家工、场里的大领导，一个月的工资恐怕也没有一百五，她当即决定搬，就算开除职工也要搬。

指标下来，庞翠英对自己的当家人很是高看了一眼。在她看来，她屋里当家人是典型的土鳖蛇，在家里端着大男人的架子，在外面三棍子打不出一个闷屁。

"菜园里的是丽子不？你这么早就收工回来了？"离目的地还有两三里路，口干舌燥的庞翠英想找个人家讨口水喝。

郭美丽抬头一看，是搬到菜队的表婶，忙把手中的一把杂草往土沟里一丢，连声喊："稀客，稀客！么子风把你这城里人吹到乡旮旯里来了？"

庞翠英起先很享受"城里人"的称呼。搬到菜队十多年，搬进城里的激情早没有了。看着屋前、屋后菜园子里边种菜边开着各种玩笑的堂客们，庞翠英心里五味杂陈，如果不搬出去，现在自己也是这群悠闲堂客们的一员。

前一两年，庞翠英一家同所有搬到菜队的苇场人一样，感谢抓住了这个机会，从此脱离了砍芦苇砍到手出血的苦难日子，因此就算没了职工待遇，都觉得值，毕竟人除了生存，还得活个奔头。只是后来发现，菜队"一天三响"（早晨秤盘响，中午凳脚响，傍晚尿桶响）的日子看似轻松，却比待在苇场更劳累。在苇场作田、打麻、捡棉花包括最累人的砍芦苇都是季节性的事，做完后就可以休息。到菜队后，一年四季都在重复育秧、移栽、锄草、摘菜、择菜、卖菜这些丫鬟事，人磨死了还不好找人诉苦。

知晓了城镇居民待遇跟城镇居民户口的差异后，好多人打起了退堂鼓，庞翠英为了这事跟她当家吵了不止一回，只是退都不知退回哪里？想当初，苇场何等风光？周边农村里的还捏了句顺口溜，"不动不挪，口粮四百八"，把苇场人吹得好像真能不劳而获。好多公社里乃至临县齐整些的姑娘，都托人做介绍，要嫁进苇场。一个地方只要有一个人嫁了进来，不出几年，临近几个队的新媳妇便有过半数是她娘家的。手腕子活泛的还利用这层关系，把娘家人都迁进苇场，哪怕做"天吊户"，只要能在苇场生活，他们就无比满足。因为苇场垸内面积小，人口陡然增多，不管是耕地还是宅基地，都无法供应，上面只好严控户籍，准出不准进。自己倒好，说不要就不要，现在回去，谈何容易。

庞翠英跑到郭美丽家水缸前，拿起竹端子舀起一端子水往嘴里灌，郭美丽怕她呛着，连声喊，"慢点、慢点。你这是从哪里来？五急伏六急的。你家的屋不是拆掉了吗？莫不是马虎表叔家谁生日？不对呀，少兰表婶三娘崽都是七月份生日，女儿出嫁了，又不可能在娘家办酒。表叔？他做三十六、四十，我们都去吃了酒，我记得是出了十五不久。莫不是，你大侄儿定亲？也不对呀，这么大的事，我会不晓得？"

郭美丽家在三队码头堤脚下，南河头的人上街、出去打鱼、砍芦苇都要从李家屋门前过，郭美丽又最爱问东问西，所以大到哪家红、白喜事，小到哪家屋里鸡婆好久抱的窝、哪天割了几块几角钱肉，她都清清楚楚。

"咳、咳，"庞翠英放下竹端子，在颈后轻拍了几下，"你、你、你让我歇口气，我等下告诉你。"说完，随郭美丽走近堂屋，把罩衣脱下来，随手搭在椅背上，人坐在门前的长矮凳上喘粗气。

等待的时候能让嘴巴闲着，郭美丽就枉费了"苇场新闻局局长"的雅号。她拿起椅背上的大衣，往自己还有泥巴的灰色职工布小罩衣上套，连连赞叹，"还是搬到城里去好呀。这叫燕子领吧？我记得谢婶的儿媳有件大红色的。不过，你这墨绿色也好看，适合我这个年龄。表婶，你看看，我穿这个合身不？合身又有什么用呢，我又没得钱去买。身上这身，还是你在垸子里时，帮我做的，还记得不？我那个时候，刚嫁到芦苇场，也是要么子有么子。你看看现在，看起来比你都老些。唉，人比人气死人，我年年做得鬼一样，一件好衣服都置不起。你们这一着棋走正了，搬进城，一屋人解决户口不管，还天天享清福。表婶，你不晓得呢，当时我听到信后，也是想搬过去的，就是我屋里李长庚呐，吵死一样，不同意。至如今，你看看我这个人，再看看我们这个屋，人越来越老，屋越住越烂，想么子，么子都买不起，你说说，我活着还有么子奔头子啰。"郭美丽一会儿用右手手背砸向左手手心，一会儿又双手掌心向上摊开，好像动作比语言更能表达她的意思。

"天天享清福。"如果一年三百六十五天，天天从早忙到晚也算享清福，她也不至于担心手掌上的皴口会刺伤郭美丽的手。人都是眼睛皮子浅，看人看事只看表面。想到这儿，她拿起编织袋上的绳子挂在木棍上。

"急成这样做么子？再打一阵讲啰，你到底来搞么子的，赶天赶地赶过来？"郭美丽一把抓住庞翠英系绳子的手。倏地，她的手如同触电般往怀里一缩，一脸的不可置信，很快她又满面含笑地拖起庞翠英的手，"表婶，你也太爱卫生了，一双手泡得像把锯子。消毒水还是要少泡点呢？换做别人，会认为你的日子过得苦。"

庞翠英抽回自己的手，稍微迟疑了一下告诉郭美丽，她这次来，是因为菜队支书家的满崽快二十四了，想在垸子里找个靠得住的做媳妇，托她来访访。她一听就想到了江国祥的满女。

郭美丽一听，笑得哈哈连滚，"我说操夹心的表婶哟，他江家的女儿还轮得上你老人家做介绍？这一段江老倌那姓沐的同年崽，有事没事往江家拱。你我都是过来人，有么子事会让一个后生子，顶着个大太阳，骑十几里路的车，跑来跑去，还不是看上江家的人了？笑死人的是，我去问桃婶子，她还说没这回事，扭转背，却跟谢家婶子说，她家凡妹子早就定好了，只等他崽结婚。过了年就操办凡妹子的事。你若不信可以去问谢婶子。我劝你，到江家提都莫提这件事，那凡妹子可不讲情面，讲多了，真的会用楠竹扫帚赶人。我前几天被她赶过一次，你坐，你坐下来啰！你坐下来，我才好慢慢跟你讲。"

浮桥那边的老垸子很早就已初具规模。苇场成立后，场部便从挖口子迁到老垸子西北角。老垸子比新垸子大不了多少，住在老垸子东北角码头边的沐光辉家，离场部也只有四五里路。

夜色慢慢由堤外的苇荡深处向垸子里侵袭，蒿竹河上白色的水雾、堤坡下随风升腾的炊烟已悄没声息的隐退，同时退隐的还有归牛的哞叫，孩童的嬉闹以及河中船舶动力的轰鸣。湖边荻茅丛中的沙鸥不时传来几声夜鸣，垸内树边、屋角的秋虫便报以一阵呢喃，给苇场的夜更添几分宁静。

离老垸子东北角半里左右，有一棵茎大数围、枝叶如盖的重阳树，重阳树后约百米，有一座庙，这便是江国祥所写的《肖公庙传奇》中的主角——肖公庙。江国祥写这本书时，沐光辉刚好在新垸子南堤外守山。长夜漫漫，江国祥写成的初稿倒成了沐光辉唯一的消遣。

只是，如今的肖公庙并不如书中描述般香火旺盛。以前的主持圆寂后，肖公庙一度无人看守，庙外面的钟、庙门上的铜门钉、庙里的桌椅板凳，都被人或偷或借，搞了个精光，就连做码头的几块麻石，也被撬去修了桥。前些年，住得堤角上的曹天佑，在外地打工的儿子突然联络不上。曹天佑与妻子疯了一样，到处寻找，最终听说儿子已在南方某寺出家为僧。几经周折，两口子虽没见到儿子，但回来后不再以泪洗面，而且到处化缘，把肖公庙修缮一新，搬了进去，开始侍奉菩萨。

这曹天佑不知又跑到哪里去了，敞开大门，灯也不开。沐光辉把自行车停在香炉边，朝自家堂屋里亮着的灯望了望，背着手在大堤上走。

堤坡下，红砖红瓦的房子与房前的主渠、渠边的机埠屋一样，都是苇场效益好时修建的。当时，苇场不仅在湖洲上修了二十多条路，建了八十多座桥，六十多栋站屋,终结了职工群众进山砍苇住茅棚的历史,还以每户补助二百到五百元,以及提供二至三方木材,鼓励并引导群众拆掉茅屋建砖瓦房,那时的苇场,连堤边的狗尾巴草都比其他地方的高出两三分。

在白鹤塘角上,沐光辉遇到了老场长。近八十的人了,穿着笨重的下水裤,右肩扛一副桨叶子,左手提着一网兜嫩仔鱼,正吃力地爬上堤。

一问才知,老场长的退休金一年才发了两三个月的。老伴得糖尿病十几年了,天天要打胰岛素。在苇场上班的崽女,工资同样发不出;没上班的,场里打的往来条子也有一摞。而且,都有孩子要读书,学杂费贵得吓人,还不能拖欠,老场长说他们个个恨不得腋下生出一只手来找他要钱。俗话讲大河里没水,小河里断流,李老无法,只好借了一套别人不要的工具,到河边、沟港装点小鱼小虾,回去火焙好,换点油盐钱。

在苇场大兴土木的某天,新建管区的老支书一清早,在黄家河的渡船码头把老场长拦住,说是有急事要请示。

原来,新沙洲五队站屋工场上的钢筋晚上被偷了。那时的钢筋是有钱也买不到的好东西,丢得洲子上,肯定有人惦记。

老场长心里清楚,这钢筋说不定此刻就在哪家的屋场地基上。他想了想说,"多大一个事呢,只要钢筋没跑到对河去,就不算被人偷走了。你那里没有了,去重新申请,到供销社领点回去便是。"

当时,苇场的浮桥还没开始修,渡船是苇场两垸往来的唯一的通道。等渡船的人们听到老场长讲的话,心中感动异常。这个场长,真的是把苇场的职工群众当自己的崽女呢。

后来,老支书装着新领的钢筋回到新沙洲时,发现被偷走的钢筋也被送了回来。

堤脚下亮起的昏黄灯光,让沐光辉从回忆中清醒。他暗自长叹一声,做了近十八年支书,从未想过能陷入如此困境,是该拿定主意了,虽然老板不一定采纳,至少他能要表明一下自己的态度。想到这儿,他走到肖公庙,扶起单车,往场部赶。

前方的亮光逐渐增多,猛地一阵电子铃声,将夜的宁静打破,中学上晚自习的学生要放学了。沐光辉轻咳一声,从学校后面的码头下堤,步履轻缓地走向场部办公楼。三层高的办公楼二楼最东头几个房间的灯还亮如白昼。那是场部班子成员的房间。

新垸子的夜似乎比其他地方都黑得早,不到八点半,除了有学生的家里,家家户户只有电视机屏幕上的微光,在没有窗帘的磨砂玻璃后一闪一闪。

江国祥房中的灯没有熄,他一目十行地在书案上的一堆报纸中寻找,希望从中找到他想要的信息。

余凤桃把堂屋里的桌椅板凳摆放好后,一边解着罩衣扣子,一边走进房。

余建亮来过好几趟了,她实在想不出理由打发他。不管江国祥如何骂她,都得让江国祥给她出出主意。

江国祥放下报纸,一言不发地看向余凤桃。这女人,为什么总喜欢揽这些难事。

"你只告诉我有没有办法,眼睛鼓得牛卵子一样的看着我做么子?我脸上又没长花。"说完,余凤桃俯身扯开被子,钻了进去,热身子碰到冷被窝,虽然有心里准备,余凤桃还是打了个冷颤。

见江国祥没反应,她开始絮叨起来。说什么,余建亮若不是跟她一个姓,江国祥就不会担心有人说他以权谋私,这事怎么样他都会想办法。

难道不是?江国祥刚当上管区支书那会儿,全管区四五百户人家,哪门哪户他没去帮过忙。小到两口子吵架、鸡鸭被偷、东家屋里的泡桐树叶子落到西家的屋顶上,大到争屋场地基、两姓人家的宗族纠纷,以及男女间的糊涂事,至于生、老、病、死,套用江国祥的一句话,他是阳世间的"土地老倌",他不管谁管?余凤桃对江国祥最有意见的是,江国祥在林业站有闲心帮五保户打报告要木材合"千年屋",自己的爷、养父母、岳父母都是六十往上走的人了,他们归老的,他从没想过要安排。果不其然,江国祥父亲去世时,因没做任何准备,只好在对河买了水泥棺材。为这事,江家几兄弟好几年不通来往。在纸厂时更不用讲,江国祥除了呆板,最有名的恐怕是当"红娘"了。三年时间,为厂里二十多对大龄青年保媒、证婚。没钱的,他以厂长的身份做担保,到银行贷。没家具的,他帮忙联系木制品厂。他甚至动用厂里的吉普车,帮他们迎亲。她就不信,现在余建亮的事,他江支书就没办法想了。

确实,凭江国祥的面子,到场信用社做担保,贷几千块钱不成问题。北堤知青屋里的那个孤儿,江国祥先是支助他读书,后来又贷款帮他张罗了婚姻大事,到现在,小两口都把他当亲爷看。他是觉得余建亮平时做事太不牢靠了。

余凤桃念了半天,没见江国祥给她个准信,气得背转身,不再理他。

江国祥找了半天,也没找到他想要的。熄灯后,钻进被窝。换平时,余凤桃会主动让出煨热了的地方,今天,余凤桃推都推不动。他只好轻咳了一声,"明天,你让余建亮跟我去一趟场部。"

余凤桃一听,立马移到床铺的里侧,"正刚那边还差不少钱,要不,你多贷点。"回答余凤桃的是江国祥故意发出的鼾声。

第五章

　　洞庭湖水满时，南河头的客班船，会从西堤角上逆沙洋河上行数十米后，拐至五花河，到达航标塔附近，渡过东南湖，便可到达县城，整个航程只需二十多分钟。其余三季，船需顺沙洋河而下，在明月洲附近拐到反边湖，再绕过回龙山、南竹坳、干河子，走新河到航标塔附近出口，再渡过东南湖，到达县城，航程需一小时四五十分钟。而五队码头的客班涨水、退水都需逆蒿竹河西上，经新沙洲、拐棍洲北，至航标洲，经挖口子、江渚头、到白沙长河，过东南湖至县城，航程要花费四个多小时。因此，北河头以及其他管区上街有急事的，不耐烦在船上干坐那么久，常常五点多听谢癞子吆喝羊的破嗓了一亮，就动身，步行到三队码头搭船。南河头的群众不像北河头的那般匆忙，就算早起也在家里摸摸索索，等停靠在堤脚下的客班拉号子了，才往大堤上赶。

　　刘松柏确实晏起了。凌晨，胡少兰硬逼着要了一回。俗话讲，"四十如狼、五十如虎"，胡少兰在如狼似虎的年龄，好不容易等他从湖里回来，主动一些无可厚非，再者他刘松柏本也好这个。刚结婚时，胡少兰图新鲜，跟他驾船在外一漂就是几个月。后来，不知是热度减少了，还是胡少兰想开了，她不再跟刘松柏上船，但规定他得按时回来交公粮。湖里生活清苦，偶尔一天轻松时，听到船有节奏的打浪声，无处排解的生理需求让他彻夜难眠。好不容易回趟家，都像要搞够本一样，与胡少兰折腾大半夜。只是，近来胡少兰的饥渴让他有些应付不来。这不，完事不到五分钟，他便打起了猪婆鼾。等胡少兰把他摇醒，风风火火赶到船码头，船已进了大四眼塘。他只好自己驾船渡过河，沿洲上的防火路，跑到新河边。刚坐在芦苇垛子上喘匀粗气，客班船已哼着流行歌慢慢进入他的视线。

船靠岸，刘松柏跳上船，弓腰走进船舱，一眼便看到在船舱中跟人聊得唾沫横飞的伏桂香。他满脸堆笑地从人群中挤向伏桂香，"伏老总，怎么没开水上漂（快艇）呢？跑到这边来搭慢班船，不怕耽搁了你的生意。"

伏家离场部快艇码头只一两里，到新建三队码头差不多有六里路。之所以舍近求远，是想着又有近一个月没看鲁家大嗲了，从家里提一对南洲大曲，出门后又在肉案子上砍了点肉，顺道去鲁家跟大嗲聊了几句。他本想告诉刘松柏事情的原委，又觉得没必要，只接过刘松柏递来的烟噙在嘴上，凑到刘松柏拢着火柴前点燃烟，示意刘松柏坐在他前面的长条凳上。

在时不时被人打断的谈话中，刘松柏套出了他想得到的消息。不仅如此，他还做了个决定。与其找江国祥那个死脑筋的，不如从此抱紧伏桂香的大腿。按伏桂香的话说，早已是市场经济了，江国祥奉行的那一套早就行不通了。

刘松柏从县城带回来的消息，经六队的李神保、七队的田阳春等人一传，如决堤的洪水般迅速在全管区蔓延。田间地头、路旁堤上、灶前屋后一改往日的冷清，又变得热闹起来。辩论赛向来不只存在正、反双方，自然也不会在规定时间内决定胜负。

关于苇山承包的辩论赛，选手众多且层次参差不齐，经历了听之任之、不相信到信以为真"三步曲"后，除去半天没奔到主题的无效辩论观点，初步总结一下，可分为三方。一方由鲁嗲为首的老班子提出的：除了现在已经承包出去的水毁山场，其他山场一亩也不能包出去。苇场人建场以来，都是靠芦苇生存，如果苇山承包出去等于苇场人集体丢了饭钵子。一方由刘松柏代表有钱的或者搞得到钱提出的：早承包早获利，从搞大食堂到土地包干到户，说明集体搞久了终究是会散伙。再说现在搞得好的，哪个是靠砍芦苇的力钱发的家？退一万步讲，现在靠那些吃不得用不得的白纸条子，是靠也靠不住呀。一方由谭建武带头提出的：承包可以，没承包的人，场部每年要补偿历年砍苇收入平均值，再加上生活费若干元。苇山包给别人了，准不准群众上洲子还难说，单靠垸子里的几分薄田，雨稍微大一点就内涝，连续出几个太阳就干旱，恐怕到时都只喝得西北风。三支队伍中，先前以鲁嗲这边居多，经余建亮一煽动，人们都回过神来迅速站到谭建武这边。

谁对谁错，应该站在哪边，李长庚心里没底。他悄悄从争论的人群中挤出来，从队屋前的小路绕到江国祥屋后，准备从江国祥那里拿个准信。不想，江国祥去场部开会还没回，只遇见江正刚与谢波站在江家禾场里讨论。

江正刚平时和母亲一样，遵守父亲严令，从不与人谈论相关大事，就算避免不了，也只旁听。像今天这事，正刚在郭嫂屋旁听了一会，怕引起不必要的麻烦，趁人不注意，急急回到了家中，想跟父亲汇报。不想，碰到了想赶过去参与争论的谢波，正刚把他拦了下来。说现在那里人挤进不去。就算挤进去了，都是扯起嗓子在喊，谁也听不见谁的。还不如不去。说完又念了句，也不晓得有个什么好争的，苇山承包出去不是大好事吗？在他看来，能承包出去，给不给钱都无所谓，只要不再让他进山，就算解放了。至于有没有饭吃，他江大少爷可不管，反正有他爷娘一口吃的，就不会让他饿死。

谢波还以为农校毕业的江大少爷会有什么高论，谁知却是这番理论，一时哭笑不得，他也不想想全管区甚至全场，有几个有他这种条件的。像我谢波，刚上初中，父亲就得病。只好辍学回来砍芦苇。我若像他，莫说娶妻生子，活不活得下去还两说。

李长庚的出现，打断了谢波想借机嘲讽正刚的心思。他捡起被正刚扯落的几只鳝鱼篓，逐一挂在扁担上。朝李长庚挤眉一笑，急奔而去。

鲁嗲怎么都想不通，这些前一刻还熟悉不过的人，怎么一下子变得不认得了？芦苇对于芦苇场的人来说是什么，未必还要讲，他们怎能听风就是雨，说声不要就不要了？

跟苇场大部分老人一样，鲁嗲牢记着苇山的恩情。鲁嗲老屋里在南边鲁家湾的。因连年灾荒又逢战乱，家里时常没米下锅，为了一大家人能活下去，鲁嗲的父亲带领全家如江秉仁一样，开始下华容。鲁嗲在棋子淀佃田耕种时，结交了江有德、谭玉保。

鲁嗲结婚时，江有德已搬到了新沙洲。听赶来喝喜酒的江有德说起洲子上如何如何的好，跟谭玉保一商量，一起携家带口驾船南下，来到新沙洲，与江有德一家比邻而居。不管后来洲子上新搭了多少茅棚子，鲁、江、谭三家只要一家有人在屋里，其他两家就可以放心大胆地敞开门户。至于江国祥他们这一代，更是亲如兄弟。

其实，当时的苇山，除了要比垸子里的人少交一些杂税外，并没江有德吹嘘的那般好。当然，滩头的租金只有垸子里的一两成，但收成也少了好多。最方便的是，在屋门口就可以设坝、架罾、装篾篓。芦苇除了搭茅棚子，做烧柴对他们并没多大用处，对面垸子里的人却喜欢用，春天可以放在田角上的粪塘里沤绿肥。汛期，用芦苇捆子防浪。冬天，杠柴可以做晒棉花的帘子，泡芦可以打芦席。刚开始，他们不计报酬的帮垸子里的人砍。后来，自己砍了用小船运送到对面，换几升米、几两油，或者几斤棉花。

有年冬天，几个湖北人架起一条大风篷船，来到洞庭湖，说要收些芦苇去编东西，苇山的人们才开始砍芦苇卖钱。

后来，又有人说芦苇可以造纸，于是，洲子上的人们开始了春夏捕鱼、秋冬收苇的半渔半樵生活，洲子上一到秋天便白头的芦苇也不再自生自灭。

芦苇场建立以后，他们过上了做梦也没想到的好日子。不仅从十年有九年遭水淹的高台子上迁到了垸子里，还成了国营农场的职工。除了作田不要交粮，月月有工资，还年年都有粮油补助、物价补差，最让人舒服的是得了病，无论大小，在职工医院，都只出一角多钱挂号费。

是的，这几年年景不好，但一家一户都有困难的时候，莫说这么大的场部。只要大家齐心合力，总会想到好办法的。就算真的没办法，就都勒紧裤带子，挨过这几年，到时，或许又有新政策呢。什么搞法嘛，硬要去败祖业。

想到这儿，鲁嗲心口如被人剜了一坨肉般痛。

这种痛鲁嗲曾经经历过。

那年春天，苇场群众终于盼来了家庭联产承包责任制，群众叫它："分田到户"。跟着一起分到户的还有农具、机械、耕牛、农药、化肥等。那时鲁嗲是队长，江国祥是生产主任，看着群众从队屋里，把他们带领群众辛苦置下的家当，一件一件搬回家。

江国祥到底年轻，当谭建武要搬走最后一张犁时，他脚踏门槛、手扶门框，把自己弄成个大字型，拦在保管室门口，骂骂咧咧地不让领到东西的人出门。鲁嗲只好一遍一遍给他讲政策、说道理，"国祥呀，'承包联了产，治穷又治懒'，就冲治懒这一点，联产承包就不是啄乱麻的抱鸡婆。我这十几年来，只想让管区家家户户都吃饱饭，男男女女都有裤穿。可是你也看到了，不管如何狠抓苦干，还是有人穷得有了上餐没下餐。听人讲，外边有个地方搞了好几年，村里个个都发了大财。我们不求发大财，只要它能让群众吃饱穿暖，四时八季都有肉吃就行。"

现如今，江国祥是否还同他一条心呢。又或者他是不是能想办法阻挠？鲁嗲其实也晓得这是他自己在宽慰自己。江国祥能有什么办法呢。他一个管区支书，是来武的还是来得文的？不说上面有没有人听他的，只说管区这些人，只知道做呆工夫的泥腿子，除了学几句嘴，其他就跟算盘子一样，拨一下动一下。指望他们，休想。

回到家后，鲁嗲不言不语，把好久没抽的散烟丝翻出来，扯下墙上的一页日历，坐在堂屋后门口，边卷边抽，鲁娭喊了几次都没让他停下来。

第二天中午，鲁嗲放下筷子，就跑到江家去等。余凤桃对鲁嗲他们老两口，向来恭敬。不等他进门，便喊他坐，还没坐定，一杯芝麻豆子茶已送到他手上。江国祥头天去场部有事还没回，便问余凤桃，收儿媳的事安排得怎么样了？余凤桃正差一个人听她吐苦水，一五一十的把事情经过告诉了鲁嗲，"这都不算，更好笑的是，后屋里的余建亮还找我借钱。你老人家看看，他这不是难为我们吗？"

　　鲁嗲有心帮忙，一则他家里经济也不很宽裕，二则他只能当一块五毛钱的家（红豆烟一块五一包），因此只能给余凤桃出出主意。

　　余建亮的事好办。游案张屠户，是江国祥表了几代的老表，酒席的肉可以先找他。浮桥那边做面的也是个热心人，先找他赊点账。鱼就更好办，江家东边渔塘里，一年放了几十百把条草鱼、麻鲢、鳊鱼、鲤鱼，提前干塘不过少点秤的事。鸡与洋鸭，余凤桃自己喂了一二十只，少了可以先到队上喂了的人家捉。至于酒席上用的烟与酒，那就更好办。小清的哥哥不是在城里开批发部吗，由江国祥做担保，先从小清哥哥那里去赊，抹干桌子后再去结账。

　　余凤桃听了不由得苦笑，她养的那些活物都是为收儿媳准备的，余建亮再亲，会亲得过自己的崽？可她不能跟鲁嗲说，只是叹了口气，"如今想来，还是我们那时候好。我跟老五结婚时，他亲生父亲只出了一担米，就连老五身上的蓝料子裤，也是我出门前打开衣箱让他换上的。他养父养母当时倒大方，吃三十块钱酒。第二天一早，老婆婆老倌就开始斗嘴，我婆婆连喊递喊，要去伴满崽住。我公公一听，鼓起眼睛，狠狠骂了我婆婆几句，气得我婆婆一冲。等她前脚一挪，我公公后脚就找老五要回那三十元钱，追着喊着在满崽那边住了半年才回来。我当时不懂事，只晓得洗脸架、八仙桌、缝纫机可以借来摆一下，没想到礼金也可以。说起来，那时的人都好，家里有什么显眼的，不等别人开口，自己送上门来，生怕新郎家在新媳妇娘家落了面子。我娘屋里给老五做的那组弹簧沙发，大叔，你还记得不？座子是木的，沙发布是蓝色底、金色凤尾花的塑料布，中间带个红漆木茶几的。那一两年，在队上哪个新姑娘房里有过塌场。如今呀，不是我说怪话，人还是那些人，心却变了。现在至少有三四成笑贫不笑娼的黄眼狗，在等着看我江家的笑话。"

　　屋角上苦枣树的影子慢慢爬到堂屋门口，回龙山中也响起了客班船喇叭里的流行歌声，江国祥推着自行车，摇摇晃晃地走下了堤。绕过渔塘，见鲁嗲坐在阶基上，急走几步跟鲁嗲打了个招呼。余凤桃见他开口酒气直冲，一股无名火一冒，气得她起身走进里屋。又发什么闷头气？若是往常，江国祥脑子里肯定会冒出这样一句话。只是，他现在真的没多余的精力去想。

前几天，他在苇山，将老板送上公务船时（不管什么单位的一把手，喜欢下属唤自己为"老板"，应该是市场经济催生的吧），老板第一次很亲密的凑到江国祥耳边说，想把新沙洲的山场全部承包给Z总，到时请江国祥做一下收入及开支预算，再积极组织一下收苇劳力，争取在本场做一个样板出来。

江国祥这才明白苇山承包已势在必行，承载着他特殊情感的新沙洲已朝不保夕了。

在他看来，新沙洲不仅是新建管区四个生产队的吃食场，还是他生命中不可或缺的一部分。他出生于建场那年，冥冥中苇场的命运便与他扯上了一层说不清道不明的关系。

江国祥年幼时，祖父从渔船上跃上岸，总喜欢把他扛在肩头，站在拐棍洲上指着苇山，很早以前，苇山除了比人还高的芦苇，没有一条路。苇山里的路，都是他们这些老家伙生生踩出来的。他还告诉江国祥，在江国祥出生那年，他挑起一担一人多高的苇青，准备去对河换点米，被一条一丈多长的五色蛇挡住去路，离河边不到三里路，硬是转了整整一天才转出来。还有那一边，三棵柳树并排的那个洲子，江国祥的娭毑，大着肚子去那边摸鱼，硬是把江国祥的满姑（最小的姑姑）生在了野鸡窝中，等秉嗲赶到时，秉娭满嘴是血。因周围无人，她只好自己咬断了满女的脐带。秉嗲就势给满女取名叫"凤云"。当时拐棍洲上的人都笑他疯了，一个砍樵、打鱼为生的，还指望野鸡窝里能飞出金凤凰。秉嗲不信邪，在兵荒马乱的年代，硬把满女送到县城读了几年书。也正是这位满姑，江国祥才从她家的藏书里，接触到了他那些发小从没看到过的世界。

江国祥的亲生父亲江有德更不用说，爱护苇山胜过爱他这个过继了的儿子。每天不分清早夜黑的在苇山里，就连得了晚期血吸虫，鲁嗲劝他去医院治疗，他都一次次拒绝，除了隔几天去抽一次腹水，用他的话说，让他躺在医院里看着那些白墙、白布等死，还不如让他死在苇山里，至少山里还有他的老伙计。一语成谶，江国祥的父亲最后真的死在苇山里。

父亲走后，不管是开沟沥水、除杂清藤，还是砍苇交苇，江国祥从新沙洲的每一块山场、每个湖汊、每个鸡屎藤瓣子里，似乎都能看到父亲微驼却不失矫健的身影。每一阵风、每一根芦苇与茅镰的撞击声中都能听见父亲常哼的跑调的花古戏。

但是，既然苇山被承包出去的大势无法阻挡，作为支书，他能想到的也是极其重要的一点，便是如何为苇场、为群众谋取最大利益。

昨天一清早，他赶到场部，跟老板汇报新沙洲的收芦费用，见老板没工夫细看他的手稿，他抽了几条重要的汇报。其他的，老板都点了点头。只是当江国祥说到，承包费用是按新沙洲的往年平均产量乘以90元每吨，老板听完没说话，只看见他的眉头越皱越紧，直到在眉心挤出四条竖沟，他才状似不经意地说了一句，"这个，你得再考虑一下。"向来猜不准老板心思的江国祥，急得鼻尖的汗都冒出来了。

这到底是高了还是低了啰？他越急眼球就越突出，以至于他请求老板明说的眼神，被老板误认为对峙。老板站起身来，准备开口，又像刚想到什么似的，猛地坐了下去。见江国祥还是鼓起眼睛看着他，压抑不住怒火，把手边的茶杯往桌子中央一捋，"这点小事都做不好，天天上班混日子的吗？"把对面的江国祥吓得一愣，这是？他在脑中把一些关于老板与Z总的信息又过了一遍，老板这架势肯定不是因为费用定得过低。想想后，他用自认为最缓和的语气对老板说，"这对Z总来说不吃亏，若是他担心我们做手脚，可以交一部分定金后，到时再到洲头检斤，点捆下河，我保证每个方捆都是足25斤。但是费用，真不能少。"于是，江国祥弯着手指头，算了起来，砍伐、打叶、除杂、打捆、拖出山等等各需若干元，九十元每吨到底搞不搞得出，他现在心里还没底。江国祥这边没说完，老板喝了一口杯里的残茶，旋即皱紧眉头，把嘴中的茶叶啐到地上。起身，啪啦一下推开老板椅，端起茶杯，径自走出了门，留下江国祥呆愣在办公室。江国祥再不懂人心也知道老板这是对他极不满意，但他不想妥协。这个汇报材料是他根据多年的经验，以及现今芦苇、人工等的时价，熬了一个通宵，才制定的双赢方案，若是再少，岂不等于拱手相送？

沐光辉来老板办公室，想为苇山承包试点的事再争取一下，走进门，见江国祥勾着脑袋坐在窗下的沙发上抽烟。问也问不应，喊也喊不应。约摸一盏茶工夫，老板端着一杯热气腾腾的茶走到门口，见江国祥还在这儿，不由一愣，准备开口说些什么，瞥见从江国祥旁的沙发上起身的沐光辉，便用眼神示意他，赶紧把江国祥劝回去，也不问沐光辉来找他是为何事，转身就走。沐光辉追出门，本想唤住老板，转念一想，还是止住脚步，眼睁睁看着老板肥胖的身影消失在楼道里。

沐光辉一直坚信同一件事，不同的人做会有不同的结果。因此，在听说江国祥不同意苇山承包后，沐光辉那颗额头高而阔的脑袋便飞速运转起来。他想说服老板，在他们管区试点。谁知，却看见了与老板杠上了的江国祥。

若是别人，肯定认为这是个好机会。但沐光辉脑子转得快，几脚路的工夫，他便想到了好几个可能。若老板同意在自己管辖范围内试点，江国祥会怎么想，沐光辉不得而知，他最担心的是，自己又会成为老板手中的棋子。

苇场大办乡镇企业时，场部前任书记曾找沐光辉谈过话，希望他担任即将上马的纸厂厂长。书记会这样安排，沐光辉一点也不意外。毕竟，他在湖洲上扎扎实实搞了二三十年。但那仅限于对芦苇如何变成钱的了解，而芦苇到底是如何变成纸，虽然每年都要去镇纸、岳纸驻厂，但他只是个去收钱的门外汉。就算他略懂一二，据他对书记的了解，新建的纸厂，他真的当得了家？到时不但捞不着好，说不定还会成为替罪羊。

后来的事实，让沐光辉一次又一次地庆幸自己当初的英明决定。也正因为如此，纸厂破产后，场里把责任归咎于江国祥时，他才力排众议为江国祥开脱责任。

纸厂的成与败只是经济的盈亏问题，而苇山承包则是动摇根基的大事，若是被有心人利用，那后果……

沐光辉好说歹说，把江国祥拖下楼，在场部门口遇到儿子沐阳，便吩咐他下班后，去堤上买点酒菜回家，他要带江国祥回家吃晚饭。

一路上，江国祥把费用跟沐光辉算了几次，又逐一摆明了他的难处，并反复地问沐光辉，"老沐，这事换你，你会怎么做。"

不明情况的沐光辉只好打哈哈敷衍。吃饭时，江国祥把事情的原委当着沐阳的面，告诉了沐光辉。沐光辉虽然明白老板把新沙洲当成示范区的原因，但他不好跟激动过头的江国祥多说，只是劝江国祥站在老板的角度上考虑。不料，此言一出，激发了江国祥更多的牢骚。"站在他们的角度？哼，他是外来的。只要把苇场承包出去，最少能抵上亏欠的大窟窿。到时，穿上'扭亏为盈'这件外衣，去表表功，活动活动，脚底摸油跑了，留下的烂摊子谁负责，还不是我跟你这些土生土长的农牧工？老沐呀。到那时，你我的背脊都会被人戳破呢。"一时间，两人谁也说服不了谁，都起了高腔。只苦了沐阳，终于确定两人不是吵架后，又忙着给这个递水，给那个换热饭的。不觉已到深夜，江国祥嚷着要回去，沐光辉担心酒醉的他在路上不安全，嘱咐沐阳一定要把他送到家。谁知，刚过浮桥，江国祥硬把沐阳劝得打了转身。

半夜，住在浮桥码头边堤脚下的谢溅堂姐姐，只听得屋角上突然"咣当"一响，以为来了贼子。她唤醒老伴，两口子打着手电，屋前屋后看了个遍，没看见一个人影。准备进屋时，隐约听见有人呻吟。走到堤边一看，只见牛棚旁的草堆上趴着一个人，旁边还有一辆轮子还在转圈圈的自行车。两口子连扶带拖的把人带进屋，才发现是江国祥，急忙给他收拾干净并粗略检查了一下，见没大问题后，安置他睡了下来。若不是江国祥醒来，发现一身痛得厉害，他还不知道自己头天晚上在鬼门关上走了一遭。

鲁嗲没发现江国祥的异样，见他进门，指着鼻子骂了开来，"祥伢儿，我们几个老家伙打报告、写请示，把你调回来，是想让你带领群众发家致富的，不是让你回来败家的。死人都晓得守饭团子，你这支书，这几千、万把亩苇山都守不住。"说着，站起身来，准备要打人。

江国祥边让边解释，"我的大叔咃。您要见识有见识，要文化有文化。我不讲远的，只讲康乾盛世，三代君主都派人来祭拜洞庭湖神，他们这么做的原因我不讲您也晓得。既然他们都晓得，洞庭湖的堤垸之防、芦苇之利，都是民命所系，更何况现在？您搞了这么多年的革命工作，应该晓得，苇场不管是面积还是税收，这分量都是值得上面的人认真掂量的。您只管把心放得肚子里，莫说还没到那一步，万一到了，苇场不止您一个靠芦苇吃饭的人，洞庭湖中不止一个苇场，全国产芦苇的也不只一个洞庭湖。我们是人，除了吃饭，难道还能吃南边那朵云？事关这么多人的生计问题，上面的人得再三考虑、研究？再说，现在态势还不明朗吗？明朗了再说也不迟。"

这边鲁嗲的工作还未做通，那边谭建武又心急火燎地跑了过来。在渔塘角上就开始喊，"造反了，他们都去造反了。"

好久，江国祥与鲁嗲才搞清缘由。原来，苇山有可能承包的事，被有心人传成了铁板钉钉的事。没出半天，整个苇场群众都已知晓，苇山被承包出去了。这消息如同一滴冷水掉入了热油锅，苇场瞬间炸了锅。群众这里一群那里一堆的商量讨论，最后高喊口号"樵者有其山，耕者有其田。"聚集在一起，去场部示威，希望借此让上面收回苇山。

江国祥赶到浮桥时，管区大部分青壮劳力已走到了桥头。他挤开人群，示意摇浮桥的放开铁轱辘上的摇把，自己则站在中间临水的那截轿箱前，双手呈喇叭状放在嘴巴前告诉群众，他以他的名誉担保，苇山还没被承包出去，就算承包出去，上面肯定会考虑群众的生计问题。上面没有下文的事情，不要盲目偏信，听风就是雨。要相信管区、相信场部，只会让我们的日子越过越好。我们要用发展的眼光看问题。

"要发展你们这些当官的去发展，我们这些泥腿子只晓得抱哒石头耍泡湫，稳打稳扎。你莫只讲这些虚的，包与不包，你说句真话。"

"江支书，我们都晓得你是个好人，可有么子用呢？你是能担保每家每户分一块山，还是能保证把这几年欠的白纸条子都兑现？我们也不想为难你，你还是让开吧。"

"苇山是我们的指望，苇山都没了，我们还有什么指望？不吵，难道待在屋里等死？我们四五十岁哒，打算耐着性子等，我们的崽女呢？都还是八九点钟的太阳，也让他们等死？"几个稍微客气点的群众如是说。

不客气的可不是骂娘这么简单，他们在拥挤的人群中左冲右突，伸出拳头，高声嚷嚷着，"谁再敢讲这些没卵用的来哄老子，信不信，老子就打死你这个只一张寡嘴的鳖崽子。搞翻个把后，看哪个生红头发的还拦老子。"

"老子要吃饭，老子要钱讨堂客。谁拦老子就是挖了老子的祖坟，老子拿命搭得你。"

"莫听他管的七七八八，他们这些当官的都是叫化子烤火——只往自己胯里扒，几时想过我们泥腿子的死活。"

"就是的。江国祥最阴，人前人后穷得打吊膀，暗里却把从纸厂贪的钱放得他亲家伏桂香那里钱生钱，哪管我们的死活。乡亲们，千万莫信他那套。"

"瞎喊么子咧，再讲多的，就跟老子打，打死哒大不了老子一命抵一命。"

骂声越来越不堪入耳，江国祥听了，气得浑身打颤，却只能忍。浮桥上，人越聚越多，平时最多能站七八个人的轿箱，现在至少站了十四五个。他担心情绪失控的群众会失足落水，爬到浮桥栏杆上坐下，扭着身子朝人群高喊，"里头有党员吗？有的话请站在两边的栏杆边，照顾群众，莫让他们落水。"如此喊了三四次，才有人往人群两侧挤。

看着两侧手挽手，腰却挺得笔直的新、老党员，江国祥暗暗松了口气，只要保证了群众的生命安全，事情再坏也坏不到哪里去。

江国祥与一同赶来的谭建武、刘会计等站在浮桥断开处，不断喊话以图安抚群众，看热闹的群众则如蚂蚁搬家似的，从大堤往浮桥码头上挤，出口当然只有断开了的浮桥。几个队长试图阻拦，但都徒劳无功。刚开始，群众都只往铁皮轿箱上站，实在挤不上去的就站在连接两个轿箱的铁栏板上，再后来铁栏板上也站满了人。突然有人惊呼"漫水了！漫水了！"紧接着又有人朝堤上的人喊，"猪X的呃，莫下来哒啰，浮桥都要沉哒呐。"

此言一出，浮桥上的人才觉得双脚已浸在冰冷的水中。这下可了不得，浮桥上的二三百人顿时躁动起来，离码头近的往浮桥搁浅的麻石坡上跳，远的往码头这边涌。

江国祥真不知道，如此挤下去，浮桥锈迹斑斑的栏杆会不会松动或者直接断裂，于是一边高喊着"党员同志往里头走，千万莫靠在栏杆上，千万莫靠在栏杆……"

这时，一艘刚从大洲子拐过弯来的快艇，冲向断开的浮桥，江国祥略带嘶哑的吼声被一阵由远而近的"呜哇"声掩盖。

快艇过去时，巨浪呼呼地击打着轿箱，浮桥连接处吱吱呀呀乱晃。

"扑通——"

"江支书——快！快救人，江支书掉河里了，快！"

说起来慢，其实快艇经过与江国祥落水只是秒前秒后的事。离江国祥最近的谭建武只觉身边的人影子一栽，然后就听到了什么东西砸进水里的声音，定睛一看，不见了江国祥，不由大声呼喊。几个和江国祥他们站在一个轿箱上的年轻后生子立马往水中扑……

人命关天，堤上的群众顺手把小卖部的晒衣蒿取了下来，往浮桥边递。站在河边渔船上看热闹的，也没经过主人允许，把船舷边的橡胶轮胎取下来往河中抛。一时桥上、堤边，女人们的惊呼声、老妇的念佛声与男人们的指挥声、叫骂声间杂在一起。

幸亏，秋冬之交的黄家河水流得不急，加上救助及时。几分钟后，江国祥便被几个后生救了起来。

浮桥上的人群早已自动散开，浮桥的水泥桥墩上是女人们从渔船里抱出来的棉被。等江国祥他们几个上岸，几个男人一人抱一床棉被往他们身上披。

江国祥冷得上牙齿磕下牙齿，但仍然担心等自己一转身，这帮群众又会受人鼓动，往场部去，哑着嗓子喊，"同志们，听我一句劝。今天我们就不去跟风了，行不？说句没觉悟的话，他们闹不出什么明堂，我们就不说。若是真闹出什么名堂，还怕会少了你们的那一份儿？手心手背都是肉，上面的人不会厚此薄彼的。听我的劝，都回去吧。我江国祥承大家的情了。"说完，站在浮桥的桥头，朝大堤与码头、桥墩上人群打了个拱手。

"你看，你看，都差点闹出人命案子了。我们就听祥支书的，回去吧。""回去吧！回去吧！我们不回去，祥支书恐怕会披着那身湿衣服把浮桥坐个眼，他独有这么犟的。"

说到底，群众中明理的还是居多，那几个扇阴风点鬼火的也怕会闹得出不得湖，就没再吭声。

人群散尽时，江国祥已冷得嘴唇发乌，再多坚持一分钟也不能了。幸好，大堤上小卖部的在屋前烧起一堆蓬蓬火，又拿了一套她崽的衣服给江国祥换了。

第六章

　　夕阳把脸藏在西堤拐角处的树林后，橘色的光却不屈地从树林的缝隙里向外奔逃。洒向苇花，苇花便有了成熟的丰盈；撞上枯草，草便闪烁着重获新生般的独特光芒；落向水，水便蒙上了一层神秘的面纱；迎向牧归的老人，老人的银发便灿然于风中，就连群众肩上扛的锄头刀口处都金光闪闪，仿似它们在地里锄的不是泥土也不是草，而是金子。

　　谭文才身上银灰色的西装，也被夕阳余晖涂成了金橘色。他左手提着一对酒，右手提着一个大红塑料袋，隐约可看清，里面装着一包干荔枝、一包干桂圆、一包干墨鱼。迈着外八字走在屋前公路上，显得格外精神。在路人的注视下，他晃到江家堂屋门前站定，鼓着一双蛤蟆眼，张开大嘴朝屋里喊："岳母娘呐，开门啰！你屋里郎古子来看你老人家了。"

　　散工的、过路的邻居见状，把农具放在路边，叉腰的叉腰、抄手的抄手，跟着起哄，"余凤桃呃，郎古子都登门了，你还不快点出来。""快点煮圆蛋啰。""我要看一下江支书屋里会打发毛脚女婿几千块钱着。"

　　余凤桃听外面闹得实在不像话，只好放下锅铲，冲到灶屋门口，没好气朝谭文才吼，"谭文才，你屋里娘的鸡笼子是没开门还是没关紧，让你这毛没长齐的东西，窜到别个禾场里乱叫。"

　　"岳母娘呃，我是来提亲的。我跟刘会计讲了好久了，请他帮我做媒，不晓得他何搞的，左等没来、右等没来，这不，我只好自己亲自上门。"

　　"谭文才啊，你快些莫这样喊！你屋里门槛太高，我江家攀不上。"

　　"岳母娘，听你这口气，是看我不起呀。你仔细看看我这相貌还有这身板，哪一样配不上你家凡妹子？"谭文才挤开围观人群，走进江家堂屋，把礼品往桌子上一放，自顾自地在桌子边坐下，"我堂客呢？岳母娘啊，不是我说你，我这堂客你还要多教育。当然，别人来了，她可以不理会。我又不同，我是哪个？是她头顶上的那块天。我来了，她都不理会，那就大不应该了。哟！哟！你老人家莫生气，我就是这样一说。结婚以后，我保证把她当娘娘一样供着，行不？"谭文才见余凤桃变了脸，佯抽了自己一记耳光后，竖起两根手指嬉皮笑脸的做保证。

余凤桃心里油一样煎，"谭文才，你莫不是出门时被牛踢坏了脑壳，跑到我屋里来倒粪桶。"余凤桃边说边把谭文才往门外面推。

谭文才站起来，手一挥，"我晓得，都是你搞的鬼。书上说女人都喜欢说反话，所以凡妹子才会一看见我的人影子便骂我。俗话说得好啊，打是喜欢骂是爱，你屋里凡妹子早就爱上我了，你还做这无用功做什么，我劝你老人家莫多管闲事，成与不成的，你先让我跟我堂客抵个面。"谭文才脑壳一歪，手指着梦凡的房间门粗着嗓子对余凤桃喊。

余凤桃气不打一处来，这是流年不利还是怎么的，遇上这么个撬棍都撬不通的冤孽。他平时再混，也不敢来江家闹呀，现在突然这样，到底是什么人给他壮了胆，还是又有人晓得了老五在场部受了挨拌又准备趁机踩一脚了。否则他都闹了这么久，谭家还没人来打收管。看来只能给点厉害给他瞧瞧了，最好一次就让他吓怕，省得今天你来闹、明天他来吵的，"刚伢子，你的耳朵没聋呐，别人都欺进门了，你这做哥哥还躲得屋里不出来？跟我拿把耙头出来，他敢装老锚，我就敢用耙头挖着拖。"

这边正刚还没来及反应过来，那边张禾秀披着一头散发，拿着一根扁担，风风火火扑了进来，"你这个化生子，你饭不恰跑得这里来现么子形啰，看老娘今天不打死你。"

余凤桃见张禾秀生怕别个不晓得一样，隔老远就扯着号子喊，这是做戏做给谁看呢，"张禾秀，你要教崽莫在我屋里教。先听我把话说明白，我不管你屋里谁的主意。今天把话撂到这儿了，我家凡妹子这一世就是老死在娘屋里，也绝不会嫁给你家谭文才，你们啊，就莫要想这六月六。"

"唉呀！谁人不知，哪个不晓，你屋里凡妹子是七仙女下凡、前朝娘娘转世，要享一世荣华富贵的，我们怎么敢有什么想法啰。都是这个摔坏了脑壳的化生子乱搞呢。"张禾秀揪起谭文才耳朵，把他往门外拖，"你个化生子，快些跟老娘回去，莫在这里丢人现眼了，你是跛了脚、还是瞎了眼，别人这么不待见你，你还只管拿热脸贴人冷屁股。你若是前世没看见过女人,栏里的猪婆你克多看几眼,莫蚂蝗一样搭在别人家不出门,出你外婆屋里的丑。"

"慢着,"余凤桃被她气得想骂冲天娘,又见禾场里那么多人都仰着脑袋等着看笑话,强压住怒火转身回屋,一眼瞟见桌子上的东西,转身喊住张禾秀他们。

"妈,你放手啰!你看我岳母娘都心痛了呢。"谭文才挣脱他妈的金刚爪,涎着脸凑到余凤桃面前。

"东西拿回去,我受不起。"余凤桃抄起东西朝谭文才怀里一扔,转过头,不再看他们。

张禾秀见自家儿子如此不争气,恨得用扁担拦腰砍了谭文才几下,"你呀你——先死回去,老娘再跟你算总账。"

等人群散尽,余凤桃走出堂屋,只觉一身发软,便一屁股坐在门槛上。这样下去,也不是个办法。要想断绝谭文才的念想,只能尽快给梦凡说一门亲。

其实梦凡早已从渔塘边绕到后门口了,听见谭文才在屋外胡言乱语,气得浑身发抖,真想自己拥有武侠小说里的绝世神功,一记什么神掌,便能隔空拍飞他,可是她没有,她只能躲在屋后杉树林中生闷气,等了好久,见外面终于没什么动静了,她才从后门口走进屋。

余凤桃见梦凡进屋,挣扎着起身,把自己的想法告诉她。

梦凡像不认识似的看向妈妈。一直天不怕地不怕的妈妈,原来是只纸考虎。这一发现,让她胆气横生,"现在是法治社会,难不成还怕了个二流子?如果一味退让,就算我定了婚、结了婚,谁又能担保他不去闹?妈,你只管放心,他再来闹我就去报警,看他还敢不敢来。"

梦凡不知道,她妈妈怕的不是谭文才,她怕的是别人说闲话。梦凡一个清清白白的女孩儿,一旦跟谭文才扯上关系,经别人红口白牙的一传,还不知会说成什么样。

余凤桃见梦凡不当回事,想劝她几句,又担心把梦凡逼急了,以后跟他们对着干。她左思右想不得法,只好坐在梦凡房间窗户底下念:"事情搞成这样,我看只能怪你爸。你在中岭子读书时,谭文才天天等你一起去学校,放学了又一起回。我就觉得不好,你爸倒好,说谭江两家本来就亲,两家小孩是要走得近。我要他走得近做么子呢?我又不是没崽,他谭家少饱的女。早晓得会这样,当初,我就应该把你跟你哥哥一样,送到对河去读书。唉——世上只有前悔没后悔呢……"她在窗外,把梦凡与谭文才从小到大的事,念了个遍。直念得自己气得胸口胀痛,才扶腰站起来,走到菜园里站了好久。捡起角上的一担尿桶,走出菜园。

江国祥回到家中，见余凤桃挑着一担粪水，颤颤巍巍地走在菜园沟的木桥上，朝屋里喊了声，"刚伢子，你这懒得卷筋的，你娘挑这么满一担粪，也不晓得出来搭把手。"

正刚趿着一双布鞋，走出堂屋门，嘴里嘟嘟哝哝，"你怎么晓得我没去帮忙？又不是不晓得我娘的性子，气起来就做事，一做事就没人能拢她的边。"

等正刚走到公路边，余凤桃早已进了菜园。江国祥把车停稳，走进菜园，伸过手想帮余凤桃泼菜。余凤桃气冲冲地把江国祥的手打开，江国祥试了几次都是如此，只好回到禾场里问正刚。

不等正刚说完，江国祥站在菜园沟这边，鼓起眼睛，朝余凤桃挥手嚷道，"那个兔崽子，居然混账混到我屋里来了。他也不看看老子是谁，老子年轻时，他这种二截子伢儿，一下打得十几个翻，现在估计放翻他七八个没问题，只是我现在大小也是个吃官粮的，不能给群众带歪样，是不？婆婆子，这事你只管放心交给我。明天我到山里跟麻子讲一下。只是你也得抓紧放出风去，给梦凡找一家好一点的人家，省得除了谭文才还有鲁文才、廖文才们惦记。"

江国祥没回来时，余凤桃在心里暗暗立誓，只等他回来，要劈头盖脸地骂他一顿。若不是他纵容，谭文才哪有胆子敢瞎想？若不是他犟，江家又怎会落到让人看笑话的地步？可他真的回来后，看着他脸色疲乏不堪，又不好朝他发火，只是嘴角挂着一丝箴笑，反驳道："你怕我没跟梦凡提起过？你只怕忘了，满女是谁的种？真的是三代不转弯，发到一四散。一个个撬棍都撬不通。"

女人，尤其是上了年纪的女人都有个通病，打开话匣子收不得场，江国祥瞅准机会，插了句，"这还由得了她！"说完双手一摊，一副老子天下第一的模样。

"九月望郎是重阳/重阳采酒桂花香/别人家采酒为朋友/我今采酒为情郎/情哥不到酒不香……"谢癫子不知什么时候回到了北堤，许是走累了，正抱着膝盖坐在堤边，悠闲地看着他喂养的那几只老山羊自在的吃着草。

谢癫子是真癫还是假癫，苇场没一个人晓得。

他是恢复高考后苇场出的第一个大学生，据说还是北京名校。当时场部出钱唱了三天三夜大戏，还承担他去学校的全部费用，他带去学校的一口大皮箱、一对竹壳子茶瓶、一个印有毛主席头像的搪瓷盆以及一个洋皮铁桶，都是苇场甚至全县最高档的，并且还每月给他爷娘多算十分工。可惜，临近毕业，他却因作风问题（给班上的女同学写了一封情书），被学校劝退。回苇场后，他打定主意，为建设苇场贡献自己的光和热。可现实与理想的差距是在人们不断论证中拉开的。谢癫子拿着介绍信，到苇场报道后，就没了下文。传言是他不该在办公室犟起脑壳，跟书记对着干。至于事情经过，只有两位当事人清楚，人们流传的是，谢癫子复述的领导骂他的话，"就凭你？一个嘴上没长毛的后生？还奇才？我告诉你，你就是造得飞机，老子不用你，你也只是粪缸边的粪板子——废材一块。"此后，谢癫子深知在苇场要找一份体面的工作已是无望。在家面壁几年后，他把腹中的神韬奇略逐一告知给苇场职工、防洪大堤边的杨树、沙洋河与蒿竹河中的流水。父母去世后，为解决温饱，他养了几头山羊，每天天不亮从五七线穿到南堤，再绕堤一周。

梦凡从未没追问此事的真假，如同从未在意过谢癫子吼的山歌到底是什么意思。她缩在高高的铁塔里，沉浸于高轲在信中为她构建的温柔浪漫的美梦之中。

祝运珍一头挑着洗好的被窝帐子一头挑着一满桶水，躬着腰，耸着肩，费劲地往码头上走，听见声音，知道谢癫子完成巡视打道回府了，"癫子啊，今天这么快就打回转了？"

"艾嫂子，莫癫子癫子的喊，省得吓到别人屋里的姑娘大姐。"谢癫子指了指躲在铁塔中的梦凡。

祝运珍一看，咦！这上得无皮树的妹子是哪家的？爬那么高，不会想不开吧？前几年，永红那头的蒿竹河淹死过十个妹子，不是她们在找替身吧？性急的她也没看清是谁，扬声便问："喂，铁塔里面的是谁？"

"……"

没听见回音，祝运珍只好放下挑水桶，走到铁塔底下，仰着头喊，"喂，你是哪个啰？也不怕摔断脚啊手的。咦！这不是南岸的江家满妹子吗？你躲得铁塔里面做什么？你妈骂了你？"

祝运珍是下放到北部农村的知识青年。因回城无望，与当地农民艾国清成了家。后来，政策下来，把他们和其他公社的知青户迁到了苇场。她来苇场一二十年了，话语间还带有好听的省城腔。

有年，一个夏天的晚上，她提着一盏油灯，穿一件白色无袖汗衫、一条花短裤来找江国祥，进门就带着哭腔喊，"江支书呀，你看隔何是搞啰，我讷只帽没看见窃哒（我那只猫没看见了）……"

正刚调皮，每见她来，便对余凤桃喊，"妈，那只帽来了。"

梦凡听到喊声，朝下一看，见是艾婶，忙把高轲的信藏在身后，然后用袖子擦了擦眼睛，深深吸了口气，尽量让自己没事一般，趴在角钢的缝隙间告诉祝运珍，自己只是爬上来吹吹风。

祝运珍听见梦凡说话有很重的鼻音，以为她感冒了，不晓得照顾自己，也不管梦凡听不听得懂，仰着头，语速极快地劝了她几句，见她还不下来，只好先把水挑回去，跟女儿艾朵儿说一声，让她来劝梦凡。

场部为了减轻血吸虫对人们身体健康的危害，早在二十年前，就在每个垸子的南、北岸各建了一座水塔，让苇场人们用上了自来水。只是积习难改，一直到水塔废弃，伴堤边居住的群众还是喜欢在河边捣衣、挑水泼菜，家里较困难的祝运珍更是如此。

等朵儿一蹦一跳地跑下堤，梦凡早从铁塔上爬了下来。两人已有好几个月没见，一见面先是埋怨对方没跟自己联系，不一会儿便头挨着头坐在河边的沙堆上说起私房话来了。

"那天，我从县城回来，在船上碰到志云，她说你跟体校的那个王凯订婚了，是真的吗？"梦凡高考落榜以来，怕朵儿她们笑话，一直没主动跟她们联系。最近，又在高轲的鼓励与开导下，报考了师范大学汉语言专业的自学考试，每天除了帮妈妈做些农活，剩下的大部分时间，梦凡都把自己关在房间里看书、做题，因此更没时间，遇到志云也是那天去县城考试回来时的事。

若是换作别人，朵儿肯定会说她虚伪。当年朵儿就是因为与王凯的事被体校开除的。但梦凡说不清楚便是真的不清楚。她、曹志云、李文英、江梦凡四个人是从小学到初中的同学。当时，有人说她们这个小团体是"四朵金花"。她们嫌太俗，便自己起了个名字叫"幸运草"。因为传说幸运草能给人带来好运。初中毕业后，"幸运草"并没继续生长在高中校园里。中考前，艾朵儿被特招进县体校射击组；曹志云落榜了；李文英与江梦凡都考上了高中，但文英因家庭情况选择去农校就读，而江梦凡则在北部的一所重点高中就读。刚开始，四人还有书信来往，放假后也能找机会聚上几次，后来，一年到头信也写不了几封，再后来，信也很少见。一直到朵儿被开除、文英毕业，这种状况才稍微好转。这也只限于同住在北河头的志云、朵儿、文英，能时不时聚在一起说说笑笑、打打闹闹。至于梦凡，除了她去对河外婆家能偶尔遇上过一两次，其他时间基本上没刻意联系。倒不是梦凡高傲，而是她们认为梦凡要考大学，不想分她的心。再后来，梦凡落榜了，又担心一不小心会刺激到她，更不敢轻易去找她。

"什么真的假的，还不就是那样。你知道的，我们来来往往也有两三年了，他们家说是要给我个名份，方便走动。"这个名份，如果在去省城之前，朵儿会如他人所想，觉得很幸福也很幸运。毕竟，世上有几对夫妻会是彼此的初恋？而现在，朵儿不但认为订婚是王凯对她的不信任，而且还是一种羁绊，甚至是囚禁她人身自由的工具。是的，她没有任何时候比现在更羡慕远在省城的表姐妹。虽然，她们住的木房子在高楼大厦间显得那么矮小，屋前的街道也没有中心城区那般繁华，但她们的梳妆台上有朵儿从未见过的香水、口红、化妆盒，衣柜里的有着各种漂亮衣裙、大衣，更让人羡慕的是大表姐写字台上还有一台比14吋电视机还小的电脑，"只要学会了打字、制表，就算学历不高，将来也能找到一份轻松又体面的工作。"朵儿从省城回来后，时常在想，若是自己也会用电脑，是不是就离开芦苇场了，是不是就能过上表姐她们那种生活了？但她却在刚刚开始构想未来时，订婚了。当然，这些她不可能对梦凡说，不是担心会传到王凯耳中，而是梦凡可能会认为她是个坏女人，"不说我了，你呢？那天，听刘超群说，你爸要把你安排到管区幼儿班去当幼师，你不但不同意，还跟你爸吵了一架。"

说起这事，梦凡正有一肚子话无处讲。

八月十三还是十四的傍晚，雷阵雨刚过，江国祥一身酒气的回到家中，拂开余凤桃给他擦头发的毛巾，朝梦凡房间高喊，"满姑娘呐，你快些出来。爷老子有好消息告诉你。"

梦凡以为父亲终于同意她复读了，急忙奔出房间，把堂屋的台扇定向父亲，还端来了浸在水缸里的西瓜，挑了一块肉芯最厚的递给了父亲。

江国祥吃了几口西瓜后，边打嗝边对梦凡说，"满姑娘呐，你屋里爷老子舍了这副老脸，终于把你的事解决了。明天，明天一大早，你跟我去工会填个表，开学后到管区幼儿园当老师。虽然暂时是个临时编，工会主席说了，只要你表现好，看在我的面子上，不出一年，他就帮你转正，甚至可以把你调到场机关幼儿园去，说不定还能给我找个当官的乘龙快婿，到那时……"

梦凡本就因父亲所谓的好消息只是给她安排了工作而失望，听到最后，才知父亲给她安排工作只是为了找个乘龙快婿后，火便一点一点聚拢，"要去你去，我才不去。我才不想一辈子都活在你的眼皮子底下。"

小学升初中，梦凡本想跟哥哥一起到对河大垸子的中学读书，是父亲一脚站定不让她去。说什么姑娘家家的，在自己的眼皮子底下才放心。其实，梦凡外婆住在对河中学附近。中考时，梦凡要考卫校，父亲又坚决反对，说卫校是读书不进的才考，她成绩这么好，应该争口气，考个重点中学给别人看看。梦凡高考成绩出来那天，刚好家里双抢，给江家帮忙的左邻右舍都在她家吃饭，父亲听到她落榜的消息，先是闷声不响喝了好几杯酒，后来干脆把桌子都掀了。虽然，母亲给她解释说，父亲是酒劲上了头，可是梦凡自己清楚，父亲就是怪她，没给他争那口气。这次，如果真的按父亲的安排去当幼师，她表现好，父亲会认为全靠他的面子，若表现不好，父亲还不知道会发什么虚火？更可气的是，婚姻大事他都想握住不放，想让她找个当官的，还说什么"父母之爱子，则为之计深远。"说的比唱的还好，不就是想掌控她的一生吗？她将来就是找个做死工夫的，也不会遂了父亲的心。莫说她现在有了高轲，若是被父亲安排的工作束缚在苇场，等高轲毕业后，再跟他离开就难了，想到这儿，她耳根又开始发烫。

梦凡没跟朵儿提起高轲，倒不是像读书时那样，怕老师和同学发现，而是小清曾嘱咐过她，这事越少人知道越好。一是高轲现在还在读书，他们的事暂时还不能摆在明面上；二是，这事若传到父母亲的耳朵里，妈妈可能只是担心对方的家世，而父亲……依他的性格，不仅会横加阻拦，说不定又会逼婚。

"你呀，真是身在福中不知福。有人给你在前面铺路，你还嫌弃。我爸走后，妈妈一个人带着我们姐弟三个，没饿死冷死就已经不错了，哪有什么余力帮我？我被体校开除回来，左邻右舍都认为我妈会狠狠打我一顿，结果，她却打着哈哈对旁人说，'回来了正好，又多一个做事的了。'我时常想，若不是因为弟弟们没长大，需要我为这家里赚钱，当时她一听到我跟王凯的事，会不会只图任务完成，立马把我嫁出去。"朵儿想到前不久与王凯的争吵，眼泪便不由自主地在眼眶里打转。那天，朵儿跟王凯商量，能不能先让她去县城学一年电脑，再到外面赚些钱后再结婚。朵儿原本以为一向宠她的王凯会立马同意，甚至还会背着父母，带她去县城找培训班。然而，王凯却一把将躺在他大腿上的朵儿推开，铁青着脸，激烈反对，朵儿被这样的王凯吓到了，她想解释，可王凯没给她机会。朵儿不知道自己的想法到底伤了王凯哪根筋，她只是不想学母亲，为了崽女而失去自我，一辈子窝在芦苇场；她只是想自己还年轻学一点技能，为以后的生活多一份保障。依她家的条件，莫说陪嫁，就连王家的彩礼钱能否返还还未可知。就算母亲想给，她也不忍心要，毕竟，还有她在求学的两个弟弟，正是花大钱的时候。自那以后，王凯不但从未来找过朵儿，就连朵儿主动去找他，他也爱理不理。如果真有命运之说，依朵儿看来，她们这四片叶子，只有梦凡的命好，不但不要为家里的事操心，还可以如此任性地拒绝父亲给她安排的工作。

陈月英提着几个白色塑料袋子，站在梦凡家禾场里打起号子喊，"桃鬼婆，桃鬼婆呃。"

"在这里，菜园里！这么大一个人站在这里，你都没看见，你眼睛框子么子时节变得这样大了？"在菜园里锄草的余凤桃听见陈月英喊，拍打着腰围巾的灰关好菜园门走了出来，"要你去探消息，一去就是一二十天，亏得我命长。"

"这，这，我是想着这又不是风吹落月亮了，硬要一时半会搞清白。就到菜队我大崽那里住了几天。"其实，真相并没有陈月英说的那般随意、轻松。

陈月英才从伏家门前的堤上下来，彭习珍就晓得了她的来意。刚好小清的大姨也在，他们两姐妹跑到禾场里，左扯右拉的把陈月英请进堂屋，说是赵婶子你先随我们上一趟街，再来说小清的事。

伏桂香发了财后，买了条小汽油艇，停在灯塔洲的站屋里。因为娘家一大家子人要上街，彭习珍想在哥兄老弟、家姐老妹面前露一下脸，吵着让伏桂香把船开了回来。

才到新河出口，陈月英就明白上了彭习珍的当。伏家这次是到城里看人家的。小清的大姨做的介绍，男方是城里哪个局副局长的弟弟。

俗话讲，隔山容易隔水难。这么宽的洞庭湖，陈月英又游不回去，只好跟着小清大姨他们到了副局长家。那房子跟电视里的一模一样，四方都粉了白灰，地上贴着乡里打灶用的瓷砖，照得人影子见。堂屋里，哦！街上人叫客厅。客厅里没椅子，只有一排猪肝色真皮沙发。起码能坐五六个人，看起来紧绷绷的，人一坐上去，身子就像沉到河里一样，吓得陈月英爬了半天没爬起来。灶屋的水窗处装了两个像鸿运风扇的家伙。小清大姨说那叫排气扇。炒菜时，只要打开那两个扇子，屋里没半点油烟子，难怪灶屋墙上的瓷砖会白得放亮。最让陈月英羡慕的还是他家厕所，修在房间旁边，敞开门不但没半点臭味还有一点点香气，不像家里，起个夜，还得打开后门摸到屋角上去解决。一到冬天，实在冷得受不了，拿个尿桶放在床后面，第二天一清早就把它提出去，房间里老半天还有一股尿骚气，"桃鬼婆吔，我跟你这一世就这样算了，只是我劝你找女婿时，得打开眼睛，也学人家的找个城里的。让你家凡妹子也过过这种好日子。"

见陈月英越扯越没边，余凤桃不禁有些冒火，"哟！哟！这去一趟城里，见了大世面，就忘了自己姓什么。我问你啰，你还晓得你是站在哪边的不？一回来嘴巴都念歪，副局长的老弟就了不起了？他再好也敌不过小清和我家正刚的感情好。我想都不想，就知道，小清肯定不会同意。"

"小清同不同意，我还真不知道。付家之所以对你家这样，我看八成也是因为伏家看上他家条件。这倒没什么，养女攀高门，哪个都想。你摸着胸口讲句良心话，你真没想过？别人来看你家凡妹子，什么我屋里凡妹子还小，崽女的事让他们自己做主，讲得好听，你屋里老江是个由得他们做主的人？哼，你那点小心思瞒得过别人未必瞒得了我！好好好，我不跟你争了，你黄鸡婆孵鸡崽子，自己心里有数便是。唉！说来也好笑，小清她大姨也不知怎么想的，想请我做女方的介绍人。你看凭我跟你的关系，她这是碰哒鬼不？"

俗话说"一家有女千家求"，一坨臭肉子还能逗得一群绿头蝇围着转，莫说这小清人长得周正、性格又好、心地善良、娘屋里家底子又不错，说是人见人爱也没说半点不实的。就感情呢，这几年她与正刚来来往往，余凤桃也晓得她是个实心眼孩子，可是论家底，她嫁到江家真应了那句从米箩里跳到糠箩里。只是，她跟正刚都谈婚论嫁的了，能说悔婚就悔婚，真若悔婚，那钱怎么算？看人家、定婚用在明面上的钱都有个账，平时过年过节打发的钱，他们退还是不退？想到这里，余凤桃暗自骂了自己一声，"丧德的，瞎想些什么。"

又一想，平时小清跟她妈妈吵了几句嘴，一见到余凤桃，准会在她耳边叽叽喳喳讲一气，如今这么大的事，她偏偏只字没提，是不是这孩子也学她妈妈动起了活络心思。她把她的猜疑跟陈月英提了一嘴。

陈月英骂了她一句黑良心后，把她去伏家的事跟余凤桃讲完。原来，彭习珍一看对方是个残疾，高攀的心思冷了一大截。加上回来后，陈月英又多嘴多舌告诉了小清男方的情况。害得小清当场要到她大姨家去。彭习珍自知理亏，就遂了女儿的意。即使如此，彭习珍也说了，为小清以后着想，空调、摩托车，实在不行就算了，只是电视机和洗衣机等不该省的一样都不能省。

"这样啊？这样就好多了，亏得小清向着我们家。"余凤桃从神龛底下的桌子抽屉里摸出一包软白沙递给陈月英。

"未必我好话讲了一箩筐都白讲的？一切都是你家小清好。"陈月英见余凤桃才松一口气就不停地称赞小清，装作看不下去的调侃她。

"当然先得谢谢你这三寸不烂之舌啰，等事成后我再让正刚和小清去谢你。"

"谢就不要了，谁叫正刚是我干儿子呢。"

第七章

  太阳渐隐于苇荡深处,一轮圆月早早的挂在天空,苍白无力。聚在大堤上、公路边议论家长里短的人群已散了,只有飘散在空气中的烟火气息,还在回味刚刚喧闹却不失祥和的傍晚。余凤桃站在自家禾场里焦急地等着被她派去接小清的正刚,一抬眼看见自家老头子,推着自行车从大堤上摇摇晃晃下来。醉眼迷蒙的江国祥见老妻站在屋前左顾右盼,心中一喜,以为老妻与时俱进的学会了温柔,推着车紧走几步。
  "婆婆子,总算有个好消息了。"江国祥放好车子,趁着酒兴亲昵的拍了拍余凤桃的背。
  "你给我死去,一喝了酒就这德性。屋里一大堆事,我烦还来不及,哪有什么好消息?"搁平时余凤桃会很享受老头子偶尔的打情骂俏,不过她今天真没心情。
  江国祥此时似乎很兴奋,完全不理会余凤桃的不耐烦,继续逗她。
  余凤桃见江国祥一味的在自己面前讨好卖乖,一时气也不是,笑也不是,只好用手指在他额头上指点了下,故意咬着牙齿骂,"平时回来一棍子打不出个闷屁,只要喝点猫尿,湖洲上火烧天、堤外边牛打架都说得半天。你晓得不?你那好亲家母彭习珍背着我们给小清又相了一门亲。真比正刚强些,我不要她彭习珍讲,亲自带着正刚去伏家退亲,省得阻了小清的好姻缘。问题是那伢子是个残废。你看气不气人。未必我屋里四角四整、聪明灵泛的正刚伢子还敌不得一个残废?唉!莫说起这个,一说起来我就火直冲,你就算看我屋里的伢子不起,也莫作贱自己的女儿吧,又没生多的。她作娘的真的做得出,像我们这样知根知底的人家都不如她的意?这乡里人硬该死。她女儿如果不爱正刚,我保证半句多话都不讲。两个小的好得蜜里调油一样,她硬要把他们拆散,不晓得安的什么心?一双眼睛像狗眼睛一样,只看到别人的权势,好好的一个妹子硬会被她搞癫。"余凤桃越说越气,声音不知不觉间大了起来。

"我耳朵又没聋,你吼什么?别人还以为我们两公婆闲得没事做,站得禾场里吵架呢。她自己生的女,爱怎样就怎样,你气成这样做什么?我看啊,那个伢子比正刚好,小清也不一定会同意,小清这妹子可没有她妈那么多花花肠子。嫌弃我屋里穷,我屋里几代人如果都同别个一样,只顾自己,十个别个屋里的家产也有了。"

江国祥没说大话。如果不是他祖父硬要打那场历时三年的"民告官"官司。凭当时的家底,早先划成份时肯定不是地主就是富农。就说江国祥自己,在工贸时,一年甚至一月往来的资金何止百万,他若是雁过拔毛之流,如今哪轮得着别人嫌他家贫?

余凤桃娘家家底更不用说。在那年月,还有八方金耳环,陪嫁,只此一点和江国祥养母争吵时,她从未输过。

两人一起翻了一阵古后,话题还是回到小清身上,"我还是有点担心小清。那妹子不晓得会委屈成什么样?我让梦凡去喊她哥,让他去开解开解她,应该差不多要回了吧?"

余凤桃肚子的鸣叫声,让江国祥一惊,"你还没吃饭?"

"都没回,我还有什么心情吃饭?你怕都像你没心没肺的……"余凤桃把江国祥又抚上她肩头的手"啪"地一下打下去,转身回堂屋,摸索着走到大门边把外面的电灯扯亮。

"别说那个了,儿孙自有儿孙福,我就不相信我江国祥的崽连他岳母娘都摆不平。莫管他了,听我跟你讲点别的,你猜今天我看见了哪个?"

"你去山里能看见哪个,未必是五队鬼柳树上的长头丝女鬼?"

"碰哒鬼也算得上喜事?你尽管往好里想。"

"书记、场长、副书记,就算你看见了县长,他与我们家有什么关系,未必你个老家伙还想着别个提拔你去当副县长?老五啊,我丑话讲在先,你祖宗的坟山上没冒青烟呢,你就莫想这个六月六。"

江国祥走到堂屋里的椅子边一屁股坐下,"一开口就带刺,我是什么人,跟你也将近二三十年夫妻了,你还不了解?我是说我今天上午看见了沐支书的崽——沐阳又来我屋里了。"虽说凭两家的交情,孩子们有些来往很正常,但沐阳每次来都只没话找话的跟梦凡聊上几句,理也不理正刚。想到梦凡没毕业之前,沐阳来他家的日子屈指可数，最近却越来越勤，这不得不让江国祥的脑壳多绕了几个弯。后来，经他仔细观察，终于可以肯定，沐阳所谓老沐要他捎话带信的、包括替场部送通知，都是借口。江国祥边想边屈起右手食指在八仙桌上敲了几下。余凤桃会意的用写有"优秀共产党员"红色漆字的搪瓷杯子，泡了一杯浓浓的绿茶递到他手边，他才点了点头，"我就晓得沐老倌派他崽来喊我，定有深意。一到公务船上，果真不出山人所料。"

"沐阳？他来喊过你好几回了，能有什么深意？不就是看他年轻，腿脚利索，爬坡上堤不费劲，才让他拐进来叫你吗？还定有深意，书没读几句，动不动就拽文。"余凤桃懒得理这酒疯子，走到阶基上提起摇井边的小木桶，准备去灶屋里给江国祥打洗脚水。

江国祥听出老伴的嘲讽之意，晃悠悠的起身，挡住老伴的去路，告诉她事情的原委。

中午，江国祥接到通知，与其他支书们一起去公山站检查。才到船上，便被在甲板上等他的沐光辉扯进船舱。江国祥本以为他如此热情，是老板派他来做说客的。后来才知，他家沐阳好像对梦凡有点意思，想托人来做媒。他想先问问江国祥的意见。

"沐阳喜欢我家凡妹子？他好像比我家正刚还大吧？记得我生正刚时，沐光辉在东南洲守山，黄翠兰抱着沐阳来吃满月酒，在对河过来不得，还是正刚的堂叔驾船去接的。他那时可不像个细毛毛。"余凤桃以前的想法很简单，若是给梦凡找对象，家里条件怎样先不管，年龄一定得般配，那样不管小两口还是他们亲家之间都好商量，她可不想象陈家山那家一样，女儿在外打工，带回一个比她父亲还大的老头。那段时间，男的女的，开口闭口就讲起这件事。也怪不得人家传来传去，这岳婿之间怎么称呼都为难，让女婿叫岳父母吧，明明年龄比他们还大，不叫吧，又觉得没规矩，见了面又不能只说"嗯哪啊"，想想都觉得难堪。等梦凡真到了找对象的年龄，她的想法便多了起来，特别是听陈月英说了那一嘴后，她就暗暗下定了决心，就算跟江国祥一天干上一架，她也得把梦凡嫁出芦苇场。在苇场做了二十多年的媳妇，受的罪、吃的苦，出过的血、流过的泪，三天三夜都讲不完，她可不想梦凡再走她的老路。她这么乖乖洁洁的满女莫说嫁进城，就是嫁给县里一把手的崽都有余有剩。

"他们之间也相差不了几岁。再说，男的比女的大些，还会心痛人些。我家满姑娘呐，从小就我们娇惯得没屁用，十八九岁了，还伸手不提四两的，你让她找个和他一样大的，结婚以后，两个都年轻不懂事，互不放让，难免三天两头吵。你想想看，今天女婿因为她不会煮饭告上门来、明天因为她不会种地告上门来、后天又因为屋里的鸡、鸭、猪没喂得好，婆婆说几句重话，她便含着一包眼泪，提着皮箱回来，我看你到时不气的眼泪往上流。他们欺负狠了，我也不会依，我屋里的只有我骂得，那还不会天下大乱。如果和沐家真的能搞得好，老沐屋里还敢不对她好？沐阳那么厚道又有能力，会舍得让她去砍芦苇？"

"我就是跟那谁打一百架，也不会让她嫁出去受那种苦。如果只图完成任务，还不有人搭话就把她嫁了。我个崽个女的，崽糙皮一点倒没事。女儿就不同了，读完书出来，在家里享不得几天福，就要去婆家。嫁进城还好，若是屋檐水落在现窝里，也嫁得芦苇场，婆家条件再好，喂鸡养猪、浆衣洗晒也是一脚硬工夫，再加上生儿育女，还不知要受好多苦、遭多少罪，你不舍得，我会舍得？我看呐，还是找点关系，给满妹子找个街上的对象，这样，你我才算落心。"

余凤桃口口声声说崽女她一样的心疼，哪个不晓得她偏向梦凡更多一些。不说两兄妹小时候遇到好吃的、好玩的，总嘱咐正刚多让着点妹妹。正刚初中毕业，说声不想读书了，她立马去场部的红旺铁匠铺打了把茅镰刀给他，硬累得他第二年乖乖地去农校又读了两年书。梦凡高中毕业后，因江国祥不同意出钱让梦凡复读，余凤桃足足有大半个月没理他。

"哼！你还真的舍得想，把她嫁到街上去。你长了眼睛晓得往高处看，别人未必都是只往低处流的水？先不说有没有人看得她上，就算有人看上了她，门不当户不对的，加上她这种性格，除了在我们面前厉害，在外面人多说半句话就脸红。我看嫁过去倒不是享福，而是去给别人当'夜饭菜'，爱打就打，爱骂就骂。是，她是命好，生得我屋里，稍微做一点事，你就心痛得要死。若是生得别人家，还不是勉勉强强送她读几年书后，就拿起茅镰刀自己养活自己，还事事都依着她、顺着她？差不多二十岁了，还吃爷爷饭穿妈妈衣，百事不理。再说，沐阳他一个堂堂的大学生，未必真的会在苇场教一世书？他老沐给儿子安排一套屋的本事都没有？一双眼睛只看得见街上人好，你不晓得若没真本事，住得街上也只出去讨得饭。"江国祥假装责怪妻子娇惯女儿，其实他也是一样，要不然也不会只听沐支书顺嘴一说就高兴成这样了。

"在街上讨饭也比嫁得近边强。你是见过世面的，办厂的时候，在街上待了几年。我住得这个屁眼大的地方住厌了。正刚就算了，都跟小清要结婚了，再说伏桂香个崽个女的，以后发迹了，会仍下他们不管？退一万步想，就算伏桂香不帮他们，只要梦凡嫁得好，以她的心性，总不至于不管她哥哥嫂子、侄儿侄女。你想想看，满女这事，我是不是要把好关？"

"你算了，口口声声说这不好那不好。你自己说说看，跟你大姐、三妹她们比起来，你算是享天福了不？一年到头，在田里土里的工夫，加起来没他们一季多。最辛苦的不过砍芦苇。砍芦苇还亏待了你？平时你明里暗里贴过她们多少，我不想说，并不表示心里没数。还想现卦现甩，莫说正刚以后无论如何也混得一口饭吃，若是为了难，要为他妹妹，越不能往他们身上靠，你以为个个都像我一样好说话。还嫁到街上去，你没在街上住过，不晓得街上人的德性，鬼钱都没得，天天脑壳仰得天上，看人个个都是乡巴佬、泥腿子，你稍微挨他近一点，他衣服都拍烂。与其好那个高，还不如找个知根知底的，有我们做依靠，满女进门就当得家。"

见江国祥说到自己帮娘家姐妹的事，余凤桃口头再强硬，口气明显缓和了不少，"我不管那些，只说那年你姑带你表弟他们回来，你表弟站在屋角刷牙，我正刚跟梦凡看稀奇一样看了老半天。后来，你表弟牙刷断了，别说旁边的代销点，就连场部供销社的都没得买，你想想看，你姑他们都有多少年没回来过了？还不是嫌弃我们这地方太穷了，太不发达了。你若有能力，在街上置一分产业，还轮得我操这样的心。再说，我这样是为了谁，还不是为了你江家的子孙后代。算了算了，还是等她回来后再说，也不晓得她同不同意，我们俩就在这里炒爆豆角一样。前几天郭美丽来给她满弟说亲，她闹了好久，现在看见郭美丽的影子便脸一扭。就是上街，她宁愿跑到浮桥那边去搭船，你的亲崽几，还不晓得她的性子。"

过了汛期的沙洋河，如同暴瘦的少女，流经大小四眼塘时，只剩盈盈一握。

伏桂香骑着摩托车沿防洪大堤，逆沙洋河而上，他当然不是看风景，他看的是钱。

昨天，他刚把他的座驾——铃木125推进屋，便看见女儿小清拖着皮箱下楼。

"你这个死不爱脸的，摇窝草都没掉干净，一门心思想男人。伏家的祖坟是埋在哪一块山头，让我生下你这个不要脸的……"

彭习珍在陈月英的劝说下，本已同意女儿的婚事。下午，正刚过来时，不知两人在楼上说了什么，小清跑下楼来对母亲说，要去江家住一段时间。彭习珍好心好意劝小清，女孩家家的要矜持一点，否则，以后在婆家抬不起头。小清说她只去江家玩几天，跟抬不抬得头有什么关系。彭习珍告诉女儿，以后两口子关系不好时，人家开口闭口讲她自己赖着不走的，到时在婆家，有理都要矮三分。小清听了，以为她妈只想着她以后过得不好，便气冲冲地跟她妈吵了起来。

正刚先是待在楼上不下来。后来，见她两母女实在吵得不可开交，便下来，打了声招呼，骑着车回去了。彭习珍一看，指着正刚的背影，让小清仔细想清楚，这样的男人到底可不可靠。小清则认为她妈让她在心上人面前丢了脸。两母女争来吵去，就出现了伏桂香进门看到的这一幕。

见伏桂香进门，小清的眼泪与彭习珍的愤怒同时升级。

"爸——"小清委屈的看了父亲一眼，拖着行李箱，快步走出大门，却被父亲拖了回来。

彭习珍见小清还是要走，也扑了过来。伏桂香以为彭习珍要打女儿，便沉声喝了句："行了！"

"行了？还让我行了？"彭习珍难以置信地指着自己，走到伏桂香面前追问，"你问一下你的好女儿，她都干了些什么事？你一年四季不落屋，我一把屎一把尿地把他们兄妹两个拉扯大。你一回来倒好，只说我这也管得不该，那也管得不是。我的个娘唉——我前世作了么子孽啰，这一世要来伏家受这号冤枉气。"她说着说着一屁股坐在一旁的高椅子上，边诉边拍打着自己的大腿。

"够了！"常年在外面跑，伏桂香的脸本就比一般苇场人的要黑。现在火气上来，他的脸更黑得像煤炭。

彭习珍见伏桂香额头上的青筋都暴了出来，吓得一愣，旋即又拍脚拍手大哭，"当初，他江家不同意，我就跟你讲了，这门亲不攀也好，江国祥一看就不是个搞得起水的人。如今果然中了我的口，这一点点彩礼都付不起。我千算万算，没算到自己的死货子前世没看见过男人啦，三天两头往江家跑。你是跛了脚还是瞎了眼啦——从订婚到如今，一没看见他江家给你置过一克金，二没看见他江家给你买过一两银。你偏偏鬼蒙哒脑一样，米箩里不去往糠箩里跳。"

伏桂香打掉彭习珍指在小清前额的手，"堂客们头发长见识短。你除了在屋里闹，还晓得么子世事？小清，你去跟江家讲，彩礼我们不要了，到时还给你三万块钱做压箱钱，让他们早点把日子定下来。"

"真的？"

"真的。我又不是卖女儿，用不着几七几八。只要江家对你好就行。"

小清泪痕未干地朝他父亲露齿一笑，所谓梨花带雨也莫过如此吧。深陷爱河的小清又如何能明白父亲的心思。

走到客运船头时，伏桂香停下车，背着手站在大堤上对着堤外出神。

"除去八几年划给芦科所、洪道站的一千多亩，东南洲应该还剩七千多亩，按去年的产量怎么样也得有五千多吨，按去年上缴的价格算，二五一十、二五一十……总收入要超过一百一十万元。除去三四十万元费用，还剩余七八十万元。按公社的承包价格，整个东南洲一年恐怕要五十万元不止。"伏桂香的手在背后掐算了半天，凭跟各纸厂领导们的交情，再加上与江国祥的姻亲关系，只要场部敞开口子，他只说承包下眼前的这块洲子，一年就可纯赚四五十万元。

伏桂香这么想，并不是打的无准备之仗。年初，他一听说临县苇场已将部分苇山承包给了当地的大户，用租金发拖欠职工的工资，就想到场部也拖欠了好久的工资。于是，他特意跑趟场部，找相关领导探了探口气。可惜去了好几次，领导都是打着官腔敷衍他。伏桂香无法，只好找关系，携礼去临县苇场敲门，也是无功而返。

前几天，他从熟人那里得到消息。苇场要把新沙洲的青山，以一年一租的方式承包给Z总。他兴冲冲地回来，本想去找江国祥确认一下后，再做其他打算。谁知，遇上了那件糟心事。

伏桂香以前和江国祥一样，认为养女背了六十年。未曾想，最大的机遇却是他女儿小清带来的。

摩托车行走时带起的风，惊起堤外杨树林中的麻雀。它们一飞冲天后，在半空中盘旋一会儿，又呼啦啦落在江国祥家东头的树林中。

这片树林原是十几户人家的屋场台子，他们搬去菜队时，把瓦、房梁、屋柱以及门窗等连家具、生活用品一起运到了菜队，只留下几垛废砖墙。后来，哪家砌杂屋、猪栏屋少几块砖，便吩咐家中的孩子到废屋场台子上去搬。慢慢地，砖墙变成断砖堆、废渣堆及至消失。

不知是哪一年，也不知是谁兴起的，栽水杉，这些杉树成林后，就成了麻雀、八哥、斑鸠等的落脚场所。

伏桂香在大堤上朝江家观望了好久，还是没有下堤。他不知道的是，他的准亲家江国祥此刻正乘快艇往县城赶。江国祥以为，那次群众去场部上访的事会有点作用。谁知，才几天时间，老板又派人通知他，让他到市区的某宾馆正式协商新沙洲承包事项。

江国祥赶到某宾馆时，老板与Z总正在等他。老板先是指着江国祥给Z总介绍，"这就是江国祥，我们场有名的老支部书记，不仅文化水平高，苇山管理也是第一流。因为为人直爽且一心为民，现在在县城还没有房子，请Z总适当地帮他考虑考虑。而且我还有个不成熟的建议，请Z总斟酌。我想，那块山场包给您后，可否给我们江支书另发一份工资。毕竟是跟了我多年的老同志了，他生活如此清苦，我也有责任呀。"老板跟Z总说这话的语气，像极了平时江国祥汇报工作的模样。

虽然外界对老板的传言很多，江国祥一直以为他还算能坚持原则的，而且有几件事办得极其利民，比如贷款采购麻石护坡、翻修机埠；顶着压力给职工医院添置检测设备；扩大电影院，修建舞厅。在某个时期，江国祥对老板充满了希冀。然而，此刻，一切都颠覆了。更多的却是失望，一种为饱览美景，爬上高楼，却只见到楼顶臭烘烘的陈年垃圾般的失望。

他想走，挪不开步，他想质问，却开不了口。他比任何时刻更深刻体会到深处底层的无奈与悲哀。他脑中像放电影一样，频繁地转换镜头。最先出现的是那天，他在浮桥上做出承诺时，群众眼中闪现的希冀。接下来便是去年收苇时的情景。

去年，管区请了二三十个隆回的民工进山砍苇。这些二三十岁的后生子，用芦苇叶子作垫被，四个人共一床盖被的住在站屋里。差不多冬月了，他们的行李只有身上穿的那件不太厚实的罩衣。因无衣可换，每天都只在河边洗下手脸。本想在苇场赚几块钱活钱回去养家，谁知砍苇结束后，他们的力资钱一时无法结清。越近年关天越冷，江国祥实在看不下去了，跟伙计们商量，违规卖了一船芦苇，付清了他们的辛苦钱。江国祥怎么也没想到，那些年轻人拿到钱的第一件事，是跑到蒿竹河里洗了个冷水澡。他看到一个十七八岁的孩子，衣服烂得实在不能穿了，把自己的当家罩衣脱下来给了他，那孩子披着他的衣服，越发显得像根竹竿。

白沙明月的十几个民工与隆回的不同。他们听人说对河苇山不欠民工的工钱，便渡河过来找副业。七八十岁的人了，每天披着皑皑霜雪进山，晚上再戴着清冷月光回去，为的是什么？还不是想多赚几个钱。

是的，那些江国祥可以不考虑，毕竟不属他管。由此推及靠砍苇为生的苇场群众呢？饮雪迎霜，也是为了赚几块钱辛苦钱养家糊口，可现在却变成了一叠白纸条。

江国祥当然清楚，只要他轻轻点一下头，他在县城就会有一套房子，以及一笔可观的收入。只是群众怎么办？帮助Z总克扣或拖欠他们的工钱？不，他江国祥无论如何也下不去手，谁人没有孩子与父母。他一旦妥协，新沙洲这块偌大的山场，还不成了Z总砧板上的菜。当然，江国祥完全可以用一些历史上的清官来做心理建设，比如死了还要同僚凑钱为他丧事的海刚锋；死前只留下"拿人一文则不值半文"的张伯行。但江国祥最引以为傲的便是自知之明，深知比起那些星宿般的人物,自己连他们旁边的一粒浮尘也算不上,即便这样,见贤思齐之心却不敢忘也不能丢,那房子与钱,他是万万不能要的。

见江国祥半天不出声,Z总以为他已默认。与老板一左一右地牵着他的手,到了酒店的饭厅。

丰盛的酒菜让江国祥回归现实,他拒绝了Z总让他居上座陪老板的好意,坐在下首跟老板及老总说,"我房子的事,请你们收回成命,至于工资,我还是拿苇场发的最好,只要Z总按我前几天给老板汇报的方案办,我个人的事犯不着麻烦Z总。"

Z总异常坚定地告诉江国祥,房子可以给他换个大套,工资也可以加到他满意为止,但每吨费用不能超过84元。江国祥望向老板,老板朝他微微点了下头。

江国祥还想争辩一番,老板这时端起酒杯,半开玩笑半认真地说道,"Z总,说好的,酒桌上不谈公事,你总得让我们江支书先填饱肚子。"

江国祥只好就坡下驴,装作被美味吸引,大快朵颐实则这些食物在他口中味同嚼蜡。

从宾馆出来,老板和Z总满脸堆笑地把他送出大厅,老板又一次极为亲密地揽着他的肩,在他耳边密语,"就按Z总的要求,我给你三天时间,准备一下。"

江国祥趁着酒意答道,"若是我私人的事,不用再考虑,今天就可以给您答复。上的上点、下的下点,左不过是一点钱的事。只是,这是公家的事,若处理不好,怕会激起民变。老板,容我跟伙计们再商量一下。"他希望老板鉴于那次群访事件,仔细考量考量。

从县城回来后,他和谭建武、刘会计等人在管区办公楼,把费用预算仔仔细细核算了一遍。砍掉管理费、招待费等以前需管区自己解决的费用,84元/吨还是搞不出。谭建武认为,既然老板都开了口,不如做个顺水人情,这样不但落得轻松,还能在老板面前留个好印象。不等江国祥开口,刘会计站起身来说,"我不懂其他,只晓得如果包出去,职工手里的白纸条还是兑不了现,到时你我都交不了票。"

第八章

　　夜色被天神手持巨笔，一笔一笔添浓，慢慢将大堤上江国祥孤独的身影与堤外的树影融合，只剩下背后手指间夹的烟头在黑暗中或明或灭。月下，落了叶的杨树梢白如霜枝，直指夜空。明天，就是老板给的最后期限。如果所给的答复再不能令他满意，恐怕只能像农科所的农牧工一样，没任何待遇的被"一刀切"回家。他不是怕丢了这无品无阶的"官"，只是他若退下来，换成哪个上杆子往上爬的人当家，那苇山的出路会在哪里，群众的出路又在哪里？若如他们的愿，他又该以何面目面对管区的职工群众？

　　按余凤桃的说法，江国祥认死理的性格有种有根。

　　江国祥的曾祖父虽是清末秀才，因家道中落，江国祥的祖父江秉仁却大字抹抹黑、小字认不得。大约是民国十年（1921年），因家庭生活窘迫，又因秉嗲思维敏捷，聪明睿智，个性耿直，在外面兴许可以找条活路，曾祖做主，让秉嗲举家迁往出。由于一家人的辛勤劳动，加上秉嗲善于经营，没多久，江家不只完成了从佃农到地主的转变，还建了一所威武的木架子屋。

　　民国二十年（1931年）的冬天，仿佛一夜之间，洞庭湖就成了一个冰湖。秉嗲与秉婊划的小船被冻在湖涘中。万幸的是，左右都是苇山，可以在洲子上生火取暖。有天，他的视线突然被湖面上一团黑影所阻。隐约看出是条商船，船上会不会有人遇险？若船上是不清楚湖区的无常气候的外地人，那……想到此处，秉嗲一手抓住一根撑船的竹篙，溜至商船边查看。不出他所料，真有一男子冻僵在船舱中。他费劲气力将客人背回，置于自家渔船上的被褥中，见陷入昏迷的客人冷颤不断，只好用自己的身体抱着他卧于床上。吩咐秉婊在后舱不断烧火。秉嗲实在冷得不行时便到后舱把身子烤热，再去抱住那冻僵之人……如此两日两夜，那人才苏醒过来，秉嫂把熬好的姜汤递给秉嗲，见秉嗲喂客人喝完，又赶紧递上一碗米粥。秉嗲夫妇如此照顾了近一个月时间，那人才恢复过来。这时正值冰雪融化，客人留下姓名与地址，说大恩不言谢，今后如有事，恩公可去找我，说罢拜别而去。

八年后，秉嗲一位刘姓好友之女，嫁与当时省建设厅长王家为弟媳，因两人感情不和，被活活逼死。刘姓人家因女儿冤死，在灵堂大闹。王家仗着有靠山，大打出手，打死了几个刘家的人。刘家几次到县府上诉，均被驳回。秉嗲是个热心肠，提议由大家凑钱，帮刘家告姓王的一家。几次过堂后，其他人看到希望渺茫，逐渐借故走了。

到后来仅剩秉嗲一人，坚持过堂。他渴了喝一口洞庭湖的水，饿了用炉锅在乔江第一楼的墙边，拾几根废弃的菜叶子自煮自吃，困了则和衣睡在街边吊脚楼下。一混三年，见家财也基本上耗尽，而官司也越来越无望，怎么办呢？秉嗲急得常常和衣坐到天明。后来终于想起自己救活的那位商人。于是找人借了一些路费，将炉锅等物置于吊脚楼下，一个人乘船过渡，到了涞阴县城，按商人留下的门排号码，真的找到了那个商人。

商人一见，高兴得了不得，忙吩咐下人安排秉嗲洗漱好，不多时厨子便端出热气腾腾的饭菜与一壶温好的好酒。商人亲自陪秉嗲饮酒，并再三拜谢秉嗲老两口的救命之恩。他详细询问了秉嗲的近况与来的原因，秉嗲正不知如何开口，便竹筒倒豆子般把事情的经过讲了一遍，那人沉思良久，便说到，办法是有，您不要着急，先休息一段时间，其他的一切交给我。

往后，那人寸步不离地陪秉嗲走遍了涞阴的名胜古迹。一个月后，秉嗲急着家里的案子，见那人并没有同他去乔江的意思，心里急躁得不行，几次辞行，均被那人拒绝。

一天晚上，秉嗲实在待不下去了，便对那人说，"谢谢你的盛情款待一个月。只是那官司未了，我不便久留，已打定主意明天就回去。"

那人笑笑说："明天您回去也行，我正要启程去做一单大生意。"说罢，从柜里拿出一些银元，送给秉嗲，说是给秉嗲准备的路费。

秉嗲收下路费，把多余的钱退还给他。那人见秉嗲执意如此，只好作罢。他告诉秉嗲，事情已办好，他只管明天回去便是。

秉嗲将信将疑，一宿未眠，次日早餐后，风餐露宿，赶回乔江。

船到乔江南门口，乔江绅士名流及县堂几位有头有脸的人，站在码头上观望。

秉嗲暗忖,今天又有哪个大官要来乔江,心里想着脚下并未停,登上甲板、踏上跳板,准备跃上码头,不想被岸上的人群发现,从码头处急步走下来几位绅士,踏上跳板,扶住秉嗲,一起从跳板走下,不由分说将他塞入早已备好的暖轿之中。秉嗲见他们一路吹吹打打好不热闹,心中惶恐不安,不知此举是祸是福。到县衙后,众人请秉嗲下轿,前呼后拥把他请到县堂坐下,其他名流绅士排列两厢,县长在堂上开口说,"江家二嗲,这场官司您打了三年,可见您的毅力与人品,您为人求得公道,不惜自己受苦,实为乔江人的楷模,这场官司您赢了,您说要赔您多少,您开个价,我们再来斟酌。"秉嗲却说"我帮人打官司只是还人家女儿一个公道,不是为钱,你说怎样处理,倒让我有了个想法,不如由他王家出钱置办100桌酒席,每桌只坐6个人,请的人就是你们在座的各位名流绅士和刘家的族人。席间,我跟王厅长每桌去敬一杯酒,再由王厅长说一句,'这场官司是江家二嗲赢了,是刘家赢了,是我仗势欺负了刘家,对不起。'就可以了。"

当时那位姓王的厅长也在场,事情闹得他已无法左右,只好坐在一旁默不作声。县长见状,只好请了王某、秉嗲及几个绅士到内堂商议,见秉嗲言辞坚决,王某也没有别的办法,只好定下日期,备办酒宴。

那是民国三十年(1941年)的事,这一场官司,把江家好不容易置办起的家产打光。

江国祥的父亲江有德更不用讲,毫不走样的遗传了秉嗲的耿直、仁义。1954年,涨大水。不几天时间,洪水就把新沙洲上小垸冲开了一条豁口,巨浪如一头发狂的猛兽,冲走了沿途所有东西,包括旁边的房子以及人们扔下去试图阻挡它的沙袋、树木。连他们脚边的大堤也摇摇欲坠,谭玉保他们惊恐地退到了安全地带,江有德却背起自家的小鸭划子,纵身跳进了水中,他想用小船与自己的身体堵住大堤决口,等鲁嗲等人把他拖上来时,发现船已把他的腰打折了。从此,这条威武汉子挺直的背再也直不起了。

江国祥倒没有为自己宁折不弯的性格,追根溯源。堤下房屋的灯一盏一盏渐次熄灭,他还背着手,在大堤上胡思乱想。

在屋旁小竹林里小解完的鲁嗲回屋正要关门,见光影中有个人影在晃,他到堂屋里拿起应急灯往大堤上一照。

"大叔,是我哩!"江国祥抬起手,遮挡直射过来的强光,"我来找你老人家喝酒呢。"

鲁嗲心中一惊,这伢子又遇到了难事?他老是老了可没糊涂,他记得江国祥上次半夜找他喝酒是十几年前。

那时，江国祥正春风得意，三十二岁就当上了新建管区的支书，做什么事都劲头十足。在完成平废还苇任务后，立马安排人手进山收苇。因他写得一手好毛笔字，见夫子在写防火标语，不禁也有点手痒。标语写得差不多时，夫子给他出了一副上联，"雄鸡鲤鱼猪婆肉"，江国祥立马想到这些都是民间传说的发物，于是以"煤炭芦苇棉花秆"相对。可能是有些得意忘形，见还剩有墨与纸，便走笔如游龙，把对联写了纸上。老支书刚好在场，觉得有点意思，便用浆糊贴在了墙上。江国祥意犹未尽，又在纸上录了一首岳飞的小重山。

"昨夜寒蛩不住鸣。惊回千里梦，已三更。起来独自绕阶行。人悄悄，帘外月胧明。

白首为功名。旧山松竹老，阻归程。欲将心事付瑶琴。知音少，弦断有谁听。"

写完，跟夫子互评了一番，才落心落意回家。

不想，被妇女队长看见了，略通文墨的她不知是觉得"猪婆肉"三字侮辱了她，还是误以为江国祥欲将心事托付与她。反正，下午她便带着几张纸，去场部告了江国祥一状，顺带提起了江国祥给他们私发奖金的事。

调查组离开后的那夜，江国祥也如现在这般，提着一军壶酒，站在大堤上。鲁嗲也像今天一样，把江国祥请进屋。

那一夜，两人喝光江国祥带的酒后，还把鲁嗲藏在床铺后面的高粱酒喝了一两斤。那酒度数不低，几杯就把江国祥给喝哭了。这可是江国祥成年后的第二次痛哭。第一次，是接到他父亲江有德的死讯，他心痛父亲辛苦一世，儿孙满堂居然被活活烧死在山里，那哭是自责、是痛不欲生。第二次，他不知是因为自己不被人理解，还是可怜那些告他的人，反正，伏在桌子上，任鲁嗲怎么劝，他只是嚎啕大哭。哭声惊醒了鲁家大娭，她一边下面一边也陪着哭了一鼻子。

这一次，江国祥进屋后，睡下的鲁娭如上两次一样，动作迅速地从床上爬了起来。热了几个菜，炒了一碟花生米，把晚上鲁嗲喝剩的酒拿到桌子上。

江国祥端起酒杯不说话，鲁嗲也不问，不急不慢陪着他喝。大半瓶酒见底后，鲁嗲早已不胜酒力，见江国祥摇摇晃晃地到处找酒，起身把他扶到桌子边坐下，夹了一筷子熏肉给他，"祥伢子，莫喝了，莫喝了。免得喝醉了又哭，大叔老了，哭不出了。"

七十多岁的鲁娭，睡眠浅，起来上夜时，见江国祥在灶屋里转圈圈，心想只怕是没酒了。

她打开堂屋后面隔间的灯,从菜坛子后面捧出酒塔,颤颤巍巍地走进灶屋。

"婶子,还要您老人家亲自拿酒过来,我喝了怎么受得住?"醉眼蒙眬的江国祥一见,立马起身,想去接酒,不料,动作幅度太大,把筷子弄得掉地上了。

此刻,大娭仿佛看见四十年前的祥婆子。

新沙洲与白沙洲隔蒿竹河相望。白沙洲河头因人口相对集中,已形成了一个大型集镇,新沙洲高台子上的女人编的芦席、做的布鞋都可运到这里换些口粮。

当时,大娭与大嗲的大崽才一岁半,大女又来到了大娭的肚子里。打了一整天芦席的大娭,被一阵异香馋得吃了三大碗光饭,还觉得饿。不用问,肯定是隔壁坐月子的谭嫂子在用煤油炉子煮雪花肉汤。

第二天一早,大娭便挑了一担芦席,乘最早的横河划子,来到对岸的白沙洲。

只等芦席卖出去,奔到码头上唯一的面馆里,要了一碗面汤。咕噜咕噜喝下肚后,闹了一夜的馋虫才稍微有所收敛。

"求求你,让我过河行不?我真的是对岸江家的。"坐在杨树搭的长凳上休息的大娭,突然听到一阵哀求声。打眼一望,那孩子看起来只有五六岁,个子不高,头很大。十一月的天了,精瘦的躯体上荡着一件生布帐子改的长褂子,一条破破烂烂的裤子短得遮不住膝盖,瘦得像麻秆的腿杆子上有几道血痕,脚是光着的,被干了泥巴包裹着,"这不是江家的大脑壳吗?他怎么会在这里。"

那孩子正是已经九岁的江国祥,江有德的满崽,在家中排行老五,小名"五满子"。

俗话说"儿的生日,娘的苦日。"江国祥的生日却是亲娘命丧之日。如果那时的江国祥有记忆,他会知道他亲娘如所有母亲一样,用慈祥而充满爱意的眼神迎接过他。只是,没过多久,她便因失血过多而撒手人寰。面对这个刚出生只知道哭的满崽,江有德慌了神,他把孩子往父母的船上一扔,撒开腿便往自家的茅棚里跑。

秉嗲无法,只好把孩子寄养在他二女家。其实,江国祥的命没有想象中的差,他出生时,他亲二姑刚好落空月,正好有奶喂江国祥。

二姑把对那早夭孩子的爱,全部给了江国祥。江国祥两岁时,二姑父因工作调动,趁二姑不注意,把江国祥抱回了新沙洲。

江国祥随江有德长到四岁时,又被秉嗲送到他小儿子家。江国祥这满叔,结婚两年多了,一直没有孩子。

秉娭对秉嗲说,把江国祥送到满崽家当个"引窠蛋",满媳妇能生,是江家祖上积了德,不能生也算给这可怜的找了个父母健全的家。

这孩子，不是在新港子吗，怎么一个人跑回来了？大姨想着，走到河边，一把扯起江国祥，"这孩子我认得，是江有德的满崽。"

那时，江国祥的眼神，就如同现在看见她抱的酒。

等鲁嗲回房后，江国祥不等鲁嗲问，主动把新沙洲承包的事，原原本本告诉了鲁嗲，"我真的需要一套房，也需要足够多的钱。我崽与伏家的小清扯来扯去，还不是因为我江家穷。但是，叔啊，我这里长的是良心，"江国祥扯起鲁嗲的手，把它按在自己的左胸前，"当官不为民做主，不如回来卖红薯。我也不晓得上面是怎么想的，他们未必不晓得政之所兴，在顺民心的道理？"

鲁嗲见江国祥越说越没边，便开口打断这酒疯子，"你也在基层搞了这么多年，还讲这些没觉悟的话。这是你的硬伤，硬要注意一点。依我看，上面的政策肯定是为民着想的好政策，只是到下面实施时，被某些钻空子的人搞得走了样。你呀，就学乖点吧。"

江国祥伏在桌子上，将手边大半杯酒一气干了，冲鲁嗲摇了摇手，"大叔，我这人，别人不了解，您还不了解？！我是那种能昧着良心，只顾自己过好日子的人？您晓得的，整个管区，不，全苇场的人都对我有恩呀。"

那年冬天，江国祥的堂弟喜添麟儿，江国祥与妻子带着儿子正刚到对河二叔家去贺喜。第二天清晨，就接到信，说是家中养母（江国祥的满婶）得了急病，危在旦夕，一大家族人喜酒都没喝，赶紧往江国祥家赶。路上，江国祥的堂弟媳一直责骂余凤桃，说她不该把老人跟一个未成年的孩子留在家中。众亲戚也附合，出了这天大的事，看他们两口子如何交待。江国祥示意余凤桃忍字为先，找渔场边的供销社借了一辆自行车，先一步到达家里。谁知，他怎么也没有找到自己亲手建的那三间木架子茅屋。原来，不是养母病了，而是她早晨起来打早火时，把江国祥家的屋给烧了。江国祥双腿一软，险些瘫倒在地。七八年来，跟余凤桃两口子辛辛苦苦、省吃俭用创下的家业被毁于一旦不说，还不知养母与女儿有没有脱险。不久，便从迎上来劝解他的邻居得知，养母已跑出来，女儿江梦凡如果不是在屋倒架子之前被谭建武从火中抢出来，早就被烧死了。得知人没事，江国祥心中稍微好受了一些。只是什么都烧得干干净净了，他一家五口怎么过活？这时，不知是哪位邻居发起了捐款，五角的、一块的，等余凤桃带着大部队回来时，江国祥手中已有一百五十多块钱。场领导知道消息后，也派人送来了救济粮与棉被。第二天，全管区的男劳动力都跑过来帮江国祥砌屋。虽然受灾了，江国祥觉得那年冬天尤为温暖，这份恩情江国祥以及他的崽女永生永世不敢忘。

鲁嗲到现在才知道,苇山承包真的成了定局。其实,自从前年水毁山场被包出去,鲁嗲已有了心理准备,只是水毁山场包出去后,发现其中有不少暗箱操作,县里经过调查后,对苇场领导班子做了一次大调整,这不由得让鲁嗲他们这班老基层多了几分期待。只是,这两年事情发展,让那份期待早已化为泡影,现在,听到他所有的担心已变成现实,却没了当时去找江国祥时的那份冲动。七十多年了,他早已清楚,许多事情正因为有了发生之前的焦灼,人才学会坦然接受。

"伢子呀,独木难支广厦,只手畏挽狂澜。你几时见过大堤决口时孤树不倒?"

江国祥的酒也有点高了,站起身来,一只脚踩在凳子上,一双手指天划地的喊,"要倒,我也要学新河口的芦苇,和着脚下的泥巴一路倒。"

鲁嗲不再提醒他注意已睡了的鲁娭与孙子小冬,他把江国祥扶着坐好后,给他泡了一杯浓茶,"你既然今天还喊我一声叔,我就托大跟你说道说道。我听你说完,觉得老板还是蛮重视你的。你看啊,他在那个什么总面前,提那么多要求,都是尽量照顾你的情绪,说明他非常清楚你的情况与秉性,你要学会见好就收,硬要莫死犟死倔。退一万步想,你若不为这个头,到时真承包出去了,哪个还能牵制他们?依我看,你不如假装答应,至于房子,你硬不要,可以转手卖了,用来付管区拖欠民工的工资。你若怕担责任,我出面,让管区所有班子成员甚至领到钱的群众都给你按红手印,作证。反正他们给别人也是给。我看你年轻时还蛮灵泛的啦,怎么现在硬劝不醒呢。"

鲁嗲记得江国祥到他手下当会计时,才二十出头。当时,提拔江国祥的老支书还不放心,叮嘱鲁嗲多帮衬点。鲁嗲晓得,老支书既怕他出错又怕他撂挑子,毕竟他吃的不是一口轻松饭。一个队三百多口人的生产定额、评分记工、放样验收,甚至群众的婚嫁喜丧都要参与并出谋划策。

刚开始,仅每月记工评分和工资发放,就把江国祥搞得焦头烂额。倒不是他算错了账,而是队上有几个人,每次发工资都要拿着工分簿算上十几遍,而且要次次数目相对才放心。被他们这样一担搁,发一次工资就要花上几天时间,其他群众的意见便多了起来。

到第四个月,鲁嗲本想跟那几个翻工分簿的人做一下工作,等他到队屋会计室一看,那几个人看一下簿子,领了工资就走。俗话讲"江山易改,本性难移"这几十岁的人了,怎么一下子就转性了呢?

后来,江国祥告诉鲁嗲,他摸清门道后,每天认真记好他们的工分,到计算工分总数时,给他们多加了5到10分工,自己则在旁边做好暗记。

第二个月发工资时，那几个人又来翻簿子，要求复算。江国祥装作很认真复算一遍后，故意惊讶出声，"咦，怎么多算了10分工？那要扣除。"说完，把算盘递给当事人，那人一算，真的多了10分工。于是只能扣掉。余下的几位复算时，不是多了5分工就是多了2分工。当然，最终结果是全部都被扣除。如此两个月，他们再也没人要求江国祥复算了。

鲁嗲记得，他去跟老支书汇报时，老支书的笑啊，惊飞了沟边椿树上的阳雀子。

江国祥当上了支书后，又有好多人等着看他的笑话，都欺他年轻，要威信没威信，要经验没经验。苇场是个移民聚集地，跨省、跨县的都有，户与户之间都可能习俗不同，稍微没处理好，很容易起矛盾。比如：李家来了客，会让客人坐到床边上，他们认为只有这样才能显示自己的热情以及对客人的尊重；换作去曹家作客就不能轻易挨床铺边，他们认为床是私密所在，随随便便往人家床边挨的人过于轻浮。原因无他，李家有人来自北方，北方流行睡炕，客人来访，让客人坐在炕上是寻常礼节，而曹家的人是湖边打鱼的，船上睡觉的地方一般在后舱，若无特殊原因，客人是不会轻易去后舱。

管区的当家人如果不了解哪家哪户来自哪里，言行举止有什么忌讳之处，不说其他，只说调解工作就很难开展。

谁知，江国祥当生产主任时，包括个别群众的饮食禁忌，他都记在心里，所以，调解好几件纠纷后，那些想看好戏的人便收了心。

江国祥告诉鲁嗲，他不是没想过。但是这样不也表示自己向他们妥协了吗？这就好比涨大水时拉开的口子，会一发不可收拾。

第九章

苇场的渔民都晓得，每年水涨，开船顺着沙洋河往上走，穿过东风港，便可到达上封港。这个洲子除了满山的芦苇，只有一栋站屋伫立在码头边。芦苇打好出山后，站在站屋顶上，往东南方向看，可以将周围大大小小十余个洲子工尽收眼底。上封港、杨河、会牛坪加上子港子，四个洲子加起来，还不及新沙洲大。但是，这边的小洲子，在苇场干部群众心中与新沙洲等大洲子一样有名。

据说这是岳将军在洞庭湖血战杨幺的主战场，所以附近洲子的地名还带有当时的刀光剑影。比如：杨幺点兵的地方叫"更鼓台"；杨幺逃走时撂刀、弃甲的洲子分别叫"撂刀口""半边甲"；杨幺逃走时，车船弃舟而行的地方称之为"车洲"；杨幺被斩首的地方为"晒头口"等等。

上封港出名，是得益于此处不但是岳飞准备让杨幺受封的地方，还有一到冬天，船经过湖汊，时常会把成千上万只候鸟从滩涂、苇丛惊起。这种"群鸟蔽日"的壮观景象，不仅引得渔民在此驻足，也引来了各地的捕鸟者。

刘松柏的磨盘机从引潮河一出来，便看见上封港洲尾边停了一艘快艇，又来了捕鸟的。他靠着快艇停好船，走进山，看见洲头齐腰深的苇茅子中，竖着几根不锈钢竿子。仔细一看，钢竿顶端果然系有一张大丝网，目测有四、五十米长。草丛中传出一阵接一阵的鸟叫声，刘松柏看了看挂在丝网上的几只鸟，它们的叫声已由欢快转为凄惨，而且声音也没那般稠密。难不成，捕鸟的人把网住的鸟都取了下来，藏在苇丛里。"贼牯子不打空转身，"既然上了岸，何不趁没人看见，搞几十只回去打平伙？打定主意后，刘松柏便寻着鸟声往洲子深处走。

仔仔细细，来来回回搜寻了好几趟，刘松柏还是没有找到他想象的藏鸟地点，只找到一个挂在丝网中间的播放器，循环反复地播放着清脆欢快的鸟叫声。

刘松柏发现上当了后，准备从丝网上取下那几只鸟，其中包括新被挂住的一只野鸡。一扯才发现那网是有黏性的。"难怪洲子上的鸟会越来越少，原来是他们早把鸟枪换成了'大炮'。这样一天到晚叫个不停，我都被骗了莫说是鸟。只要它们一飞过来，'啪'撞到网上，翅膀一下子就被粘住了，想逃也无法逃了。唉，不晓得这样的'天罗地网'是哪个脑壳想出来的，他只怕赚钱赚饱哒。"想到这儿，他脑中灵光一闪。

"抽袋烟来叹声气，姐问郎哥叹气为何的？哥说我的姐，我一叹气来人要老，二叹气来没存得钱，过了一年又一年。

姐说我的哥，阴沟里石头总有一日翻身转，锈钉子几出世总有一截放光的，若不嫌弃我为妻。"

"一场秋雨一场寒"，连续几场秋雨后天再放晴，大堤上的风已带着阴冷，一分一分削弱秋阳的热度。谢癫子除了趁无人时冲到杨树林解决内急，执羊鞭的手在把羊赶出圈门外，再也不肯伸出袖圈外，就连硬起的脖颈也如堤坡上臭牡丹弯了头。

正刚步着谢癫子歌声的节奏进了伏家门。还没开口，就被准岳母好一顿挖苦。小清在二楼走廊上看着正刚下的堤，在妈妈的谩骂声中冲下楼。见正刚背着光站在大门口，老老实实低着头，全然没有在她面前妙语连珠的爽朗模样，不由眼圈一红，拖起正刚的手往外冲。

两人爬上堤，正刚见小清一双丹凤眼中，眼泪不停在打转转，便试着跟她开玩笑，"才一天不见我，就想成这样？那以后我若是要出去押运芦苇，你还不会在家哭死？"

"人家是心疼你在我家受了委屈呢，你这没良心的还开玩笑。"小清扬起拳头，作势要打正刚。

"没事，你妈说来说去，不过就是说我家穷、我没出息罢了，我都听习惯了。她终归是生你养你的妈妈，看在你的面子上，我也得受着不是。俗话说日久见人心，我就不相信你妈是铁石心肠，再说事情急是急不来的，慢慢的总会找到解决办法。"

正刚除了不求上进，小清还没发现他有其他毛病。认识他这么久，她倒发现他的性格中有他母亲的温柔朴实，也有他父亲的正直忠厚。今天，小清又发现了正刚的一大优点，遇事能将心比心。

小清想到她妈骂正刚的话，无意识的扯着头发、跺着脚，我怎么就遇上了这样一个娘，别人家的娘巴不得女婿跟女儿感情好，她却偏偏这么蛮横不讲理。说什么"别人家养女攀高门，我家的倒好硬要跑到鬼柳树下歇荫凉。就算南边的那朵云、树叶子上面的霜能养活一屋人？那也要起得早。""刚伢子，空头支票谁不会开，有本事你给我家清妹子解决一个国家户口、搞一个国家职工看看。"这是遇着了正刚通情达理，若是遇上一个认死理的，那还不早就一拍两散了。想到这儿，她暗自下定决心。

到大堤拐角时，小清松开紧抱正刚的腰的双手，在自行车后座端端正正的坐好，仿佛不这样，她将要说出来的那句话，就没经过深思熟虑似的。

"我们明天去领证好不？"正刚猛一回头，却忘了踩刹车，等车子摇摇晃晃扶不稳时，他才回过神，"我是求之不得。可，我怕你后悔。"他知道她这是跟她妈妈赌气呢。

两人回到江家，小清正儿八经地将江国祥、余凤桃及梦凡请到堂屋坐好，给他们每个人都递上一杯茶后，挽着正刚的胳膊，用平静的口吻告诉大家，她跟正刚准备明天去领证。小清想得很清楚，既然决定将下半辈子交给江家，自然要获得江家人的首肯，至于她妈，只要他们把证领到手，她再蛮横也横不过婚姻法。本来，小清还想宽公公婆婆的心，告诉他们，她父亲不但同意了她与正刚的婚事，还答应给她几万块元陪嫁，但是她想了想还是没说出口。不是她藏私，而是她知道江家人自尊心极强，她怕适得其反。

梦凡第一个反应过来，站起来，冲向小清，一把抱住她，"真的呀，嫂子？太好了……以后，你真的是我们家的人啰。"想着是不是应该跟哥哥嫂子说声"百年好合，早生贵子"之类的吉利话，却被江国祥的一声假咳吓得用手捂紧了嘴。

江国祥看向正刚，希望正刚能给他答案。正刚却故意把视线投向父亲身后的神龛。见他如此，江国祥心里有了一点数，他又把询问的眼神投向小清，小清立马垂起了脑袋，满脸飞红地看着自己的脚尖。江国祥这下全明白了，他就知道以彭习珍一直以来的态度，彩礼没到手，无论如何也不会同意正刚他们去领证。小清既然这样做，肯定是她们母女间出了问题。他一个做公公的不好劝解，只好给余凤桃丢了个眼色，起身推着自行车出了门。老板那里还在等着他回话，缩紧脖子是一刀，伸直脖子也是一刀，是好是歹，总得亲自去讲一清楚。

说实话，余凤桃刚听小清说要去领证时，只觉小清的声音如出谷黄莺的脆鸣，又似九重天的渺渺仙乐听不真切。她在心里佯骂，小清，你个鬼崽子儿，这还用问,我们肯定是巴不得你们早些领证、早些生毛毛不?但话没出口,同为生育了女儿的母亲的共性就占了上风。她清楚自己的崽,也了解彭习珍,再加上自家老头子那个表情,她敢断定,小清是不得以才想出这招的。小清把事情想得太简单了,以为只要他们江家两老同意就会万事大吉。她年轻不晓得,这样才是两家矛盾真正的开始。耗尽自己一生精力养大的女儿,竟然连领结婚这么大的事,也不经过自己的同意,以彭习珍的脾气,把女儿赶出门不算,只怕连我江家的鸡与鸭都会恨上。

　　余凤桃想到现在为梦凡操的所有的心,也不过同彭习珍一样,都是想在女儿的终身大事,为她把好关,能找一个既如她的意又让自己放心的。

　　在崽女没长大之前,作为母亲,找媳妇、找女婿的条件很简单,身家清白,五官端正,身高配得自家的孩子,他们喜欢就行。正刚到适婚年龄后,她才发现她的要求远不止这些。当媒人一次次被她拒绝后,她们托陈月英来打听,余凤桃到底想要一个怎样的儿媳。余凤桃嘴里说只要符合三四个条件,但是陈月英给她跷了手指,大约十个还不止。还道理一串一串的,什么捉猪看娘种;什么妻贤夫祸少;什么讨坏一堂亲害死三代人;什么百善孝为先;什么勤以持家,俭以养德;只差要求上得贞节牌坊了。幸亏,正刚自己跟小清对上了眼,也幸亏小清会做人,否则,按余凤桃的,恐怕真会中了陈月英的口,打一世的单身。如今,对女婿的要求也随着梦凡的长大变成了几十个。伢几性格要好,要心疼人,要有奔头,要有担当,要听老班子的话,伢几的大人要把梦凡当自己的亲生女,要让梦凡当家作主,要不多小两口的事,莫养猪养牛的,我家凡妹子闻不得它们的臭气,最好不是农村里的,我家凡妹子除了读书没做过重工夫……似乎不满足这些条件,她就要把梦凡养在家里蓄老女。如果,梦凡真要不顾她的反对,硬要跟那男的,或者也学小清一样背着她把证领了,她肯定会气疯。想到这儿,她示意梦凡与正刚都出去,自己扯着小清坐下,"小清,你跟正刚去领证,我们肯定不反对。只是你这样做,你父母晓得不?"

　　"我管他们。现在婚姻自由,只要我与正刚同意就行。"小清突然又想到什么,抱住余凤桃的手臂摇了摇,"妈,我是说在你们同意的基础上。"

　　天断黑好一阵,江国祥才推着自行车走进门,看到堂屋里帮婆婆子扯棉花袋子的姑娘多了一个,知道小清还没回去,跟她打了个招呼,又准备往外走。想到余凤桃在枕边唠叨过的一些事,拖过一条木椅子,坐在门边,背对着小清她们娘三坐下,边脱鞋边说,"可怜天下父母心,你妈再怎么样,都是为你好。你在这里待几天后,还是让正刚送你回去,莫让他们担心。"

小清老半天才反映过来，江国祥是在跟她说话，想到自己离家时不管不顾，她红着脸低了低头，算是答应。

余凤桃起身，从房门边拿了双拖鞋打卦一样，扔在江国祥的椅子边，"现在洗脚？"

江国祥套上拖鞋，把变了形的皮鞋放到椅子底下，"现在洗么子脚，没看见小清在这里，没规没矩的。"

听老爸又在开口闭口讲规矩，梦凡拉着小清的手溜进自己房间。

两人窃窃私语，不知过了多久，听见正刚在外面喊："清清，出来，我找你有事。"

"我还不知道你会找嫂子有事？"梦凡故意拖着长长的鼻音，把小清从房里推出来。

小清的脸一下子烫得厉害，转身要去追打梦凡，却被正刚揽进怀。

一进正刚的房间门，正刚便双手拥住她，用脚把门一关，低头吻住了她，"清，清……"

小清被他的热情吓了一跳，羞得闭上眼睛，紧紧抱着他的头。

正刚见小清没抗拒，手也不规矩起来，慢慢地从她腰间抚到了胸前。

闭着眼睛的小清看不见正刚已然通红的眼睛，只听得他在她耳边私语，"清，我爱死你了，我真爱死你了。"声音沙哑而性感，让她的心不受控制地乱跳。她有些不知所措，只好把头埋进他的滚烫的胸膛。

"清，你到现在总该相信，我是真的爱你、离不开你吧？"

"嗯，正刚，你轻点，我疼。"小清一边低呼，一边扯住正刚不老实的手。

"哪里疼，是这里还是这里。"正刚摸一下右边又摸了一下左边，搂着小清在床边坐下。

"你讨厌！嗯——"小清举着粉拳作势要打正刚，还没举起却被一种酥麻击中，不由得瘫倒正刚怀里。

"清，让我看看好不？"正刚说着把小清的上衣往上挣，瞬间又被小清扯下来，他只好向小清低声哀求。

"不，你会做坏事。"

"你不是说明天去领证，领了证我们就是合法的了。"正刚用手狠狠的揉了小清两把。

"嗯！别——你没看见爸妈都不同意吗？"

"我同意就行，管他们呢。"正刚含糊不清的回了一句后，深深的吻住小清。正刚如此深情，惹得小清不由得娇吟连连。

突然觉得心口一凉，旋即感觉那个敏感的地方陷入一个温暖的包围里，小清一看，正刚一只手捧着她的柔软在吮吸，另一只手也没停，不停的在揉搓着另一边，这种稍微疼痛的快感是小清从来没有过的经历，身体的那份不熟悉的感觉让她无所适从，她只能紧紧抱着正刚的头。

"正刚，轻点，轻点，我真的疼。"小清把正刚的头掰起来。

正刚不明所以的看着小清，看着她泛着桃红的脸，"你后悔了？"

"不，正刚，我怕，我们先不要这样好不？"从正刚怀里坐起来，小清把衣服整理好。

"清——"正刚缠着小清的腰，唇又吻上她的颈，惹得小清一阵阵的颤栗。

"正刚，别这样，你起来，听我说话。我是你的，迟早都是你的，结婚以后，你想怎样就怎样，今天不行，这样你妈和爸还有梦凡都会看不起我的。"小清虽然有点不舍正刚的深情，但少女的羞涩还是让她残余了一些理智。

"这有什么好怕的，现在不都这样吗？你问问我们队上、你们管区处对象的，订婚后哪个没那个的。就你，只晓得耍我，一会儿说要与我领证，一会儿亲热一下都不肯。既然迟早都是我的，迟与早有什么差别，我爸他们怎么知道，你在我房里做了什么？分明是你自己不肯。"正刚见小清还是抗拒他，有点生气。

小清站起来，捧着正刚的脸在他额头上吻了一下，飞快的打开房门跑出来，"明天早点起，我们去场部领证。"

正刚听着这句话，不知是哭还是该笑，摇了摇头，只好跑到外面的摇井旁，用冷水洗那头如猪鬃一样，又粗又硬又密的短发。

第十章

　　过了秋分，日子一天比一天短，垸子里的老人们把一日三餐减到了两餐。到霜降前后，主妇们烧茶煮饭之外，只在地里扯了几筐棉花桃子，一天就差不多过完了。

　　红日缓缓西沉，河心洲的芦苇、大堤外的杨树林、堤坡上杂草野藤，都在余晖下闪着金色的光，整个垸子变成温柔而宁静。堤面的泥巴路在光影下，如城市的水泥路，平整光滑。沐光辉父子推着自行车的影子，随大堤的弯度，一会儿伸向堤外，一会儿又拐到堤内。

　　沐阳到底年轻，看见堤边的牛屎八哥就打声呼哨，惊得它们飞向湖心的洲子，遇到过堤的牛群便拼命摇车铃。沐光辉的步履有些迟缓，他去找老板汇报工作时，很不巧，又遇上了江国祥。

　　这次，江国祥态度缓和了不少，只是老板的态度，沐光辉有点吃不准。依他对老板的了解，苇山承包的事都闹成这样了，万没有收回成命的道理。可他偏偏答应江国祥，今年还是先不承包。莫不是江国祥也学聪明了？看他刚进去的样子又不像。难不成，是那些告状的真的告到上面去了？

　　那天，新垸子的群众涌上浮桥时，老垸子的群众也没闲着。数百人围在场机关前，提着同样的要求，喊着同样的口号。闹得全体工作人员都放下了手头工作，在维持秩序。最后，还是群众自己选出了几个代表，向场部提出他们对苇山承包一事的想法与看法，得到场部肯定答复后，他们才慢慢散去。

　　前几天，沐光辉听人说，那几个代表准备了充足的资料，要去县里上访。他跟老板汇报了这个情况后，老板召集他们几个支书及治保主任开了个专题会，让他们密切注意自己管区的群众动向，特别是那几个群众代表。沐光辉这边的这几天还安稳，若不是他们，又是谁呢？

沐阳不知父亲在想什么，继续刚才的话题，"爸，我看外面洲子的面积年年在增长，照理收入也应该年年提高才是，苇场的经济怎会一年不如一年呢？"下午，沐阳在学校财务室，拿了今年的第五张往来凭证。五个月没发工资，他只是日常开支紧了些，只是苦了有孩子读书的双职工。孩子读书不能打白条，一家人省吃俭用如同度荒。学校的绿化带、围墙边、就连操场旁的煤渣地都被女老师们种上了菜，"爸，您说，苇场什么时候才能恢复元气？"

沐阳与许多苇场人一样，片面地认为苇场的经济之所以如此被动，是因为前几年办的乡镇企业陆续破产，留下的后遗症。

沐光辉知道不止这个原因。芦苇场之所以叫芦苇场，是他的兴衰跟芦苇息息相关呀。

当时，芦苇之所以能涨到两百多元每吨，是造纸厂增加，芦苇市场供不应求。据沐光辉的不完全统计，只洞庭湖畔的纸厂就超过一百家，本县就有近十家。如此，价格上扬是必然的。

那时，沐光辉认为只要人们手头上有钱了，至于什么污染呀，那都是小问题。八百里洞庭，排的废水进去，水都搅不浑，莫说涨一次大水等于给洞庭湖换一次水。

大力发展乡镇企业时，蒿竹河对面也建了造纸厂。一刮北风，整个老垸子便臭不可闻；每次去县城，出新河口，从外面飘过来的臭气，让人出不了气。因此就算大热天，旅客们都把船上门窗紧闭；去巴陵纸厂交芦，船后面再也看不见，成群结对的江猪子迎水。特别是，近几年，周围邻居时不时传出谁谁谁得了癌症，当初，人们只认为是他们身体素质差，没往其他方面想。后来，有几个在省城读书的大学生回来，用瓶子分别装了些外河水、饮用水带回省城化验，得出洞庭湖里有害物质超标的结论。沐光辉不当一回事地笑了笑，洞庭湖水里有有害物质是个人都晓得，还用得着你们去化验。堤边上到处都立了牌子，"血吸虫疫区"。再后来，垸子的渠道沟莫说鱼虾、黑草子都不生，外面的洲子上也没了野鸡、野鸭的叫声，苇山里只看见一堆堆鸟类枯骨。他才想起，或许那些年轻人说的是真的，这湖水可能真的有毒。

等一切实证后，终于有人站了出来，要为自己及子孙后代找回碧水蓝天。

一次一次的上访，终于引起了上面的重视，开始了纸厂排污整治。勒令整改一批，关停一批。苇场的造纸厂就在"污染大、规模小"的关停之例。

苇场的经济产业主要是芦苇。芦苇只有卖给纸厂，才能创造效益。现在，芦苇要不是烂在山里没人要，就是卖出去收不回货款。

"照您这样说，苇场只剩死路一条？"在苇场职工的心中，沐阳他们这一代小青年，勉强能算作第三代苇场人。他们不同于祖辈，从随其父母流落到湖洲，筑台避水，捕鱼为生，到担堤筑垸，修建茅屋以砍樵为业兼以捕捞；也不同于父辈，怀揣土地证书、手持茅镰，在垸子里砌房盖屋、在湖洲上当家作主。他们是生在福窝里的一代，享受着祖辈、父辈辛勤劳动的成果，接受着大垸里农民的羡慕。他们虽然知道芦苇是养身立命之根本，但是对砍苇时辛劳的怨恨远大于感恩。

"那倒未必。你是大学生，应该晓得什么叫盘活，盘活盘活，越盘越活，不盘不得活。"两父子走到拐角处，把车停好，坐在堤边的枯草上。沐光辉指着望不到边的大山岭对儿子说，"只有把这些承包出去，苇场才有希望。"他不知道的是，正因为这个政策的出台，才导致以后湖洲被过度开发，以至洞庭湖的湿地生态被严重破坏与污染。十多年后，有关部门为恢复洞庭湖的湿地，所投入的人力、财力、物力比这十多年所得到的总和多出几倍，甚至数十倍。

"既然苇山承包是苇场经济复苏的唯一出路，群众为什么还要上访？把好处跟他们一说不就行了。还有我听说江叔也不同意，你没跟他讲？或许你其实也不同意？"沐阳知道苇山承包对自己的父亲意味着什么。父亲从苇山工场的记账员一直干到管理几万亩苇山的支书，他们所有的价值都在这片苇山，因此对苇山的感情远比他们这一代要深厚。苇山一旦承包，父亲他们这几个老支书恐怕面临下岗。可若是这样，能让全苇场群众走出困境，沐阳认为父亲就算丢了工作也值。

"我有什么不愿意的。只是很多事情想来容易做来难。莫看苇场小，若没数一数二的胆量与气魄，还真带不了这个头。还记得我跟你讲的曹天佑父亲的事不？他当我们管区支书时，带领群众修桥、修路、筹集物资在中间堤上建学校，管区从老到小哪个不念他老人家的好。只因分田到户时带了个头，被人活活逼得吊死在前面那颗重阳树下。"朦胧夜色中，不远处那棵苍劲的重阳树，如同一块警示牌立在沐光辉眼前，让他望而生畏。

"那总不能任由他们闹吧？"沐阳突然想起，前一段父亲回来说起江叔跟老板杠上的那件事，难不成江叔试点的事，是父亲提出来的？他想问，却立马打消了这个蠢念头。

"会有办法的，肯定会有办法的。"沐光辉也不知是在安抚儿子还是在为自己打气。

在灶屋水窗下忙活的沐阳妈黄翠兰早已看见推车下码头的两父子了，连忙放下手中的活计,把热在锅里的饭菜,逐一往堂屋里端。沐光辉酒足饭饱后,突然记起一件事,走到沐阳房间的门边,随口提了句,"满伢子,还有一件事要跟你说一下。"

"父子两讲了一餐饭还不够,还有件事要说一下。除了你的芦苇山还有什么事。"黄翠兰边收拾饭桌子,边数落起了老伴。

沐光辉把沐阳扯进房间,"你那事,我跟老江讲了。"说完便背着手离开了儿子的房间。

沐阳一时没领会父亲说的是什么,把书包里的学生作业本掏出来,摆放在窗前的书桌上。

"跟他说了。怎么?感谢我吧!我难得搞一回这么快的事,这是自己的崽,没办法。"经过儿子的窗前时,沐光辉又来了一句。

沐阳回过神来,急步奔出房门,把他爸从阶基上拉回堂屋,"爸,我会被你急死呢!平时妈妈喊你做事,你拖了又拖,还说什么'事缓则圆'。怎么这事说做就做了呢?也不讲究一下策略。唉!真不知道你怎么当了支书的。"

沐阳妈一头雾水的看着打哑谜的父子俩,"你们到底在讲什么事?"可是他们没有一个有闲心理会她,只好转到灶屋里去洗碗。

"唉呀!我看你老人家硬是越帮越乱。梦凡心里怎么想的,我到现在都没底,你猛地一讲,若惹急了她,看见我就跑,我好不容易跟她培养出来一点感觉,只怕又没了。"沐阳急得跳脚。

"呃!说什么有底没底的,你喜欢就行。男子汉大丈夫,做事顾及别人那么多做什么?再说你们男未婚、女未嫁的,两人合适,就结婚,有什么好担心的?搞不懂,你们现在的这些年轻人,八字没一撇的呢,就'老公、老婆'的当着别人的面乱喊;这双方父母都同意、准备跟你们做主呢,你倒推三阻四的,好像是拿把刀子逼你们上刑场。你呀,你,一点都不像老子年轻时,想当年你老子我……唉,算了,老子不管了,你就慢慢磨吧,莫眼睁睁地看她成了别人的,又后悔没听得我的话。"

沐光辉好心好意想帮儿子的忙,不想还被他好一通埋怨,二十好几岁的伢子,除了工作,其他方面就是个榆木疙瘩。有想法好是好,只是,等他们慢慢培养感情,那要等到猴年马月。梦凡是十八还是十九,可以慢慢等,你这兔崽子放在我们年轻时,属典型的"老大难",单位领导都要把你的个人问题当作大事摆在桌面上讲了,哪容得你慢慢等……场里好几个与我同年的孙子、孙女都满地跑了,就连江国祥也在准备收媳妇。只有我这傻儿子哟，还要慢慢等，再等、再等老子不晓得能抱孙子不？沐光辉嘀咕着走进自己房间。

沐阳一会儿走到禾场外看看天上的月亮，一会儿又走进堂屋想推自行车。又一想，万一江叔没把老爸的话当回事，这样急急的赶过去，岂不闹了笑话。唉——就算江叔跟梦凡说了，梦凡心中若没有我，自己巴巴地凑上去，岂不是自讨没趣？可若不去，江叔会不会硬逼着梦凡表明态度？依他对梦凡的了解，若是她爸逼她，她肯定会一口拒绝。沐阳想了半天都没想出一个好办法，只好走回房间的书桌前呆呆地坐着，从厚厚的学生作业本上幻出梦凡那张如花笑靥，他甚至觉仿佛还听到了梦凡银铃般的笑声。

那年，他回母校去看老师，在路上因为听到了干净纯真的笑声，才想看看这女孩到底是谁。谁知回头时，车速过快，手一晃，自行车便撞上了路旁的水杉树，连人带车摔了个跟头。那时梦凡应该刚上初中，笑得前仰后合，原本有些懊恼的沐阳见到如此开心活泼的笑容，突然觉得摔一下也没什么不好，古人不是说千金难博美人笑吗？何况他只受了些许皮肉之痛。

其实，他当时根本没别的想法，只是后来，再"偶遇"她时，她不只体形、外貌有了极大的改变，难能可贵的，她还保留着外面女孩所欠缺的清纯、天真。好不容易等到她毕业，如果她考上了大学，他会说服自己放手，毕竟在大学校园里，优秀出色的男子多的是。可她偏偏落榜了，苇场的乡俗与农村差不多，女孩子只要不读书，就逃不出早早相亲、早早嫁人的怪圈，如果找一个只知道做死功夫的乡下男子，那还不委屈死她。

他又想着每次找借口去她家时，她都笑得那么开心、坦荡，还真是一个迷人的姑娘。

"沐阳，沐阳是谁？"她的声音带着一丝天然的娇憨，听起来比那些城里女孩的嗲声嗲气悦耳多了。沐阳脸上扬着不自知的微笑，如果被他那老爹看见，肯定会认为他中了邪。

父亲的如雷鼾声在隔壁房间里响起，沐阳一惊，想起学生作业还没批阅，拿过本子一瞧，本子封面上横七竖八写了好多"凡"字，这可是学生的课堂作业本，明天上课要发给孩子们的。

他翻来覆去把作业本看了好久，终于定下一个弥补方案，先把作业本的封面用小刀裁下来，再撕下一本新的作业本封面粘在这个本子上，然后写上学生的名字。等他忙完这个再批改完作业，鸡都叫过一遍了，他小睡了一下，不等天亮，他一惊而起，急忙把东西收拾好。

正起夜的黄翠兰见沐阳准备推车出门，问了句"阳阳，这么早就去学校？我去下碗面，你吃完再去吧。"

"不了，我去学校吃，妈，我走了。"沐阳推着车奔入夜幕中，把妈妈的担心抛在身后，"路上小心点，这黑灯瞎火的，有什么重要的事，非得去这么早？拿了那几块钱死工资也不容易。"

"喂，老头子，醒醒，你醒醒。"正做美梦的沐光辉被黄翠兰残忍的摇醒，他止住鼾声，不满地嘟哝一句，"什么事？这么早。"然后翻了个身想继续睡。

黄翠兰双手把他壮实的身躯往她这边一扳，揪着他的耳朵轻喊，"喂，你先别睡了，你晓得不？满伢子出门了。"

"出去了就出去了，有什么稀奇的，脚长在他自己身上。"沐光辉稍微清醒后，一看外面的天色，灰蒙蒙的，不过五点多钟，"这兔崽子，口中说我不该说，说得不该他起这么早做什么？分明已经上心了，还死鸭子嘴巴硬，说什么慢慢来。"

"你不说，我还忘了。昨晚你们两爷崽打了一夜的哑谜，今天又这样，满伢子跟老江家的梦凡到底有什么事？问你们，你们一个个都不理我，我脑壳都被你们绕晕了。"黄翠兰突然觉得自己现在在家里就是个局外人，沐阳远不如女儿们贴心，女儿们没出嫁前，遇到一丁点事，就围着她叽叽喳喳说个不停，那时她很不耐烦，觉得她们太吵，如今要改变这种局面，只能让满伢子快点娶亲，儿媳进门后，家里的格局便是二对二，看他们两父子还敢有事瞒着她。

沐光辉坐起来披了件外套，把事情的来龙去脉细细说给了老伴听。

黄翠兰听完，心中一惊，满伢子看上了梦凡？不可否认，以江梦凡的容貌与地位，配苇场的哪个男孩子都配得上，只是我家沐阳……我家沐阳可是大学生，我费心尽力培养出来的大学生。整个苇场建场以来，出了几个这样文凭过得硬的大学生？他是在苇场教书不错，但终归是国家老师，要甩场编教师几条沟。亏我一直等着他给我找个街上妹子，不想他却看上了她——"江家的那个妹子是不错，但是她是农业户口，又没个工作。若搞得好，进门后，怀孕生崽，田里土里的事她肯定做不得，'三吃一'的日子那还叫过日子？莫说现在连工资都发不出。我看呀，还不如找那个跟他回来吃过饭的叫李什么的老师，至少人家还有份正式工作。你倒好，不是嫌弃人家姑娘长得矮，就是嫌弃人家父母是靠关系进的芦苇场，还说什么根基不稳，儿子跟着她没前途。我头发长见识短，眼光也不如你看得远，你告诉我，江国祥家的又比她强多远？"

沐光辉不是没考虑过。为此，他还再三问了沐阳，梦凡既没工作又不是城镇户口，以后的日子怎么过？谁知，他那个好儿子把一切都推给了他。户口其实也不是大问题，他出面去找找关系，买蓝印户口也好，直接买个红本本也好，都用不了多少钱，最主要的是工作。若是过去，凭他与老江的人脉，要在场里给梦凡安排一个工作还是做得来的。只是目前苇场的状况不太好，两个人捆在一起，终归不是长久之计，这也是他当初反对沐阳跟李芸的原因之一。只是儿子现在的态度，让他不好再反对下去，再说，他们不是还没到谈婚论嫁的阶段吗？以后说不定还有变数。儿孙自有儿孙福，且随他吧。

身旁的江国祥鼾声如雷，余凤桃左左右右翻了老半天总睡不着，索性披衣坐了起来。小清来江家已有大半个月，天天与正刚腻腻歪歪，都是从年轻过来的，她如何不清楚，大男大女这样搞下去，迟早会出事，可她除了在正刚面前日嘱咐夜叮嘱，其他什么也做不了。

前几天，她去找过彭习珍，进门彭习珍一句话把她顶到了墙壁上，"我的妹子小不懂事，你江家、你余凤桃未必是吃屎长大的？"接着好一阵数落。不怪她，这事本来就是江家没处理好。可是，为什么不能各让一步，让小清风风光光嫁到江家呢？

一事未了，那天江国祥又回来说，沐家要与他们攀亲戚，说是等他们的信。她的女儿虽然没条件捧在手心里、含在嘴里，也从小到大没干过重活、粗活。记得梦凡读高一还是高二，放月假回来，正赶上余凤桃娘家出了点事，她把家里的两头猪托付给满女，急匆匆地赶回娘家。等她回来，看见满女端着一铝瓢猪食，捏着鼻子，走到猪栏屋，隔猪食槽一尺多远，就开始往里泼。气得余凤桃跳起脚来骂，本还想抽梦凡几楠竹丫子的，被江国祥拦住，说什么儿孙自有儿孙福，她若不喜欢喂猪打鸭，以后便不会待在农村里。不想，如今那老沐家还只随口一提，他就喜得不晓天南地北了，他沐家再好，不还是农村里的。

现在人人都想往外奔，我的崽女就例外？后来又想，女孩就是一条菜籽命，扔到哪里就在哪生根，自己能替她操了这会儿的心，也保不了她到老。再说，这阳世上的男男女女只要结了婚，爱与不爱还不是一起搭伙过日子？她们这一代还不是别人一介绍，对得上眼就结了婚，感情再好也不过是过日子时少红点脸、吵点架，更大多数的人都是打打闹闹彼此捆绑了一辈子。祖祖辈辈都可以这样过下来，未必她的梦凡又比谁高级？说到底不也是个农村妹子。

想到这里，她又不禁埋怨起沐阳来。你说你这个蠢宝沐阳，在芦苇场长了一二十年，还没待够？还连蹦带跳的跑回来。跑回来也就罢了，你学北河头的到场部搞个办公室主任什么的啊，今后也能当个场长、书记，还偏偏当个穷教书匠。这下好，两边的大人都是没出息的命，搞了一辈子基层干部。你屋里爷还晓得想，解决了国家户口，可怜我屋里的还是个农牧工，等他退休，崽女一顶不得职、二招不得工，我家凡妹子若嫁过去，还不是跟我一样，煨得灶坑子脚下煨一辈子。这样，还真不如当初听她爸爸的，让她读完初中就回来养猪、作田、砍芦苇，至少在未来的婆家还落得个勤快贤德的好名声。

转而又开始责怪自己的满女。唉！怪只怪我屋里这鬼妹子不争气，如果考上大学，户口工作都解决了，还轮得到我来给她操这份闲心？

深秋的雨一滴一滴从夜空落下，余凤桃清晰地听到了雨珠儿在屋顶的细瓦上滚动的沙沙声、坠落在屋檐水沟的啪哒声，以及汇入水流的满足声。"十场秋雨要穿棉"听到雨声，余凤桃愈加觉得后颈处一阵阵发凉。她打开灯，找出一件茧子棉衣披上，想想鸡叫过三遍，反正睡不着，不如起来打早火。

走出房门，习惯性地把各处扫视了一圈，隐约看见渔塘角上有个人影，以为眼花，擦了擦眼睛再看人影还在，"哪个？这么早，碰到雨了吧，进来躲下雨不？怎么出门时没看天，也不晓得带把伞？"

"江婶，是我，沐阳。我找江叔有点事。"这雨还真是无情，才十多分钟，便把沐阳淋得全身上下没留一块干地方。

"你这个伢子，快点进来，落么大的雨，站得外边。我们没起来，你不晓得敲门？"这沐阳怎么啦，乌黑不天亮赶到她家有三四回了，她才不相信有事路过的鬼话。老垸子西边大堤上就有去县城的船码头，进进出出比新垸子方便多了，他到新垸子有事，难不成是想学鲁嗲的大孙女的，站在西堤角上看太阳落水？或者，他真跟我家凡凡做了那见不得人的事？想到这儿，余凤桃感觉一阵热浪把她包围，额头上、胸前已大汗淋漓，心里一阵阵发慌。好在，只有一两分钟工夫，就已恢复常态。她回过神来，细细的打量沐阳。单论长相，他配我家梦凡倒是登对，但是他一个当老师的，真能让我家凡凡过上好日子？

"我出来时没下雨，这鬼天气。"说话间，沐阳已经推着车子到了江家禾场。

江家的屋跟左邻右舍一样，若说与别人有点差别的就是，阶基上没倒扣的渔船，禾场里却有两株被雨水冲洗得干净透亮的大桂花树，篱笆下也有一大片被雨打得歪歪斜斜的花草。

"快擦擦，快擦擦。湿透了吧，我拿一套正刚的衣服给你换一下，反正你们差不多高。"

沐阳接过余凤桃递过来的干毛巾，边擦那头浓密的黑发，边推辞"不必麻烦了，江叔今天应该回来了吧？我有事问江叔，问完还得回学校，初三的学生在搞早自习，我要带班。"

余凤桃走到房门边，对着里面喊了几声，听到江国祥的回应后，转身回灶屋。

江国祥闷在心里笑了好久，沐光辉还说他满崽老成，老成个屁？他跑来跑去，还不是想从他嘴里听个准信，"沐阳，进来吧。"

沐阳推开房门，见江国祥斜倚在床头抽烟，"江叔，那事你没跟梦凡讲吧？"

没等江国祥回答，沐阳已走到了床前，坐到床边的椅子上，"江叔，我是这样想的，那个——那个，你和婶婶心里有数就行。我想先跟梦凡培养一下感情，毕竟我比她大几岁，这冷不丁的对她讲，怕她反感。"

"我只跟你婶子提了一句。这两天，正刚那里有点事，她没来得及讲。"江国祥本来想说，还培养什么感情呢，只要你同意、你父母不反对，你家派介绍人过来就是，我随时准备做你岳老子。但他是女方家长，脑子也没被酒精彻底烧糊涂，还依稀记得有个词叫矜持。

"那就好，你放心，只要梦凡心里没别人，我当你家女婿当定了。"

这个伢子性子比我还急，问都不问我们同不同意，一步到位的说什么女婿当定了，我家满妹子就这么合你意？

"呵呵，你看你，到底年轻，心里藏不得事。听你婶子说，你来了好几次了，如果我没猜错，就是为这事吧？"见沐阳在摸自己的后脑勺，他笑眯眯地朝灶屋方向喊了声，"婆婆子、给沐阳熬碗姜汤啰。"边起身边嘱咐沐阳，"一身衣服都没块干的，去，让你婶子给你找套衣服换下，湿衣服丢到这儿就是，你过几天来拿。"说完朝沐阳捉狭地眨了眨眼。

"沐阳？妈，沐阳又这么早来干什么？"刚起床的梦凡倚在房门口，一脸惊诧看着准备去正刚房里找衣服的余凤桃问。

"找你爸有事。正刚，正刚起来了，沐阳来了，淋得一身精湿，让他在你房里换一下衣，我看得在屋里修个浴室，以后小清起夜、换东换西也方便些。"家中的厕所是农村常见的，在房屋后面搭一间小屋，里面挖一个坑，用水泥筑好，再在上面搁两块厚木板的蹲坑。平常自家人换衣、洗澡的地方都是自己房里。

"妈，你烦不烦，今天下雨，反正不去苇山，就让我睡一会，再说沐阳是来找爸的，关我什么事？"天天能看能摸，就是不能动真格的。正刚都不知道处理好那事后，什么时候睡着的，听见妈妈喊不禁有点怨气。

"沐阳，你能再搞笑点不？这又是唱哪出，这么早搞得落汤鸡一样来我家？"梦凡指着沐阳哈哈大笑。

"小凡，不好意思，把你吵醒了吧？我找江叔有点急事，出门时没下雨。"沐阳与梦凡都没意识到，沐阳这个称呼过于亲密了些。

"凡妹子，你去灶下加把火。沐阳，到正刚屋里去把衣服换了。"余凤桃如大将般派兵。

江国祥进屋把余凤桃拖到阶基边："那个事还没跟梦凡讲吧？"

"没，怎么啦？他不同意了？正好，我昨晚又想了大半夜，想来想去还是觉得不妥。他想通了更好，我少费得一些心思，这就去跟他讲明，我屋里凡凡又不是没人要。"

"你来啰，急什么？他这么早跑来，是想让我们先不把那事告诉梦凡，让他们自己先培养感情。"江国祥一把扯住余凤桃。

"哦，我以为他反悔了呢？"

"把心放在肚子里，沐阳讲当我家女婿当定了。这个时候的小年轻，还真的胆子大，一点也不像我们那时候。"如果不顾及灶屋里的梦凡，江国祥恐怕要笑出声了。

"用得着高兴成这样，我家凡妹子长得又不丑、文化水平又高，你还怕没人要？"余凤桃就看不惯江国祥那德性，好像要把梦凡硬塞给沐家一样。

沐阳一出来，看见老两口在檐下悄声谈论，不好打扰，只好走进灶屋找梦凡。此时梦凡已把自己收拾齐整，不如刚看到她时秀发披散，形容慵懒，脸上还带着些刚从被窝里钻出来的潮红。

梦凡见沐阳待在灶边，以为他冷，示意他坐在灶口前。梦凡的热情让沐阳突然变得局促不安起来，他搓着手想了好久，才移向灶前。

第十一章

"是人还是鬼？深更半夜在别个屋角上窜。你晓得不，人吓人吓死人咧。"谭建武在屋后的香杉树下小解，打了个尿颤后，瞥见一道黑影在谭家与谢家的小巷子移动。那条巷子不通公路，两边墙壁下码着两家砍的柴火，巷底乱七八糟堆着砌屋留下的断砖残瓦，白天都极少人行走，何况晚上。

"麻子哥，是我哩！柏马虎。"谭建武一听，黑暗里传来的声音果然是刘松柏的，赶紧屏住气，收缩腹部，在一串响屁声中，把膀胱里的尿液尽数挤了出去。

谭建武摸索着转到堂屋扯亮节能灯，刚把门栓抽出，刘松柏提着一个胶丝网兜推门而进，一股爆炒过的大蒜籽、仔姜的香味随他带来的冷风，在堂屋里扩散。谭建武就着不太明亮的灯光一看，胶丝网兜里，装的是一盆炒好了的鸟肉。

谭建武在管区是出了名好恰佬，闻到香味时，已暗吞了好几口口水，如今见到这么大一盆鸟肉，馋虫一下子占据了所有感官。他在房间的酒塔里，舀出一海碗谷酒，又端出晚上没吃完的花生米、一碟清油炒的卜芋头窝子，放在煤炭节能灶的灶面上，把火门稍微拧至二个半孔，招呼刘松柏坐下。又想起两个人吃少了几分意思，不如把江国祥喊来，顺道去敲开队屋里余建亮的门。

谭麻子下午从山里回来时，看见余建亮打了几只黄竹筒，应该还没出手。有句俗话讲，"天上的龙肉，地上的驴肉，黄竹筒肉好吃不得到口"。

刘松柏认定谭麻子其实并不想喊江国祥。从拐棍洲搬来的老住户都晓得，谭家与江家虽然沾亲带故，细究又有几分不融洽。

谭建武的祖父与江国祥的祖父是姑舅老表。江家在洞庭湖边落脚后不久，秉嗲得知表姐夫已病逝于谭家湾，老表的其他儿女都已成家，只剩秋崽子谭玉保无人看管。江有德便驾着渔划子，把他们孤儿寡母接到洲子上，在自家茅屋旁搭了个横屋供他们居住。在那十几年里，两家关系好得像一家人，就连谭玉保结婚都是秉嗲一手操持的。

直到有一年，谭玉保与江有德在八形汊附近打鱼，遇见土匪把一只装竹器的商船弄翻了。等土匪一走，谭玉保与江有德救人的救人、捞货的捞货。商人被谭玉保救起后，顺手送了一张竹铺子给他。不想，两人回来不久，谭玉保就被人绑到了新港子，说是他犯了抢劫罪，不日将执行枪决。谭玉保知道事情的严重性，临出门时嘱咐妻子，快到茅草街去找那商人回来做证。谭玉保被无罪释放后，两夫妇都想到当时只有江有德在场，肯定是他眼浅那商人给的竹铺子，才去告的状。江有德得知消息后，一再辩解，但他们还是只相信自认为的真相，拆掉了那横屋，在离江家四五十米的地方，另外起了个茅屋。两家关系就此疏远。

两家关系修复得差不多时，又因谭玉保的死再次闹翻了。当时，谭玉保得了晚期血吸虫病，打不了鱼也砍不了芦苇。在新沙乡当保管员的江有德，见谭家生活困难，出主意，让谭玉保到水上村去帮忙选鱼。没料想，没几天，谭玉保便失足掉到河里淹死了。这事一出，谭家一大家子人都恨死了江有德，若不是他出的歪主意，谭玉保也不至于被淹死。

谭建武与江国祥他们长大后，虽然外表一团和气，但谭建武时常使些小阴招，让江国祥防不胜防。生活中的纷争是小事，不必细说。但，让余凤桃一直耿耿于怀的是，谭建武和妇女主任一起去上告江国祥贪污那件事。全管区的人都晓得，谭建武能从一个普通民兵一跃成为管区的生产主任，都是江国祥帮衬的结果。那件事情一出，除了谭家亲戚，知情人都讲谭建武要不得，可江国祥人前人后还是抬举他。

刘松柏打着手电，迎着霜风去余家，帮余建亮处理好黄竹筒肉，回到谭麻子家时已是凌晨一点。

男人也是奇怪，平时好像离了女人就不能活，从不挨灶边。只要迈出家门口去帮厨或是打平伙，他里里外外都可一手来，而且味道比女人做的还正宗。

三人在灶台前，研究了一番吃的学问，又谈论了一翻别人家的家长里短，酒瓶见底时，刘松柏才亮出此次召集的主要目的。

他听人说，新沙洲的青山本要承包出去的，是江国祥一脚站定，硬是不肯，老板拿他没办法，只好另行商议。

刘松柏当初听说苇山可以承包，还特意开船去找他大姨夫谈了半天的生意。

刘松柏的大姨妹子，在《外来妹》上映之前，就到南方当了外来妹。半年后，大姨妹子回乡过年，自己穿金戴银不说，还给娘家的女眷每人带了个三克不止的金箍子。第二年，他大姨夫不但把家里欠下的账还清，还砌了一栋四地四楼的洋楼。这栋外面都贴满瓷砖的洋楼，在四周粗砂粉墙的瓦屋中，如同一只白鹭站在一群麻雀间。它给刘松柏大姨夫带来惊叹与羡慕的同时，也遭来了不少非议，说得最多的是，刘松柏的大姨妹子在外面开向天铺子。

大姨夫是刘松柏几连襟中最小气的。只要他看见哪个男的跟他妻子多讲了几句话，喊得应，他妻子当晚有一餐死的打。他这人很怪，专挑妻子洗澡时下手，打完趁着她眼泪未收，还得在她身上忙活好一阵子。

自从妻子成了海妹，刘松柏大姨夫听再多的闲话，他没再动过妻子一指甲。

在很长一段时间里，刘松柏对大姨夫羡慕得不行。以前过年钵子都要找他借的人，几年不到，洋楼住着、摩托车跨着、芙蓉王抽着、城里镇里的美容按摩店进着，最重要的他还是砸金花、扳点几等地下赌场里的常客。找的都是一娘生的，他的命怎么就那么好呢。他跟胡少兰吵架时，甚至还不经意地说出他隐藏了许久的秘密，"你这个丑得猪x的一样，下海都没人要。"

刘松柏前几天跟他大姨夫谈的生意，当然不是要大姨妹子带他妻子去下海，毕竟那是人家姐妹中的事。刘松柏跟大姨夫说，只要他有钱包青山，以他刘松柏的坡路，保证两年不到就会翻个翻，而且投得越多赚得越多。他大姨夫也正想找点正经门路，在妻子面前重振雄风。他想了想，跟刘松柏说，钱他肯定没有借出去的，但可以入股。

随后，刘松柏又找到另两个姨夫，借的借、入股的入股，备好了三四十万元，只等苇场青山承包的口子被拉开。

谁知，最新消息打得刘松柏晕头转向，江国祥居然起动老场长，跑到上面去告了一状。

伏桂香告诉刘松柏，只要老板有这个想法，加上临县苇场已经在实施，苇场苇山的承包是迟早的事，现在缺的是助力、是推手。这个推手就是罢工，见刘松柏不理解，伏桂香如此这般跟刘松柏细说了一翻。

新建管区南岸有四个组，每组各有三四十户人家，也就是说南岸有百六七十个当家人。四队的山在前面的东南洲不管它，与刘松柏所住的二队相邻的一、三队苇山都在新沙洲。除去几户在外面赚活钱，用钱买砍苇指标的，只要把剩下的联系好，整个新沙洲乃至整个新建管区，今年的芦苇都只能杵在山里。

谭建武那天说只要有补偿，苇山承包出去是好事，他如果能让谭家的一大家子人都不进山，那进山的正劳动力就少了二三十个。余建亮的娘死得早，从小到如今，刘松柏没看见他正儿八经砍过一年芦苇。虽说余建亮家只有光光的五弟兄，但是他四嫂子的娘，是一队何、曹两大姓的当家主母。余建亮这亲家娘从何家下堂到曹家，对曹家的继子、继女比对自己的亲生子女还好，而何姓的子女感恩于母亲及继父的不容易，也极为听话，最主要的是他们两姓的姻亲都是新建管区的，只要余建亮能把他四嫂子的工作做通，不只新沙洲苇山，四眼塘与东南洲这边都得受影响。

等刘松柏把想法说出来，谭建武立马反对。他比刘松柏年长十来岁，晓得农民造反造不出乡。虽然私底下跟江国祥不对付，在工作上还是听从江国祥的安排，那天之所以会说出那种话，也是话赶话赶出来的。回家细想，如果没了苇山，莫说职工群众没活路，就连他也没有了依靠。苇场的垸内面积小，之所以设了七八个管区的基层管理人员，是因为他们大部分时间在经营、管理苇山。只要苇山承包出去，苇山的承包业主便会各自为政，管区的班子成员想管也没法管。垸内的田土面积少，督促春耕夏收的任务小，又不似农村还要每年催收上缴，管委会在垸内生产方面形同虚设，那政府还养他们这些闲人做什么。就算苇山承包真的能如他所愿，补偿一笔钱，那笔钱用完以后呢？吃南边的那朵云，还是捡路上的卵石煮着吃？

余建亮也有顾虑，前不久，江国祥还给他做担保，在场部信用社贷了五千元，转过身就开始拆江国祥的台，他还真的黑不下良心。

江家与伏家虽不在同一管区，但相距不远。都住在南堤边，如果是晴天走大堤只有四五里路；若是下雨，大堤上尽是烂泥，人走在上面滑滑溜溜且不说，自行车轮子走不了几步便被泥草屑子卡得死死的，只能扛着它走。虽然，只有主干道是水泥路，但小公路上也铺了厚厚一层煤渣，只是它是顺着田土的方向修的，凭空子便多了好几里路。小清没在意回家时多的这点路程，她昨晚和正刚商量好了，今天一起回伏家，做做她妈妈的工作，希望彭习珍能先让他们领证。

到伏家楼房旁时，小清又改主意了。她想一个人去跟她妈妈说，如果妈妈不同意，她打转身就走。正刚总觉得不好，可又拗不过小清，只好把车停下，让小清独自进门。其实他认为自己独自去一趟比小清去要好，毕竟是他求娶人家女儿，事事都让小清打头阵，不但显得太不尊重岳父母，还让人认为他堂堂男子汉没担当。

正刚还在纠结，小清却气呼呼的冲了出来，"我就是要嫁给他，管他是吃饭还是喝粥，户口本在我手上，一登记完，你就管不着了，我们受法律保护。"原来小清没如她所说，跟妈妈好言商量，而是闷声不响跑到楼上父母的卧室里，把户口本偷了出来。不想下楼时,被彭习珍发现了,她见小清慌脚慌手的把户口本往手袋里塞,一下子明白了,拿起火钳便开始追。

正刚见状,支好车子,准备去跟岳母娘说点好话,小清死死的拖住他。正刚把小清的手掰开,"小清,让我进去,这事迟早要有个交代的。"

"你不怕骂,就进去。"小清的力气毕竟没正刚的大,僵持了一阵,便松开手。

"骂一顿算什么,他们辛辛苦苦养这么大一个乖女儿给我,莫说骂,就是挨顿揍也值得。"正刚看小清情绪不对,嬉皮笑脸的调节着气氛。

伏家的房子在当地很气派,三地三楼、盖着青色小瓦、白色的外墙上刷着一米高的海蓝色墙裙,禾场外修着一圈红砖围墙,两张大铁门常年洞开。围墙外整整齐齐栽着两行水杉,院子进门处是两棵近三米高的松树。正刚进去时,彭习珍正坐在堂屋里抹眼泪,他小心翼翼地叫了声"妈,你别气了,都是我不懂事。"

"正刚啊,不是我当岳母娘的挑剔,你们江家真的没名堂。你看你们做的这些事让人打得开眼睛不?一直喊着要收媳妇、收媳妇,可你看你家,除了你妈空脚空手来了一趟,到现在还有谁登过我家的门?未必我屋里的妹子这么不值价?就算我屋里穷得滴血,我屋里的妹几丑得见不得人,该有的礼性总该有吧?你屋里条件再好,那也得照规矩来是不?这下好了,指使我家那不争气的偷户口本。刚伢子啊,你屋里娘也养了个女,你说换做你屋里凡妹子,你娘会这样放心?我怀胎十月、操屎把尿辛苦养出的女,是让人戳烂我的脊梁骨的?"

那天,伏桂香说同意小清与正刚结婚,不但不要彩礼还要倒贴三万块钱,她越想越不是个事。后来,还是找了个由头,跟伏桂香大闹了一场。伏桂香气得丢下一句"无知蠢妇"便匆匆去了县城。无知便无知,蠢就蠢了这一次。同为女人,她清楚彩礼对女人的重要性。在什么年代,女子的彩礼越多,在地方上就越体面,在婆家腰杆子就挺得越硬,这是一条铁律。再说,我伏家又不是养河水煮河鱼的人家,到时不但彩礼一分不动返回江家,陪嫁的肯定比它只多不少。况且,她彭习珍又没狮子开大口故意为难,比不了上,也不能太往下靠不是,毕竟她伏家是嫁一个黄花大闺女。谁知,唉!想到这儿,她的脑壳后面的那根筋又一下下地抽痛。

"妈,你听我讲,这事确实是我们做得不好。我妈本来要来的,是我没让她来,我想着反正过几天就要隔日子了,到时我妈和介绍人带着彩礼一起来,那不更让您长脸?你放心,该有的礼数我们都会搞齐,你今天就先让我们把证领了行不?"

"都是你的错?你一个毛都没长伢子当得了这个家?正刚啊,这好好的一桩喜事,你们家这样搞,就不怕变成坏事?当然,怪你是怪不着,只怪我自己屋里的不听话，放着城里金窝银窝她不去，她偏偏跳得你们这个糠箩里，我怎么走的这种运脚啰，想起我都心口痛，唉哟！我心口都痛伤了。"小清妈越说越窝火，碍着小清死活要嫁给正刚，又不敢乱说，只好捶着胸口、拍着膝盖嚎啕大哭。

　　小清本来跟着正刚走到院门前，听正刚给妈妈赔尽小心、说尽好话，她妈妈还是这副得理不饶人的模样，心中一急，一步跨进屋，拖起正刚就走，"老顽固，我不管你同不同意，这结婚证我扯定了。在外国，崽女成年后，大人们就不干涉他们的生活，我来跟你说一声，是表示对你的尊重。"

　　正刚还想好好和岳母解释，小清猛地一拽，"正刚，你还想不想和我结婚？如果你敢过去，我就不跟你结婚了，以后你也别来找我了。"别看小清比正刚矮了大约二十厘米，发起脾气来也有把蛮力，正刚怕用力大了伤了她，挣了几下都没挣脱，只好任由她拖着。

　　"你这个鬼崽子，你今天去一下试试！我今天不把你脚打断，我就上吊、投河、喝农药。你这没良心的忤逆子，你就跑嘛！"小清妈拿着扫帚追了出来，旁边的邻居不知道怎么回事，拖着小清妈不让她动。"付婶，女是自己生的，听说马上要出嫁了，你还舍得打？"小清妈见来了好多邻居，虽然泼辣但还有点理智，没真跑过来打小清。

　　正刚也低声劝小清，让她别再跟她妈赌气，省得让左邻右舍看笑话。真把她妈惹急了，以后他还有好日子过？小清拿自己的娘也没办法，尤其看正刚已经打了退堂鼓，她一个未出嫁的妹子就不好再坚持。

　　"什么都不讲了。正刚，你如果还喊我一声妈，就让小清把户口本拿出来，早些让你妈和介绍人来把该有的礼数都搞全，到时我保证你们高高兴兴的结婚。"彭习珍好像一下子恢复神智了似的，不闹不吵地对正刚说。

　　正刚从小清包里翻出户口本递给彭习珍，对小清说"你还是在家陪陪你妈，我先回去跟我妈商量，找个两全的办法，早点把这事搞定。"小清却不情愿，站在旁边眼泪直流。正刚无法，只好又把她带回了江家。

第十二章

　　谭文才上次被余凤桃赶出来后，觉得很没面子，连续几天都龟缩在家里。但着，谁经过他家面前就逮谁去江家提亲，幸好别人也只当他开玩笑，停也没停走了。

　　屡次失败后，他才明白，要把梦凡追到手，靠别人行不通。最终决定权绝对在梦凡手上，要把她搞定，最好是把生米煮成熟饭，到那时……想到这儿，谭文才不由狂笑了几声，女儿都是他的人了，岳家识趣一点，他还勉强认认他们，如果不识趣，那可要看本少爷的心情。

　　可怎样才能把那朵棘手的花摘到手呢？他问过他的狐朋狗友，没一个好建议。他又一想，梦凡是文化人，应该喜欢有点文化的。于是，他兴冲冲地跑到街上的地摊边上买了几本《恋爱宝典》之类的书，老老实实待在家里啃书。张禾秀见满崽突然看起书来，虽觉奇怪也没多问。唉——只要他不去外面胡闹，她就道一万声福了。

　　这天下午，雨终于停了。谭文才学他父亲一样，眉头紧锁，背着手在大堤上溜达。他当然不是为暮秋时分湖畔的萧瑟伤感，他在看江家。梦凡和小清坐在大门边的椅子上织毛衣。一个提花纽针花样，梦凡不是搞错色，就是漏了针。谭文才肯定不知道，见梦凡头都不抬一下，他气愤地猛揪了几下头发。在余光中，梦凡已起身走进堂屋，谭文才只觉一口气卡在喉咙里上下不得，这未来堂客还真不跟自己一条心，晓得我在看她，不但不抬头看他一下，还跑进屋去，看来得给她点颜色看看。

　　谭文才如斗败的公鸡一样，垂着头在江家门前的大堤来回走一阵后，发现小冬在堤外面放牛，眼珠一转，连忙招呼小冬："小冬，这么早就放学了。快过来。小冬，你耳朵聋了吧？快！"小冬耳聪目明着呢，他是不想理谭文才。家里大人们不止一次地嘱咐过他，让他遇到这姓谭的要绕着走，省得跟他学坏。

"小冬，过来，哥哥给东西你吃。"谭文才掏出一包桂子油槟榔晃了晃。

"槟榔?"到底是孩子，小冬的耳朵可以假装听不见，鼻子却不受控制。桂子油香气扑过来，搅得他口水都要流出来了。脚不由自主地往大堤上跑。

"你帮哥哥办件事，这个槟榔就是你的。"谭文才吊胃口似的又把槟榔装进袋子里。

"那算了。"小冬一顿足，准备回去。孩子也有孩子的狡黠，明明馋得咽了几次口水了，还是不想轻易被收买。

谭文才一把扯住小冬，拿出一颗槟榔放入他嘴里，故作亲昵地拍拍他后背。"帮哥把你凡姐姐叫出来，这包都是你的。"

小冬本还有些犹豫，可是嘴里槟榔一次次冲击他脆弱的心理防线，"嗯？那好吧，你说话算数，要不然你就不是个好孩子。"说完撒腿往梦凡家跑。

"凡姐姐、凡姐姐，堤外边有人找你。"小冬口齿不清的嚷着。

梦凡一愣，有人找，难道……不可能!？坐在窗前桌子上发呆的梦凡摇了摇头。那，会是谁？

"小冬，是谁找你凡姐姐。"小清见梦凡没出来，摸着小冬的头问道。

"他不让说，我只知道是个男的。凡姐姐，快点，要不然他走了。"妈妈跟左邻右舍的婶婶们闲聊时，也说起过梦凡姐姐与谭文才。小冬虽然不太明白，但从她们的笑声中，可以感觉到，梦凡姐姐不大愿意跟谭文才一起。小冬吃人嘴短，他耍了个小心眼。"再说我也没骗她。"他暗暗安慰自己。

男的，万一真的是他呢？梦凡这样一想，照了照镜子，顺了顺头发，扯着罩衣的下摆往外跑。

"小冬，告诉姐姐，到底是谁？是不是以前那个哥哥？"梦凡拉着小冬往大堤上走。

"他真不让说。"小冬才懒得管他们的事，他只记挂那包槟榔。

小清见一大一小上了堤，放下东西不紧不慢的跟了上去。她也以为是高轲来了。高轲会不会真如相片里的俊朗、帅气？就远远的看一下，就当给梦凡把把关。

梦凡跑到堤边，没看到期盼的身影，便问小冬，"人呢？"

小冬正觉奇怪，谭文才到哪去了？哼！这么大个人了说话不算数，还拿着我的槟榔跑了？难怪大人们不要我理他。

梦凡不知道小冬嘟哝出来的唾沫泡泡里隐藏的秘密，她依然在期待，高轲想要给自己一个惊喜，以慰相思之苦。在小冬准备泄密时，她已奔至河边杨树林里去找

103

她的高轲了。

"堂客呃，你还蛮听话的。一喊你就来，晓得你老公我找你吧。"每棵大树背后、每个陡坑都找遍了，还是没找到那朝思暮想的身影，又不能高声呼喊的梦凡已懊恼不已，不想被谭文才拦住了出路，吓了一大跳。

梦凡见谭文才出言轻佻，并不答话，转身就跑。谭文才却反手一拖，把她拖到一棵挂满胡须的杨树背后。

"我谭文才说话算数，混道上的信义当先，你是知道的。我晓得你看不上我，没事，只要我看得上你就行。"谭文才双手撑着树杆，把梦凡卡在自己与树中间。

"谭文才，你给我让开。世上的男人死绝了我也不会跟你的，你死了这条心吧。高轲，是你吗？救我，快救我。"梦凡看着谭文才通红的双眼真怕了，顾不得会泄露自己的秘密，高声呼喊起来。

谭文才以为真的来人了，斜着身子朝树林中看，鬼影子也没有。是的，这杨树林，大晴天除了几个小屁孩在林中嬉闹，就是堤边的老人来捡几根枯树枝回去做烧柴。他们就算看见了，自己都保不住，哪管得了这个闲事？莫说，先前接连几天雨，现在牛都不想进来，会有人才怪。

梦凡后悔不该没问清楚就跑了下来，也懊恼于明明知道高轲不可能来，还心存幻想，如果……她想都不敢想。

"凡妹子，莫喊了。这里就只你我两人。我说句实话，今天不管你同意不同意，你，我要定了。书上说你们女人喜欢口是心非，明明心里爱得要死，口里还说不喜欢、不爱。看看，你这样摇着头是不是告诉我，你真的爱我呀？你这样瞪着我，难不成想吃掉我？来呀，吃一个，"谭文才边说边把脸凑向梦凡，一会儿指脸，一会儿又指嘴巴，"你想吃这里还是这里？或者……打我？你打我，我也不气。他们说打是喜欢骂是爱，你打得越重，越表明你喜欢我。不喜欢？不喜欢也没关系。书上说感情这东西是需要培养的，今后我会跟你慢慢培养。书上还说日久生情，我就不信，别人能那什么日久生情，你跟我就不能。别做无用功了，听话，乖！先让哥哥亲一口。"见谭文才才离开半尺不到的脸，又在向自己靠拢，梦凡只能尽量偏过头、死命尖叫："救命啊、救命啊，有人吗？救命啊，小冬，快去喊人来救我。"

在大堤上张望的小清，隐约听到梦凡的呼救声，连忙高喊小冬，让他去江家搬救兵，自己则冲下堤，在树林里顺手捞起一根被风吹断的树枝。

"你喊啊，再大声点喊啊，试试看到底有没有人应。只怕只有我心疼你会喊破嗓子。"谭文才边说边箍住梦凡的腰。梦凡拼命想逃，挣扎间，衣服扣子被扯落，露出一抹丰盈。谭文才一下子呆住了,手上的力道也减了几分,梦凡趁机逃开,可没跑几步又被回过神来的谭文才揪住,"凡妹子,听哥的话,今天你就跟了哥,你妈就不会反对了。"

梦凡何曾想过会遇到这种羞辱遇到如此下作的人,吓得大哭,双手乱舞,想推开越靠越近的谭文才,无助地哀叫"救救我,救救我!"

谭文才并不怜惜她的眼泪,仍一只手揪着梦凡,一只手胡乱解她的上衣。

"啊哟!他娘的,谁打老子。"正当梦凡感到绝望时,谭文才惨叫一声,松手了。泪眼蒙眬的梦凡看见谢癫子高举赶羊鞭子,闷声闷气地抽打谭文才。好一阵梦凡才回过神来,靠着树杆闭着眼睛朝谭文才猛踢。

谭文才横跳着躲闪,"谢癫子,你个癫子,你敢坏老子的好事,老子跟你没完。"

这时,小清也跌跌撞撞赶了过来,拿着树枝对谭文才一阵猛打。谭文才明白,这事今天是成不了了。抱着脑袋,边躲边往大堤上跑。

被小冬叫过来的张禾秀和余凤桃、鲁嗲都跑进了树林。

"看我不打死你这个畜牲,看我不打死你这个败类。"小清可不管其他,和梦凡一起发疯的朝谭文才胡乱扑打。

张禾秀一见,不顾林中野草茎绊脚,跌跌撞撞的扑过来,抱住小清,"你们这是干什么?还有没有王法?"

"王法?你们也配提王法。哼!今天我要打死这个有娘生没娘养的畜牲。"梦凡见妈妈来了,有人撑腰了,胆气也壮了不少,圆睁着双眼,嘴唇颤抖着对张禾秀吼。

"江家嫂子,你评评理。我屋里实在没得罪你们吧,就扬言要打死我的崽。凡妹子,莫说你只是支书的女,就是天王老子的女,也得讲个道理。你告诉我,这世上哪有见面拿棍子扑打的理?"梦凡的话把张禾秀气得不轻,都说这凡妹子知书达理,依她看比泼妇还要泼。

小清见张禾秀做出一副卖牛肉的像,要找余凤桃的麻烦,不由也指着她鼻子破口大骂,"好哇!这才真叫吊颈鬼倒发恶呐。你不问问你屋里崽做了什么缺德事,还反怪起我们来。真的是上梁不正下梁歪,一屋的畜牲。我懒得跟你废话,谭文才,你有本事,就跟你娘讲,你做了什么猪狗不如的事。如果不是谢癫子,只怕……"小清想想都觉后怕。回头准备找谢癫子做证,谁知,四下里看了个遍,也没见他的踪影,就连他的羊也找不着一只。

"我做了什么?你说我做了什么?我只想睡梦凡一下,碰都没碰你,关你卵事。"谭文才趁小清住了手,就跳起脚来胡乱嚷嚷。

梦凡一听脸都白了,指着谭文才,全身颤抖着,半天没说出一句话。小清可不管别人怎么想,早拿起树枝往谭文才身上招呼。

余凤桃见梦凡的衣扣松开,头发散乱,心本就一凉,再听谭文才这样一说,又气又怕。她脱下罩衣披在梦凡肩上,紧搂着女儿,对鲁嗲说:"大嗲,你老也看见了。就请您陪我们去场部讨个说法。"一边说一边把梦凡交给小清,双手死命扭住谭文才不让他跑。

"张禾秀,你也不用跑,该通知的人我都会通知。我今天不把这事讲清楚,我江家的颜面不只给你们当得屁股?你还真以为我江家没得钱,就会任由你们欺侮。"余凤桃反剪着谭文才的手,见张禾秀欲往大堤上跑,厉声喝住她。

余凤桃的怒火,让张禾秀心生畏惧,求助似的看向鲁嗲。

鲁嗲听小清说明事情经过后,开口对张禾秀说,"谭文才是得治治了。这次幸亏癫子来得及时,才没酿成不可挽救的后果。但若再放任他这样,谁晓得他又会去祸害谁。在这里先什么也不用说,毕竟梦凡和小清都是没出嫁的妹子,怕传出什么不好听的。我看这样,还是回家去解决。谭文才由我抓着,桃子你放心大胆带小清和梦凡先回去,我们随后就到。你放心,我一定让谭家给你们一个说法。"鲁嗲见场面有点失控,怕闹起来,小事变大,只好舍着老脸先调解一下。

余凤桃看看大堤上越聚越多的人群,一想也是,谭文才反正死猪不怕开水烫,可梦凡还是黄花大闺女,如果经那些长舌妇一番添油加醋,还不知会多难听,就对鲁嗲点了点头,和小清一起搀着脸色煞白的梦凡回家。

鲁嗲在鲁氏大家族,排行老大。大爷的娘是邻省沔阳洲的,年幼时随父母流浪到本地。她父母见当时鲁家家境殷实,加之女儿已长大,不便带在身边四处乞讨,就把女儿留给鲁家做童养媳。到鲁家后,鲁家太娭特别珍惜不用东跑西奔、遭人打狗咬便能吃饱饭的幸福日子。做鲁家媳妇几十年,一直规规矩矩、谦恭本分,全家上下、邻里之间,无不尊敬她。她受封建礼教影响至深,恪守"三从四德",丈夫故去后,她便改口称自家儿子们为"爷",久而久之,鲁嗲也成了别人口中的"爷"。

当然他之所以获得邻里间的尊敬,仅凭这个肯定不行。人们信任他、尊敬他还有一个最重要的原因,他大儿子在一次对外战争时英勇捐躯,是烈属。在场职工医院工作的三女更是了得:那年,洪水刚退,江国祥、谭建武、刘松柏等人突然全身无力、腿脚发软、发起了高烧,在职工医院打了两三天吊针都不见好转,是鲁嗲的三女最先怀疑并确诊他们得了钩体病，硬把他们从死亡线上拉了回来。满女虽然看得娇，但也很争气，中专毕业后，分配到地区一家单位上班；只有满崽稍微逊色，但好在都勤快，年年都是管区的标刀手，尤其是儿媳，连续好几年当选为地区人大代表、三八红旗手。鲁嗲自己也在队上、管区干了几十年，且品性过得硬，办事公道，所以左邻右舍的一些家庭小纠纷、邻里间的小吵小闹，在找不到管区干部的情况下，都喜欢找他去评理、调解。

谭麻子回家不见谭文才母子，正站在禾场里张望，见鲁嗲推搡着谭文才从大堤上下来，连忙迎了上去："大嗲，您怎么来啦？"

鲁嗲把谭文才向谭麻子一推，"麻子，你养的一个好崽啊！不教好，你谭家迟早会败得你崽手里。"

这种话从他家那个活宝长大后，谭麻子听得耳朵都起茧了。近十年过去了，他谭麻子的家不还是好好的，但大嗲的面子不能不给，他不急不缓递了根纸烟给鲁嗲，"大嗲，您先莫气坏了身体。您跟我说说这化生子又闯了什么祸？我一定教训他。"

"莫听他的，一个老古器懂么子呢。爷老子啊，你听我跟你讲，你不是一直说我再在外面混下去，会媳妇娶不到。我今天就是想把这个事情了结一下。呃，本来一切都很顺利的，只怪那个神经的谢癫子，坏了我的好事。爷老子，哪天遇到他，你可得找他算账。"谭文才见鲁嗲把自己送回家中，在树林里的一丝惧怕早就跑了，现在看见父亲，更加混账起来，顶着一张被树丫划得满是血痕的脸，还没嚷完，就被他娘一记耳光扇住了口。

谭麻子被儿子绕得云里雾里，疑惑间见堂客动起手来，当着鲁嗲的面，不禁摆出大家长的气派来，"我跟你讲了多少遍了，教崽靠打解决不了根本问题。你看他从小到大，你打他还打得少？结果呢，不还是个茄花色。"

鲁嗲把谭麻子拖到一边，把事情经过一五一十讲给他听，把谭麻子吓出了一身冷汗。谭麻子肯定比张禾秀更了解事情的严重性。他一直以为这化生子要娶梦凡是闹着玩的，伢子、妹子大了，哪个没有点花花肠子，今天看上这个，明天喜欢那个的，想着过了这段便好了，就没多管他。不想，今天搞出这种事，唉——子不教，父之过呀。

"鲁嗲，你放心，我肯定给江家一个交待。这个孽障，早晓得这样一个品性，不如当初生下来就把他塞得尿桶里。"

"麻子啊，现在讲狠话解决不了问题，快点想想办法，怎样平息江家的怒火。

邻里邻居的闹大了不好。我先去江家劝劝,你们快点来。"鲁嗲不好多说,只想趁这事别人还不知晓,去劝江国祥他们为梦凡的名节着想,先不要动公安。

鲁嗲走后,谭麻子如被谁掐住了喉咙,半天喘不过气。他顺手拿起一根柘木扁担朝谭文才猛打,"老子要打死你这个背时的,你哪天把老子生生气死了就好。这个化生子,谭家祖上真的无德呢,望年望月望得生了你这样一个货色……"谭文才见父亲来真的了,跳起脚就跑,张禾秀在后面拖住丈夫,"你先莫动怒,想想办法,先把梦凡他们的气消了再说。"

"消气——你讲得轻松,假如你的女被人这样,我看你还能站在这里等别人想办法不?只怕早去拆人家的屋了。还消气?做人要有良心,今天我不把他打得一个二样子,怎么向江家交身待。"

不管张禾秀怎么维护,谭文才最终被谭麻子足足实实砍了几扁担。

第十三章

别看队上那些成天磕葵花子、嚼舌根子的堂客们，闲得哪家鸡婆跛了脚都恨不能凑到一起争得唾沫横飞，但大事大非还算分得清，她们见谭麻子拖着谭文才踉踉跄跄往江家走，虽然好奇，脚步却并不往江家走，只是凑在不远处的禾场地里、公路上指指点点，"这谭麻子，是应该管管他家那个不识天的了。再不管，恐怕只有派出所才能收服他了。"

江家的堂屋门半掩着，鲁嗲正和余凤桃、江国祥商讨。听到信刚从外面回来的正刚，见推开门的是谭文才，怒从胆边生、火在心头旺，冲过去一拳凑在谭文才鼻梁上，谭文才的鼻子立马流出两行血，"你这个人渣，你以为老子江家没人了是吧？我老妹会由得你来欺负？老子今天不废了你，就跟你姓。"说完提起谭文才往门外一扔，再奔过去一脚朝他下身踢过去，谭文才拼尽全力往禾场里一滚，力道全砸在大腿骨上，谭文才当场痛得抱成一团。

余凤桃也拿起大门背后的竹扁担，嚷嚷着跑出来，"还敢上我屋里来，你只怕是恶狗怕蛮棍，老娘要打得你认不得人。"

鲁嗲见江家母子这个搞法，害怕出人命，连忙奔出来拖住正刚，一边示意江国祥拖住余凤桃。被大爷钳制住的正刚，则喘着粗气，仍不甘地朝谭文才踢着空腿。余凤桃则在江国祥臂弯里挣扎了几下，气得瘫倒在地。

见儿子被江家人如此打骂，谭麻子心里很不舒服，可谁叫他混账呢，惹不得的去惹。好好的一个崽到今天这地步，只怪平时对他疏于管教。回过神时，他崽的性格如同一棵长弯了的树，火都烤不直了。

"江支书，真的对不住了，我崽没教好，让梦凡受委屈了。我们全家给你们赔不是了，对不起。"说完扯着张禾秀一起，向梦凡父母鞠躬。

"麻子，你这礼我受不起，我是不是早就告诉过你，让你看好你家这个畜牲。可你是怎么做的？这次幸亏谢癫子，要不然，你以为我还会坐在这里等你们？"江国祥心中怒极，一为谭文才的荒唐，二为梦凡的执拗，如果依他的早些定下亲，又何至于有这等丑事发生？但是大嗲说得对，凡妹子的名节要紧，这事只能大事化小，小事化了。

"是的，是的，江支书大度。文死丧，还不过来。跪下！你江叔什么时候原谅你了，你什么时候起来。他让你跪死，你便死了算，老子就当没生你这个崽。"谭麻子从地上把谭文才拖死猪一样拖过来，逼着他跪下。

张禾秀抹着眼泪，俯下身子不断地跟余凤桃说好话，余凤桃横竖不理。小清在房间里开解梦凡，听到外面张禾秀反反复复只讲对人不住，半天也没讲解决办法，忍不住走出来跟张禾秀讲："谭婶啊，我不是说你，你家谭文才这样全是你纵容的。他不止一次的纠缠我们家凡凡了吧？连我都陪梦凡一起去跟你讲过，让你好好管一下你那好崽，你一直不管不问，非得要出了事才来道歉。对人不住？你不会认为说了声对人不住，警察都会来劝我们原谅你家吧？还是你们心里巴不得他闹出点什么？"

张禾秀又急又怒，她一直觉得小清说话蛮讨人喜欢，如今看来，这孩子可不简单。又听她提起警察，一下子慌了神，蹲下身子求余凤桃："江家嫂子，你们不会真动了公安吧？你们不为谭文才考虑，也得为梦凡考虑啊！你家凡妹子可还是个清清白白的妹子啊。你们千万莫冲动，现今城里不是流行什么精神损失费吗，你说个数，不管多少我都给，别叫公安来，这样这两个孩子可全完了啊！江家嫂子，求求你了。"张禾秀又气又急，眼泪一下子冲出了眼眶。

"我问你，你早干嘛去了？我家梦凡招谁惹谁了，平白无故受这种委屈、受这种惊吓。"小清听张禾秀口口声声说为梦凡考虑，不由一阵冷笑。可除了冷笑，她还能做什么呢。现实就是如此可笑，明明受伤害的是梦凡，可若传出去，一切都会颠倒。难道真的只能打落牙齿和血吞？这偌大的天空难道真的没有一块真正为女人做主的？小清想着不觉泪流满面。

余凤桃摸着小清的头："好孩子，别哭，亏得我家祖宗菩萨坐得高，才让谢癫子在关键时刻赶了过去。也亏得你灵泛，若不然我这凡妹子可真的毁了。"

谭文才直挺挺的跪在地上，满心不甘，多大个事，搞得吓死人。只恨今天老子慢了一步，若是老子得手了，借一百个胆子给你们，你们也不敢这样对我？到那时，是你们哭着、求着，让老子早些娶了这残花败柳。唉，只怪那神经癫子不做好事。

　　谭麻子没理儿子，担心江家上告，不停跟江国祥说好话，赔笑脸。鲁嗲见气氛已没先前紧张，开口做和事佬："麻子，我看废话少说。你还是当着我们表一下态，你那冤孽不再骚扰江家满妹子。毕竟，我当不了这个家。"说着又对江国祥说："国祥啊，俗话讲'万事留一线，来日好相见。'邻里邻居，乡里乡亲的，这事闹开了大家都不好过，看在我的面子上，这次就……"鲁嗲一开口，谭建武就像晒谷坪里的麻雀，不停地点头。

　　小清听鲁嗲与谭建武的语气，想大事化小，小事化了，又急哭了。她含着泪，求助般地看向婆婆，见她瘫坐在地上，好像还没反应过来。小清无法，想出口反对。这可是关乎凡凡一辈子的事，虽说没造成身体上的伤害，但精神创伤肯定会有的。会不会影响她以后的生活谁也说不定。她可听说早些年，浮桥那边一个妹子，在芦苇山被一个来苇场砍苇的外乡人欺负了。事发后，那人跑了。站屋里的人怕她想不开，派几个婶子轮流守着她，还是被她溜了出去，投河自尽了。虽然，后来那人还是被抓回来，枪决了。可这有什么用呢？那清清白白的姑娘再也回不来了。对付这种人，只有一个办法，早发现早处决。想到这儿，小清不禁把视线转到江国祥身上，她公爹是管区支书，那么多大大小小的事情，他都处理得公正、公平，难不成亲生女儿的事，他会偏向那姓谭的？

　　江国祥皱着眉头，蹲在阶基边的麻石上，烟一根接着一根的抽。这就是生女儿的难处啊！明明女儿受了委屈，做父母还得为了她的以后顾三顾四。唉！这才真叫吃了暗亏做不得声呀。可不这样又能怎样呢？他朝梦凡的房间望了望，这口冤枉气不忍也得忍啊！他起身拍了拍余凤桃的肩，余凤桃这才缓过神来，对着鲁嗲吼："这是留得一线的事不？还来日好相见，最好一世不见。跟这种人家住在一起，真是倒了八辈子血霉。"说完狠狠朝地上啐了一口唾沫。

　　江国祥扯住她，示意她莫要再闹了，听他的。等余凤桃冷静下来，他才圆睁着双眼满含怒气地质问他，"麻子，就算我想卖大爷一个面子。你又能如何能让我们安心？"他见谭建武朝天竖起三根指头，先发制人，"莫跟我搞那些赌咒、发誓、许愿的鬼把戏。我要实实在在的，大家都能落心的办法，否则，你莫怪我翻脸不认人。"

　　谭建武收回手指，握紧拳头，脸涨得通红。此时，再打、骂儿子，除了让江家觉得自己在演戏外，已没有任何效果，除非当真打断他的腿，可这样还不如送他去拘留所待上几天，再用点钱把他赎回来。只是那样……他看了看鲁嗲，鲁嗲仿佛知道他的心思般，坚定地摇了摇头。他只好试着说了一个不是办法的办法，"今天晚了，明天一早、明天一早我就把他送到南方去，凡妹子不结婚，他就莫想回来。"

说到这里，他朝儿子怒吼了一声，"你个化生子，听到了没？"见谭文才垂着脑袋，也不知是同意还是不同意。他只好奔过去，把儿子揪过来，一脚踹得他跪在江国祥面前，小心地问："江支书，你看这样行不？"谭文才从去年起，就嚷着要出去打工，之所以没让他去，是怕他在外面惹事生非，想让他结婚后，两口子一起出去，那样至少有个报信的。

谭文才被打得云里雾里，父亲的话音一落，他便跟江国祥磕起头来。江国祥连忙闪到鲁嗲身边，问道，"大嗲，您看？"

"我看也只能这样了。"鲁嗲叹了口气，他难道不知这样处理只是委屈了凡妹子，但是没办法啊，人言可畏，谁叫她是个女孩？唉！临老临老还得昧着良心，做一回不公道的和事佬啊。

"你这化生子，快去给梦凡道个歉，她不原谅你就莫回来。"谭建武揪住儿子的衣领，一把将他提起来，扔向江家阶基。

小清没想到最终结果会这样，一时对公公婆婆失望至极，冲进房间，准备去拖梦凡："凡凡，起来。我们去派出所。"

江国祥听了，吓了一大跳，小清这孩子，也太不息事了。自己又不好出面，想让余凤桃去阻止小清，却见余凤桃背对着他、面向灶屋，时不时扯起衣角往脸上擦。只好让正刚去劝小清，不想，正刚这没脑壳的，居然把他说的话全倒给了小清："你傻不傻？我爸说，你还没进我江家的门呢，暂时还分得大当不了这个家。"把江国祥气得直跺脚。果然，不久便听到了小清带着哭腔在反驳："我是为谁？正刚，你要搞清楚，我这么做是为谁？还不是想给你妹妹讨个公道。你说得对，我是傻，我不该还没进门，就掏心掏肺对你们好。不劳你们赶，我就收拾东西回去。"说罢，紧紧抱住梦凡，泪水顺着梦凡耳畔的头发，流进她的脖子，一片冰凉。

梦凡擦干眼泪，挣扎着起来，"嫂子，起来。我跟你去派出所，别以为我不懂，他这叫那什么未遂。我就不信了，在法律面前，他们还敢嚣张。"

江国祥见女儿披头散发拖着儿媳冲出房门，示意余凤桃将她们拦住。小清见公公面色铁青，吓得缩回房间。梦凡却不管不顾，硬要往门外冲，江国祥见余凤桃劝女儿不住，走过来朝她吼道，"不是在想办法吗，闹什么闹？你娘说得对，这事若传出去，你就没人要了。你明不明白。"

"没人要正好，大不了我出去打工，一世不回来了。让我放过这畜生，休想。"梦凡捂紧耳朵，拼命地朝父亲嚷嚷。

"你去告，你尽管去。你出了这个门，就莫跟老子姓。老子明天，不，老子现在就跟着你一起去，登报，跟你断绝父女关系。你不要脸，老子还要。"鲁嗲见江国祥平常劝别人时头头是道，在自己女儿面前却乱了方寸，只好跑进来把江国祥拖了出去，又喊出小清，帮忙余凤桃把梦凡拉进房间。

梦凡一听父亲居然为这事要跟自己断绝父亲关系，一时愣住了，站在那里，眼睛眨也不眨地看向父亲，眼泪却顺着脸颊不断流。她怎么也没想到父亲第一时间不是护着她，而是为了他所谓的脸面，放弃她。

别看梦凡平时脾气很好，余凤桃却晓得，只要牛脾气上来，任何人都劝不醒。她和小清连抱带拖，把梦凡拽进房间，又吩咐正刚锁好门，这两爷女都犟得屙牛屎，若梦凡真跑出去了，江国祥恐怕真会跟她断绝关系。

张禾秀见江国祥当着他们的面骂梦凡，有些得意的看了看儿子，又看了看丈夫，被谭建武一横眼，吓得低着头，拖起谭文才灰溜溜地往自己家跑。

鲁嗲紧走几步，低声对谭麻子说："麻子，这事谁都不能说，就烂在我们几个人的肚子里，你们也走吧，让他们一家醒醒气。"说完，又朝看热闹的人群拱了拱手，"蒙大家高看，喊我声大嗲。我今天就托一次大，希望大家能卖个人情。把你们听到的、看到的，都烂在肚子里。拜托各位了。"

谭文才这时不知又撞了什么邪，转过身子冲着里屋喊："凡妹子，等我去南方赚了钱回来再娶你，你可要等我了。"

正刚气得冲到公路上，朝他狠狠踹了一脚，张禾秀两人都差点没扶住。张禾秀又气又恨，连扇儿子几个耳光："我前世作了什么孽，生了一个你这样的报应。"

"国祥啊，别怪大嗲，这也是没办法的办法。好些劝着梦凡吧，帮大嗲给梦凡赔个不是，是大嗲没能力委屈了她。"鲁嗲拍了拍江国祥的肩，唉声叹气的往外走。

"大嗲，您千万别这样讲，我们晓得您是真心为凡妹好，不怪您，只怪我家那个鬼妹子不听话。"江国祥说完，走到窗户底下，故意大声喊余凤桃："你劝一下小清，是我做爷的怒火攻心说错话了，让她不要计较。"

小清知道这是公公在变相地跟自己道歉，不等余凤桃进来做工作，自己便止住了泪水，紧紧搂住梦凡不说话。她此刻除了恨那该死的谭文才，连带从未见过面的高轲也被恨上。他稍微有担当一点也应该在开学前来拜访一下父母，表明一下态度。这样偷偷摸摸的算什么？这样不清不楚的拖着凡凡，如果哪天他水涨船高，再加上今天发生的事，凡妹子会受得了？

梦凡如傻了般坐在床沿，父亲吼出的"老子跟你断绝父女关系，你不要脸，老子要脸。"不断在耳边盘旋。

小清知道是父亲的话伤了梦凡，可她一个未过门的嫂子又能怎样？小清所能做的只是紧抱着梦凡，仿似在冬夜紧紧依偎、互相取暖的两只流浪动物。

既然父母靠不住，我只有一条路可走了。想到这儿，梦凡啜泣着告诉小清，"嫂子，我明天去省城找高轲，我要把一切都告诉他。"

"你去找他？你傻呀。你跟高轲说什么？说谭文才差点那个了你，还是说爸爸要与你断绝关系？"小清到底比梦凡大几岁，考虑事情稍微周全一些。就算父亲刚刚在气头上的话算不得数。只说谭文才这事，如果那个男孩真的爱梦凡，猛的听到女朋友差点被人那个，他的保护欲稍微强一点，一冲动起来会做什么事，谁能预料？若他是一个小肚鸡肠的小气鬼，硬不相信凡凡还完璧无暇，趁此机会与她一刀两断，心高气傲又痴情的凡凡受此双重打击？

"我把这一切都告诉他。"梦凡理所当然的认为，她受了委屈高轲应责无旁贷的帮她、安慰她。

"你傻啊！你设身处地想想，如果高轲被传出跟别人有什么，尽管他一再否认，你会相信吗？热恋中的人如同眼睛掺不了沙，更别说你们离得这么远，他凭什么相信你说的是真的？听我的，爱情没那么伟大的，梦凡。"小清见梦凡不理解，只能下猛药。

"不会的，高轲会相信我的，一定会的。他不会怀疑我的。嫂子你不懂我和他的事，他一定会相信我，一定。"梦凡被吓到了，拼命的摇头，拼命地重复着，像是向自己证明着什么。

小清搂着她，"傻丫头，有些事能说，有些事永远不能说，这叫善意的谎言。这是为你好，也是为你们以后着想，你呀，太不懂男人的心了，他们是一种极其自私、占有欲极强的怪物，在你没充分了解他之前，千万不要轻举妄动。当然你可以给高轲写信，说家里硬逼着你相亲，试试他。"

"这不是在欺骗他吗？"梦凡有些迟疑。

"这怎么能叫欺骗呢？难道这段时间没人来家里提亲？那你还对李嫂一肚子意见？有时候你得主动点也得稍微用点心机，至少要想办法弄清高轲的真心，得到他始终不渝的保证。没有人能保证以后你们一定会怎样，除了你们自己。现实是，你们差距摆在这里，他一进大学门便是国家户口，出校门就能找个好工作，而你虽说是国营农场的职工，但这在人家面前算得了什么？就算他不说，你能保证他家里人不多想？你们之间虽说不是天地之别可也近不了多少，更别说还有四年时间。四年能发生什么谁也无法预料。我不说远了，只说妈那天说的中岭子那谁，也跟你一样，读书时谈了一个，也跟你一样男的考上了，她没考上。也听了那人的话，等他。后来，那男的音讯全无，她还在等。硬把自己等成了一个老姑娘。三十四五岁了，才草草把自己嫁出去。听说，还是爸给做的介绍。差不多四十岁才生孩子，生的时候九死一生不说，只说孩子满月后抱出去，别人都把她当作孩子的嫂驰，害得她乘船都不给毛毛喂那个。最终她丈夫受不了她的怪脾气，又跟她离了婚。她现在独自带着孩子，也不知道是怎么熬过来的。"小清见梦凡对她与高轲的感情坚信不疑，也不跟她争辩。心中却说，梦凡你这傻姑娘，永恒的爱情为什么那么让人期待，正因为人们知道它无法永恒呀。听说现在连生我们养我们的苇场都差不多靠不住了，莫说这虚无缥缈的感情？可她不能说，自己跟正刚的事还没怎样呢，再在梦凡面前充当爱情专家，梦凡会信服？

小清说的那个事，梦凡不是不知道，她一直坚信高轲不是那种人。可小清也说得对，万一，自己也信错了人呢？梦凡越想越觉得可怕，原来自己依靠的人，在紧要关头全都靠不住。她躺回床上，不说一句话，窗外不知何时又噼里啪啦下起了雨，飘进来的湿意，泥土味中隐约带着一股血腥味。

一家人睡下后，江国祥一个人在堂屋抽了半天烟，回到房间，闷声闷气地对余凤桃说，"我看明天，你带满女到职工医院找人检查一下。"

余凤桃先前没听清，听江国祥重复一次后，惊得从床上坐了起来，"你这是一个当爷的该讲的话不？那么多人在场，都说没事，你却只管不相信。退一万步讲，就算真有事，我们做大人的为了她，只有包瞒的，哪个像你这样，自屎不臭挑起来臭？就算我听你的，哄得她到医院，一开始检查，她一个读书人还会不晓得是如何一回事？你自己的女还不了解她的性子，其他不讲，就只讲这脾气就是你脱的壳，执傲得很。从小我一看到她额头上的那根青筋显出来，她讲什么我都依她，那时她不晓世事，分不清人心的好歹，生怕她一时想不开做出什么横事。后来，稍大些，不断地嘱咐她，要她凡事多放点让，莫太跟人计较。如今，总算没白操心，她平平安安地长到了这么大。这，你又不是不晓得，现在你倒好，偏不信邪，硬要戳这黄蜂子窝。要去你带着去，她要死要活时，我可招架不住。"

"堂客们到底头发长、见识短。我让你带她去检查，是以防万一。如果以后她对象晓得此事，把本一拿出来，他就无话可说。"

余凤桃认为江国祥也是个纸老虎，莫看他在外面调解时，人五人六的，只遇到自己家里的事，尤其是崽女的事，就出昏招。若她女婿是那种乱嚼舌根的人，不管梦凡怎么想，她都会一脚站定，把他们拉开。就算结了婚，她也有样学样，让正刚带上江、余两姓的哥兄老弟，打得他屋里一屋穷空，然后把梦凡带回来。

当年，江梦凡的大姑在婆家受了气，江国祥养母硬要江国祥带着江家所有后生子，跑得姐夫家，见东西就砸，硬砸得他们离了婚。

第十四章

　　清晨，路边枯黄的草、菜园里的菜叶上蒙着一层薄薄的霜。太阳一出来，这些濒死的生命便再次显现出别样的生机，比水晶更晶莹剔透。只是，过不了多久，霜化了，那些枯败之象就露出了原形，给小垸之冬平添了几分萧瑟、颓废。而从每家每户出来的"砍苇骑兵"无疑是苇场冬季的另类生机。砍苇骑兵虽是苇场人对自己骑自行车去苇山砍苇的戏称，但每年冬天，这些自行车大军在垸子的公路以及苇山的防火路上奔行，却是苇场独有的景象。毕竟不管是在城市还是在农村，冬天都是一个不宜出门的季节，所以才有"猫冬"一说。

　　小垸的冬天，垸内生产基本上没进项。苇场人民的过年盘子甚至来年的开支，只能依靠洲子上那些靠露水生长的芦苇，因此除了驮生怀肚的小媳妇、小孩与老人，其他人一到秋末冬初便会进山砍苇。

　　一路响不停地"叮咚"声说明，刘松柏倡议的罢工计划没能顺利实施。

　　谭建武不必细说。余建亮隔天找到刘松柏，说那个事情他做不来。两人在争论时，不想被胡少兰听见。只等余建亮一走，胡少兰追着刘松柏问出事情的前因后果，搭起高凳扇了刘松柏几记耳光。

　　这些年来，胡少兰任凭大姐胡少春怎么劝，始终没加入日渐壮大的下海大军。倒不是她真的长得丑。一娘生的，她长得再差也差不到哪儿去。而且跟她那几个姊妹相比，身材娇小的她还有几分小鸟依人的韵味。只是她不爱打扮，好好的一件衣都可以穿得上七下八。这也不能怪她。刘松柏常年在外，她公公得肝硬化多年，经常只有进气没出气，婆婆又是糖尿病人，还有一个秋崽子，都得她照顾。再加上七八亩田土，基本上都是胡少兰的事。尤其是冬天，她甩开膀子砍一天芦苇回来，还得在灯下搣婆婆白天摘回来的棉花桃子，一天忙得脚板不沾地，还有什么时间收拾打扮。这几年，公公婆婆走了，稍微轻松点，但也是田里土里没歇过气。

刘松柏顶着一张青瘢紫绿的脸，逃命一样开着磨盘机，跑到下面湖里后，又生一计。联合几个相熟的渔民，要找人写状纸告状。以前不管江国祥在哪个岗位，管区的困难补助报告等等都出自他笔下。现在他们既然把江当成了敌人，自然不会再请他执笔。而他们这几个人又水平有限，想来想去居然想到了谢癫子，他不是大学生吗？于是，派刘松柏回来，在西堤角上拦下他。谢癫子耐心的听他们把诉求说完，连连摇头，只说查无实证，这状无法告，他若帮他们写了，便会毁了他一世英名。刘松柏苦劝无法，只好与伙计们另想办法，还真被他们组织出一个"专业上访队"，这是后话，不提也罢。

立冬这天，半夜下了点小雨，天还未亮就停了。江国祥一只手扶着车把，一只手揣在兜里，站在铁塔下的大堤上暗想："立冬雨，一冬雨"。看来，今年冬天天气不会很好。此刻天刚刚大亮，公路上远远近近都是自行车颠簸发出的声响，年轻的姑娘、小伙速度挺快，冲上坡，经过江国祥时打个招呼，还没看清，他们便消失堤脚下的苇丛中，不是那些快活的笑声还在耳边，真以为只是幻觉。

职工群众砍苇的热情如此高涨，只说明一个问题，苇山最终没被承包，让他们悬着的心又落了下来。他看在眼里喜在心上，如果收芦进度提前，打完出山就发运。那工资说不定可以在年前算清，如果真能那样，两爷崽的工资发下来，到正刚结婚时，就能少在外面借点钱。

"江叔，这么早就去山里？"沐阳见江国祥在大堤上，仰起头喊了一声。

江国祥猛一回头，忘了车前轮已悬在堤边，稍一用力，车便往下滑。等沐阳爬上堤，他才把车稳住。沐阳笑着打趣道，"江叔，您老好点呢。早晨没喝酒吧？"

"喝了一小口，不碍事的，你这么早就去学校？"

"我本想接梦凡去学校玩，没想在这儿遇到您。"面对江国祥探究的目光，沐阳有点像动心思被人发现了的贼般尴尬。

"哦！好呢，年轻人是要多凑在一块，才有共同语言嘛。只是，梦凡进山了，收刀后有时间多去我家走动走动。唉，你不晓得，女大爷娘愁。我这一儿一女呀，没一个让我省心的。"虽然为谭文才那事，江国祥与梦凡两父女闹得极不愉快。但等两父女都醒气后，江国祥告诉梦凡，他不是没想过去告谭文才，但有什么证据呢？靠那颗掉了的扣子？还是靠谢癫子？场里人人都知道谢癫子精神不正常，他说的话谁信？！小清？她是江家未过门的媳妇，到时律师上下嘴唇一合，小清所说的都算不得数。梦凡本就在余凤桃与小清连番劝慰下,有些理解父亲的做法,再听父亲心平气和的跟自己摆道理,更觉当时自己也太冲动了。于是,两父女又回复到以前的状态。江国祥却愈加为梦凡的终身大事而心焦。现在听沐阳要去找女儿,眼睛都笑成了一条缝。

"梦凡进山了?"沐阳虽没进山砍过芦苇,但他对妈妈与姐姐们进山砍芦苇回来时的惨状,却非常清楚。尤其记得姐姐俏脸上被芦苇叶子、猫公刺瓣子,拉出的血口子,以及那些零乱地凝着黑紫色的血痂。还有那双修长的玉手,像是蒙上了一层洗不掉的黑灰,每个指甲边都有血糊糊的倒欠,本应该柔软的手掌起着一个个泛白的硬肿,有几个指腹还裂着几条皱口。休养大半年,刚刚恢复以前的样子,又要准备磨刀进山,开始下一轮磨砺。沐阳怎么也想不到,江国祥会下得如此狠心,让梦凡去砍芦苇。

年纪轻轻的沐阳,又如何能理解有女待嫁的父亲。经历了谭文才事件后,江国祥已不想什么玉不琢不成器了。在得知余凤桃始终没带梦凡去检查时,他跟余凤桃也是跟自己讲了一句话,"自家的姑娘在家不教,嫁出去后别人不但帮你教,还会时不时上门来打你我的脸。"他也不管余凤桃如何反驳,骑着自行车,到浮桥东岸的万兴红炉打了一把茅镰刀。万兴红炉打的茅镰钢火好,用几年都不卷口,就连临县苇场的人也找关系来买,紧俏时排档能排到第二年春上。江国祥跟万兴红炉的大师傅是酒友,自然没让他排档,从别人手里匀了一把给他。回来后,江国祥又在屋旁树山里寻得一根实心柘木,用一下午的时间,亲自出了一根刀把。拿出磨刀石,手把手地教梦凡磨刀。

刚开始,江国祥还担心梦凡会像去年防汛扫障一样,若看着她,她的动作便快一点,没看着她的时候,还不晓得在哄什么鬼。也不知道她到底大了一岁懂事了,还是想惹得他心疼,按父亲教的方法把新茅镰开刃后,还把杂屋里的几把旧茅镰磨得油光放亮。

余凤桃在一旁念,让梦凡嘴巴放聪明一些,吃完饭后看哪个伯伯叔叔磨刀让人顺手磨一下。梦凡立马反驳她妈妈,她听说砍芦苇是个辛苦活,人家砍一天半天芦苇下来,动都不想动,还有什么精力帮她磨茅镰。

江国祥这才觉得,他的满女长大了、懂事了。

其实,父母与成年子女的想法,有时还真应了一句俗话,"鸡肚里不晓得鸭肚里的事。"

在江国祥这一代传统父母的眼中,子女不但是自我的一部分,还是他理想自我再来一次的机会。

他们认为，自己任劳任怨养大的子女，不管哪个方面都得属于他自己，因此，一言一行必须按照他们立的规矩来。

只是在实施起来，他们又陷入了矛盾之中。一方面担心子女在成长道路上会走弯路，用自认为丰富的阅历或经验，为子女设定一条自认为平坦而宽阔的大道，利用道德绑架或者严斥厉骂，把自己的想法强加于子女；另一方面又埋怨子女没主见、没有独立思想。

子女或者认为自己是时代的宠儿，掌握了新思想，不甘于成为观念落后的父母的提线木偶，时不时左冲右突，制造一点动静，以示对腐朽的大家长政策的反抗。

又或者隐约明白父母的出发点是为他着想，但为了早日成为父母口中的懂事的，或者成为自己所向往的大人，为了证明自己的成熟，刻意顶撞父母，或者刻意装着很听话。

他们从不知道，经历过那么多事的父母，面对日新月异的时代新潮流也会紧张、疲惫、焦躁；他们不会懂得，父母一次次声色俱厉的斥骂中，除了流露出对他们的担心，还潜藏着知晓自己无能为力的恐惧与无奈。

这一段时间，梦凡反思了许久。她后悔自己读书时没用心，以至于落到遭谭文才侮辱的境地；也后悔过于相信父亲的能力，虽然她与正刚都不至于仗父亲的势行不义之事，但父亲的权力一直是他们无所畏惧的傲气与底气。不想，却被谭文才轻易击垮了。

她原以为出了这种事，父亲肯定会将谭文才送进派出所，不想，他最终还是附合鲁嗲的意见，将谭文才轻易放了。梦凡因此认定，父亲是为了他可怜的面子。于是，父亲曾经无所不能的形象在她心中一跌千丈，见到父亲也没有了先前的恭敬与敬佩，甚至还屡屡话里带刺的说父亲没用。

对于此，余凤桃说过梦凡好几次，可江国祥却不以为然。建纸厂前，江国祥曾随团去浙江考察。在杭州城隍山城隍庙门口看到这样一副对联："上联：夫妇本是前缘、善缘、恶缘，无缘不合；下联：儿女原是宿债，欠债、还债，有债方来。"当时，他还抚掌而笑，认为极有道理。儿子是防老的，可谓还债而来，女儿则是给别人带的，是谓转世来讨债的。现在，他从他们的顶撞中，悟出对联还是错了，他的子女都是来讨债的。如果，梦凡现在的想法被江国祥知道，他恐怕会再次推翻自己悟出的结果，他满女哪是讨债的，分明是来索他的命的。

好不容易等江国祥回过神，沐阳稍显失落地跟他打了个招呼，便匆匆赶去学校。江国祥又对着沐阳的背影出了会神，才摇头轻笑了一声，跨上自行车，冲下堤。

初冬的太阳羞涩如十七八岁的少女初会心上人，半露半掩的从薄雾中探出了头。

在垸子响了三四公里的自行车声，缓缓移至西堤。站在西堤，目光会自动将不及堤高的杨树林忽略，直接冲向堤外望不到边的苇山。

苍穹中暗藏的那只巨手，不知基于何种目的，同属一个湖，他在东洞庭边塑下了幕阜山、大云山等山脉与丘岗，还在白银盘似的湖中抛下诸多以君山为首的"青螺"，却只在南洞庭中留下大大小小百余个洲子。这些洲子会隐身术，涨水季节，齐齐藏身于洪水下面。洪水一退，又齐齐跃进人们的视线。有人用"涨水为湖、落水为洲"总结了一下它们的这种特性。不管是湖是洲，在新垸子西堤往远处看，都能越过它们看见县城，以及省纸厂的两个高高的烟囱。

霜降过后，芦苇茎杆通身变黄，茎梢已硬杆，中、下部叶片已脱落，上部叶片由绿转黄，苇花吐絮。初冬略带清冷的阳光照在扬起的苇花上，如湖中密布金色的粼光，又似大地镶满黄色的细钻。

苇场人看到无边无际的芦苇，与庄稼人看到金灿灿的稻谷一样，充满希望与感动。时不时侵入鼻腔的苇叶腐败的气息，在他们看来是一种信号，芦苇收浆了，真的可以开镰了。

梦凡没见过海。在她的想象中，海也不过像湖洲上的苇山这般望不到边，那浪也不过如风吹苇花般一波涌向一波。至于为什么苇场人从不把苇山唤作苇海。江国祥曾这样解释，"湖区本来无山，到处是平阳之地，人们向往山的高亢，就把一些稍微凸起的洲子叫做山。"长大后，梦凡对这一观点产生了怀疑，她认为这不仅因为苇场人向往山，还有可能是因为他们喜欢转换概念，他们把湖洲的宽广转成了山的高大，把可以称作苇海的东西唤成了"柴山、苇山"，如同孩子幼时，大人偏把姑娘唤成"伢子"，把儿子喊成"X婆、X婆子"，同样不带一丁点违和感。

直到梦凡砍完她人生中的第一季芦苇后，才明白苇山之所以叫"山"而不叫"海"，是因为砍芦苇过程的艰难如同爬山。若干年后，等梦凡爬上了真正的山，她又有所感悟，"苇山"二字在苇场人心中所代表的不只是征服过程中的艰难，还有它庇护、包容及安全感，正因为有这些，人们才能脚踏实地地迈着坚定步履一往无前。

从码头上放坡而下，冲进十余米的防火路，人如同走进深山峡谷之中，两边三四米高的芦苇如屏立的崖壁，风似乎不甘心困于其中，在无以计数的苇杆间左冲右突，哗哗作响。偶见早进山的砍苇人，放倒的一片芦苇，似一块大饼干被老鼠咬出一个小缺口。

沿防火路上行几公里，路突然宽了一倍。几十米开外，高台上的站屋便闯进了余光。住在站屋里的外地砍苇人天没亮就已进山，只有几只麻雀或其他什么小鸟，在几棵叶子黄了的杨树上时飞时落，纵使这样，站屋仍让人觉得安静无比。过站屋，路又开始变窄，越往里，路两旁的芭茅与芒草越加密集，它们纤细的茎秆顶着一头如苇花的花穗，试图以假乱真。

新垸子最远的苇山，离垸子只有二十余里。骑自行车一个多小时便可到达，为了节省时间，仍有不少苇场职工选择住在站屋里。他们每年都选出两名体力稍弱的职工，在站屋里烧茶、煮饭。

砍芦苇不光是脏活、累活，还是体力活、技术活。砍苇人脚与肩同宽，略弯腰前倾，左手手臂圈住几十根芦苇，右手执茅镰一根根斜切芦苇的根部，一抱砍完，平放于砍出的空地，继续上前左右手配合砍伐芦苇，如此反复，直至从洲子的北岸砍到洲子的南岸河边。一季下来，手臂痛到麻木，满手血泡成茧。

芦苇枝丫交错凌乱，苇叶参差披拂，在砍苇时会有断了的旁枝刺向身体的各个部位，或者苇叶不小心割伤行进中的你的手与脸，遇上伸刀不进的鸡屎藤瓣子，更是恼火，时常一上午，搞出一身汗，还没砍上几个标个。至于，落涝时积在枝叶间的泥灰、小鱼、小鸟的尸骨，蚂蚁、屋毛虫、臭虫等各种虫子，随你的动作落在你的头上、肩上以及钻进你的脖子里，则是常态。

正因为砍苇时的劳累与邋遢，大垸里的姑娘还是瞧不上身为樵民的伢子。有首打油诗："娘啊娘，养女莫嫁芦苇场，日砍芦苇夜撕篾，芦席打得夜天光。"说的便是苇场女人的辛苦。

梦凡没经历过这些。本来苇场人入职工前，必须在苇山历练一两年，才有参加职工考试的资格。但苇场还有一个政策，凡高中或高中以上毕业的，愿意回苇场参与建设的可凭毕业证免试成为职工。

小清虽然比梦凡大几岁，也只在入职工那年，象征性地砍了几天芦苇。从江家回去后，她又为了婚事跟妈妈吵了大半夜，第二天一清早跑回了江家，见梦凡正收拾东西准备进山，也好玩似的拿起一把茅镰刀绑到车后座上，跟着梦凡、正刚出了门。

"哟哟！凡妹子？这太阳从西边出来了，你大小姐也舍得到苇山里来耍。你拿茅镰刀做什么？是你妈打发你割芦苇花杆子做扫帚，还是你自己想搞点芦苇花回去做枕头？那得早些做准备。"其实，梦凡早以认出站在站屋高台子上系裤带的是谢婶，因为某些原因，她不好大声打招呼。

周腊梅见梦凡停好自行车，甩着茅镰刀往山里奔，一把喊住她。

见队上许多人围着梦凡与小清问长问短，张禾秀本不想凑热闹，想想又觉得不甘心，"我看谢婶子，你还不老吧。他江家是什么人家？出嫁时会像你一样用两大堆苇絮做枕头？人家是千金大小姐，自然嫁得非富即贵，你屋里那上好的棉花送得她，她还嫌不软。人家呀，最起码也得用城里人盖的茧子棉，说不定还得掺点金屑子呢——"

"麻子婆，你莫要问三问四的。我晓得啰，你是眼红别个屋里的妹几听话，不像你屋里的那个混世，今朝惹这个明天挨那个的，怎么？一向没见你屋里才伢子了，不会关得'弄子'里去了吧？"周腊梅最大的好处与坏处都是心直口快。

"你看，江国祥他们两口子这是做丑不？还真的把个乖乖洁洁的妹几打发到山里来砍芦苇了。他不会以为现在还是原来吧，好伢儿都跑到山里来找标刀手。要不然，就是想凡妹子给他找个标刀手回去？哈哈——"

"凡妹子，莫信你屋里爷的。如今的标刀手有么子用呢，还不是白纸条上的数字比别人的大一点。现在条件稍微好点的，眼睛都是望着高处的，你有你屋里爷撑腰，只管往高处瞄。桃鬼婆也是的，在别人面前威武得不得了，只有在江国祥面前，半句多话都不敢讲。凡妹子，你莫急，我收工回去就去骂你娘，带女哪是她这样带的，做爷娘的不心疼，还指望别人家会心疼？"梦凡循声找了好久，才找到在一铺芦苇后撕篾的赵婶。

"干娘子，是我自己要来的哩。"梦凡说话有个习惯，心情好时，尾音拖得很长，心情不好时，尾音收得干净利落。

队长当初听江国祥一说，以为梦凡两姑嫂只是想来山里吃新鲜饭。早就想好在洲尾子上划出一铺芦苇供她们玩，她们三两天玩腻后，就照顾一下关系户。现在见她俩进了山，拿着记工本子及茅镰刀跑了过来，"小清，你带凡妹子到这边来，我看能不能调一铺芦苇出来。"

在扯芦苇叶子的梦凡可没时间注意这些，她走进这苍黄的幕幛中，如同刘姥姥进大观园般震惊。先不说时时刻刻得注意脚底下的芦苇兜子，只说两旁的芦苇叶泼泼辣辣的拦着路，密不透风，无边无际，就让仿似身陷迷宫。更莫说，那些看似有气无力的叶子，割起人来，却精神头十足，饶是她小心、小心再小心，手指还是被叶子划了几道细长的血口子，痛得她倒抽几口凉气。心情全然没有了在大堤上远眺苇山时的舒畅。

分到苇山后，队长边执刀示范，边简要的告诉她们：留茏不超过半寸；要从头到尾平铺推进，最后一根不剩；捆芦苇时要捆紧、顿齐、捆两圈篾。这又让梦凡觉得，砍芦苇确实不似她想象的那般简单。

小清见梦凡站在芦苇铺子边不动，便拿起茅镰刀也简单给她做了一遍示范。

梦凡懂小清的意思，也不解释她刚刚的失神，连忙走向小清身边的芦苇丛中，有模有样地砍了起来。

小清见梦凡这么快进入状况，也没多管她。虽然两姑嫂只分得一铺芦苇，但是她们的时间不多。他们本就比别人迟了这么久才进山，若是进度太慢，就会影响全队的整体进度。而小清砍完芦苇后，还得回家跟她妈妈打持久战。所以，她真没多少时间陪梦凡耗，想着不由得又加些速。

两姑嫂你追我赶，一时芦苇铺子上烟雾笼天，梦凡砍好几堆后，想把它们捆好。可是泡芦在她手上，并不像在赵婶手中般听话。不是剖开时切斜了，就是脚踩住它向外拖时折断了。好不容易剖出几根勉强能用的篾，搂起芦苇想一步到位把它们捆紧时，却越捆越散。小清在一旁见梦凡满脸通红、鼻头都冒出了汗，只好放下刀过去帮忙。"这样，从芦苇堆下面把篾子递过去，然后用膝盖跪在苇堆上，用力一拉，再把篾子扭着打个结。对，对，对！就这样，慢点，别扎着手了。"看着梦凡死劲的扯着篾子，小清担心得叫了起来。

"要用点巧劲，慢慢来。"手不提四两的梦凡哪里知道用什么是巧劲，试了好几次还是不行，便愤然地把篾子一丢，捡起茅镰刀继续砍芦苇。

小清见状摇了摇头，"要不，你只把芦苇砍倒、码好，我来帮你捆。"

准备去吃午饭时，梦凡发现小清的头发变成了奶奶灰，再一看脸上，"嫂子，你看、哈哈、哈哈哈、太有趣了，你的脸都成花脸了，哪里搞那么多锅底灰一样的黑灰。"梦凡、小清嫌队上发的帽子戴着像日本鬼子，都是敞着脑壳进的山。

小清并不惊讶，只觉梦凡的反应好笑，"那什么不知脸长，什么不知自丑，你以为你会好多少，都不知自己是什么样子，还好意思笑我。"

梦凡吓了一跳，准备抬手去擦脸，一看白色的线手套已是灰黑一片，才知自己应该比小清好不了多少。"明天应该带个镜子，带个毛巾放得芦苇铺子上。"

她声音虽小，还是被小清听到了，"我的凡小姐啊，你以为你来苇山干什么的？还带镜子、带毛巾来，哪里有干净的水，浃里那些发臭的水你会用来洗脸？"

"那怎么办？这样怎么见人？"

"都是这样啊，讲卫生一点的回去第一件事就是洗澡。快点走啰，等一下饭都被他们抢光了。"小清砍下一根较为壮实的芦苇，插到防火路边做了个记号。

梦凡一身泥灰的跟着小清走回站屋吃午饭，队上的邻居看到梦凡这个模样纷纷打招呼："凡妹子，你真的是来砍芦苇的？你吃得消不？你爷娘既不少你吃、又不少你穿，何苦来受这个罪。"

梦凡虽然有些后悔，仍笑着回道，"还好，还蛮有味的，我总不能一世都吃我爷娘的啊，总得自己做些事。"

正刚是总务，本想给小清她们加两个菜，被下来检查的江国祥骂了个半死，"瓜田李下之嫌，你懂不懂？长点脑壳，莫要做这些用自己的钱，给别人添把柄的事。"正刚想想也是，明明自己出钱给她们加菜，别人不知道的还以为他贪污了大家的伙食费。

"哇，辣椒豆豉汤，好香！哟，好辣！辣得真舒服！"梦凡一眼看中了白菜、萝卜、冬瓜中，那盆浮着一层红油的豆豉汤，梦凡不知，这豆豉汤是苇山的"祖宗菜"。不是因为它真如梦凡所说的又香又辣，而是只有它能下饭一点。其他蔬菜闻起来有股家里煮的猪食的味道。梦凡没顾得上管那些，只舀了几勺豆豉汤，把饭拌匀，大口大口地吃了起来。

"凡妹子胃口真好，看着她吃饭都想多吃几碗了。"张禾秀见梦凡吃得那个香，又不免多了几句嘴，她倒忘了自己第一次来苇山时的吃相，比梦凡更甚，边大口咀嚼边喊"好吃、好吃。"那时周腊梅还笑她前世没吃过饱饭。

第十五章

吃完饭，人们陆陆续续往苇山走，梦凡扯着小清衣袖，"嫂子，我不知道厕所在哪？"

艾朵儿、李文英、曹志云听人说，江支书的女跟媳妇来山里砍芦苇了。起初没在意，后来一想，江支书的女不就是江梦凡吗？她们不信梦凡真会进山砍苇，吃饭时商量，要到西头站屋来求证一番。志云因吃饭速度较快，加上砍苇进度也比她们快了不少，便自告奋勇地抢下了这光荣的任务。才到四队与五队交界的地方，就看见梦凡跟小清站在山里戴袖套，跳下车高喊，"凡凡，你还真来了啊，我以为你说着玩的。你看看、你看看，你的芦苇个子摆成什么样子了？哈哈"志云看见地上摆放的大小不一的自然个，一阵自豪感油然而生，为自己去年赢得的标刀手荣誉；为她终于有一样能卡住梦凡；为早一步掌握了在苇场生存的技能。自豪感上升的同时，当然夹带着嘲讽。"弯弯曲曲好像蛇游水。你们队长没教过你？"其实，她心里想的是，都说江支书铁面无私，我看未必。我刚学砍芦苇的那年，听到他的咳嗽声，就吓得冒汗，生怕好不容易捆好的芦苇被他挑散，重新分堆重新捆。轮到他的亲生女儿进山，砍成这样也可以过关，难怪大人们常说胳膊肘只能朝内拐。

"当然，本小姐何时说话没算过数。我厉害吧，一上午就砍了三十多个。"小清什么也不说，微笑着看梦凡吹牛。

"你们的苇山不是离我们队上好远吗，你怎么会来，不会特意来看我吧？"梦凡有些后知后觉。

"唉，谁说不是呢。看来，我的运气蛮好，居然真的碰到了你这千金大小姐。不和你多说了，我得回去向朵儿她们交差，她们还不信呢。收工时，经过我们队上的苇山时等我们一下,一起回去。"话没说完,志云已经"叮叮当当"走了好远了。

"谁知道她们队上在哪,嫂子你知道不?"梦凡一头雾水。

"她们队上的苇山就在两棵闹鬼的柳树那边。"

"闹鬼?还有树会闹鬼?成精了吗?我怎么不知道。"梦凡以为小清在故意吓她,让她早些打退堂鼓。若这样,小清还是不了解她。小学时,她因要去外婆家那边读书,跟爸爸怄气,逃课。东头树林中的烂扮桶里藏到晚上。当时,扮桶外面总有些奇奇怪怪的声音,吓得她缩成一团,听到妈妈打着手电,在堤上喊她,她也没出声。等她妈找到她时,她已经睡着了。

"这个说来话长,等回家时我再跟你讲。先砍芦苇啰,在太阳落山之前,我们要收工,要不然回家就会天黑。你哥和爸不知回不回去,要不,明天我们也带床被子来,睡站屋里。"

梦凡小时候曾跟随妈妈去农场看望舅舅,当手扶拖拉机在一片绿色中穿行时,梦凡喜得在拖厢里蹦跳着高呼,"妈妈,你看,芦苇,我看到了芦苇,我们那儿有好多好多芦苇。"

妈妈笑着抱住她,"傻孩子,那不是芦苇,是做糖的甘蔗。"

很长一段时间,梦凡都分不清甘蔗与芦苇有什么不同。高高的杆子上都有着与竹子一般的节、也有窄长的叶片,都成片成片的生长。难道是甘蔗长得比芦苇粗?或者撕开皮后,肉芯比芦苇多、甜?也许是甘蔗的叶子包不了粽子,甘蔗的杆子打不了芦席、穿不了帘子。哦,应该还有,甘蔗的嫩苗当不了菜,芦苇的嫩笋可是湖乡人心中最好吃不过的山珍。

今天,梦凡总算明白了甘蔗与芦苇的最大区别,不只是芦苇杆子越老越硬扎,甘蔗杆子越老越糟。还有甘蔗是实心的,而芦苇是空心的。如果还有,那甘蔗就是带给人们的是甜,让人想亲近它,觉得离不开它,而芦苇却让人觉得苦、累,让人只想着要逃离。梦凡当然不会去想,如果苇场人民没有这些芦苇,单凭每人不足一亩的土地,是养不活这条命的,她只知道砍芦苇比传说中的更辛苦。

看似小小的芦苇,最粗的也不超过3厘米一根也没有几斤重,但是数量多了,时间久了,砍苇的好手都会觉得臂弯发重发酸,右手因是割断芦苇的主力,时不时会出现脱力感。而新手砍芦苇时,总喜欢把刀把抓得紧紧的,刀砍芦苇时的反弹力一下下的震击掌心,日子久了,不但手指肿得抓不拢,严重时还会起血泡,肩膀就不用说了,过了那段麻木劲后稍动一下就钻心的痛。

小清见梦凡越砍越慢,哑然失笑,"凡凡,是刀不利了吧,来磨一下刀,顺便喝口水。"她走到芦苇堆前翻出磨刀石转身一看,梦凡已经坐在芦苇堆上苦着一张小脸揉着手臂。

"累了吧?"小清捡起梦凡和自己的茅镰刀熟练的磨着。

"嫂子,不只是累,还很不舒服。咔、咔、咔,你看我喉咙都被灰尘呛得都说不出话了,身上痒得要死,不知道钻了什么进去,现在手又软,想用力都用不上,你说他们怎么那么厉害,你看你看,频率几乎一样。我看他们每人都是一台砍芦苇的机器,一拿起茅镰刀,就自动做伸出去、收回来的匀速运动。"梦凡指着前面埋着头,使命往前奔的谢婶他们说。

小清也累得不行,边磨刀边用手擦着额前的微汗,她顺着梦凡的手指看了看前方:"她们砍芦苇的工龄比你年龄还大,早就习惯了。"

"我不相信,这么吃亏的事还能习惯,她们是铁打的,我去问问看。"说着往前面跑。

看着她仿佛一下子恢复了活力的身影,小清无奈的苦笑一下,不知是谁刚坐在这里念叨半天,说什么砍芦苇使不上力,这才多大的工夫又飞了。

将近下午四点时,蒿竹河里传来了客班船的汽笛声。正刚因要回垸子里买些坛子辣椒,想起未婚妻与妹妹还在苇山里,便进山喊她们一起乘公务船回家。

谁知,被妹妹抓了壮丁。小清到底是熟练工,上午梦凡劲头十足时还勉勉强强跟得上小清的节奏,下午松劲后,她们的距离越拉越长。偏偏梦凡是个不服输的,拒绝小清换着砍的主意,暗暗发了几次狠,终因后劲不足,还是差了小清一大截。这下见哥哥过来,好说歹说央求哥哥帮她赶上嫂子。

小清见正刚真依着他妹妹的,换装上阵,也不甘示弱地飞快的砍了起来。梦凡见两个人你追我赶的正起劲,"哈哈,你们就赶吧,最好今天就把这该死的芦苇砍完,我明天就不用来受罪了。"当然,她再得意也只能憋在心里。

她本想在苇堆上躺躺,放松一下劳累的身体,一看到横七竖八的苇杆和脏兮兮的苇叶,她就无法与它们亲近,她甚至怀疑妈妈说从小把她扔在芦苇铺子上玩的真实性,小孩子那么细嫩的皮肤,万一被芦苇划伤了,妈妈难道不心疼?当然,现在还有个原因,她不能让哥哥他们觉得她太闲。只好折了好多灰白的苇花,对着太阳吹苇絮。看着苇絮一点点随风飘逝,她又觉得于心不忍,不再鼓起腮帮给它们助力,而是静静地欣赏它们。

手中的苇花似乎感受到了关爱,任由金色的光芒穿透它们舒展的躯体,丰盈它们每一丝、每一缕,竟然一下子美得让人眩目。梦凡把它们收拢,用手轻轻的抚摸，本以为会扎手，但手部传来的感觉却是细腻、顺滑。

慢慢的苇花对梦凡的吸引力减退了，她握着苇花，坐在苇堆上发呆。他们不是说读大学很自由吗？为什么高轲会忙得给我写信的时间也没有？难不成真如嫂子所说，他变了？

想起这个，梦凡的情绪如同此刻的阳光，刚刚还让人觉得暖洋洋的，只要乌云稍加遮挡，天地刹时变得灰暗，周遭便多了几分寒意。

在芦苇捆上跳跃着的麻雀，停下脚步，歪着脑袋注视着这怅然若失的女孩，这神情很熟悉，到底是什么呢？又侧过脑袋去看看旁人，回答它的只有杂乱无章的砍伐声。

梦凡有时觉得自己很没出息。原本是高轲先追求她，他爱不爱她，给她写不写信，她应该不在意才是，但不知从什么时候开始，她对这份情感竟比他投入还多。感情这怪物啊，还真是难以捉摸。难怪嫂子会劝她，让她悠着点，说什么哪方付出越多受的伤害就越大。那时她挺天真地反驳。

如今，她的心全系在高轲身上，收到信稍迟些，便觉这世界都好像在离她而去。一收到信，便觉整个世界都还是她的。如此反复，她一天比一天焦虑，在没收到信的日子里，便越觉难熬。比如这次，才不过十天，她已经在夜里偷偷哭了好几回，难不成，他真的变心了？

嬉闹着收工的小清和正刚，见梦凡手握苇花坐在苇堆上发呆，相互对视一下，我们忙成这样，她居然有闲心站在这里吹着北风。正刚怕小清多想，跑过去摇了摇梦凡，"看什么呢，都看痴了，快些回家去。"

"这么快，哥你赶上嫂子没？"梦凡总算没把砍芦苇这事丢到九霄云外。

"你哥，他赶得上我？明天我跟你换吧，靠你哥是不可能的了。"小清扬着脸得意洋洋地看着正刚。正刚亲昵地用食指弹了一下她的脑门，"就你能，今晚手会疼死。"

一路上，三人打打闹闹，很快就到了家，梦凡这才记起与志云的约定，硬要独自骑车去赴约。小清劝她，天早就黑了，她们又不傻，肯定回家了。莫说他们三个经过两棵鬼柳树时，都没听见有人喊他们，可能她们也忘了。

梦凡这才作罢，提着她妈早烧好的洗澡水，回房间仔仔细细洗了个澡，舒舒服服的躺在床上。她原以为累到了极点，会很快入睡的，可她却失眠了。人一睡不着，身上各处酸痛也渐渐明显起来，难受得要命。想起来揉一下或捶一下，又怕吵着小清，只能闭着眼睛一动不动，越加觉得难受，再加上回来后没收到期待中的信,她便更睡不着了。若是我家能装个电话,每天能跟高轲说上几句话,我应该不至于这样。想到这儿,她暗啐了自己一下,人还没睡着,尽做些不切实际的美梦。还是早点睡吧,希望梦里能见到高轲。

记得毕业考试前几天,她失眠。高轲从二楼的男生宿舍翻上三楼的女生宿舍,陪她坐在宿舍的楼梯间聊了一晚。她的初吻就是那天晚上给高轲的。刚开始高轲还咬破了她的唇。慢慢熟悉后,高轲动不动就揽着梦凡,辗转的亲着她的红唇,仿佛那是稀世美味。梦凡也羞涩地偎进高轲的怀抱,热烈地回应,以至第二天,室友们追问她,嘴唇怎会又红又肿……梦凡想着想着在被子里悟住自己的脸,又发现身侧的小清早已熟睡,除了窗外的月亮和星星偷窥,根本没人在意。她于是轻轻放下手,继续甜蜜回忆与苦涩相思了起来。

窗外那轮清冷的月,隔窗看这难以入睡的女孩,苦于不能出言劝慰,只好尽可能的将光芒向她泼洒。

"凡凡、凡凡、凡……"朦胧间梦凡听到有人在急喊她的小名。她想应一声,可怎么也出不了声,她拼命的挣扎,越挣扎越无力,只觉全身已汗透了,想伸手擦,又发现手也动不了,我这是怎么啦?不会是要死了吧?

喊她的声音越来越近,仿佛就在窗下,梦凡甚至听到了,隔壁的小花猫,扒拉窗台上装洗衣粉的罐头瓶的声音。"咣当、啪——"应该是玻璃瓶发出的最后呐喊。那唤她的声音也越加焦急。

等等,这声音、这声音怎么这么熟悉?是高轲、高轲来了!梦凡激动不已,可她就是动弹不了也出不了声。不行,得想办法起来。她很担心窗外的高轲没耐心,也担心自己会长睡不醒。于是拼尽全力想动一下脚趾头,只要有一个地方能动,其他地方肯定也能。她的意念集中在脚趾头处,试着让它慢慢弯曲,一阵酸麻从脚底传至心中,难以忍受的痛苦让她想放弃,可是外面的呼唤声又让她坚持一下一下继续试。一次一次努力、一次一次失败,呼唤她的声音仿佛已经到了耳边,可梦凡还是无法醒来。

她想哭、想喊,可是她知道没有人会知道。她应该是在做梦,一场可怕的、让人窒息的梦。她不停地告诉自己,我能行的,一定能醒来。她慢慢静下心来,过了一会儿,不知什么地方传来"咚"地一声,梦凡猛地惊醒,睁眼一看窗外已大亮,可为什么会这么热,现在不是冬天吗?想着,她又笑着拍了一下脑门,你这是过的什么日子呢?现在明明是暑假。她起床对着镜子慌乱梳了一下头发,看了看眼角、嘴角有没有睡梦中的残留物,赤着脚跑过去打开房门,想看看外面那一声声轻唤她名的人是不是高轲。

闯入梦凡眼帘的果然是她朝思暮想的身影,"你、你怎么来啦?"梦凡局促的搓着衣角。

高轲像是全身散发着光芒般站在门口,宠溺的看着睡眼惺忪的梦凡,双手握住她的手,"我想你便来了,不行吗?"

高轲的情话让梦凡的脸有些发烫,"你不怕撞见我妈他们?胆子越来越大了,还找到我家里来了。从实招来,谁告诉你我家住在这里?"梦凡把他拉进屋,惊慌地向外瞧了瞧。外面不说人影,连鸡犬声也没有,可见妈妈他们都不在,她胆子一下子大了许多。

"这还用谁告诉我?每次来看你,我都远远跟在身后,看你进屋后才走。再说今天,我是特意来看伯母和伯父的,肯定不用再躲躲藏藏了。我们都交往这么久了,我哥说我去省城之前,对我们的事要有个态度,对你要有交待,所以我想把我们的事跟他们说一下,想征得他们同意,你看行不?"

"你不是说你哥和姐姐他们都不同意吗?这会儿,又说他们让你来我家,把我都搞糊涂了。"梦凡有些惊讶、有些生气。

她想着那次他叫几个女同学陪她一起去他家,结果吃饭时,因为他多给她夹了几筷子菜,便被他大哥看出他俩关系不寻常,然后不顾同学们都在场,板着脸把高轲叫出去,两兄弟在外面争论了半天。梦凡见他垂头丧气地跟大哥回来,敏感的她一下子断定,他大哥不同意他俩的事。回校后,高轲果真含含吐吐地说他大哥反对他们在一起,梦凡当时就甩下一句狠话,不同意就不同意啊,谁稀罕!高轲追上来跟她解释,说他从没这种想法,只是以后不能像从前一样,天天腻在一起了。害她好几次经过他家都下意识的把头转向另一边。这次他却突然跑来家里说是要挑明关系,也没事先跟她商量,她在他心中到底算什么?

见梦凡的样子好像在生气,高轲又一头雾水,他做错了吗?不是她一直在信里埋怨自己没给她一个态度吗?我事事依着她来,怎么还是错了?

"小高,来来来,先吃茶。莫理她,等她醒一下瞌睡就好了。"第一次见高轲的余凤桃,表现出异样的热情。这不,她把烫手的一碗水煮蛋,稳稳当当的端给高轲后,也没习惯性的用双手捏住耳朵来分散热量,而是傻乎乎的笑着撩起腰围巾无意识的擦手,伸长脖子站在一旁看向高轲的碗里,好似这吃得快与慢代表着诚不诚心一样。

"妈,你跟他很熟吗?"梦凡见高轲木疙瘩似的,只好找自家妈撒气。

"你这孩子疯了吧,你们不是好了一年多了吗?你早跟我讲了啊,还什么熟不熟的。再不熟以后也得是一家人啦,高轲你说是不?"余凤桃说话时,只笑眯眯地看向高轲。

"伯母说得对,以后我们就是一家人了。"第一次来梦凡家的高轲最爱听这句话了,这说明他得到了准岳母娘的肯定,加上这碗水煮蛋,他心中更像喝了蜜。他知道男孩子初次上女孩家的门能吃"水煮蛋",意味着什么。

"妈——你到底是谁的亲妈,联合外人来欺侮我。"梦凡突然有种同时被两个她深爱的人背叛了的感觉,又拿他们没办法,只好跺着脚表示自己的抗议。余凤桃和高轲也不劝她,只彼此相视而笑。似乎在说,瞧,这丫头恼羞成怒了呢。

这边还没扯清呢,高轲大哥突然奔了过来,指着高轲大吼,"婚姻大事岂容你这样胡闹,你是有美好前程的,就算找对象也得找一个跟你般配的,不说其他,至少也得是个吃国家粮的。父母千辛万苦卖牛卖房的供你读书,你倒好!成天跟一个乡下妹子混在一起,你怎么对得起年过六十的父亲,怎么对得起过世的母亲?你怎么对得起我们?难道我们所做的一切都是让你找个乡下妹子过一辈子。高轲,俗话说长兄如父,我的话不管你爱听不爱听,你都得听。你别以为考上大学了就长本事了,你毛还没长齐呢,就想飞?"边说边揪着高轲的耳朵往外拖,梦凡急得想让她妈帮忙时,才发现妈妈不知怎么不见了。

"高轲,高轲——"高轲和他哥走得飞快,梦凡推出自行车便追,可车子的脚踏板蹬得飞快,车轮子就是不动,她只好把车子一丢,撒腿往前奔,可双脚又像灌了铅似的。

高轲看着拼命追赶的梦凡,心疼得很,他一次次地回头,嚷着、喊着求他大哥,让自己跟她说几句话。不管他怎么恳求,换来的只是他哥哥的怒骂声。

挣扎着追到浮桥时,梦凡看见断开的浮桥,暗自松了一口气,浮桥摇拢要一段时间,她肯定能赶上他们。

她好不容易走到桥墩那里,"咚咚咚"地正下阶梯,她忽然看见河里不知什么时候来了一只船,高轲已站在船头笑呵呵地对她挥着手。"凡凡,凡,我爱你,等着我,等我毕业后就来娶你。"可是风和船上柴油机的声音掩盖了一切。

梦凡什么也没听见,挥手擦着满脸不知是汗水还是泪水,大声高喊着"高轲,等一下,我还有话说。"船仿佛一下子就消失在河面,梦凡焦急地哽咽着喊:"高轲、高轲——"

小清迷迷糊糊觉得紧拥的人在挣扎,醒来后才发现她抱的是梦凡,怕梦凡知道自己梦中的秘密,急忙松手,想转过身去。却发现梦凡在拼命地晃动脑袋,眼角还有泪。小清的第一反应是,梦凡生病了。"凡凡、凡凡,醒来、快醒来!怎么啦?哪里痛?"她拍了拍梦凡的脸,梦凡仍然不管不顾、手脚并用地在挣扎。

"凡凡、凡凡你到底怎么啦?别吓我。"小清正准备用大拇指按梦凡的人中时,梦凡恰好睁开了眼睛。

一切都已消逝,眼前除了急得满头大汗的小清,哪还有高轲他们的影子。幸好只是一场梦。

第十六章

梦凡最终听从了小清的意见，收拾整理好一套被褥行李，准备住进站屋，做一个正儿八经的樵民。每天砍芦苇，她俩就已累得半死，完了还要骑自行车走十几里坑坑洼洼的泥巴路回家，说不定哪天连剩下的半条命也玩完。

当然这理由对小清来说是借口。她想睡到站屋里最主要的原因是，正刚不能每天跟她们一起回家。与家里闹翻后，还有处理梦凡那个事时，江国祥不小心说出的那句话，让她对他们的感情越来越不安。她之所以答应陪梦凡砍芦苇，也有这个原因。若不然，她在陈家山砍芦苇要轻松好多。陈家山在湖对面，乘渡船到山里，走十多分钟便到了，只相当于这里站屋到芦苇铺子上的距离，更别说以她家现在的经济条件，根本不需要她赚这辛苦钱。

两姑嫂差不多到北堤时，偶遇来这边办事的沐阳。梦凡出门时，还想着不知托谁把给高轲的信寄出去。这下遇到沐阳，就像是想睡觉的人遇到了枕头般的舒坦，嘴角不由微微上翘。

"沐老师，这么早又来这边送信？"小清开着玩笑跟沐阳打招呼。

梦凡的车快经过沐阳时，才开口问，"沐大哥，帮我个忙？"

"什么忙？你不会要我去苇山帮你砍芦苇吧？"沐阳跳下车来。

梦凡从衣袋里掏出那封封得严严实实的快件，宝贝似的递给沐阳，"哪能呢。举手之劳哈，请帮我发封信。"

"不说给谁的，我可不帮。"沐阳一打眼看见姓名一栏，直觉高轲应该是男的。接过信他再偷瞟一眼收信人地址，省城的一所大学，这应该是她同学，可是看梦凡对这封信的紧张劲，莫非？他审视着梦凡的笑脸，希望能找出他想要的答案。

梦凡见沐阳打量她的眼神有些不怀好意,就有些恼火,"不寄就拿来,我会让刘会计帮我去寄。真是的,一个男人家家的,管别人那么多闲事。"

见梦凡恼了,沐阳肯定自己心中的猜疑,"怎么,开开玩笑都不行,放心吧,一定帮你寄。小清,你们真要砍一个冬的芦苇?"

小清见沐阳识趣地转移着话题,心中暗夸他聪明,"应该不要,遇上天好,不下雨、不下雪,半个月左右应该可以砍完;如果天不好,那就难说,砍到明年也不一定。"

"鬼才信你,今年砍不完还不急死你。明年?还明年,你不用嫁给我哥?"梦凡见小清瞎算着,忘了她正在生气。

"我急什么?又不是我的任务。难不成砍不完,他们还会为难我?婚姻法上可没说不帮你砍完芦苇不能结婚。"小清半真半假地说。

"嫂子,好嫂子,别这样,我错了还不行吗?你就好人做到底吧。"梦凡如果不是扶着车,估计会扑到小清怀里撒娇。

"别急、别急!就算是拖到明年,不是有人要放假了吗,总会有人帮你的。"小清把眼神瞟向沐阳。梦凡却以为小清说的是高轲,骑上自行车急匆匆走了。

"这个大小姐,又来气了。呃!沐老师,再见!你若想偷看信,就看吧,反正我不会告密。"小清说完跨上自行车去追梦凡,

沐阳不知道自己最近到底中了什么魔,刚刚梦凡使小性子时,他的心又漏跳了一拍,现在看着她远去的背影,居然也一时还回不过神来。他收回视线,浅笑着摇了摇头,把信放进书包里,往学校方向急行。

芦苇还是昨天离开时留下的那些芦苇,手持魔法棒的小仙女也没把它变没,田螺姑娘又只会做家务,所以还得梦凡一根一根地砍。只是梦凡已没有昨天的兴头,两姑嫂好不容易砍够一百个标个,梦凡便早早地央求小清回站屋。

小清看着满脸是灰,眼睛和牙齿却格外显眼的梦凡,不由得笑了出来。可惜没相机,要不然可留个纪念,等她有孩子后,在孩子面前取笑她。

梦凡没时间理会小清,苦着脸,又陷入魂不守舍的状态。

小清拿起帽子抽打着梦凡,梦凡一动也不动,仅只是用脏兮兮的手捂紧口鼻。

把梦凡身上的灰拍打干净后,小清又接着拍自己身上的灰,"咳!咳!别拍了,嫂子,反正要洗澡的。"梦凡被这漫天飞舞的灰尘呛得要死,只好远远地跑离小清的除尘现场。

"洗澡?你去哪里洗?"小清故意逗着她的大小姐。

"不会吧，你昨天说能洗澡的。嫂子，我被你害惨了。我要回去，一定得回去，这一身的灰尘又痒得要死，我怎么可能睡得着？我要回去，要回去！"梦凡急了，不想还好，一想就觉得有蚂蚁啊什么的在身上横冲直撞，害她抓又不好抓，挠又不好挠，很是难受。若不能洗澡，这一整晚，甚至以后的若干天，都要受这些小虫子的折磨，这不是要她的命吗？

"就知道你这大小姐会不习惯。放心吧，哥让食堂烧了一大锅开水，你爱怎么洗就怎么洗。"正刚来喊她们回站屋，听自家妹妹在跳起脚嚷嚷，一时觉得得意之极。妈妈还说他没有当哥哥的样子，除了我这亲哥哥，谁还会这么周到？梦凡没想到的是，哥哥的周到之处还在后头。

两姑嫂吃完饭，正刚已把水提到站屋厕所门边。她们在站屋厕所里别别扭扭洗好澡后，随正刚到河滩上散步。夜风吹在身上，梦凡冷不丁地打了个寒颤。

河对面是大垸子，梦凡已没有了研究它到底有多大的心思，只悄悄地跟哥哥嫂子拉开距离，直到他们走远，才一个人百无聊赖地捡着的小石子，在河边打水漂。

晚上，队长分给小清她们一间单独的宿舍，这样，她们就不用和队上的妇女们挤通铺。梦凡兴冲冲拿着钥匙，打开一看，这是床？没搞错？一个砖台子上铺几捆芦苇，其他什么都没有，这也叫床？在家里，妈妈在棉垫被下铺了厚厚的稻草，梦凡还嫌不软和。

她见小清进门就在芦苇上铺被子，跑过去一把掀起，"嫂子，这地方不是人睡的，我们换地方。让我们睡这儿，也太欺负人了。"

"大家都这样睡，我们怎么就不能睡了？况且我们还托你爸的福，享受到了两个人一间房的特殊待遇。换个地方？好，你去看看旁边的，哪一间不是十多个人挤在一起。一到晚上，打鼾的、磨牙的、说梦话的，这边没消停那边又开始。好不容易睡熟，不是你的手放在我的嘴上、就是她的脚横放在你肚子上，或者有人半个身子压在另一个人身上，那场面，你这大小姐光想想就睡不着了。"

"我不是说这个，是说为什么不能像家里一样铺些稻草来垫着，这样坑坑注注还硬绑绑的，怎么睡得着？"梦凡恨不得让小清马上卷起铺盖回家，可外面已天黑，她们两个女孩子走十几里荒无人烟的夜路，想着都比睡在这儿更可怕。

好不容易躺下来，小清吹灭马灯，昏昏欲睡。梦凡突然很紧张地推了推小清，"嫂子，你听是什么声音？"

"什么声音？没声音啊，睡吧，疑心生暗鬼，你莫瞎想。"小清困得连眼皮都要用撑子撑起来了，不想梦凡还缠着她问东问西。

"又来了，嫂子，你听、你听。"梦凡紧拽着小清的手臂，吓得说话都有些不利索。

"怕是那些睡不着的在敲门吧。"小清听人说过，那些精力过剩的男人们喜欢玩些恶作剧专门吓小姑娘，便起身打开木门。一看，外面什么也没有。难道是梦凡听错了？她狐疑着躺下，还没躺好，一阵"嗒、嗒嗒、嗒。"的声音传来，这下不用梦凡说，她也听到了。她悄悄下床，走到门边，猛地打开门，梦凡也快速地跑到小清旁边张望，还是鬼影也没见一个。

房间位于站屋的中间，左右都是女人们的集体宿舍。小清壮着胆子拖着梦凡往两旁的门边看了看，没见人影。心想，若是人敲门，不可能有这么快的速度，那不是人又会是什么？

两人战战兢兢、相互搀扶着走到站屋门口看了看，还是没任何发现。这下她们罩衣也不脱，互相靠着偎在被窝里，似乎等待那声音。过了一会儿，声音又响起来了，再打开门，又什么也没看到。小清真有些怕了，梦凡则躲在小清身后，大气也不敢喘。

两人"啪"地把门关上，"怎么办？要不，去找你哥？"梦凡头点得像小鸡啄米似地。"这站屋闹鬼？"

"别自己吓自己，我们只是不知道是什么东西打门而已。"小清安慰着梦凡。

鬼柳树下的山场，是每年出标刀手最多的地方，也是历年职工进山率最高的地方。

江国祥带新上任的场长王尚文与场业务科领导、省纸厂原料处几位经理，到达山场时，砍苇的职工群众已把河旁洲头全线砍完。

先前沐光辉跟江国祥说新场长是个厉害角色时，江国祥还不信。

可是，江国祥陪同王尚文进山检查时，发现他对每个山场大小、芦苇品种、历年产量等等都一清二楚，这就不得不让江国祥重新审视眼前这位一脸书生气的小伙子了。

江国祥看着摆放整齐的自然个（自然个是砍伐后的芦苇按1.8~2.2市尺，离苑0.7市尺，用泡芦压成捆篾，扎2轮一道箍，捆成的芦苇捆。）满意地点了点头。他抽出卷尺量一下自然个的大小，或者量一下脚边的芦苇蔸子的高度，紧走几步向领导们汇报一下。又转过头向队长询问，"曹队长，洲头的这些自然个可以直接拖去做汛柴了。王场长，你看这一捆一捆，素素利利，灵灵干干，哦，忘了你可能听不懂，我是说洲头上的这些芦苇捆干净、整齐。你刚来苇场不晓得，要砍出这样的芦苇，要从手够得着的地方，把苇枝的丫子、枝叶打尽，砍伐时尽量贴近地面。他们有个说法叫'起手丫铜钱巴'。"

王尚文知道这是江国祥骄傲之所在。这块洲头因廉茅子较多，苇质不好，一直被留做烧柴山。江国祥第一次当支书时，率领职工群众从防火路对面的正山挖芦苇根移栽到洲头，不过三年，这里的芦苇就壮实如正山的芦苇，整个洲子的苇山面积由此增加了五六百亩。在档案室里，还有场部号召各管区向江国祥学习的文件，苇根移栽法和江国祥后来在芦苇研究所研究出来的压青苗移植法，成了湖洲增产增质的重要成果。

才三十出头的曹志飞，当了近十年生产队长，已连续好几年带领六队成为场部砍苇收芦的先进集体。他素来知道江国祥对砍苇质量的要求，每年都超标准要求队上的职工群众，完成生产质量与进度。然而，今年因苇山将要被承包的流言，导致人心涣散，虽然一再要求砍苇质量还是很不理想。

湖洲上并不只长芦苇，还有苦草、湖草、鸡屎藤等各种顽固杂草。茅镰刀起落之间，往往会把杂草夹带进砍断的芦苇之中，大部分刀手会在将芦苇放倒铺子上时，边走边把杂草用茅镰清出来，也有极个别的，在起抱时故意用刀勾起一些杂草，裹在芦苇个子中间。杂草膨松、再把每抱芦苇呈45度交叉放，这样用少量的芦苇就可捆一个标个。

曹志飞发现后，气得不行。在站屋里说了几次，不见效，只好每天跟在几个"老油条"身后检尺，边检边改。不想，过一晚，他改的那些芦苇个子又恢复了原样，曹志飞只好和队上的会计，晚上轮流在站屋值守，进山才二十天不到，曹志飞已瘦了一大圈，只觉比历年都累。

进山时，曹志飞担心支书会按以往惯例，带领导们来队上检查。凭以往的经验，先安排了志云以及其他几位叔伯弟兄，把洲头的芦苇按汛柴标准砍好。毕竟，洲头太打眼了，视力好的站在公务船上都可以看出个一二。就是这样，还被谭建国他们冷言冷语说了好几嘴，说一个小队长都只顾自己，有什么好事，只想着自己的亲戚。他本想解释，可他们岂是三言两语能说通的，只能听任他们乱说一气。

见江国祥他们一步步穿过防火路，曹志飞的心一下下往上提。

突然，走在前面的一位原料处经理往前一栽。吓得众人着急忙慌的围过去。原来，他被芦苇蔸子拌得摔倒了，眼角边流着血。

江国祥连忙吩咐曹志飞，把经理背上公务船。又嘱咐谭建武赶快乘渡船赶往对河医院，请医生来医治。自己先一步爬上船，找出备用药箱，等伤员一到，用酒精棉签小心翼翼帮他清理伤口。弄得那经理倒抽了几口凉气，苦笑着拒绝了江国祥的好意。还是曹志飞聪明，跳下船，把妹妹志云唤来，到底女孩子手轻，加上经理配合，伤口一下子看清了，原来，是眼角边的皮被芦苇蔸子挖去了指甲盖那么大一块。那经理好打商量，说搞块创可贴粘着就行，没必要去对河请医生。江国祥见他不像在说笑，便站在船头，唤回已把渡船架到河中央的谭建武，一起回到苇山，抽出卷尺一量，蔸子高约八厘米。亏他刚刚还一个劲的在领导们夸六队的质量堪称全场的样板，话音还留在苇山上空，现实却扎扎实实的扇了他一记大耳光。只是年过四十的他已不是当初那个年轻支书了，他迅速平复了情绪，把曹志飞拉到防火路上，仔细询问了情况，在曹志飞耳边如此这般交待一番后，再小跑回河边。跟王尚文汇报，王尚文拍了拍江国祥的肩膀，示意他在河滩边稍等片刻，自己则进舱继续安抚那经理。

昨晚，正刚陪着梦凡她们一晚没睡。

"凡凡，要不今天不砍了，先回去？"小清其实也一晚没睡，正刚趁梦凡睡熟，偶尔玩些小动作，她左不是右不是地跟他闹了一晚，早晨起来，有点打不起精神。别人进山好久了，她才叫醒梦凡起床，又怕梦凡泄气，硬挺着磨刀、撕篾。

梦凡站在旁边梳头发，不时腾出只手身前背后到处挠，"那铺盖都不能要了，还不知道钻了些什么进去？还是坚持吧，下午早点回去就行，要妈妈烧点老热的开水烫一下，真痒死我了，你看、你看。"说着卷起裤脚，小清一看，真的有好几个红色的疙瘩，难怪她一早晨就像孙猴子一样没停过。

正刚到底是男孩子，皮糙肉厚，见她们起床，顺势躺在床上，等下还得去对岸买菜，不趁机睡一会儿，算错了账，可要自己贴。

"嫂子，帮我梳一下头发，都乱成一团了。"梦凡蹙着眉，把梳子递给小清。

小清在身上擦了擦手，接过梳，慢慢梳理梦凡那头浓密的长发，"哎哟、哎哟、嫂子、痛，你轻点。"

"我已经够轻了，谁叫你头发跟猪鬃一样，又密又多还这么长，不乱才怪。"

等一切搞好，吃完谢婶给他们留的面，才赴难似地移向苇山。梦凡砍不了两抱，就打一个哈欠，直打得泪眼汪汪的，十足一个小可怜样。小清自己也是哈欠不断，嘴里还对梦凡说着："凡凡，小心点，别砍到脚了。"

"嫂子，你说昨晚到底是什么？响了一晚上，好吓人的。"梦凡被昨晚的敲门声吓得不轻，却不知小清听了她的话，瞌睡都醒了，她以为梦凡昨晚是装睡，那昨晚她和正刚……这小鬼头不是全知道了，真的好没脸。

"你昨晚没睡？"小清红着脸试探着问。

"睡了啊，快天亮时，你们不是硬要我睡吗？还说鸡叫了，那个就走了，我一放心，真的睡着了啊。"梦凡很实诚。这才真应了那句疑心生暗鬼，差点不打自招，小清暗自庆幸。

受此一吓，两姑嫂把铺盖行李运回了家，重新开始"读跑学"。她们不知道，敲门的其实是蝙蝠。那间房因为离厨房近，本来是分给煮饭师傅的，梦凡她们来的那天才腾出来。他剖鱼、切肉后难免进出房间拿东西，因此，会有些血沫什么的沾在门把上。一到晚上，这些有血腥味的东西便吸引着蝙蝠在门边绕飞，离近了便把门搭子撞得嗒嗒作响。这一点，常住站屋的人都知道，从来没把它当回事，只是没想到会把两位大小姐吓跑。

第十七章

　　太阳的红晕还残存在天际，月亮便迫不及待地在高空露出了银盘似的脸。江国祥抬头看了看头顶的圆月，心下嘀咕，又到十五了？骑至杨柳洲与新沙洲交界处时，天边的那抹红晕把苇花染红片刻后，乖乖的藏身于苇花深处，高空的月亮也渐渐明亮起来。数米宽的防火路上，已没了从山场赶回家或回站屋的群众，只剩他独自骑车在小坑小洼的土路上颠簸，响声划过空寂的苇荡，惊起一群又一群小鸟。它们在江国祥头顶盘旋，似乎无比留恋这茫茫苇山。路边的小草倒是坦然自在，任由露珠跳上叶片，又任由它们滚落叶底。江国祥又忘了戴手套，扶着自行车冰冷的车把，寒风倒削，内外交加，手一下子便冻得不听使唤了。他跳下车来，把毛线衣的低圆领往大衣的西装领外提了提，一股暖意从胸前钻出来，直扑下颌。在纸厂时，余凤桃给江国祥织过一件蓝色的高领毛线衣，只不过那时他年轻又讲究风度，试穿一下后，一直没穿。余凤桃以为江国祥跟她一样，衣服领子稍高些，觉得喉咙被什么掐住了一样不舒服，所以，近几年给他织的毛线衣都是低圆领，就连中山装领子也放低了半厘米。在屋里还好，一出门只觉得冷风往脖颈处直灌，尤其是清早或黑夜，硬是冷得心里去了。早晓得，听婆婆子的把那条灰色围巾围上就好了。想起车后座还夹着件牛仔工作服，反正四下无人，无需顾及什么形象，扯了过来，盖在车笼头处，暖是暖和了些，就是不太方便。不是衣掉了，就是摸不到刹车把，试了几次后，便决定推车走回新沙洲站屋。

　　什么叫"月凉如水"，江国祥到此刻才有了深刻体会。江国祥属狗，做这等咬文嚼字的雅事，迄今为止也只有两次。另一次是那年秋汛，他随县里的抢险突击队至明朗山转移受灾群众，用皮划艇把群众全部转移到钢驳上后，有些脱力的江国祥与同艇的副场长不约而同地停止划桨，任小艇在茫茫洪水中飘流。突然，一座条石砌成的宝塔出现于一轮朗月之下，塔身通体灰白。这是镇江塔，江国祥曾无数次与它打过照面，此时看见倒没什么好奇怪的。只是，湖面一平如镜，七层高的塔影在水中与月影相遇、相交，那轮月如同镶嵌于塔尖的一颗硕大明珠，画非画，那一刻，江国祥才真正欣赏到了范公笔下"静影沉璧"之美。

许是，防火路两旁银色的苇花在作怪，江国祥的思绪一下子从"月凉如水"跳到了王尚文场长前几天来检查时跟他讨论的场景。

"江支书，你对苇场今后的走向有什么想法？"王尚文跳下公务船后，并不是为那场小事故追责，而是开门见山地问道。

"我一个基层支部书记能有什么想法？还不是上面怎么说，我们怎么做。"江国祥虽然官比芝麻还小，但也有二三十年的官场阅历与经验，在没搞清领导真实意图前，只能玩太极。

王尚文自然知道，江国祥不肯交底的原因不外乎两个，一是自己是新来的而且年轻，二是目前政策不明朗。

王尚文是新来的没错，但组织上找他谈话之后，他迅速做好工作交接，一头扎在档案室、图书馆，查阅这些年来县里与上级对苇场的相关政策与资料，以及有关湖洲开发治理的各种书籍与报刊。来苇场报到前，他包了条小渔船，边问边游地把苇场大大小小一百多个洲子绕了个遍。如今，不说苇场的情况他已通盘了解，至少所属湖洲与湖泊在他脑海里已有了张草图。

他知道这些不足以让江国祥、沐光辉这些老支书信服。但至少能在听他们汇报时，晓得哪块洲子的大致方位，知晓它的大小、历年产量、投入等相关情况。

江国祥不得不佩王尚文与人交谈的艺术，吃了一记闭门羹后，立马转移话题，说什么每次春、冬两季乘船经过灯塔洲附近时，发现该水域的水面一清一浊，不知是何原因。江国祥面对比他小一辈的年轻人，好为人师的毛病又在作祟，一不小心着了他的道，缓悠悠地告诉他，清的那股水是从西洞庭来的沅水，浑浊的那股水是从千秋浃流过来的资水。这两股水在灯塔洲处回流交合，于是形成了泾渭分明之态。

待王尚文再问江国祥，他小时候所见的洞庭湖也如眼前这般吗？这个问题可问到他饭碗里来了，他一下子止不住话头，领着王尚文爬上站屋的楼顶，面朝苇山，将新沙洲一带湖洲近百年的形状以及湖洲上的变化，跟王尚文简略演说了一番。王尚文也不时加些自己所掌握的知识补充。

一番博论下来，江国祥不得不佩服王尚文是真正读过书的，那么枯燥的湖洲演变，旁征博引也就算了，还能不时来句 "渗作膏腴田，踏平鱼鳖宅；"之类的唐诗。读书人江国祥不是没见过，近二十年来，几乎每年都有樵民的崽女或考上大学或大专，这些人在江国祥眼中都是难得的好苗子，但这些好苗子像沐阳一样回场工作的少之又少，而沐阳所从事的工作与江国祥所懂的又不搭界，所以，他所学怎样，江国祥还没探过底。至于其他的，已散落于全国各地的各行各业，江国祥想探底也探不到，也不知当中有几人像王尚文这般能活学活用。尤为难得的是，王尚文还身居高位（当然，这高位也只是相对于苇场来说的。），年纪轻轻就如此踏实且有想法，他江国祥再藏私就有些对人不住了。

　　"江支书，我一直很想请教您。您也知道，由于湖水中泥沙含量逐渐增多，湖洲面积在逐年增长，有芦面积与芦苇产量经过你们的改善，也是只增不减，按标准预算，就算近几年人工费用、科研费用等费用较往年有所提高，也不至于出现严重亏损，可事实却是，短短几年时间，苇场已由一个每年上交一千多万元产值的小金库变成了年负债几百万的老大难，其中是否有特殊原因呢？"王尚文深知火候已到，于是趁热打铁地问出了上面的问题。其实，他本想问江国祥，苇场的收益是不是真如传言所说，被个别人揣入自己的腰包了，但未免有误导之嫌，因此只能点到为止。

　　江国祥自认不是个思考者，但在基层这么多年，想法还是有些，粗略整理了一下，和盘托出，"肯定不排除有极个别人中饱私囊。举一个例子，前年，由于汛期长达八十多天，一些地势较低的山场水毁严重，根据有关政策，苇场便把这些水毁严重的山场、洲滩出租承包给私人种六九杨，一来想以此来摆脱目前内欠工资、劳务费、外欠贷款的困境，二来想发展苇场的林业。上面的办法是好，只是执行时出现了小问题。记得当时定价是25元/年/亩，但你得空到曹家岭那边去看看，那边栽上六九杨的有几块是真正的水毁山场？还有吊驴洲的合同上面签的是四百多亩，实际呢，大山岭挨着吊驴洲的那一两百亩外加上百乐滩，现在全部种上了六九杨，据我所知这两处都是没有合同的。就算有合同，大山岭的那一两百亩可是威武山场呀。一个小小的吊驴洲，平白无故多了一两百亩，谁当的家，当家的那个人又得了什么好处？我们无从得知，只是以后……'群众的眼睛是雪亮的'，我是担心以后个别人会搞得交不得票。唉——但愿这只是极个别的。扯远了，我们回到正轨上来，这就引出了最根本的原因，上面对我们下面管理失控。以前，收芦、交芦属湖洲局统一调控，场部除了安排人力、发放物资、工资外，没其他权利，群众苦是苦了点，但做起来都有劲。为什么？大家都一样啊，除了卖力干活，没半点花花肠子。苇场从湖洲局分离出来后，苇场群众经济是活跃了些，但有几年好的呢？年年增产年年亏，钱到哪里去了？我不说，你心里也应该有底。当然，我刚才说了，那只是一方面的原因，造成湖洲亏损的原因除此以外，我个人认为还有这几个方面：一则芦苇是商品，只有卖出去才有效益，如今洞庭湖周边的纸厂因为污染严重，十之八九被整改、关停，芦苇一下子从皇帝的闺女不愁嫁，变成了送上门还要被人挑三拣四。你才来苇场，可能不晓得。建场以来，苇场的十多个贮运场，没有哪年哪个贮运站是足额贮存了的。可近两年，据我保守估计，光东南洲的贮运量就过万吨。今年如不想点办法，任由贮运站的芦苇新压新、陈压陈，芦苇的质量与防火等等都会成大问题。这就说到了下一个原因，芦苇要想在市场上有竞争力，就得优质优价。可经过这几天的检查，我相信领导你心里也有本账了。不是我江某人自卖自夸，只有我们管区的质量勉强过得去，其他的真不敢恭维，这不是自己害自己吗？难怪去年他们的亩产比芦科所那块实验山产量还高。我看今年砍的时候，干脆发动群众学麻价高的时节，包点窑砖子，亩产达到两吨也不成问题。"说到这里，江国祥突然意识到自己面对的是场长，不是他的伙计们，赶紧收起了戏谑之心，"也是啰，我们管区的质量还抓得严些，那也得懂货的人来呀。近几年，芦苇的销售凭的是交情，讲的是套路。跟纸厂销售人员关系好的，把质量丢起几十丈远。关系不好的，质量再好，也只有码在堆场等的命。这样，质量好的不想贱卖出去，质量差的卖出去又收不回钱，更影响了来年的销售，如此恶性循环，哪有钱发工资、交上缴？我看这样下去，苇场迟早会散火。当然，这也不是由你我决定的。还是来说说自然灾害方面。你也知道，湖床逐年抬高，意味着洞庭湖的总容量逐年下降。正因为这样，以前四五十年一遇的洪水，近几年已连续遭遇。这芦苇呀，说它贵气，它又真的贱。一不要施肥，二不要松土，只靠点露水，它就生根发芽长成材。说它贱，它又贵气，它生长时要困干床。正因为掌握了它这个习性，我们才投资那么多去开沟、沥水、引淤，可近几次洪水，把芦苇尖都淹了；说到第四，我有责任，当时倾苇场之力去开厂，都怪我们没经验，管理得不好。几年工夫，几百万只剩下城区的那几栋老房子与一堆锈死了的机器了，把苇场群众的心血都打了水漂，我……"江国祥说着，垂头蹲在防火路旁的一道坎上，不再出声。

见江国祥终于敞开胸怀，王尚文开始一阵高兴，自己所差的一手材料或许能从这位老支书口中获得，见江国祥说着说着就陷入了自责中，有些明白了他的心结所在，只是苇场大搞乡镇企业的事，王尚文掌握的材料不多，不好开口劝导，只能转移话题，自己回答了开始时自己提出的问题，"那这样说来，你也认同苇场沦落到现在的境地，不全是人祸的原因了？"

"要发展就得尝试，有尝试就有失败。以前在尝试过程中，受大环境影响而失败，算不得人祸。但最近我对于人祸，又有了些不同想法。事情还得从报纸上的一则新闻说起。大致是邻县的某个水库，因没规划地开采矿产，使得水库的水质变坏，旁边的山也因山林被毁，经常发生山体滑坡，被人告到上面去了。后来，上面来了个调查组，得出结论，说是过度开发。王场长，你说，我们这边有没有过度开发。如果有，人祸是否应该算上这个？以前，我们全靠人工除藤除杂、杀虫，靠放火赶山、投放赤眼锋破败虫卵。那时，在新淤起的滩头、洲块栽苑扩苋，合苋后，苇苗一天一个样，站在防火路上都能听到它们拔节的声音。你看看现在，那些水毁洲子，从没想过继续栽芦苇。像四眼塘那一块栽过，但是，两三年了，芦苇不是长不高，就是细得像支笔杆子。场长呐，你晓得这是什么原因不？"王尚文正准备回答，只见江国祥又自顾自地说了下去，原来，江国祥有个毛病，来了兴头，所提出的问题基本是自问自答，"一飞机一飞机的五氯粉纳、二甲四氯的往下撒，那些药都到哪里去了，还不是留在山里、落在水面。年年如此，洲土没半点启发性了。就连以前一人深的湖草子，现在都只长膝盖这么高，何况芦苇。落得水里又会好到哪里去。你去看看哪个湖狭的回流湾里，没浮一层死鱼死虾？不只湖洲上，垸子里也是如此。如今的人都晓得懒了，土里、田里都打除草剂，年年换良种，产量还是提不高，我看不能排除这个原因。场长，你说，你要我想苇场今后的出路，这样搞下去，苇场还有个什么出路可言？"

江国祥见王尚文皱着眉头不说话，心中暗想道。他毕竟年轻，又缺乏在苇场生产劳动实践经验，没想到这一层，也情有可原。

听了江国祥这席话，王尚文心中一动，似乎有个什么念头呼之欲出，却又一闪而逝，"这么说来，你认为人祸还是大于其他？"

"唉——不说这个了，说多了得罪人。还是说说苇场今后的出路吧，我正想听听领导们的想法。我不相信，上面会把苇场群众当包袱一样甩了不管。"

"对于苇场的出路，我有几点想法，不知是不是纸上谈兵，还请江支书指点。首先，苇场要发展靠'等、靠、要'肯定是不行的，所谓等，是等政策。先是集体经营，后是费用承包，从利改税到四定，政策不能说不好吧？我再说一下靠，靠的是什么，是上面的扶持。上面拿什么来扶持，恐怕也只有政策。那就只有要了，怎么要？那自然是伸手要与张口要。兄弟苇场我不清楚，只说我们苇场，有芦面积的实际值是多少，江支书我不说你们心里都有一本账，一二十万亩苇山，一年一千多万的产值，端着这么大一个金饭碗，你还好意思找上面要，你要得出口？但毕竟苇场年年亏损的事实摆在这里，不能'等、靠、要'那要如何才能走出困境？我看只能'盘'，经济只有盘才能活。说到这里，江支书你心里可能在骂我，道理人人都懂，大话、套话也都晓得讲，你倒是讲一下怎么盘呀？依我看，只能把苇山承包出去，才有出路。那些芦苇贩子不是跟纸厂关系好吗？只要他们出得起价，就把山承包给他们。"

"怎么包？万一他们像包水毁山场一样，都种上树呢？"江国祥也曾听人说起，六九杨也可以造纸，但他一直不大看好。在江国祥看来，木材建屋、打家具，芦苇造纸、编芦席，就跟男与女，男的在外面赚钱、奔事业，女的在家里做家务、带孩子，一旦反过来，那还不乱了套。再说，自从洞庭湖中有洲子以来，上面长的就是芦苇，若栽树能成气候，那我们的祖辈们不早就栽满了树，谁不晓得树的用处更大。

"怕什么？我们可以在合同上写明。每到年初，我们按近三年来的产量给洲子定吨位，再按每吨多少折价承包去，一年一包，并且在合同上特别强调，让他们负责苇山维护，也就是开沟沥水、除藤除杂、防治病虫害。当然，砍苇、打出山这些事情也归他们管。我们只负责收钱。"

"那你考虑过没有，正是一年一包，他们才不想维护苇山。再说让他们去请人，那我们的群众可就只能伸手打哇哇了，没事干就没有经济来源，他们还不得造反？"现在，赌博等歪风邪气在年轻人之间又有了抬头之势，江国祥简单地把它归结于年轻人太没事干了。若是，真不用去砍芦苇，收入一少，人心就散，在利益的驱使下，还不知道有多少罪恶会浮上来，也不知有多少家庭会因此妻离子散。

"你先听我把话讲完。我所说的'盘'还有另一层意思，那就是盘活剩余劳动力。群众都活脚活手的，尤其是年轻人，想法多、干劲足，我们不妨放他们出去，南下北上，只要不违法乱纪，任他们在外面闯。有文化、有技能的去找技术活，没文化、没技能的去吃气力饭，外面机会那么多，只要勤快，你还怕他们会饿死？实在走不出乡的，不是还有湖吗？乡里有句话叫'湖里又没盖盖子'，一条渔船一张网，平时自给自足总可以吧。再到砍芦苇时，跟那些老板们协商协商，组织砍伐队、打点临工，总不至于会落得无米下锅吧？小家庭经济提高了，苇场的整体经济效益不是也有了提高？过个十年二十年的，先出去打工的那批人，再回乡投资创业，那还怕苇场打不了这个翻身仗？"

江国祥还是转不过弯来。这比方说一户人家有几个崽女，爷娘老了让他们分家各搞各，原本指望他们把小日子搞好了，自己也会过得好，谁知，崽女们越搞得好就越只顾自己，哪里还记得爷娘。

王尚文能理解江国祥为什么会这样想，但发展容不得墨守成规。他稍微思考了一下，跟江国祥说了一个他的亲身经历。

他的母亲很会做布鞋，大姐幼时，母亲曾教她打鞋底，大姐嫌针扎手，不肯学，母亲便骂她，"你现在不学着做鞋，以后嫁到婆家，让一家老小都打赤脚。"大姐反驳道，"我们穿胶鞋。"险些把母亲气出病来。现在事实证明，大姐的话是对的，现在的女人包括王尚文母亲在内都不做鞋，但也没见谁打赤脚。所以，有些东西该放弃的还是要放弃，不想接受的，只要有助于改善生活质量，还是得学着接受。退一万步讲，就算在外面打工的都不回来，他们至少没有成为苇场的负担。

见江国祥还想反驳他，王尚文做了个下压的手势，表示他并不想在这个问题上做过多的讨论，因为他根本没期待一次就能说服江国祥，毕竟，只有他自己想通了，才叫转变。

月色下，独自行走在苇荡的江国祥，想到这儿，在心里长叹一口气。是呀，又有些什么东西能传下去呢？我所坚持的、喜欢的，而我的崽女们正眼也不瞧一下的；我所给予的，是他们想奋力争脱的；我所守护这垸子、这茫茫苇山，可能正是他们想竭力逃离的。想到苇山，既然它能从无到有，那以后，是不是也会由有到无呢？也许，它来世间这一遭，也如人一样，只是为了经历出生、成长乃至消亡。至于它的未来是荒芜还是繁华哪是我区区小民能左右的？这正所谓"人生不满百，常怀千岁忧。"他在心底暗自将自己嘲笑一番后，骑上自行车往站屋走去。正因为有了这场月夜里的自省，江国祥慢慢学会接受了苇山将被承包的事实。到后来，江国祥因苇山从他手上承包出去，而被老班子戳着脊梁骨骂"败家子"时，他已不再愤怒。相反，在群众生活陷入困顿时，他还挨家挨户去做动员，劝家长们让孩子走出去。

五年以后，苇场除了过年，平时都是冷冷清清，甚至办白喜事时，要在三四个队上才能凑齐抬丧的金钢司；十年后，由于劳动力的流失，从事垸内生产的群众的平均年龄已在六十岁以上。再后来，为了耕地面积不抛荒，上面出台了土地流转等政策，但是仍没改变苇场人烟稀少的局面。

彼时江国祥虽然对苇场的衰败有种英雄迟暮之伤感，但他仍然不后悔，正如他劝他的老伙计们所说，崽女长大了，天天围得面前有什么用呢？难不成还想他们跟我们一样，过锄头与茅镰传了崽女又传孙的日子。毕竟城市的壮大与乡村的自然变迁已成为了新趋势。

第十八章

梦凡与志云他们的会面一直拖到了半个月之后。前几天,雨神似乎听懂了梦凡连续十多天的碎碎念,降临了人间。她终于实现了自己的梦想,在家里足足地躺了一天一夜。准备好好整修一下的小清却被她妈吼回了家。可第二天一清早,小清便提着行李回到了江家。

吃晚饭时,梦凡和余凤桃才知道,小清的妈妈终于同意她与正刚领证了。睡觉前,梦凡才知道,小清原来使用了非常手段,逼着她妈妈不得不同意他们的婚事。

这天,砍完芦苇收工回家,梦凡还在缠着小清问,你怎么那么大的胆子,敢骗你妈妈说自己怀孕了?你怎么那么聪明,想到如此绝妙的一招?

"梦凡,这边,这边。"梦凡突然听到有人在喊自己,便询声到处找,终于看到在鬼柳树对面洲头上玩耍的志云她们。梦凡经过小清同意后,把自行车一丢,小跑着加入她们。

志云算是四人中五官长得最好的,眼大、眉青、鼻挺、唇红,尤其是齐腰的长发乌黑发亮,走起路来两边摆动,时时刻刻撩动路人的视线,只是美中略有不足,她身材不怎么高佻;朵儿虽然看起来胖乎乎的,好在身材匀称,一张娃娃脸上嵌着一对杏眼,长长的睫毛向上翻翘,眨眼间说不尽的灵动。真是搞不懂,明明那么好看的眼睛,为什么大人们老说眼睫毛长不认娘?文英有双像女歌手林忆莲般的细长的眼睛,不笑时很是妩媚,笑起来那真叫一个勾魂,除了皮肤稍黑,不过乡里也有一句俗话叫"油黑子妹子爱死人",所以最吸引男孩注意,反倒是她。不过多半时候,她是个文静女孩,喜欢一个人静静地带着笑看着其他几个笑谈,就算偶尔插句言也是轻言细语、温温柔柔。梦凡就不用说了,身材高挑、杏脸桃腮,一双眼睛因眼窝较深，更让人觉得看不透，一头乌发编两条麻花辫，服贴地垂在胸前，夕阳斜斜照在她素净的脸上，愈显明艳。

女孩子的青春是纯真、美丽、活泼代名词，她们用快乐的笑声把激情向四周播撒。三人借埋怨梦凡高傲，打开话匣子。

梦凡拿跟朵儿说的那一套回复她们后，问文英，"你农校毕业，不是分配了工作吗？怎么也回来砍芦苇了？"

文英农校毕业后，在芦科所一直没正式编。到去年下半年，她突然辞职不干了。任凭别人怎么劝，她就一句话，要她去那鬼地方上班，宁愿天天砍芦苇。志云她们跟文英这么多年的朋友，也没有谁敢说真了解她。别看她和她们闲聊时，聊得挺起劲，细细想来，她也只是听这人说怎样、听那人说又怎样，从没透露过半点关于自己的事。她的老成与梦凡的故作成熟大不相同，梦凡不跟她们说自己的事，是因为读书时，学校抓早恋抓得严，高轲再三嘱咐她，她才能守住她心底的小秘密，而文英，可能是因为母亲早逝，她与姐姐两人跌跌撞撞长大，让她比别人更早懂得，人最终只能依靠自己。

志云不等梦凡问，也趁机吐了一下苦水，"你们都晓得的，我二哥得了那个病，亏得我二嫂子不嫌弃。我妈怕对不起人家，当初满口答应给我二嫂家三万元彩礼，而且分家时还不划账给他们。我二嫂进门不到一个月，便撺掇我二哥跟我们分了家。这下好了，他们结婚时欠的账，全落在我们头上。我爸妈，加上我与三哥，四个人累了一两年，还有一万多元账没还。现在，我三哥也找了个对象，他们都好了差不多两年，因家里没钱，什么手续都没兴。梦凡，你晓得我爸是个什么样的人啦，搞双抢的时候，他都能假装出去贩牛，十天半个月不落屋，平时，他又能帮屋里多少忙？我妈这两年身体又不好，靠三哥和我砍芦苇，不知猴年马月才还得清债。"

"我看你也是瞎操心。你跟庞建军今年十二月订了婚，明年上半年把婚一结，你娘屋里还好意思让你帮他们还账？"朵儿心直口快，想什么说什么，全然忘了，志云跟庞建军好上了的事是她、文英与志云三个人之间的秘密。

这事其实也不算秘密了。这几年，朵儿、志云、文英三人时常凑在一起。王凯则经常带庞建军、刘超群他们几个，来找她们玩。不知从何时开始，他们发现庞建军老带着志云离队单独行动，这些人还不跟人精似的，逮住他们就开玩笑，可能日久生情，志云忘了她要凭一已之力改变曹家的宏伟目标，趁势和庞建军大大方方地走在一起了。

志云妈知道后，让志云传话，要去庞家了解情况，把庞建军吓得带着朵儿一起来见准岳母娘。朵儿自己也没出嫁，哪会做媒，但是两个人都是好朋友又经不住庞建军一声声的嫂子喊，便只好答应试试。

志云父母想着，这庞家也算知根知底，就算以后他们庞家欺负志云，他们也不怕，反正离得近，分分钟可以跑去掀他家的炉罐、揭他家的屋顶，再说志云都差不多二十岁了，所以只要名正言顺，倒也放心。事情一旦摆到了明面上，那些乡俗能免便免了。曹家只提出订婚、隔日子等几项最重要的。这不，进山前两家商定，要让志云和庞建军年前订婚，志云本想把好消息亲口告诉梦凡。不巧，刚好碰上江支书在他们队上蹲点监质，一直没找着机会。

梦凡一时想不起庞建军是谁，经她们提醒，才记起是那个一到冬天，就用舌头把嘴巴上舔一圈白圈的小学同学。只是不明白志云怎么会看上他的。想问一下志云，又怕她嫌自己多事。

"凡凡、朵儿，你们三个还站在那里干嘛。快来看，这里河滩上还有贝壳。"三人方知，文英不知什么时候跑到河边去了。

梦凡牵着志云的手，齐步跑向文英。朵儿跑得最快，只见她冲上芦苇堆从上面闪几下一个甩手跳下来，走了几步，又纵身跃过几个牛碾出来的浅坑，先她们一步跑到了河边。

等梦凡她们走到河边时，朵儿的鞋子都被浅浪打湿了，她还在不管不顾地跳着、唱着。梦凡转过头，想让志云看看朵儿那疯模样时，只见志云已没了先前觅得如意郎的开心样，眉宇间竟然呈现出淡淡地忧愁。见梦凡望向她，志云立刻弯下腰，浅笑着把从河滩捡的小贝壳扔向跳得老高的朵儿，梦凡以为刚刚只是眼花了。

对面洲子上，野生的芦苇在阳光下闪着橘色的光，几只水鸟在湖面上划出一道道的微波，不远处一人架着小渔船，顺着河道中插的芦苇杆收网，网上跳跃着的金光，不知是小鱼还是水珠？梦凡沿着河滩上水牛留下的脚印中穿行，好不容易才走到朵儿她们身边。

朵儿见梦凡过来，扑过来亲昵地搭在梦凡肩上，撞得梦凡一个趔趄，多亏文英扶了她一把，才没有摔倒。

"你呀，永远都这样冒冒失失。"梦凡用食指戳着朵儿光洁的额头，笑眯眯地说。

"不好意思啊！凡凡，我太高兴了，真的很高兴。"朵儿说着又蹦开了。

"这人什么时候变成这样了"梦凡跟陷入沉默的志云说，"不会受什么刺激了吧？"

一旁蹦跳着走远了的朵儿，胖乎乎的脸上全然没有面对她们的高兴样，相反倒像陷入深深的忧伤，她走向湖边那丛孤生的紫芒，就算有阳光照耀，浅紫色的芒花。让人觉得苍凉、凄美。朵儿觉得自己就是这几根紫芒，看似有许多人陪伴，却无人能真正懂她、帮她。

王尚文回到场部，把江国祥的话与沐光辉等其他几位支书的话在脑海中好好梳理了一番，再加上自己的想法，写了调查报告，向书记做了汇报。不曾想，书记说他纯属书生义气，苇场有苇场的难处与特点，他初来乍到的，不宜涉足过深。并趁机跟他谈话，让他年后，去分管苇场的文教卫工作，他提前跟王尚文说，是想让他有个思想准备。至于江国祥，老板对他的评价是"想什么，什么都好；干什么，什么都不成。"是他错了？还是江国祥在某些方面还对他有所隐瞒？王尚文第一次觉得苇场的工作不但没想象中的好搞，还隐隐透着一丝古怪。

暴风雨来临之前，蚂蚁之类的小动物总有办法预先感知信息，母鸡则会张开羽翼，把小鸡崴护于翼下。在一场波及苇场民生的暴风雨将要来临之际，江梦凡正在父亲的翼下，做着一个青春期少女应该做的梦，想着她当时最该想的人或事，至于苇山承不承包、土地承包费要交多少、苇场为什么突然不评职工了、从什么时候起又取消了油粮煤炭证等等都与她无关。

这天，梦凡因收到高轲的一封快件，又勾起了差不多被劳累治好的相思病，在枕上翻来覆去，折腾了一夜。第二天一清早，跟着小清来到苇山，没砍上三五个标个，瞌睡虫便袭来了，见她迷迷糊糊，小清怕她砍到自己的脚和手，就让她在芦苇铺子上躺一会儿。

"凡凡，江梦凡，快，借点钱给我。"文英看见梦凡，把自行车一丢，跌跌撞撞地跑过来，车摔倒时的"咣当"声把梦凡的瞌睡都吓醒了。文英素来稳重，这是怎么啦？

梦凡没时间哀悼那些没喂饱的瞌睡虫，一脸茫然地看文英朝她狂奔而来。

文英不等梦凡回答，又扑到小清面前，"小清姐，你身上带钱没？借点给我。可能有人出事了，具体要问志云才晓得。"

"有，只是不多，全给你。"小清把身上约二十多元零钱全掏给文英，梦凡也递了五张十元的给她，这是她妈偷偷塞给她的，让她爸发现了又会有好一顿说道。

"够不够，不够，我哥那里应该还有……"梦凡转身准备往站屋跑。

"应该够了吧？不够时再去想办法。梦凡你先跟我去看看吧，他们那样子我有点怕。"文英一把拖住梦凡。

梦凡什么也不知道，怕谈不上，只是她想让小清陪她，于是用眼神询问小清。

小清也想跟去看看，又怕人说她多事，见梦凡有让她陪同之意，自然满口答应。

几个人直奔医院，才知朵儿因大出血被送进手术室，小清见志云等人，手上、身上都血糊糊的，吓了一大跳，"这是流了多少血？你们队上怎么没派几个老成些的来？这人命关天的。"

志云惊魂未定，结结巴巴告诉小清，"是朵儿……是朵儿自己不让告诉别人。"

"到底出了什么事，茅镰刀砍到大腿了？"除此以外，小清想不出其他。

"应该不是刀砍的。她是……是她那里流了好多血。"志云背着人，红着脸用手指了指自己的裤裆处。

怎么会这样？小清把志云、文英带到走廊的另一头细细问了经过。来的路上，朵儿一再叮嘱不要跟任何人讲，但志云真的怕了，她迫切希望有人能告诉她，朵儿会没事。见梦凡把小清也喊过来了，心想小清已上过两三年的班，应该比她们有主意些，因此，竹筒倒豆子一样，把事情经过原原本本讲了出来。

朵儿早晨跟志云说，昨晚她肚子有点痛，差不多天亮时，又好些了。志云劝她休息一天。朵儿不听，吃完饭便往山里走。志云晓得朵儿平素有痛经的毛病，也没当回事。谁知，她刚破好篾，就见王凯抱着朵儿跑向了站屋。志云暗暗羡慕起朵儿来，有这么贴心的对象，朵儿下半辈子有福享。

不想，志云还没砍得一抱芦苇，王凯便急急跑来请志云到站屋去照顾朵儿。志云心里这下有火了，你对象不舒服，你陪你的，干嘛要担搁我赚钱。想是这样想，人还是跟着他回到了站屋。志云走到房间门口，一股血腥味冲了出来，再一看，朵儿身下的垫被，裤腿、脚上的袜子及铺旁的鞋子里都是血，吓得她脸色发白。难怪朵儿说，每来次那个当死一次，这样不死只怕也去了半条命。王凯为什么要她来，他与朵儿虽然关系好，但这事，真的帮不了忙。志云边想边帮朵儿找换洗衣裤。王凯想送朵儿去医院，朵儿却头都摇断。王凯没法，只好求志云多多留意，有事便喊他。可王凯还没走下站屋台子，朵儿就直着嗓子喊肚子痛，下身的血也越流越多。志云一看慌了，大声喊救命。王凯跑上来，看到这情形，吓得扳住门框才站稳，还是跟过来看情况的庞建军有主见，一把将朵儿扛起来，放在手拖上，一路猛飚。

经过文英的芦苇铺子时，文英不知发生了什么事，跑出来问车上的志云，志云在拖厢后大喊，让她快点骑车去借钱。

文英听到了借钱二字，可找谁借，借来做什么，她一无所知。看着庞建军手拖是朝梦凡她们站屋那边去的，想到河对岸就是乡医院，难不成谁病了？理清思路后，文英跨上自行车就往梦凡她们这边赶。

　　小清想了许多关于流血的病，都觉得对不上，到底是什么病？难道是"血崩"？这怎么可能？血崩是女人生孩子时才得的病，朵儿还没出嫁，怎么可能会得那种病。小清倚在医院走廊的砖柱上，半握拳敲了敲自己的额头。

　　众人不知等了多久，帮朵儿手术的女医生才走出来，告诉大家，朵儿流产了，若再迟点，恐怕会一尸两命。

　　王凯惊得张着嘴半天没合上。随后赶过来的刘超群一听到消息，大叫一声，猛地冲出了医院大门。

　　直到医生跑过来催王凯交费，众人才反应过来。七嘴八舌地说，朵儿太不稳当了，好好的孩子被她玩没了。至于她未婚先孕的事，似乎是在意料之中的事。她和王凯谈了这么多年，感情不是一般地好，发生点什么出格的事，很正常。大家觉得很有必要劝一下王凯，于是等他交完费回来，都劝他看开点，毕竟朵儿不是故意的，毕竟他们还年轻，孩子以后总会有的。不想，越劝王凯的脸色越不好看，到后来，志云拖着他进病房去看朵儿时，他竟铁青着脸，喘着粗气，死命紧抱医院走廊上的砖柱。

　　这下，惹恼了志云她们这帮女孩子。你一言我一语地直接开骂，说王凯不像个男人，忘恩负义，是个只顾享受不肯担责的畜牲等等。总之，把她们所认为最难听的话，一齐倒了出来。

　　王凯气不过，回了句，"你们晓得个屁。"

　　文英听他这样一说，更是火上浇油，"王凯，你说这话是什么意思？朵儿因为你的冲动，在鬼门关险险地走了一遭。现在是她最需要你的时候，你却做出这个鬼样子，你是想给谁看，给谁看？"别看文英平素文文静静，发起火来真像一只小豹子。她边说边冲到王凯面前，高扬起巴掌，分分钟有扇他几耳光的架势。志云见势不好，急得拦腰抱住文英，小清和梦凡也跑上前挡着，众女齐声指责想要逃避责任的王凯。

　　被庞建军拖出女人包围圈的王凯，蹲在地上双手抱着头，不停的颤抖。也难怪他会吓成这样，朵儿命都差点没了，万一朵儿妈妈怪罪下来，凭他们这几个胎毛都未褪尽的娃娃，能招架得住？王凯落在朵儿妈手里，还不知道会不会尸骨无存。

　　朵儿爸爸去世得早，姐弟三人全靠妈妈一人拉扯大。为了生存朵儿妈由一个知书达理的知青，生生蜕变成新建管区有名的泼妇。梦凡她们这几个妹子，都听大人们半开玩笑半认真的提起过，朵儿妈曾因别人跟她开玩笑说她跟某某有作风问题，她一怒之下把那人打倒在菜园沟里，还强灌了那人满满一嘴大粪。虽然经旁人调解，两人不再打堆子架，但朵儿妈一直余恨难消，只要看见那人或者那人的家人，经过她家门口，便跑到灶屋里摸出菜刀，骑坐在自家大门门槛上，边剁门槛边诅咒那人头顶生疮、脚底流脓，不得好死……反正什么话恶毒，她就说什么。自此一役，再没有什么人敢在她面前说三道四，遇到管区、队上分东分西，大家都保持一致的让着她，虽然其间有邻居们看她一个女人带三个孩子不容易，都会想帮她，但不排除上述原因。

小清走过去，蹲在王凯身边拍拍他的肩，"王凯，你不用怕，事情已经发生了，怕解决不了问题。朵儿妈虽然厉害还算明事理，你和朵儿都到这一地步了，就找介绍人或者你直接和你妈去她家多讲些好话，相信她妈不会过分为难你。只是现在朵儿这个样子，你不能再逃避。你应该有男子汉的担当。听话，进去安慰安慰她。"

庞建军把王凯从地上拽起来，再次往病房里拖，王凯用手牢牢攀住门框，死都不肯进去，他对着庞建军大吼，"你们晓得什么？你们什么都不晓得，凭什么怪我，你们凭什么都——怪——我——"说完死命挣脱出来，坐在地上双手掩面，嚎啕大哭。

志云站在病床前，见朵儿的眼角不断淌泪，才知朵儿醒了，"朵儿，你醒了，怎样，还痛不？"

可任凭志云怎么问，朵儿既不睁开眼睛也不说话。过了大约半小时，朵儿像是才返阳似的，低声对志云说："你去把梦凡叫进来，让其他人都回去吧。你帮我把站屋里的衣服拿几件过来。记着千万不能让我妈知道了，若是让她知道，我、我、我只有死路一条了。"说到这里，朵儿已泣不成声。

"好，我这就去，王凯怎么办？朵儿，这不能怪他，这么大的事，你说你也……看王凯那样子，你肯定没告诉他你有了，你不说他又怎么会知道呢？你莫跟我说你自己都不知道，你那个来一次折磨你一次，你会不晓得？这段时间你不歇气地乱蹦乱跳，我就晓得中间有事，不想，你硬闹出这么大的事来。你不晓得，刚刚你有多危险，有多吓人，我到现在腿都是软的，医生说再迟些你就没命了。"志云听医生说朵儿流产了，才记起朵儿近段似乎比以前更活泼，更爱动、爱跳，前一段就见她老从河边高高的汛柴堆上一次又一次地往下跳。难道这样做是想把孩子跳下来？这又是为什么？她和王凯确定关系好几年了，双方的家长、亲戚们也都同意。她怀了孩子，对两家来说不是喜事吗？她为什么要这样？难不成跟王凯闹掰了？照王凯在站屋里的表现，更不可能呀。那到底是怎么回事？志云怎么想也想不透。

见志云出来，庞建军松开王凯，一把拉住志云的手"你没吓着吧？"文英、梦凡、小清则围住志云齐声问："朵儿状态还可以吧？"

志云仿佛有心理阴影似的，拂开庞建军的手，又觉得自己行为有些过火，抱歉地看向庞建军，她边摇着头边说，"一直闭着眼睛流泪，情绪很不好。对我说了几句话，就转过头去了。哦！差点忘了最重要的，朵儿说，千万不能让她妈知道，说如果让她妈知道，她就只有死路一条了。大家商量一下，找个什么借口，堵住队上那些长舌妇的嘴。"说完又叫梦凡进去陪朵儿。自己则和其他人一起离开了医院。小清不放心梦凡，只好坐在走廊上的石凳上等她。

梦凡推开门，一眼望见脸色苍白的朵儿，毫无生气地蜷缩在被子里，眼眶一热，走到床边，俯下身子问："朵儿，好些了吧，不痛了吧？你不要怪王凯，这种事他也没经历过，再说见你出了那么多血，他那么在乎你，肯定是吓蒙了。"

朵儿泛白的嘴唇不停颤抖，却没能说出一句话。直到梦凡帮她擦干泪水，她才冲梦凡无力地伸手。梦凡握着她冰凉的手，坐在床沿，默默地陪她流泪。

朵儿那么小就可以不管不顾地，冒着被学校开除的风险，站在王凯身边，可见不是个怕事的人。那她为什么硬要把这个纸包不住火的事瞒下来，还搞到如今这不可收拾的地步，难道是王凯……

"是不是王凯始乱终弃，你才一个人扛着。我去找他，那个负心汉、陈世美，我饶不了他。"梦凡见朵儿伤心欲绝，小宇宙忍不住爆发，咬牙切齿，紧握拳头，若是此刻王凯就在眼前，恐怕梦凡真的会一拳打过去。

"不关他的事，都是我、是我不好。"梦凡见朵儿激动得想爬起来，连忙扶她躺好，再看她正打吊瓶的左手，一下子肿得好高，肯定是刚刚她爬起时走针了。等护士把针头固定好，梦凡才拉着小清走了进来。

朵儿见小清进来，便不好再缠着梦凡说她想说的，只能机械的回答着小清的关心。

刘超群跑到河边不久，见王凯他们过来，便躲进渡口边的小茅棚里，等王凯他们上船后，才撒腿往医院方向跑。他希望尽他的能力给予朵儿安慰，到医院后却没了面对朵儿的勇气，犹豫再三，只好躲在砖柱后，朝朵儿病房张望。

志云他们一路上大声谴责着王凯，王凯似乎也没先前那么激动，呆呆的什么话也不说，好像今天所发生的一切都与他无关。

今天之前，如果有人对王凯说朵儿会变心，他肯定会满面带笑回答别人，"若说十个女人十个善变，朵儿是那个绝对不会变的第十一个，你们都说女人心海底针，我家朵儿的心明明白白着，她啊，心里眼里绝对只有我一个。"如果有人敢当着他的面说朵儿与其他男人不清不楚，王凯绝对会与那人拼命，他心中的朵儿，是容不得别人随意玷污的天使。可现实就是如此可笑，这一记掏心拳狠狠地砸过来，不只让王凯猝不及防、还无处可逃。

王凯不明白，朵儿为什么会突然变成这样。可笑的是，他小心翼翼呵护的、近乎固执地坚守的，朵儿却轻而易举的奉送给了别人。你送就送罢，说出来，我堂堂男子汉能够承受，可是朵儿啊，你这几个月，一反常态对我的热情仅只是想把肚子里的私货硬栽给我？我就那么不是东西，任你拌来拌去。他就那么好，让你不顾我们五、六年的感情，舍命维护？朵儿啊，你爱上的到底是个什么男人？应该不是个男人吧，如果是个男人，怎么会敢做不敢当，还想连娘带崽一齐送给我？这世上怎么有这么可笑的事！你又怎么会遇到如此可笑的人？王凯想着禁不住冷笑出声。

离他不远的志云闻声吓了一跳，王凯是急疯了吧，别人都急得要死，他还有心情笑。她扯了扯身边的庞建军，下巴朝王凯扬了扬。庞建军看见王凯脸上还未隐去的笑意，觉得有些瘆人，"凯子，别这样！只是一个刚成形的孩子，完全没必要这样。你们以后还有的是机会，只要朵儿把身体调养好，孩子还不是你想要多少，就可以生多少。别想不开。"

看不见自己表情的王凯，只觉他们很无聊。而自己不只是无聊还无辜，明明什么事也没做，明明是朵儿背叛了他，还得面对他们一轮又一轮的指责。可恨的是，他什么也不能做，什么也不能说。在医院时，他最想做的便是，冲进病房去问朵儿，那人到底是谁？她怎么可以这样对他？可一想到，她昏迷不醒的躺在担架上的样子，又于心不忍。

庞建军见王凯不再笑又陷入沉思，只能用左手紧紧握住他的右手，希望能给他一些力量和勇气。

朵儿自己也搞不清楚她肚里孩子是谁的。有很长一段时间，她以为是王凯的，经过数次试探，王凯还是坚持只能在新婚之夜才能那个。这足以证明，不会是他，那会是谁？难道内裤晒在外面，遇到不干净的东西真的可以怀孕？在这个年代，恐怕连八九岁的小孩也不会信。难不成会是他？

农历七月十八，是朵儿十九岁生日。她老早和王凯商量好，要邀志云、庞建军他们一起来她家，热热闹闹的过生日，刘超群更是够意思，听到消息后立马说要送她一个双层奶油蛋糕。这天，一大早，朵儿便骑车到浮桥桥头的集市买菜。挑挑拣拣，菌子、蘑菇、香干子、火腿肠、木耳、豆笋、凉拌鸡脚、鸡翅等等，把自行车前面的篮子都装满了,她还有一样最重要的东西没买。王凯的至爱是红烧猪脚,每次看他吃猪脚,朵儿都觉得他特别可爱,那神情、那架势,带着湖乡人原始的粗犷、野性,让她沉醉、着迷。

她在浮桥边上的一排肉案子前找寻目标,太大了的她怕太肥,王凯会觉得腻人,太瘦了的她又怕份量太少,不足以给他解馋,正左挑右选呢,余光里好像看见了刘超群的身影。她转头一看,真的是他。朵儿轻脚轻手走过去,在刘超群的肩头重重拍了一下,问他在找什么。刘超群告诉她,王凯因伯父家有事,去县城了,可能要晚点才能回来。自己是在反边湖汊口子遇到的王凯。刚开始,他没注意,是王凯取下头灯,朝他晃了三个圈,才知前头的船有事找他。刘超群渔船上的动力是汽油机,王凯很容易识别出来。他放慢速度,才发现那人是王凯。对王凯的请求,刘超群不但满口答应,还把舱里的鳝鱼、鮎鱼连胶丝袋一起抛进王凯的船舱,自己则掉转船头往垸子方向赶。

回家换了身衣服,跨上自行车去朵儿家送信。等他到艾家时才知,朵儿到浮桥这边了,他只好气都没歇一下,继续往浮桥这边赶,幸亏朵儿还在。

见朵儿的脸像蔫了的花,刘超群有些不忍心,"他说他会给你买礼物。"

朵儿见刘超群还推着车亦步亦趋跟在她身后,又起了捉弄他的心思,"说起礼物,你答应给我的生日蛋糕呢,莫非也跟着王凯过了河?"

"你只管放一百二十个心,我答应过你的事,什么时候没算过数?"刘超群本想帮朵儿把菜送回去后,再去对河的蛋糕店取蛋糕,见朵儿心情有些不好,想着不如早点把蛋糕取回,先博朵儿一笑。

"别忘了我要双层的,上面还有一个白色奶油公主的。"

返回医院陪床的志云,想着梦凡她们差不多要来了,自己不如趁朵儿熟睡,去买点早餐。

在医院周围徘徊了一个通宵的刘超群,见志云终于走了,溜进朵儿的病房,单膝跪地,等着朵儿醒来。朵儿一睁眼看见刘超群,吓了一跳,旋即急切地问道,"刘超群,是王凯派你来的吗?"

刘超群见朵儿充满希冀地望向门外,捉起朵儿的手朝自己脸上打:"朵儿,你打我吧,我不是人、你最好杀了我吧。"

时至今日,那晚的一切对刘超群来说历历在目。朵儿在浮桥桥墩上乘着酒性一声声高喊王凯,让他那份嫉妒之心迅速膨胀,他不懂,在朵儿心中为什么长得人高马大的自己，还比不上一小木匠屋里的崽？朵儿一步步走下台阶，眼见就要走到河里，他再也控制不住，把自行车一丢，迅速冲向桥边，抱起朵儿朝大堤上走，朵儿先是拼命挣扎，然后哀声求他带她去找王凯。经过一番闹腾后，她又用白莲藕一样的双臂，攀上他的脖子轻声呢喃，"凯，你回来了，我就知道你一定会赶回来。你怎么舍得让我等那么久呢？我要罚你，罚你……罚你亲我，狠狠地亲我。"边说边把香唇往刘超群嘴边凑，开始刘超群还能保持理智，不停躲闪。朵儿虽没有跟王凯结婚，但已挑明了关系、相当于已是"朋友妻"，他们几个混在一起讲的是义气，他一再告诫自己，无论如何都不能做缺德事，虽然他真的想深吻怀中这个梦寐以求的人。

他的躲闪，勾起了醉意渐浓的朵儿任性追击。月亮的清晖照着朵儿的脸庞，是那么的迷人，那么让人沉醉，刘超群一不小心便醉了，他对自己说："就一下，只亲一下。"然后用火热的唇轻轻触碰着朵儿的小嘴。朵儿长久的期待终于得到了回应，仰起小脸热情的回吻，刘超群深陷其中不能自拔，他一把抱起朵儿，坐在大堤边，热烈的与朵儿缠绵，后来，大堤那头隐隐有手电光照来。他怕被人看见他的不义之举，便抱着朵儿跑上浮桥水泥桥墩后的小船，于是不该发生的都发生了。当刘超群发现朵儿的圣洁时，他仅存的迟疑被席卷而来的欣喜所淹没，一起淹没的还有他的理智、做人的底线。

不知是船在打浪，还是浪在打船，船一阵猛烈摇晃后又归于平静。一阵河风吹入舱内，沉迷的刘超群终于清醒，看着皱着眉头昏睡的朵儿，一阵后怕，猛摇着自己的脑袋"这是干了什么？干了什么？以后怎么见人，怎么面对她……"他慌乱地穿起衣服，逃出船舱，留下朵儿一人静静地躺在那里。

不用刘超群解释，朵儿见他这个模样就已明白那天模模糊糊的记忆不是梦。她吓蒙了，一时不知该如何面对，只好把自己深深藏进被子里。全然不顾刘超群还跪在床边向她忏悔。

她再怎么胆大，终归是个少女，这打击一波一波袭来，她再坚强，也承受不起，泪，似乎已经流干。过了好久，她才掀开被子，奋力睁开红肿的双眼，仿佛不认识刘超群般，盯着他看了好一会儿，然后歇斯底里语无伦次的狂叫着"你别说了，别说了，求求你，别说了。你快走，求你了，快走。"她挣扎着起来，用手无力的指向门外，不断的摇着头，仿似在求证又仿似想遗忘。

志云在走廊里听到朵儿哭喊，不知发生了什么事，捧着一碗热粥急忙朝病房跑，进门却看见朵儿用被子捂着脑袋，不断重复着，"走，快点走！我再也不想见到你了。"她一怔，旋即发现刘超群杵在走廊那头，立刻明白过来，朵儿这是冲着刘超群呢。

刘超群这么早过来做什么？他又怎么得罪了朵儿？莫不是王凯派过来的，一群没良心的东西。把粥放在病床旁的小木柜上，她顾不上跟朵儿说话，跑过去把刘超群往医院外推，"没听见朵儿让你走吗？还杵在这里干什么？有什么事，让王凯自己来对朵儿说。这算什么事，缩头乌龟一样，敢做还不敢当，还是堂堂男子汉吗不如一个女人有担当。"

刘超群木了似的，任凭志云推出了医院大门。

朵儿从被子里挣扎着出来，觉得整个病房中都盘旋着刘超群的那些话。如果不是那些零食、如果不是他对她也千依百顺，那天，在隐约觉察不对后，她还会不反抗吗？不是的、肯定不是的。人就是这样，在特定的环境下，会毫不犹豫地选择自己应该相信的。正如此刻的朵儿，她比任何时候都相信自己的纯情，相信她对王凯背叛只是来自刘超群平时有意无意的笼络，而不是她与王凯之间出了问题，而不是她变了。但是，潜意识却最为真实，以至于她瞧见志云手中那碗冒着热气的粥，都觉得喉头发紧，胃往上翻。

不论志云她们怎么劝、怎么骂，王凯始终没有再去医院看朵儿，而朵儿苏醒后也一直没再念叨王凯。

这天，朵儿又闹着要出院，理由是，她年轻，身体底子好，恢复得快。志云与梦凡她们以为她担心钱，又凑了两百多给她。可朵儿担心的是她妈妈，她在医院住了一周没回去，她妈那么精明，肯定会起疑心。

梦凡告诉她，她这几天回去时，碰见过艾婶，她什么也没问，什么也没说，看样子应该没起疑。志云也劝她，这些年，她们一进山，常是十天半月不回去，朵儿妈妈因得了糖尿病，好多年不进山了，让她莫自己吓自己，安心在医院把身体养好。大人们说，落小月子比坐月子重要注重养护。

第十九章

"医生，请问一下，艾朵儿在哪个房间？"妈妈刻意压低嗓门装出来的温柔，对朵儿来说无异于晴天霹雳，她脑中一片空白，好半天才胡乱的套上外套，攀着志云的肩，人不停地颤抖，"天啊，这可怎么办？还是被她知道了。"

志云把朵儿扶到床边坐下，想出去看个究竟。没等志云动身，朵儿妈已提着一个淡蓝色保温瓶推门走了进来。朵儿吓得忙往被子里缩，志云见她吓成这样也有些不确定了，她不会把朵儿打死吧？梦凡两姑嫂不知跑哪里买补血的去了。我是先去叫人，还是留下来守着朵儿？

"云满，你先出去。"祝运珍等不及确定志云出没出去，急步走到床边，掀开朵儿死拽着的被子，"你这鬼妹子，躲什么躲，你胆子不是很大吗？跟老娘出来。"

雪白的被子被拉开，露出朵儿苍白的脸，祝运珍只觉自己的心一阵阵揪着痛，她原本要扑向朵儿的巴掌也不再听使唤，母性终于战胜了愤怒，她连被子一起抱住朵儿："你怎么这么傻，怎么这么傻啊——"，她咬紧腮帮狠狠地捶打着朵儿身边的被子，骂着骂着，终于别过脸去。

朵儿本因无处可躲，就打定了被她妈打死的念头。如今见妈妈不但没打她，还肩膀一抽一抽的。这让她所有的担心、所有的惊恐一下子全跑了，身体的疼痛与精神的疲惫使她只能搂着妈妈的腰，在她怀里哭得上气不接下气。

女儿终究是妈妈的心头肉，虽然平时管教严厉一点，当女儿受到伤害时，最难受的便是做妈的啊。可女儿还小，遇到这种事，她可不能先垮，她得挺直腰杆把女儿护在自己并不强大的羽翼下。"别哭了，别怕，有妈在呢。告诉妈，那畜牲是谁？王凯说他没动过你。"

王凯回到家后，越想越憋屈，强忍了几天，见他们果真没有一人去跟朵儿妈说起这事，他心中虽然恨她的背叛，也觉得她可怜，想着她一个人住在医院里，没个有经验的人照顾她，万一落下病根，那这一辈子可能真就毁了。一大早骑车到艾家，告诉朵儿妈，朵儿得了急性阑尾炎，在对河医院做手术，希望朵儿妈能去照顾她。

　　朵儿的性格，当妈的清楚。她肯定是不想欠王凯太多，才叫她去。她直觉以为，朵儿住院，一定是王凯垫付的费用。想到这儿，还有点怪王凯，不就是几块钱医药费吗？朵儿迟早是你屋里人，用得着这样急急巴巴的跑过来。又一想，不对。若朵儿真得了阑尾炎，那他们一个个不早就黑鱼摭罩一样跑来告诉她？听他的口气，朵儿已经进院几天了，他现在才期期艾艾地告诉她，肯定不止医药费这么简单。王凯虽然不是她看着长大的，但和朵儿来来往往好几年，基本性子她还算了解，这孩子不怕事、有担当，尤其对朵儿照顾得细致周到，有时候，连她这个做娘的都自愧不如。

　　那次朵儿回来说不想读书，朵儿妈信她。其实，她早已收到学校对朵儿与王凯的处分决定。说实话，那时她心中有些恨王凯，别人不好去招惹，为何偏偏招惹她家朵儿，他不知道，为了能让朵儿去读体校，她腆着脸找过多少后门，赔过多少笑脸。但既然错已经犯下了，能有什么办法呢。唉，谁又不是从年轻时候走过来的呢？

　　那年，王凯送了五千元过来，说是订婚礼金，朵儿妈觉得奇怪，问王凯："订婚？怎么一没介绍人，二没办酒，就你们两个过家家似的私下拿五千元，你家到底是怎么想的？"

　　王凯嘴甜，一口一声妈的叫唤，他家里人说他们现在年龄还小，怕朵儿不安心，更怕她这当妈的不安心，所以就先让王凯送五千元给朵儿，等他们再大些，再补其他手续。

　　朵儿妈一听，觉得王凯的父亲到底在外面吃手艺饭，见过世面，考虑得也在理，便大方的说，"补什么补？我们家又没有别的什么亲戚，你们自己愿意就行，结婚时直接看个日子结了算了，别来那些虚的。"

　　自那以后，每年王凯都以准女婿之礼来拜年。两家更以亲家相称，关系也很融洽。在朵儿妈心中，王凯就是她女婿，可是这次，他大早上地跑来，不但没听见他叫妈，脸上连个笑容也没有，眼神也躲躲闪闪，难不成吵架了？她那鬼妹子又好高想分手？

王凯实在架不住祝运珍的盘问，说了真话。祝运珍万没料想会是这样，顾不得其他，推着自行车便往苇山赶，走到半路，才记起手里还提着开水瓶。

　　祝运珍听朵儿声音越来越小，把她扶起来一看，见朵儿差不多要晕过去了，她含泪"啪"地狠抽了朵儿一记耳光。昏昏沉沉的朵儿吓得直往床铺里面缩。祝运珍见朵儿恢复神智，便问朵儿，"哭什么？哭有什么用？事情都到这地步了，你告诉我，是不是你背着王凯，招惹什么人了？"

　　朵儿心头一惊，嘴里却说，"没有，妈，我没——有、真——的没有，我心里只有王凯。"

　　祝运珍见女儿如同疯了似的在枕上摇头，乱摇乱撞，一把将她按住，"朵儿，你看着妈妈，到底是谁？你告诉我，妈妈一定会让他付出代价，让他全家不得安宁。"

　　"妈妈，我求你不要问了，行不？"朵儿心里很乱，自从知道那人是刘超群后，她真恨不能马上疯掉，也许疯了就什么也不用想了。

　　"朵儿，如果不是你主动招惹人家，你就得告诉妈妈，我祝运珍的女儿可容不得人糟蹋完系上裤带便走的。"祝运珍虽然知道一切都于事无补，她就是咽不下这口气，她不能让女儿平白无故地受此凌辱，她要让那人给他们孤儿寡母一个说法，她甚至希望那丧尽天良的人，在严打时被枪毙。

　　门，突然被推开，这几天，一直守在外面的刘超群红肿着双眼走了进来，直直地跪在祝运珍面前，告诉她，是自己趁朵儿喝醉了，才做下的错事。

　　祝运珍气得嘴唇都被牙齿咬出血来，好半天才回过神。现在你知道来担责任了，早做什么去了。如果你早些告诉我，我的朵儿何至于变成现在这样。她想破口大骂，可半天也发不出声，手却比思维快，"啪"地一巴掌打到了刘超群的脸上，把刘超群打得往右一栽，他很快又稳住身体，仍然直挺挺地跪着。

　　好你个喂不熟的畜牲。你六、七岁偷学骑车时，摔在渠道沟里，是我把你抱起来，掐人中、推经，搞了半天，才把你救醒。你更小时，我跟你娘胡少兰都被评上县里的先进个人，她肩着你，我抱着朵儿，搭船到县里参加表彰会。第一天晚上，你就开始发高烧，整个人像一只红皮老鼠，只剩下小猫一样哼哼的劲了，你那蠢死的娘，只晓得用湿毛巾搭在胸口退热，是我把朵儿放在招待所，抱起你跑到三四里以外的医院，去打的吊瓶。因为这些，这些年你跟着王凯到我家来来往往，我从没把你当外人，就连过年过节，也或多或少封红包给你。没料想，竟养出了个白眼狼，你就是个畜牲，猪狗不如的畜牲。可，这个时候，说这些又有什么用呢。她残存的理智告诉她,她不能大吵大闹,因为她的朵儿还是早晨刚炸开的太阳,往后还有很长的路要走。

"你不必这样,去把你父母叫过来,我要他们给我一个说法。我是挖了你家祖坟啊,还是偷了你家祖宗,他们派你来害我、害我的朵儿,去呀,马上去!"祝运珍说到这儿悲愤难禁,又说不出话来。

刘超群这才知道,他应该去告诉他父母。

"您先别生气,我这就去!他们来后,要杀要剐我随便您,只求您别再为难朵儿。"说完他跌跌撞撞地跑出门。

刘超群回到家,把事情始末吞吞吐吐地对父母一说,刘松柏第一反应,便是拿起堂屋的挑绳、扁担,准备把刘超群绑在大门口的红砖屋柱上,狠狠地毒打一顿。

胡少兰见当家的面色铁青,一副不打死儿子不收场的样子,吓得大叫,跑到大儿子身前死死拦着他,"呃呃!我看你做下样子得了,别搞得像真的一样。哪个年轻的伢崽儿没到外面睡过几个妹儿,大不了我们娶了她便是,犯得着吗?"

刘松柏一听,顿时觉得一口气憋在心中上不来下不去。刘超群却倔强地跪在原地动也不动,"妈,你不要白费劲了,让他打、让他打,他打死我才好,死了我也安心了。"

好不容易缓过劲来的刘松柏,抓住胡少兰的手往外一推,"我等下再找你算账。"说完一扁担砍向刘超群后背,把刘超群砍得往前面一栽,"你这吃人饭不干人事的畜牲,现在知道硬气了。你说我祖上造了什么孽,教出你这样一个化生子。你这是犯罪、犯罪啊!你晓得不?我平时是怎样跟你讲的,让你别跟他们混,你就是不听,这下可好,闯出天大的祸事来了吧。不管艾家告不告,你都是强奸犯,强奸犯,你清楚?严打是要枪毙的,崽啊,你晓得不?你讲你如果为了这事挨了枪子,你让老子跟你娘如何活?你这个背时的啊。你这是吃了猪油蒙了心啊。"刘松柏一会儿怪朵儿不该放荡,一会儿又怪儿子不该受不住诱惑。

"不是朵儿的错,我真的爱她。真的爱!你们懂不懂?我爱她!只要得到了她,就算真的枪决我,我、我也不后悔。"刘超群朝父母一声声嘶吼,借以证明他所做的一切都是因为爱,证明自己没有流氓那么下流。

听当家的口口声声说要坐牢、要枪毙,胡少兰既气又怕,又见他举起扁担还要打儿子,冲过去夺下扁担,扔到堂屋外面,转过身责骂儿子,"爱她?你这背时的孩子,你晓得不,你的小命都吊在人家手里了。你还口口声声爱她?我就晓得那个朵儿不是个歇事的,走起路来蛇游水一样,你们那一群问不识天的,看会有哪个死在她手里，未曾想是你啊，我的崽啊——你说你要是出事了，你让娘可怎么活啊——一定是她勾引你的，对，就是她勾引你的。来，起来。"她拖起刘超群往外跑，连声嚷着要去找祝运珍算总账。胡少兰并不泼辣，但遇到这种事，她最先想到的是如何保全儿子。

刘松柏当然不会任由胡少兰蛮横无理地去闹，可一时又说服不了她，只好抄起一根桨片，一下狠过一下地抽打刘超群并不厚实的背脊。

刘超群憋口气硬受着。闹了一阵后，打的打累了，吼的也吼不出声了，终于一切都平静下来。刘超群虽然有些跪不稳，仍然强撑着求父母想个办法，让朵儿免受众人非议，免受朵儿妈责难，说着说着便一头栽在地上。

胡少兰吓傻了，刘松柏以为自己下手太重，把儿子打晕了，跑到厨房舀一瓢水往刘超群脸上一泼，刘超群一惊，站起来问，"你还想干什么？让我睡一会儿，睡一会儿再打行不？我好几天没睡了。"说着又歪了下去。

胡少兰这才认真看了看儿子，见儿子瘦削的脸上胡须拉碴，一时又心痛得直掉泪，和刘松柏两人搀起儿子，把他扶上床。趁儿子小睡的工夫，两口子商量来，商量去，除了让刘超群娶朵儿外，别无他法。只是祝运珍正在气头上，她会同意？

不久，刘超群便被母亲的哭声惊醒，他揉着眼睛跑到堂屋一看，母亲正一屁股坐在地上，一手擦眼泪，一手指着父亲哭诉："以前我娘瞧不起我是个妹儿，我都努力争气，总以为除了胯下比你们少了一点外，其他都无二样。在娘屋里打谷时跟我哥一样，一担担水谷子往岸上挑，修堤时百一二十斤的泥巴我粗气都不出一下，我之所以矮，就是那时担重担子压矮的。嫁到你们刘家，你驾着船在山里荡，一年四季不落屋，田里土里一年一季棉花、二季水稻、三季麻，哪样是等着你回来才做完的？屋里浆衣洗晒，你哪样伸过手？四十多岁还添了个满的，我一把屎一把尿把他们拉扯大，你说你又做了什么？超婆子鬼摸哒脑，做下这种糊涂事，你怪谁也不该怪到我头上。说什么被我惯坏的？我的天啊，何解不让我去死啰，死后变畜牲也罢，若是还变人，我跟阎王打八百架也得变成一个男人家，再不受这冤枉气。超婆啊，我的崽啊，你为何不听点话啰，看你闹成这样何得收场？"

刘松柏抬眼见刘超群杵在堂屋门口，又拿起桨片准备往他身上砍，胡少兰一个鹞子翻身扑过去，死死抱住桨片，口里嚷着，"姓刘的，你容不得我几娘崽，也犯不着这样。我这就带他去艾家，要杀要剐由她祝运珍，大不了也学老支书的，一绳子挂死在她屋檐下。"

"你——，你，你满嘴吐大粪，胡说什么呢？"刘松柏额上好不容易塌下去一点的青筋一下子又暴了出来。

"我满嘴吐大粪？你去问问，整个管区谁人不知、哪个不晓。我晓得啰，你也是看上了她那狐媚样子啰。我告诉你，搞得老娘恼火了，老娘就去找她祝运珍要人。她艾家凭什么信都没给一个，就把我好好的孙子丢化粪池里了。她不是知识青年吗？不是会讲理、会算账吗？老娘要看看她这笔账怎么算？你，你打我做什么？好你个刘松柏，你这是吃了豹子胆了，还真敢动手打老娘。"胡少兰冷不丁被刘松柏一记耳光抽得眼冒金星，抽起墙边的一条长矮凳往刘松柏身上砍，被刘松柏两下夺过来，扔到了门外。

"老子不打你，还不晓得你满嘴倒粪，倒出些什么来？一个不省半点事的娘儿们，真的是讨坏一堂亲、害死三代人——"见胡少兰又一盘腿坐在地上，刘松柏眼睛鼓得如灯笼般死盯了她一阵，回过头恶声恶气喊刘超群，"还杵在那里做什么？快点走，都是你这个婊子崽闯的祸，老子恨不得捶死你。"说完，又忍不住朝儿子挥了挥拳头。亏他前一段还想包苇山发大财，现在却百念皆消，只想家里的那点钱能否换回大崽的命？唉——不管能不能，总得先去试试，万一祝运珍也不想把事情闹开闹大呢？

刘家父子到医院时，差不多三点了，在走廊里刚好遇到打开水回来的朵儿妈。

"艾家嫂子，"在外面刘松柏也不好多说什么，可又不能不招呼，只能低低唤了一声。

祝运珍听到喊声，气得浑身颤抖，可一想到可怜的朵儿，只好忍气吞声地应了句"来了啊，进来啰。"

看到病床上的朵儿，刘松柏觉得很不自在，"朵儿，刘叔今天替这孽障道歉来了。害你受苦了，对不起，他做下的丑事，该他负责的！我们绝不推卸、偏袒。是进局子也好，还是打死他也好，只要朵儿你说话，我做叔叔的半句多话都不讲，这都是他该受的，也是我该受的，谁叫我教子无方呢。唉，家门不幸啊！艾家嫂子，我也没脸请你们原谅他，你看——"

"我看？我看什么看！看你们这副渍了尿还要困干床的样子？你到底是来承担责任的还是来叫板的？若是来叫板的，你还是莫来这一套，你晓得我也不是什么怕事的主。若是来承担责任，就说点有用的，你们准备怎么办？"

"艾家嫂子，你莫急，我讲话算话，不管你们提出任何要求，我们都无条件的答应。"在外面闯荡大半生的刘松柏实在不知道怎样才能平息朵儿妈的怒火，只能重复着表态。

"朵儿,这是给你买营养品的,你收下。"刘超群怯怯地走到朵儿床边,把钱放下。

"钱?你刘家真是大方,我一个黄花闺女的名节,就值这点子钱?我女儿都差点送命了,你说又该值多少钱?"祝运珍拿着钱往外面一扔,那一张张纸币在挤进病房的阳光中,如飞蛾般纷纷坠落。换祝运珍以前的性子,她宁死也不会让女儿嫁给一个祸害她的人,身为女人,而且是一个历经苦难的女人,她更懂得女人在这人世间生存的卑微与无奈。

刘松柏此刻焦躁得紧,自认为只差掏心掏肺了,两母女一个比一个仇视他们,想抓住那小王八蛋再狠揍一顿。没办法,只怪自己屋里崽不争气,上当也好、受骗也好,还是一时冲动也罢,干出这等伤天害理的事,作为男方家长,现在由不得他怨三怨四,只能尽可能舍尽老脸赔尽小心了,"艾家嫂子,我看事情已经这样了,我们就不要吵来吵去。只盼你们母女是观世音菩萨转世,想着我养大儿子不容易,就原谅我崽这一回。我想他事情已经做下了,我们必须找出个两全的法子,我考虑来考虑去,只有让你家朵儿嫁给我家,那样既保全了朵儿的名声,又保全了我这不孝子的性命。你放心,只要你们同意,我保证把她当自己的女儿疼,再说我家这个不争气的也是因为喜欢朵儿才那个不是?如果你们实在怨恨难消,你也开句口,我不用你们出面,今天、现在、立马把他往派出所送,坐牢也好、吃枪子也罢,我就当没生这个忤逆子。"刘松柏边说边想到自己带大孩子的不容易,眼角还流出了一星半点眼泪屑子。

"你算盘打得还真好啊!嘴巴两块皮上下随便一搭,便轻轻松松把问题解决了。归根结底,那害人的畜牲不但没罪,还得搭上我朵儿的一世。这样的好事也只有你刘老倌才想得出。去派出所?刘老倌啊,别说这等骗自己也骗不了的话,如果真想进派出所,你用得着带着这畜牲辛苦赶来这里?怕是没出门就打定了这一随二便的主意吧?"朵儿妈气得都想大笑几声,虽然心知除了这条路无路可走,但就是气不过,他们的样子。

"艾家嫂子,这都是为孩子们好,也是没有办法的办法,彩礼什么的只要你们开口,我保证都做到。"刘松柏腆着老脸陪尽小心。

从刘家两父子进门起,朵儿便扯起白色被子,把自己埋进了病床,如今听妈妈一口省城话一口土话夹杂着与刘父争吵,想起妈妈独自带自己姐弟三人的艰难,不由悔恨交加,薄薄地被子再也藏不住她的哭声。

女儿压抑的哭声,如同刀在祝运珍心尖上绞,她扑过去连被子一起紧抱住朵儿,"朵儿,放心,交给妈妈,妈妈一定要刘家给你一个交待。"然后给刘松柏使了个眼色往外走。

祝运珍擦了擦眼睛,原以为自己不会再流泪,不曾想……唉——可怜的女儿啊,不是妈不心疼你,实在是你不该托生为女人。

两人在房间外面,开始商量着什么彩礼多少、什么时候订婚、什么时候过门的事,当然,双方还是保持着底线,都不敢高兴。

刘超群独自站在朵儿病床,心中五味杂陈。如果不发生这样的事,正当的公平竞争,他从长相、经济等方面未必会比王凯差,怪只怪自己鬼迷心窍。看朵儿这样子,短期内要取得她的原谅是不可能的,但他又不能真的去坐牢,一进去这一辈子就毁了。没办法,只能委屈你了,朵儿,不管你是怨恨也好,仇视也好,我都只能用我的一辈子好好待你,来救赎我卑污的灵魂。但愿以后的日子,我的爱会抹掉你心底的恨。

朵儿只觉不甘心,好不甘心,可不甘心又能怎样呢?想着想着,泪又泉涌而出,都只怪自己太过放纵、也太过无知。一个晚上全变了,一切都回不去了,这三四个月的独自承受的痛苦,如同炮仗里火药,掩得越严实,杀伤力越大,而这次事件,分明就是引线,把她的灵魂,她的渴望,炸得灰飞烟灭,从此她只剩下一副空空的躯壳。

第二十章

夕阳缓缓将温热柔和的光芒撒在如山似海的灰色苇花上,茅镰与芦苇的撞击声和着倦鸟惊飞的展翅声,若是往常梦凡定会好生欣赏一下这冬日余晖的协奏曲,然而此刻她只能看着一眼望不到头的苇山,死命的捶打着几近麻木的腰。

小清见梦凡站在旁边好半天没动,知道这大小姐又想回家了,她取下帽子与袖套,边拍着身上的灰尘、边点数作记号。"照这个速度,不出十天我们就可以收刀。我家梦凡大小姐,既过了瘾又没累着,便是再好不过的,你说是吧,我的大小姐。"

"十天?我一直以为砍芦苇和割谷差不多,芦苇铺子打算有十丘田那么长,要砍完也不会超过一周。一进山,才发现差之毫厘、失之千里。这都差不多砍了一个月了,还说要十天,唉呀,老天呀,老天!现在我都累得骨头散了架。估计不超过两天,这世上已经没有我这个人了。"

小清见梦凡正儿八经的放下茅镰刀,苦着一张脸,使劲拍打着酸胀的肩膀。不由轻笑一声,"谁叫你逞能?"这小姑子还真是个大小姐呢,一铺芦苇我砍了一大半,她才砍了几个,便叫苦叫累的。亏得还有正刚常常跑过来帮忙,队长每天帮着磨刀撕篾,果真让她一个人砍完一铺芦苇,那她还不想死?只说那撕篾,她那嫩手一勒下去,稍不注意就血迹斑斑,偶尔扎根倒刺进去还大声嚷嚷着痛死了,跳着闹着要我帮她挑出来。"这就嫌累了?那可要不得,至少也得再去找队长要一铺来练练手,省得某些人明年又嚷着要来凑热闹。"

"我懒跟你说,明天我跟沐阳去蠢山耍一天,休整休整。嫂子你也不用来了,妈早晨不是说要你和哥回去商量一下你们结婚的事吗?看在你是我亲嫂子的份儿上,我也放你一天假,如何?"出了朵儿的事后,梦凡不再跟队上的青年男子说话,别人好心好意跟她打招呼,她也装做没听见。昨天,沐阳来邀她去蠡山,她第一反应是拒绝,但是能出去放松一下的诱惑实在太大了,她还是服从自己的内心了。

梦凡曾在北岸去县城的船上远远地看过蠡山,也从父亲江国祥的嘴里不止一次地听到过蠡山。

在新沙洲高台子上时,因发大洪水,种在洲滩上的稻谷颗粒无收,一家人饿极时,便让江国祥挑一担辣椒,乘船到对岸的蠡山去换红薯。因为是第一次,江国祥抹不开面子,在蠡山小镇的路边站到太阳落西,幸亏沙湾的一位老人,见江国祥身旁放了一担辣椒,知道是湖里的人上来换粮的。知道他姓江后,便连人带货捡回了家,吩咐婆婆子煮了一锅红薯饭,给江国祥饱餐一顿后,带他到地窖,窖里的红薯让他尽力气挑一担回去,但是江国祥只挑了与辣椒等价的红薯回来。

梦凡他们小时候,江国祥的"忆苦思甜"是吃饭之前的必修课。天天有白米饭吃的梦凡和哥哥正刚一样,不能理解父辈当年的苦楚,也不懂父亲翻来覆去讲起那些的意义,但蠡山与蠡山的那位同姓好人还是植入了她的记忆中。

蠡山并不是真正意义上的山,蠡山岛是丘陵地区,山上的云风山也只是高一些的红色泥巴山而已。

好不容易爬上山顶的梦凡,看见整个山区到冬天后还有不少绿油油的常青树,只感叹山区到底比湖区好。湖区一到冬天满目苍黄,除了空气中熟悉的柴火味道,仿似什么都没有了生气。

"那只是你个人想法。山区的人做什么都不方便,像你这样伸手难提四两的,住在这里会被饿死。你没看见进来的路,有几米是平整的?"沐阳并不喜欢蠡山岛,他小姨嫁到这里不到两年,便因生他表弟时难产,下雨的时候没有一条好路可走,抢救不及时而香消玉殒。他小姨走的时候还不到二十四岁,外婆眼睛都差不多哭瞎了。

梦凡不知道沐阳的家事,她胡乱抒发一下感慨后,马上陷入了惯有的惆怅,如果沐阳是高轲,那今天她会乐成什么样?

见梦凡早已走向另一条岔路,沐阳以为刚刚自己没理她,她生气了,连忙赶上去。

在山中疯玩的学生们陆陆续续回来了,"沐老师,这里真的好玩,只是太冷了点,我们男同学倒没事,你看她们女同学,冷成什么样了。"男孩子可能因为爱动,有几个鼻尖还冒着微汗,而女孩子,一个个把手藏在袖筒里,紧缩着脖子。山风一吹,沐阳忍不住打了个冷颤,是有蛮冷。得让他们做点事,动起来。和梦凡商量后,给学生们安排了一个游戏,胜了的同学自由游玩,输了的同学生火做饭。等孩子们呼啦啦散了后,牵起梦凡在松树间捡松果。

梦凡见沐阳温暖的手紧握着自己的手，倒没觉得别扭。只是捡到一颗好看的松果的她想要显摆时，突然发现眼前的男孩不是她希望的那个。

在十七岁生日之前，江梦凡从未想过自己会像坏孩子一样早恋。那天，高轲他们为她在小屋里过生日，煮着一大盆不知谁从学校食堂里偷来的肉，还有从房东家菜园里偷扯的大白菜。

吃完饭后，其他同学在玩扑克牌。梦凡不爱玩那个，一个人待在另一间房间里用小剪刀剪明信片上的花卉和花边，正剪得起劲，高轲在外敲门。

"高轲，你没打牌？"

高轲有些不自然的答道："不太会打，被他们赶出来了。"

"哦，那你在旁边看啊，到这里来干什么？"梦凡直觉认为高轲不会喜欢和她待在一起，再说一男一女共处一室多尴尬。

"我找你有点事，能进去谈谈不？"虽然初冬的夜晚有些凉意，高轲还是觉得有些燥热，用手摸了摸并没冒汗的鼻头。

"找我？难不成还有礼物要送我？"梦凡生性活泼，性格自然大大咧咧，想到什么说什么。

"你还想要什么？"高轲并没听出梦凡语气间的戏谑。

"哈，哈，你要笑死我啊，那边还有谁闲着，把这人带过去。"梦凡高声嚷嚷着。

高轲走进去把门一关，有些严肃地对梦凡说，"你不要喊了，他们不会来的。"

看高轲的样子，确实是有事，而且事不小，梦凡止住了笑"你这样子有点吓人，到底是什么事？"

高轲拿过一张空白明信片，从上衣口袋里掏出钢笔，"沙沙沙"写下几个字，递给梦凡后转身就跑，被门槛一绊，还险些摔倒。

这人怎么啦？不是找我有事吗，怎么又跑了？她低头一看明信片怔住了，明信片上面写着："江梦凡，我们交往好不好？答应了你就唱首歌，不答应就什么也不用做。"

梦凡哭笑不得，这怎么可能？他开玩笑的吧？我现在年龄这么小，交往？什么意思？本该快乐的一个生日，让她变得有些无所适从。

听着另一个房间里，不断传来的打沙袋的声音，本不想考虑的梦凡，为了不伤高轲的自尊心，也为同情高轲母亲已故去的凄凉身世，决定喊高轲进来说个明白"高轲，你过来一下。"

"你同意了？"推门而进的高轲，看见梦凡迅速把双手藏在身后。

"交往到底是什么意思？你不觉得我们不适合？我真的想也没想过，做朋友不是很好吗?"梦凡有些控制不住自己。

"你只说同不同意。"高轲把打沙袋打得血肉模糊的双手放在前面,就着灯光看着伤势,藏也没意思了,反正她不会在乎的。

"你手怎么啦?你怎么这么傻,这不是逼我,这不是逼我吗?"梦凡真的慌了,抓起高轲的手,摸也不是,不摸也不是。

"江梦凡,你是在乎我的是不?你在乎我是不?那为什么不答应?为什么?"高轲从梦凡手中抽出右手一拳击在桌上。梦凡吓了一跳,怔怔地看着高轲,泪已不知不觉流出。这下高轲慌了,用还沾着血迹的手擦拭着梦凡晶莹的泪珠,他确信这是有情人的泪滴,她一定是在乎她的。

两人默默地站了好久。后来高轲稍显得意反手挽着梦凡的右臂,站到了打牌的同学面前。

"呵呵。"梦凡想到这儿一声轻笑,沐阳有些莫名其妙。

"有什么好笑的?"听到沐阳的问,她意识到自己又失态了。"没什么、没什么、回去吧,太冷了。"

"肯定有什么事,你这鬼丫头。回去也好,他们应该把东西准备好了,我还带了一瓶香槟,一会儿请你尝尝。"直到一瓶香槟饮尽,梦凡还是没告诉沐阳,她刚刚到底在笑什么。

按余凤桃的意思,只等彭习珍松口,江家第二天就把伏小清迎进门。她的骄傲却让她按捺住急切的心情,他们老两口再没能力,也不能在这事上落人口实。她在家坐不是站不是的转了小半天,才想起去跟陈月英商量,等江家凑齐彩礼钱后,立马打发正刚去伏家定日子。可是,她隐约听见梦凡说,小清是因为怀孕了,她妈彭习珍才同意的,心里不由紧了一下,为正刚,也为江家。侧面问了小清后,才知是这鬼妹子用的权计,心里更加不安。这事若处理得不好,江家的面子就会任由人踩。可是,怎样才能处理好呢?陈月英家出过类似的事,她大儿媳都显怀了,赵家才晓得,陈月英无法,只好让余凤桃陪他们到对河的亲家赔礼道歉,余凤桃记得他们刚走到她亲家屋门前,就被陈月英亲家母一脚盆水泼得一身精湿。幸亏,那时赵家的几兄弟还没搬去菜队,尤其是陈月英的几个侄儿五虎上将一样往那儿一站,亲家就没敢再造次。后来,余凤桃好说歹说,才让亲家同意嫁女儿。小清若是真有了,她倒是可以现卦现摔,可这是假的呀。她上门去能说些啥?难不成跟彭习珍说,亲家母,你莫犟了,你看你的女儿,死心踏地硬要进我江家的门。这念头一出,余凤桃半秒钟之内想到了最坏的后果,她彭习珍泼天泼地的大闹自不必多说,江伏两家可能就成了岳秦两家——老死不相往来,世代不通婚。

初冬的浓雾散尽,一轮红日当头照。自从那天小清跑回家,不顾伏家脸面大嚷着怀了正刚的孩子,彭习珍为了挽回面子,当着看热闹的上下邻舍说了句,"你个不爱脸的死货子,要不要给你一个烂瓮坛盖,在全场敲一个圈?头次怀孕三个月揭不得盖,也不晓得忌讳一点。喊得是人都晓得,你怕会丑到我跟你爷?你跟正刚领证那么久了,现在怀孕了有蛮稀奇?你有本事就让江家快点把你接回去,莫整天在我屋里淘死气。"

队上的人一听,小两口都领证了,女方怀孕是理所当然的事,有的嘱咐彭习珍好些照顾小清,万一落胎了,省得江家来找伏家打官司;有的则把小清扯到一旁,告诉她家里有红曲糟的坨鱼、不咸不淡的辣椒萝卜、酸黄瓜皮等。

好不容易等队上的人都回去了,彭习珍扯住小清的长发,反手狠抽了一记耳光,用食指指着她的额头,嘴巴哆嗦了半天也没能骂出一句话。如今的孩子,太不受大人的盘算了。大崽当时横了心硬要自己找,不同意,就跑到城里不回家。后来,回来对他父亲笑得甜沁沁,说是听父母的跟对方分了手,只是对方要三万块钱分手费。伏桂香、彭习珍当时只图斧头把断,满口答应。谁知,那畜生拿了钱就待在城里不回了。原来,两人在城里生活不下去了,打发他崽回来骗钱的。再后来,女方肚子大得要生了,伏桂香没办法,只好把城里的屋收拾出来,让他们结了婚。如今自己的女也闷声不响做出这等丢人现眼的事,这现世报也来得太快了。彭习珍的第一反应,便是要带女儿去黄土包医院,找甘医生拿掉孩子。甘医生是她在娘家当大队卫生员时的师父,肯定不会向外传。没料到,左邻右舍会看戏一样朝她家禾场里奔,也没料到小清这砍颈的如同菜花癫,越是人多越乱讲,"唉——"彭习珍长叹一声放下了手,吃过中饭便来到江家,想跟正刚父母商量一下她闺女的终身大事。

余凤桃见亲家母来了,自然不敢怠慢,捎信到苇山把砍苇的江家大军全调回来,还专门把陈月英喊过来帮腔。这不,左左右右、上上下下商量了好半天。不管江家说什么好话,陈月英如何打包票,这准亲家母还是一副借了她壮谷还了瘪谷的模样,江国祥好像被生漆毒哑了口,一张嘴巴只晓得抽烟。她坐在旁边,只觉得燥热一阵阵袭向她,背部、胸前、脸上冒出一层层热汗,她担心失态,便站起身来,准备走到菜园里去看看正合苞的卷心菜。

"走进房间端镜照,照见娇怜春颜胜春花,娘的身边上做女十八春,朝思暮想想我的情哥郎……"听到这嘶不嘶、哑不哑的声音,余凤桃知道到点了,抬头果然见谢癫子披着那件藏青色中山装，甩着赶羊的鞭子往堤上爬，"癫子呃，进来喝口茶、歇口气不？"

"江家嫂子，早晨就听见阳雀子在你屋顶上闹，现在又见你面泛红光，这样子屋里真有喜事啊。恭喜恭喜了，我癫子癫三倒四、邋里邋遢的，就不凑这个热闹了。"谢癫子连连摆着手，"一要选姐年纪小呢，二要选姐身轻巧；三要选姐……"

"这个癫子，你说他癫呢，又蛮正常一样，你说他不癫，你听他疯疯癫癫的唱的什么鬼打锣啰。"余凤桃看着谢癫子和他的羊群走到堤外边去了才进屋。

"亲家，你放心，你家小清嫁到我家来，只会让她享福，绝不会让她受半点委屈，有我家凡妹子的就有小清的。不，过两年凡妹子也得出嫁了，这所有家当就是小清的，她进门后就由她当家，你看行不？"菜园里的菜长势喜人，加上冷风一吹。余凤桃清醒了许多，为今之计，只能依着小清妈，毕竟从进屋到现在她还是愿意将小清嫁到江家的。

"亲家，其他的我不想多说，小清这姑娘我是看着长大的，以前和正刚没定下关系时，我就当她是自己的女一样，嫁过来以后就不用多说了，正刚你向你岳母娘表个态。"江国祥说话比较直。

正刚走到小清妈面前，朝天竖着手指正儿八经的起誓，"妈，您老放心，只要您同意我跟小清结婚，我一辈子都对小清好，决无二心，我一定保护好她，不让任何人伤害她，请您放心。"小清见正刚那一脸严肃样，都低着头，闷着笑。

"既然这样，那就好啰，选个日子把该搞的礼数都搞一下，我们付家可不想不清不白的嫁女儿。"小清妈说着起身拍了拍屁股，梦凡妈突然闻到一阵臭味，有些想笑，看来起身是假，想放屁是真。

"妈，我还得待在这里几天，我在苇山和凡凡一起分了一铺芦苇，得砍完了才能回去。"

"唉哟！我说什么来着，这生女就是背时，人还没嫁过来，心思尽搁在人家了。"小清妈说着便要走出去。

余凤桃连忙拖住她"亲家，莫急啰，吃了晚饭了再回去。"

"不吃了，小清他爸今天在家，还等着我回去做饭呢。"

"亲家母来了，正刚把老子那瓶酒拿出来，给你岳母娘带给你岳老子喝，顺便骑车送一下你岳母。"

小清妈听江国祥这么一说，一直不高兴的脸上终于露出了点笑容，趁正刚去拿酒时，把小清拉到一边"你驮生怀肚的还去砍什么芦苇，难道你没跟你婆婆讲？"

"没事呢！妈，在山里一般都是正刚和梦凡在砍。你晓得，山里人多眼杂，怕别人说正刚拿公家的钱，给自家做事，我才每天跟着梦凡去做做样子，你就放心啰，我再不懂事，这个还是会注意的。"说到这里，小清发现一个大漏洞，连忙跑到正刚房里，见正刚要出来，连忙附在他耳边嘀咕了几句。

小清妈看着起着小跑的小清想让她慢一点省得掉胎，却见正刚急步跑过来把酒递给她"妈，你先拿着，我去推车。"

因小清妈的妥协，一家人觉得这么多天笼罩头顶的阴霾已烟消云散，等正刚回来，全家开了个家庭会，商量着婚期定在来年的正月初八，年底的十二月十八送彩礼。明天就让正刚和介绍人赵婶去隔日子。

从蠡山回来的第二天，因没有小清陪，梦凡到苇山后无聊得只好使劲砍芦苇，莫说她这一使劲还蛮有效果，一天下来砍了一百多个标个。回来时在路上遇见庞建军驮着志云回去，聊着聊着聊到朵儿身上。

"梦凡，你绝对想不到朵儿到底跟谁？"因刘超群这一闹，志云还是知道事情的始末。她深知此事关系重大，跟庞建军侧面打听了一下。现在都过去几天了，她憋得实在有些难受，知道梦凡是个嘴稳的，便想找她一吐为快。

庞建军见志云又大嘴巴似的，回头狠狠瞪了她一眼，这下志云可不怕他，对他吐了一下舌头，从后座跳下来，缠着梦凡闲聊，"没事，梦凡不会到处讲的。"

"跟谁？不是王凯的吗？"梦凡故作不知的问。

"你真不知道？！就是那天，我在船码头去接你那天。担心朵儿妈会打朵儿，看你在对岸上了船便没等你跑回医院，想着站在门边离房间近，万一朵儿妈真的下死手打朵儿，我可以用最快速度冲进去保护朵儿。刚走到门边，听到病房里有男的在讲话，我以为是王凯，那颗为他俩悬着的心也落了下来。心想这人总算还有点良心，晓得和朵儿一起面对她妈。听了一会儿后又觉得声音不像，再仔细一听，我的天！你猜怎么着？我听到了一个天大的秘密，你想都想不到……"志云平时并不是个长舌之人，也许朵儿这事给她带来太多的震撼。

"又有什么天大的秘密，还有什么秘密比朵儿怀孕更惊人的？瞧你这一惊一乍的样子，难道那说话的是你家的？"梦凡以为志云知道了朵儿被人糟蹋的这件事，她以为事情没水落石出之前，完全没必要造谣，于是想岔开话题。

"呸呸，你这鬼丫头，怎么能这样说话。那声音要是让你听，你是听不出，我是谁？不，应该说是我们这群除了你，换谁都听得出来，毕竟混在一起这么久。我明明听见那是刘超群带着哭腔的声音。"

梦凡这下淡定不了了，"你说是谁？刘超群，不可能！庞建军，你屋里的在开玩笑吧？刘超群不是一年四季在外面打鱼吗？他怎么可能？"

"你以为湖里离垸子里蛮远啵。他那个汽油划子一个钟头能跑好远,你没听说过?唉!喜欢就喜欢,偏要这样搞得不光不彩的。我一个妹儿都晓得'朋友妻,不可欺',他常年在外面未必不懂。看他以后有什么脸见王凯。最可怜的是王凯,眼看要结婚了,却被别人横插了一杆。"志云打心眼里瞧不上刘超群。

刘超群给人的印象一直闷声不响地,王凯还不止一次的夸刘超群老实。平时王凯不得空,遇上有什么东西送给朵儿,都让刘超群去送;有好几次,他们出去玩,刘超群主动去接朵儿,王凯不仅不反对,还说刘超群够哥们。这下好了,真应了那句老实人尽干结巴子事的话。

"我其实也没听清他到底在说什么,准备靠近些时,刘超群把门一拉,往外面一冲,我瞟见他脸上有泪水,而病房里的朵儿妈正破口大骂,本来还只怀疑,所以一直没跟别人说。就在前天队上传出朵儿跟刘超群准备十二月初八结婚。当时我还气得要死呢,朵儿未必不晓得我跟建军十二月初八订婚,她还凑热闹似的订婚、结婚一起搞,这不是成心抢我的风头?后来,我把这事前前后后的想了一遍就明白了,那丢得化粪池里的毛毛肯定是刘超群的。"

"那怎么行?这不是纵容犯罪吗?不行,我得去劝朵儿,我要告诉我爸,让他写个状纸去告姓刘的。亏我以前一直以为他们一家都是老实人,原来坏透了顶。"梦凡之所以敢这样说,是因为凭她对朵儿的了解,她肯定不会就此罢休,虽然暂时忍气吞声,定是因为她父亲死了,没了依仗。不过,没关系,她可以把爸爸借给朵儿,那样朵儿就不用委曲求全了。

"唉呀,你不要闹了。如果能去告,依艾婶的脾气,她能不去?再说,事情已经这样了,你一个外人不同意又有什么用?而且我还听说刘家除了彩礼还另给一万元,供朵儿弟弟读书用。其实这样也不错,他们这样的家庭,难得有人这样贴心百意帮他们。你是没看见,朵儿出院后,天天跟队上几个打大牌的混,据说钱都是刘超群父亲给她的。这样看来,她嫁给刘超群比嫁给王凯更好也不一定。"

梦凡听后,一口气憋在喉咙里,上不能上下不能下,难受得很。

天渐渐黑了,有些看不清人,梦凡跨上自行车时扭头问了志云一句,"那你们还是十二月初八订婚?"

"不是那天,还能是哪天,幸好只是订婚。凡凡,你吃完朵儿的出嫁酒后,要记得来我家吃中饭。"说起这个事,志云心里还是有些埋怨。

第二十一章

"哟！哟！哟！这倒是稀罕事，这不是沐家大少爷吗？怎么跑到我们苇山来了？跑错了地方吗？我说沐阳啊，你读那么多书不就是不想砍芦苇吗？那天，别人说你到苇山来了，我还跟别人争，说你是来耍的，今天，这硬站不住脚了啊，你看这一身穿得，哟！哟！哟！还真拿自己当作打零工的了。"因沐光辉在新建南河头外边的东南洲守山时，经常带沐阳到垸子里代销点买东买西，南河头的人跟沐光辉父子都熟。加上最近又传出沐阳跟梦凡处对象，因此，他们见沐阳驮着梦凡穿过晨曦进山，只是彼此会意一笑便了事。可郭美丽是谁，没事她能从牙齿缝里生出点事来的人。好不容易忍到中午，郭美丽早早收刀，刻意跑到梦凡的芦苇铺子上，阴阳怪气地打趣着沐阳，沐阳也风闻过这个厉害角色。

前几年，管区重新丈量土地，李家五口人本只有五亩五分地，可她家实际面积却是五亩八。问左邻右舍方知，她每次锄草时，都把土沟里的草皮往自家土边堆，邻人稍有怨言，她便跳起脚来骂娘。谭建武把多出来的三分地划给了她邻居，这郭美丽半夜三更，挑了一担粪，倒在了谭家的禾场里。张禾秀偏巧也是个吃不得半点亏的，照葫芦画瓢，也担了一担粪泼到了李家堂屋中央。郭美丽当场揪着张禾秀的头发，张禾秀也不甘示弱，一反手攀住郭美丽的脖子，两人双双倒在粪水中。你骑在我身上揍几拳，我又翻过身来，一屁股坐在你肚子上，揪你几把。旁边看热闹的有心扯劝，都怕近得她们的身，还是派出所的赶来，才把她们分开。硬搞得码头那一块都臭了好几天。可这两人真的有本事，第二天就像个没事人一样，照样出工，照样跟人说说笑笑。

是的，这有什么稀奇的呢。张禾秀不用讲，郭美丽，全管区的人都晓得，她老公李长庚是她的夜饭菜，一天骂上个七八回还不得天黑；李长庚怕她与邻居起冲突，在屋两旁各开了条界沟。饶是如此，她三天两头还是骂得唾沫横飞。西边邻居家种的杉树，叶子都落在她家杂屋瓦上，她骂他们会吃不会屙。东边邻居隔她家一条公路，照理说不能惹她，可那天，他家公鸡飞过界沟前的布围子，打烂了灶台上的包壶，她骂他们一屋人都会发烂颅瘟。

鉴于此，小清与梦凡进山这么久，基本上不与她搭话。而沐阳更不便多说，三人装作什么也没听见，埋头砍起了芦苇。

邻铺也不是个歇事的，"凡妹子，你眼光还蛮好啦，他屋里条件在苇场可是数一数二的，你嫁过去后只管享福啰。"

"说什么呢？他是来还工的，莫乱讲啰。"梦凡以为小清与沐阳是客，怕得罪他们，才没开口。而自己在队上坐着一份、站着一份，用不着怕，便忍不住开了口。

"还工？他一个国家老师，用得着给你来还工？你啊，就莫站得风口上讲这风凉话。"郭美丽见沐阳没理她，心里早就窝了一肚子火，见梦凡开口，便夹枪带棒起来。

"那是他的事，与我何干？"梦凡有些气急，沐阳见这边的情况不对，拿着刀走过来"什么事？梦凡。"

"李嫂，沐阳来了，你直接问他吧，别阴阳怪气的找我出气。"说着气呼呼的瞪了沐阳一眼走了。

"我问他？我还需问他？老话讲得好，母狗不翘尾，公狗会上竿子往它身上爬？难怪你看我屋里老弟看不上，原来是攀着高枝呢。只是我又奇怪了，谭家婶子，不是听说，你屋里谭文才想这凡妹子想得要死吗？怎么，还没弄到手？"

"李嫂子，你说什么呢？什么公狗母狗的，你当我们是小孩，不懂是吧？你说话要注意点，我屋里凡妹子跟他家谭文才又怎么啦，值得你到处编排？我劝你多积点口德，免得……"小清见郭美丽越说越不像话，把手中的芦苇往旁边一扔，一手叉腰，用刀横指着李嫂子骂。

"唷，我当是哪个呢？原来是小清哦！我晓得你懂，不然还会赖在江家一住就是个把月。怎么，自己吃胡椒知辣味，硬要让你小姑子也试试？到时你们江家好来个四喜临门。"

这边郭美丽把能想到的粗的脏的可劲地往外倒，那边听到信的正刚已高挽着袖子、红着眼睛直往山里冲。

"乱窜乱撞的，往哪儿去呢？"陪场领导检查的江国祥，挺着胸膛拦住儿子。

"到何海克？看我不一拳打死那个泼妇……"好不容易稳住身形的正刚一看那么多人，立马噤声。

旁边人见搞检查的来了，便一左一右把郭美丽架走了。

梦凡虽不懂郭美丽说的是什么意思，见小清气成这样，也跟着生起气来。父亲带着检查团进了山，她若不管不顾冲过去找郭美丽，那她父亲的脸还不知会黑成什么样。因此，只好冲沐阳发火，说他不该邀她去蠡山。沐阳也不反驳，一个劲地承认自己不对。

小清见梦凡得寸进尺，好似占了天大的理一样，又好气又好笑，让沐阳先去吃饭，不要理她。自己则和梦凡故意落在他后面，瞅着沐阳的背影问梦凡，"凡凡，若沐阳真有这份心呢？"

"不可能，他怎么会看上我？就算他看上我，他比我大了好几岁呢，再说我眼睛又没瞎。"梦凡本想大声辩驳，考虑到沐阳就在前面，强迫自己降低了声音。

"凡凡，我觉得你应该考虑一下，毕竟高轲那边变数太大。"

"嫂子，今天你们都怎么了，实在还没吃饱饭呐，就开始操别人的闲心。"梦凡还有更难听的话，咽进嘴里了，她本来还想说的是"是不是我在家里待得越久，你就觉得越不划算？"关键时刻她还是管住了自己的嘴，小清对自己那么好，她可不能只图一时嘴巴快活。

晚上收工时，梦凡死活不肯再上沐阳的车。小清无法，只好让沐阳先回去，自己则和梦凡共骑一辆车回到家。小清原以为，存不住事的梦凡一回到家便会把苇山发生的事，原原本本的说给她妈听，那样，她趁这件事已挑开，再敲敲边鼓，虽然不能立马改变梦凡的心意，至少让她清楚父母及沐阳的意思。然而，梦凡倒难得沉住气，什么也没说。

这天，出门又是一个白头霜，一路上，两旁枯萎的野草结着晶莹的冰花，路上的小水洼结着一层薄薄的冰。树木和花草如同镶了一圈银边，棉花树地里没扯完的光秃秃的树秆，一根根在晨曦下折射出晶莹光芒，可惜迎着寒风站在浮桥桥头的沐阳没心思欣赏这冬日的风景，低至零下的温度并没冰冻住他想梦凡的心，找个什么样的理由跟校长要求调课呢？

冷哈哈的天气，随羊群爬上堤的谢癫子，好像也没什么心情欣赏风景，他口中哼唱的山歌，翻来覆去还是那几句现词，"哥说我的姐/接姐不来郎有气/郎是半个月不走姐屋里/今天想起我姐来/我今朝硬要到姐家行/姐的南门朝南开/南风天天郎进来"

"谢伯，你这词可不应景。"手冷得有些扶车把不稳，沐阳只好把车停在一边，在浮桥旁的杨树林小跑，还没跑上一刻钟，便看见谢癫子哼哼唧唧来了。

"哟！还没看出来啊。年纪轻轻的沐老师不但懂癫子唱的湖乡调子，还从我的疯言疯语中听出了些名堂。"谢癫子把手揣进藏青色棉衣袖子里，停下脚步，歪着脑袋笑眯眯地上下打量沐阳。

"据说庄子的妻子死了，庄子反倒鼓盆而歌。这在大多数人看来也是疯子，而他们又怎么晓得，庄子是在为妻子得到最终的解脱而高兴。所以您谢伯哪是癫子，我看是高人呢，众人皆醉我独醒的高人。"

"不敢，癫子癫是癫，心里还是有几个数呢。沐老师，人说骨头亲不如脚步亲，你这原地跑步算个什么事？"

"我？"沐阳不好意思的抓了抓脑袋。

"嗨哟，不跟你说，我那些羊崽几比我性急得多，都看不见影了。"谢癫子边说边往黄家河护坡麻石上跑，或奔或跃，比平常人在平地上更稳当。

要知道，这些麻石不但高低不平还形状各异，山羊有四只脚站在上面四平八稳，可人只有两条腿，普通人走在上面张开双臂保持平衡都难，放了二三十年羊，谢癫子早已成精了。

回到学校，沐阳感觉戴着纱手套的手指尖都木了，他一个男孩子尚且如此，梦凡一个弱女子，天还未亮顶着寒风，赶二三十里路到苇山，指不定冷成什么样呢？想到这儿，他有了个大胆的想法，帮梦凡找份工作，只要她能养活自己，江叔肯定不会让她再去砍芦苇了。只是在这小小苇场，找工作哪有那么容易，莫说她还是个农牧工。机关肯定想也莫想。挂靠单位的会计，她又不懂专业。到管区当妇女主任，肯定不行，女孩子家家的，怎么能跟那些堂客们开口闭口谈生育之事？最后，他想起小学部一位女老师要请产假了，或许梦凡可以先当一段时间代课老师。

中学数学老师与历史老师都已结婚，带着老婆孩子住在靠大堤边的职工宿舍里。沐阳跑到门口小卖部买了些咖啡糖，绕过住校老师们的菜地，到教职工混住的矮平房找到两位老师，想找他们调课。

两位老师听沐阳一说来意，倒没说什么，奇怪的是，都嘱咐他，要去跟校长商量，而且还说校长最近对他有想法。

沐阳很疑惑，虽然回场任教跟他的理想有些出入，但学校分配给他的每个任务，都比较出色的完成了。刚分到学校时，校长给他一个下马威，让他教纪律最差的毕业班,沐阳二话没说就接手了。倒不全因"初生牛犊不怕虎"。沐阳看了他们的成绩,除了历史、政治等副科成绩整体落后外,几门主科均处中等偏上,这说明这个班的学生智力与基础都不差,只是好钢没用在刀刃上。他很快做出了一个提高方案,请各科任课老师全力配合,在毕业时,他带的那个班是联校升学率最高的。今年带的班,不管纪律还是成绩,在学校都是排名第一,实在想不通校长会有什么看法。

历史老师比较直爽,干脆把他听到的全倒给了沐阳。搞半天,原来是因为李芸的事。

今年教师节,沐阳与李芸被评选为联校"优秀教师"。上台领奖时,就有老师在下面起哄,说郎才女貌、天作之合的玩笑话。不想,晚上聚餐时,廖正清也开起玩笑来,要当沐阳与李芸的介绍人,沐阳当时就婉拒了。后来,不知是不是李芸把玩笑当了真,总有意无意地在沐阳面前晃。沐阳为了打消她的念头,还特意把梦凡带到学校来过。谁知愈发激起了李芸的好胜心,她先是趁沐阳不注意,直接找梦凡宣战。从梦凡口中得知沐阳跟她没其他关系后,更是有事没事往他的房间里钻,沐阳无法,除了课后在房间里批改作业外,其他时间只能让锁将军把门。也许如书里所说,男人喜欢征服,他们为了爱,用尽所能,只为能享受征服过程中的快感以及最终的胜利感。沐阳是百分之一百的男人,他极不喜欢被征服,因此,李芸"独具慧眼"的热情,不但没让他感动,反而让他厌烦,从而更坚定了他追求梦凡的决心。

沐阳本不想向任何人解释,但一想到廖校长毕竟是李芸的姨父,又是他的顶头上司,若因此事得罪于他,说不定他会成为帮梦凡找工作的最大阻力。主意打定,信步走向二楼正中央的校长办公室。推开门,却被里面的景象吓得慌了神,转过头,面红耳赤的冲下楼,一直冲到操场边的雪松下,才停下来,顾不得雪松树上如鱼鳞般的树皮硌手,撑着树杆,想吐吐不出,只能大口大口地喘粗气。他从来没有像今天这般怨恨自己的。什么事这么急,硬要今天来找他,找就找呗,偏偏还忘了敲门,冒冒失失地闯了进去,看到了如此肮脏的一幕。好半天,他才恢复平静,抬头望了望雪松浓密的枝叶,觉得漏下来的阳光分外刺眼,原来,这就是李芸对他超乎寻常的热情主因。有时候事情就是这么可笑,犯错的人若无其事,旁观者却惶恐不安。

沐阳强忍着上完课后直接赶到了苇山,他想要告诉梦凡,这件事对他产生的影响。穿一件浅蓝色毛线衣、头发蓬松的梦凡正努力砍苇的样子,在冬阳下散发着阵阵柔光。"工作中的女子最美丽。"这是上大学时，沐阳参加一次辩论赛时，对方辩友说的一个观点，他一直以为这观点过于矫情。工作是谋生的手段，为了生存下去，城市里的男男女女都会疲惫不堪，何况农村？除非你审美观扭曲，你才会觉得田间地头，一身泥一身水的女人们比只在家里当家庭主妇的女人们美丽。然而，此刻，他却懂了，满身是灰、满脸脏痕的梦凡，与撩起短裙坐在廖校长腿上运动的李芸相比，显得如此美丽与纯洁，又如此娇弱，娇弱得让他想护她一辈子。他忽然对自己来找她倾诉的想法是多么冲动，只好把一切按捺进肚子，跟小清打个招呼后，换上绑在自行车上打麻时穿的衣服，在梦凡身边跟着她一起砍芦苇。

"沐阳，你还真来了，我以为你说着玩呢。"小清见梦凡还是故意不理沐阳，只好主动搭理沐阳，怎么样也不能负了人家的好心。

"哪能？我男子汉大丈夫，自然说到就要做到。梦凡，累了吧，喝口水休息一会儿，别急，我以后天天来，你可以慢一点。"

"沐、沐、沐——阳，你这是心、心痛哪个？一个大学生倒、倒、倒追一、一个——乡里妹子还费这劲？我看，你，你，你读的书都喂牛了。换做我——分、分、分钟便搞、搞、搞……"

"李结巴，你也别搞啊搞的了，你转头看啰，你屋里堂客拿得瓜瓢追来哒。"以前小清老觉得李长庚蛮可怜的，摊上郭美丽这样的恶婆娘，没过上一天平静日子。从他满崽夭折后，在郭美丽面前更是抬头不起。听梦凡妈说，那天清晨，郭美丽跟队上的几个堂客们，架一条小木船，去反边湖的苇山打猪菜。出门时再三嘱咐他，让他睡警醒点，照顾好小毛。临近中午，郭美丽挑着一担野芹菜回来，隔老远听到他在打猪婆鼾，心中就冒火，准备进房把他揪起来。谁知，一进门，看见小毛一坨光肉掉在地上，脸色青紫，周身冰凉，气息奄奄，送去医院，医院都不收。郭美丽只好抱回来，找何娭画符、挑肝结、系生魂（把小毛剪下来的手指甲脚趾甲，用写了他生辰八字的红纸包了，塞进牛嘴巴里），办法想尽，小毛还是没能熬过一周。郭美丽听说小毛不行了，抓起灶屋里的铝瓜瓢，当场把李长庚的脑壳开了瓢，从那以后，他似乎懒得更有明堂、傻得更有理了。

梦凡懒得跟一个结巴子论理，只抓起几根芦苇，装作赶沐阳，"沐老师，我看你还是回去吧，省得人家老是笑话我。他们也说得对，我一个乡下妹子，不值得你一个大学生对我这样。"

小清见梦凡刺猬一样，不由多了句嘴，"梦凡，这次我可得说你了，人家好心好意，你不领情便算了，还针一句刺一句的有意思吗？做人要厚道些，别这样死倔。再说，嘴长在别人身上，你管得了他一时，还管得了他一世？"

"没事。我不怪她，再说她也说得对，是我考虑不周，我真没想到这么一件小事会惹得别人说三道四。梦凡，对不起，给你添麻烦了。但是如果别人一说，你就赶我走，那他们还不真以为我和你有什么关系？不如让我帮你们砍完，他们就见怪不怪了。"见梦凡这样针对自己，要说沐阳没想法，肯定不可能。但做事从来不想半途而废，若是遇到一点困难就打退堂鼓，还不如一开始就不做。

梦凡并没被沐阳的求全之举打动，一个劲的用鞋子与芦苇兜子较劲，踢倒一根又一根。

"梦凡，沐老师说得对，不是有句话，叫见怪不怪，其怪自败吗？只要没碍他们的事，他们也只能由得我们。再说，沐老师进一趟山也不容易，没有功劳也有苦劳，你呀，知足吧。"

"随你们便，我去吃饭。"

廖正清系好裤子跑出门，没看见沐阳的人影，慌了神，他急吼吼地在学校找了一圈又一圈，遇见沐阳班数学老师才晓得，他们居然没跟他打招呼私自调课了。立时火冒三丈，把数学老师狠训了一顿。准备派人去找沐阳时，突然想起那事，他膨胀的"官威"突然间如漏气的蓝球，瘪了。

第二天，廖正清很难得地踩着学校上课铃声迈入校园，在教学楼走廊上逮住沐阳，"沐老师，昨天……"

"昨天，昨天有什么事吗？"虽然已经过一个晚上的沉淀，沐阳想起看到的那一幕，心中还是有阵恶寒。

"唉呀！小沐，一看你就是个明白人，我果然没看错你，将来前途不可限量啊。昨天没有任何事发生嘛。哦，我想想，你昨天找过我吧？别、别吓成这样，我只是想问一下，你昨天到底找我有什么事？"廖正清皮笑肉不笑的装和蔼，心中则噼里啪啦打着小算盘。

沐阳差点笑翻，我怕？我怕什么？见过无耻的，真没见过这么无耻到极点的，他的思维是不是与正常人的大不相同。虽然不想理他，但终归是他的上司。三言两语把事说完后，转身准备走，又一想，是不是趁机把那个想法说出来呢？转而一想，这个节点提出让梦凡来当代课老师，姓廖的会不会以为自己在要挟他。又一想，那又怎样，谁让他做下那事，还偏偏让我撞见。"我想推荐一个人当代课老师。"说完也不等廖正清回答，抬脚往教室里走，廖正清看着沐阳的背影，擦了擦油光放亮的额头，咬着牙，走下楼。

由于沐阳的友情支援，小清他们砍芦苇的速度快了好多，在第一场雪降临之前，梦凡终于结束了这场艰苦的砍苇体验之旅。

"凡凡，你哥我拜托你了，你就行行好，以后莫发癫了，不仅害惨了你哥我，你看把个白白净净的沐阳整成什么样了，他那拿粉笔的手都差不多成烧火棍了，你就忍心？"不知受沐阳的影响，还是怎么回事，正刚这段表现出少有的勤快，得空也拿把旧茅镰刀，来帮他们砍几个。

小清要去找队长点数，梦凡觉得自己已变成了一根被抽空了浆的芦苇，一触便倒，"嫂子，莫数了，芦苇放在这里又不会跑。实在不放心，让哥哥数也是一样的。我们回去吧，沐阳快去推车子，我全身痒死了，这鬼地方我一分钟都不想多待，快回去，快回去。"

第二十二章

沐阳为了他的爱情，在苇山东、西往返时，在黑泥洲的沐光辉差点出大事。

苇场叫得上名字的洲子就有一百多个。以原住户姓氏为名的有陈家山、杨家岭、周家坪、张公塘等；以洲子形态为名的有明月洲、鲜鱼洲、龙尾咀、高脚山、香炉会、七星洲等；以产物为名的有天鹅氹、丝茅墩、野鸡坳等；以洲子曾经的用途为名的有会牛坪、吊骡洲、角坝口等等。至于场部东头的黑泥洲，可能是以前洲上落满黑色淤泥吧，一时半会没人去考证。

黑泥洲离苇场较远，临时性补给一般在河对岸的三叉咀解决。这天，沐光辉带人到三叉咀的粮店买米，因米质不佳价格又高，想着站屋里的米还能维持几天，不如过几天回场部，让供销社再送些进山，于是，只买了一担白菜萝卜回站屋。

当晚，凌晨一点左右，沐光辉刚把账记好，准备上床睡觉。两个五大三粗的男子，面带凶相、酒气熏天地推门而入。沐光辉先以为是对岸来偷芦苇的，自从进山以来，这样的事哪天都会遇到，只是跑到站屋里来偷的，这是第一次，莫不是他们在玩声东击西？

年纪稍大的那位性子比较急，没等沐光辉开口，便恶狠狠地道明了来意。原来，他们看上的是沐光辉他们准备买米的钱。

借着灯光，沐光辉把他们上下打量了一阵，这才想起，白天，在粮店见到过这两人。

近几年，苇山管理有点松，对河几个打流的，每年都要在附近的明月洲、土地洲偷几船芦苇，其中就有这两人。他们不是没想过在黑泥洲"发财"，只是这沐光辉是铁板一块、泼水不进。现在，芦苇不如以前紧俏，加上派出所的天天开船在湖里巡逻，被断了"财路"的他们实在无法可想，只好"弃恶从善"，从外面调了些库存米过来，赚差价，好不容易等到山里的人过去调粮食，谁知沐光辉不但自己没买，还劝附近几个洲子的负责人也不买。两人一商量，决定一不做二不休，干脆趁天黑，跑到站屋里来抢钱。他们不信，这年头还有把集体利益看得比命重的。

沐光辉晓得他们的来意后，反倒没先前那般紧张了。他边安抚他们，边把房间的柜子、抽屉逐一打开，翻给他们看。随后又把自己的包、衣服袋子翻给他们看，告诉他们，钱真的不在他这儿。

等两人呈现出不耐烦的神色时，才说钱在会计身上，会计睡在公务船上，并亲自带他们走向停靠在站屋后公务船。

站屋台子下，有条往河边去的小路，小路边有个长宽约两米、深一米多的土坑。这坑是沐光辉用来储存白菜、萝卜的。马上要下雪了，不赶紧囤点蔬菜，到时天天到对河找农户家买，就得多花好多钱。沐光辉闲着没事，挖了一下午。收工时，顺手把铁锹插进土坑旁的泥巴堆上。他想，趁两人不注意，扯出铁锹把两人扫下坑。就算不成，那里离公务船以及民工的棚子不远，只要他这边搞出响动，他们跑过来也方便。

走到土坑附近时，那两人让前面带路的沐光辉抱头蹲下，沐光辉紧张得手心冒汗，以为他们要灭自己的口，吓得原地蹲下。本想，挪向泥堆后再想办法的，谁知刚动，鞋底下就发出"咯吱"声，那两人一听，厉声喝住他，"莫动，再动老子搞死你。"随之而来的是急促的"咯吱"声。他们走向他。沐光辉只好不动，手却在周边四处摸。万一……就算两把土，也可给他带来一线生机。谁知，人没等来，却等来两声"扑通"声。那两人不知被什么绊了一下，齐齐栽进了坑里。沐光辉站起来，往河边直扑，边跑边喊，"抓贼，快来抓贼。"他惊恐的喊声，在湖洲寂静的夜里显得格外突兀，一下子把睡梦中的民工及会计惊醒，只见他们有的拿茅镰，有的拖扁担，有的打手电，奔过来，将那两个刚爬上坑的家伙团团围住。抓住他们后，众人将他们拖回站屋，这才发现，有好几个民工还赤着上身。

"梦凡，明晚场部电影院放外国电影《泰坦尼克号》，去看不？"沐阳刚在渔塘角上拐过弯，看见梦凡在禾场里晒黄豆子，有些小兴奋地喊。

梦凡抬头一看，是沐阳，朝他笑了笑。转身到灶屋里端了一杯茶出来，"《泰坦尼克号》？那艘在北大西洋沉没的最大的邮轮上的爱情故事？我们英语课本里好像有。"梦凡觉得有些不可思议，苇场这小地方怎么会引进这样的电影？以前不是老是演《少林寺》《南北少林》之类的功夫片或者《红色娘子军》《小兵张嘎》之类的战争片，要不然就是台湾腻歪歪的《燃烧吧，火鸟》爱情片，香港的《纵横四海》之类的黑道片，怎么会有《泰坦尼克号》?"

"是的呢！我下午特意去电影院问了，他们说找县里借来的片子。"场部放映员是沐阳初中同学，他告诉沐阳，对河来了好几拨人过来订票，一订就是十几二十张。见票这么紧张，沐阳顺嘴托同学帮他搞到两张关系票。

梦凡左右为难，看电影机会是难得，可她更想去县城。一则，她答应了她妈和嫂子，要帮她们去看包单布、印芯等东西。最主要的，她想去电信大楼，给高轲打个电话，她实在太想他了。

沐阳问小清，能不能推迟一天去县城，还说刚好进城找姑父有事，忙完后，还可以去帮他们提东西。小清到现在真的很羡慕梦凡，沐阳各方面都比梦凡强，梦凡还成天对他爱搭不理的。沐阳不但不生气，还想方设法哄她开心。原以为俊朗得像明星的高轲看上她是偶然，可沐阳的出现推翻了她的结论，使她不得不重新认识自己这个小姑子。她将梦凡打量了好半天，终于得出了一个结论，虽然梦凡对外人性格温和，给人的印象也知书达理，身材高挑、长相也端正，可这都是次要的，最主要的是江梦凡的父亲是支书。难道不是？她和正刚过了热恋期后，不是没发现正刚这样那样的缺点，然而，任凭家里怎么反对，她从没想过要跟正刚分手，除了感情，还有一个原因便是正刚是江国祥的儿子，这让她十分安心。

"喔哟哟！这稀客是哪个？没走错门吧？我说，江大支书，你还晓得回，这倒是奇事一桩了。我以为那个芦苇山少了你这狗虱会撑不起裤裆，非得你日守和尚夜守庙的天天守在那里。也不想想，你都是差不多奔五的人了，还图个什么积极呢？江国祥啦，我看你还是安心把自己的两个崽女管好了再去调摆别个。"余凤桃见江国祥推着车一身灰的跑回来，不但没如往常一样打热水给他洗脸，还拿着把竹扫帚站在大门口，粗声大气地冲他发火。

"寒冬腊月的，一朵油菜花都没开，你这菜花癫怎么又发作了？"江国祥的声音如同勺子在碗底使劲划动般干涩、刺耳、闹心。他现在只想尽快喝口水，根本没心情跟婆婆子吵。

"你——"余凤桃最讨厌江国祥这种态度，待要张口再骂时，见江国祥面容憔悴双目无光嘴唇干裂得起了皮，这老鬼几天没回来，怎么混成这个德性了？他病了？心里担忧，嘴上却不饶人，"你是巴不得我发癫啰，好让你们几爷崽无法无天。

你是在柴山里天天打牌还是餐餐喝酒喝得没醒神,搞得一副鬼样子回来了,人没什么地方不舒服吧?"边说边抢过他手中的搪瓷杯子,倒掉里面的井水,从暖瓶里倒了一杯温开水递给他。

江国祥"咕嘟、咕嘟"几口水下肚,整个人都觉得有生气了。他抬起袖子准备擦嘴,却被余凤桃扔起的毛巾打了个正着,"邋遢死哒,擦屁股都嫌脏,你还擦嘴。"

"怎么?火烧牛皮自己卷,不发糊涂气了?我还有个什么工夫吃酒打牌。柴山的事都没搞清场,垸子里的人还来凑热闹。"

上周,谭建武的叔叔谭春林收工回来,下堤时,一不留神整个人从堤坡上滚了下来,抬进屋没几分钟,就撒手归了西。按习俗,本来只放三天。道士一算,犯了重丧,要放五天,可苦了江国祥。五天加起来没睡几个小时。刚把谭家满嗲送上山,余建亮又要结婚,他按惯例,先是帮他们写对联,后又当了一天知客师,好容易搞得主宾满意回了家。刚想补一下觉,又接到场部通知,要在新沙洲开收芦工作现场会暨青山承包工作筹备会。一散会,记起祝运珍曾请他十二月初七到家里写对联,匆匆赶回来,不料又遇上一件麻烦事。

初七一大早,朵儿对她妈说要去南河头找刘超群商量事。她妈想也没想,只嘱咐她早点回,就继续忙她的了。朵儿是因为那个原因出嫁的,又加上艾、祝两家亲戚都离得远,平时又没什么往来,祝运珍没刻意通知。但左邻右舍通不通知总会来几桌。嫁女虽然不比收儿媳,要大媒、正酒、堂宴。但正经日子那天,也不能冷冷清清让人看了笑话去,家里又没当家男人,因此大小事情都得祝运珍张罗,她哪顾得上其它。

临近中午,刘超群与介绍人送"边猪塔酒"来过礼,没见朵儿跟着回,祝运珍当着介绍人佯骂朵儿没规没矩。关系再好,这一天也得老老实实待在屋里,等着人家明天来接,哪有一大早跑过去,赖着不回的。刘超群却说他没看见朵儿。刚开始,祝运珍以为朵儿在跟他们开玩笑,跑到哪里去玩了,打发艾文、艾武两兄弟出去找,临近的亲戚朋友家都问了,都说没看见。祝运珍这才觉得事情闹大了,想到朵儿这段时间对自己言听计从,不会早存了那份心思吧?越想越怕,哭着找队上的人帮忙到前面沟里、后面的河里查看,自己在堂屋里没头苍蝇似的转了几圈后,猛地跑到厕所去数农药瓶子。下午三四点,刘超群不放心,跑过来问朵儿回没回。祝运珍心中料定,自己身上掉下来的肉肯定已不在人世,想起前因后果,打滚撒泼地找刘超群要人,到最后硬要拖着刘超群一起去投河。旁边人拦的拦、劝的劝,总算把祝运珍稳住。这时，有人让艾武去看看家里少了什么，说不定朵儿出去玩了。祝运珍才恢复了一些生气，虽然知道女儿离家时，连手提袋都没拿，但还是希望朵儿能如他们所说。便和艾文、艾武两兄弟在朵儿房间翻箱倒柜的找。艾武眼尖，发现朵儿书桌屉子里有封信。打开一看，才知朵儿跑了。祝运珍又喜又忧，喜的是，朵儿还在人世，忧的是朵儿在结婚前一天，跑了，她该怎么跟刘家交待。

江国祥赶到艾家时，两家正闹得不可开交。

胡少兰盘腿坐在艾家堂屋中央，拍脚拍手干嚎。外面禾场里围着一大堆人看热闹的。

朵儿为什么会突然嫁给刘超群，江国祥听妻子与女儿说过几句，他看了一眼挂在堂屋中央的艾父的遗像，事情的严重性让他没时间感慨。他先派人去喊刘松柏，得知刘超群在现场，又把刘超群喊到一旁，恩威并施地要他先把他妈扶起来，莫让人看笑话。

刘超群红着脸，挤进人群，把手伸到他妈腋下，准备抱她起来，胡少兰沉下身子，只往地上坐，"今天莫说是支书来了，就是天皇老子来了也不行。崽啊，你忍得下这口气，你娘我忍不下。今天，他们只有两条路，要么交出朵儿那个千人骑万人压的臭婊子，要么把钱一分不少的退给我，你以为老娘家的钱是猪拱出来的，那么容易得？"

她话没说完，艾武跑进房，打开大柜，拿出一沓钱，往门外一抛，"给！你们的脏钱谁稀罕要。拿着你们的臭钱快给老子滚。搞得老子发起脾气来，莫怪老子不客气。君子报仇十年不晚，刘超群，你个杂种，你等着，老子如果让你这辈子能讨得堂客，老子就跟你姓，你这老婆娘，还赖得我屋里搞么子，你快点捡着你的脏钱滚……"说着，又觉单说些狠话，威慑力不够，便从阶基柴火堆子里抽出把柴刀。

刘超群见艾武拿出了刀，顾不得他妈还有多少钱没捡起，一把拖起她，从后门口跑了出来。

江国祥急忙喊了两个人抱住了艾武，一边安抚艾武，一边问跟在他身后的艾文，"你妈呢？怎么只有你们两兄弟在家？"

"我妈？我也不知道我妈去哪儿了。"经江国祥提醒，艾文才发现他妈除了刚开始跟胡少兰对骂了几句，后来一直不见人影。他挤进看热闹的人群，婶儿、婧婧的一顿乱喊，"看见我妈了吗？你们谁看见我妈了？"连问了许多人，都说没看见，急得坐在地上哇哇大哭。

听到哭声，外围的人不知怎么回事，使劲往里面挤，几个与祝运珍交好的女人，想到祝运珍平时的气性，担心她去寻短见。想冲又冲不出去，只好踮起脚、张开腿、叉起腰，对着人群高喊，"祝运珍没看见了，你们做点好事，莫往里面挤了，让我们出去找。"

连续喊了好几遍后，人群才有所松动。十几个人在屋前屋后找了个遍。最终，在屋后的厕所里发现了晕过去的祝运珍。众人把她抬进堂屋，掐人中、揪痧，总算把她一条命从阎王那边抢了回来。

胡少兰毕竟心善，见祝运珍变成这样，不用人劝，骂骂咧咧地回了家。坐了好久，才想起似乎还有很多钱没捡回来，掏出来一数，才六千多块，连忙让儿子去艾家把剩下的钱捡回来。

刘超群此时也觉得朵儿做得太过份了。要不你不答应，答应了又在结婚前一天闷声不响地跑了，这算什么，把我们刘家当猴耍吗？难怪，当初你们不要钱，原来早就预谋好把我当傻子玩呢。是的，是我有错在先，为了那事，我们一家人孙子一样，哄着你，送你的戒指、项链不说是县城最好的，至少在整个管区结了婚的女人中，你的是最重的，礼金也是最多的，难不成那一篇还翻不过去？你这一跑，到底把我当成什么了。妈妈说得对，打算那些营养费呀什么的都不要了，但资助艾文他们读书的钱肯定要拿回来。这亲戚都做不成了，还资助个屁啊！还有那些金首饰，要回来或许以后可以有用。他越想越气，所以不等他妈催促，便急急地往朵儿家赶。

艾家的地上肯定已没有钱。他以为是艾家人捡了，就去找艾武理论。艾武半句话都不说，直接扬起了手切菜的刀，吓得刘超群只好转头往家里跑。胡少兰见刘超群空着手回来，气得踹了他一脚，"你这死无寸用的，这点事都做不得，难怪别人不要你。你跟老娘死得屋里，我倒要去艾家问问，她艾朵儿到底值几个钱？"

刘超群忍痛拖住他妈，并向弟弟询问父亲的去向。

刘松柏打躬作揖地送完提早来参加婚礼的老客后，回来又见家里闹了起来，心中的火如同倒进了一桶汽油，顿时蹿到一丈三尺高。"好好的婚礼搞成这样，老子脸上鸡虱子一样爬。你个孽障，怎么不让人砍死算了，省得天天来气老子。"

刘超群以为父亲偷偷跟他到了艾家。

胡少兰一听，吓出一身冷汗。艾武又动刀了？她冲向儿子，扶着他的肩，前前后后、左左右右看了一圈，"你没受伤吧？他又拿刀吓你，还真的反了天了。走，我们报警去，我就不信没王法了。"说话间，胡少兰已冲到禾场里，朝着北方，跳起脚来骂冲天娘。

刘超群攀着红漆腰门，对他妈说，"报警？能报警，老子还用得着你去，他艾家不去报警就是刘家烧了高香了。"

胡少兰这才记起，他们之所以跟艾家攀亲，是因为他儿子糟蹋了人家姑娘。想到这儿，不由觉得背脊发凉，"老倌子，你看这怎么得了？他们万一真的去报警，我崽可是要去坐牢的啊！超婆子呃，我的崽啊，谁不晓得艾家是个黄蜂子窝，戳不得惹不得的呀。你这背时的呃，你到底哪根筋搭错了线啰。我的天嘞，我刘家前世是刨了艾家的祖坟还是活埋了艾家哪个祖先，这一世让他们这么来祸害我们。骂完收住眼泪，抓住儿子的手，"超婆，莫怕。我就不信，祝运珍会自屎不臭挑起来臭，她敢去报案，老娘就把她的事全给她翻出来，只怕是艾老倌的枯骨头在泥巴眼里过得太安生了。"

听胡少兰越讲越没边，刘松柏气得怒火冲上了脑门，一个纵步从堂屋中冲出来，反手一耳光抽得胡少兰一个踉跄，"你个蠢婆娘，在吵死吧！你不晓得，兔子逼急了要咬人，莫说祝运珍。真把她惹急了，你儿子不坐牢也得坐牢。我看不是艾家前世与我刘家有仇有怨，而是我前世欠了你这婆娘的。"

胡少兰捂着脸，跑进堂屋，跪在神龛下，哭喊故去的公公婆婆，边哭边数，这些年她为刘家所付出的种种。随后又怨自己的命不好，别人家出了事，男人生怕老婆孩子上当，不管有理没理，都站得自己屋里人这边。他倒好，遇到事先怪她。

刘松柏听胡少兰唠唠叨叨，没个完，气得好几次扬起手，却只能走出屋，在禾场里兜圈子。不久，又急步回到堂屋，轻声问门边垂头丧气的儿子，"你那天留下什么证据没？有没有人看见？"

虽然事情过去那么久，虽然他与朵儿闹成这样，刘超群想起那事，耳朵还是有点泛红，"我、我、我不记得了，我怕朵儿醒来会收不得场，提起裤子就跑了。"

刘松柏见实在问不出什么，又不知艾家那边是不是有什么证据，心中更是焦急，没办法，只好让儿子跟他去派出所自首。

胡少兰一听，膝行着爬到大门门槛边，抱紧刘松柏的腿，让他不要送儿子去坐牢。见刘松柏不听劝，又让刘超群去找江国祥，他脑袋大又是支书，说不定可以救她儿子。

刘松柏一脚把妻子踹开，喝住儿子。若江国祥真有办法，在艾家时，他就不会撒手不管。他得赶在民警到他家之前，把儿子送去，否则就不叫自首，那样还不知他的小命保不保得住。

"今朝，我差点出不了湖。都说祝运珍厉害，我看比起胡少兰，她敌人家满脚趾佬都敌不得。明明一个她占理的事,搞得好像真的欠刘家的一样。这女人家呀,还是得有个男人。"不知是不是担心余凤桃拿着毛巾公报私仇,江国祥接过毛巾,亲自前前后后的抽打着军绿色马裤呢制服。

"你听,刘家那边还在闹。换作我是胡少兰,出了这样的事,闷声不响算了。只要祝运珍不来找她就万福,还吵什么吵。退一万步想,就算朵儿今天依他们的嫁进来,你怕胡少兰会有好日子过,他刘家会有好日子过?他们是怎么拢来的,大家心里都有数。两家瞒来瞒去,这么大的事又如何瞒得住。你不晓得,从两个小的订婚以来,刘松柏夫妇的背心只怕都被人戳穿了,他们未必不晓得?依我看,只是捏住鼻子哄眼睛罢了。我一开始就不信,朵儿肯跟她家超婆子过安生日子。"余凤桃抢过毛巾,在江国祥背后猛抽几下,走到摇井那里抽水洗毛巾。

"你先莫搞马后炮。话讲到这里,我还奇怪呢。你跟祝运珍关系那么好,她未必没跟你说。"江国祥走进房,换上一件洗得发白了毛蓝中山装,边扣扣子边走出来问婆婆子。

余凤桃告诉他,怎么没说。早在两家定亲之前,祝运珍就把她拦在六队码头边说了小半天。晓得了又怎么样?除了将错就错,还有什么办法,"说到底,都是艾老倌走早了。若是他在,满姑娘可能就不会是个这样的命。"

"这事能怪祝运珍?能怪艾家满妹子?你搞了大半天调解,未必事情的来龙去脉都没清楚?"

"满妹子跟凡妹子是同学吧?"江国祥突然问了余凤桃一句。

"是的呢。当初朵儿出事时,凡妹子就嚷着要你写状纸去告超婆子。我好说歹说,她就是不听,你不晓得她眼睛一鼓起,死死盯着我。那样子,恨不得不要茶水吞得我进。若不是小清,只怕这事,你江大支书不想管也得管。"

"都是你惯着她。以后要看紧点,跟好人学好样,跟流氓学花招,等出了事,就后悔莫及了。"

余凤桃一听,把收进来的棉絮往堂屋中早摆好的门板上一搭,气冲冲的对江国祥嚷,"你一天到晚不落屋,家中百事不管万事不理的。还嘱咐我看紧点,我又不是前嫁后母。昨晚,我从祝运珍那里回来,也是急得大半夜没睡。刚开始兴计划生育时,为了配合你,总劝别人,生男生女一个样。其实这话,哄自己都哄不住。依我说,这男的女的就不可能一样。生个崽不说其他,只说长大以后只有他去祸害别人的,没有别人祸害他的理。生个女呢?从落地起哪个做娘的没操碎心、劳足神?俗话说得好,不怕贼偷就怕贼惦记。女儿长得十一二岁,开始分男女,做娘的一双眼睛就没歇过气。看哪个男人都怕他起歹心祸害她。像我屋里凡妹子,谭麻子那瞎了眼的崽还时不时打她的主意,你说祝运珍家出的这个事能怪得满妹子不?一个妹子再厉害,她能强得过男的?唉,我越想越急,你看,你看,我嘴巴角上都急得长了几个流星泡。好在,我屋里凡妹子的心性我摸得清,不是那种乱搞的人。可,谁又能担保她以后不会呢?现在的风气又不好,听说城里有好多录像厅都放那些妖精打架的事,我还能总看得她?她一没工作、二没对象的,一双脚既不跛又不瘸,难不成要我搞跟挑绳把她拴在裤腰上?就算拴得住她的人,拴得住她的心不?前一段,我还听她跟小清在唧唧咕咕的说是要到外边去打工,我当时就骂了她,劝她死了这条心。你说说,我要怎么做,该怎么做?"

"去打工?那是好事啊,我还以为她真打算吃爷爷饭穿妈妈衣的过一辈子呢,原来,她还是有点想法的。嗯,不错,是我江国祥的种。"

"还要得,你怕是个神仙呢!打工,你晓得打工是在外面搞么子不?下——海——呢!胡少兰平时糯米团一样,现在这么厉害,你晓得原因不?还不是她娘屋里是有名的"下海村",姐姐妹妹出去都赚得大钱。娘屋里有钱,她才敢硬起腰杆子捅祝运珍这个黄蜂子窝。"

"狭隘,你们这些堂客们就是狭隘。一讲起打工,就想到了那个事。莫说依我屋里女的学历、长相,一出去不是进大公司当文员、就是到厂里当秘书。出去做那种事,我江家还没那个种。"

"江国祥呢,你莫把话讲满了,你以为人家出去赚那钱的是祖宗八代都做那种营生的?你看电视里,那特区到处都是高楼大厦,好威武、好气派,尤其是夜晚那些红红绿绿的灯光,你看看像不像湖里的龙卷风,只要挨一下边,就可以把人吸进去。莫说凡妹子还只是个不谙世事的,就是结了婚的跑出去,也拍不了胸窝子。你莫只像根杨树桩子一样杵在那里,也搭把手,帮我把这包单布抖开,被子还不缝好,今晚可就只能睡光棉被了。"

"照你这样想,只有把凡妹子关在屋里,你天天喂猪一样供着她、养着她?"崽是指望不上了,依他现在的性子,以后也是个怕堂客的,如果以后添了孙,他江国祥第一个就要告诉他,永远不要试着跟女人讲道理,她们都有这种特异功能,几下带进她的歪理中,不停地给你洗脑洗脑,直到你无话可说。

"所以我才急、才躁啦。你看小学部煮饭的都晓得找校长开个后门,让他二女当幼师。我的崽是堂堂中专毕业生,女也重点高中毕业,到头来还敌不得一个初中只读了半年的。你倒好,跟左邻右舍吹得下不得卵地,只是苦了我的两个崽女,天天跟着我们泥里来、水里去。我劝你莫只图自己,也多替崽女想一下,去找找关系。在场里也搞了差不多三十年,搞一个崽女出去吃公粮,这个面子应该有吧?正刚,就让他跟着你在苇山混算了,反正差不多要结婚了,以后有他岳老子帮衬,有什么发展都是他的造化。凡妹子可担搁不得,你前一段不是说老沐想跟你攀亲家吗?后来便再没响动了。照我说,不是他家沐阳看不上我家凡妹子,是沐家嫌弃她没工作、没户口。你如果早听我的,多往领导那里走动走动,给凡妹子安排一个工作,凡妹子的事还轮得你我来操这份心,那还不门槛都被人家踩破?"

"一开口就颠倒黑白,乱怪一通。是我不给她安排工作?分明是她嫌苇场的池子太小,装不下她这条龙。说起这个,我倒忘了。我几天没回来,这屋里是越发没规矩了,爷老子回来了,大的、小的都不出来打声招呼?凡妹子、凡妹子,你出来一下,我有话问你。"

"喊,喊什么呢?凡妹子一早晨洗完衣服,就出去了。"

两人若不是瞟见堤上骑车往浮桥那边冲的刘松柏父子,都忘了他们刚开始时,是在讨论艾刘两家的恩怨。

第二十三章

  临近中午,北风一阵紧似一阵,沟边黄色小野菊卷起花瓣护住花蕊,地上针似的杉树叶随风逃窜,舞动树枝敲击出冰棱的声音,鸟儿躲在稻草堆中伸出脑袋张望,太阳只露了一下脸,立马缩进了灰色的云层,裹紧夹衣的人们或佝偻着身体脚步匆匆,或背对着风,一步一回头的后退……他们都知道,雪可能要来了。
  午后,"噼里啪啦"粗盐似的雪籽终于开始在瓦上、地面跳舞。只是它们的晶莹在地面上并未维持多久,便化成了水。大家似乎都不着急,因为他们都知道,入夜后,气温一下降,大地的怀抱会不再温暖,那时才是雪花真正的舞台。
  果然,第二天清晨,唤醒人们的不是晨曦,而是眩目的白。推开窗,一团团絮状雪花在阶前自在、顽皮地盘旋、飞舞。飞累了,就栖息在屋顶上、树枝上、沟边、路上、坪里,纯净的洁白大地与天空的灰蒙相呼应,衬托出一种独有的宁静,似乎满世界只剩下雪花"沙沙沙"地脚步声。
  许多苇场的孩子都曾在下雪时,站在大堤上远远望着雪原似的芦苇荡,想象着苇荡外的洞庭湖如果也像电视里的北方一样,水面上结着可以载人的冰,那该多好。在脚上绑两块木板,从大堤上飞速而下,冲过苇荡、溜过湖面,轻轻松松进县城。可惜,洞庭湖畔的雪比北方的雪柔情得多。
  这场雪足足下了两天两夜。路上的雪有十几厘米厚,沟里的薄冰上也积了厚厚一层雪,路旁没被雪淹没的枯草变成了晶莹剔透的水晶束。这铺天盖地的银色似乎在向世人证明什么,又似乎只是还原一个冰清玉洁的世界,哪怕只是暂时掩藏起了各种不堪。
  雪化了四五天才化完。这天一大早,谢波高喊着,"要生了,婶子,要生了……"奔到江家。余凤桃急急忙忙随他赶到谢家，跑到床边掰开向晖弯曲着并紧的双腿看了一眼，再仔细询问了向晖与谢婶，得知向晖零点破的羊水。现在宫口已开到三指，却没看到胎儿的毛发。据她多年的经验，只有一种可能，横胎。向晖是初产妇，余凤桃不敢大意，急忙吩咐谢波去借手扶拖拉机，送向晖去职工医院待产。周腊梅一听，张开双臂拦住谢波，说她一大早就去廖娭那里算了一下，廖娭说向晖怀孕时没注意，跨了人家的牛头绳，若是今天下午还生不下来，只要在天黑之时，把牛牵进来，绕着产房走几圈就会顺利生下来。头几天，余建亮堂客生了三天三夜都没生出来，还不是信了廖娭的法子，把牛牵进去走了不到两刻钟，毛毛儿就呱呱落地了。

此话一出，惹得余凤桃将周腊梅一顿好骂。余建亮堂客为什么会在牛牵进房后才生出来，还不是我看再拖下去会一尸两命，把手伸进产道里强扯出来的。跟牛有什么关系？再说，她只是胎位不正，而向晖是横胎。都是女人家，未必不晓得女人家生崽，只隔阎王一张纸？都火烧眉毛尖了，还信廖娭那瞎子婆婆的，你就算不心痛人家姑娘的一条命，难道不心痛你还未面世的孙子？这也是向晖的爷娘离得远，不晓信。若在近边，听到这种话，不晓得会有多寒心。换作我，拿命也会逼得你们送她去医院。骂完老的，余凤桃见谢波抱着脑袋坐在门边，朝他一声断喝："谢波你的崽都要出世了，你还准备在你娘的胯下躲到几时？"

周腊梅见余凤桃说得如此严重，只好将信将疑地走到自己房间里，拖出一张竹睡椅，用抹布胡乱擦了一遍，把自己床上的盖被铺在睡椅上，又从向晖房里抱出一床丝棉被放在旁边的高凳上。她站在房门口，听着向晖让人揪心的叫声，看着堂屋里的睡椅，总觉得还有些什么没到位。她皱紧眉头想了许久也没想出个所以然。等谢波回来，抱起向晖往睡椅上放时，突然记起，还差一张渔网。万一在路上碰到生产鬼了，按余凤桃的话，怎么跟她娘家交待？

好不容易等她找出一张稍微干净点的渔网，众人才将披挂整齐的向晖连人带睡椅抬上手拖。到职工医院一检查，果然是难产，只能送到县医院去剖腹。周腊梅不信，硬要余凤桃与医生一起想办法，说什么顺产的孩子聪明些。余凤桃又被她气了个半死，骂周腊梅没脑壳，人命关天的事哪容得一等再等。

梦凡一个人窝在火箱上想起朵儿的遭遇，又想着前天给高轲打电话时的情形，觉得自己比起朵儿来，心里承受能力太差了。这还没怎么呢，就如林黛玉般迷失本性，若真遇到朵儿这样的事，岂不会崩溃？想到这儿，不禁又暗暗地佩服朵儿。在她看来，朵儿若为了所谓的名声，勉强和刘超群过一辈子，这辈子才算真毁了。

"凡凡,怎么还没睡?"余凤桃在阶基上跺了跺几脚,见鞋底上的泥少了许多才走进堂屋。

"外面结冰了吧?快来烤一下火。妈妈,向晖没事吧?"梦凡见她妈身上浅蓝色外套都结了冰毛子,急忙从火箱上溜下来,倒了一杯开水递给她。

"总算这妹子命大,母子都平安,唉!你不晓得呢,人都吓死了,从我手里出生的毛毛没有一百也有七八十了,真没见过这样的,产道张开两三指,只看见一个脚趾头,催产针打了好几支,还有助产师帮着她摸肚子,孩子就是卡在门口不出来,亏得如今的医术发达,在我们那时,这妹子恐怕就这样去了。"显然向晖生这孩子真的异常凶险,惹得自认为见多识广的余凤桃都失了分寸,竟然当着自己未出嫁的女儿说起了这事。

"难怪我出门时,看见有人在谢家禾场里打谢波,可能是向晖的娘家人。"梦凡因担心向晖,特意跑到大堤上朝谢家看了好几回。她不懂,在湖乡,哪家添了人口,做父亲的会被亲朋好友象征性地擂上几拳,具体缘由不清楚,大概是对女人生孩子的一种补偿,或者是提醒他为人父了,要肩负起他该承担的责任了。

好在梦凡没像以前一样追根究底,在听说向晖没大事,暗暗松了口气,"母子平安就好,平安就好。妈妈你们那时候生孩子不出,难道就让她这样硬挺着?"

"不硬挺着怎么办?要不怎么说崽奔生娘奔死呢。你看我跟你说些这个干嘛,女儿家家可千万别当着别人问这个,免得让人笑话。"

"这有什么?难不成我不用出嫁,不用生孩子?"梦凡一点也不觉得难为情。在孩子面前,很多事情都是这样,越藏着掖着,搞得神神秘秘,越是禁不住,越大大方方,他们越是理也不理。

"越说越不像话。你哥哥还没回来?"余凤桃见家里就梦凡一个人,也没以前那么严厉。

"你霸占人家女儿一两个月,就不许人家留住你儿子十天半月,真的是只收得媳妇嫁不得女的人。"

按规定,苇场职工每年都要完成一定数量的自然个,身体不好且未到退休年龄的女职工,可以"以钱代工"。这笔钱并没有落进谁的私人腰包,而是用来付外来民工的砍伐工资。刚开始时,虽然职工群众都知道有这么一回事,在经济条件影响下,基本上只要没大病,都会进山砍苇,"买指标"的只有极个别刚嫁进来、从未摸过茅镰把的大肚子新媳妇。今年,刘松柏家两个正男劳动力都出钱买指标,算是在苇场开了先河。

刘松柏父子买指标当然不是为了躲懒，而是湖里的收入要比砍苇的更高。打鱼的都晓得"涨水三天莫下河，退水三天安排篓"，整个夏季，因为汛期，打鱼的基本不下河。只等水一退，他们如同候鸟一样，驾着自己的小船，从四面八方回到停在湖汊里的座船上。刘家父子想趁这个机会多赚点钱，给刘超群办个体面的婚礼。

不想洲子间的沟港与引潮河因多年没疏洗，很多只剩一脚背深的水，有的甚至干了个底朝天，已无处放网。间或有几条鱼的飘尾，却被"迷魂阵"拦住进不去。幸亏刘松柏在农历十月份，花了两千多块钱置了一套船背两用电鱼机。一周之内就赚回了本钱。一个月不到，净赚七八千。可能是今年刘家父子的运气不好，十一月底，刘超群在天鹅氹附近，被渔政站的抓了个正着，电鱼机被没收不说，还罚了五千块钱。

重新添置，胡少兰硬是不肯。两父子只好拿起以前的工具，在湖里碰运气。最近，刘松柏本想趁收儿媳偷个懒，谁知朵儿闷声不响地在结婚前一天跑了。跑了就跑了，还留下一封信，把他儿子干的好事都抖露了出来。害得他又花了一大笔钱，才把儿子保出来。两父子安安稳稳在家里坐了几天后，实在坐不住了，等雪一停，立马跑到城里，买了一个像渔网的工具，进了山。刘超群见父亲出去了，就闹着要去找朵儿，胡少兰不管他怎么闹，就是不给他一分钱，刘超群只好天天躺在床上生闷气。

砍伐后的苇山，像收割后等着脱粒的稻田，一排排芦苇，书一样整齐地扣在光秃秃的地面上，清香中溢出收获的喜悦。

"怪事年年有，苇山特别多。"江国祥与沐光辉去公山站检查时，发现砍好的芦苇没打叶，被拖运到了河边。江国祥肯定晓得，这个搞法意味着什么，但这次他学乖了，和沐光辉一样保持沉默。

走到洲子中间，江国祥的身形突然像被人紧捏了刹车般定住，苇山中居然出现了波光粼粼的奇景，他以为自己眼花了，揉了揉眼睛，再定睛一看，没错，前方苇山里真有无数点点光芒在欢快跳跃。蜘蛛？它们还真是有本事，两个树桩离那么远，一个晚上也能织出这么周密的网。树桩？谁把树桩立在山场中间的，不晓得拖出山时会碍事？远远地有个身影很像柏马虎。江国祥刚想问一声，见王尚文和沐光辉等人已折进山场，便紧走几步，跟王尚文打了个招呼，向闪光处急走。

走近方知，前方是一张透明的细胶丝网。以前，听人说起过，有人用网捕鸟。

汪国祥曾在人前炫耀，他所管理的辖区内绝对未发现此种行为。如今，唉……架网之人真的是刘松柏，见江国祥在用眼神质问他，摆出一副光脚的不怕穿鞋的样子。江国祥眼珠一转，紧锁的眉头一下子舒展开来。只见他一脸笑容地走到刘松柏面前，故作不知地问："柏马虎，你又在搞什么名堂？"

刘松柏见堂堂大支书居然不识捕鸟网，他强作镇定，如机关枪似的，说起了捕鸟网的用法与好处。江国祥的脸色突然一变，"这么说，你知道这网大小通吃？你硬要搞得鸟都不敢在洲子上落脚是不？还不赶紧给我拆掉，再让我看到你放这鬼东西，不但要没收，我还要罚你的款，再把你送到派出所去。"鸟若是绝了种，明年苇山的虫，再多农药也防不住。

刘松柏以为江国祥，不甘落败，继续没当回事，"祥哥，这算什么事？你一天这也犯法那也犯法，未必在洲子上搞餐夜饭菜也犯王法？你又不是没跟我们在田里捉过麻雀。装得这么正经吓唬谁嘛？来来来，抽跟烟。"刘松柏从裤袋里掏出烟，猛地看见防火路旁立的一溜警示牌，红底白字地写着"苇山重地，严禁烟火""一个烟头，罚款一千"等等，立马把烟揣回口袋里，"你真要抓，先去外湖里抓，那边不说上百张网，一二十张总有。我听说，还有人开快艇跑到天鹅氹打天鹅。收起你这副卖牛肉的相，以为还是二三十年前，说声把我抓起来，就吓得不行。我呀，不信你这邪，偏不拆，你能把我怎样？"

江国祥有种想打人的冲动，扭头见王尚文他们跟了上来，只好强忍怒火，自己动手把刘松柏的捕鸟的网拆了下来，扔向河滩。好在，刘松柏只是个鸭子死了嘴巴硬的主，不等江国祥回身再跟他讲大道理，便拖着工具，架着磨盘机走了。

王尚文一直在旁边静静观望，他见江国祥边做刘松柏的思想工作，边强势拆了他布下的网，不觉赞赏的点了点头，"真看不出，江支书，你能坚持维护生态环境。"

"'尺表能审玑衡之度，寸管能测往复之气。何必在大，但问识如何耳。'"江国祥忽然拽了一段文，可能觉得词不达意，接着说道，"我们江家在湖洲落脚，到我手里也有几代。先前的湖洲是什么样的，我也曾听祖父、父亲说起过。那时，要孤身从苇丛中穿出去，是件很危险的事。你不晓得哪块会窜出个野猪，哪一块又会跑来个狍子。在湖里打鱼，时不时可看见一群江猪子迎水，在屋门前洗个脚都可以抓起几条鱼。我自己在挖口子加工场时，在湖浃的牛脚眼里，一脚踩下去，不是踩到一条四五斤重的才鱼，便是踩到一只三四斤的乌龟。坐下来吃口饭，几十只麻雀呼啦一下飞到你面前来跟你抢食。天天早晨，不是被阳雀子闹醒，便是被布谷鸟唤起。一到涨大水就热闹了,外边洲子上的黄竹筒、刺老鼠,一群群往垸子里直爬。记得有一回,我跟谭建武在汛柴垛子里,一次捉了三十几只刺老鼠。刚搬到垸子里来时,只要打开电排放水,整个管区老少男的都围在渠道边,都不用篾罩罩,只需举个木桶,在渠里逛几趟,都能搞餐吃的。你看现在。他们都说是世道变了,鱼跟鸟才会不来。什么世道变了,还不是人心变了,变得又懒又贪。鸟少了,虫灾与鼠害就会一齐来,不说树木、芦苇、农作物会遭殃,就连人也好不到哪里去。不怕一万只怕万一,现在你不制止他们,以后一旦倒垸子,搞不好还会发生瘟疫,到那时,就是把这几个只图眼前利益的拉出去毙了,也悔之晚矣。"

江国祥这番话说得王尚文连连点头,虽然江国祥不懂生态平衡的理论知识,但丰富的生活经验引起了他高度警觉。若是苇场多几个这样的基层干部,恐怕也不至于变得现在这般被动。但他也只能想想而已,最近他深切的体会到,苇场呀,别看它小,水可深着呢。老板说得没错,自己所掌握的信息以及这种不成熟的想法,对苇场的管理来说,还真是书生义气。

第二十四章

不知从何时起,除了禾场里晒的一排排干鱼腊肉散发的烟薰香、从灶屋里飘出的甜酒醇香……苇场已没有了浓郁的过年气氛。

若是以前,年前几天,村里的劳动力们总会聚在一起帮左邻右舍碾糍粑,小孩子们则团团围在石臼边,伸长脖子等,只等大人们稍停,捞出一把粘糊糊的糯米泥,不顾烫手就往嘴里塞。吃饱了又围到架在堂屋中央的树蔸子边烤火,或趁大人们不注意,从神龛下的抽屉里偷出一串电光炮,用小树枝夹出一块通红木炭,相互掩护着跑出去,放鞭炮。

现在,碾糍粑的石臼里都长出尺把长的绿苔了。

降几次霜,刮几回大风,再落上一两场雪,堤外防浪林的杨树叶,就落了个精光。余凤桃能干,搓坨子粑粑、拍甜酒,梦凡都帮不上忙,烧火的工作又被小清抢了去。跟正刚把屋角的稻草拧成草把子后,梦凡便去杨树林捡枯树枝,顺便踩落叶玩。或紧或慢地"咯吱,咯吱"声,是特意献给她的恋歌。随着自在柔和的旋律,和高轲的过往又一点一点在眼前浮现,只见她一时面含羞涩的微笑,一时又紧锁眉头,手一会儿紧捂胸口,一会儿又半遮脸庞,脚底的咯吱声也变得忽而紧凑忽而轻缓。

自从上次进城打电话给高轲没人接后,梦凡整夜整夜做恶梦,梦里的场景翻来覆去只有一个。她原本和高轲有说有笑,蛮开心、蛮甜蜜的,可一转眼高轲就走远了,任凭她怎么呼喊,他头也不回,越走越远。她不敢跟任何人说,她异常害怕说出口后,梦境就会变成现实。毕业回来的那几个月,梦凡每天最想的就是早早入睡,然后在梦中和高轲甜甜蜜蜜的在一起。可现在她却害怕入睡,要是能想到一个法子，在高轲转身之前醒来，那该多好啊。快过年了，高轲会怎样呢？他不给我回信，是不是想给我个惊喜？不顾他哥的阻拦，直接跑到江家来，明明白白地告诉父母，喜欢她？还是他正想法托人捎信给我，让我去城里与他相会？又或许他真如小清所说的"水涨船高"，变心了？七想八想，总没有一个让自己落心的答案。冷冷的风不懂得少女情怀的百般纠结，一下一下，如刀子般削她的脸，吹打她裸露在外的脖子。

"十二月望郎是一年，称肉打酒半包盐，有恰没恰你到姐屋里走，初三、初四我给你屋里妈妈去拜年。搭信姐，拜上乖……"谢癫子哼着小曲从堤坡上下来，接过余凤桃递过的甜酒冲蛋，噘起厚厚的嘴唇，朝碗里吹了几吹，然后"吸溜、吸溜"地几口喝光。有几颗糯米粒子挂在他唇边的短须上，说起话来，一抖一抖的很是滑稽，"江家嫂子啊，我天天在你屋门前过，看你家门口晒这么多腊肉，是有喜事临门了吧?!癫子恭喜你屋里收了一位贤良女，也祝你屋里崽跟媳妇的小日子，过得比甜酒子还甜。"

谢癫子那天救了梦凡后，余凤桃曾带梦凡上门去感谢他，硬要梦凡认他做干爷子，谢癫子连连摆手拒绝，还责怪余凤桃尽做些不合常理的事。讲理，余凤桃肯定不是谢癫子的对手，因此，这事就不了了之。只是，再遇到谢癫子，余凤桃的笑意少了几分嘲讽，多了几分感激，"癫子啊，他们都说你癫，我看你一点都不癫呢，承你的吉言了。"

背一捆枯树枝的梦凡刚进门，正准备放下柴火去问谢癫子每天哼的是什么调，唱的是哪个山头的歌时，志云上气不接下气地跑过来，硬要梦凡去看看文英。

从朵儿出事后，梦凡最见不得人风风火火往一处赶。现在见志云一脸忧色，心倏地往下沉。文英出事了？不会的，凡事往好处想。前几天还见过她，应该是我多想了。她摇了摇头，故作镇定地对志云说："年前我是没时间跟你们玩了。你看我家……"边说边拖着志云到堂屋看堆得到处都是的食物、碗筷、桌椅板凳什么的，又指了指外面晒满一禾场棉被。

"你把我当什么人了？不是有急事，我才懒得来找你。你还把不把文英当姐妹？"

"文英能出什么事？"志云收刀后，她不止一次找借口骗梦凡跟她出去玩，有时是跟文英一起，有时跟管区的一大群未婚男女一起，甚至还有一次，是纸厂的什么经理找志云玩，志云怕庞建军多想，就把梦凡骗出去。梦凡上过几次当后，学乖了，每次都要盘问志云，才决定去不去。

屋外一阵单车车铃急响，梦凡撇下志云往屋外奔，见外面摇车铃的父亲，心中不免又有些失落。

江国祥跳下车来，把车把递给梦凡，自己则急步走到灶屋里找余凤桃。

"婆婆子，你看何搞？嫂子讲他屋里也没结余的钱，说我们硬是要得急，就还一两车棉花给我们。"

余凤桃因家中事多，有些上火，一听这话更气得牙痛，"一两车棉花？我屋里又不是嫁女，要棉花做什么？再说，我收个媳妇还会少了她这几两棉花？当初借钱时，四嫂一双嘴巴讲得沁甜的，'他婶子，你只管放心，你借钱给我们应了这个急，你们什么时候要钱，我什么时候给。'还说什么虽然不是男人家，也是吐口唾沫钉成钉的。现在明晓得我家刚伢子结婚要钱用，照理应该自己早送过来，可是你瞧瞧，你江家都是些什么人？"

江国祥见老妻鹦鹉学舌般尖声尖气地学嫂子说话，还生怕学得不像，用拿着抹布的手叉着水桶似的腰两边扭，觉得很是好笑，但又怕笑出声，被自家嫂子玩这一手，他又何尝不急。

"你先莫急，坐下听我说。我也气得要死，若是说这话的是我四哥，我早就一耳光横扫过去了，可偏偏我哥到山里去了。俗话说'好男不与女斗'，再说到底是一娘所生，不好做得过分。"他把老妻扶到灶门口的小椅子前坐下。

余凤桃没等他说完话，急得腾的一下站了起来，头顶猛地撞到江国祥的下巴，"唉哟"一声，捂着脑袋又坐下，"莫急？我怕你是个神仙呢？今天腊月十六，离正日子还有几天？都火烧眉毛尖了，莫说办酒的钱，单说彩礼还有几千元没凑齐，你老爷这个时候还在空手打哇哇，莫急莫急。真要我不急，你就把钱都拿回来呀。"说着眼泪都流了下来。

江国祥顾不得下巴处传来的疼痛，"你看，你看，说你经不得事，你还不服气。这好事好落的哭么子呢？办法总是人想出来的。"他一手抱着另一只手的手肘，支着下巴想了一下，"要不？你去管区一趟，问刘会计账上来钱没，若来了，找他借几千。"

梦凡见爸妈又在为钱的事操心，把志云扯到渔塘边的竹林里。虽然凤尾竹也傲霜凌雪，但总有几根显出枯败之相。看来，父亲最近是真的忙，都没时间打理他心爱的竹子。梦凡边想边徒手折那几根枯竹，志云在一旁告诉她，文英的父亲硬要把文英嫁给谭文才。梦凡一听愣了，她以为听错了。在她的印象中，李伯伯除了不太爱说话，人却是很正派，怎么会喜欢谭文才那种臭流氓。难不成文英真没把自己的事跟他父母讲。文英也太憨了，我让你保守秘密是不错，但在紧要关头，我允许你说出来自保的呀。谭文才不是去南方打工了吗，怎么又跟李家扯上关系了？不行，她得去告诉李伯伯，谭文才到底是个什么货色。

梦凡边想边走进堂屋，准备推自行车和志云一起赶去李家，被余凤桃叫住，让梦凡先载她去管区。

"哦哟，今天刮的什么风，把你这个稀客吹来了？我正有事想下班后去你家的。嫂子，你屋里大门口这一向，未必没吊喜蛛，屋角上也没阳鸦雀叫？"在阶基上晒太阳的刘会计见余凤桃跳下车，心中一动，笑着打趣。

志云在管区后面的公路上等梦凡，余凤桃让梦凡好些劝文英，硬实不行，接文英到她家住几天。别看李神保平时闷声不响，一犟起脑壳来，任谁都劝不醒。有其父必有其女，文英妹子人小神气足，好好的班，喊声不去就真的不去了。要知道为了她那个工作，江国祥都帮李神保找了好多关系，卖了好多人情。这两父女若犟起来，恐怕比自己屋里的两父女更要命，她有心随女儿去劝，可两家关系还没那么近，再者李家前嫁后母的，自己又心直口快，万一说了什么伤别人的话，惹出麻烦。不如让梦凡去处理，若她言语上有什么不对，自己再出面也不迟。

余凤桃吩咐完梦凡，刚好听见刘会计的话尾子，"我屋里？除去我急得叫，还有什么会叫。"

"急么子呢，顺其自然的。崽的任务一完成，女的好事又近了，眼看你和老江的任务都要完成了，还急么子呢？未必你怕做红花嬷驰？"

红花嬷驰本意是形容做奶奶的年轻。刘会计这样说的意思，余凤桃明白，他这是在笑自己老而瞎操心，"哪有那么快。刚伢子的事都还没搞清白，还有什么时间管凡妹子的事。"

"我只问你，你家满妹子到底许没许人家？"

"那还没讲起呢。不晓得是她没动姻缘还是妹子性格不好吓怕了世主，差不多二十岁的妹子，连个鬼影子都没得上门的。莫扯这个，扯起这个我就躁。我今天是特地来找你帮忙的。"

"莫躁、莫躁！满妹子没许人家就好办。我这里倒有一家，正搭起十二层楼梯望我的信，你只说要不要得。"

余凤桃心想，莫不是老沐家终于开窍了，"那你要先讲一下是哪个。"

"大人呢，你熟得不能再熟了。伢子呢，也是好得不能再好的人。屋里的条件户子呢，在全场也算上等。不是我想赚一双谢媒皮鞋穿夸口，放眼整个苇场，也只有这么一家、这么一个人与你家凡妹子配得上。现在就只问你肯不肯。"

话说到这儿，余凤桃越发认定他是受沐家所托，"你看你又说笑话了不是？你几时看见，女找对象要娘同意的？"

刘会计扶着眼镜轻晃着脑袋，"非也，非也，有一句俗话不是 '岳母娘看郎，越看越喜欢'，伢子看人家，这岳母娘一同意便成功一大截。"

余凤桃此时已确信是沐家托刘会计做媒了。

余凤桃躺在床上辗转反侧，刘会计所说的话在脑中反反复复地折磨她。

当时之所以听江国祥的跑到管区，是以为江国祥知道管区来钱了，他之所以指使自己去，是怕在伙计面前失了面子。谁知，自己好话讲尽，刘会计还是不停地推辞，说什么现在的管区不像以前，虽然账面上有几块钱，真正落到手里的现钱没几个。还向她诉苦，说眼看年关了，不但管区公职人员的工资没着落，就连职工砍芦苇的力子钱也得等场业务科收账的回来才晓得有没有。唉，年关难过哟！他一边叹气一边还不忘提醒她，让她好好考虑一下他说的那事。不想别的，就说朱家能给三万块钱聘礼，就是睡觉遇着枕头的大好事。还说什么十八九岁的妹子还不是做爷娘的怎么说她就怎么应，到底不是自己崽女啊，轻巧得很。

朱家那伢子她不是没见过，长得武高武大、圆盘大脸的，见人眼睛笑眯眯，一双嘴巴也沁沁甜，伯伯婶几喊得嘣嘣响，一看就晓得是个灵泛伢子。朱家家境她也不是不清楚，没几分家业垫底，他朱光明敢一肩挑起白鹤塘。她也晓得如今政策好，渔场正在搞什么渔民上岸，刘会计说得也极对，如果凡妹子同意，趁现在政策松赶紧嫁过去，到时把户口一迁便吃上了国家粮。他朱家靠什么才有今天的家底？还不是朱家父子比别人，眼睛看得远些，门路广些。据说那年他们两父子的船在角碧口被黑草子缠住，老朱拨开黑草子一看，看见一湖浃的黄鸭叫，两父子喜饱了，闷声不急的足足捞了几天才捞完。朱家正因为有笔收入，才在内白鹤开了大几十亩渔塘，还添置了一条装得十几吨的座船，一条收渔放网的汽油快艇。烂泥巴只往垉上捊，老话一点都没讲错。不几年，朱家就成了苇场数一数二的养殖大户。可自己生的女自己晓得，凡妹子小时候和他们一起去对河外婆家，她走到四队便硬要上大堤，说是闻不得四队屋前的臭鱼烂渣味。她能跟一个浸得鱼腥味里的人过到一块儿？

推了推鼾声正酣的江国祥，可又怕他当真。自己离开管区时，还千叮咛万嘱咐让刘定国莫跟老江讲，现在却一想再想。这是怎么啦？难不成真为了那点钱动心了不成？一时燥热难当，掀被起床，打开房门见梦凡房间的灯还亮着，便走到窗下悄声喊了声，"凡凡，怎么还没睡？"

只听房门吱呀一声响，梦凡披着大衣轻手轻脚走了出来，一手竖着根食指放唇边，一手指向房间。余凤桃会意，待女儿做贼一般带拢房门后，紧随她走到堂屋的火箱边。

"妈，我睡不着，你说文英爸爸的心到底是什么做的？硬要把她嫁给谭文才。他也不想想现在都什么年代了，儿女的婚事还由大人们包办，那"五四"运动岂不是白搞了，什么妇女解放、恋爱自由不成了一句喊了八九十年的空口号。妈，你不晓得，文英爸那德性，真把我们给气死了，我们好心好意去劝文英，他却怪我们多管闲事，要文英把我们赶出来。一想到他，心中就窝了一肚子火。"

文英的事得从第一场雪后的那天说起。彼时苇山的大部分收苇任务已完成。文英爸李神保从三队码头下堤时，被子突然从自行车上掉了下来。刚好被拴好船准备回家的谭麻子看见，忙不迭地帮他捡了起来，并吩咐张禾秀回船上拿了一个装尿素的袋子把被子装好，又客气的留他到家里吃了晚饭再回去。李神保没打推辞，两人就着谭麻子打的几条翘白子，你一杯我一盏的喝了些小酒。东扯西扯后，就聊到了没定亲的孩子们。这一说，戳到了谭麻子的痛处。从谭文才被江家赶出去起，谭麻子就到处托人，想给他说门亲，可不论许多少好处，都没人应，把谭麻子急得眼睛都差不多冒火了，他长长的叹了口气，"都喜啊，你的还好呢，是个妹子。你看我家的啰。我望年望月望哒生个崽，如今，唉——莫说给他找堂客，这个家他回不回得还难说，唉——都是我这做爷的无能啊。"李神保以为谭文才在谭麻子面前发了毒誓，不讨堂客，不进家门。想到自己的女儿英满差不多二十岁了，也许可以……李神保回到家中便清醒了。他握紧拳头，狠狠搔了自己脑壳两拳，暗骂自己鬼蒙了脑，喊着嚷着要跟谭建武攀亲家。当然，并不是谭建武不好，而是谭文才实在太混了。谭建武自己都说，前不久因谭文才强行跟江国祥的满女，才不得已把他送到南方打工。真是这样，那英满还不会拿命反抗？转而一想，又觉得谭建武或许也喝醉了，没听清。再说，谭文才不是还在南方吗？

谁知，第二天一清早，谭建武就请他老兄做介绍人，亲自提着礼品到了李家，说是代替崽来看人家。李神保哭笑不得，但为维护一家之主的尊严，他瞬间下定决心，自己说出去的话，就是一坨屎也得吞下。可怜的文英还不知道她的终身，被她父亲酒后的一句玩笑定了下来，傻兮兮地端茶倒水忙个不停，直到吃饭时，喝高了的谭建武，漏出口风。

志云风风火火地来找梦凡时，文英已有四天粒米未进。梦凡到李家一见文英半死不活的样子，把妈妈在路上教她的那些话全吓飞了。又见一屋子人闹得鸡飞狗跳的，只好和志云她们半拖半劝的把文英劝到江家来。文英默默地流了半夜泪，现在她睡是睡着了，只是明天又会怎样呢？见文英一副生无可恋的模样，梦凡紧张的眼睛都不敢眨，一动不动地看着她，生怕自己稍不留神，文英就走了绝路。

"你怕么子呢？放心，我们做父母的再糊涂也不至于卖女儿。" 余凤桃望着梦凡，似答非所问，又似一语双关。微弱的灯光下，余凤桃清楚地看见了女儿的恐惧及担忧，一把拖过梦凡白嫩的双手，放到自己膝盖处，有一下没一下地抚摸着。是的，再穷也不能卖女儿，她暗自下定决心，可是一想到钱，她又一阵潮热，额头、鼻尖、手心都冒出汗来。唉，一文钱难死英雄汉，几千、万把块钱砌成的坎，可不是那么容易过的。如果不是差了这几千万把块钱，当时，余凤桃便会一口回绝朱家。毕竟，刘会计说，当初朱家看上的是文英，只因谭麻子在旁边说文英已订给了谭文才，才改为江家的。

要不，明天去跟李神保说说。朱家的条件，她都看得上，莫说李家。只是自己真去说了，让张禾秀知道，那他江家岂不会永无宁日？还是各安天命吧。余凤桃不知，她这一犹豫，在往后几年里，一听梦凡提起文英，便悔恨不已。

"若文英娘没走就好了。李神保这都喜胡子呀，自从结扎以后变得又蠢又犟，生怕别人说他不像个男人。文英妈一死，更没人能劝得醒他。唉，瞧我糊涂了，跟你说这些做什么，早点睡吧，明天还有明天的事呢。"

学校已放假好几天，沐阳看电影时，跟梦凡表白受挫后，便硬起心肠不再找梦凡。希望，梦凡会因为不适应他这一转变，而主动来找他。可他在浮桥边故意流连了好几次，都没见梦凡的身影。挨到学校分过年鱼时，他终于有了去找梦凡的理由。

他听人说，廖校长已定好代课老师人选了，他以为是江梦凡，正要去江家报信。可又听人说，新代课老师是个男的。这让沐阳有些恼火。那姓廖的，不会把我的忍让当作怕事了吧？

廖校长住在新建的单元楼一栋一单元。前年，场部为了让青年教师在苇场安家，多方筹措资金，在中学教学楼后建了两栋单元楼，共四十套套房。建成后，按从教时间及级别分配。新分配下来的青年教师，还是住旁边的旧宿舍。

廖校长夫人满脸不耐烦地打开门，见是沐阳，翻着一双死金鱼眼，鼻孔朝天，瓮声瓮气地吩咐沐阳把鞋子脱在门外，呼地一声把铁防盗门关得震天响，啪地丢下一双拖鞋，嗒嗒地走向客厅长沙发。沐阳穿的运动鞋，边蹲下身子解鞋带，边朝里面打量，希望能看见廖校长，省去他脱鞋之苦。却瞟见李芸盘坐在沙发里侧嗑瓜子。沐阳他除了"佩服"还是"佩服"。难道不是，做出那等丑事，居然还能心安理得地面对正主，真不知她怎么想的，或许她人生字典里没有羞耻二字。

其实沐阳高看李芸了。她见门外的是沐阳，吓得脑子都无法运转了，直到口腔里传来刺痛感，才知自己一直吃的瓜子壳。趁沐阳跟小姨去找姨父时，才假意咳嗽，把满口瓜子壳吐进身边的垃圾桶。

廖校长见沐阳找上门，也吓出一身冷汗，看了看沐阳的神色，立即冷静下来，沉声问沐阳找他何事。

依沐阳早日的性子，在书房时，就可提醒廖校长，别忘了，你有把柄在自己手上。但一则现在还未到图穷匕见的地步，二则，他虽然不喜廖夫人的做派，却忍不住同情她，被两个亲近的人背叛，心再大，恐怕也扛不住。

因此，示意廖校长借一步说话。

廖正清依言跑到门边换鞋，刚穿上皮鞋，转眼又脱下，等发觉时，才发现他换了半天，还是穿的拖鞋。

沐阳冷眼旁观大校长表演，我还没怎么着呢，你就吓成这样了，就这副德行还想着事事周全，别想鱼和熊掌皆得的事了，遇上我便是你躲不过的劫。

等廖正清好容易换好鞋，两人一前一后走到操场旁边的松柏树旁。

沐阳再一次提醒廖校长，自己曾托他办的事。

沐阳所求之事，廖正清心知肚明，只是他也没办法啊，李芸的肚子一天天长大，再不想点办法，这颗定时炸弹就要炸了。他本想让沐阳接手，可那天偏偏被沐阳撞见了。这一个多月，校内校外找了好几个，好容易找到一个既让他那宝贝看得上眼，人又老实的，可人家不是系统内的，他又权力有限，只能把这指标给他。

他只好放低声音，告诉沐阳自己的为难之处，并答应等沐阳跟那江什么结婚，不，订婚也算。只要沐阳跟她订婚，就会帮沐阳这个忙，现在真的不是时候。

沐阳语气轻松地回复校长，自己跟梦凡关系怎样不劳校长操心。他之所以提出让梦凡当代课老师，是觉得她确实有亲和力，学生肯听她的话。那天在蠡山，她说一句抵得上他在学生面前说十句。再加上，她刚高中毕业，书本知识还都记着，这时候教个小学生，肯定不成问题。

廖正清却固执地认为沐阳的不依不饶，只缘于那事。说不了几句话，便开始怒吼，怪沐阳不该威胁他。他劝沐阳看清形势，堂堂的校长是不可能受制于一个毛头小子的。

几番较量下来，廖校长的官威并未逼退沐阳，反而不小心说出李芸已身怀有孕这惊天秘密。沐阳面带微笑，放低声音告诉校长，他要去联校，帮校长夫人讨个公道，或者直接让她自己去也行。

廖正清一听急了，拱手作揖，请沐阳让他再考虑考虑，并答应寒假收假以后，一定给他个满意的答复。

沐阳看出校长这是在用"拖"字诀，不由又冷笑一声。凑在廖正清肥厚的耳朵边，告诉他，他姑父娄副局长会回来过年。沐阳平素最恨狐假虎威之事，但见人说人话，见鬼说鬼话。虽然自己并未打算跟姑父说这些肮脏事，吓吓这比泥鳅还滑溜的廖某人还是可以一试的。不等廖校长回复，他拿着选好的鱼直奔江家。

廖正清一时没反应过来。娄局长他又不是不认识，前年因建教师公寓的事，他跟联校校长段佑华见过娄局长一面，不过没听说他老婆姓沐啊。苇场姓沐的只有沐光辉他们这一支，只要有人提起，他一定会有印象，是这小子骗老子的吧？对，一定是的。如果娄局长真是他姑父，他沐阳会老老实实窝在老子手底下。还有，明晓得李芸找他谈爱是因为肚子里的那坨肉，稍微有点血性的男人都会暴起来，他家里有靠山还忍得住？他不信沐阳年纪轻轻，就有这么深的城府。对！他肯定是骗老子的。摇窝草都没掉干净，就想在老子面前玩心思、斗心计，亏得老子是洞庭湖的麻雀——见过几个风浪，要不然真被那臭小子唬住。沐阳啊，你还是太年轻了。你未必知晓姜是老的辣？

第二十五章

　　没有太阳的冬天，整天都带着能钻入骨子里的阴冷。见文英独自站在屋角凤尾竹下吹北风，梦凡拿了件大衣走过去给她披上，假装没看见她转过头去时脸上挂着的泪水，扶着她瘦削的肩，陪她默默的站了好一阵。
　　文英知道梦凡及朋友们都在担心她，她也想学朵儿一样若无其事的一个人扛下。可是，她的肩膀实在太柔弱了，真的承受不了这么多。小时候的事自然不必细说。参加工作后，因体制变革，她再努力上进，也没找到机会转正，好不容易有一丝苗头，父亲又因肝腹水送进了血防院，后妈一抹眼泪一抹鼻涕的在父亲床前哭，他这一躺倒，剩她一个人如何把家里的田土做出来，芦苇山里也会去不成，医药费、营养费什么都没有着落。父亲一急，立马命令文英辞了工作回来帮忙。总算把父亲的病治好，稍微轻松一点时，又闹出这一出，人说人生如同火烧芋头节节煨，只是她不懂，她为什么要那么早便开始煨在火里。
　　"你个傻姑娘，不同意就不同意，这么作践自己做什么？难不成你不同意，你爸妈还会绑着你跟他结婚？他是个什么人，我又不是没告诉你。我不信，你爸若是知道了，还会睁着眼看你往火炕里跳？再说现在是新社会，早就不兴包办婚姻那一套了。实在不行，我们去场部告状，场部不管我们就去县里告，县里不管我们就去省里。若还不行，我们去登报，跟你父亲脱离父女关系，吓都吓死他。"文英觉得梦凡幼稚得有些可笑。事情闹成这样，莫说断绝父女关系，就是她死了，只要谭家不松口，她父亲也会把她的尸体送进谭家。
　　见文英不说话，梦凡自顾自的发泄对文英爸的不满，"真的搞不清你父亲天天顶着个脑袋，每天瞎想些什么。人家的父亲生怕女儿嫁到别人家吃苦受磨，在别人给女儿做介绍时,还明察暗访的去摸对方的底,担心介绍人吹牛,害了女儿一辈子。他明晓得对方是个什么样的人,还满口答应。"难不成真如别人说的那样,他把文英亲生妈妈的死怪到文英头上?梦凡想到这儿,心里一惊,总算还知道些轻重,生生把这些咽进了肚子里,又怕文英多想,突然接上一句,"要不,让我妈再去劝劝你爸?"

文英一听,急得使劲摇头,正因为她太了解她爸了,所以才会如此绝望。他们都只看到她爸在人前的老实、懦弱,并不晓得他犟起来有多恐怖,他的口头禅是"男人家一个唾沫里,吐地上一个钉",对她后妈喊打就打、喊骂就骂,谁也劝不住。她后妈嫁进来这么些年,看见她爸还像老鼠见了猫,若多说了一句,铁定挨一顿毒打,最严重的一次是文英姐姐出嫁之前,她爸把她后妈打得三天下不了床。到了姐姐的正日子,后妈还得装着没事人一样,笑眯眯地忙前忙后。

夜越来越黑,黑得半点星光也看不见,天也越来越冷,站在风里,感觉周身没半点热气,梦凡只好拖着文英进屋偎被子。"文英、文英,堤上好像有人在唱歌,谁喝醉了?"

听两人在房间里叽叽喳喳,知道她们还没睡,余凤桃送了一碟瓜子进来,正好听见女儿在问,接过话头,"唉,他啊,别提了,是曹瘌子的二崽。你一直在外面读书不晓得,他一年要唱好几轮,人都被他吵死,谢癫子到底跟他一伙的,说我们不懂,曹家彬伢儿这是什么'醉踏大堤……'"余凤桃觉得那几个字就在嘴巴边上,就是想不起来,见梦凡与文英不歇气地问她,有些没好气的回了句:"我不记得哒,你父亲记得。"

曹志彬如他的名字一般,长得文质彬彬。听到他考上大学的消息,前去贺喜的亲朋戚友都说,曹瘌子歪缸出了好酒。曹瘌子更是逢人就吹,说自己地算本事高,给曹志彬的祖父谋了一块好地。只是高兴劲还没过,曹志彬就疯了。而且还不晓得原因。可怜曹瘌子一年四季帮人算命看相,就是没算到他崽是个这样的命。曹瘌子送他到精神病院疗养了一段,说好得差不多了。只到油菜花开的时候,还有点发病。现在,不晓得是病严重了还是怎么的,白天正常不过了,跟着他娘、堂客田里土里样样做,只要天一擦黑,他就往外面跑。曹瘌子无法,只好把他关起来,关一次,他跑一次。有一次,曹瘌子傻劲来了,把他关进水塔最高处那一层,关了两天,第三天,他就跳了下来,把脚跟手都摔断了。曹瘌子吓得再也不敢关他了。唉,年纪轻轻就得了这样一个病,这一世怎么到老啰。要说曹家的几个崽都长得好、满女也长得乖,就是曹瘌子太没能力了,只搞些歪门邪道,现在看来,终究是害了自家崽女。幸亏，曹志飞争气，做事踏踏实实，因此，江国祥才抬了他一把。

曹瘸子大名曹金华，老家也是南边的。曹金华从小就不务正业，成天耍些小聪明，在外面游荡。他因这个外流分子身份，在生产队的批判斗争会上，成了挨批斗的常客。只是他本性不改，仍靠小杂技、魔术等小把戏在外行骗。

他最爱吹嘘的是，不是他没钱，而是他不想赚钱。他若想发财，分分钟的事。说得最多的便是那次他用五毛钱成本赚了一百元的"丰功伟绩"。

那次，他搭别人的小划子到对河，再用五毛钱到新港堤脚下的供销社去买扑克，等营业员把扑克给他时，他趁营业员不注意，偷偷拿走了三张花牌后，把牌还给了营业员。

然后，在内洲子，跟几个小年轻"玩花牌"赢了五块钱。赢钱以后，他又跑到了县城。

谁知，在县城没找到"发财"的门道，钱又用光了。他只好故技重施，来到一个买干辣椒粉的摊位前，用手抄起一把辣椒粉向老板问价，等老板开价后，他说不要了。其实，他已暗暗把一小撮辣椒粉据为了己有。

曹金华捏着辣椒粉，一个人走到新街尾子上，看见有个三岁不到的小男孩在一家商店外面玩耍，里面一个二三十岁的女人，边打算盘边看小男孩，曹金华一下子有了主意。只见他大大方方的朝小男孩走了过去，用指甲微微一弹，辣椒粉飘进了小男孩的脸上和眼睛里，小男孩子觉得不舒服，用手去揉，谁知越揉越是火辣辣的痛。女人听到孩子哭，急忙跑出来，见孩子双眼睁都睁不开，周围通红，脸上还有一大片红籽籽，急得眼泪直流。曹金华这才慢慢走了过来，蹲下身子看了一眼孩子，对女人道，"大姐，你这孩子只怕是碰了飞煞。也活该他命里有救星，碰到了我，我师父授我法术时，再三叮嘱我，法只可救人，不可害人。我做一件好事是做，做一百件也是做，不如，你让我试试。"待女人同意，他把孩子的衣服脱下，吩咐女人打盆清水，拿一条新毛巾过来，待他作法。女人把东西拿来后，曹金华用手在水中胡乱划了数下，口中念了声"急急如律令"，便端着清水走到孩子身边，把毛巾浸在清水里，拿出来拧成半干，从孩子的脸上抹下，一直擦到脚跟，如此三次，孩子脸上的红籽籽已慢慢消失，眼睛也打得开了。在旁边围观的人都啧啧惊叹，这样，曹金华不但在女人家赚了一餐吃，还得到20元谢礼。

在县城睡了一晚后，钱又所剩无已。他只好乘船来到南边，在早餐铺里买了几个馒头，又到一家医院买了一块钱的冰片，顺便在一个建筑工地旁捡了一些干净的水泥纸，找了个旅社住下。他在旅社里把馒头捏成粉，和上冰片，用水泥纸包好，足足包了五十包。第二天,来到乡下人口较集中的地方,摆开一个场子,耍了耍杂技,见观众越来越多,便介绍自己,说是峨眉山当代掌门的关门弟子,这次下山是奉师命散药积功德。因其他的均被有缘之人领走,只剩下这些妇科圣药,每包只需一块钱功德。这药包治妇女经血不调、痛经、白带、红崩等,并报名号为周围,住某旅店,若服用后无效,尽管到旅店去骂他的娘。

这样,没用多久,五十包药便已售完。你要知道那时五十元钱,相当于一个场党委书记一个月的工资。原本,他想揣着那五十元回家算了,但是,贪欲让他停不下来。

他又游荡到了银城,银城的消费水平高,没几天钱就花得差不多了。他只好来到一个建设工地,偷了一坨沥青,捡了一捆水泥纸,顺手捡了一个旧桶,又跑到商店买了几支蜡烛,到住的旅社里把门一关,把沥青放进桶里,用蜡烛烧化,再把水泥纸裁成四四方方的纸片,在纸的中央沾上一小块沥青,又用南瓜蒂子雕了个章子,上书"正宗武当狗皮膏",在有沥青的水泥纸背面印上。

到集市,他自然又是一顿胡吹海吹,不到半天工夫,狗皮膏药又被全部卖完,他获纯利一百元。

那时一百元是个什么概念,寻常人家砌一个大三间的瓦屋,都只要两百元。

曹金华之所以被人唤做曹瘸子,并不是他在外面行骗时被人打折了腿,而是他左手四根手指被人齐齐剁断。

曹金华被剁掉手指时那段公案,小垸里许多人到现在还可以说出个所以然。

满女曹志云读一年级时,不知是看在膝下两儿两女的份儿上收了心,还是真的转了性。反正,他已有很长一段时间没去外面游荡,家中也渐渐有了些起色。见左邻右舍有几个做麻生意的,发了些小财,曹金华的心思又活络起来。找堂客何爱莲商量,想借点钱做麻生意。其实商量只是说得好听,家中大小事,何爱莲基本上做不了主。

没等二麻开园,曹金华就已凑到七八千元。大家都以为,这下曹金华会赚大钱,毕竟,他的脑子灵活得很。不料,那些钱一夜之间被他打了水漂。

何爱莲听说曹金华,把钱全部输光了,二话没说,跑到厕所里,拿起一瓶甲胺磷,一仰脖子,悉数喝下。幸亏场部供销社采购员利欲熏心,贩的假药,加上抢救及时,何爱莲的命才得已保住。

命救回来了,生活却无法继续,她稍微好转,便把一副挑绳系在堂屋的房梁上,搭起高凳准备把脑袋伸进去、踹倒凳子时,曹金华死命抱住了她。儿女们齐齐跪在地上,大声哭嚎。闻讯赶来的左邻右舍齐声指责,曹金华见何爱莲硬是不收场,无法,只好从门旮旯里摸出砍柴的篾刀,心一横,把左手四根手指头齐根剁断。

众人呼天喊地把他送到医院,一问何爱莲,家中已无分文。江国祥只好出面组织群众捐款。以曹金华的德性,管区许多人心中不情不愿,但"救急不救穷",人命关天的事,心中终归不落忍,于是,一元、两元的凑,也凑了近千元。

曹金华的命抢回来了,人却废了。管区先前的地算见他可怜,收他做了关门弟子。想他曹金华闯荡江湖大半生,开口闭口皆是某大师的关门弟子,没想到残废后,真的做了人家的关门弟子。

梦凡妈竹筒倒豆子般,把曹金华做的事原原本本地倒了出来,梦凡与文英两人听后,为曹志云的不易感慨了好半天。

她们知道她二哥曾经得过精神病,不过后来又听说好了,还娶了一门亲,"文英,你听志云说起过这事没?"

"怎么,外面唱歌的是志云二哥?"文英前几天还在路上碰到过曹志彬,穿一套洗得发白的牛仔服,背着一捆杨树枝下堤,许是知晓她与志云的关系还朝她笑了。

"我一直没见过他,想来志云那么乖、大哥又长得那威武,她二哥肯定也差不了多少,只是可惜了。这人为什么会这么脆弱呢,说疯便疯了。不晓得志云现在怎么样了?但愿庞建军能给她爱的力量。"

"她还好啊,我前几天看她和庞建军一起说说笑笑的回家。梦凡,你还记得不,读书时,志云还有个绰号叫'小钟楚红'呢。"

"怎么不记得,那时我们还说她比钟楚红还漂亮。钟楚红的那些电影画报都是化了妆的,志云该红的地方红、该白的地方白,那才叫天生丽质呢。好多人都说她生错了地方、生错了人家。"

"我觉得她现在比以前好看多了,可能是受了爱情的滋润。凭她这副长相,完全可以在城里找个对象,不晓得怎么想的,急哈哈地跟庞建军凑到一起了。我也不是说庞建军不好,只是……唉!我们不说她了,梦凡,难怪你性格这么好,看你妈妈就知道了,哪像我妈妈只知道一味的逆来顺受,像我这事,如果发生在你身上你妈妈打死也不会依你爸的。而我……"文英说着说着声音又开始哽咽了。

"文英,你也别想那么多,先把心放宽,再慢慢想办法。车到山前必有路,事情总会有办法解决的。"

"办法?有什么办法?我父亲你不了解,他是属牛的,牛还知道撞了南墙回头,他可是不把墙撞垮是不会移地方的蠢牛。"文英太清楚她那个外人看起来随和,其实固执得近乎愚蠢的父亲了。

"也只怪你自己，出社会这么久，怎么没学志云他们的，自己谈一个。你看这次，如果自己找了一个，你父亲就不会怕你没人要，随随便便答应人家了。"

文英听梦凡这样一说陷入沉思中。咦，她莫非真有相好的？如果有，文英遇到这么大的事，为什么他没来，让她孤军奋斗？

梦凡见文英不说话，也没闹她，想着照理高轲应该放假了，怎么还不来看她，难道那些梦境都是真的？不，应该不会，可能是他哥哥又要他做什么去了，又有可能是学校里有什么活动耽搁了。

"凡凡，我跟你说个秘密，你可不能讲给别人听。"文英经过一番思考觉得还是得把心里的秘密说出来让梦凡给她拿个主意。

梦凡从她的纠结中收回思绪，屈肘撑着脑袋，侧脸看着她，"放心啰，我不会多嘴的，再说，我想说也没个地方说啊，朵儿走了，志云只怕沉在爱情里醉得不醒人事了。"

到了这个时候，文英也没有什么可担心的了，忸忸怩怩地把自己的秘密告诉梦凡。

"梦凡，你还记得那次我们五个人偷偷去县城不？"那次经历可以说是梦凡学生生涯中难得的一次放纵、冒险，又怎能不记得。

那年端午，刚好文英、梦凡她们放假在家。五个人聚在一起，也不知谁先提议要到洲子上去摘芦叶。等她们追追赶赶穿过防浪林，在小四眼塘的滩头上玩一阵河沙，又跑到大四眼塘的洲子上在比她们高出两倍的芦苇丛中寻一会儿芦菌，或作贱一丛老得开花的芹菜，或跑到防火道旁采几根微微扎手的益母草花，或顺手扯几根毛茸茸的狗尾草放同伴颈窝处挠痒痒，银铃般的笑声飘荡在苇荡上空，惊飞一只只藏在苇荡深处的野鸡、对鸭、斑鸠。到沙洋河边时，几人见河边停靠的小鸭划子船上的桨没被打鱼人藏起，便跳上船，一篙子撑开，划的划、荡的荡，不几分钟便到了北东南洲。她们把船系在站屋旁边的柳树下，拍拍屁股跑上岸。

听家里大人们说，以前东南洲是个整洲子。后来，由于洲子太大芦苇打出山时极不方便，人们从灯塔洲与东南洲交界处起至南竹坳与反边湖的交界处，人工挖出一条新河，于是东南洲便分成了南、北东南洲。几个疯丫头一路打打闹闹，一不留神便到新河边。朵儿看到新河中来来往往的机帆船更是疯了似的，在洲子边的防火路上边跑边打着哦嗬喊，"开船的大哥呢——我们搭船呢！"原以为，机帆船的柴油机太闹腾、河风大，开船的会听不见。梦凡她们便听任她闹腾。不想，还真有人听见了，并信真了，把船停在离梦凡她们不远处的一个泥巴堆的码头处。朵儿见船停下来更是兴奋，大呼小叫着让她们快点，这个时候上船正好可以赶到县城看划龙船，志云、文英她们四个相互对视一眼，都从对方眼中看到想去的意图，便没考虑其他的紧赶几步，在船头那个男人的协助下，跳上船。

一坐稳，文英和梦凡便后悔了。她们看见船的内舱里还坐着两个男人，连同船头与撑舵的一起四人，没一个熟面孔。新河虽然是条笔直的沟，但是旁边还有好几处河汊子，万一，那几个男人起了歹心，她们几个女孩子可算是羊入虎口无处可逃了。

"夏至南风刮得多，忽然想起我的情哥，有心想郎不得郎到手，如有知心朋友碰哒我情哥，掩人耳目告诉郎一声，就说南风吹动嫩花得，娇莲思郎动了春心。"船头的那位见梦凡几个坐在舱里交头接耳，便脱下汗衫往船舱里一扔，立在船头打起了山歌。

梦凡见他右肩处纹着一条黑龙一直到手臂，顿时吓住了，附在文英耳边大声问，"文英，我们该不是上了贼船吧？"文英连忙扯了扯她的连衣裙，用眼神制止她。

船内舱的那两个男人低着头走出舱，"哟！哟！三哥，到底是看见了乖妹几啊，都打起山歌子来了。什么'娇莲思郎动了春心'，我看是你动了色心吧？"

梦凡几个吓得从舱边的长条凳上跑下来，蹲在舱中商量。万一……她们就跳河，就算死也落个干净。

"三哥，今天又上街？哟，还装了几个妹子？"正当梦凡她们神情紧张，准备听文英号令一起跳河时，一只小船轰鸣着靠了过来，一个五短身材，面庞被湖风吹得黝黑的男子，对着她们喊，"咦，这不是我表妹吗？怎么搭上你们的船了？"

"你说的是朱兵吗？那可是个好人，那次若不是他一路护送，我们还不知会被那几个男的怎样。想起都后怕，你说那天我们的胆子怎么就那么大呢？不过，就算没那回事，兵哥在我心中也是好人一枚，比谭文才那绝对是一个天上一个地下。"梦凡其实并不了解朱兵，但是一个男子能在情急之中想出那样的法子，让她们得以脱身，想来这人不但好，而且还聪明。

文英知道朱兵喜欢她，从芦科所离职后，朱兵曾跟她一起，砍过一个冬的芦苇。收刀时，朱兵提出要与她交朋友，她反倒犹豫了。她有点闻不惯朱兵身上洗不掉的鱼腥味。现在，想来这都不是事。

"那你喜欢朱兵不？"

"我？谈不上喜欢不喜欢。他跟我说时，我也没多想，总觉得自己还小，不急。不是你说我没早点自己谈一个吗？其实在芦科所时我谈过一个，后来，芦科所改组，他为了外调，跟他新单位的领导的女儿好上了。我一直被蒙在鼓里，直到那人说要订婚，我还以为他是跟我订婚，便安心地在家里等。你晓得，那时我父亲得了病，所以我辞职回了家。没料到，我左等右等，也没等到他派介绍人过来，我傻傻地以为，他是体贴我要照顾我父亲。等我父亲病好之后，我才知道，他订婚的对象不是我。出社会以后，也有几个人或多或少对我表示好感，但看来看去也只有朱兵性子单纯老实些，从不与不三不四的人到外面混，所以才对他有些感觉。不过现在说又有什么用？我父亲那里不知还在怎样拗呢？"

梦凡敢打赌，不只是她，就连离文英家最近的朵儿也不知道文英有这段经历，但是，现在说这个有什么用呢，"要不，我明天找一下朱兵探探口气？"梦凡认为这可能会是文英的最后一根救命稻草，她想帮她抓紧抓牢。

文英听梦凡这样一说，把头转到另一边，半天才说："又何必呢，我一个人烦恼就够了，还是别拉他下水了，再说如果他不如我们所想，那我以后还活不活？"

"怕什么，又不是要你去问，我侧面问一下，行就行，不行就想其他办法。别想了，明天我去白鹤塘找一下朱兵。天也不早了，早些睡吧。"梦凡熄了灯，转过身去不再理因打不定主意辗转反侧的文英。

黑暗里，文英面朝梦凡："凡凡，你真没考虑过将来你要嫁个什么人？"

梦凡眼前闪过高轲那张英俊的脸，脸突然有些发烫，怕文英看出端倪，用被子蒙住头，"这么早想那个做什么？"

"我不信。你会没想过？你没想过还时常发呆？我可不会认为你在想沐阳，对条件这么好的沐阳你都不动心，只有一个可能，就是你心里有喜欢的人了，而且关系匪浅。"

"真没有，只是……"梦凡真想把秘密说出来，让文英帮她分析一下，高轲对她到底是不是真爱，然而看见文英肿得发亮的双眼，瞬间改变了主意。"只是没设想过未来的另一半，那肯定是假的。我有个世叔，我们读初中时，结婚了，新娘子很漂亮，听说也读了高中。有次，他特意跑过来找我爸，问我爸，他怎样才算对他妻子好。我爸想了好久，告诉他，怎样做都不能委屈了人家。我世叔想了想，像是发誓一样跟我爸说，保证不让她做半点重活，天天让她在家里看书、写字，家里的事她高兴就做，不高兴就不做……文英，你知道我当时的感觉吗？我的天，这世上真的有这种感情，我以前一直以为只有琼瑶的书里才能看见。"

文英不懂梦凡怎么会说起这个，难道是在暗示她，放心大胆地追求属于自己的幸福？她也想啊，可，哪还有第二个那样的人呢？文英双手垫在脑后，盯着窗外的暗黑色的天光,"人家肯是才貌双全,所以才会有人珍惜。像我们,像我……唉——"

"我们怎么啦,你又怎么啦?难道你没听过那首《野百合也有春天》吗?"

"哼哼。"文英苦笑了几声,说道,"其实,我也无数次憧憬过,尤其看电影、电视时,老想如果能找个像男主人公一样的男子那该多好;如果我们不是生活在苇场,住在城里那该多好;那样我每天也像电视里女主人公一样,不,我会比女主人公更爱他和那个家,每天睡前把他要穿的白色衬衣和黑色西裤烫好,每天早晨给他做好早餐、系上我亲自挑选的领带,然后在他出门前撒撒娇,换回一个深情拥抱,或者还可以学外国人那样来次浪漫的吻别。现在我没别的想法,只希望他为人正直、善良,对我好就行,什么高啊矮、胖与瘦、做工的还是种田的,乖与丑我都可以不在乎,可惜,这一点小小要求都变成了遥不可及的梦,你说是我上辈子造了什么孽呀,老天才会这样对我?"

梦凡静静地听着文英诉说她的梦、她的苦,眼角都湿了,怕文英难过尽量隐忍着不出声。

"梦凡,你睡了吗?这么快就睡着了,你肯定还没有喜欢的人。"

她在心里回答文英,"文英,在你这样伤心的时刻,我该怎样告诉你,你猜对了,我确实深爱着这样一个男子,他干净、阳光、俊朗、帅气、聪明,我又该怎样告诉你,他如今让我变得越来越不相信自己。每个花季少女都有对美好爱情的向往,你不例外,我也不例外啊。只是这是爱吗?我的未来真的会与他共度吗?为什么我如此不确定……"浮在夜空中的高轩慢慢清晰,梦凡分不清是梦还是现实。

听着梦凡越来越缓和的呼吸声,文英睁着眼睛瞎想了好久,才迷迷糊糊地睡着。不知怎么的,她突然爬起来,慌不择路的往河边跑,想也没想的爬上一条小船,她也不知道自己在逃什么,等船离岸时,文英的心才稍稍放下,却又发现船在慢慢下沉,惊慌失措时,看到朱兵正好在岸边,她朝朱兵大喊救命,可是任凭自己怎么喊,就是发不出声音。朱兵眼睁睁地看着小船载着文英慢慢下沉。文英突然看得好清楚,朱兵的脸上分明带着嘲讽的笑,感觉那笑比慢慢将要淹没她的水还冰冷。

"朱兵,我恨你!"一声大叫,文英感觉终于喊出口了。看看漆黑的四周,原来只是一场梦。

"凡凡,凡凡。"文英推了推睡得正熟的梦凡,梦凡"嗯"了一声,又转过去睡了。

漆黑的夜是如此让人恐惧,被噩梦惊醒的文英感觉自己被一个黑色的漩涡吸住,怎么挣扎都出不来。她的心怦怦乱跳,这是在预示着什么?那个梦又在预示着什么？难道朱兵真会如梦中一样，不是可以拯救她的那个人？那她该怎么办？能怎么办？学朵儿的离家出走？绝不可能，如果那样，她那可怜的妈妈便是她父亲的夜饭菜，可又不能真的嫁给谭文才，她该怎么办？该怎么办？

梦凡醒来时，见文英半歪着睡了，"唉！看样子她肯定一晚没睡。"伸手想把文英扶正躺下时，文英睁开眼睛看了看梦凡："凡凡，还是不去问他了，昨晚我做了一个不好的梦，梦见我掉到河里，朱兵不但不救我，还站在岸上看着我慢慢下沉，一脸的嘲弄。"

"你这傻姑娘，不是说梦境梦反吗？不要那么在意，只是套一下他的口气而已，那么紧张干吗？"梦凡不以为然，人家都说日有所思，夜有所梦，这正巧说明文英此刻是非常希望朱兵能挺身而出，跑到她家里告诉那倔老头，朱兵与李文英早已私订终身，以他的心性，绝不可能一女两嫁。

第二十六章

　　以前为赶进度，面积稍大的苇山，基本上采取"五边"（即边砍伐、边打叶、边出山、边加工、边调运）的收芦方式。现在既不要除杂也无需打方捆，直接拖齐头捆出山，倒省了不少人工。

　　纵使这样，打出山也不如说起来轻松，单从字面看"出"要移走两座山才能"出"，打出山的辛苦似乎可从此处窥见一二。因此，打出山时站屋里的伙食比砍苇时要好。从进山起，沐光辉就叮嘱朱光明，从送到他们站屋的每批鲜鱼指标中扣下十五斤，供拖出山时加餐。

　　平静无波的白鹤塘，在大山岭与野鸡坳两大洲子的芦苇中，如一颗放在灰白色兔毛上的蓝宝石。一入秋，这颗宝石不再平静，外湖的鱼一年比一年少，湖洲上所有站屋的鱼全部由白鹤塘供应，渔场的群众不分白天黑夜的守在塘边抽水，以期捕获到更多的鱼。

　　"沐支书，一两百斤鱼的事，你派人传个话，我分分钟给你送到屋里，何苦想得头发一把一把的掉。"朱光明其实晓得沐光辉不是为了私人，但是一见到他越来越高、越来越亮的额头，就忍不住开几句玩笑。玩笑归玩笑，事还是得做，他朝渔塘里喊了一声，"那谁？上来，把养在机埠的那两百多斤鱼给沐支书装上。"

　　不可否认，刘松柏是个灵活人，他捕鸟的工具没能派上用场后，没等胡少兰开骂，骑着自行车，带着儿子刘超群跑到白鹤塘来打短工。但凡灵活人都有一个短处，舍不得吃苦。从沐光辉的手扶拖拉机进渔场，他就在注意他们，所以，能从柴油机的轰鸣声中迅速分辨出渔场场长的声音。

　　"唉！我说老伙计，你这么做就不厚道了。我不要求都给我青鱼、草鱼，你也不能把这些残疾鱼全给我吧？"从刘松柏起网时，沐光辉就觉得不对。等鱼到了手扶拖拉机上的篾丝篓里，他才发现，这些鱼不是歪歪扭扭，就是头大身小。他捉起一条鱼，捏住鱼尾，当着朱光明的面想把鱼身扳正，不想被渔场场长"啪"地一下打掉了。

"真是只晓得坐得桌子面前画大字的大支书。你也不去问问你们的伙头军，今年分到山里的鱼有几条正常的？不只是不正常，吃的时候还有一股煤油味。难不成山里也有馆子下？难怪挺起啤酒肚，还不晓得吃了好多民脂民膏。"说完，朱光明也不顾手上的鱼涎与淤泥，轻擂了沐光辉的肚子一下。

"不只是白鹤塘的，我们在上封港、花板山那边打的鱼也是一样。曹天佑神神道道地说是恶业种下的因，才会出现残疾鱼这种果。"灵活人还有一个特点是嘴快，刘松柏也没例外。

"你是？"沐光辉这才注意到，眼前这位脸上溅满泥点子的人有些眼生。

"我是新建管区的，你亲家队上。"

沐光辉几个女儿都没嫁给本场的后生，突然想到儿子沐阳，"我亲家？哦，哦！我晓得了，晓得了。"

幸亏，朱光明不知道他们说的亲家是江国祥，否则还有一场收不得场的嘴巴官司。

"凡凡，凡凡，"周腊梅见梦凡垂着头懒洋洋地从她家屋门前经过，想起那件怪事，可能梦凡会知道，便扬声喊住她。"凡凡，进来烤一会儿火啰，这天冷得要死的，还在外面跑。快进来，谢婶跟你烧甜酒茶喝，顺便带碗酱豆子回去。"

"谢谢谢婶，我还得回去，家里正忙着呢。"周腊梅不仅会拍甜酒，做腐乳，霉的酱豆子更是整个管区都有名。她霉的酱豆子酱香浓郁、不软不硬、咸淡适宜、辣味正好，每每出坛子，东家来要、西家来要，基本没有晒腊八豆的机会。换平常，谢婶不喊，梦凡都会假装找向晖，顺带要一碗酱豆子回来蒸腊肉。只是现在……文英的事，父亲说清官难断家务事，不肯出头。她自己想的办法又行不通，正烦得要死，哪有那个心思。

"你女孩家家的，能有什么事？来啰！婶子又霉了粒粒生，特意给你留了一碗。向晖还没出月，我又不好去送。你来了正好，等我去给你掏出来。"周腊梅见梦凡不肯进来，只好追到公路上把梦凡拖了进门，走进灶屋，拿一个碗递给梦凡，自己则蹲在碗柜前，打开坛子，边掏边问梦凡，"刘家超婆子不是要跟艾家的满女结婚了吗，怎么闹得动起了公安？要我说，丽子这次是说的实在话。艾家那位真的太厉害了,自己的女逃婚了,还恶人先告状说超婆子糟蹋了她满女。我不用猜都晓得那鬼婆子的心思,一个女儿许十二个人家,还不是想骗人一点彩礼钱?都晓得她一个寡妇,拉扯三个崽女不容易,那也犯不着拿自己亲生女儿的清白开玩笑,是吧。先前许给王家,把王家家产骗得差不多了,又不声不响把她许给刘家。刘松柏人好,我晓得的,让胡少兰去给艾家送钱,就不下五回。妹几三家的,能找上这样的人家也算是掉得福窝里了,还东想西想做什么。可能,当初祝运珍也是真心实意让满女在刘家落地生根,若不然,也不会下这么大的本钱,让超婆子在她肚里留种。你晓得这两娘女后来又看上了哪家屋里有钱的啰,在结婚头一天,一个乌梢公子扯——跑了。唉,你妈实在正派,怎么会和她这种人交朋友。"

梦凡不懂,谢婶口中的"乌梢公子"便是她小时遇见过的乌梢蛇。但从语境中,她隐约知道,这"乌梢公子"不但跑得快,而且还悄无声息。当然,此时她也不会研究这些。她早被满腔的愤懑气得一鼓一鼓。太搞笑了,如此黑白颠倒?梦凡真想大笑几声,以前她爸如果有人在管区的沟里摸到一条三四两的鱼,到浮桥上就变成了三四斤,到场部再听到时,变成了有人摸到一条三四十斤重的鱼,如果要传到县城,那就没法想象了。那时,她还不信。现在她总算明白了为什么当初父母硬压着不让她去报案;也有些明白了,朵儿为什么宁愿冒着生命危险私自堕胎,也不愿告诉任何人。如果不这样,在这烁金洪流中,朵儿和她还不知有没有命在。真的可笑、可悲。难怪,朵儿会出尔反尔,说不定她曾在刘超群妈妈、刘家的三姑六婆那里受过同样的质疑与委屈也不一定,"谢婶,这事我不好多说,反正事实不是你想的那样。到底哪个该遭唾骂,你也当不得家,我也做不得主,等朵儿回来,不就一切都知道了吗?我也不知道到底谁在乱嚼舌根子,但是请你不要跟着他们一起乱讲、乱传,免得哪天自己打自己的耳光。"

"你看,你看,这个凡妹子啊,谢婶这不也是怀疑才问你吗?知道你跟朵儿一起长大的,以为你会知道什么,搞半天你也不知道。"

梦凡见谢婶撑着腰,直起身子,转身往外走,端着半碗酱豆子,留也不是走也不是。

见梦凡无精打采回来,文英知道梦已成真,心中暗自气苦,却又只能强作欢颜地劝慰气急败坏的梦凡,"梦凡,别这样,朱兵说得对,是我太自不量力,才让你去开这个口。你走的时候我便想明白了,这事不能依靠别人,只有靠自己才能彻底解决。"

梦凡一听这"彻底"二字,慌了,"文英,你莫作傻事!为这些人不值得。"说着抱了一下文英。

文英苦笑着从梦凡的双臂间挣脱出来，拍拍梦凡的肩，"想什么呢，你以为我有那么傻？我前几天之所以绝食，一则是气自己生在这样一个家庭；二则想看看我在他们心中到底占什么位置，结果不出我所料，在他们心中我什么也不是。那天，就算你不去，我也会找个借口出来。"

"我就知道你不会那么蠢。想明白就好，反正快过年了，你先在我家玩几天，然后再想想能不能找个什么由头，让你爸打消这荒唐的想法，或者干脆从谭文才那边下手，让他主动放弃你，可是能有个什么办法让谭文才放手呢？"梦凡听文英这么一说，一颗悬着的心稍稍放下来一点。

"你呀，还是太天真了。谭文才他们家怎么会松口？想都不用想！这个时候，只要有人开口，哪怕是只母蚊子，他谭家也不会放手，何况是人，何况是我。你们家这几天也忙不过来，我又帮不上什么忙，还是回去算了，省得待在这里碍手碍脚。他们终归是我的父母，我不同意，他们总不会绑着我去结婚。"所能想过的办法都试过了，文英对自己也算有了个交待，剩下的只能等，实在不行，也不会让谭文才落个好。

梦凡跟妈妈费劲地拖着一篓子鱼进来，听文英这样一说，边拖边问文英"你这个时候回去，能行？"

文英跑过去搭了把手，"有什么不行的，我可是文英、无所不能的文英大姐姐。"

梦凡听到这句话怔了怔，这无所不能的文英大姐姐正深陷泥淖中，而幼时倍受她照顾的小妹妹却没有力气拉她半把。

接连几个晴天，冬日苇场的天空纯净透彻，文英不经意掠过收获后的只剩一片枯黄的荒凉原野，一阵阵揪心的刺痛，泪水夺眶而出，怕被路上来来往往的乡亲看见，她只好趁眼泪还没凝聚成滴时转过头，仰着头看向公路上方。公路上方的天空在两旁掉光树叶的水杉树的衬托下显得有些空蒙、迷离，右侧水杉树旁仿佛有个人影，文英凝神一看，果真有人，而且还是一个熟人。

"李文英，你不是很傲吗？仗着自己是农校毕业生，眼界好高，平时不把我这文盲看在眼里。怎么，这下装不下去了，发现我也有些好处了？还让江梦凡来找我，你以为你有多大面子，随便派个人我就会帮你。你也不想想，你当时在我面前做得有多绝。"只能说朱兵是刻意在这儿等着文英，羞辱她，是文英运气实在不怎么好，朱兵骑着车，本想在新垱子里转几圈，消消火，不想远远看见文英走了过来，跳下车来，把车靠在路旁的杉树上，自己则抱着臂弯，站在一旁，想看看文英的反应。不想，文英明明看见了却装作没看见，便怒火攻心，冲出来乱讲一通。

文英气得紧咬着嘴唇，口中都可以闻见血腥味了，还是拼命地忍着。自己这是走的什么运啊?被逼着嫁给一个不成气的谭文才已经够不幸了,还自取其辱地招惹这个男人。天啊,我是脑膜炎后遗症发作才以为他有担当,能帮我,真是瞎了眼啊。

朱兵见文英不声不响从他面前走过,他觉得脆弱的自尊心受了极为严重的摧残。跺着脚喊:"李文英,你傲是吧,到这个时候了,你还傲是吧!你就那么想嫁给谭文才?你、你——"朱兵想着只要文英稍微低一下头,他立马请人到她家去提亲,可是文英给他的只是马尾辫一甩一甩的背影,他只好恨得原地死命地跺着脚。

此时的文英心如死灰,只想快些远离他、远离他。

一路低头猛赶,邻居们喊她,她也装作没听见。早知道这样,还不如不跟老头怄气,干干脆脆嫁给谭文才后,再自己找机会脱身,何苦惹这些麻烦。转念一想,这样也好,朱兵把自己心中最后一丝希望摔得粉碎,背水一战的她才能得以重生。他们都想看我的笑话,那就看吧,迟早我会让你们明白,我李文英可不是任人捏圆搓扁的糯米团,她暗自想了个主意,加快步子,回到家中。

文英妈见女儿进来,急步从灶屋里走出来,"文英啊,你怎么能跑到别人家去呢?这下好了,你爸算是一脚踩到底了,他昨晚放出话来,让谭家早些把婚事定下来,说你同意不同意,都要把你嫁给他家。"文英妈一边说,一边担忧地看向继女,"要不,你去城里,到你大姐家住几天,别留在屋里和你爸对着搞,如果真定下来,你这可怜的唉,这一世就完了。"文英妈无奈地看着小女儿,虽然知道谭文才不是女儿的良配,但她又怎么可以违抗丈夫的意愿,心里暗自焦急希望女儿自己能找一条出路,谁知,这看似有主见的女儿在外面待了一天就回来了,如果真的如了丈夫所愿,这孩子就如同她一样被毁了,或者比她还不如,文英爸性格武断,至少勤快,不做坏事,可那谭文才、唉!打着灯笼、戴两副眼镜也难找出他半点好。

文英听老实了大半辈子的后妈居然说出这种话来,心中百种滋味都有。妈妈越这样,她越不能不管不顾。记得大姐当初在县城打工,遇到郊区的姐夫后,硬把父亲给她在队上定的婚事不当回事,自己偷偷跑到姐夫家,一住就是三四年。觉得女儿伤了他颜面的父亲无处发泄,在外面听了什么风言风语,回来就打妈妈,她怕极了这专横的老头再向母亲施暴,"妈,你别担心,我总不会让自己上当,你就让他去折腾。"说着,转身走向自己房间。

文英妈本想再说点什么,看着女儿紧闭的房门,只好摇摇头,边在深灰色腰围巾上擦了几下根本不脏的双手,走到灶屋里忙着她自己也不知该做些什么的事。

第二十七章

　　呵气成雾的清晨，难得没打霜，感觉没昨天冷。太阳在大堤边懒懒地露出一张橘红色的脸，如流水般的薄雾调皮地从堤半腰飘到屋前，又缓缓地飞过屋顶藏进树林后的小沟。

　　梦凡披散着乌发，眉头紧锁、眼眶发红的把书倒扣在书桌上出神。一夜辗转难眠，本觉有满腹心事倾诉，提笔却又小心翼翼。她已不是在高轲送她的手帕上，抄写"欲把相思说似谁，浅情人不知"的梦凡了。如今的她开始患得患失，担心若是直诉自己的心事，在高轲面前会不会落下风？书上说，爱情是男女间的一场博弈，此长彼消。嫂子也说，谁用情至深谁就会输。她不明白，明明深爱，为何非要欲说还休？坦诚一点不好吗？若是他猜不出，或者她误读了高轲呢？那岂不是会误解对方。可把自己的深情毫无保留地告诉他，以后两人在一起难免磕磕碰碰，到时他真如嫂子所言，说是自己非要跟他怎样怎样，那真的哭都没地方哭了。可一句淡淡地"想你。"真的能让他感觉到自己的爱意？

　　"娘啊娘，有女莫嫁渔业郎，日守孤洲夜守滩。菱蒿蓼米当饭吃，晚睡芦棚泪不干。丁板剁得稀巴烂，筲箕挂起不滤饭。锈刀烂网破底船，可怜何日见青天。可怜何日见——青天嗬"

　　余凤桃心情好时，喜欢哼《大海航行靠舵手》之类的老歌或者和江国祥一起唱几句《刘海砍樵》，像这样学谢癫子一样哼湖乡调子的日子少之又少。不知是心情不好还是怎么的，梦凡总觉得妈妈唱腔带哭音。一分神，手指间的钢笔"啪哒"一声掉在地上。梦凡捡起钢笔，心疼地看了又看、擦了又擦，这是高轲送给她的生日礼物。

"妈，你这几天怎么啦？学谢伯的天天哼些什么啰，难听死了。"

"狗不嫌家贫，儿不嫌母丑。你爷老子没讲错半点，送得你读十几年书都塞牛腔了。嫌老娘唱得难听？老娘年轻时，只要一开口，哪个不竖起大拇指？唉——人老无能力，开口就讲过去。不晓得你在房间里搞些什么鬼，收拾一下，去一趟你嫂子家。"

余凤桃心里存不住事。从管区回来，她老搞些稀奇古怪的事。比如老是叹息，只有渔场的堂客们作孽，一年三百六十五天，差不多两百多天漂在湖上，歇没个歇档，吃没个吃档，不管天晴落雨，一双雨靴不离脚……甚至把堂屋里阁板上清出来的旧麻布帐子丢掉时会说，"这麻布帐子沤得稀眼子一样，装得鱼哒"；或者扯住谢波的鳝鱼篓，定要梦凡看清楚哪头是进口、哪头是出口；两母女走到鲁嗲家的竹山边时，她会说"一山好竹子，若长在渔场里，便是织花篮、络子的上祖物"……刚开始时梦凡觉得有些莫名其妙，妈妈收的媳妇又不是渔场的，为何她突然对渔场的事这么上心？难不成，嫂子进门后，她想分家拆户搬到渔场去？后来觉得妈妈恐怕也得了"婆婆岗前焦虑症"。再后来觉得厌烦，现饭炒三遍狗都不吃，在妈妈心中她可能还不如狗。

"晓得我妈年轻时是人见人爱，花见花开的大美女呢。我哥呢，还没起来？"梦凡边梳头边走出房门问妈妈。

余凤桃看着女儿，"不晓得你顶着个脑壳做子用的，硬真的不想半点事，你说你这样子如何让我放得心下？你哥到大垸子调猪去了。唉！正月间我说要喂一只猪，你们两父女一个德性，都说搞得一屋的猪屎臭，喂它做什么。这下好了，年边上什么都涨价了，一头猪还不晓得要花好多冤枉钱？"离正刚的正日子越近，余凤桃心里越焦躁，钱一大叠一大叠地往外扔，看不见半点来路。为了凑足这点钱，她和江国祥忍气吞声地瞧着人家的白眼，把能借的亲戚朋友都借到了，"唉！只怪那个死老倌子不开窍，前天收回一笔款子，千嘱咐万嘱咐让他过完年后再上交，留在家里先应一下急，可是那个图表现的，生怕烫着他的手一样，赶天赶地给了刘会计。唉，这个家里啊，没有一件事不让我操心的。"梦凡知道她妈最近新添了个病，平时好好的，只要一谈到钱，她就神经似的唠唠叨叨，说来说去还是那句话，怪她爸不会赚钱。

"妈，你还是省省心吧。我爸真把那笔钱留在家里用，那就违法了，叫什么？哦，挪用公款。到时别人再去场部告爸爸一状，我看哥哥这婚又结不成了。"

"我懒得跟你这不晓屎臭的讲，你只快点收拾好，去把你嫂子喊回来。"余凤桃佯装恶意地瞪了梦凡一眼，转身往大门外走。

"哟、哟，我家江妈恼羞成怒了。"梦凡冲她妈的背影偷偷吐了一下舌头。

余凤桃回头只见穿着浅蓝色及膝风衣的女儿，一步一步往大堤上爬。那一束梳成马尾的乌发随着步子轻盈地摆到，摸摸自己额上越来越清晰的皱纹，自嘲地笑了笑，女儿都这么大啰，我还有什么不老的哩！唉！

小清和梦凡一进门，余凤桃便把小清拉进自己的房间，过了门槛又想起来还没吃饭，连忙吩咐梦凡拿饭吃。

梦凡摇了摇头，"不晓得又去搞什么鬼，成天神秘兮兮的？唉，我也有点不知好歹，未必像二队姓曾的人家一样，三天两头上演婆媳大战才好？"那俩婆媳真的出尽洋相，两人都不示弱，一吵架便一个往外跑，一个死命地追，追就追啰，还不时弯腰捡起路上的碎砖头、瓦块、卵石，往对方身上扔，硬要砸得哪个受不了了才熄火。

吃完饭梦凡帮小清重新摆放那些小摆设。突然，外面一阵"叮叮当当"的车铃声，紧接着刘会计在外面喊："凡妹子，凡妹子在家没？"

小清用臀部碰了碰好像没反应的梦凡"凡凡，外面有人喊你。"

"我晓得呢，可……"小清醉心于手中花瓶的精致，并未发现梦凡已站在门口发呆。

江梦凡她从来没有哪一刻，像这段时间一样抱怨自己不该托生为女人。朵儿和文英的遭遇让她对爱情、未来充满恐惧与疑惑。她已不敢去想高轲到底爱不爱她。她觉得爱应该是两人之间可以互通的感受，要不然怎么会有"心有灵犀一点通"之说。既然现在，她需要不断求证，是不是说明她和高轲的感情早就出现了问题？她担心这份感情如向晖她们所说的一样无疾而终。她努力使自己相信，爱应该是甜蜜中稍加一点酸涩。可每次午夜梦回，她都清楚的记得，她奢望她的爱情只有快乐与美好。如今，她只感觉到压抑、苦涩与煎熬。难道这一切真的是她所要的？她想这一切尽快结束或者逃离，哪怕失去……江梦凡被这一闪而逝的念头吓坏了，扶着门框站了片刻，突然冲出了门。

"这个鬼妹子，要不是半天没反应，要不就像日本忍者一样，眨眼间不见人。"小清摇了摇头，捧着花瓶继续找寻最正确的摆放位置。

刘会计以为梦凡会像以前一样争匆匆地跑过来抢他手中的信，谁知，她却一反常态的站在他面前发愣。"凡妹子，这些信，你不要了啊！那好，正好给我婆婆子做引火柴。"

梦凡若梦中惊醒般抢过信，"刘叔，谢谢您！这还是交得我保管为好，做引火柴太浪费了。"说着扭身跑进屋,刘会计带着意味不明的微笑看着她的背影消失在大门口,才推着车边走边自嘲着,我真是咸吃萝卜淡操心呢,这样乖乖洁洁的一个妹子会没人要?只是这人世间的男男女女有几个真的称了自己的心、遂了自己的意呢?他们这一代是享尽福的一代啰,不但不愁吃穿,还讲究婚姻大事自己做主,只要自己爱,想嫁到哪儿便可嫁到哪。若是以前,你人要长得标致些,也只能偎在这个屁大的垸子里。就是想嫁到河那边,人家也不买这个账。外地或者县城就更莫想。人家只要听说你是芦苇场的转身便跑。不知内情的人还是谈"血吸虫"色变,一般家庭成分好一点姑娘可不敢下嫁到苇场,怕妹子嫁过来后没几年不是得病就是担心自家女儿年纪轻轻就拖儿带女的守寡。有崽的好人家也不敢娶苇场的妹子,他们担心媳妇进门后,隔三岔五要往医院里跑。别人不爱就内部解决吧,可是莫看苇场一篾片子大,臭规矩还蛮多。姓倪的与姓杨的不往来,同姓不开亲,龙陈不通婚。这姓倪的与姓杨不往来,这都晓得,他们祖宗手里便是死对头。听说在清朝时,两家曾因争夺洲子打过死架,闹出不少人命案子。同姓不开亲也有点道理,怕生怪物。只是这姓龙与姓陈的又凑什么热闹。搞得蓼米洲上好多男的打单身,好多女的守活寡。后来,虽然政策好了些,但苇场的落后在人们心中还留有余气,仍然有女难嫁、有男难娶。不说别人,只说我自己,想当初我也算长得五官端正,英姿风发的,还有一门技术活,放眼湖洲没几人是我的对手,照理说可以找个刘海砍樵里的胡秀英,可是,你看我婆婆子啰,挑担箩筐要站在高凳上才能起肩,全身上下除了脸稍微长得有些人样,其他方面真的说不出口,可恨我岳佬子、岳母娘还隔不了三天就跑过来阴阳怪气的发一通牢骚。现在的这些孩子哦,真的生活在蜜罐子呢,饭有吃的衣有穿的,还有大瓦屋、大楼房住,只是我们这些做爷娘的还是没得好日子过,生的这一个个不叫做崽女,那硬是一个个活爷。凡妹子不大,江老倌还困得一觉,我屋里那个鬼崽子都二十好几了,还是光棍一条。一问起他,他还眉毛一耸,眼睛一鼓,说什么"皇帝不急太监急。"送得他读的书都塞了牛屁眼了,老子是太监,他不晓得从哪里来的。唉!若是他再高一点就好,他若再高得一二十厘米,我下一颈深的水也要跟江老倌攀上这门亲。

梦凡回房把信放在书桌中间抽屉里,上好锁,又深吸了一口气才故作镇静地走向兄嫂的新房。

小清一抬眼见梦凡把花瓶放在矮柜边上,忙伸手扶了一把,再喊"凡凡,你小心点,想什么呢?花瓶都快摔了。"

梦凡才知道自己差点闯祸,她不好意思地对小清吐了吐舌头,"我怎么走到这里来了,不是在拐角的电视柜那边吗?"

"你还好意思讲呢,游魂似的拿着花瓶有一下没一下的擦,脸上的表情变幻倒比你的手脚快得多。从实招来,到底刘会计叫你出去干什么了?一进来就心不在焉的,来,让伏半仙我算算看,"小清凑到梦凡跟前装模作样的掐指算了起来,"半仙我掐指一算就晓得了,能让我家凡妹子芳心大乱的除了那个'他'还会有谁?说,是不是高轲来信了?那个没良心的是该来封信了,你看我家的大小姐,书上写的望穿秋水那太小儿科了,堤外面的沙洋河都差不多被你望干了。呃、呃、小祖宗,你小心点,别摔着了,摔坏了东西不要紧,可别摔了你的身体,如果不小心割伤了你的纤纤玉手,那高公子可是要搥首长哭了。"

"他哭个什么,还搥首长哭,嫂子你也太夸张了。"梦凡把手中的玻璃杯稳稳当当放好。

小清拿起一枝塑料玫瑰在梦凡面前晃了晃,立马跑开,"割在妹手,疼在哥心哪。"

梦凡追过去,拿起地上的白色包装泡沫往小清身上扔。

"凡凡,你少疯一点,别把你嫂子的东西摔坏了。你不知道,一队吴家婶子的婆婆与她家隔壁欧家婶子,因为一只陪嫁的蒸砵,闹得两家十几、二十年不讲话。"余凤桃路过新房,见梦凡与小清在追打,怕两孩子只顾自己性子,乱跑乱扔,万一摔坏了东西,兆头可不好,所以忍不住高声制止。

"一只蒸砵?没这么严重吧?前一段,我听向晖说,谢婶为一只生蛋鸡在自家吃食跑到谭家生蛋,谢婶跑过去要鸡和蛋时,那谭婶指着谢家的那只胳膊肘向外拐的鸡说,这鸡翅膀上的羽毛剪短了,说明这鸡一直是她家的,谢婶气得全身发抖,那鸡屁股上净光的,分明便是她留下的记号,怎么一下子就成谭家的了。两人公说公有理、婆说婆有理,谁也说服不了谁,只好站在禾场里赌咒发誓、拍脚拍手骂娘,到最后还大干了一场,当时我还觉得她们太小题大作了。不料,还有为一只蒸砵闹得几十年不讲话的。哈哈,真的笑死人了,我家的蒸砵都放在禾场里喂鸡食、鸭食,也不见有人当宝贝捡回去?"正追赶嫂子的梦凡停下来,隔着窗将信将疑地问余凤桃,小清也停了下来,把脸凑向刚蒙好的蓝色纱窗。

余凤桃见她们不信,便走回窗下告诉她们,"怎么不严重。那时她俩闹得人死人亡的。哪一年我也记不清了,只记得是过年边上,欧家婶子借吴家婶子的婆婆一只大蒸砵准备拍甜酒——哦唷!你看啰,不讲起这个我还真忘了一件大事。你们先收拾,我要去艾家拿几粒甜酒药子,也不晓得朵儿这一走,那个鬼婆子还有心思搞这个不?"说着,她从阶基边竹篙上取下一条毛巾拍着身上的灰尘,抬脚往外走,根本不理会屋里还有两个妹子趴在窗口等着她讲故事。

农历十月前后，湖洲的荒坡、空地是属于辣蓼草的。它们迎着"小阳春"的暖风，一层层张开笑脸，远远望去，大堤边、洲滩上如同一缕缕坠入尘世的粉红晚霞，又似仙子回去时，把一袭粉红羽纱随意扔向了绿地毯，好看得让人移不开视线。就连放牛的老倌子也不忍心牛把它们作践，"嗬起、嗬起"地把牛赶向河那边的苇山；情窦初开的男孩最有趣，将辣蓼花一把把连根扯起，递给女孩，并不为取悦女孩，而是看不惯女孩采花时，翘着兰花指左挑右选的作派。

认识祝运珍之前，余凤桃只知辣蓼草的根在度荒时可以吃。祝运珍来了以后，她才知甜酒药子居然是辣蓼草做的。祝运珍曾教过余凤桃怎么做甜酒药子，只是不知为何，她做的甜酒药子拍出来的甜酒，不是红色的就是一股酸气直冲。为此，她还怪过祝运珍像猫教老虎一样藏私。祝运珍气不过，拿起东西跑到江家来跟她一起做了百多粒酒药子，酒头、材料包括装丸子的筐与稻草都相同，余凤桃做出来的还是差了一色。

公路两旁挺立着几排号称"活化石"的水杉树。隆冬时节，在灰蓝色天空下尽情裸露古朴的躯体。仔细一点可看见躯干上的皮已干裂成悬而未落的条条与块块，或者还可以看到蜘蛛留下的残网上，束缚着一片白色飞蛾的翅膀，再仔细一点可以看见树枝上有许多如小塔一样的冬芽，在阳光下发着灰褐色光。树底下横七竖八的扎满了如针一样的落叶，踩上去还可闻到水杉独有芬芳。

几个七八岁的调皮小子，围在一棵高约十余米的树下，翘起屁股用手扫着水杉的枯叶，干涸的排水沟的避风处，一个五六岁的男孩，穿着一套绛红色灯芯绒棉衣趴在地上，正昂着小脑袋、鼓着腮帮，使劲朝一堆枯枝败叶吹。

"小冬，你还敢耍火，当心晚上'浮洲'（浮洲：方言，尿床）。还不快点回去，看我不告诉你娘，到时屁股打成两瓣，可不怪我。"余凤桃跑过去，踩熄孩子们好不容易点燃的火堆，一把提起鲁小冬，边拍打粘在他身上的泥巴与枯草，边板起面孔训他。

"江伯伯，我就回去，你莫要告诉我妈。"话没说完，把小手放嘴里，嗯哨一声，孩子们跳起来四散跑开。

余凤桃气喘吁吁从沟里爬上来，跺着脚假意追了几步，见四周没人，站在一棵大树后面，把棉衣脱下挂在杉树丫疤上，再把里面那件冒着热气的枣红色粗毛线衣脱下丢在一旁的落叶上，重新穿上棉衣，弯腰把毛线衣捡起来随手搭在胳膊肘，想了想又把它挂回树枝，反正等一下要原路返回的。

余凤桃喘着粗气赶到艾家时，艾家的灶屋里、堂屋里一股股热气正往外冒。余凤桃仔细一瞧，艾家堂屋的八仙桌上放着一只大篮盘，篮盘正是这腾腾的热气所在，上面倒满了白色的粑粑。灶屋里三娘崽正忙着做浆坨子粑粑，看来这鬼婆子蛮硬气，没被朵儿的事打倒。

"珍鬼婆，年货准备得蛮足嘛。你看这坨子粑粑又圆又白，明年定会有好事临门。"余凤桃在别人前说话没这么粗，因两家曾隔里隔壁的住过，两人口无遮拦的开玩笑开惯了，而且见她家出了朵儿这件事，想把气氛搞活些。

"就你这死鬼婆会说话。"祝运珍擦着粘了糯米浆的手走了出来。"唉，但愿借你吉言，能苦尽甘来！"

"莫叹气，都差不多过年了。相信我，一切都会好起来的。我家小清的表哥前几天回来了，说在羊城见到朵儿，还给了张什么片子给她，让她有事去找他。喂、喂！莫做死的抓着我，看看一双手在我的衣服上印了好多鸡脚爪子印。"

祝运珍见余凤桃敞开穿着的深蓝色棉衣袖子上果真有些淡淡的白色印痕，不好意思的松了手，"你说的是真的？他真的看见是我那苦命的妹子，"说着，声音有些发硬，眼圈也有些发酸，扭过头去揭开锅盖，假装看锅里蒸着的粑粑。

"你看看，看看，又不信我了不是？莫非朵儿一直没写过信回来？"余凤桃知道祝运珍心中不好受，可是又不想避开这事，他们迟早都要面对。

祝运珍用深灰色粗布腰围巾擦了擦被水汽熏潮湿的眼角，点了点头。

"这孩子——早晓得这样，就要小清表哥问一下她到底住在哪里？"

"只收到过一张汇款单，字没看见半个。艾武照着汇款单上的地址写了封挂号信过去，被退了回来，说是查无此人。我们都是做娘的，你说我急不急。我家的虽不比你家凡妹子，一大屋人呵着护着，可也是我的心头肉啊。她一个人在外面又没有谁照应，我好几次梦见她被骗子拐了或者出了什么事，一个劲的喊我去救她，我一醒来哟，心窝子像刀一样在捅。唉，跟你说这些有什么用呢？只怪她自己不争气。"说着又擦了一把脸，顺便又按一下眼睛。

"放心，她出去这么久了都没回，说明已找到落脚的地方。你若实在放心不下，我跟小清说一声，让她表哥明年过去时，帮忙去照应一下，总亏不了她。"

"这好是好，只是南方那么大，你晓得他还能碰得我家那苦命的不？余凤桃啊，以前我不信什么出身高低，在我们那年代，出身高了倒还惹事，是吧?! 我总以为人跟人都一样，要穷大家一起穷，獐子莫笑麂子没尾巴。不想，这世界说变就变，人心也一年比一年不相同，到现在我不得不信，人分三六九等一点都没错。不看别个，只看我家朵儿与你家梦凡，这几个自小耍得好的妹子。她们的命就是不同。你看我还要怎么争气、还要怎么厉害，可稍一分神，我屋里朵儿就被那畜生毁了。这就是命，怎么样也逃不脱的命。我也不能怪我家朵儿，只怪我自己一没本事二没能力，才害了她，若是我当时稍微争取一下，搞一个返城的指标，或许就不会出这种事了。"

祝运珍一气说了下来，余凤桃嘴巴张了好几次都没找到插嘴的缝隙，趁她换气的空档好不容易插句言，"你快莫这样讲。儿孙自有儿孙福，再说这老话讲得好，锈铁子总有一节泛光的，谁晓得他们以后会过什么日子呢？我屋里的可能太丑了，才到现在都没人登门，怕是没人要哩！我现在大凡有半个人露头，我也赶天赶地把她嫁掉，省得她在屋里淘气。"

"又乱讲，我就不信，没有人到你家提亲？你家凡妹子文化又高、人又长得乖，是你们舍不得，不让她这么早说亲啦，我还不晓得你这性子？刀子嘴豆腐心。"

余凤桃好容易理清祝运珍说的那一大堆消息。"你刚才讲什么，曹瘸子要嫁掉他家满妹子？"

"你看、你看你这个人，都几十岁了还是老样子。我以为你早从梦凡那里晓得曹瘸子要嫁女了呢，原来是话赶话赶出来的。那天，我听队上的几个堂客们在前头讲，说正月初四要到曹瘸子家吃出嫁酒，你想曹瘸子家拢共一个女，不是志云还是哪个？不说她们了，来，趁热吃一些。"祝运珍真的能干，一边和余凤桃闲聊着，一边还掌握着火候，蒸好的坨子粑粑出锅就用筷子夹起一个递给余凤桃。

"你呢——，武伢子，帮我拿个碗来，我怕夹不稳。"接过艾武递过来的碗，装着祝运珍夹过来的粑粑，自己正儿八经地找了一条长矮凳坐在灶前认真品尝。"嗯，蛮好的，糯性蛮足、好软……唔，这是太烫了些，手艺还没丢。"

祝运珍见艾武又走到灶屋里夹粑粑，"武伢子，你江伯母尝下味就够了，你还管饱？你个败家的。"

艾武一手颤微微的夹粑粑，一手指了指公路边，祝运珍这才听见谢癫子那破沙罐声。

"野鸭子凫水肚皮黄呢/何杂姑娘不想娘/我娘屋里困得早饭熟/婆婆屋里困得子鸡啼……咦呀！艾家嫂子，你屋里粑粑做得蛮好啦，又白又圆，一看就晓得好吃。"谢癫子见艾武递了个粑粑过来，急忙放下手中赶羊的鞭子，走到灶屋前的摇井边洗好手，边洗手边夸祝运珍能干。

余凤桃见谢癫子洗手，本想开句玩笑，你个癫子一身邋遢得有买的，偏生还这么多穷讲究。话到嘴边还是咽了回去，只走出去对蹲在阶基边的谢癫子笑了笑。

自从姐姐出事，艾武好像一瞬间长大了，不但学习方面更加努力，对妈妈与弟弟也更加照顾，十四五岁俨然成了个小大人。纵然如此，可难免还有些小孩子的心性，见谢癫子坐在麻石沿子上吃粑粑，想起不久前妈妈讲的那个坏人没有好下场的故事，便想向谢癫子求证，"癫子伯伯，我妈说洞庭湖原来是洞庭山，山上住了个姓卿的大财主。龙王的三女儿因为打破了玉帝赏赐给龙王的宝杯，被罚嫁给卿家的儿子。不料，被卿家折磨得要死，现在这个时候还让她穿着单衣去放羊，遇见了一个姓柳的书生，咬破手指，撕下衣片，写了一封血书，托书生送给龙王。龙王知道后，恼羞从怒，在云端朝卿家喷了几口水，洞庭山就变成了洞庭湖。这是不是真的呢？"不知从哪儿钻出来的艾文，见哥哥又在讲故事，搬了条矮凳，端端正正坐在哥哥与谢癫子中间。

"武伢子，你也是个读书人。市井之言也是你能信的？你学过一个叫沧海桑田的词没？"

见艾武、艾文两兄弟都点了点头，谢癫子也点了点头，"你妈说的也不全错了，至少洞庭湖以前是陆地就没错。"

考虑到艾文、艾武的年纪与学识的局限性，他把所掌握的知识在脑海中重组了好几次，想尽量通俗易懂一点，想了好久也没找一个合适的说法，艾文都等得不耐烦了，跑到灶屋里又夹了几块粑粑放进谢癫子碗中。

"你们晓得地球的年纪有多大了吗？"

艾武学过不太记得了，只好随便说了个自认为很大的数字，"上亿年吧？"

谢癫子想伸手摸摸艾武的脑袋，鼓励他一下，还未到他头顶又放了下来，"嗯，是有几十亿年。你们看，一个人最多能活一百岁，算一下是人的最高寿命的多少倍？就算三公主是神仙能寿与天齐，卿家那一大家子终归是凡人吧，他们能活多久？这洞庭湖呀，在很久很久以前也是湖，很大很深的湖。后来发生了武陵运动，两边向中间一挤，湖中间就被挤出来变成了陆地。又过了好久，又发生了雪峰运动，两边继续向中间挤，这样大半个洞庭湖变成了陆地。几亿年过去了，地球又发生了运动，结果整个洞庭湖都变成了陆地。故事里面的山变成海，发生在大约一亿多年前的燕山运动，江南地轴从中折断，湖底下陷，我们这里又变成湖。"

"我说癫子呀，你运动来运动去，小心又来一个运动把你绑到河边上。"所谓骂人不揭短，若是别人这样说他，谢癫子立马会竖起眼睛，用那些人们听不懂的话骂他们，然而这话是祝运珍说的，吃人嘴短，他不好多说，只是把碗里的粑粑快速吃完，在摇井边洗干净碗与筷子，递给艾武后，爬过沟去追跑到油菜地里的羊去了。

第二十八章

  腊月中旬，洲子上的芦苇都已打好捆，运到贮运码头码成一座座实心的小房子，伫立在河边。水位太浅了，只能等明年四五月份，春汛来时再装船运送到各个纸厂。每个站屋，除去守山人员，其余的全部回到了垸子。

  女人们开始上街办年货，男人们还有一项艰巨的任务——修堤。住在湖区的人们都晓得，每年与洪水直接打交道的便是防洪大堤，而且垸外的湖洲与河床正以每年十余厘米的速度抬高。为防止来年涨大水，垸子无论大小，每年都得组织民工上堤培修。大垸的农村，把稻谷收进仓不久，乡政府会组织男民工上堤，人们称之为"冬修"。苇场在冬天正忙于收芦，因此，除了收芦进度快的管区，基本上会安排到来年正、二月上堤检修，他们称之为"春修"。不论冬修与春修，都遵循"先险堤、后行堤，先上游、后下游"的原则。

  为不担搁明年春天进山除藤、杀虫，江国祥跟班子成员、生产队长一商量，决定也搞一次冬修。

  动员群众上堤时，江国祥心里没有底。因为资金短缺，好几年都没拿出钱来修堤。江国祥去年组织"春修"时，靠做思想工作，职工群众上堤做了一次无偿劳动，今年呢？

  不料因为今年夏汛来势太猛，把群众吓着了，他们当然不想明年汛期时再受惊吓。因此，各队生产队长回去把任务一安排，每家每户都派出了正劳动力上堤。虽然家中因江正刚的婚事忙得不可开交，江国祥还是亲自上堤，与群众一起肩扛手提。

  这天，江国祥在北堤八队电排旁召开了一个小型现场会，散会后又和七队队长、会计商量好以后几天的电排的巴围子的培修方案,晚上十一点,独自一人回家。

这一夜,乌云密集,北风狂吼,在大堤上行走的江国祥,只能借助蒿竹河上的轻微反光指路,高一脚低一脚的摸到了五队码头的大堤上,正想松口气时,风中隐隐传来了一阵轻一阵重的哭声。江国祥借着河中的反光,循声努力找寻,隐约见前方有一人,低着头坐在堤边。

"谁会这么晚了跑到大堤上来哭呢?"江国祥暗自寻思,或许是夫妻吵架,想不通才半夜出来发泄;又或许是子女不孝,老人无法,只好在夜里出来释放一下心中的苦闷,又或许是孩子因为学习受了父母的责骂,跑了出来怕回去会再打讨……想到这里,江国祥知道自己不能不管了。他走到离那人约两三米处,好话说了一皮箩,那人不但不理会,还是"嘘""唉"之声饮泣不断。江国祥实在忍不住了,便高声说道,"我说了这么多,是人你就回一句话,是鬼,就莫说我对你不起了。"那人还是不应,只管有一声没一声的哭。

江国祥把身上的罩衣脱了下来,拿在手上,另一只手握紧拳头壮胆,故意加重脚步,走向那个哭脸巴,一阵坚硬与冰凉的触感,先于疼痛传到了江国祥的脑中。他不信,试探着上前一摸,真的冰凉刺骨,再麻起胆子摸了一下它的形状,不禁哑然失笑。

原来,这是场水利会为拦截耕牛与手拖雨后上堤,损坏堤面,在堤两侧筑的水泥墩发出类似人哭泣地唏嘘声。

江国祥下堤后,一路小跑跑回家。到家时才发现,余凤桃给他新织的毛线衣已经湿透,急忙摇醒余凤桃,让她帮忙烧了一锅开水,仔仔细细洗了一个澡,出来时发现先前说有事跟他讲的余凤桃又已睡熟了,抬起手腕看了看表,已是凌晨三点。

凌晨五点多钟,江家的大门被急促地敲响。江国祥睡眼蒙眬的打开门,见曹志飞鼻子尖冒汗地站在门外,瞌睡一下子就醒了。

曹志飞是江国祥精心安排的守山人员,他这么早从山里跑过来,肯定是堆场出了事。

曹志飞讲,他夜里三点多被尿胀醒,迷迷糊糊打开站屋后门解完手,想着反正醒来了,不如去检查一下芦苇垛子。跑近一看,我的天,两个芦苇垛子都被剃了平头。

他惊出一身冷汗,连跑带爬奔到站屋,把会计叫醒。两人跌跌撞撞来到垸子对面时,天还没亮。荡横渡的曹嗲正在做梦,喊又喊不应。两人急得跳了一阵脚后,打着手电在河边到处寻,幸好,在湖汊子里找到一条鸭划子。船虽小了点,所幸冬季的沙洋河不宽,两人各执一把芦苇,把船划到了渔场码头。上岸后,会计下堤找渔场相熟的借车去场部报案，曹志飞则沿堤一路小跑至江国祥家。

江国祥细细问了曹志飞几个问题后，跟曹志飞两人，自己划船渡过河，一路小跑到新河边。江国祥可以肯定，那船会走新河。

两个芦苇垛子的房顶以及上面的两坪一个都不剩，垛子周边干干净净，三四百捆方捆，近六十斤一捆，下捆时没留下什么痕迹，说明下垛子的人技法娴熟。五花河水浅，超过十五吨的船，进得来出不去，两项综合，基本上可以确定作案的人是"熟叫化"。既然是"熟叫化"，肯定知道，只能走新河。

苍天不负有心人，他们刚赶至新河出口时，远远看见湖里有一条铁驳船装着半船芦苇往纸厂方向跑。

江国祥一眼瞥见洲子边的小快艇，一拍大腿，大叫"有了。"这船是他亲家伏桂香的，船停在这儿，说明站屋里肯定有人。

江国祥命曹志飞在河边观察，自己小跑到站屋拍门。巧的是，开门的是伏桂香。江国祥一把拖起伏桂香往河边跑，伏桂香大嚷，他得加件衣。江国祥这才注意到，伏桂香只穿了一套棉毛衫，只好丢开他的手，不断催促他快点。

江国祥回管区之前，沐光辉曾劝他不要回，现在的管区远不是以前的搞法了。以前不管做什么，只要一声喊，群众都甩开膀子跟着干。现在，只要是做事，嗓子喊破，群众都装作没听见；说管区来了钱，哪怕是一点风声，一个一个跑得比贼还快。好不容易在外面请民工，把芦苇砍完，还不省事。今天，来了一张条子，要一两船芦苇；明天，又有人给你打个招呼，什么时候，谁会来装芦苇，你问都不敢问？没得"钦差"，你也莫高兴，日守夜守，稍微放松点，就会丢失一两船芦苇。你不报案还好，各种"手续"做尽，不管你证据多确凿，人还是抓不到。江国祥接手，无疑是接了个搞不起水的烂摊子，不只费力不讨好还要担责任，不如待在场部，再找机会。江国祥例来不信邪，信心百倍地回到管区。接手后才明白沐光辉的良苦用心。

上半年春水来得早。三月底，小四眼塘到大四眼塘的哑河子都上了水。到四月初，水居然差不多与洲子齐平了。这样下去，恐怕会浮洲。果不其然，不几天传来消息，稍低山场的芦苇已冲走四五千吨。为把损失降低到最小，各管区都组织劳动力与船到稍高的苇山搞突击，想在水上洲子之前把所有芦苇装上船。

连续几天下来，江国祥走路都两边拐，虽然芦苇才运了三分之二，值得庆幸的是，水没继续往上涨。这天，谭建武提议早点收工，江国祥看着灰头土脸的伙计们，点头同意，私底下吩咐正刚加几个菜，顺道回垸子打几斤酒。

也是他们有口福，傍晚时分，一只受伤的麂子，逃窜到杨柳洲北岸的工场。几个年轻劳动力甩开膀子就追，全然没有背捆上船时脚打跪的样子。

捉到麂子后，烧的烧水、剥的剥皮、跑的跑回垸子买佐料。南货店的老板问，搞了什么野物，不是八角又是桂皮的？

买东西的忍死不做声，他们不懂打野物违法。是怕人多分不来，都是垸子里几个熟人，喊得你来也喊得他。若是往上走五至十年，野物到处都是，哪用着像如今这样藏着掖着。到站屋后，自然得背着江国祥处理这野物，菜端上桌时，先瞒着他说是狗肉，等三杯酒过后，再告诉他实话，他总不至于硬要他们吐出来。江国祥虽然原则性强，最大的缺点就是极好杯中之物，有点好菜时更是要喝得人云里雾里才收场。

动筷子之前，江国祥还强调，吃归吃、喝归喝，但是一个都不能醉，免得一站屋人守得山里，芦苇被人偷光了都不晓得。可越喝兴头越高，谭建武最先溜到桌子下。父亲在场，正刚没敢多喝。散场后，他把江国祥扶到总务室旁的房间，帮父亲擦好脸洗好脚，见差不多凌晨两点，便懒得收拾自己，和衣倒在父亲旁边。

朦胧中，江正刚听到有柴油机的轰鸣声，"突——突突""突——突突"，莫不是做梦？他打了个翻身，又沉沉睡去。

江国祥一觉醒来已是凌晨五点，四周寂静得让他心发慌。想到还有近两千吨芦苇堆放在河边，他翻身越过睡得正熟的儿子起了床，趿着皮鞋到站屋后一看，吓得背部冷汗直流。堆场那边居然泛着亮光，他以为宿醉未醒，眼花了，揉了揉眼睛，那熟悉的一片黑黝还是没能阻挡他的视线，让他一眼便看到对岸渔船里的灯光。

他跑进站屋把大家逐一摇醒。见儿子还在酣睡，江国祥如同点燃的爆竹，找到了出气口，一脚踹开木门冲进房间，照着正刚屁股一巴掌，"河边的芦苇全失嘎哒都不晓得，还瘫尸一样瘫着不起来。"其实，他这火也不全是对正刚发的，他气他自己，一两百万块钱的家当放在河边，自己还带头喝酒。喝一点也没关系，就当驱除疲劳，可千不该万不该，不该不醉不休。这下好了，百把吨芦苇说丢就丢了，还是站屋旁边的，那贼牯子还不晓得在如何笑话我江国祥。砍芦苇打出山时，守得严丝清缝，就是过一个正月，其他管区的苇山都被人偷动了，他江国祥的山里除了丢失了几个做豆瓣芊子的自然个外，硬是一捆都没动。如今，别人的都没动，他的反倒被偷了，而且数量如此之大，想到这儿，他都想狠狠地抽自己几记耳光。

悔归悔，追还是要追，问对岸渔船里的人，都说没注意。江国祥知道从他们嘴里是问不出什么来了，只好沉下心来分析。从杨柳洲北岸把芦苇运出去，只有东西两条路走。往东过垸子、走黄家河出去,到纸厂。往西则方便多了,在挖口子里那拐个弯,就可到江渚头。江渚头是汛柴储存基地,估计现在那里上、下芦苇捆子的船不少,混在里面谁也找不出。

江国祥听正刚说他睡梦中似乎听到了柴油机声,问了他大致时间,心里暗算了一下,从儿子睡下到他醒来,总共三四个钟头,四十个人装船大约都要两个钟头左右,也就是说他们走了不过一个钟头。如果往西头走的,从陆路赶应该来得及。便吩咐谭建武带人往东方追,正刚带人乘船往西头追,自己则带几个劳动力,乘拖出山的手拖往挖口子赶。

赶到拐棍洲拐弯处,天亮了起来,江国祥远远看见河中有两团黑影在移动,应该是偷运芦苇的船。他估摸了一下船的大致方位,发现船再往前一点便是挖口子。他急得恨不能让手拖飞起来,连声催促司机师傅,快点,快点再快点。

赶到挖口子时,天已大亮船离江渚头已不过百米。幸亏,在挖口子开渡船的是江国祥堂弟江国安。

江国祥跳下车跟江国安说明缘由后,江国安见事情紧急,摇开船,往钢驳子方向冲。

赶是赶上了,要芦苇时,江国祥遇到了前有未有的困难。虽然,江国祥有重要证据证明,这两船芦苇就是杨柳洲丢失了芦苇,但负责押船的二流子们唱红脸的唱红脸、唱黑脸的唱黑脸,就是不肯交还芦苇。船老板连声说他们有条子。等江国祥找他要条子,他又拿不出。这时,正刚他们已经赶了过来。江国祥吩咐儿子与同船来的七八个劳动力继续与他们僵持,自己则乘江国安的汽油机渔船到场部反映情况。

下午,老板与派出所所长赶到现场,做出了处理,把涉事钢驳与芦苇扣留在了挖口子,在涉事人员交齐罚款与货款期间,由派出所的民警轮流值守。江国祥、谭建武他们则回到苇山继续装运芦苇。

这次,虽然数量少,但口子一旦被拉开,那他管的这片山场恐怕会同公山站一样,连费用都会搞不出。若真这样,还不如当初痛快点包给Z总。不说那点东西,至少跟老板的关系不会像现在这样僵。

船刚到灯塔洲就被江国祥他们拦下了。说是拦也不正确,而是船主看见江国祥追上来主动熄的火。他从驾驶室爬到芦苇垛子上,告诉江国祥,他本是开船去县城装水泥,到新河里见洲子边有那么多芦苇,就动了歪心思,想着反正要经过纸厂,不如运一船芦苇卖给纸厂,这样水泥钱就出来了。

他那边拱手作揖说得嘴角挂白沫,江国祥却不知是该夸他聪明还是骂他蠢。三四百方捆,他一个人一个多小时不但全部扛上船,还能码得整整齐齐,他怕别个都是吃屎长大的。

江国祥嘴巴跟船主干仗,眼睛却瞟向快艇上的曹志飞,下颌朝船后面扬了扬。曹志飞知道,江国祥是让他去后舱查一下。曹志飞刚攀上大船的铁栏杆。辅警小曾从驾驶室探出身子,把一包精白沙扔向江国祥。江国祥当然没接他的烟,只是神色缓和了不少。并不是看在烟的份儿上,而是小曾是他故人之子。

小曾钻出驾驶室,仗着故去父亲与江国祥的情分,把江国祥教育得昏头转向,"江叔,你怎么就想不明白呢?没有天牌,哪个敢在您的地盘上撒野。"说着,小曾故作神秘在指了指仍然阴沉沉的天,"我实话告诉您,我们是领了'圣旨'过来的。您看立马要过年了,我们也要搞几个过年盘子不是?"

回湖洲后,看过、听过与经历过的一些事情,让江国祥已不能活在"理想国度",他清楚小曾是先锋,这事件真正的指挥,可能就在后舱中,也可能在场部。江国祥有些无奈,这些阴暗的东西怎么忽然就像洪水一样,袭向了苇场各个角落。他感到所坚信的已如孤树,岌岌可危。他想坚持半步不让,但能做到吗?

小曾还在那里,好话歹话的一通混说,江国祥心里已有了数,"既然是奉命行事,那我也不为难你们。你把条子给我,到时我好拿条子去讨费用。小曾你也是土生土长的苇场人,苇场人的辛苦你没经历过也看到过,他们砍一年芦苇不容易,我不能让他们白忙活。"

"祥叔,您在跟我开玩笑吧。莫说我手上没有条子,就是有也不能给您呀。我就不相信,您堂堂的土地爷,千把块钱的费用都想不出办法吗?要不我给您出个主意。"说着小曾跳到了江国祥的船上,告诉江国祥,他可以在装运前做文章,比如:预先做好几坪重量重,等装船码放时做好记号,如果是过粗秤,只要跟原料处的打个招呼,捡做了记号的过秤,再按一船多少捆算吨位,那船上的三十、四十斤一捆的都会变成六十或八十斤一捆。他相信江国祥,不用拨拉算盘,都能算出一船芦苇能赚多少差价。好,你江国祥看不上这个捏住鼻子哄眼睛的主意,还有一个更好的办法,简单到只需动动嘴。那就是向场部报告失窃吨位时,多报几十、百把吨,到时,莫说砍伐的力子费用,就是全管区干部的过年盘子都能搞出来。"这些办法您若都不想走,还有一个办法,您可以卖两船芦苇变钱出来付费用,一船芦苇可以顶多少吨芦苇的费用,你是个明白人,不用我跟您算。再说,您又不是没搞过。"

江国祥怎么也想不到小曾说这些话时,会如此理直气壮。

小曾父亲曾庆余，是江国祥在林业站工作时的伙计。两人刚到林业站时，林业站连办公场所都没有。安排事情基本在浮桥两边的水泥桥墩上解决。若是开会，则要借用浮桥旁边的民房。曾庆余是个有魄力、有远见的当家人。他与江国祥商量，要想恢复苇场的林业，先得把窝筑起。没资金起新的，旧的修一下也行。他请示场部，把基建队废弃的十间平房修好做办公用房。

办公场所固定下来后，便开始着手内部管理。经过检查，发现守护千余亩林地的一百五六十名护林员中真正履责的没几个，而这几个人虽然天天在林区转悠，却不清楚自己负责的具体区域，看来群众说他们"走的阴阳路，甩的兰花手，管他偷没偷，工资照样有"不是没有道理。因为护林人员纪律散漫，加上八十年代中期正赶上群众建砖木结构房屋的高潮，砖自己烧，木嘛？趁人不注意，见树就砍。大的做屋柱，中号的做檩子，小的锯船皮板子、挂瓦条，一股"盗伐"的歪风不只刮向苇场所有渠道旁的防风林，还刮到了大洲子、远耕队旁的林地。正所谓"无规矩不成方圆"，检查后，曾庆余又与江国祥连夜商量着制订了一整套管理制度与办法。

刚开始时，制度与办法只是挂在墙上的摆设，垸内水杉、香杉、池杉仍屡屡被偷。不管会上会后如何强调，仍然无法杜绝。

这天，沐光辉在远耕队抓到了一例证据确凿的偷树案。有人砍了十几棵直径约二十厘米的池杉。照以往，沐光辉会罚点钱放人，反正砍也砍了，乡里乡亲的，能够腾点方圆就睁只眼闭只眼算了。然而，这次偷树的是曾庆余姑父，他罚也不是，不罚也不是。只好跑到林业站找江国祥商量，看是不是可以背着曾庆余把事情酌情处理。不想，还是被曾庆余知晓了。他二话不说，招呼江、沐两人同他一起到现场。

曾庆余姑父正与护林人员扯皮筋，见曾庆余来，刚被护林人员压下去的气焰又嚣张起来，赶什么似的驱赶围着他的人，并告诉曾庆余，这是他自己安排的千年屋。他大人有大人的作派，怕麻烦曾庆余，没让他这个侄儿的亲自送上门，就辛苦一点，亲自来砍，没料到，被曾庆余养的几条狗缠住了，他一时无法脱身，只好惊动了大站长。

曾庆余听他张口说胡话，跟沐光辉耳语一番。沐光辉吩咐几个护林员，一把架住曾庆余姑父，想把他拖离现场。他姑父岂会这么容易打发，见护林员把他砍的木材往手拖上搬，上蹦下跳地想摆脱护林员的钳制，还大骂曾庆余是个忤逆子，不是他们到战场抛头颅、洒热血，换得如今的安稳日子，曾庆余这些小辈不晓得还在哪个门旮旯里捡屎吃。曾庆余吃水忘了挖井人，如今当了官，什么正事都不做，只会在他面前摆架子、耍威风，并威胁曾庆余，再搬他就去死。

曾庆余瞪着双眼、脸色铁青地看着他姑父不说一句话。他姑父从未见过曾庆余动如此大的气，加上自己确实理亏在先，毕竟是从朝鲜战场回来的老战士，吵闹的声音越来越小、越来越小，眼睁睁地看着护林员把他精心挑选的木材运走了。

因亲姑父的宣扬，曾庆余得了一个六亲不认的恶名。"因祸得福"的是，这件事和后来的机构精简如一剂强心针注入了林业管理机制。曾庆余所到之处，不只是没人偷伐林木，余下的七八十名护林员也不再偷懒。管理步入正轨后，曾庆余与江国祥一起向场党委与县林业局提出了"以两垸周边的防浪林为基础，逐年向外扩展绿化面积"的方案。五年不到，大山岭、陈家山、十三洲等洲土植树面积超过一万亩。曾庆余因此得到了地区绿化委先进个人的荣誉，并获得两万元奖金。一心为公的曾庆余把本属于自己的这笔巨款交给了林业站财务室，用来奖励本场"植树造林"的先进工作者，以及林场的维护。

曾庆余这样一个父亲，怎么会教出小曾这样的儿子？

最终，江国祥没追回那船芦苇。倒不是他真听了小曾的狗屁馊主意，而是老板的条子没来，人却亲自到了现场。老板当然不会因为这点小事，一大清早赶到新河出口。他昨晚就接到通知，早晨九点要到县里开会。不想，遇到了这一幕。

江国祥最终在老板的授意下，不情不愿地让小曾他们把芦苇运出了新河。

快艇从灯塔洲返回苇山时，江国祥还是站在船头，寒风以每小时五六十码的速度朝他袭来，感觉风已吹到了他的骨头缝里，但他没有回船舱。

他想借助冰冷的风吹散他心中的郁闷，谁知越吹越困惑。回到家中，他提笔写下了一首词，"顶风迎雪何所求，赤诚为谁忧，举步艰难困惑，昼夜未能休，添白发，增新愁，废运筹，诸事难料，一腔热血已付东流。"

第二十九章

"落的麻麻雨，嫁的贤惠女。"曹志云出嫁那天，天阴沉沉的，蒙蒙细雨中偶尔夹杂着几粒绿豆大小的雪籽子。曹金华家的堂屋不但很暗，还前所未有的乱。北边墙上挂着一个红色木制神龛，四个写有"祖德流芳"的菱形红纸，贴在上方，中间的大红纸上写的是"谯国堂历代宗亲之位"，两旁贴的"恩情似海世代铭记不敢忘，祖德浩荡弘扬继承传千秋"墨迹未干。一张掉了门的小两门柜上，最里边放着一大块萝卜，上面恭恭敬敬地插有香与蜡烛，靠前方摆放着一块贴着红纸的鲜猪肉、一条用红纸包住腮帮的大鲤鱼，几个同样贴着红色纸的纸包。一张圆桌上堆放着许多半干的糯米粑粑，靠西的墙壁上贴着半幅被烟熏黑了的对联，依稀可辨出"今朝结良缘"的字样，三条红色的高凳一字排开，有两条上面各放着两个装有茶叶的一次性塑料杯，中间那条坐着两位生客，几个看热闹的挤在大门与房门的旮旯里。进大门的右手边，曹金华勾着脑袋、哈着腰缩坐在一条一动便吱呀吱呀响的竹椅子上，在灶屋里忙活的女人的笑闹声随热气不时飘进堂屋，却让人感受不到半分热闹。

不知怎么的，志云并没有邀请梦凡。要知道苇场有个风俗，参加了一对新人订婚宴的，新人结婚时一定会邀请他。否则新人会被人视为不懂规矩。若那个人不肯前来参加婚礼，也会被人骂作吝啬鬼。因为订婚宴是不要随礼的，而婚礼要随礼。梦凡和文英在朵儿跑了第二天，还是赶过去陪志云去庞家吃了订婚宴。照理，志云要亲自邀请她的，可若不是妈妈回来随口提及，梦凡都不知道，志云的婚礼提前了。

曹家住在北堤水塔边的队屋里。这个队屋以前归四个户头所有，除曹家外，有一位五保户、一对老夫妇，还有一户六口之家。后来，五保户与老夫妇相继离世，他们名下的房子久而久之，也被曹金华他们这两家做了杂物间。梦凡一到曹家，顾不上拍打身上的雨雪，径直跑到文英旁边喊"你们好啊，竟然合起伙来瞒着我一个人？"

文英竖起手指放唇边"嘘"了一下，扯过她走到堂屋的间门边，悄声对她说，"平时你挺懂规矩的，怎么现在一点都不注意场合。你没觉得气氛不对？我也是听到队上人议论，才赶过来的，正准备搞清楚情况后再去告诉你呢。倒是你，这么早赶过来，就知道志云还是最看得起你，什么事都会跟你讲。"

"哪里跟哪里啊，我妈说，曹伯伯因邻居家女儿也要在正月出嫁，不想落人下风，就把日期提前了。我听后不敢相信，这才跑过来准备问志云。志云呢，我们去找她问个明白。"说着就要往屋里走。

"你啊——想一出是一出的。能找得到，我早就去陪她了。我们问志云妈时，只说志云到浮桥那边去了。这叫什么事？接亲的都要进门了，新娘子还不见人影，也不知道她打扮好了是个什么样子。你说，她不会也学朵儿的跑了吧？"不等梦凡回答，自己又找到了理由，"志云他们是真心相爱的，她怎么会跑。我真的被朵儿搞得都有点神经质了。"

经文英一分析，梦凡也觉得有问题。但曹家每个人都很忙，她们又不好过多打扰他们，只好从人群中挤出来，绕到堤边河滩上，说体己话。

"我听我妈说，你同意嫁给谭文才了？你到底怎么想的？如果实在说服不了李伯伯，你可以跑呀。怎么样你也是个中专生，去外面当个文员绰绰有余。你若是怕，我跟着你一起出去，反正我也不想待在家里，听我爸妈天天念。"

"我不同意又能怎样呢？难不成任由谭文才她妈三天两头，跑到我屋里来示威？"

"说起谭文才她妈，我还有个笑话一直没跟你讲。那个鬼性样子，我现在想起都作呕。那天我在路上遇见她，她扭着那水桶腰，抖着满是肥肉的脸，张着一双臭气熏天的嘴，抬起那只大蒲扇一样的手，高傲得不得了地拦住我，'凡妹子呀，讲句老实话，当初我屋里崽硬想你做我的儿媳妇，你好高啦，看不上我屋里谭文才。不想，世事难料呢，忍一把吃鸡还真没讲错，人的运气一来了门板都挡不住，谁会料到那李家的文英会看上我屋里文伢子呢？！凡妹子呀，你也没想到吧？那天李神保在我屋里硬要跟我们攀亲家，还说不要半分钱的彩礼，只要我们定好日子后把信给他。哈哈哈，我得感谢你呢，幸亏你眼睛框子牛卵子一样大，看不上我们小家小业的，喂、喂、凡妹子，你莫走啰。'你说我不走，真的让她看着我呕出来？"梦凡边学着谭文才妈那个样，边气急败坏地对文英说，"我怕你伤心，一直没说。只是，你这种性格，嫁到他家能行不？一个谭文才就够你受了，莫说还有那个女人。"

张禾秀是个什么样的人，经过这些天的交往，文英心中早就清楚了。只是，她也有她的考量。她当然不相信父亲所说的，"别看谭文才他们这些二流子平时不怎么样，做人还是讲义气"之类的话，而是她认为，等谭文才回来，告诉他，她的真实想法，到时，远比自己现在做无谓的挣扎要好得多。

说着说着，突然听到堤脚下传来一阵接一阵的鞭炮声，庞建军他们来接亲了。

两人气喘吁吁地从河滩跑到志云家时，志云像从哪里冒出来似的，已和新郎在堂屋里跪下向父母行礼。看样子，还是迟了些。

伴郎之一的王凯眼尖，看见围着观礼的人群中的文英与梦凡，挤过去跟他们打了声招呼，"你们怎么来晏些？"

"别说了，本来不会迟的，就是……唉，算了，跟你说，你也听不清，我先去看志云。"因朵儿的事，梦凡本不想理王凯，但是，这是志云的好日子，她不想闹得不愉快，便想压住心头的不快，回王凯几句话，谁知一开口，无名火又冒了上来。

"还看什么看，没看见她三哥都已经背起她了。我妈妈说从这一刻起，她只能由他哥哥背到公路上，不能下地，也不能回头，这是规矩。来、来，你站在这里，等一下，他们经过时，看志云能看见你不？"

"志云，志云，恭喜你！"趴在曹志飞背上的志云听见有人在喊她，转过头看见梦凡、文英用手合在嘴唇边做喇叭状，急切的喊她，因鞭炮声太响，她只是对着她们点了点头。

曹志飞把志云背到公路上，梦凡才跑过去，志云这时准备随庞家的迎亲队伍出发了。梦凡和文英这才看清志云的装扮。她上身穿着一件修身红呢短装，下着一条黑底起金黄色小花大摆呢子裙，颈间很随意地围一条与裙子同色围巾，脚穿一双大红高跟短靴，亭亭地站在那里，真的像日历上的明星。

"志云，真漂亮，祝你幸福美满！"梦凡不理会嘈杂的鞭炮声，只是把自己的心意急切地喊出来，希望志云能听见。

志云瞟见梦凡她们追了过来，很想回头看看，可妈妈从昨晚就嘱咐她，"出了门，千万莫要回头，结婚这天回了头的十个有九个过得不好。"

梦凡见志云头也不回，以为她没听见，一边大喊志云的名字一边往前挤。等她差不多挤到志云身边时，志云已被庞家接亲的人簇拥着坐上庞建军的自行车后座。梦凡无法，只好使劲的伸出手，志云也将手伸向她，指尖碰到指尖时，梦凡觉察到志云略带湿意的手有些凉。她抬头一看，志云的脸上似乎有什么在闪动，仔细看时,她已将头转向前方。

一阵高过一阵的鞭炮声驱赶不了志云妈妈心中的失落,她奔出堂屋,站在公路上痴痴地望着女儿背影,不断的撩起腰围巾擦拭着擦不干的泪水。

一个农村女孩,能吃上一碗饱饭,不受公公婆婆的欺凌就算万幸了。哪能要求更多呢。唉——但愿她能比我强,这是志云妈心底对女儿的祝福。

她不知道的是,其实志云不止一次地想过,要为自己争一把。只是朵儿与文英的遭遇,以及母亲听天由命的榜样,又无数次斩断她的"非分"之想。是呀,所有的想法都斗不过命。她偷偷构想的未来,也只是在特定的环境下的一闪念,如同夏夜萤火虫飞过的树林,光亮过后霎时又回归她的常态。也许,以后会不甘沉没的躁动一下,但她会随时提醒自己,要屈从于命运的安排,包括现在的结婚,以后生孩子等等,一切都按部就班,她属于少女的热情与对美好生活的期盼,已随着阵阵鞭炮声,消散在刺鼻硝烟中。

"老庚吔,老庚呐,你在屋里吗?余凤桃啊,你个死鬼婆又死得哪里去了?"赵婶子穿着一件黑底大红花金丝绒立领棉衣,一条青色小碎花直筒敞口棉裤,脚套一双牛皮老木屐,"咔嚓、咔嚓、呱哒——呱哒"的走上江家门前的水泥地。

"在屋里哩!你当你是阳雀子一大早叫个不停的?这样喊下去,人都会被你喊灵去。"余凤桃准备蒸糯米打糍粑,隐约听见有人在喊,抱起一抱枯杨树枝,弓身从杂屋里出来,见赵婶子在禾场地上踩着积雪绕圈,"你这又是唱的哪出啰?冷死人的天,不晓得进屋?"

"我倒喊你不灵,只怕你亲家母念都把你念灵了。我就不信,你这几天没打喷嚏?还要别个进屋坐,屋里冷火悄烟的,害得我以为没人在家。你这个婆娘一点都不贤惠,这么冷的天,也不晓得搞杂树蔸子烧堆火。我晓得你这鬼婆子啰,你是怕熏黑了墙壁,正日子时亲家屋里讲闲话。"赵婶子扶着屋柱,把木屐脱在阶基边。

"我等正刚他们两父子回来再开火,你又不是不晓得,打糍粑要趁热,谁个晓得你会来啰。"同是个啰字,从余凤桃嘴里碰出来,得多绕几个弯,这样钻进你的耳里才会有独此一份的辨识度。"你硬越老越俏,五六十岁的人还穿得花姑娘一样,生怕别个不晓得你是个媒婆。"余凤桃把柴火整整齐齐放进灶坑后,回到阶基边取下一条旧毛巾拍打着身上的灰尘。

"莫讲媒婆这两个字,一讲起我就烦躁。我呀——等你家正刚一结婚,洗手不干了。"

余凤桃舀了一瓢引水放摇井里，边抽水边笑，"怎么，我只听说新娘进了房，媒人抛过墙的，从没听说过，新娘还没进房，媒婆就金盆洗手的呀，莫不是嫌我江家的礼数不周全？"

赵婶子跟着余凤桃，一走到摇井边，又走到灶屋里，接过余凤桃泡的芝麻豆子茶，吹了几吹，"咻——"的喝了一口，"牛不吃糯草，你屋里礼性是到了塘，只是……"赵婶子略微停顿一下，似乎是在考虑，又似乎在故弄玄虚，"只是你答应的彩礼是不是还没到位？"

余凤桃刚在外面吹了一阵北风才进来的，屋内屋外的温差让她的脸颊有点烧，"你听哪个讲的？"

尽管余凤桃掩饰得极好，赵婶子还是看到了一丝迟疑，她把茶杯稳稳的放在灶角上，"我听哪个讲的？还不是贵府亲家母。她只要看见我的影子，准被她喊下堤问一回。后来，我想我不走大堤走中岭子的公路到场部去总行了吧。可是，你不晓得，昨天下午落起个雪，她还搭信附信，硬要我去她家一趟，说是小年之前，正刚还不把钱拿过去，莫怪她了。我好话歹话讲尽，她硬是不松口。余凤桃啊，我也是没办法，你也晓得我的性格，不到万不得已，我真的不得讲多话，只是你亲家母那双嘴巴哟——"赵婶边说边把脑袋摇成了拨浪鼓，"我骗你的是崽，当时但凡我身上有点闲钱，都会替你把这个钱凑上。做起介绍还真没碰见这样一个搞不清的。"

"他干娘子，你快莫这样讲，你这样讲，我的脸都只当得屁股了，是我江家让你为难了。这钱拢不得坨，你也晓得，我这一段急得车圈圈，你看，你看，嘴巴角都烂得流黄水了。借得正刚四伯家的那笔钱说没就没了，我在老江面前还做不得声。本想到管区支一点钱，可刘会计又推三阻四。你也晓得我家江国祥的性子，别看他在外面人五人六的，若是让他去求人，就裤包佬一样，一急起来只晓得在屋里念，'婆婆子呀，正日子看着看着近了，你得赶紧想办法，快点把那些钱给亲家屋里送过去，省得别人说我老江家的闲话。'你说他一个大男人都想不出办法，我一个妇道人家哪有什么办法可想？去偷？去抢？还是……就算舍了这副老脸去下海，那也晏了点呀，谁会要我这么一个一时半会就要做嫘驰的人？"

"还下海哩？你个老不正经、没皮没脸的。你这话说得别个听，别个自然不信，堂堂江大主任的家底子会这样薄。我是最清楚不过的，你娘屋里爷娘死得早，你在娘屋里姐姐老妹、哥兄老弟，哪个没帮衬过？要我说，世上真找不出第二个你家江国祥这么好的。搞集体时，任凭你把分的煤炭证、布票、粮证往娘屋里塞，不像我家那死鬼，我大弟结婚时，三门柜差两张门，我当家砍了屋角上的那棵杉树让他背回去了，那死鬼硬足足找我吵了大半个月。你看你家江国祥，你小老妹读书、老弟结婚哪一样没由着你当家。只你那个过继的婆婆在世时也不是个歇事的，唉使你小姑子、小叔子跟着要东要西的，也不想想，他们名义上是亲的，说穿了还不只是堂兄弟。这一对亲生公公婆婆、一对过继的公公婆婆的，这么大一家子人也亏你能干、调摆清楚，硬被你搞得服服帖帖。只是如今，三边都没人来扯你一把，也是难为你了。"

下午，天不但没放晴，反倒北风性子急了不少，卷着冰毛子直往人脸上拍。余凤桃本想去对河同年家想点办法，走到北堤又打了转。

"凡凡，你哥又到哪里去了？"余凤桃怕把鞋底的泥巴草屑带进屋，在水泥地旁的公路上跺了跺脚。

梦凡放下手中的书，走到大门口，"我不晓得，你前脚一动，他后脚就不见人影了。"

"我硬会被你们活生生气死，你看你哥，即刻要结婚的人还算盘珠子一样拨一下动一下，我若不待在家里，一屋的事都没人动手。唉！也不晓得你们兄妹俩要到几十岁才会懂事点？你到你谢婶屋里去找找看，他怕是又跟谢波他们打牌去了。"

屋外，北风吹得桂花树都弯了腰，天也越来越暗，至傍晚时分真的又下起雪来。橘色灯影下，大片的雪花被寒风卷着，如同一群暖黄色蝴蝶在空中翻飞，过不了多久，水泥地上已铺满了薄薄一层。篱边的花草渐隐于雪色中，屋旁竹林里不时传来"沙沙、吱吱"的响声，想必是竹枝仍在做顽强抵抗。

吃完晚饭，正刚照样筷子一扔便不见踪影，梦凡早早回房打开电热毯偎进被窝。余凤桃与江国祥在灶屋里围着一个红泥火盆对坐着烤火，"老倌子，今朝老庚又来问起彩礼钱的事，说亲家母那边放出话来，到过小年时，还不把钱送过去，便怎样怎样。你看何搞啰，我在屋里想尽了办法，还是差五千元。"

江国祥取下夹在右耳后的一根红豆烟，放在手中捏了捏，拿过余凤桃手中的火钳，翻出一块烧得比较旺的炭，夹起来吹了几下，把烟衔在嘴里，凑到火炭前点燃，依旧把火炭放进火盆，再把火钳递给余凤桃，"只差五千元，那还不好说。那天，你不是说小清悄悄塞给你几千块么？实在不行，先拿出来凑一下数。"

余凤桃冷笑一声："我还以为你这化学脑壳真想到什么好主意呢？原来是打那几千块钱的主意。那五千块钱我转手还给她了。你呀你，也不怕你屋里崽以后在媳妇面前抬不起头。"

"又不是不给她，只先应下急，大不了，明年他们分家时，少划几千块钱账给他们。"江国祥油黑的脸被炭火一映变成了紫红色,苇山的事搞得他焦头烂额,回到家,等着他的也是一堆麻烦事。若是有个家中什么事都不让他理的婆娘就好了。这念头一闪,立马被他自己按了下去。

二十六年前,余凤桃比梦凡还小,随她哥嫂到挖口子找副业。当时,江国祥刚分到挖口子当记工员,不出几日便被余凤桃那两支乌黑发亮的麻花辫缠住了心,不知不觉把她们一家子的工分稍微提高了些。她哥哥是何等聪明之人,立马知晓了他的心事。便有意无意地给他们制造机会。

江国祥记得当时他在大舅子面前立下了誓,定会让余凤桃过上好日子。可是苇场哪有什么好日子过?进山砍芦苇,不只是大人辛苦,小孩子更可怜。生完正刚才满大月,余凤桃就拿着茅镰进了山,婆婆是养母,亲娘又得了痨病,没有一人帮她照顾孩子,只好把脑壳还像胡椒碾子一样的正刚交给队上的保育员。谁知,正刚在芦苇堆子上被大一些的孩子推下芦苇铺子,至今太阳穴上方都留有一块指甲大的疤。当时,江国祥就暗暗发誓,堂客再生孩子时,孩子不满周岁,他绝对不同意她进山。

生梦凡时,他被调到砖厂,任务紧,他日日夜夜守在厂里回不了家,只好把养母接来照顾余凤桃。不想,余凤桃临产前,养母得了钩体病,一天就躺倒了,晚上发烧、头痛不说,还双眼通红,时不时说胡话。江国祥不在家,余凤桃没法,挺着大肚子,用板车把养母拖到中岭子的职工医院分院。亏得余凤桃送得及时,也幸亏鲁嗲的满女正好在分院坐诊,才从死神手里抢回母亲一条命。

江国祥养母临终前,还抓着余凤桃的手不放,流着泪对江国祥说,"你硬要对桃子好一点。我多活的这十几年,硬是她帮我捡回来的。"江国祥当时认为养母有点瞎操心,他不对自己的堂客好还能对谁好。

后来,去城里办厂,江国祥不时记起母亲临终前说的这段话,才能保持头脑清醒。现在,稍微压力大一点,他就把希望寄托于那个念头,他突然为自己感到羞耻。

"分家?亏你说得出口,你个崽个媳妇的还要跟他们分家,说出去不怕被左邻右舍笑死。还分账?你也不想想,你两脚一蹬时,所有的鸡零狗碎都归谁?真的是有种有根,无种不生。一代是这个样,二代也是这个样,这三代不转弯发烂一四散。"余凤桃一下子没刹住车,把她进门不到一个月就被江国祥养母逼着分家的事抖了出来。说起江国祥养母,那也是个天地之间独有一位,还说江国祥一天是她的崽,一世都是她的崽,哪有自己的崽供养着别人的父亲,而不理自己的父母的。她倒忘了江国祥他们结婚是亲生父亲江有德操办的。江有德懒得跟弟媳吵,背着炉罐锅火住到了新沙洲的站屋里。

父亲最后孤苦伶丁地死在湖洲上，是江国祥一辈子无法释怀的痛。他以前不理解，明明守山不需要一年四季住在站屋里，为何父亲不肯回家。后来，把养母从江国安家接到家里住了一段时间后，才稍微有点理解父亲。江国祥养母不比江国祥的亲生母亲，江国祥的亲生母亲是个极其传统的女人，九岁来江家做童养媳，十五岁与父亲圆房，连生三个女都被她塞进尿桶淹死，不为别的，只为她自小受的教育是"不孝有三，无后为大"，她怕被婆家看不起，更怕被人指着背骂绝代种。直到江国祥的大哥出世，江国祥的二姐才有了资格活。江国祥的养母不同，结婚多年无生育，从未见她在公婆面前落过下风，后来生了一儿一女后，一跃成了江家二房的大恩人，江家人做什么都只能依她。江国祥的母亲若不早逝，肯定不会和养母一样，等祖母过世后，动不动就学祖母的在儿媳面前立规矩，更有趣的还把规矩立到他们家来了。江国祥父亲没去站屋前，曾多次规劝江国祥二叔，让他劝弟媳，说世道不同了，不能再用以前的规矩要求儿媳。她硬是不听，虽只带了江国祥两年不到，不但拿正经婆婆身份欺压余凤桃，还说江国祥的父亲江有德不识趣，霸占她的儿子不放手。余凤桃脾气好，反过来劝江国祥不要在意，她说娘是吃过苦的人，做晚辈的让着她一点没什么，再说她一年能来几次呢？这样，老人家说什么，江国祥和余凤桃都忍着。

有一次，她老人家端坐在床边，正让余凤桃端着洗脸盆跪在她面前，服侍她洗手。不想，江国祥带着老李场长回来了，她老人家原本虎着的脸一下子变得懦弱至极，颤巍巍地把余凤桃扶起来，又小媳妇般地跟在余凤桃后面走进灶屋。吃饭时，不管谁去请，她也不肯出来。以至李场长还训了江国祥一顿，告诫他做事先做人。若不是余凤桃找李老解释，江国祥的仕途恐怕在那时就终止了。"每一次都翻出这些陈芝麻烂谷子的事，有意思吗？爷娘都死了好多年了，你还念着这些有的没的，有什么用？"江国祥晓得她是刀子嘴豆腐心。只是她这人就这样，典型的好事做完还捞不着半句好。他弯下腰身把烟头摁进火盆边的灰里，起身出屋，到竹林边朝着渔塘小解完后，在阶基上跺了几下脚走进房间。

余凤桃一个人在灶屋里对着火盆揩眼抹泪坐了一阵后，也站起身来收拾好回房。

"老倌子，我跟你讲啰，我这里有个不是办法的办法，只是不晓得你同不同意。"余凤桃想起上午遇到朱光明妻子的事，爬上床，推了推佯睡的江国祥。

江国祥半眯着眼，嘟哝一句"还有一个么子办法？"

听余凤桃把前因后果一说，江国祥惊得腾地一下从床上坐了起来，"你说什么？朱光明要跟我家结亲？还准备三万元礼金？你为了崽想卖女？"

"你看，我是这样运的神。我们暂且答应朱家让他们两个小的见一下面，如果两个小的愿意，再找他家借几千块钱，那还不容易？"余凤桃拿起江国祥脱在床边椅子上的棉衣搭在他的肩上。

江国祥肩一耸，把衣服振得落在一边，"我江国祥就算穷得偷狗卖，也没想过要卖儿卖女。我不晓得你一个脑壳是怎样长的？平常满妹子长满妹子短的爱得不得了，一遇到事就想着先卖掉她。"

"这怎么是卖掉她？这怎么是卖掉她？你说说看，我跟你在中间能得到什么好处？再说，也要凡妹子自己同意不是？你急得豆角子筋暴起好高的，有本事，你给我变出几千、万把块钱出来，莫让我一个堂客们在外面求爷爷告奶奶的去借。"

"你还怪我呢。我本想在场部信用社贷几千万把块钱周转一下的。谁料你什么事都敢往自己身上揽。余建亮结不结婚关你什么事？他堂客生的细伢子是喊你做外婆、还是喊你做嫉驰？硬逼着我带他去场部贷款，你总怕我的面子卖得几十回。现在好了，把别个搓圆了，自家的眼看就要被你搓散了，如今你更出息了，还打起了满女的主意。拿她的婚姻大事来做交换，亏你还是个做娘的。"

余凤桃从未见江国祥如此大声的跟她争吵过，心中有些后怕，但为了证明自己没起歹心，仍然鸭子死了嘴巴硬的反驳，"我又不是前嫁后母，还会害她不成？我还不是为了这个家。我晓得哕，你是一直记着老沐的那句话，我实话跟你讲，你这叫七算八算兜屁股一钻。你怕个个都像我伯父，操起你的屁股往上推。先不说沐阳已经好久没来找凡妹子了。只说我们拿什么跟沐家比？老沐是国家户口，退休都是好几千块钱一个月，你呢，混一世还是个农牧工。他家沐阳可是正规大学毕业的国家老师，每月拿着红本本去领米领油的，我屋里凡妹子蓝本本都没一个还没工作，他沐家是瞎了眼还是你江家哪辈子烧了高香，他沐阳硬非她不娶？还说我这做娘的心狠，那你就等吧，守着你的宝贝闺女等你的金龟婿吧。我告诉你，刚伢子的事从明天起我也懒得管了。"一气一急之下，余凤桃也忘了自己当初还瞧不上沐阳的事了。

江国祥见余凤桃又开始念经，在心中回了几句，"你一天到晚只晓得逮着我吵，不晓得派个人侧面打听一下沐阳的想法。"想完，转过身子，面朝床里边，假装打起了鼾。

第三十章

　　有钱也好、没钱也好，年的脚步在爱乖的孩子想要一件新衣、爱耍的孩子想要没心没肺的玩上十天半月的期盼中；在情窦初开的少男少女想趁正月走节时探探对方口风狡黠中；在男人们出完年猪、打好糍粑后有事没事把箩筐边的挑绳紧了又紧的踌躇中；在堂客们罗里吧嗦相互打听好久发工资的念叨声中；在老嗲嗲娭毑拄着杨树拐棍一次一次在屋角打望中，近了，越来越近了。

　　年二十八，梦凡一清早被妈妈赶鸡打鸭的声音惊醒，揉着眼睛醒瞌睡时接到命令，要到场部城里去买红纸、红蜡烛、年画，顺道接小清三十回来过年。

　　"妈，嫂子还没过门呢。过完年她就出嫁了，你们常说嫁出门的女泼出门的水，女儿只要一出嫁就跟娘家没什么关系了，这应该是她在娘家过的最后一个年了，亲家娘他们会同意她来和我们团年？"梦凡闲时也常跟向晖她们几个小媳妇闲扯，隐约知道一些乡俗，只是从未听说过要接未过门的儿媳回来过年。

　　"'泼出去的水'讲的是你，你以后若是出嫁了，再回来便是贼，有句话叫么子来着？话到嘴边上又不记得了。我也懒得记了，反正你记着就是，你嫂子是江家的人，自然是要接回来过年的。你这鬼妹子，年纪轻轻可不许有花花肠子，要学《小姑贤》里的小姑，你嫂子以后才会爱你、疼你。你说你也没个姐姐、妹妹的，以后一定要把嫂子当作自己的亲姐姐，硬不要像牛背上的八哥一样多嘴多舌，小心也被剪掉舌子尖。"

　　梦凡见妈妈曲解了自己的意思，也不争辩，只朝她吐了吐舌头，推着自行车准备去场部。

　　"梦凡小姐，雷系边渡吖？"梦凡还没反应过来，余凤桃已经冲到阶基边上操起扫帚，准备往外扑。梦凡看见妈妈如此突兀的动作疑惑的回头，一看，天啦！他怎么回来了？莫非是回来迎娶文英的？

谭文才身穿白底红花西装配洗得发白的蓝色牛仔裤，一双运动鞋白得刺眼。见梦凡的视线有向他这边移动的可能，立马抖了抖衣襟，理了理领带，然后双腿交叉，斜倚在江家灶屋前的棉花树垛子上，左手叉腰、右手玩三门鼓一样耍弄一副黑色蛤蟆镜。谁知，他自认为潇洒的姿势还没摆到位，余光捕捉到了盛怒的余凤桃。他不由一哆嗦，立马放下脚稳住自己，双手在胸前乱摆，"唉、唉、江婶，我系没有恶意的啦，别这样，你别这样子啦，有话好好说嘛，何必伤了和气啦。"

见余凤桃没动，谭文才胆子又大了些，"梦凡啊，几个月不见，你更靓了哦。别紧张，我真没有恶意的啦。江家婶子，你先听我把话说完再赶我不迟。我昨天才回来，出去几个月也算是长了见识，心中想着以前做的事真的蠢到家了，想着怎么也得来给你陪个礼道个歉不是，所以对不起了。"见余凤桃差不多动真格的了，谭文才顾不得他的粤语腔，朝梦凡深深鞠了一躬，然后来了个标准的向右转，向余凤桃也鞠了一躬。"江家婶子，我定要向您道个歉，您大人大量，就当以前的谭文才是条疯狗，以后，梦凡有什么事可以直接找我。唉、唉、我说的是真的，梦凡的事就是我的事。呃，呃！"余凤桃虽然早就知晓，谭家与李家做成了亲家，但一看见谭文才，还是恨不能咳出一口浓浓的绿痰，啐在他脸上。近来为正刚的婚事急得口干舌燥，唾沫都啐不出一口，只好抡起扫帚就赶，吓得谭文才猫跳鬼跳的往外跑。"梦凡，我说的是真的，你如果出去，哥哥一定罩你，唉、唉、别赶了，江婶，我这就走，这就走。"

余凤桃一直把谭文才差不多赶回家才收手，回来时，梦凡早已骑车走了。

"这冤孽，不是被李神保收了吗，怎么还跑到我屋里来现形？凡妹子也太不听话，如果不犟，趁沐阳对她有三分好感时，早把关系定下，就不会惹这些有的没的了。那死老倌也是犟得屙牛屎，说什么不靠卖儿女，我那是卖掉她？这下倒好，鸡飞蛋打不说，这个该死的祸害又回来了，以后满女若真走上朵儿那条路，我看如何收场？"

过年之所以慎重，除了置办各种年货，还有苇场人对年的畏惧及各种禁忌。主妇从年前拍的甜酒或做的浆坨子粑粑、糍粑的成色中看来年的收成及家中老小的平安。甜酒拍出来后，本应该是米白色的，可偏偏有些人家拍出来的稍带红色，主妇便会不安，认为这是不祥的预兆，最希望来一个比较会讲话的人，把这事圆一圆。

那人来了，见这家甜酒是红色都会照例说上几句："唉呀，你们家发达了呢！这甜酒出得这样好，都甜中带红，明年你家肯定会走鸿运。"主人家自然百般高兴地连声说谢谢，然后留下这会讲话的人喝碗热甜酒茶后再走。也有不会讲话的，让好兆头变成顶坏的预言。梦凡曾听妈妈讲起过，大垸子里有一户人家做糍粑时，邻居的小孩子不懂事，见他家堂屋晾许多糍粑和浆坨子粑粑，便好奇地问："X伯母啊，你们家做这么多粑粑，吃得完啊？"搁平时这是一句及其寻常的话，因临近年关、因为与来年家里顺势直接挂上了钩，所以这话便变得很不吉利。第二年，果然有不幸的事发生，那户人家老两口子吵架时，男主人一时想不开喝药自尽了。那家主妇便恨死了那个邻家小孩，见他一次便骂他一次，还说她的一切不幸是因为那孩子说的那句话惹出来的。所以，年二十九这天，除了贴红红火火的对联、门神外，还得用小红纸写上"老少之言，百无禁忌"，贴在各处墙壁上，以消除老人和小孩失言而惹下的心理阴影。

　　大年三十，就算唯一的裤子开了裆，也不能动针，说是会扎了财神的眼睛。虽然梦凡不以为然，见妈妈这样紧张，也变得慎重起来。

　　年三十这天，煮了一年饭的余凤桃不再待在灶屋的前沿阵地，退到二线只负责烧火。煮年夜饭一般是江国祥的任务，包括饭熟后敬年饭老爷，也是由江国祥为头，正刚作陪。余凤桃及梦凡在身子方便时还可以端端菜、倒个茶啊酒什么的。若遇上身子不方便，江国祥便嘱咐她们不要去堂屋，怕亵渎神灵。梦凡有些怕鞭炮的响声，正不想去凑那个热闹。

　　等江国祥和正刚虔诚的请各路神灵、菩萨老爷及故去的祖先用完年饭后，余凤桃才让梦凡、小清帮着把桌上的饭菜端入灶屋回锅，把整只的鸡、整块的肉等改刀加工，做团年饭。

　　一家人聚在一起，有说有笑的就着火慢慢的吃着团年饭，偶尔有邻居经过，江国祥与余凤桃都会站起来热情相邀，相互打着拱手祝福对方过个热闹年。

　　苇场有好些人家天不亮就开始忙着做饭，边吃边等着天亮，以图来年日子越过越光明，生活越过越有盼头。江国祥每年都定在中午团年，他说过日子就要正大光明，何必偷偷摸摸，闹得一夜不得安宁。为此余凤桃没少说他，说他年近半百，说话还这么口无遮拦。今年因小清在，邻居更加不会随意坐下来同他们一起吃年饭。他们都只是说着"江支书，恭喜你屋里过个热闹年啊，哟，新媳妇也在，来年添丁加口、大吉大利啊！"

　　余凤桃喜得连忙搬凳子、泡芝麻豆子姜盐茶、把江国祥藏在肉缝里的好烟拿出来，给邻居抽。也有人不客气地坐在一旁，边看他们吃饭边和江国祥闲扯，比如刘会计、队长、余建亮、鲁嗲等。聊着聊着，架不住江家一再热情相邀，不顾自己已酒足饭饱，坐在饭桌前、端起酒杯与江国祥你来我往。团年饭人越吃越多越吉利，所以余凤桃在一旁笑得眼睛都没缝。

苇场的大人们说某人做事慢吞吞地，张口就说："你不晓得快点啊，像吃年饭一样……"可见吃年饭还要吃得慢，越吃得慢越有福气。

吃完饭，江国祥、刘定国与余建亮、鲁嗲四个人围着余凤桃早摆好桌子打双百分。余凤桃则领着梦凡负责收拾饭桌上的残羹冷炙，正刚和小清在屋里腻歪一阵后，一起去小清家与小清父母团年。

大年初一、初二不能动土，而家里又要多存些青菜。因为青菜有预示一年清清洁洁之说，所以主妇们都在年三十这天从菜园里扯一大筐青菜、萝卜回来。

余凤桃把扯来的芫荽菜、大蒜苗、白菜一股脑地倒在摇井边，害得蹲在摇井边用稻草洗萝卜的梦凡一让再让。余凤桃弯下腰，准备帮忙，突然拍了一下自己的大腿，大叫道，"老倌子啊，你只记得那几块牌，也不提醒我一下。"梦凡瞪着一双大眼，不解地看着她妈，过年的一切她脚踩手摸的清了好几遍，有什么大事会被漏掉？

江国祥与余建亮为五分争得面红耳赤，没时间理一惊一乍的老妻，余凤桃也没耐心等他回复，自顾自地说"你看我这记性真被狗吃了不？念着念着要给小清压岁钱。还是让她空手回去了。她头一次在我们家过年，就搞出这样一个岔胡子，若让亲家母晓得了，这不丢了我江家几代人的丑？凡凡，快些快些，擦干手，骑车去追你哥哥、嫂子。若是赶不到，就去伏家。记得进门要叫亲家娘，要对他们说'恭喜，过个热闹年'，把钱给你嫂子时要背人一些，听见没？"提起小清这个媳妇的好呀，余凤桃抱着树苑子都讲得一气，不仅长得乖，还懂事。只说今天，进门就塞给她一个大红包，看那个厚度，起码也得好几千。她其实也想推辞，只是如今什么都到屁股尖尖上了，那几千块钱还没着落，小清此举还真让她松了一口气。她不知道的是，这几千块钱并不是小清自己的，而是亲家伏桂香背着彭习珍，让小清带来的。

她嘱咐一遍梦凡便响亮的应一遍："晓得呢，你老人家只管放心啰，我又不是三岁跟两岁。"如此四五次后，余凤桃终于满意地让她骑上车。

虽然去小清家走垸子中间的公路要好走些，但梦凡嫌弃两边光秃秃的水杉太过萧瑟，田地里的荒草也太荒凉，所以想也没想地爬上大堤，不想堤外的景色更荒凉，远处的苇山黑一块、黄一块，近处，柳树叶子掉了个精光，若仔细听，还不时听见树枝被风吹断的声音,堤边的草因左一个霜、右一场雪,不是倒伏在地就是歪歪扭扭,枯败得没半点看相。再过几天,藜蒿、芹菜发的芽钻出这些荒草,就会好看了,梦凡如此想着,收回目光,却发现前面拐弯处,停在堤边的自行车有点眼熟。走近一看,真是她哥哥和小清。幸好遇上他们了,免去了面对亲家娘他们的尴尬。

小清听见有车来了,连忙挣扎着从正刚怀中站起,见是梦凡,一张脸涨得通红,一双手一忽儿抹抹根本没乱的头发、一忽儿扯扯红色呢大衣下摆,"凡凡,你这是要到哪里去?"

大过年的,梦凡也没打趣她,只把她妈备好的红包递给小清。小清连说不要,梦凡把妈妈的话转述给小清,小清却埋怨起梦凡妈妈来,说不该大冷的天,让梦凡出来,还说自己早有准备,说完从大衣内袋子里掏出一个红包给正刚与小姑子看,还让梦凡留着那个红包,就当是哥哥嫂子派给她的压岁钱。梦凡可不敢收,把钱硬塞给小清后,梦凡俏皮的留下一句:"你们继续,小妹马上回去交差。咯,咯,咯……"大笑着跨上自行车就走。

差不多到大堤转弯处时,梦凡见王凯同一位有点面熟的男子,骑着车迎面而来,慌得车笼头乱拐。他们见到梦凡,也来了个急刹,彼此寒暄了几句,才知那个男子是王凯的堂哥王尚文。梦凡这才记起,她砍芦苇时,他也到过他们苇山检查过,好像还是副场长。

梦凡与王凯的话题自然而然地扯到了朵儿身上,两人说着说着,陷入了沉默。

王尚文这时朝梦凡伸出了手,"你好,江梦凡,我见过你,在新沙洲的芦苇山里。"

梦凡这才正儿八经地打量了一下王尚文。他比王凯要高出不少,大约一米七五左右,人也比王凯精神,而且还有一种说不出的味道,什么味道一时也说不清,或许这就是书上说的气质。

王尚文见梦凡半天没伸出手来,只好收回右手拍了拍裤子上面的泥灰。

"你好!"梦凡双手牢牢握紧车笼头,面色微红跟王尚文打了声招呼,"你们先忙,我妈还在等我。"说完跨上自行车朝家里急赶。

乡里人不论开玩笑或相骂,嘴边总喜欢挂这样一句话,"少了你这狗虱,总怕会撑裤裆不起。"其他地方对不对上,暂且不说,管区的龙灯花鼓还真反证了这句话的正确性。拉二胡的谭春林走了以后,管区每年十一月就开始组织排练的龙灯花

253

鼓班子，便没了动静。其他管区的也因经费问题散了，只剩下沐光辉他们管区的一个草台班子和一条草把子龙，在全场闹正月。

龙灯花鼓才出屋，余凤桃又开始焦虑。按乡俗应该派正刚与小清到亲戚家尤其是长辈家拜年，顺便接他们来吃结婚酒，可是……初一那天，她怕问得江国祥，省得他那躁性子说出什么不好听的话。正刚更指望不上，他初二一大早去岳母娘家拜年拜得几天都不见回。

这天，她一清早起来，像鹰一样转了好几圈，见梦凡起床后缩在火箱上看书，只好无牛捉住马耕田的征求她的意见。梦凡不懂人情世故与礼数，她想也不想的张口便来，"我看还是不要让他们去，免得亲戚们说你理手。其他人不确定，我四伯母会说些什么，用脚趾头也可以想到。她当着哥哥与嫂子的面可能不会说什么，可等他们前脚一走，后脚就找四伯撕皮。把自己家里吵个鸡飞狗跳不说，还要跑到屋前屋后添油加醋的败（败：苇场方言，贬低的意思）你。有年正月，你打发我和哥哥去拜年，进门彩里面的肉少了一点秤，她跟我四伯打一架不说，还赶天赶地的跑到我们家，把肉往禾场里一丢，一路骂回去了，为这事你还怪我们，买肉时没复秤。今年，哥哥他们初八结婚，你现在打发他们去拜年，那不是话落得她讲了。她可不会认为你是出于尊重，特意去接他们来喝喜酒，她只会想到你生怕她少给了一笔压岁钱。"

余凤桃见梦凡手脚并用的说她尖酸刻薄四伯母，一时觉得好笑，屈起手指在梦凡脑袋轻敲了一下，"你这妹子啊，好样不学，学她做什么？你伯母要是知道你这样学她，一准会撑起三八腰骂你：'凡妹子，我这么多年来还真没看出来啊，你竟是个喂不熟的白眼狼。你对我这么大的意见，亏我以前如何如何喜欢你，早晓得我当初就不该把那瓶我陪嫁的上海花露水给你妈，让你被蚊子咬的得脑膜炎，也好过现在你来气我。'"

"妈，你还说不让我学，你自己也跟着学，这不是叫什么上梁不正下梁歪？她不喜欢就不喜欢呗，反正我不稀罕！"梦凡很不喜欢住在浮桥那边的四伯母，人精瘦精瘦的，脸上都没几两肉，尤其那张薄嘴唇，一张一合间都在向外扔刀子。她做的那些事，梦凡是晚辈不能开口一一细数。江家这两弟兄能维持现在的面和心不和，全靠余凤桃大度。要是两妯娌都不息事，那苇场两个垸子的人天天都会有热闹看，两个垸子恐怕防汛时都不要扫障，大堤上的草会被她们踩得绝种。

"不管她了，你今天帮我做件事，到沐阳家接沐光辉来做知客师。"照苇场的规矩，管区的群众有什么好事都得请支书来当家，管区班子成员结婚或是收媳妇，会请相熟的场领导来主持或当证婚人。为了面子，江国祥本来是想亲自去场部请领导的，现在他却不想再争这个面子，只是私底下请了沐光辉。

梦凡可不想大正月里去沐家，前一段时间关于她与沐阳处对象的风言风语本来就多，这下正月里跑过去请人，那些不明就里的长舌妇们还不知怎样编排，"为什么要我去？哥哥呢，过个年就初一在家里。"

"你呢？早就跟你讲了，让你别多嘴多舌，你还不听。一个姑娘家家的管这么多做什么？以后你嫂子进门，再不兴这样了。你爸说要请沐支书提前一天来，要他帮忙写婚联，我还得去请赵婶来吃大媒酒，顺便接李嫂子来剪窗花，你说沐家你不去谁去？"余凤桃故意板起脸训了梦凡几句。

余凤桃见这马大哈似的女儿手忙脚乱的换衣、穿鞋，连声说"慢点慢点，不差这几分钟。"

梦凡收拾好自己后，推着车就往外奔，"凡凡，拿着这袋礼品，正月里到人家屋里去，可不能空手空脚。"

"我是去请人，又不是走亲戚，干吗要拿礼品？"显然梦凡理解错了她妈妈的意思。

"正月头面的，空脚空手去人家，别人会骂你没家教。"

梦凡望着手上的礼品，暗道这下好了，黄泥巴掉在裤裆里，不是屎也是屎了。转而听妈妈提起郭美丽，她不由接了一句，"妈妈，现在谁还剪窗花啰。你没看见向晖房间的玻璃上贴的红塑料窗花，既精致又便宜。这个交给我，不只是窗户上贴得喜庆、热闹，新房里还得买个拉花什么的，配上嫂子带过来的新家具、时新摆设。妈妈，保管来吃喜酒的上下邻居、亲朋好友都会竖起大拇指讲洋气。"郭美丽是有一双巧手，绣鞋垫、剪窗花、编篮子、织渔网样样来得，只是那双嘴巴太恼人。

"你莫讲起，谢波结婚时，我见那个窗花油光放亮，还问过你谢婶子，打个转身就忘了。老了哦，老了。好啰，你可都要记着，到人家里可要说吉利话，别太冒失……"

梦凡单手提着礼品，不等妈妈说完，应了声"我都晓得呢。"跨上自行车往浮桥狂奔。

"沐老师，沐阳，"见有女孩提礼品上了沐家的门，公路上来来往往的人都停下来在指指点点，梦凡突然觉得有种面临轰炸的危机感。

"谁啊?"沐阳妈拿着一把水瓢走了出来。"哟！凡妹子你这个稀客怎么来了？沐阳啊，你看谁来了？来、来、梦凡进屋坐。"

"不了，沐伯母，我还有事。您出来了正好，这个给您，我妈说要接沐伯伯初七那天帮我家写对联、初八去当知客师。我没说错吧？"梦凡担心又把红白喜事管事的称谓搞混了。

"没有、没有，这是做什么啰？人来了就好，还提什么东西。进来坐一下，大正月的，今年第一回来，可得进来喝口茶。来、来。"沐阳妈说着热情地去拖梦凡。

梦凡找了个理由，再三推脱。

沐阳出来时，见梦凡与他妈一个要走、一个又强留的样子觉得很有趣，很明显梦凡的力道不如沐妈，尽管她如小牛犊一样使劲往外跑，但是外套已被沐妈扯得露出肩膀了，"妈妈，你这是做什么？别把人家衣服扯烂了。"

沐阳妈低头一看果真如此，突然把手一松，害得梦凡险些摔倒。虽然如此，梦凡还是感激地看了沐阳一眼，没有他还不知道能不能从沐阳妈铁钳似的手下逃出来。

"凡凡，你这是要去哪里？到了我家门口都不进来坐一下？难不成我家有老虎，会吃人？嗷呜——"沐阳夸张的张开十指学老虎嗷叫。

"沐老师，你别一副没事人一样只顾看热闹，快些把东西拿进去，我朋友还在浮桥那里等。"梦凡把礼品袋子往沐阳身上一塞，转身就跑，像真的有个重要的朋友在浮桥边上吹北风。

沐阳怔怔地拿着东西，见梦凡如一线风一样飘过，无奈地耸着肩，"妈妈，你看你把梦凡吓成什么样了。"

沐阳妈觉得不好意思地理了理额前的乱发，"你莫管呢，这妹子是长得逗人爱呢。你这没用的家伙，都好几个月了，我看梦凡今天这样子，你们只怕还是九字没一钩、八字没一撇。你个蠢宝崽，十几年书白读了，还看什么看，影子都看不见了，你这没用的家伙呀，没你屋里爷一半灵泛。"沐阳忙着躲妈妈如雨点般的拳头，一时没空挖妈妈话语中的短耙头。

第三十一章

　　到初七那天，天下起了绵绵细雨，虽然还是很冷，湖鸭却跑到屋后的沟渠间伸长脖子在捕食。站在大堤上满目看去，苇场大地还留有几分不肯走的冬的残影，即便如此，春仍然不依不饶地在枯枝败叶底下，悄悄酝酿着一场改天换地的变化。

　　把早请好的厨子师父及帮忙打杂的人接进屋，梦凡家便热闹起来。左右邻舍道恭喜的与送"正当行时"的，让余凤桃有些疲于应付。不知道送"正当行时"或者"财神菩萨"的开了会还是怎么的，流水一样，隔不了半个小时，就有人打着快板或敲着渔鼓跑过来。湖区干这个营生的本是平时没生产能力或游手好闲、不太务正业的人，当然其中也有几个半傻子、神经搭错线的，所以余凤桃一看见，便痛快的掏零钱打发，省得他们多事。

　　梦凡却认为妈妈太纵容他们了，至少也应该让他们唱个一句半句的，让他们知道就算讨也不是那么容易的事。

　　梦凡小时候曾听谢癫子伯伯正儿八经地唱过自创的《赞土地》，她觉得里面的话不但有趣而且很在理，听完很天真的让谢癫子不要看羊了，靠这个赚钱既轻松又来得快。

　　从未在小孩子面前发过火的谢癫子，那次脸红脖子粗的跟梦凡嚷嚷了一番，说什么读书人有读书人的气节。梦凡不懂、苇场的人们更不懂，他们只是愈加认为谢癫子并未得神经，只是书读憨了而已。

　　又一个送"正当行时"的绕过堆放在禾场里的桌椅板凳，正抬脚上阶基，手端一筲箕红枣的余凤桃不等他开口，便从窗台上拿起一串鞭炮点燃往外扔，沐阳被掉在眼前的鞭炮吓了一跳，虽说我妈热情，没想余凤桃比我妈更热情，隔老远就扔了串鞭炮过来。

余凤桃拿出特意换的五角面值的新票子打发那人时,眼角瞟到在禾场里为躲避鞭炮而左跳右跳的沐阳。"哦哟,是沐阳哦。你看我啰——扔鞭子时也没看着点,没炸到哪里吧?"

"没有,江婶。"幸好只是一挂"十八响"。不等沐阳回过神,余凤桃已放下东西跑进堂屋拿了一串大鞭炮,冒雨到路边去点。

一屋人里里外外忙得手脚不住停,梦凡倒闲了下来,挤到哥哥嫂子房间里看小姨"开铺"。你可别小看了婚床开铺,湖乡人可讲究着哩!得家里老人身体健康、夫妻和睦、儿女双全的人才有这个资格,开铺的人在叠被窝、铺床单时也要一遍一遍默念"一铺鸳鸯戏水,二铺龙凤呈祥,三铺鱼水合欢,四铺恩爱情长,五铺早生贵子,六铺儿孙满堂,七铺百年好合,八铺地久天长,九铺家庭和美,十铺前途辉煌"。梦凡的小姨能开铺,当然不只是因为性子温和、懂礼数,最主要的是在如今计划生育抓得这么紧的形势下,她还如了婆家的愿,生了一对龙凤胎,所以余凤桃才封了个大红包请她在小清已收拾好的床铺上稍加整理,以求新婚夫妇两人和和气气、儿女双全。

梦凡听到鞭炮响个不停,以为又来了什么亲戚,连忙跑出去,差点与进屋的沐阳撞个满怀,"唉哟!哪个啦,这急,差点撞到我了。"梦凡来了个急刹,抬头一看,是穿着一套银灰色西装的沐阳。

"咦?沐老师,你怎么来了?你没听错吧,我请的是你爸爸不是你。"梦凡非常清楚的记得那天虽然很急,但话一句也没说错。可沐阳怎么会来呢?难不成真的搞错了?糟了,糟了,又会被老娘骂死了的。

余凤桃果然如她所愿,指着她的额头开骂,"你看你晓得讲话不?沐阳你可别见怪,这鬼崽子被我们惯得无法无天了。"

沐阳一时不知该先回答哪个,想了想,还是跟梦凡解释,"初五那天我还没来得及说话,你便跑了。我堂叔初六收媳妇,我爸初四就过去帮忙了,去的时候嘱咐我,他如果初七没赶得回,就让我来写,所以我只好硬着头皮来了。"

"你?写对联?笑死我了,你晓得拿笔不?还写对联?你字丑不要紧,别丑死我们一屋人。妈妈,我看还不如捉一只鸡划几下算了。"梦凡一直认为,写毛笔字是父亲他们那一代的专利,他们这一辈,儿时虽然用毛笔描过红,多半只是觉得好玩,能坚持下来的很少。整个南河头,年轻一辈大字写得好的也只有她哥正刚。

"你先看看,若不行再捉鸡不迟。江婶,麻烦您给我拿几张旧报纸,我写几个字给她看看。"沐阳气恼梦凡对他的了解太少并与她杠上了。

梦凡是个实诚人，一路小跑到父母房里，拿出几张江国祥看过的旧报纸，把自己房里的小方桌搬出来，认认真真把报纸铺平，看了一下，又"咚、咚、咚"地跑回父母房里，从书桌边的壁柜里拿出一本《对联大全》，跑到堂屋，往沐阳身上一丢，想将沐阳的军。

沐阳看着梦凡昂着的那张小脸，心中淌过一阵暖流，这才是她应有的姿态，娇憨又好胜。"你不会让我用手指蘸清水写吧？这是报纸，不是练字的吸水纸。"

梦凡才知自己忘了拿墨汁和毛笔。正准备去拿，梦凡小姨的那对双胞胎一人拿墨汁、一人拿笔走了过来。两人看看沐阳又看看梦凡，"扑哧"一笑，把东西放在桌上，转身就跑"妈妈，我看到了，看到新哥哥了。"之所以叫新哥哥，是因为妈妈告诉他们说，那个哥哥是凡姐姐的男朋友。两小孩很好奇男朋友是什么，缠着他们妈妈问，直到得到了"新哥哥"的回答，他们一下子就懂了。跟舅舅睡一起的是新舅舅，新姐姐今晚也要跟哥哥睡漂亮的房间里了，那新哥哥跟凡姐姐，是不是？想到这里，两小孩人小鬼大地冲到梦凡面前挤眉弄眼博存在感。

梦凡没时间理两个小孩，一味催促沐阳，"你磨蹭什么呢？写不了早说，样子装得再足，不会提笔有什么用？"见堂屋里围的人越来越多，梦凡有些小期待，如果他真写不好，岂不又多了个把柄被我捏住，看我以后不笑话死他。

"到底是大学生，这字写得活，品相不比他父亲差。"

"要得、要得。"

梦凡一不小心被人挤到外围的外围了，听来帮忙的叔叔伯伯们连声赞叹，又挤了进去。她就不相信了，他能写得有多好。

沐阳见梦凡挤进来了，把写了字的报纸递给她，"江家大小姐，请您验收，看看在下的字能勉强入您法眼不？"

梦凡拿着泛着墨香的旧报纸，上面的字有些认不全，只好半猜半认，好像是"假如生活欺骗了你"，这下可让她挑到刺了，"让你写对联，你写这个干嘛，显摆你有文化？认都不认得，有什么好。"

沐阳故意叹了口气，摇了摇头，"你只看字写得还看得不？如果看得，就裁纸，堂屋大门的最长最宽，堂屋墙壁上的次之，其他房门口的再次之，窗户两边的最窄。快些，让我也凭手艺赚餐饭吃吃。"

在外忙着的余凤桃听到后，大声喊，"沐阳，别听梦凡的，就是不写对联，到我家来了，也有饭吃，你放心。"

会者不难，沐阳不一会儿就把对联写好。因阅历及文字功底不及他父亲，所以只能照本宣科。他父亲写对联在苇场算是一绝，不只是字写得好，对联内容基本上是自己即兴创作，应景贴切。

　　余凤桃从忙碌中记起还有什么事忘了。晃见贴得平平整整的窗花与对联，又记了起来，"这个沐阳伢子怎么就回去了呢？也没来得及给包烟。"很快余凤桃又被其他事搞忘了。

　　第二天五点多，梦凡家早已灯火通明。正刚换上小清给他买的毛蓝色西装和新皮鞋，左胸前衣袋上插着红花，一扫往日吊儿郎当的模样，变得梦凡都有点不认得了。和正刚一起去接亲的梦凡的堂弟及表姐们，也收拾得整整齐齐、标标致致。

　　堂屋里，一早赶来的沐光辉高喊"去接亲的，快到堂屋里吃碗早茶，准备起亲。"梦凡一听赶紧和表姐们一起，坐在堂屋两旁一字摆开的高凳上等着吃早茶。

　　"凡凡，你不帮忙你妈妈端茶，正儿八经坐在这里干什么？"梦凡小姨见梦凡也客一样坐在堂屋里，不由笑出了声。

　　"我去接嫂子啊。"

　　"你接嫂子？哈哈，这个憨子，何得清白啰！大姐，你看你屋里这个可怜的啰，未必没人告诉她，新娘进门时，婆婆和小姑是要躲进菜园里？"梦凡大姨的大嗓门在任何时候、任何场地都有惊天动地的功效。

　　"躲进菜园里？凭什么？嫂子又不吃人。我早跟嫂子商量好了，她结婚我接亲，我结婚时她送亲。"梦凡以为两位阿姨逗她玩，不料身为介绍人赵婶也连说要不得。细问才知，在乡下，小姑子不能接亲，是为了避免以后姑嫂间生口舌。

　　"一群迷信头子。电视里还有嫂子出嫁前，等着小姑子去帮她穿鞋的。照你们这样说，那还不会闹得老死不相往来？"梦凡边说边跳下高凳，往外跑。

　　余凤桃才没闲工夫理这混世女儿，她一遍又一遍的嘱咐挑"告祖席"的侄儿，要他稳当点，别把菜泼出来了，千万别把碗碟摔碎了。

　　乡里似乎有一整套禁忌挂在家庭主妇的嘴上，平时用不着，只有在过年或红白喜事时，她们会逐一扒拉出来，摔碎东西这事，在过年与结婚时最忌讳的。过年时，哪家有人摔碎东西，哪怕是一个汽水瓶子，大人们都会很紧张的念叨"岁岁平安，百无禁忌"。为何有此一俗？其实，不难理解。只是人们心里把过年当作一年终，过往一切不顺心的，皆在大年夜，翻了过去。过了零点，便是崭新的开始，都希望新的一年顺畅平安，所以不想在大正月里出现什么不好的兆头，就算有也得想方设法圆过去。婚礼上不能打碎东西也如同此理，两个人从不同的家庭走到一起，开始新的生活，自然希望往后的日子圆圆满满，碎如同破，不管如何，终归是不祥之兆。你还别跟她们说这是迷信，她们会用千百个或许发生过或许是无中生有的例子来反驳你，比如，哪家的新娘子结婚时骑马过的阶基（骑马是暗指新娘刚好是生理期），婚后家里一直不顺畅，后来，她家公公真的病死了……说这些例证时，声音不但要低还要故作神秘，好像不这样不足以证明事情的真实性，也不足以显示不守"规矩"的恐怖性。

发轿的鞭炮一响，一行人浩浩荡荡地往公路上走，余凤桃追到公路上嘱咐儿子，"刚伢子，一定要记得发亲后莫让小清打转身，再重要的东西，等回门去拿也不迟。"说完又跟梦凡表姐与堂姐分配任务，小清万一不晓规矩有打转身的苗头，她们中谁负责拖住小清，谁又负责去帮小清拿东西。

小姨担心梦凡又起拐腔，扯着梦凡跑进新房。梦凡见小姨把一把把的花生、莲子、红枣往被子里塞，连忙跑过去想要拂出来。小姨急忙把梦凡扯住，告诉她，这隐喻早生贵子和既得女来又生男。后又想起忘了塞红包。新娘进门后，送亲娘子会象征性地摸一下床铺，看被子厚不厚实、暖不暖和。为防止他们乱讲，婆家都会用个小红包封她们的嘴。

梦凡小姨比大姨随和，见梦凡也快二十了，说不准哪天就嫁了，老班子留下来的这些婚俗规矩，让她多懂点没坏处。

小姨的双胞胎见妈妈又往婚床上塞红包，赶紧脱掉鞋子，爬上去，在床上打起滚来。梦凡大姨见了，哈哈大笑，"晶晶、莹莹，你们以为今天还有红包拿啵，滚得这样一溜烟。"小姨也笑着把他们抱了下来。

按习俗，婚床铺好后，要请童男童女滚婚床，主家当然也安排了红包。也不是余凤桃偏心娘家人，只从讨个好兆头方面讲，有谁比小姨的这对龙凤胎更适合担此重任呢。

两个小家伙见出了丑，扁着嘴想哭。梦凡便威胁他们，谁哭不让谁看新娘。两人左看看右瞧瞧，见他们都点头，只好忍住眼泪，穿好鞋。因怕凡姐姐真不让他们见新娘，便一直跟在梦凡后面跑。

在给客人们倒茶的梦凡怕小家伙被烫到，只好在堂屋供桌上捡了几个散鞭炮让他们去外面玩。

没过多久，两人跑进来扯住往果盘里倒糖果的梦凡大喊，"新娘来了，新姑娘来啰。"

梦凡回身拍了拍两个小淘气,"小晶、小莹,说谎的孩子可不是好孩子。"

"是真的,凡凡姐姐,他们差不多到大堤转角的那里了。"和双胞胎一起玩的鲁小冬见梦凡不信,指着门外大声嚷嚷。

"乱讲,他们那些懒鬼还会挑着担子近路不走走远路?你肯定看错了,是耍草把子龙的吧?"梦凡也是稚气未脱,居然认认真真地与几个见风就是雨的孩子理论。

"哦!来了,点鞭炮的注意,准备进亲了;招待的,把瓜子果盘摆好,别让新娘子家的高亲说我们这边没礼数;牵亲的,牵亲的是哪两位,一定要注意,莫让新娘踩门槛。江家嫂子、凡妹子啊,你们快些躲到菜园里去,新娘子快来了。"沐光辉远远的看见大堤上有大部队往这边走,赶紧重新确认帮忙的人手。

梦凡大姨一手接过梦凡手中的果盘,把梦凡连推几推,"凡凡,快去躲起来。"

梦凡待要跟大姨理论,却被妈妈一把拖进了菜园。这边鞭炮热热闹闹的放着,那边接亲的、迎亲的也热闹闹地闹着。不管接亲的如何讲好话,送亲的就是不让新娘子下堤,说是要红包、香烟、糖。等介绍人把问题反馈给沐光辉后,沐光辉找江国祥一商量,送出了六个小红包及一条精品白沙烟、二斤以花生牛轧和咖啡糖为主的喜糖,希望送亲的高抬贵手。可小清的堂兄弟、表姐妹们还不依,吵着、闹着要江国祥亲自背新娘子下堤。提皮箱的,还跳起脚打起号子喊,要大红包,要不然把皮箱及里面的压箱钱带回去。

江国祥无可奈何地看着沐光辉,希望沐光辉能找到法子,别让他去现这个丑。可沐光辉总是顾左右而言他,江国祥算是摸透了老伙计的心思,"好啰,你还有一个满媳妇要收的,这个报复我迟早会还给你的,背就背吧,我把她当自己的女一样看,能有么子见不得人的。"

"唉、唉,姐夫哥吔,你就这样去背?那可不行,来、来,让姨妹子跟你化一下妆,好乖乖洁洁地背媳妇妹子。"俗话说,结婚三日无大小,梦凡大姨唱戏的不怕场合大,她边说边把糊满锅底灰的手往江国祥脸上一抹,江国祥两边脸颊顿时乌漆抹黑、油光放亮,江国祥还十分配合的挤眉弄眼一番,把旁边帮忙的、看热闹的都笑个半死,"是的啰!还是姨妹子心痛姐夫哥,这才像一个烧火老倌样子。来、来、拿着这个,背不动时,做拐杖用。"江国祥还没看清到底哪个这么好心,火叉子就被塞到他手里。

"要唱戏就唱全套,谁给老子拿块红绸子来。"江国祥见躲不脱,干脆自己主动要求,要戴朵大红花拿着火叉子去背媳妇。

一时笑声比鞭炮声还大,旁边的亲戚朋友一个一个笑得差点转不过气,"江国祥，你这臭不爱脸的，我看你是早就想背媳妇妹子，不好开得口了吧？"

在众人哄笑声，江国祥揣着大红包，咧着一张大嘴，迈着不情不愿、慢慢悠悠的步子，极为艰难地爬上大堤。

"背啰、背起来啰！小清你莫怕，这是规矩。只有爬上公公的背，你才能在江家当家做主。快点、快点爬上去。"

一身红妆的小清，因羞涩，如雨后桃花格外娇艳。他们越闹，小清越不自在，脸就越红，红得仿佛要滴出血来，她带着一丝哀求的眼神看了看自己的堂哥、堂姐们，可他们只顾着起哄，根本就不理会她的求助。

见江国祥手拄火叉，矮下腰身堵在前面，她急得不知怎样办才好。正刚在旁边接过小清手袋，顺势捏了捏她的手，"你越缩手缩脚，他们就越闹，还不如放肆点，他们闹起没意思，自然不会闹了。"

江国祥也劝小清："来，崽呀，莫管别人笑。我只把你当自己的女，你也把我当自己的父亲，来！"

小清忸忸怩怩地爬上公公的背，堤上、堤下一声声叫好声响彻云霄。江国祥背着小清走了几步后，正刚冲上前一把抱起小清不顾他人阻拦往大堤下狂奔。

屋前的鞭炮声再次响起，小清正晕头转向时，两人被负责牵亲的大姨及二婶拦住。脚都未落地，便被两位架着跨过了门槛，还没搞清怎么一回事时，发现自己又被他们扶着到神龛面前和正刚一起行礼，头还没磕完，又被他们架到了新房，刚要坐在床上，又被自家堂姐拽了起来。

堂姐把梦凡小姨藏在被子里的红包装进自己的口袋后，摸出一把一把红枣、花生等，朝小清与正刚身上撒，边撒边唱"一撒金床得贵子，二撒珍珠铺满床，三撒三元及弟，四撒子孙满堂……"旁边看热闹的人不等小清堂姐唱完，也挤到床边抓起花生、莲子等往一对新人身上扔，旁边的小孩子拍着手跳起来人模人样地喊，"早生贵子！白头到老！"小清一直笑盈盈的垂着脑袋，梦凡正准备挤过去帮小清拂掉落在头花里的东西时，又见两人各端着一小碗什么东西走进房间，随后看热闹的人都被她赶了出来，门又被关得严严实实，他们在干什么？莫不是现在就洞房？应该不会吧，大白天的，当着帮忙的婶子面，那还不羞死人？梦凡虽然不懂洞房是干什么，却隐隐认为是新婚男女干羞死人的事，电视里不都是这样演的吗？送入洞房，新郎挑开新娘的盖头，喝完交杯酒，就清退闲杂人等，关门黑灯。

房间里的小清被他们闹了这么久，正饿着呢，好不容易见有人端了东西来，接过就吃，刚用勺子喝了口汤又被人端走，她心一急，正要找帮忙的婶子理论，不想那婶子只是把她与正刚的调换了一下,小清以为这是变相的交杯酒,接过来舀起里面的鸡蛋,正准备张嘴吃时,又被她抢了过去。这下她觉得有些怪了,婶子是逗她玩吗,肚子都饿瘪了。虽说结婚三日不分大小,也不应该这样闹吧?

小清堂姐见小清噘起一张小嘴,眼勾勾的看着那碗蛋,知道她不懂套路,"这叫'和合茶',新郎新娘坐床后,象征性地吃一点就行,剩下的要分给新房外观礼的亲戚朋友们吃。吃了新娘的和合茶,腰子不痛的。据说只有新娘是黄花妹儿的才灵验。"

小清像听天书一样听到最后,不由有些羞涩 "信他们的?"心中却祝愿那个吃了和合茶的自此不再有疼痛。

安好席,新婚夫妇敬酒时,忙了大半天的沐光辉才落坐。他本想随便找个地方,胡乱吃几口饭算了,江国祥一把把他拖到贵宾席。当过几次知客师的都晓得,这是个费力不讨好的事。遇着主家手松点的,家还勉强好当些,像江国祥家这种既要实惠又要讲脸面的,沐光辉不是夸自己,放眼苇场除了他,还真没几人能做得来。因此,沐光辉假意推辞了一番,便大大方方在贵宾席坐下,江国祥自然陪坐在一旁。

"老江,那个事,你还是要考虑一下。不是有句话叫'当官要想升得快,先得把尾巴夹紧了走'吗?我的意思,你十五之前,还是去一趟老板家,把该赔的礼、该讲的话都去跟他说一说。你没跟他打过什么交道,不晓得。老板那人私底下其实很随和。再说,苇山去年年底没承包出去,还不是老板给了你面子,你不能不知足。"沐光辉醉眼迷蒙中,见江国祥慢慢变了脸色,心道又触到他的逆鳞了。想起老板那天跟他说的那番话,他不得不硬着头皮继续往下说,"你就当我讲酒话。俗人说泥人也有三分泥性,莫说是老板。趁他现在把你当个人才,你的脑壳就不要仰得太高。稍微低那么一点点,说几句软话,又没别人晓得。先顺着他的意,跟他搞好关系后再提其他条件,也不迟呀。你若死犟到底,不只是对你有影响,对你的崽女也好不到哪里去。你看看场里的几个支书,还有哪个的崽女跟你的一样去砍芦苇作田的,冲这个,我劝你该低头时还是低一下头。"

芦苇失盗后不久,老板气冲冲地逮着沐光辉就嚷,"他江国祥整天瞎嚷嚷,说老子不顾苇场群众的死活,他以为上万人的生计这么容易搞?他真以为我没有他这个王屠户,就只能吃带毛的猪。他也不想想,我提拔哪个不行,非得要提拔他。还不是念他一步一步走到今天不容易。他倒好,看谁都是贪官,事事做出一副不肯同流合污的样子。我看他才是最大的贪官,他不贪利,他贪的是名。老沐,你讲讲看，你的业务水平与管理水平未必比他江国祥差？我把你往那个岗位上调，你未必会讲多话？只有他江国祥不识好歹。我把话放在这里，他江国祥若是不答应到业务科来，他那个管区支书也不要干了。他不是爱惜羽毛吗？我就让他天天回去梳他的那几片毛。"

这些话，沐光辉也不能跟江国祥说，他只能捡好的劝他，现在跟老板对着干，有弊无利。

江国祥透过酒杯只觉老友的脸在酒杯对面摇摇晃晃，怎么也看不清，他想跟沐光辉解释，也想跟沐光辉倾诉，甚至还想像年轻时一样，跟沐光辉谈谈他的抱负，可是嘴唇开开合合好几次，终究没说出一个字。他只好一仰脖子，把大半杯酒一饮而尽，任其似火蛇一样钻进他的嘴里，窜过他的喉管，捣向他的五脏六腑。江国祥此时不知道，第二天"亲家过脚"时，伏桂香也会因为这个事而劝说他，见他实在不听劝，又加上江国祥的言辞过于犀利，把伏桂香气得不顾场合，搥桌拍椅，硬要把小清接回去，闹得小清都差点下跪了，这让余凤桃心里一直有个疙瘩。

第三十二章

　　客去主人安，连续忙了十多天的余凤桃终于可以站起身捶捶酸痛的腰，手搭凉棚望望天，站在禾场里吹吹风了。

　　"沾春一日，水暖三分"一点都没讲错呢，这才立春几天，中午的日头就能晒得背脊出汗。

　　有个能干的婆婆，新妇小清，当然不用跑到灶屋里洗手做羹汤。她搬了把椅子坐在正刚身旁，边晒太阳边看他们玩扑克。见余凤桃走过来，连忙把手中的瓜子放回碟子，扯了扯正刚的衣服，眼睛朝余凤桃的方向看了看。

　　正刚连输几局，有些不耐烦，"扯什么扯？你自己看着办就是，反正我讲的你又不听。"

　　昨晚，小清到灶屋里给正刚打洗脚水时，听公公与婆婆一个坐在灶坑沿上，一个站在灶前低声争吵，隐隐约约跟什么钱有关，见小清进来，江国祥一言不发的背着手走了出去，余凤桃则转过身面朝墙壁，不时抽动着肩。

　　小清把水放在地上，"正刚，正刚，爸妈好像在吵架，你洗完脚去看看。"

　　"看什么看，从去年年底到今年，他们又不是只吵了这一回的。"

　　"他们也吵架？不可能吧？为了什么？"见正刚晃动着双脚甩水，小清只好把毛巾递给他。

　　"能为了什么，还不是为了钱？"

　　"钱?!"

　　"是呢。从我们准备结婚起，他们两个一吵准为了钱。我看我爷老倌硬是个木脑壳，讲起当了半辈子的干部，到头来收个媳妇还到处欠账。只晓得在我们面前讲硬话，没半点经济头脑，有个么子用，倒害得我们跟着他受苦。"

"正刚，话可不能这样讲，爸这样也没有错，至少图个心安。"小清端起洗脚水，打开后门，泼到后门口的树山里，"要不，我把压箱钱拿给他们应一下急？"

正刚拖开被子，钻了进去，"那可不行。我们刚结婚哪里不要用钱，给他们了到时你买东买西怎么办？再说我也是一个成家立业的人了，手边上没几个活钱，别人牙齿都会笑掉。"

"我又没说给他们，只借他们周转一下，你反应这么大做什么？我们刚刚结婚，什么都是新的，一时半会的也想不起还差些什么，放着也是放着，不如给他们应急。"

"那生孩子呢？你若像向晖一样难产，到时看你到哪里去找钱。"

"你这乌鸦嘴，赶紧给我吐几口唾沫。哪有你这样说话的，好的不想，尽想这些。孩子又不是今天怀明天生，不是还有近一年的工夫吗？到怀上时再想办法也不迟。"小清扭转头想再跟正刚争辩时，被一张温热的嘴堵住了口。

见余凤桃一个人坐在灶屋屋檐下发呆，小清打定主意，起身笑眯眯走向婆婆，"妈，你来帮我个忙。"不待余凤桃开口，小清已把她拖进房间，扶到床边坐下。小清扯下组合柜顶的皮箱，拿出一叠钱，递给余凤桃。

"小清，你这是做什么？这可是你妈给你的压箱钱，快些收好，别让正刚看见了。"

"他早就晓得了。我妈在我出嫁之前就跟他说了。你拿着，先把别人催得急的钱还上，其余的我们再想办法。昨晚我都看见了，爸爸也是为了这个家好，你千万莫怪他。"

其实江国祥与余凤桃并不是单纯的为了钱争吵。

昨天一清早，江国祥要去给鲁嗲拜年，余凤桃边准备礼品边嘱咐他，让他问一下鲁嗲的身体。那天，她在祝运珍那儿拿酒药子时，听说鲁嗲可能得了癌，心头一紧，她不相信鲁嗲那么好的人会得绝症，肯定是祝运珍听左了。要不，这么大的事，她挨着鲁嗲住着都不晓得。祝运珍赌咒发誓，说自己前一段腰痛，在人民医院照片，看到鲁嗲的三姑娘带着鲁嗲也在做检查，就顺嘴问了一句。三姑娘背着鲁嗲告诉她的。

她应该回家就告诉江国祥，不晓得忙什么忙忘记了。正刚过礼的那一段时间，她怕忌讳没敢说，过年时，见鲁嗲饭吃得、酒喝得，又以为祝运珍搞错了，就没跟江国祥讲。小清过门时，她见鲁嗲好像清瘦了许多，才觉得这事恐怕是真的，又准备让江国祥去侧面打听一下的，结果，莫说江国祥，她自己跟正刚去鲁家还桌椅板凳时，都忘了问鲁嫂。

江国祥当然不会相信。正刚结婚时，鲁嗲跟鲁婑一起来吃酒，他还亲自敬了鲁嗲三杯酒。

江国祥赶到鲁家时，鲁婑正在灶屋里烧水准备打干子（干子：方言，豆腐），说你大叔觉得胸口像竹刷子一样擦，只有吃冷干子时才觉得舒服一点。

鲁嗲也没像江国祥想象的一样，躺在床上，他正在灶下帮婆婆子烧火打杂，见江国祥匆匆推门而进，心中已经明白七八分。听江国祥要带他去省城检查，老两口同时摇了摇头。鲁嗲说进了医院还不知会遭多少罪，反正自己也是七八十岁的人了，怎样都是顺头路，不如这样待在家里守着婆婆子走完生命的最后一程。鲁嗲还说，他自己的亲生儿女都同意了他的想法，让江国祥不要再劝。江国祥握着鲁嗲的手，细细地问病发的症状，什么时候检查出来的，如今在吃什么药，家里有什么困难。鲁嗲还没开声，鲁婑则端着盆子高声说，"我看，你大叔得这个病，只怪柏马虎。他防汛时，背着锄头笔笔直直走进了堂屋，我喊都没喊得赢，若不然，你叔也不会⋯⋯"说着，鲁婑声音哽咽起来，背过身去捞起腰围巾擦了擦眼角。不是鲁婑糊涂到乱怪人，而是人们对死亡的恐惧，只是他们不知道这种恐惧并不只源于死亡本身，而是对未来的未知。因为未知才衍生诸多禁忌与所谓的预感，比如做了不好的梦，甚至家里喂的猫狗下了几只崽，尾巴上带不带白色（猫、狗尾巴上带白色，湖乡人迷信说法是"带孝"）等等。

这些无稽之谈江国祥不但不信，有时还偏偏与之对着干。前些年，谭麻子家的灰母狗下了一只黑狗崽，谭麻子嫌它胸前有一片白毛，四只爪子也是白色的，认为这是戴孝狗，养在家里不吉利。便用蛇皮袋装了，浸到屋后沟里。江国祥从麻地里回，听到小狗凄惨的叫声，心中不忍，解开袋子，把小狗救回家中。余凤桃见了，跟他闹了好久，硬要把狗崽扔了。余凤桃扔一次，江国祥捡回来一次。他不但给它取了个霸气的名字，叫黑豹，还亲自煨粥喂它。余凤桃到底是女人，心软，闹了几次后，给黑豹用梦凡的旧衣服续了个窝，帮江国祥照顾起它来。江国祥怕她心中有阴影，骗她说，黑豹胸前与爪子上的白毛在狗经里叫："胸怀明月，四蹄踏雪"。谭麻子不懂，这条狗养着它不但家里会顺顺当当，还极为忠心。余凤桃本以为江国祥乱扯，后来发生的事不得不让她相信，黑豹果真是条好狗。

有一次，江国祥带伙计们到家里吃饭。家里除了坛子里的卜辣椒、辣椒洋姜与园里的青菜，什么荤菜都没有。愁得用刀噼里啪啦地剁空砧板。等她从邻居家借了几个鸡蛋回来时，砧板上多了一块腊肉与一条腊鱼。余凤桃以为是哪位好心的邻居，见他家来了客，悄悄送过来的。直到客走了，二队的一位婶子找上门来，才知道是黑豹去"偷"的。搞得余凤桃陪着笑脸赔了不少钱。

还有一次，余凤桃在苗圃场扫障，被蛇咬了，腿杆子肿得油光放亮，裤脚都放不下。黑豹看见了，伸出舌头添了添余凤桃的伤口，便跑了出去，一回来，它的嘴巴也肿得老高。余凤桃以为自己身上的毒气过到它身上了，还摸着它脑袋骂它蠢。黑豹矮下身子，任余凤桃摸了一阵后，抬头朝余凤桃轻吠几声，而后掉转身往大堤方向跑。见余凤桃没跟来，又跑回来，咬着她的裤脚往外拖。余凤桃这才明白，黑豹是要她跟它走。到堤边，只见黑豹跑进堤坡上的草丛中，对着几颗草狂吠。余凤桃有些明白，这狗只怕也被蛇咬了。它叫得那么凶，只怕罪魁祸首还没跑。走过去一看，草下果然有条被咬得血糊糊的死蛇，显然是被黑豹咬死的。跟黑豹说了声，"知道了。"准备打转身往回走，谁知黑豹竟呲着牙，对她狂叫起来，见余凤桃看向它，咬下一株草放在余凤桃脚边。余凤桃这才知道，黑豹为了给自己治蛇伤，故意让蛇咬伤，并带她来找草药。这药也神奇，只敷了两次，就消了肿。就因为这，余凤桃治好过好几个被蛇咬伤的。自此，余凤桃不只对江国祥杜撰的狗经深信不疑，黑豹后来误食老鼠药死了，她还慎重其事的挖了个坑把它埋了。很长一段时间都不敢养狗，怕想起黑豹心里难受，吃狗肉更是一家老小的禁忌。因为他们一家对狗好，邻居家的狗总爱来他们家。一到冬天，余凤桃便把黑豹用过的狗窝放在阶基上的背风处，这样东家的小黄、西家的小灰、前屋的花花、后屋的旺旺，时不时跑过来住几晚。

江国祥晓得鲁嗲这病多半跟苇山承包有关，但他不敢说。要知道，鲁嗲当年接到大儿子在对越自卫还击战中牺牲的消息时，不但自己没落半滴泪，还反过来劝陪他们的江国祥等人。鲁嫲后来大病了一场，余凤桃时不时过来替手。有一天回去，含着泪告诉江国祥，"大叔其实心里苦着呢，等婶子睡下了，搭起高凳，用白毛巾一遍遍擦大门框子上的那块光荣牌，手颤得簸米一样。老五，你是没看见那样子，只要是个人，都会流眼泪。"江国祥也是男人，也为人夫、为人父，如何不懂得男人家的泪水向来只往心里流，可懂得又能怎样呢？说些不痛不痒的安慰话，还是学余凤桃的不管三七二十一先流一把眼泪再说？除了陪鲁嗲默默承受如刀割般的疼痛，江国祥什么也不能做。

现在的江国祥又有了先前的无力感，他只能深恐鲁嗲会即刻走了似的，双手紧紧抓住鲁嗲微热的手。

"你莫乱讲，我得不得病，跟刘松柏有什么关系。国祥你也不必难过，我这样总比你父亲要好一点，至少可以在自己家里归老。"

"不是柏马虎，那就是苇山承包的事。你看自从听到苇山要承包的信，你睡过几个安稳觉？我劝的你又不听，让你去找祥伢子你也不去。自己闷得屋里，一天到晚唉声叹气。你一个退了休的农牧工，争来争去有什么用？不说别的，只凭我屋里大伢子，苇山承不承包，他们还会少了我们的这份儿？我一讲这个，你就对我吼，让我莫往大伢子脸上抹黑。我听你的，什么也不说。这下好了，苇山还没包出去，你却……"鲁嗲说到这里，背转身，撩起腰围巾擦了擦眼角。

"祥伢子，你莫听你婶子的。到今天这一步，都是我的命，怨不得旁人。只是临了临了，还真有一件事放不下心。"

江国祥听鲁嗲的语气像是在交待遗言，心中如刀割，但还是强作欢颜地问鲁嗲"大叔，有什么事，您尽管说。不论出钱还是出力，我定会帮您做到。"

鲁嗲声音有些虚弱，朝江国祥摆了摆手，喘了好一阵子，才对他说，"你先莫急着答应。我就是想，不管苇场政策怎么变，祥伢子，管区的群众你不能撒手不管，不管怎样，你得把他们往活路上带。"鲁嗲说完，把头伏在自己膝上喘了好久，江国祥不知怎样才能减轻鲁嗲的痛苦，只好抚着鲁嗲的背，顺着脊柱轻轻往下摸。好久，鲁嗲才抬头，转身看向江国祥，不知是灶口的火还是什么原因，江国祥发现鲁嗲的眼睛有些发红，不觉鼻头一酸，怕控制不住，朝鲁嗲慎重地点了点头，塞了一千块钱给鲁媄，逃也似地奔出大门。

经过鲁嗲家屋角的竹林时，江国祥被一个东西绊得险些摔倒。正要发力将它踢走，定睛一看，原来是颗竹笋。江国祥爱竹子，并不是附庸风雅，而是他觉得竹子跟堤外满山的芦苇极为相像。它们都突破笋壳重重包裹，以娇嫩之躯挣扎向上，纵然风霜相逼宁折也不愿弯腰。恰在这时，一阵风吹过竹林，吹得竹叶潇潇作响。若换平时，江国祥会如同在家中一样，迎着风、微眯着眼，感受风过竹林的奔腾之声，然而，今天，他只听到呜咽般的悲音。开始，他以为是幻觉，侧耳细听，这声音似是在竹林深处，又似乎在堤外的苇山尽头。虽听不真切，但确实是呜咽之声。江国祥眼眶一热，转身往大堤急奔。

跑了一段，才稍微平静。鲁嗲对他的好却如电影般一幕幕在眼前浮现。可以说江国祥从一个赚二分半工的放牛娃到有今天，跟鲁嗲的提携与开导分不开。

1981年上半年，江国祥已由新建砖厂调回管区任管区主任。春耕生产时，江国祥每天从一队的田埂子向东，步行至最东头的三队再向北，横往四、八队的耕地，往北至七队，再往西至六队、五队，检查和了解春耕生产情况，自认为认真仔细。

鲁嗲有喝早酒的习惯，但他不与儿女们一起吃饭，每天要鲁媄例外给他做几个小碟，在堂屋里架张桌子，他面向大门而坐，慢慢悠悠地品酒。那天，他一见江国祥，便笑眯眯的说，"国祥，来陪我喝几口，我有话跟你讲。"江国祥走到鲁嗲侧面毕恭毕敬地坐好。鲁嗲给他斟了一杯酒，从桌子上移到他面前，"喝吧，酒这东西很怪，我拿这个瓶子去打酒，每次都只能多不能少，如果铺子里少给了我，哪怕是一钱，我的心里老半天顺不过气，但你要是喝了我半斤，我反而非常舒服。"见鲁嗲只是说这个事，江国祥心中松了口气。

一瓶酒快喝到一半时，鲁嗲看了看江国祥脚上的军鞋，起身弯下腰，把江国祥的鞋子脱了下来，走到阶基上拍了拍灰，然后放在了外面的窗台上。江国祥怔怔地望着鲁嗲。鲁嗲回到桌上不急不慢对江国祥说，"伢子，你是生产主任，全管区一两千人的当家人。到哪个队都要进土下田给人家做示范的。你穿上这双鞋子，往土里田里一站，像个什么样子？你先到田里去检查，鞋子回头我给你送到桃子手上。"如果说，江国祥以前对鲁嗲只是敬畏，那次却让他体会到了鲁嗲如父亲般的爱护。尤其是江国祥父亲去世后，更是把鲁嗲当作他另外一个父亲。遇上什么难事，他总喜欢去找鲁嗲喝酒，就算鲁嗲什么话也不说，只要能当着鲁嗲的面倾吐完，江国祥的心便觉得格外踏实。现在江国祥又到了两难的境地，他多希望能再找鲁嗲讨些主意，哪怕什么也不说都行。可他视为靠山一样的鲁嗲已如风中残烛。一时间，所有的烦心事都涌上心头，他想不管不顾地站在大堤上呐喊，"'什么天将降大任于斯人也'。老天呀，我江国祥这无品无级的既不是官也不是吏的，已近知命之年，不再需要你的狗屁大任，只是麻烦你能让苇场的职工群众吃饱穿暖，也麻烦你不要再苦我之心志了。"可是，他不能。他只能边吟唱着"芳与泽其杂糅兮，唯昭质其犹未亏……"，边将目光投向远处苇山里，那一抹若有若无的绿色。他知道，一定已有什么，正在那片衰败地土壤中悄然萌芽、破土。

到晚上，余凤桃问江国祥时，江国祥背负了一整天的内疚与后悔，终于找到突破口。他骂余凤桃该糊涂的不糊涂，不该糊涂的偏偏糊涂。余凤桃正跟他解释时，偏偏被小清看到了，还闹出了这么个误会。

春节即将过去，下过几场雨后，大堤外的防浪林慢慢吐新芽，枯草遮盖下的小草已然苏醒，菜园旁的那棵桃树枝丫上长满了紫红色嫩苞，湖洲上的芦笋正用尖尖的脑袋使劲全力往外拱，藜蒿与芹菜离地已有寸许。沐家两父子走上堤显然不是来看早春美景的，两人表情都有点凝重，"老爸，这事您没别的办法了吗？"

沐光辉能有什么办法呢？他好不容易在老板面前把这事搓圆，江国祥一开口就搞砸了。原以为老板明知江性格执拗，还闹得人尽皆知的抬举他，是对自己及其他支书的一种压制，是在玩权术。这样看来，可能是自己想错了。江国祥还好，一旦自认为是好的，任谁劝都拐不了弯。而老板，明明以前揣摸得八九不离十的呀，最近不晓得怎么搞的，老不按常理出牌。

场部老规矩，年初八上班。江国祥因为收媳妇、沐光辉也因为要在江家帮忙，都告了假。年初八后，场部每个科室留一人值班，其他人则仍然各忙各的。这种现象一直维持到出十五，再上齐班。

沐光辉也不知自己是出于什么心理，听老板说年后要把江国祥调至业务科负责，在酒桌上劝他不醒后，初九就硬拖着江国祥和他一起去老板家中。

在百货公司买礼品时，江国祥突然不干了。说是一条芙蓉王两百三四，一对赖茅又得七八百，加上一包上好墨鱼，差不多一千元，他江国祥送不起。

沐光辉劝他，这个又不要自己出钱，到时算在管区招待费里就行。

江国祥一听立马跟沐光辉急了，说你们那些蝇营狗苟的事我不管，你也莫想拖我下水。一千块钱，我付得一个民工的力子钱。够两个五保户一年的生活费……你以为他们真有那么好心，把那么重要的位置给我？我没脑壳些，也晓得自己不是药铺里的甘草。还不是想让我再当一次傀儡？江国祥这样说也是事出有因。

1986年，对河的文沅麻纺厂因经营不善，濒临倒闭。县里出面要苇场用50万元买下，改建为毛巾厂。这是苇场第一家乡镇企业，却因设备陈旧、经营不当，一直未能达到预期效益。

两年后，赶上国有企业改为集体和民营企业的大变革，各地均大兴乡镇企业。工业十分落后的苇场并没有着重改造毛巾厂，而是根据自身优势趁此春风，在县城以120万元买下了县城的一个小纸厂，拟改建成以生产餐巾纸、卫生用纸为主的纸厂。

江国祥带着舍我其谁的雄心壮志，离开了在干得颇有成绩的林业站，放弃了唯一一次农牧工改国家工的机会，接受了场部对他的新任命——纸厂厂长一职。来到了县城，与新的班子一起筹建纸厂。

考察了省内各大中型造纸企业后，江国祥写了一份长达数十页的调查报告，一份交与场部、一份送县里主管领导报批。一年后，苇场纸厂正式投产，一时之间，县城各大酒店、宾馆都频繁出现苇场纸厂生产的"琼湖、橘城"牌餐巾纸与卫生纸。

半年后，苇场又在纸厂附近扩建了一家彩印厂。为方便产品销售以及便于管理，场部于当年年底把毛巾厂迁至纸厂的另一侧。这样，江国祥成了苇场工业集群的"负责人"。

江国祥至今仍记得，纸厂第一批外销合同签订时，厂委与销售科全体人员的兴奋之情。江国祥打电话向老板汇报时，还听到了老板鲜有的笑声。

正是这个外销单的签订，让纸厂陷入了三角债的泥潭。

说是外销，其实也只是跨地区。那天，武陵大厦的经理，来到纸厂，按规定当场付了30%的货款，拖走了近3万元的纸品。货在武陵大厦被卸了下来，经理安排人带销售员在大厦休整一晚，双方约定第二天，付清全部货款。

等厂里的销售员到武陵大厦收货款时，发现这位经理人间蒸发了，问谁，谁都说不认识。

江国祥知道情况后，立马带着对方的身份证等资料，到县公安局报案。报案后，江国祥与负责此项合同的销售员先公安局的同志赶到武陵，通过内线了解到了对方及纸品的行踪。原来他已把纸品卖给了外县的一家宾馆，双方约定当天晚上，在武陵某酒店与外县宾馆老板商讨货款支付事宜。

根据江国祥他们提供的情报，对方被公安人员逮了个正着，因纸品已销，款却未收到，又不想多扯一个三角债，他们只好在武陵大厦收了一部份货物抵债。这还是好的。之后，有好多订单都是货拖过去后，拿了一张白纸条子回，绝大部分还是第三方打的欠条。如此加上工厂生产方面也频频出现管理问题，工厂财政赤字数额越来越大。为了从三角债的泥潭中抽身，江国祥与各厂厂长着手苇场工业改革，制定了一系列管理规章与制度。谁知颁布以后，收效甚微。江国祥后来才得知，三个厂无一人执行。再后来，他从一个相熟的厂长口中得知，他这个总厂厂长有职无权，实际掌权人，另有其人。至此，江国祥总算明白了。也怪不得人家，换他也不会服从一个连为工人建一个简易厕所都得请示无数遍的人呀。

虽然如此，江国祥仍需"在其位，谋其政"。因纸厂的污水、废水直接从胜利闸排向外湖，纸厂开工不久，港口周围的水源不但变成了墨绿色，还臭气熏天，港口两侧的居民怨声载道。疲于处理此类纠纷的江国祥，想把建厂以来悬而未决的污水处理系统提上工作日程，却因在汇报时，说话太过直白、态度过于强硬，与人闹翻，此事又不了了之。以后几年，工厂不断加大投资力度，而收效甚微，最终以破产收场。

其实，当初听老板要在新沙洲上做承包试点时，江国祥心中颇为得意。冷静下来后，仔细一想，苇场如他一样有管理经验的基层干部，随便一数就有十几个，如他般霸得蛮、吃得苦、耐得烦的也不止一二个，为何偏偏会选上他？他暗暗拿自己与别人做比较，终于有了个模糊的概念，可能老板看中的是他在群众中的威望。新沙洲站在他江国祥手中承包出去，新建管区的群众不说举双手赞同，至少不会给他难堪。全场最大的管区——新建管区对苇山外包都没意见，那其他管区更不敢有什么异议。这样，就可以在稳定和谐的环境下，让全场所有苇山的经营权从集体平稳过渡到私人。当然，这是不是上面真正的想法，江国祥无法求证，至少后来与Z总的那次短暂交锋，让他对自己的想法深信不疑。所以，这次听说老板有意让他主管业务科，他不由得又想到了自己这点微末价值。

沐光辉一听，我们蝇营狗苟，好，好！就算我们蝇营狗苟，你老江又好到哪里去了？你卖掉那船芦苇的事，真以为做得神不知鬼不觉？你这事一出，就有人学你的样，都被老板发现拦下了。他们问老板，凭什么江国祥可以卖，我们就不可以。沐光辉现在都记得老板当时冷笑了一声，"江国祥是为群众卖的，你们呢？是想全部装进自己的袋子里吧。二三万亩苇山，到头来费用都搞不出，就你这样还敢跟江国祥比？……"你老江动不动摆出一副天底下只有我最清廉的模样，殊不知各有各的难处。我送东西也没别的意思，主要是看他一年下来也确实辛苦，其他不说，只说为了去年年底发的两个月工资，他打过多少报告，跑了好多部门，才不至于让我们又拿张白纸条子过年。好，就算是我贿赂吧。我今天送得他们高兴了，明天找他们解决问题时，他们也让我高兴高兴，又有什么不好。我这般劝你又是为了谁？真如你所说的，为了我崽。莫说你跟我这儿女亲家还不一定，就算成了，你仕途顺不顺利跟我崽这个教书匠能有多大影响？我还不是看你老江搞了半辈子，自己还是个农牧工。你说你值个什么啰？家里吃穿用度跟普通群众一样不说，个崽个女的，稍微跟领导把关系拉近一点，安排去吃碗轻活饭，未必要不得，硬要犟。就算你江大支书面子浅，怕人割了耳朵。你自己把自己的事情解决了，梦凡工作的事，看在未来儿女亲家的份儿上，我在领导面前也好说话不是。还用得着我的崽天天没头苍蝇一样到处乱窜。唉，我对付不了你，自有人对付得了你。想到这儿，等江国祥走远后，他才提着两套一模一样的礼品乘面的去了老板家。只是沐光辉也没料到，江国祥这样一走不但枉费他的一番好意，也枉费了王尚文在老板面前极力推举江国祥之情。

在老板家，对江国祥的缺席，沐光辉自有一套说辞。老板看似信了，其实早就知道，江国祥能来就不是江国祥。

第三十三章

　　回家后，沐光辉听沐阳还在为梦凡的事奔波，觉得很有必要泼一下儿子的冷水。不料，儿子并没体会到他的顾虑，而是顺杆子央他帮忙。他觉得心里堵得慌，走到堤边的水泥墩边，对着肖公庙的方向一屁股坐了下来，掏出一盒烟自顾自地抽了起来。

　　老板说得没错，江国祥贪的是名。自从群访事件后，江国祥在四十岁以上的群众中间威望陡增。据说，有天清早江国祥到场部开会，一路上喊他吃早饭的达到好几十户。他猜，老板突然要把江国祥调到业务科，恐怕或多或少也受了这方面的影响。而自己由于这段跟老板走得稍近，也有好多人在他背后，骂他坏酒药子。苇场承包真的百害无一利吗？他江国祥这样，真的就是为苇场好、为群众好？明晓得是一着死棋，还偏要走到底。以他这种性格，只怕亲家做不成还得成冤家。不如，趁这事还没定，劝儿子及早收手。只是真要这样吗？沐光辉知道，他这个决定一下，他跟江国祥几十年交情就算完了。不行，他得去找余凤桃谈谈。

　　江国祥准备回场时，恰好在水运码头遇见了朱光明。朱光明硬要他搭便船，他推脱不过，只好上了船。差不多到南竹坳时，他让朱光明把船靠岸，跃上东南洲。这次江国祥不是像以前一样图快，而是想借机梳理一下自己走上仕途以来的种种。

　　正刚他们在岳父母的安排下，在伏家上上下下的亲戚走完头节后，终于落屋了。一进门小清便嚷着肚子不舒服。余凤桃初听心中一喜，悄悄问正刚："正刚，小清肚子不舒服是不是怀上了？"

正刚见妈妈两眼发射出欣喜的光芒，真不想让她失望，可这也不是事实："妈，说什么呢？我们才结婚几天，你想做嫉驰想疯了吧。她怀上了？怎么可能？"

余凤桃听儿子这样一说，嘿嘿一笑，算是掩饰自己的性急，转而又问小清到底哪里不舒服。小清正与梦凡在一旁晒太阳，随口答道："还不是这一段天天大鱼大肉，肚子有点不消化，气鼓气胀。"

余凤桃一听，心中立时有了主意，转身从堂屋里拿出个塑料袋揣进罩衣袋子里，又跑到杂屋里拿出小栽锄，爬上了大堤。

"嫂子，你说他到底是怎么想的？年底写信说过完年就来看我，可是你看，都差不多开学了，还没来。这人不知道什么时候变成这样了，你要没时间，不来又没人怪你。既然说了就应该做到，让人这样傻等，有意思吗？嫂子，出了正月，我想去省城看看。"虽然高轲在信中一再解释；虽然梦凡时常感动于高轲笔下的诗意"停匀的呼吸，清芬渗透了你周遭的清氛；有福的清氛，怀抱着，抚摩着，你纤纤的身形。你不知道，我多想化作一丝清氛，又有多嫉妒羡慕那些围绕你的清氛……"（那时的梦凡天真地以为是高轲为她写的）。思念与惶恐如同一条条钻进骨头缝里的虫子，痛苦得无法舒解。她担心有朝一日会在这种焦虑中丧失自己，所以每当那种近乎窒息的感觉来临时，就一遍一遍默念，不能这样了，真的不能这样了。我得让高轲给一个干干脆脆的答复，或者干脆离开这个地方去找份事做，也许那样就不再有多余的时间瞎想。

"他？他是谁？他不是前几天才来过吗？怎么想他了？"小清知道梦凡心中挂念的是谁，在她这个过来人的眼里认为，梦凡与其心心念念想着那遥不可及的还不如把握住眼前这个实实在在的。

梦凡有些急了"嫂子，再这样，我可不理你了。别人不懂，你还不懂？我可从未瞒过你。"

小清看着脸红脖子粗的梦凡，不想把她逗哭，只好适可而止地劝她："梦凡，你要一颗红心，两种准备，千万不要在一棵树上吊死。我跟你说过，感情这东西付出越多所受的伤害越大，你可要记牢。你自己想一想，刚毕业时，他是怎么做的，现在又是怎么做的？都说感情是两个人的事，如果他真的喜欢你，哪有大半年不打照面的理？我看你还是委婉一点问问他，看他到底是怎么打算的。若他有意，就早点定下来。若无意，更需趁早，女人最光鲜也就这么几年，过个三四年，你再去找就难了。"见梦凡满脸疑惑地望着自己，小清觉得自己语气太重，不由叹了口气，"当然，嫂子巴不得高轲对你是真心，只是……凡啊，嫂子是把你当亲妹妹才这样说，你认真想一下。"

听着小清的长篇大论，梦凡感觉到恐慌感又在将她包围。明晃晃的太阳下，她只觉双手发麻，脊背发凉。难不成他写信告诉过嫂子要跟她分手？不、不可能的，他亲口说过他是喜欢我、爱我的。再说他也不可能知道嫂子的地址。"嫂子，你干吗这样说？你知不知道，我心里好慌。"

"凡凡啊，你心慌就对了。你刚出社会，不晓世道复杂。这不像你在学校，同学之间的交往，什么目的也没有，相互之间可以没有任何利害关系，所以你们才能只因为有点好感就彼此依恋。可是现实生活中的感情总会被许多因素干扰。比如朵儿和王凯以前那么相爱，偏偏闹成这样；文英那么聪慧的女子也只能屈从于父母之命；还有志云……嫂子说这些并不是说教，嫂子是担心，你这性子，如果……如果……你会怎么办？遇事都要有两种打算，一种是最好的，一种是最坏的。多想想最坏的打算，万一真遇上就不会那么难过。认认真真地爱是一件好事，想专情也是一件好事，可是你还得记得，你只是一个凡人，先得爱自己，别想那么多，一切随缘，他来也罢不来也罢，你还是你自己。"

"今天怎么啦，说这么多？"梦凡越听心越慌，总觉嫂子肯定知道高轲想跟她分手了。

后来，梦凡每每想及这一幕，都觉得有些不可思议，原来，在潜意识里，她并不坚信对自己所坚持的。

小清也不晓得今天为什么会说这些，也许是结婚了，想法跟以前不相同了，又也许婚后才真正把梦凡当亲人疼爱吧，反正她就是担心，如果高轲抛弃梦凡，梦凡这傻子会不会崩溃？"你也知道我没有妹妹，从认识你哥那天起，就把你当亲妹妹，我这是担心你，你这死丫头还不知好歹。"

"嫂子，说正经的，我不止一次地想，去省城看高轲，如果他是真心的，我就在省城找份正儿八经的事做，钱多钱少都没关系，只要离他离得近，哪怕是送牛奶、卖报纸。若他真变心了，我就去南方，离开这块伤心之地。只是不晓得爸妈会同意不？"

"爸的心思我不晓得，妈肯定会不同意，她可舍不得你在外边没着没落的。咦，那天沐阳不是说让你去学校当代课老师吗？怎么没信了？"

"嫂子，你怎么比我还幼稚。人家随口一句话，你都当真。"

大堤周边的薄雾与堤脚下的炊烟相互缠绕时，江国祥才拖着疲惫的身子，爬上大堤。余凤桃问他为何说话声音嘶哑，他回答唤渡时喊破了音，便走到他的书房准备研墨挥毫。说是书房，其实是他与余凤桃的房间窗下不足两平方的地方。窗下是一张刷过无数层桐油的榆木方桌，桌子背面还有他先父的墨痕"江有德制""某年某月某日"，桌上整齐摆放着他自己用木做的笔架和镇纸、大鹅卵石切割成的砚台等，里侧靠墙是一个形似碗柜的柜子，柜子里装有《古文观止》《中国古今楹联大全》《二十四史》之类的书籍，靠门这边的骨牌凳上堆放着一大叠过期的报纸。

"风云纸上过"，余凤桃过来叫江国祥吃饭时，岳飞的《满江红·怒发冲冠》已在他笔下跌宕起伏了多少次。

见书桌、椅子、地下满是散发着墨香的废报纸，余凤桃俯下身子，一把薅起，乱揉乱皱。

读书人惜纸敬字，跟江国祥这半调子读书人生活了近三十年，余凤桃已形成了一个习惯，大凡有字的纸，经江国祥首肯后，才拿去引火。

在江国祥回来之前，余凤桃便想着给江国祥一点颜色看。不想，他根本不接茬，这好像一拳打在棉花上，让她使不上力。江国祥笔走龙蛇时，她在灶屋里的心情也是百折千回，终于想到这么个办法，以示抗议。世上哪有这样的当家人，别人想方设法帮他忙，他不但不领情，还搞得人家下不了台。她觉得沐光辉说得句句在理，老江家靠谁撑门面？正刚太小，梦凡是个女孩子更不用说，靠她余凤桃？"堂客们跳起脚来，难屙三尺高的尿。"她这点自知之明还是有的，能管好家里这一大摊子事，已劳心劳力了，江国祥的仕途与一儿一女的前途能靠谁，还不是只能靠江国祥。可是，他这倔脾气真能靠得上？正刚考高中差几分，江国祥晓得消息后，借酒装疯，连喊"江家算是完了。"当然也怪她，当时她若是能借到三千块钱，去地区农校想点办法，说不定正刚的命运便改了，可那时莫说三千，三百块钱也拿不出呀。勉强在县农校读了两年，还是跟我到芦苇山里砍芦苇，白天黑夜的不偷一点懒。就这，江国祥还是看他不顺眼。又想方设法把他送到对河姑父那里学木匠。我看他也蛮聪明的呀，只学得半年，回来就晓得做凳子、打柜子。江国祥倒好，跟他姐夫一个鼻眼出气，总说正刚学东西不踏实，正经事不搞，尽想些歪主意偷懒。那是我正刚聪明，晓得扎竹梯滚屋檩子、用脱力机车木珠子。这跟懒不懒有什么关系？还气直冲的硬把他接回来。两父子为这个心里都憋着一股火，直到正刚跟小清谈爱时才爆发。

那些事都过去了，她也不想再翻出来气自己。只是满女这工作，你做父亲的是要上点心吧？还不如人家沐阳，还口口声声说看不起人家老沐，你有什么值得傲的？人家老沐再不济，至少把自己的崽女都安排好了，你江国祥呢？

下午，听沐光辉说完，余凤桃便气得一佛出世二佛升天，好不容易等江国祥回来，他又偏偏不接招。这下，把他的这些字纸都烧了，看他接不接招。不料，江国祥还是看都没看她一眼。

开学前两天，沐阳特意穿了套浅灰色西装，打了根红白格子相间的领带，神清气爽地走进校园。这时的校园脱掉了萧条而沉闷的冬大衣，换上了一件嫩黄与草绿相间的小清新风格连衣裙。

前几天，沐阳在姑父家遇到过廖校长。寒暄过后，沐阳趁机含蓄地请他帮忙解决梦凡工作的事。廖校长难得没打官腔地满口答应。这么久了，他应该把事情办好了吧？！一路上沐阳都这样想。以后能和梦凡一起上下班，沐阳立时觉得天空蓝得令人晕眩，沟边的桃花也格外艳，连学校围墙边的油菜花香都有点醉人。同事们不知是将近一个月没见了，还是怎么回事，好像比以前更可亲。可等他去问廖校长时，廖校长却辩称，沐阳自己话没说清，害他以为沐阳想谋求年级主任，从街上回来，就把报告递到了联校。

联校校长办公室里，段佑华正向王尚文汇报工作，见门被人猛然推开，止住话头齐齐看向门口。沐阳看见他们惊诧的目光，才发现自己太莽撞了，退后一步，站在门口不好意思的抓了抓后脑勺。

沐阳这段时间在忙些什么，段佑华听人说起过。可他不能干涉各校具体事务，因此想帮忙一直没机会。这次，分管领导都在这儿，还用得着再找机会？他想着工作也汇报得差不多了，便喊住沐阳，假意问他有什么事。

沐阳开始还不肯说，得到王尚文允许后，大致说了一下梦凡的具体情况，以及他的一些想法。

"江梦凡是不是新建管区支书江国祥的女儿？"

"是的，王场长认识梦凡？"

"见过几次面，嗯——一个很特别的女孩子。好了，我等下还有个会，你们继续。"没等段佑华和沐阳反应过来，王尚文已经大步走了出去。

段佑华不了解这位年轻的副场长，因此无法揣摩王尚文说此番话的真正意图。前几天，他听人说分管文教卫工作的领导换成了王尚文时，第一反应便是这愣头青肯定得罪了人。若不然，怎么会从分管油水甚为丰厚的湖洲开发改为文教卫，现在工会形同虚设，广播喇叭好几年没响过一声，电视台也是新开茅厕三日香，教育这一线更惨淡,一年发两到三个月的吊命钱,这边上访的事还没解决,那边又有人去县里静坐。还谈什么政绩、油水?能不出大错就是绝顶聪明的一个人了。后来,才知这王尚文还真算不上一个聪明人,据说他之所以被调至分管文教卫,是因为在一件板上钉钉的事上跟上头较了真。如此看来,他过问江梦凡的事仅只是好奇?他在脑海中反反复复把王尚文的话过了一遍又一遍。不怕一万,只怕万一,若是那番寻常不过的话真有深意,那……再者,段佑华本身也是新建管区北河头六队的。段佑华父亲走时,他才十五岁。在那个年代,作为家里的长子,段佑华深知,母亲要独自养活他们兄妹五人,何其艰难。他想辍学回家,跟母亲一起撑起这个家。就在他做决定的那天晚上,鲁嗲和江国祥到他家,进门就递给他们一卷纸币。段佑华至今还记得,他们几兄妹数了好久才数清,总共有一百二十元六角五分钱。只有三张工农兵,其他的都是角票与分票,全部是鲁嗲带着生产队会计江国祥去募的捐。那三张工农兵是江国祥一个月的工资。后来,他考上师范,江国祥已是管区会计,是他带段佑华去找的老场长、场长,为他解决了学费。这个人情,段佑华一直想报,但又不能违反原则。所以一直没找着机会。想到这儿,段佑华终于做出了决定,"这样,你先莫急。我去老廖那儿问问看,到底是怎么回事。"

沐阳比段佑华先一步回学校,进校门时又远远看见王凯跟廖正清走了出来,总觉得有些尴尬,便走向学校侧门。

段佑华找到廖正清侧面说了一下沐阳反应的情况。这下可让廖正清伤脑筋了,此时若让王凯出局,可他堂哥是自己的顶头上司,再说他之所以让王凯上,另有目的。若再安排一个,目前又没有空缺,廖正清皱着眉挠着脑袋,头顶的地中海差不多扩围一圈了,也没想出一个两全其美的方法。

这烫手山芋在段、廖两人间来回无数次,最后还是落到了段佑华手中,段佑华自认为还握有一张王牌,所以并不担心。

廖正清等段佑华走了好一阵子,才悟出自己在这件事情上掉了个大面子。沐阳,竟敢越级报告。自己堂堂一个校长被他轻视至此,是可忍孰不可忍,一定要敲打敲打这个不知天高地厚的毛头小子,免得以后什么事都闹到联校去。想着起这个,他就感到后背一阵阵发热,"唰"的一下,把棕色猪皮皮夹克拉链拉开,挺着大肚子,官威十足地走到沐阳宿舍前。

"沐老师,沐老师在不?"他故意憋着嗓子、放慢语速,尽量使声音听起来无比威严。

沐阳吓了一跳。跳下床一把门打开,见是廖正清,没好气地问:"廖校长,有事？"

"啊，是有点事想找你谈谈，是到我办公室？还是到你房间？"廖正清缓缓说道。

沐阳把"尊贵"的校长请进房间，细听了好久，才知大校长是在"好心"提点他，以后做事懂点规矩，跟领导办事要明说，莫只图显聪明，跟领导打哑谜。有天大的事，也不该越级上报，莫说是小事。并告诉沐阳，这是遇上了他廖正清好说话，若遇上其他心胸狭窄的，凭这一件事就可以给沐阳穿一辈子小鞋。

沐阳听哭笑不得。换一角度，他还不得不佩服廖正清，一再颠覆自己对"人同此心"的认知。你不是他，永远无法理解他有怎样一套逻辑体系，能把无耻推演得如此理所当然。看来，孟老夫子终究还是输给了后世的卡尔·罗杰斯，罗杰斯曾这样定义共情，"所谓的共情是指站在别人的角度考虑问题，它意味着进入他人的私人认知世界，并完全扎根于此。" 就是说了解一个人，不能仅仅从外面观察他，要进入并根植于他的世界，找到他所作所为的合理性。而孟老夫子 "人同此心"只是站在合情合理的角度。

沐阳当然不想认真了解廖正清，他只想早些达到自己的目的。

廖正清却把沐阳的沉默当成了无视，"沐阳，我话说到这个份儿上，不妨再说明白点，莫说你姑父只是一个小小副局长，就是局长他也不是你老子，他保得一时，保不得你一世。乡里的堂客们都晓得'人在屋檐下不得不低头'，你傲什么傲？在老子手里做事，你是龙得潜着、是虎得趴着。你也不想想，老子没得三两三还敢来芦苇场当校长？我是给娄副局长面子，把你当自己侄儿看，才跟你说这些，你真以为我一个堂堂的校长怕了你？"说着他气愤地拍了一下书桌，把沐阳斟给他的那杯没喝完的开水都弄翻了，水迅速打湿了沐阳的新学期备课及班务打算。

沐阳急步跑到桌子边，廖正清吓得站了起来："怎么，你还要打我不成？"

沐阳半天没搞清楚，"我拿我的备课本呢，几天的心血被水泡了，你看我急不？"说着拿起备课本一下一下朝门外甩水。

"我刚刚讲的，你考虑一下啰，最好到联校长澄清一下事实，说自己太年轻，做事太不考虑全局，没经验，跟我廖某人没半点关系。至于我这里，你就不用道歉了。"说完扯了扯猪皮夹克，抬脚便要往外走。

"这就走啊。校长，听您讲了半天，教育了半天，我都还没感谢您，考虑不必了，我现在就告诉你。那件事目前只有你知、我知、小李知，如果有一天您夫人恰好也知道了，依您夫人那性子，那就不是段校长、王场长，甚至我姑父所能控制的。您说呢？"

廖正清闻言一怔，良久从喉咙深处硬挤出几声干笑，"哈哈，沐老师，我这不是把你当自己人吗？是别人我还不会说呢，你说的这个事，我马上找联校长再商量一下，尽快给你答复，你忙你的，不要送。"说完狼狈地跑出沐阳的宿舍。

王尚文还没收拾好的新办公室，这几天人气异常高，刚送走几个请他出面赊欠孩子学杂费的机关工作人员，继续搓洗擦桌子的抹布时，段佑华又进来了。

"领导，这些事还得亲力亲为？随便要办公室主任喊一个工作人员过来帮你打扫不就行了？还费这个力。"段佑华见王尚文在自己动手打扫办公室，觉得他到底年轻，还不懂得在机关工作的窍门，尤其身处领导岗位，你越表现依靠下属，下属才会越听你的话，越帮你做事。

王尚文见段佑华过来，看了看满是泡沫的双手，"段校长，您先坐，我这就来。"说着端着盆子往后面走。

段佑华并没有坐下，只是好奇地看着王场长宽大的办公桌上一个笔架不像笔架、假山不像假山的雕花小摆设，"这到底是做什么用的？"他正暗自捉摸着，又一阵敲门声响起，随后一个肥胖的身影走了进来。

"哦，老廖也来了啊，王场长在后面有点事，马上就来，你先等一下。"

"老段啊，我说你晚上不好好待在家里图表现，跑来这里做什么？"

"哦，廖校长也来了啊，来，来，进来坐。你们有什么事？"王尚文走进来见两位校长一个站在门边一个站在桌前，边招呼他们坐，边倒开水。

"唉哟，怎么敢劳动你给我倒茶，我喝了都会摔跤呢，真的不敢当。"廖正清一副谦卑恭敬样，战战兢兢地接过茶，也不顾烫，噘起嘴喝了一口，连声说："好茶，好茶，到底领导是有品位的人啊，这茶叶都与我们平时喝的不同。"

段佑华好容易听廖胖子把马屁拍完，见缝插针的直入主题，"领导，我来没其他事，就是白天沐阳说的那个代课的事。"

廖正清正不知怎么开口，见段佑华主动为他打头阵，上前一步，一边装烟一边补充："确切点说是江梦凡代课的事。"说完很快退到段佑华身后。

"对、江梦凡。这个江梦凡的父亲是我场的一个老支书。前几年，湖洲局专门让地区农校特招了几批委培生，解决苇场基层干部后顾之忧，江支书可能怕给场部添麻烦，两个孩子都没填，大的县农校毕业后没工作分配，满女也没能考上大学，所以到现在都没工作。人家觉悟高，我们总不能装作不知道是不？再说他要求又不高，只要当个代课老师就行，又不占我们的正式编，本来这事不必麻烦您，学校刚好有个空缺，只是年前老廖已经安排了人，所以这事只能请您通融一下。"

廖正清又走前一步补充，"就是您的堂弟王凯。"说完很规矩的站回段佑华身后。

"哦，他就是您提起过的那个进过体校的堂弟？"

"我堂弟？"王尚文突然记起，去年年底曾跟段佑华提起过王凯。但，他一点也没有要王凯当代课老师的意思呀。到底哪里出错了？

段佑华可不管王尚文怎么想，"加上，沐支书的崽沐阳对江家这个满姑娘很是上心。我考虑到前几天沐阳的姑父娄副局长刚帮我们解决了修建操场的经费，而沐阳本身又是正规大学毕业、主动要求回苇场教书，怎么样对我场的文化事业还算有些贡献。江梦凡又是我的学生，我就自不量力地应了他。老廖有权安排学校日常事务，我也不该干预，只是担心沐阳太年轻，怕他一个不如意跑到娄局长那里乱说一气，那就……"

廖正清又上前一步："这个事情我表个态，沐阳目前还不敢。说一千道一万，这天下还是党的天下，不是某某人的家天下。"

段佑华见廖正清又满嘴跑火车，拍了拍他的肩，"老廖这话就扯得有点远了哈。王场长，你毕竟在市机关待过，也懂得年轻人心理，你看这事该怎么处理？"

王尚文没揭穿段佑华的小心思，只转头问廖正清："廖校长，您有什么事？"

"呵呵，我也没别的事，是我能力不够，给领导添麻烦了，我来一是做一下自我批评，二是也想跟领导讨个计策。虽然我也没什么让沐阳到处乱讲的，但也怕让娄局长认为我们基层的人做不得事，所以……呵呵……哦，忘了您不抽烟……"说着又递一根烟给王尚文，等王尚文摆手拒绝后才记起他不抽烟的。

"廖校长，听说王凯的事是您一手安排的？"王尚文本想责问廖正清，话到嘴边却改了，"我看这事能不能请你们再考虑一下。以我堂弟的各方面素质来考虑，在小学部当个体育老师还差不多，教文化课，可能无法胜任。"

廖正清一脸疑惑地看向段佑华，仿佛在问，"你不是说王凯的事是王副场长亲口交待给你的吗？"此时，他忘了他那么爽快答应的初衷。

王尚文打断正在打眼神官司的两位校长，"段校长，目前我们场教师编制是怎样的，那天听您汇报也没提及这事。"

段佑华就势与廖正清一道把目前苇场教师的现状做了一次简短汇报和分析。

"好的，谢谢你们两位。虽然我分管文教卫这一线，但具体事务我不便插手，我看这事在不违反原则的情况下，还是你们两位商量着办。"他说着按着自己的太阳穴。

两位校长都是人精，一看就知道这王场长是暗示他们。可以回去了，可是这事他到底是个什么态度啊，他们到底该如何做？段佑华倒不急，廖正清可急得汗都冒出来了，如果明天不能给沐阳一个答复，那他可算戳了马蜂窝了。他本想找王尚文讨句实话，可段佑华把他拖出门来。

"老段啊，你说王副场长在想什么呢？"

"你不晓得，我会晓得？我只比你早到不过五分钟，话都没讲两句，要说这事都只怪你，怎么当初就不问清楚，现在搞得这样被动，老喽、老喽！"

王尚文知道这两个老头子想为难他呢。他就不相信，他们会为一个代课老师指标的事来请他批示。王凯的事他们不就悄无声息地办了吗？难不成白天他听沐阳向段佑华反映情况一事又被误解了？误解就误解吧，毕竟是人家一辈子的事。后来，得知段佑华居然给江梦凡弄了个场编教师时，他不得不佩服这个老油条的运作能力。

第三十四章

　　细雨初歇，沐光辉急急忙忙跑到田里找到江国祥，江国祥以为他又有什么小道消息，放下锹，从路旁杉树枝取下外套，披上，翻过干涸的渠沟，走到公路上，掏出烟递一根给沐光辉。由于在某些公事上，两人意见相反，让人觉得他俩的关系不融洽，尤其是听到沐光辉会升调场业务科科长后，更是如此。遇到谁问，江国祥既不肯定也不否认。并不是江国祥也认为沐光辉不该，事情的来龙去脉，他很清楚，只是觉得没跟人解释的必要。江国祥问沐光辉又听到了什么风声，这么急赶急地跑过来。

　　沐光辉扶着车，前后看了看，才低声说，"老江，这里除了你我，没第三个人，你跟我讲句实话。你到底动用了什么关系？你也是的，有关系早讲，搞得我家满伢子为了你家凡妹子的事，做尽了无用功。你这样搞也太不厚道了些。"

　　江国祥被沐光辉搞蒙了头，心想，若我上头有人，搞了半辈子还会是个农牧工？这当然不能说出口，"哦，我算是晓得了，你沐大科长是来讨债的，你是怪我江国祥不晓数目，没领着女儿去感谢你呐。你只管把心放肚里，我江国祥不是吃猪油蒙了心的人，你们的好，我自有打算。"

　　"你呀，你，我怎么说你才好？是的，我家沐阳对你家凡妹子是动了心，否则，他也不会把她的事当作自己的事一样，找了这个找那个。抛开这个，就凭你我这几十年交情，我们能帮忙的还是会帮忙。你想啊，这么大一个事，就算你我联手去找领导，领导也未必肯安排。我自己的崽丢得塘里能翻出多大的浪，我还不清楚？这事办得如此顺利，肯定背后还有名堂。"

　　头天晚上，黄翠兰在饭桌上打趣儿子，这下梦凡如他所愿，天天跟他一起上班了，他们是不是可以安排收媳妇了。

　　沐光辉这才晓得，梦凡的工作不但解决了，还搞了个场编。这怎么可能？莫非是沐阳去找了他姑父？可这事他姑父也插不上手呀，而且十几年郎舅，沐光辉清楚妹夫的为人，绝不会做这种以权谋私的事。于是，便问儿子，到底动用了什么关系。沐阳开始还没个正经样的反问他，是要听真话还是假话。

　　黄翠兰见沐光辉面相严肃，也以为沐阳用了什么不正当的手段，急忙跑到房间打开大柜，查看了一下家里的钱。

　　沐阳根本没料到父母会朝那个方面想，继续摇头晃脑地忽悠父亲，说先去求了姑父，再又找到书记，以辞职威胁他，书记还是不同意，后来没办法，只好借用了沐大支书的名头。

　　沐光辉这才明白，自己被臭崽子耍了，"你编、继续编，你怎么不说你跑到省里、不，应该是去中央。跟我老实点，讲讲到底是怎么回事？"

　　见父亲戳穿他的小把戏，沐阳哈哈一笑，告诉父亲，具体怎么搞的，他真不清楚。只知道那天下午回来时，段校长还说要商量商量。第二天上班时，就满面喜色的在校门口等他，告诉他，为梦凡，场部特批了一个场编指标，并让他把梦凡带去联校，说是面试。再就是进学校的填表、上公开课等等那一套啰。

　　"你确定，你没去找你县政府的同学？"

　　"唉呀，我的爷老倌呢，我真的只去找了段校长。"

　　沐光辉把沐阳的话原原本本复述给江国祥一听，江国祥也挠了挠他那白了一多半的浅发，"不是你家沐阳，那又会是谁呢？呵呵，要不，你先回去，我去外面访访，看能不能找到我家那个硬杂关系，或许他家刚好也有一个未曾婚配的后生呢！"江国祥其实没真的生气，几十年的老搭档了，他知道沐光辉脾气直爽，所以不阴不阳地回答他的话。

　　沐光辉听江国祥这样一说，倒正儿八经地停好车，把两家关系搜搜刮刮的摆出来，结果都是些做不得用的，两人越理越乱，没办法只能说梦凡这次是撞上大运了，一件别人都遇不到的好事让她碰到。

　　沐光辉回去后，江国祥饭桌上的说教更勤了，每餐扶起筷子便开讲，说些受人恩惠而感恩的故事。

　　有次，梦凡情绪有些低落，一时没忍住，放下筷子对她爸说："爸，我不是天天在努力吗？多大的事，值得您这样天天念？您如果觉得还不够，那我只能以身相许了。"

江国祥立马接过话头，"以身相许？以身相许好啊，沐阳那个伢子，我跟你妈看着他长大的，知根知底的，配你只有多、不会少哼。要不，明天请沐阳来吃个饭，把你们的事趁早定下。"

余凤桃见自家老头子如此心急，又听小清无意间说起过梦凡喜欢她的一个同学，生怕两父女又在饭桌上吵起来，用手扯了扯江国祥的衣袖。江国祥侧过头横了婆婆子一眼，"凡妹子，你是命好，生在我屋里。你看隔壁屋里的大妹几比你还小几个月，都准备订婚了。你也老大不小了，你娘像你这么大时都驮着你哥了。我呢，也不是硬要让你现在就嫁过去，只是现在条件好的伢子有几个愿意在本场找对象的？难得沐阳有这个心，你就莫东想西想，定下来算了。"

梦凡什么也没说，自顾自地吃完饭便离开了饭桌。不是她妥协，而是她老爸此时正在兴头上，不会听她的。

梦凡并不傻，跟沐阳相处的时间越长，越觉沐阳对她的关心有点超乎寻常。因此，苇山收刀后，她从未主动去找过沐阳。就算沐阳来她家，她也刻意保持了距离。她希望这样可以打消他的心思，可工作的事足可证明，沐阳根本没把她装出来的冷淡当回事。这当然不是梦凡想看到的，为了不失去这个比自己亲哥哥还对她好的朋友，她私下里下定决心，得想个办法，让沐阳知道，她的心思没在他身上。

依稀月光下，一道暗影轻手轻脚地上了江家的阶基，尽管他手脚很轻，堂屋的大门在打开之前不耐烦的"嘎吱"之声还是惊醒了隔壁家的小黄狗，它耸起背脊上的毛，准备纵向偷侵之人，一道熟悉的气味适时飘入它的鼻腔，便抗议般轻哼了一声，卷起身子继续睡觉。

正刚轻轻把堂屋门合拢，见里屋还亮着灯，以为小清在等他兴师问罪，挺直腰杆，把门一推，才发现是梦凡，立马放松身躯，打了个哈欠，声音沙哑地问妹妹，"凡凡，明天不上课？现在还没睡？"

一股刺鼻的烟味，直往房间里窜，害得江梦凡摆手在鼻端狂扇，"哥，你天天这么晚回，你就不怕嫂子生气？"

今晚又是三吃一，正刚瞒着小清赚下的钱输了个精光，见妹妹又偏挑他的痛处戳。他握紧拳头，咬着牙，狠狠地说道，"莫跟我提她。若不是她坐在我旁边说三道四，我也不至于输得这么惨。"

梦凡听哥哥这样一说，跑出房门，扯住他的衣袖，"哥，你小声点，乱说些什么呢？别让嫂子听见。你怕输，不去打牌不就行了，还人穷怪屋场，真的不知道怎么说你才好。"

"怕什么？我又没说错，她没去之前，我连胡几把大的，眼看今晚要一吃三收场，没料到，她一坐下，我的手气便一把不如一把。我让她走动一下，她只说腿酸，不想动。我让她回来睡觉呢，她又说时间还早睡不着，硬看着我把赢来的钱输光了，还搭了老本才肯起身。你不打牌的不晓得，这牌呀，真的是牌疯子，手气旺的时候，它烂泥往包上捋，手气一痞起来，真的是一痞到底……"正刚越说越气，若不是小清怀着孕，他都有冲进房打她一顿的冲动。

梦凡有些看不清她哥的脸，若不是身形，她真的不敢确定那人是她哥哥，是为了娶到嫂子，忍辱吞声三年的哥哥。难道别人说的都是真的，男人结婚后，就从奴隶到了将军？

结婚之前，江正刚有时手痒难耐，总会背着父母出去偷摸几把，因为怕父亲骂，不等妈妈去喊便早早回家。结婚后，他哄小清说，待在家里除了看电视就是睡觉，实在没一点味，不如出去看人打牌，小清想着多去认识一些人也好，省得别人说她大婆子生的不理人（高傲），就跟着正刚出去凑热闹。俗话说：不想吃油渣子不会往锅边站。打牌的人都晓得正刚的心思，一两次后，便特意给他留个空位。要想别人在牌桌子上专等一个人，无非是他牌臭瘾大技术差，还舍得下老本。再说正刚刚结婚，袋子里应该还蛮厚实。可怜正刚不晓得这些，他还沾沾自喜地认为自己人缘好，才天天都有档。所以每天吃完晚饭后，带着小清按时按刻到，输得没钱了时，小清为了不失他的面子，常常主动掏出点来让他翻本。后来，见他实在不像话，就开始掌控小家的经济大权，每天只拿五块钱给正刚买烟。为了省下那五块钱，正刚把软白沙换成了伸手牌，烟瘾上来了，便说"你有烟吗？我没火。"队上的烟民先是顾忌江国祥的面子，有求必应，次数多了以后，便开始打趣正刚怕堂客，正刚腆着脸解释小清怀孕了，顺着她一点是应该的。

余凤桃见正刚打牌的事小清不但不管，还每天跟他同出同归的，以为小清也爱上了这一门，她驮生怀肚的又不能管得太紧，便叮嘱正刚，小清现在是双身子的人，要早点回。

谁知，这个月小清早孕反应有些大，吃什么吐什么。彭习珍认定江家饭菜不合小清的胃口才会如此，便和正刚商量，接小清回去住一段，等调理过来后，再送回来。正刚一听，正中下怀。送走小清后，便如脱了缰的野马，不管白天黑夜地守在牌桌子边，连饭都不回来吃。没钱了就找人借，反正都晓得他岳丈是伏桂香。

几天前，江国祥喊正刚把秧田平整一下。以前这些事一直归余凤桃管。江国祥考虑到苇山承包后，自己的工作范围将会回归到垸内生产，才把家中的农活重新捡了起来。正刚反问父母，他都成家了，为什么家里的事还吩咐他。抬眼见父亲脸色十分难看，又转了点口风说秧谷子下泥也不指望这一两天。跟江国祥保证，第二天上午，不要任何人帮忙，他一个人去把那八分秧田整好。得到儿子肯定地回答，江国祥便放心放意去忙自己的事了。

差不多春分了，照往年，要安排人员进洲子守山。这个守山跟守码放在洲头的芦苇捆是两回事，他们守的是满洲子已破土拔节的芦笋。其实，只要方法得当，从过于密集的芦笋中间出的苗，也够全场群众尝一顿鲜。只是，群众遇到这好吃得让人吞掉小舌子的芦笋，哪还会管什么间苗不间苗，只怕都会恨不得多生几只手出来掰。放眼全苇场又有哪户人家没几个大垸子或城里的亲戚，这个时候送点芦笋上门，可比过年时送他们腊肉、腊鱼都高档。不说别人，只说江家的亲戚们，有哪年这个时候，不是伸长脖子在盼余凤桃给他们送芦笋去。余凤桃趁江国祥不在家，进山掰了四五化肥袋子芦笋，连夜煮了出来，搭在客班船上送进了城。江国祥晓得后，也没能说什么。跟旁人比起来，余凤桃还算好的，至少不是图利。张禾秀、周腊梅、陈月英等，哪个不呼儿唤女的，借打藜蒿、扯芹菜之名，开着船进山，把那些刚刚尺把长的芦笋，一船一船往家里运。一个春季，他们哪一家没赚个千儿八百的。屋前面的苇山不属江国祥管，他能做的只能严令余凤桃她们几娘女不去凑热闹。可今年，场部还没发通知，江国祥又不好去问，只好每个站屋派了个守山人员在苇山转，自己则留在垸内处理其他事。

对于苇山承包的事，群众的思想还没统一。除极少数几个既有经济实力又有头脑的，在四处找关系，想搞承包外，大部分群众则因担心生计问题，不断集群上访，江国祥他们拦下这拨，按不住那拨。不是群众思想太顽固，而是对于群众所要的出路，江国祥也给不了确切答复。反反复复，只有那几句群众听腻了的话，"苇场承包，是新的经济形势下的新策略，是盘活苇场经济的新出路，我们要相信组织，会给大家满意答复。""以后不只是职工钱不会少，还会有医保、劳保等配套保障，请大家放心。"一天天喉咙都喊嘶，收效甚微。

隔天一大早，余凤桃连催正刚好几遍，让他起床去鲁嗲家借牛整田，他丢下一句："急什么，我答应了搞好便会搞好"，说完一个翻身又去梦周公了。到中饭熟时，余凤桃也不管儿子已成亲，跑进房间里把被子掀到沙发上，正刚这才爬起来，跑到摇井边擦了把脸，饭也没吃跑了出去。

江国祥回来看见秧田还是茅荒草深，直接骑车到代销点，黑着一张脸把牌桌子一掀，揪着正刚的耳朵，把他拖回了家。

见两父子都歪着脖子、喘着粗气，一副斗鸡模样，余凤桃怕他们打起来，急忙跑出来把江国祥拖进堂屋，细声劝他："算了，算了，他也是清早夜晚要作爷的人了，给他留点面子。"

"老子给他留面子，他可曾给我留过半点面子？火都烧眉毛尖上了，他居然还有闲心去打牌。你长的这个脑壳是摆看的吗？未必不晓得苇山要承包了？老子看你今后拿什么养活一屋大小？我决定了，等小清一回，老子就跟你们分家。屋里三亩田全归你们，二亩土一家一半，你们结婚欠的账，老子一分钱都不管。"

"分家就分家。他们不是一直笑我，结婚之前吃爷娘的，结婚以后吃婆娘的吗？分了家正好，我光明正大的去吃我岳老子的。到时，我餐餐吃肉喝酒，你可不要眼红。"父亲不管不顾地掀了他的牌桌子，让他在牌友面前失了很大的面子。现在听父亲说要分家，直觉以为父亲这是要甩包袱，于是，什么话都不经过脑子迸出了口。把江国祥气得，哑着嗓子，指着正刚，喊了半天的"好崽，好崽，你还真是老子的好崽……"

余凤桃听正刚如此乱嚷，也气得一口气堵在心口，但见江国祥铁青着脸，儿子又像红了眼的牤牛，担心两爷崽会闹出什么事来，急得解下身上的腰围巾，劈头盖脸的把正刚抽了一顿，"我叫你疯狗一样的乱咬，我叫你乱咬……"骂完崽，又去安抚老倌子，"你也是的，个崽个媳妇，张口闭口喊分家，也不怕别人指着你背心骂。"

正刚也算得上一个角色，听母亲劝了几句后，跑出去找鲁哆借回牛，乌黑不天亮把秧田整了出来。回到家里急忙火急扒了几口饭后，又青竹彪（竹林中的一种蛇，游走速度极快。）一样往外一窜，又是一整天不见人影。

余凤桃没法，只好亲自到亲家屋里把小清接回来，希望儿子能有所收敛。小清回来之后，他倒是如了母亲的愿老实了一些，下午装模作样地跟妈妈锄草、耕地、播种。可是每晚都要转钟后才回来，小清见他如此，心里气得不行，又怕吵起来公公婆婆心中不高兴，只好每次跟着他，以为他总会顾及自己的身体早些散场，连着几天后，小清发现事与愿违。就像今晚，小清身子不舒服，想正刚早些散场陪自己回家，可是正刚把她的话当作耳边风，"你怎么这么不懂事呢，牌桌子上人家不喊散场，我一个人敢走？你看人家向晖喂着孩子呢，还不吵不闹地坐在谢波身边什么都不说。你不舒服就早点回去睡，莫吵！"

小清心中那个气啊，真想学公公地把牌桌子掀掉，站起来时，又顾虑他的面子，恨恨的留下一句："今晚你就跟牌睡吧，莫回去。"

梦凡不知道兄嫂吵过架，"哥，你这是做什么？嫂子回来时只喊肚子痛，你不去看看？"

正刚听了准备转身回新房。这时余凤桃披了件衣走了进来，"崽咃，你也太不懂事了，小清驮生怀肚的，你天天出去打牌让人家怎么想？你呀、你……"见妈妈的手指都要戳到额前了，正刚退了一步，"她爱怎么想就怎么想。"

"你说什么？你个死崽子，我怎么就生了你这样一个化生子。不管别的，只管小清肚子里怀的是你的亲崽，你也该上点心，还莫说小清这么懂事。"

"她懂事？她懂事个屁。见我输了钱还在旁边不断的叨叨。"不提这个还好，一提这个正刚的音量一下子调高了好多分贝。

新房里的小清从正刚走上禾场时就知道他回来了，本想起床给他打洗脚水，想起他对自己的态度，又躺回床上，想想又爬了起来，扯亮电灯，斜靠在高低床的床头等他。不想等来的却是他的埋怨和指责，一时没忍住，眼泪无声地从眼角滑落。

"唉哟，死崽子唉，你小点声，小清她闹腾了好久，煮了三个老紫苏苋子给她服下，才好了一点，你这一吵，不怕她听见又开始闹腾？你硬要闹得一屋人都不得安宁是吗？"余凤桃低声骂着儿子。

正刚没觉察妈妈在骂他，只当妈妈怕小清闹，"本来就是。妈，你也别管我们的事，我自有分寸。"

"你有分寸？结婚不到一百天，你就这样了，若是我以后嫁个人像你一样，你于心何忍？"梦凡也顾不得什么了，冲到哥哥面前问他。

"我于心何忍？你的事与我有什么干系？"正刚脱口而出。"妈，你说就说，打我做么子嘛？"

余凤桃气得没办法，拿起毛巾架上的毛巾狠抽了他几下，"我教我自己的崽，与你有何干系？"

夜太静了，虽然梦凡和余凤桃刻意压低声音，江国祥还是被吵醒了。"吵什么呢？这么晚了还不睡，开会啊？"

"老江啊，你一天到晚只知道往外面跑，你看你都教出一个什么好崽？这屋檐水不偏不倚的掉在现窝里，想当初我怀正刚时，你……"余凤桃从儿子身上看到自己当初嫁过来孤立无助的样子。

"唉呀！说崽女的事就只说崽女的事，几十岁的人了，还当着他们翻那些陈麻烂谷子的旧账，有意思吗？深更半夜吵得人鬼不安的，明天不会天亮了是吧？"工作上的事已经让江国祥够烦心了，回家还得听余凤桃不停的叨叨，一阵燥热涌上头，江国祥披衣下床，打开房门，点燃一根烟，在禾场里遛弯。

梦凡搞不清父亲是向着哥哥，还是在维护男权。本想继续跟哥哥摆摆道理，又怕正刚再次怪父母偏心，没帮他也找个轻松点的工作，只好扭过头去借助于妈妈："妈，你得好好管管哥。你看他没有半点责任心，对得起嫂子吗？难怪当初亲家娘硬不同意。"

妈妈和妹妹的担心，正刚并不领情，他把大门用力一摔，跑进自己的房间，余凤桃追出门见小清房里的灯都熄了，只好摇头叹气地回到女儿房里。"唉，谁说不是呢？本以为小清那么好一个孩子，两人又经历那么多才走到一起，他会懂得珍惜，谁想到……唉！"

第三十五章

　　昨天傍晚下沉的夕阳无端惹起了许多争论。当然，不是因为它西沉时姿势有多完美，也不是因为它的背影有多曼妙，而是，它天天朝来夕往，非同寻常。

　　按往年清明前后，湖区正是淫雨霏霏连月不开的时节，主妇们担心过年新置办的衣服、帐子被窝会起霉，男人们担心秧谷子、棉花营养坨会烂根，被雨打落的油菜花会不会影响荚果的时节。谁知，今年出了怪事，接连大半个月，天天南风这么刮、太阳这么晒，菜园里的萝卜、菱芜、茼蒿错眼不见就开了花，堤外边的芦笋、藜蒿、芹菜，抢火一样都没抢得赢，打个转身就老成了"外婆"。俗话讲，"晚上起霞，干死蛤蟆。"这天莫不是要把洞庭湖也晒得开岔吧。

　　江国祥所预料的"暴风雨"也没来。昨天，家中新装的程控电话来了第一通电话，不出他所料，是场部办公室打来的，通知他第二天上午八点到场部会议室开会。会议的内容暂时不知，江国祥却能猜个八九不离十，这个时候除了苇山承包的事，还有什么事值得让管区支书、生产主任等人都去开会的呢？

　　果然，会议的第一项内容便是宣读早已拟定的《关于实行苇场湖洲改革的草案》，除了苇山将招标竞卖外，还有场内人员分流，也就是垸内农业与垸外湖洲正式分开经营。后来，经过讨论，以少数服从多数的方式，基本确定苇山招标竞卖的具体实施办法。同时按草案对相关人员进行了调整，除沐光辉与江国祥外，其他管区基本由原支部书记任各管区湖洲站站长负责苇山，生产主任改任支部书记负责垸内生产。沐光辉调任场业务科任科长兼任新沙洲管理站站长，新建管区支部书记由谭建武代为行使职权，江国祥协助新沙洲管理站站长完成产量与面积摸底工作后，再另行安排。明眼人都知道这种安排意味着什么，说江国祥没意见，那肯定是假的，但他又能怎样呢？上面给的理由很充分，他是农牧工，农牧工按政策本来早就应该"一刀切"的，是他工作能力强，这几年场部才对他委以重任，再说，人家又没说让他下岗，不是还有个协助之职吗？好在，还有几个勉强算得上好消息的消息，一是经过讨论，修改了苇场群众不得参与招标拍卖的条款；二是承包协议和合同里，明文规定，苇山不得种植其他作物。这样，至少不会让管区的群众戳着他背心骂他了。想到这儿，他扯动嘴角笑了笑，和谭建武他们一起走出了会议室。他们没料到的是，未出五年，苇山的山场都种满了速生杨。虽然，一到春天，洲子边缘开满了金黄色的油菜花，如同绿色的翡翠镶上了金边，但是，群众站在大堤上，再也看不到洲子中间如银带般的河流，再也看不见远处明镜般的大湖，以及湖对岸灯火通明的县城，只能对着如层层迷障般的速生杨林，摇头叹息一番后，缓缓走下堤。后来，上堤的人越来越少，越来越少，以至堤面上的草长得也一年比一年旺盛。当然，这也是后话。

江正刚他们得知消息后，不知如何劝慰父亲，只能叮嘱母亲，这段时间多顺一点父亲的意，别跟他对着干。正刚也老老实实在家里猫了几天。

清明那天，雨终于纷纷扬扬下了起来，而且连续下了好几天才停。春天的花草可没有得闲，它们连续几天享受了绵绵春雨的滋润，再遇上个大晴天，你来看！洲子上的芦苇一下子长到齐胸，旁边渔民们随手甩种的油菜上，满满盛盛的花已变成了鼓鼓囊囊的果荚，湖畔的杨柳也不示弱，舞动着纤细的枝条，把杨花柳絮尽情挥洒，大堤内外各种颜色的野花引得蜜蜂、蝴蝶不断的飞舞，垸内公路两旁的笔直伫立的水杉树也长出细叶。路还没干，人们齐齐走出家门，扬着笑脸相互招呼着到土里锄麻草、作棉花营养球或赶着牛到田里犁田准备春插。

大堤上一阵突如其来的喧闹声，打破了小垸的平静。在大堤边觅食的鸡都扑棱着翅膀，齐齐钻进了小树林中的草丛。被吵闹声打断了找"女朋友"兴致的土狗，朝人群方向狂吠了一阵后，悻悻地夹着尾巴各自奔回了家。牛也不再温顺，绕着拴它的界碑一圈又一圈，直到鼻尖都挨着界碑了，还不肯放弃地狂跳。

难得的星期天，梦凡坐在阶基上又跟小清在讨论爱情与人生，"那边怎么了，耍地花鼓的？"

"不是。都农历二月底，差不多三月了，哪还有耍地花鼓的，他们是在追贼吧？"

"追贼？不会吧？那么多人追，那得偷了多贵的东西呀，莫不是抢了别人的金项链？"

人群迅速地往江家这边移，余凤桃提着一塑料袋鼠曲草，刚好走到堤脚下，见堤上吵吵闹闹，不知发生了什么事？紧赶几步爬上大堤。

小清与梦凡听见喊叫声越来越近，终于按捺不住好奇心也跑上了堤，远远地看见一个人边跳边跑着，"是抓贼。只看偷了什么值钱的，惹得这么多人追。"小清和梦凡站在堤边。

"我们怎么办？拿根竹篙去拦他一下？"梦凡有些害怕，万一贼牯子逼急了伤人怎么办？

"傻瓜，他看见我们在前面，不会从没人的地方下堤？拐角那边跑几步就可以钻进树林里。"小清笃定地回答。

"不好，嫂子，那人朝这边来了。嫂子，嫂子快看，是个女的，没穿衣服的女的。"梦凡看到前面那个人光着身子，白花花的跑了过来。

小清早已看见，不好意思告诉梦凡，不料梦凡这个冒失鬼却先毫无顾忌地喊了出来，她只好别过脸，对梦凡说，"是疯了吧？不穿衣服就跑出来了，丢人现眼的。"

终于有人抱住了那团白肉，小清和梦凡身旁不时有扛着锄头、挑着箢箕的人影经过。

"李长庚，跑这么快做什么，队上分钱时都没见你跑这么快。是的啰，听见有稀奇看，你就不得了了，恨不能胯下再生两只脚，老娘还不晓得你这色胚的德性，"郭美丽见丈夫拿出百米冲刺的速度往前奔，看稀奇的心一下子被醋劲代替，在后面边赶边骂。

梦凡一看，前面不知什么时候尽是人。此起彼伏的议论声、打趣声传入她的耳中。

"这些臭不要脸的男人们，你看啰，一个一个恨不得起得飞。"

"华跛子，你跑这么快做什么？也是的，都差不多四十岁了，还没看见过女人的身子，快点挤进去看看吧，也算不枉在世上走一遭了。"

"哪家的啰，作孽不？"

"作么子孽，这丢人现眼的东西，要是老子屋里的，不一棍子打死她，老子就跟她姓，不知廉耻的东西。"

"唉哟，你是懂廉耻的，你一双眼睛鼓得牛卵子一样看么子看。"

……

梦凡与小清被人群裹挟着靠近事发地。

"放开我，我有的是钱，我有大把的钱，儿子，我跟你生儿子，我有钱……"那女子披散着头发，被人用被单包裹着还在左冲右突、嘶哑着嗓子语无伦次的拼命地叫喊。

旁边一个干瘦憔悴的老妇人，跪坐在一旁捶胸痛哭："我苦命的崽啊，你怎么这么想不开，你们都这样，让我这一世怎么过啊。"梦凡一眼认出她来。是志云妈妈何爱莲，难不成那个光着身子的是志云？她瞬间又否定了，志云跟庞建军现在正过着好日子呢，怎么会疯。梦凡迷信地朝地上吐了三口唾沫，期望这种不吉利的想法会随唾沫淹灭。

小清挤进人群，扒开那人脸前的长发一看，真是志云。顾不得问旁边的曹志飞，挤出人群，回到梦凡身边，深深叹了口气，"是云满。唉！庞家做什么了，把这么开朗姑娘给逼疯了。"

梦凡听说真是志云，往人群里硬挤，从人群缝隙里看到几个劳动力用棕树绳子捆发狂的志云，鼻头一阵发酸，眼泪在大眼睛里转了几圈，终于还是顺颊而下。小清把梦凡拖出人群，拍着她的后背抚慰，"要不，我们先回去。"

梦凡含着泪猛摇头，"不，我要去问一下，志云到底怎么啦？谁把她害成这样？"

小清见劝不住梦凡，只好拿出杀手锏，"刚刚挤进去时，可能用的劲太大，现在肚子有点痛，你先陪我回去。等我好些了，再帮你打听，行不？"

梦凡这才记起嫂子是家里的重点保护对象，只好扶着小清，一步三回头地下堤回家。

到家时，余凤桃正坐在堂屋前选鼠曲草，见两个人进来，"去看热闹了？唉，真的伤心，我要是她的娘，也跟着癫死算了。二崽难得的考上大学，算着，这一家子算是熬出头了，不料想，回来一个癫子。一个妹几长得明星一样，错眼不见，又癫了。唉！我看呐，曹瘸子算命跟易瞎子冲傩一样，也一脚都不是。么子鬼化灾符、解厄贴、神仙水、扯的尽卵谈。他真厉害，不晓得先贴一道符化解自家的背时运？我看呐，云满跟着你们读的书也是读的鬼打锣。爷娘养得她一二十岁，才热热闹闹完成任务呢，喊癫就癫了，她不晓得这世界上烦心劳力的事多着呢，个个都学她，那这阳世上不尽是癫子？她这一癫自己倒是轻松了，可是爷娘呢？都快六十岁的人了，守着两个癫子崽女。唉——这一世何得过？我看啊，拐就拐在云满长得太乖。妹几长得乖是好事，可也不该眼睛框子就安得脑壳顶上，一山望哒一山高，你就不晓得，那高的也望着更高的。凡妹子，你以后找对象，硬要记牢，千万莫学云满的好高，听见没？"余凤桃突然想起去年年底，江国祥从曹家吃完酒回来，告诉她的那件事，刚开始还以为江国祥在讲散腔，云满本本真真一个妹子，怎么会有那种花花肠子？若真的与纸厂的那什么经理有什么，庞家会不晓得？还会让他崽把她娶回去？因此，那事就烂在她肚子里了，谁知，这才多久，云满癫了，看来当初庞家不是不晓得，而是不甘心，所以才换着法子折磨云满。若真是这样，那庞家的心思也太歹毒了些。你怀疑云满不清白，大可以不要她，你的崽再找再娶也没人怪你，硬要把人搞成这样，这是什么搞法。

"妈妈，你就不怕被曹家的人听见？再说，他庞家是世族大家还是书香门弟？他庞建军是高干子弟还是腰缠万贯？志云还高攀他？这是志云没见过世面，若她生活在大城市里，以她的长相与身材，不说当明星赚大钱，至少找个比庞建军长得好，地位比她高的应该不难吧？"

小清听梦凡说话像机关枪似的，非要与婆婆争个高低，急走一步，把她拦在身后，蹲下身子，捡起一把鼠曲草，边选边满脸堆笑的问余凤桃，"妈，你怎么知道的？"

"我在外面小洲子上挖了些鼠曲草做粑粑，走到杨树林时，听见那头堤上闹哄哄，不晓得出了什么事，就跑上堤，一眼看见一个女人家光着身子往前跑，心想拐了场，把袋子一丢，冲过去，把她扑倒。你莫管，人疯了劲是蛮大呢，我这么高、这么大的块头居然差点被她掀翻，你看、你看，还被她抓了一下。"边说边指着脖子边的伤痕给她们看。

"哦，原来走头的那个人是你哦，我还在想，谁会那么好心呢？"同是女人的小清心里很清楚，如果志云能够清醒过来，知道自己被许多人看光，不又会……别人都没看到什么就已经说三道四了。

"什么好心不好心的，我也是女人，也生了个女，能遮一时是一时吧。"

梦凡这时也平静了，坐在小清搬过来的小矮凳上，问余凤桃："妈妈，你说她到底因为什么？"

"因为什么？一个刚出嫁的女孩突然犯这个病，能因为什么？还不是因为男人。"余凤桃担忧地看了梦凡一眼，"虽说如今，报纸电视里经常讲妇女能顶半边天。依我看啊，生女就是不比生崽好。不是我做娘的重男轻女，而是因为做娘的晓得，女人家从投胎起就是一条苦命。你们莫不信，再大点就会晓得，这伢儿落地时'哇啊、哇啊'的哭，妹几落地却是'苦哇、苦哇'的喊。唉，才一到这世上就晓得女人家苦命啊。要不是人家会说女子是菜籽命，丢到哪里算哪里。我看呐，志云妹子这粒菜籽算是霉透了心。"见小清满脸异色的看着自己，怕她误解了自己的意思，余凤桃长叹一口气，转了话题："唉——我看呀，这男男女女找对象，都不要找太乖的。乖的你爱别人也爱，守不住。凡妹子，你硬要记得心里。你年轻，不懂。长得好当不得饭吃，就算他的心在你身上，也架不住其他女的来缠。俗话讲，郎怕缠来女怕磨。你呀，上点心。我看，庞家那伢子就是吃了志云太乖了的亏，否则，何至于扁担没扎，两头倒塌。"

"妈妈，没有调查就没有发言权。你都没问过志云到底是怎么回事，怎么能轻易下结论？难怪爸爸什么事都不肯跟你讲。还有，我晓得你不喜欢我，也不要一讲再讲。什么崽比女好，我看未必！志云的二哥不是别人家的崽，不照样瘫了？中岭子的黄伯母生六个女，当初你们还说她家连挑水、担谷的都没一个，都算着他们日子会过不下去吧？现在呢，黄伯母走出来像电视里的富婆，左手三个宝石戒指、右手两个金圈。黄伯伯在家天天上班一样赶着几场牌，你前些天不还羡慕人家吗？再看先前住在一队屋里的郭爹，他倒生了四个崽，只有二崽结了婚，其他三个打光棍，有用吗？被崽赶得住在一队机埠屋里，好久死的都没人晓得，若不是要抽水抗旱，还不晓得会成木乃伊不？好笑的是，人还没下葬，四弟兄就开始为钱多钱少相骂打架。再往近一点，谭文才的四个姐姐换成哥哥看，只怕他爷娘的骨头都会被啃掉，还轮着他妈妈带起个金圈到处显摆？不说别人，说说你自己，你头胎生了我哥，算是老江家的大功臣吧？我也没见哪个把你敬到神龛子上。爸爸不还是竖起筷子吃，倒下筷子走。家里老老小小、里里外外、前前后后哪样离得你？当然你可以怪我啰，说不该生下我这个背六十年时的，若不然，你早就搁起落马脚享清福了。我看，您倒不是心疼女儿生下来会受苦，而是明里暗里告诉我，养我养烦了，恨不得用六齿耙子把我拖出去。我可没文英她们听话，到时收不了场，可别怪我丢了江家的丑。"梦凡平时反应有些迟钝，加上心疼母亲从早忙到晚的辛劳，鲜少与母亲顶嘴，最急也不过沉默以对，如今母亲口口声声崽比女好，她倒没什么，反正从小到大被他们打击惯了，可是嫂子听了会怎样呢？哥哥这么不争气，如果妈妈也动了别的心思，那嫂子在江家还有什么意思。

"你个死崽子，一点聪明劲全用在嘴巴上了。我又没讲我不喜欢妹儿，哪天，小清给我生个孙女，未必我会不爱？我说的崽比女好，是讲男的比女的命好。想当初我生你时，你外婆在一旁看见是妹儿，连声喊你爸，让他快些送她去北河头赶船。我当时抱着你，眼泪双流，妹儿难道就不是人？别人不爱，我自己爱，所以才自小惯着你，烧茶煮饭不让你挨边，打谷插田不让你下水，今年不是你自己发新欢喜,你自己问自己看,芦苇山长什么样子你晓得不?我辛辛苦苦二十年,倒惯出了个小白眼狼,算了算了,你读了书的,我讲你不赢,我去搞饭。"余凤桃说完,伸出带着鼠曲草清香的食指,怜爱地戳了梦凡的前额一下,捶着后腰走进灶屋。

余凤桃未出嫁之前,跟许多女孩一样,不相信女人会比男人差。嫁给江国祥时,见父母把祖传的金器拿出来给她压箱,她与江国祥双双跪倒在父母膝下,承诺两边父母一样看待。

拆茅屋砌瓦屋时,江国祥把自己家中剩下的木、砖瓦,一车一车往他堂弟家送,只因为他养母住回了她的亲崽家。当时,梦凡大舅舅也在砌瓦屋,差几根檩子,余凤桃低三下四求了江国祥好多回,他才搞了四五根去交票;梦凡五岁时,婆婆在她亲崽家摔断了脚,余凤桃不嫌弃她只是江国祥的养母,不埋怨老人从未帮她带过正刚与梦凡两个,亲自跑去把老人接过来,悉心照顾。而梦凡外公病重的那两年,余凤桃莫说把父亲接到自己家中来照顾,就连回去探望,也是天去天回;梦凡的叔爷爷(江国祥的养父)病危,堂弟跑过来说要木材合千年屋,江国祥二话不说,带他到林业站解决了问题。梦凡外公的千年屋,硬逼着梦凡两个舅舅各出了三百块钱……诸如种种,数不胜数,余凤桃也曾找人倾诉,得到的都是"桃鬼婆,你知足啰。你屋里江国祥算顶好的呢,不管自不自愿,至少都做到位了。不像我屋的……"后来,余凤桃不再向人倾诉,实在想不通时,把出嫁前母亲说的那句话,一遍一遍翻捡出来,"乖乖女,路上哭,丑丑媳妇守灵屋"。这次她本想趁机挑拣几个例子出来,佐证一下生男生女有何不同,想着小清是新媳妇,还是止住了话头。其实,余凤桃也是瞎操心,时间会教会她们如何向现实低头的。

第二天放学后,梦凡本想邀小清一起去看看曹志云,看能不能帮什么忙。可他们小两口提着余凤桃准备地礼物,一大早回伏家给小清妈妈做生日去了。

梦凡心里有事,做什么都没心思,想独自去看志云,又怕志云妈妈会抱着她哭。昨晚,一闭上眼睛,志云妈妈撕心裂肺地哭声就在耳边响起,害得她醒来哭了好几回。身边的朋友连遭不幸,梦凡迫切想向高轲倾诉,想得到他的保证,保证自己的未来不会像文英她们一样,然而,她已近一年没见高轲,现在连写信都变得拘谨了不少。这样下去,她真的能依靠他?

梦凡帮妈妈把被子收回来后,问她妈,哪里有鼠曲草。余凤桃边钉被子边笑她,"你个鬼妹子几十岁才懂点事啰——昨天抢了你嫂子好几个粑粑,今天又馋了?你认得鼠曲草不,莫又扯些浆草子回来。"

"我认得呢。粉嫩粉嫩,开小黄花的,杆子与叶子都有白色绒毛的。"梦凡并不觉得鼠曲草粑粑比藜蒿粑粑好吃多少，但此刻，她就是想扑入堤外边的小树林，似乎只有它才能给她抚慰。

老杨树的叶子一层一层，试图阻挡阳光与树枝纠缠，树底下，紫色的燕子花一朵一朵，从浮萍似的绿叶中高仰起头，迎着疏漏的阳光展露着笑脸，几朵小小的黄色毛茛花散落其间，如紫色幕障上镶嵌的星星。这美景梦凡没有心思观赏，她只看见了河边葱郁的芦苇丛中，高扬的几株暗灰色的苇花，把影投向略显浑浊的河水，似乎在哀叹，又似在伤怀。如同此刻的她想不透爱情到底有些什么魔力，真能让人神魂颠倒。如果高轲真的变了心，不要我了，我该怎么办？学朵儿的远走他乡，学文英的假装坚强，还是会如志云一样崩溃……

记得那天，她听了小清的话，担心他真的变心，便写信试探他。高轲回信时，不再像以前一样称呼她为"亲爱的凡"，而是"我的小傻瓜"。不知怎么的，看到这五个字，梦凡眼泪一下子涌了出来，后来哭着哭着又笑了。高轲说，他可从未想过什么"水涨船高"，不管他的身份怎样改变，他只记得当初想追梦凡时的忐忑不安，及梦凡答应和他交朋友时的欣喜。他还说，今生能得到她的青睐是他修了几辈子才修来的福气，不管水涨多高，梦凡对他来说便是他头顶的那片白云，需时时仰望才能得到她的回应……信是这样写，可是他放假了为什么不来看我，也不让我去看他？书里面不是说一日不见如隔三秋吗？我都差不多两百天没见他了，难道他就不想我？电视里的爱情故事不都是为了见上一面，不管不顾吗？为什么到我这儿，会变成这样？难道真的是我太投入、太热情了？还是嫂子说得对，他的心里真的没有我？浓浓的愁怨如一层又一层柳烟笼罩河岸般笼罩着梦凡。

第三十六章

　　一路上，小清耳中被各种各样关于志云的传言塞满。有惋惜的，"满妹子呢，也是自己想多了。在当今社会，姑娘家碰到这种事又不丑。等身体好了，还不照样嫁人？我看亏得没了孩子。"

　　"谁说不是呢。若嫁远一点，她自己不说，哪个人会晓得。退一万步讲，就算别人晓得了又怎么样？未必没其他解决办法，非要人都急疯？她若怕待在屋里被人戳背心，不晓得学那个谁的往外边跑啊？又不是不认得字。凭她那模样，我敢打赌，上不了几天班便会有老总看上她。我看那《外来妹》里的那个女的还没她乖。落得如今这步田地，真正可惜了。"

　　有难听的，"我就晓得一个算命的教不出么子好下家。她当红花妹子时，就仗着自己有几分姿色，专往男人堆里钻。现在结了婚了，还能收得住心？我看呀，肯定是庞家发现了她干的好事，搞得收不得场。装也要装一下癫。生出这样的抛货（脏话：骂作风不正派的女人），何不当初丢得尿桶里淹死算了，省得如今丢这种丑。"

　　"我看是想男人想疯的。如今吃了胡椒知辣味，庞家又不来接她回去，毛毛几一流产，娘屋里又看得紧。这天天朝思夜想的，不癫，不癫学了法。"

　　小清见她们越说越难听，有心说几句，又怕她们欺负她这刚过门的新媳妇，只好装作什么也没听见的，埋头疾行。

　　"小清姐、小清姐，你等等我。"小清回过头一看，原来是文英。

　　"小清姐，你听她们说得好难听，她们怎么能这样？志云平时好乖巧的，嘴巴比我甜多了，隔老远便伯伯、婶婶喊个不停。你都不晓得以前她没得病时，好多人家以她为榜样教女儿，说什么'你怎么不学着曹家满妹子好懂事一点，屋里屋外帮我搭把手''你怎么就不像曹家满妹儿，学着灵活一点、嘴巴花妙点，一天到晚闷葫芦一样，一点都不讨喜。''你莫一年四季苦着一张脸，你看看人家云满，笑得眼睛狐狸一样，爱死个人。'现在倒好，一个一个全忘了。"文英见好友沦落在这地步，也难过了好久，本想来找梦凡倾诉一下。不想在路上听到这些，不觉窝了一肚子气，本想挽起袖子理论一番，又怕他们口无遮拦，自己上了当还不晓得信。正无处发泄时，不巧看见了小清。

"有什么办法呢。人的嘴巴两块皮，只要上下合得齐，什么话都可以蹦出来。随他们去吧，只要你自己不这样认为就行。"小清见文英红着脸，声音越来越大，怕被身后的长舌妇们听见后会借题发挥，扯着她走到码头边的堤脚下，"听你这样说，志云的事你都清楚？"

文英听小清一问，情绪更激动，语速快得像直竹筒倒豆子，"我晓得呢，怎么不晓得。我当时还劝了志云，志云她不听我的。若听我的，怎么会闹出这种事。也怪我，这一段只顾自己的事，没多去看她。"

志云之所以提前跟庞建军结婚，并不是为了跟邻居争风头，而是曹金华"旧病复发"，又开始跟人赌宝。一个晚上，不但输光了自己卖麻的钱，还找庞家借了一万元，不到天亮又输得差不多了。他手气刚刚转好一点，又遇上民警抓赌。不但被没收了所有赌资，还被抓进了派出所，要交几千罚款，才能出来。志云厚着脸皮找庞建军借，庞家听说是赌债，怎么样也不肯借。不想，志云跟大哥去派出所看她父亲时，在快艇码头遇见了省纸的那什么经理，那人一听，立马在场部农业银行取了钱，帮曹金华交了罚款。后来，他又去过曹家几次，每次不是提一对好酒，就是一大袋子新鲜水果。这样，邻居间风言风语就多了起来，说得好听点是曹金华卖女，说得难听点是曹金华做起了自己女儿的皮条客。

经有心人乱传，庞建军很快就晓得信了，他把志云喊到她家，一家人像审犯人一样，问了志云老半天，志云没做过，肯定不会承认。但庞建军硬是不信，志云无法，只好跟庞建军那个了，才证明她的清白。庞建军的父母可不这样想，他们说无风不起浪、空穴不来风。若不是志云做了出格的事，左邻右舍肯定不会拿一个姑娘的名节开玩笑，逼庞建军跟志云分手。庞建军打死不同意，他父母无法，只好各退一步，说庞建军要娶志云也行，只要求曹家把先前借的钱还回来。曹家自然拿不出这笔钱，志云的父亲没办法，只好跟庞家商量，只能让志云嫁过去抵债，什么彩礼、线钱、告祖席样样都不要了。也不知道庞建军是如何说服的他父母,反正,后来志云真的提前嫁给了庞建军。这本没什么,反正两人都已经定了婚,早嫁迟嫁都是嫁。只是以这种方式出嫁,我们看的人都觉得心里有点不舒服,莫说志云。

婚后不久,志云便开始晨吐,庞建军他妈才稍微改变了态度,不等庞建军说,强行压制住刁难志云的心,一心一意让她养胎。

正月刚过,志云有点动红,悄悄告诉庞建军,让他隔天陪着去医院看看,他妈妈听了后,操着那口湘乡腔,毫不在意地说:"没事,哪个女的怀细伢子时没有这样那样的毛病,等一下给你搞几个紫苏蔸子煎点水,喝下去就好了。"

他妈妈虽然只有庞建军一根独苗,并不代表她只生了一个,庞建军本来还有一个早产的妹妹。他妈带这早产儿回娘家走满月,被"被窝煞"憋坏了,后来,怀一个流一个,因此没再生第二个孩子。经验再少,她也是过来人。

再加上她从管区的堂客们、小媳妇那边听来的一些杂八零中得知,如果漏胎,多半是女孩。因此听见志云说动了红,她脑子里已不知转了多少圈。

喝了一周的紫苏蔸子煎水,志云的症状非但没减轻,反而越来越厉害,严重时还痛得直冒冷汗。私底下要庞建军陪她上医院看看,庞建军只是不理。

到正月底,志云不仅瘦了很多,而且还茶饭不思。便央庞建军,让他送她回娘家待几天。他妈妈看志云的样子,以为是怀孕的正常反应,没放心上,听她说要回娘家,也没说多话,让儿子开着手拖把志云送回娘家。

回到娘家那天晚上,志云便开始大量出血,她妈妈急得要死,赶紧让曹志飞喊人用睡椅抬着志云往职工医院跑。职工医院的妇科医生一看,吓了一跳,急忙让他们转院。曹志飞立马跑到码头,喊来一艘磨盘机船,连夜把志云送到县人民医院。

一查,发现志云不是流产,而是怀了"葡萄胎",需马上清宫。要家属签字,何爱莲赶紧跑过去,准备签字,医生却要志云的丈夫签字。

曹志飞才想起,还没派人去庞家送信,而志云的病又耽搁不起,只好由他先签了字。

手术过程中,因志云失血过多,曹志飞又被医生拖进去,输了几百CC血给妹妹。

一两个小时后,曹志云才毫无生气地被推出手术室。

庞建军是志云术后第三天才去的医院,听医生讲最坏的情况是以后不能怀孕,便跑出去,把情况告诉妈妈,他妈眉头一皱,立马有了主意,让儿子赶紧回病房。

庞建军进门后,以医院人多眼杂为由,拿回给她买的金首饰,然后又借口出去买水果,离开了医院。

就这样,一直到曹志飞与父母商量着把志云接回娘家休养,也不见庞家来半个人影。

回家时,何爱莲特地让曹志飞去告诉了庞家,让他们放心,志云已经出院了。其实是想让庞建军过来陪陪志云。可是一晃近一个月,庞建军的鬼影子也没看见半个。何爱莲没法,只好亲自去庞家打探消息。谁知走到电排那里歇气时,听到了一件让她肺都险些气炸的事。庞建军已和别人在谈婚论嫁了。自己的女儿为了庞家,才死里逃生,不想等来这样一个结果。何爱莲气不过,跑过去跟庞建军妈妈理论了几句,不想,庞建军妈妈一口一声说志云在庞家本来好好的,回到娘家就流了产。谁晓得她在娘家搞了什么鬼,招了什么人,才把她好好的孙子浪没了。现在变成了不会下蛋的鸡,就想赖上他庞家,有她在,谁也莫想打这如意算盘。气得志云妈当场翻了白眼。

何爱莲含着泪回到家,越想越气,忍不住骂曹金华,若不是他手痒,志云就不会被庞家瞧不起,更不会因为借了那什么经理的钱而被人说三道四,却招来曹金华一顿毒打,被曹志飞与志云扯开后,何爱莲越想越想不通,想喝瓶农药一死了之,走进志云的房间,见志云已含泪睡着了,突然惊醒,自己若是死了,这可怜的孩子怎么办?于是,坐在志云床边,抓着她的手,想一阵哭一阵。一直到谢癫子的山歌声传来,才擦了把脸开始做饭。饭还没熟呢,便看见志云拿着一叠裁得跟钱一样大小的纸,笑嘻嘻地跑到她面前,用普通话对她说"我还你们的钱,我有的是钱"。说着又死死地抱住她妈妈,"你接我回去好不好?我要跟你睡觉,跟你生儿子。你看,我有儿子了。"说着把衣服向上拉,露出平坦小腹。

何爱莲吓了一大跳,还没反应过来,志云已推开她,脱光衣服冲出了门,边跑边哈哈大笑"我有钱啦,我有钱啦!"何爱莲丢掉锅铲拼命地追,可身体柔弱的她,怎能跑得过女儿,况且她正发着狂。两母女一前一后,一下子就奔到了南堤的电排码头。

"小清姐,你说神经到底是个什么东西,为什么有的人一下子就疯了,而有的人想疯也疯不了。"

文英家没有因她的订婚而改变什么,就像她家屋旁那颗桃树,花开得再满,也不见多结几个果子。文英把头发随意挽个结,穿着一件灰黄茄克及一条棕色倒装裤,脚上的那双运动鞋脚尖处都掉漆。正打扫着禾场上鸡鸭刚留下的粪便时她见梦凡推着车过来,扔下扫帚跑了过去,"凡凡,怎么推着走?链条掉了?"

梦凡敞开浅蓝色牛仔外套拉链,双颊通红、鼻尖冒着微汗,见文英问:"最讨厌这种天气了，明明才五月，随便动一下就热得很，又闷又躁，怪难受的。刚刚贪图骑车时风吹着的那份凉快，把车骑快了点，腿杆子有些酸，便下来走，谁知一停下来更热。"

文英帮她把车支好，跑到灶屋倒了一杯凉开水给她，梦凡如同牛吃水一样"咕咚、咕咚"几大口就把一小碗水喝个精光。

文英接过碗，示意梦凡坐到阶基上的靠背椅上。

"这衣服太厚实了，不，也不怪这衣服，我早晨去学校时有些冷，一到中午只想穿短袖。"梦凡说着脱下牛仔外套，侧身把衣服搭在椅背上，"什么'二、四、八月乱穿衣'，我看这种气候应该是'早穿棉袄午穿纱。'"

"我晓得啰！你是故意想在我面前显摆你这件衬衫。你什么时候又去县城了，买了一件这么好看的衣，这领子太有特色了，凑在一起像花环。这乳白色也很好看，一点也不繁琐。"文英羡慕地摸着梦凡穿的这件镶了一串木耳边的衬衣。

这件衬衣是读书时，梦凡和高轲在学校旁的集市买的。记得有红色、黄色、黑色及小碎花的，梦凡一眼看中这件白色的。穿回家后，余凤桃也不由发出"啧，啧"的赞叹之声。倒不是因为靠衣装的梦凡比先前乖了许多，而是余凤桃脑中一直未曾失去的少女心。

至如今，余凤桃依然清晰的记得自己三十岁生日那天，穿上梦凡爸从江浙给她带回来的"双燕"牌女式衬衫时的情景。也怪不得别人会指指点点，在身着灰色卡其布或深蓝色劳动布的宽松衣裤的人群中，余凤桃身上要胸有胸要腰有腰的粉色绣花衬衫，比堂屋里四十瓦的灯泡还晃花人眼。以至后来，队上的堂客们见江国祥一出门，便问他是不是去江浙。余凤桃听见便忍不住发笑，江浙又不是浮桥那边的场部街上，一抬脚，就可以去？

这些当然梦凡不会知道，她只知道现在文英的手如同去年的妈妈，一遍一遍抚摸着这件白色朱丽纹衬衫衣。

"你屋里又有什么事让你烦？你妈那么心疼你，你还不知足，人啊，有福紧享，如果换成我，你还不会疯掉。"文英本想劝梦凡，说着说着自己倒情绪低落起来。

"你难道真的认命了？谭文才没来纠缠你吧？"梦凡曾听人说过前一段谭文才跑到文英家里闹着要堂客。

"那次相信你也听说了，闹得世人皆知，我没办法，只好答应上半年嫁给他，什么也不要，让他们送日子过来。"文英有些恨意难平地说。

梦凡抓起文英的手："英子，我们还是想想办法吧，你这么个水灵灵的人可不能让他糟蹋了。要不然，你先跟谭文才说，想让他带你一起出去打几年工后再回来结婚。只要出了门，你就找个借口离开他。就算真去打工也没关系，万一你们不能进一个厂呢？万一谭文才又看上了别人呢？那样，你岂不自由了？"

梦凡掩藏不住的担忧让文英有些感动，她凑到梦凡耳边对她说"你放心，我已经想好了办法，现在只想早些把这事搞完，也算给我父亲一个交待。跑，我是绝对不会的。你看着就是，我总归不会让那姓谭的占半点好。"

梦凡双手搭着文英的肩，上下打量着她："你可不能做傻事，留得青山在不怕没柴烧。听我的，先出去。朵儿信里说，省城到羊城坐慢班火车只要几十块钱，加上我们这儿到省城的费用，左不过百五六十元，加上吃饭啊什么的，最多三百元，如果你没钱，我借给你。说起朵儿，还有一件事我忘了告诉你。前几天，我听学校里的老师在传，王凯要结婚了，你肯定猜不到他新对象是谁？你记得不，有次我随沐老师去中学玩，回来跟你们讲，有个年轻女老师来找过他吗？当时，你不晓得她那样子，看我像看敌人一样。我以为她真的会跟沐老师在一起呢，这才几个月，听说跟王凯，这个都有了。"梦凡双手在小腹微微拱起，"王凯也是的，朵儿离开他才多久，立马就找到了新欢。亏我以前还同情他。依我看，朵儿丢在河那边的毛毛就是他的，还害刘超群白白受了个冤枉官司。"

"也不能这样说。现在又不是过去，还流行谁为谁守一辈子。再说，就算刘超群傻，难道他爸妈也傻？这又不是一件光彩的事，他没做，硬抢着说是自己做的？这事，硬要说个是非曲直，只怕只有他们三个人自己心里清楚。再说，我们本来就跟王凯没什么交情。他找了谁，又和谁结婚，朵儿都管不着，我们还能说什么呢？不说这个了，我们哪天一起去看看志云好不好？"文英拖着梦凡的手往禾场里走。

最终梦凡没能说服文英以外出打工的方式悔婚，反倒约定好去看志云的日子。

这天八点不到，两个各怀心事的姑娘便坐船到了县城。经过路车好一阵摇晃后，晕头转向的梦凡跟在文英后面摇摇晃晃地走，"梦凡，你没事吧？搭个车就折腾成这样？你又没有呕吐，不像是晕车啊？"

"你以为晕车一定得吐？我其实不晕车，今天情况有些特殊，可能是昨晚没睡好吧。"梦凡很清楚自己的身体，上一周，她曾偷偷地乘车去省城找过高轲，来回几百公里，她都没晕车。

"唉，搞你不懂。"

"你来过精神病医院？"文英下车后，熟门熟路地往一个拐弯处冲，梦凡觉得好奇。

两边张望的文英停下脚步："怎么，你怕我把你卖掉？没来过，又不是没带嘴出来，不晓得问啊？"

梦凡一听这话就开始出神。

"高轲，你不怕走丢？乱窜乱窜的。"读书时，班上组织到东洞庭旅游，下车跟班上其他同学走一段后，高轲觉得跟在大部队后走没意思，拉着梦凡往前面跑。人生地不熟的，梦凡担心离群后会走丢，带着一点责怪的口气问高轲。

"怕什么？人出门只要带一样东西就不会走丢。"对梦凡的担心，高轲有些不以为然。

"什么东西这么神奇？指南针？"在高轲面前，梦凡就是一好奇宝宝，而且智商也不太高。

高轲转脸看向梦凡，用手指了指自己的唇。梦凡见高轲指着自己的唇以为他在这陌生的城市有不好的想法，羞得满脸通红的啐了高轲一下，松开高轲的手准备往前走。

"你看你，好端端的脸红什么？莫非……"高轲扯过梦凡，让梦凡面对着她，故意把脸凑到梦凡面前。

梦凡见高轲越来越逼近的脸，羞得不知怎么办才好，只好娇声对高轲说："别，这儿好多人。"

高轲听梦凡这样说，哈哈一笑，跳开一步，用手指亲昵的按了一下梦凡的额头，"我是说人只要带着一张嘴就不会走丢，难不成你真以为我……"

梦凡听高轲这样一说，知道自己会错了意，又羞又急地对高轲喊一声："讨厌，高轲，我再也不理你了。"抬起左脚准备狠狠地踩高轲一下，谁知高轲早有防备，梦凡一脚踏空，只好转身就跑。

"口子上一棵老柳树，左手一个代销点，右手边是服装店。他们说的应该是这里了，梦凡想什么呢，灵魂都出窍了。"文英走着走着不见梦凡跟上来，转头一看，她在那里一动不动地在神游，既好气又好笑地跑过去拽了她一把。

"没想什么啊，你找到医院了？"梦凡稍显慌乱。

文英突然觉得梦凡并不像她想象的简单。她发呆时神情从落寞变得羞涩、继而带着一丝甜蜜，最后又带着忧伤，这是恋爱中的少女才有的神情。难道她真的和沐阳好上了？

这种猜疑让文英心里极不舒服，本想质问她，转而想到毕竟分开三年多，哪能强求她还同幼时一样什么事都来找英子姐姐？

梦凡只当文英不信她刚刚善意的谎言，"文英，我真没想什么。就算想也只是想志云好可怜，我们女孩好可悲。"

"你怎么会有这种想法？在家里父母宠着还嫌不够，嫂子过门后还把你当亲妹妹一样疼。你还这样想,那我们没有一处可以想通,到死都会觉得迟……"话没说完,文英的嘴被梦凡紧紧捂住。

"文英,可不能这么说、也不能这么想。你不要看别人表面过得好,其实家家都有本难念的经,每个人都有自己的不如意。"梦凡最近很怕朋友们说什么死啊活的。

文英挣脱开,故意绕着梦凡走一圈,"吖,我们的小丫头什么时候也有不如意的事了,难不成真的恋爱了?"

梦凡被她审视的目光看得一颤一颤地,明知有可能会越描越黑,为了不露馅,怎么也得描一描,"没有的事。"

"没有的事?那咱们英俊潇洒、风流倜傥的沐大公子岂不会捂胸长叹?苇场那些没主的花啊、草可有事做啰。"文英说完甩着围巾往前走。

梦凡想追上去解释,文英却不给她机会。她追上一位提一竹篮青菜的大婶在打听什么。

文英又抱拳又鞠躬的送走大婶后,见梦凡还远远的站着,只当她不好意思。"凡凡,快点,那位婶子说,到前面拐个弯、走过一条小路再向右……"

好不容易找到破旧的医院,如果不是那块漆掉得差不多的黄色木牌子上有几个还辨认得出"XXX精神病医院",这个苍凉、阴森的地方,梦凡还以为是民国时期废弃的院落。

文英只在电视里看过像疗养院一样的精神病医院,也不知道现实生活中精神病医院到底是个什么情况,"我们去看看……"

"喂!前面那两个女的,干什么的?乱跑什么?还不快出去,不知道这是什么地方,乱撞,说你们呢,还跑,说你们呢。"一个胖胖的穿着白大褂的女医生或护士突然见两个姑娘往里面直奔。这里可是男精神病人区,很多因感情受伤而崩溃。如果这两个如花似玉的女孩被他们看到那还了得。

文英终于搞清了女医生喊她们,没办法,只好老老实实停下脚步。告诉女医生,她们是来探望曹志云的,并请她带她们去找志云。这时一个被女医生称作院长的男医生踱了过来,向女医生问明情况后,热心地告诉文英她们,曹志云在D区,并嘱咐女医生一定要带她们从B区绕过去。

梦凡和文英不知怎么感谢他,只好朝他鞠了一躬。

从精神病院出来,梦凡买东西都没有心情。刚刚看到的一幕幕颠覆着她对人性的认知。

本来两人作好了思想准备,会看到一个凌乱不堪的住处及一个痴痴呆呆的志云。恰恰相反,她们的住处还收拾得蛮干净,一群大大小小的女人围在一张乒乓球桌大小的桌子边,居然还有三个站在桌子上唱戏。

梦凡还以为自己走错了地方,问文英,文英却紧了一下梦凡的手,让她看仔细。

梦凡认真一看,这么凉快的天,桌子上还有一个人是穿的小短背心及花内裤,还有一个穿着一件大棉衣及棉裤,另一个则披着蓝白格子床单,唱词也是各唱各的。

两人从人群中找到曹志云。才多久没见呀,志云以前的圆脸就变成了瓜子脸,颧骨高耸,眼窝深陷,脸色苍白。见有两人朝她走来,吓得缩在墙角抱着头,口中直说:"我听话,我很听话。"

梦凡的眼泪夺眶而出,顾不得自己已把志云逼得无处可躲,蹲在她身边,哽咽着唤她的名字,"志云,是我,是我和文英,别怕,抬起头来。"文英也走了过去,一手抚着梦凡,一手抚着志云。

大约过了五六分钟,志云才抬起头畏畏缩缩地看了她们一眼,又飞快的垂下头。又过了三四分钟,她终于敢抬头直视梦凡她们了。憨笑着一会儿指指这个,一会儿又指指那个,"你是——江梦凡?!你是李文英!你们怎么才来啊?我等得好苦哇。快,帮我收拾东西,我跟你们回去,建军还等着我做饭呢。"

文英扶住险些被志云推倒的梦凡,"志云,不急,我们先说会儿话,再收拾东西。你看,我们给你带好吃的。"文英打开塑料袋给志云看,不想被后面拥过来的人撞开,塑料袋也被不知谁的手撕开,苹果、梨子滚了一地。这下一屋子十多个人包括刚刚还在桌子上唱戏的一起,像炸开锅了似的,到处捉水果。把梦凡三人推得东倒西歪,文英好不容易拽着两人走出"战场",两人的头发已被她们扯得乱七八糟,手与脸都被她们的指甲划出几条血痕。

"快,帮我收拾东西,求求你们了,我给你们钱,快些帮我收拾东西。我要回去跟建军生崽,就是那个恶婆娘不放我回去。求你们了,快些带我回去吧。"曹志云说着抱着文英的腿跪了下来。梦凡这才清楚志云仍沉浸在自己的幻想中。

"英子,太恐怖了!我再多呆一分钟,感觉我快成为她们的一员。"梦凡只感觉自己的神经时刻紧绷着,被文英拖着逛了几个商场,还心有余悸,"随便买点什么算了,我累了。"

第三十七章

  人们对立夏后的雨，如父母生了三、四胎后的老大，在农民心中地位一降再降，甚至看见它时，还多了几分防备。望着日渐丰盈的渠道、沟港，文英似父母一样忧心刚刚合苞的棉花会不会淹死，已弯腰的菜籽会不会发霉，田里的禾、地里的麻会不会遭殃。随着婚期一天天临近，她变得越发多愁善感起来。前些天和梦凡看完志云回来，在大堤上，梦凡如孩子般一时张开双手去接漫天飞舞的柳絮，一时又从堤旁浆草堆里搜刮出一小撮，放在掌心，对着太阳吹，还不时喊，"英子，你看它们像不像苇花？"这怎么会像苇花？苇花可以落地生根，柳絮除了沤入泥中还能做什么？在文英看来，柳絮跟雪一样，都是从高处坠落地上，任人践踏，就算有些运气好，会挂在其他树枝、草尖，可经过几番风雨，哪还有以前的模样。

  回家后，文英比从前更勤快。天晴丢下锄头，就拿起了扁担；天雨，便陀螺一样，洗衣、做饭、扫屋、清猪栏。她妈妈在一旁看得心痛，她知道文英这是做给她和李神保看呢。可她除了在僻静处抹把泪，什么也不能说。若帮她说几句，丈夫明的不说，暗地里不知有多少阴招在等她。若不说，这妹子一天天，饭扒不了几口就放筷子，半夜三更房里还亮着灯，乌黑不天亮就起了床，本就不胖，现在看起来风都能吹倒她。这还不算，最主要的是一天听不见她说几句话。

  文英只是怕自己闲下来。她先前还怨父母，甚至怨朱兵，现在她除了自己，谁都不怨。朱兵没说错，当时他示好时，自己就是心高气傲，那时她怎么可能找个只知道做事、没有一点生活情调的人。可命运这个玩笑开得有点大，摊上个一言堂的父亲，又托他的福，摊上谭文才。不知这算不算命运对自己的报复？她低着头看着自己掌心的蜿蜒曲折的纹路沉思，读书时很反感班上的女孩子动不动看手相，说什么爱情线、事业线、婚姻线，觉得他们傻得要命，居然相信那个。想来还是自己最傻，如果未来真能在这小小手掌中显现该多好，至少可以不做伤人伤己的挣扎。

从大垸那边娘家回来的张禾秀见文英站在摇井边，故意咳嗽了一声，文英眼睛角也没抬一下，只盯着那双湿漉漉的手发呆，不由得怒火直冲。如今这样的年月，一台双桶洗衣机都买不起，洗个衣还用搓衣板搓的人家，还娇小姐一样，舍不得这双白嫩嫩的手，装什么装，又装给谁看？老娘我可不会心疼你，等你过门了，老娘把双缸洗衣机藏起，让你天天乌黑不天亮就给老娘起来，把一屋人的衣服洗完，再乖乖地煮早饭给老娘吃。她想到这儿，便有了一种多年媳妇熬成婆的欢喜。"文英，我看你站在摇井边老半天，是发懒筋还是嫌你家摇井不好摇啰？可惜啊，跟我家文伢子一定亲，这么水嫩嫩一个妹子只能待在这要什么没什么的乡里了哦！哦，不、不、不、你这号数一数二的人物至少也会嫁个什么局长、副县长的儿子，这些洗衣的事自然有保姆伺候啊！可惜你生就的小姐身子丫环命。人啊，任谁都斗不过老天爷。"

本想进屋搬条凳子给未来婆婆坐的文英，听她冷嘲热讽着，反倒顺手摇动摇井，冷眼看着她，看她还有多少难听的话从她的嘴里迸出来。

梦凡最近心情也不舒畅，倒不全因高轲。前一段，一位玩得好的女老师问她，跟王场长到底是什么关系，是不是真的像学校里传的那样。还劝她，女孩子之所以金贵，就是专一。脚踏两只船的，别人当面不说，背后难免遭人议论。梦凡一听急了，连声质问，她什么时候脚踏两只船了，又踏了哪两条船？

那女老师性子直，告诉梦凡。现在全学校都在传，她，江梦凡一边拖着沐阳不放手，一边又跟王副场长不清不楚。

任凭梦凡怎么解释，女老师就是不信，"若你跟他没什么，他会花那么多心思帮你解决工作？王凯还是他亲叔叔的崽，他的嫡亲堂弟兄，也仅给安排了个代课老师。"

梦凡不明白，自己的事为何别人会比她更清楚？她想着哪天得让高轲来学校一趟，或者先把高轲给她写的信拿给这女老师看。可一想到高轲信中越来越冷淡的语气，梦凡迟疑了。万一以后跟高轲成不了，自己打自己的耳光不说，还坐实了自己男女关系混乱。

沐阳还好，毕竟他总找得出理由跟她一起下班，或者干脆送她回家。可王场长又是怎么一回事，她从认识他到现在，跟他说过的话不超过两位数。只是经他们一提醒，她也觉得王尚文好像真有些不对劲。下班回家的路上，梦凡把自己和王尚文认识到现在的点点滴滴回忆了一遍，并没发现自己对他有任何特别之处。到底是说了什么或做了什么让他误解了呢？如果他们说的是真的，自己上班的事是他帮的忙，那又该怎么报答？唉——一个沐阳够让她头痛了，现在这个人又凑上来，她这是撞了什么运。

恍然回神，余光扫到了垸内的水塔，才知自己已经离家好远，苦笑一声，掉头回家。

"凡凡、凡凡，你去一趟你嫂子家，帮哥把她接回来。"正刚又输得袋子布撞布回来，被余凤桃骂得挑起粪桶在泼菜，抬头见梦凡推着自行车准备下堤，便吩咐妹妹。

梦凡在堤坡上扛着自行车打了个转身，嘴里却不忘数落哥哥，"三天两头把嫂子气回家，还好意思让我去接？我才懒得一而再、再而三地帮你做这种'擦屁股'的事。"

正刚又跟梦凡吵，让在菜园里忙活的邻居们看笑话，余凤桃只好扬声对女儿说，"你哥说得对，是应该把你嫂子接回来了，否则，就算你亲家娘不说，他们队上的也会说七说八的。"说完又觉不放心，示意梦凡等她一下。

梦凡以为妈妈有什么东西要捎给小清的父母，把自行车停在堤上，自己跑下堤，"如果小清实在不愿意回来，就不要勉强她。你哥这样子，我都不知道怎么说他？让他自己反省反省吧。免得把你嫂子接回来后，又吵……"余凤桃伸手替梦凡把散乱的头发往后面捋了捋，低声嘱咐梦凡。

虽然，垸子里有专门收鳝鱼、青蛙、小龙虾的，但像朱兵他们这些有销售渠道的，总会把几天的收获聚在一起，抽个空乘最早一班船，送到湘北水产品市场。

这天一清早，朱兵便挑着他的战利品乘船到了县城。自从垸内养殖业不断发展，再加上外湖的鱼虾日渐稀少，打着野生名头的鱼、虾开始变得供不应求。朱兵刚进市场，鱼虾便被乔江宾馆卖菜的连袋子高价买走了。除去交给母亲的钱，还剩一百多块，他在大堤上买了一些补网的胶丝与两斤桐油石灰放回船上后，便在城里闲逛。说是闲逛，其实脑壳里打了些小九九。他听渔场的老单身闲暇时说起，市场哪条街的哪个小巷子里的录像厅放的录像带劲，很早就想去看看与家里那台十七吋彩电播放的武打片有什么不同，一直没有机会。现在时间与钱都够，他想去看看。

照着记忆里老单身的描述，兜兜转转找了好久，终于看见一间挂着一幅大致可以分辨出墨绿色的厚金丝绒门帘小门面，旁边屋柱上用红颜料歪七斜八的写着"录像厅"三个大字。

等朱兵过足瘾饱足眼福出来，外面已经灰蒙蒙的，这是什么时候了？不会是要下雨了吧？得快点到船码头去，免得淋湿一身。

"小哥，出来了啊！要不要住宿，我们这里很便宜的，又离录像厅近，你爱怎么玩就怎么玩。"女人见朱兵终于出来了，迎了上来。

"住什么住？我还得回家。"朱兵看见女人有些不好意思，躲闪着她的目光。

"还有船？都五六点了。"

"这个时候了，你怎么就不去喊我，真是的。你们也太黑心了，为了这点子钱至于吗？"朱兵火气一下腾上来。

"哟、哟，小哥，你这话就不对了，你也知道里面的情形的，我喊你？我晓得你坐在哪个地方？方不方便？"说完又有些深意地看了看朱兵的裆部。

朱兵被她看得面红耳赤，"我不跟你说了，得看看还有没有船回去。"

女人看着朱兵接近于抱头鼠窜的背影，得意地哈哈大笑。

"朱兵，醒醒、下船了！"船老板摇了摇酣睡的朱兵，还真的是前三十年困不醒、后三十年困不着，他上船就睡，一直到现在翻身都没打一个。唉，到我们这个年龄是晚上睡不着，白天醒不得神，怎么看都没精神。

朱兵把眼睛撑开一条刚好看见些光的缝，涨了些春水，船比往常快多了，天还没黑就已到场部码头，他翻身坐起，伸了个懒腰，"就到了啊，谢谢师傅！"

"这小子！莫讲这些客气话，趁没天黑快点回去。"

朱兵边回味着录像厅里看到的精彩，边急急往浮桥边赶。路过浮桥边小卖部的桌球台子前，他刹车似的停住了脚步。那一条腿放在桌球台子上，一手拿着杆子横叼着纸烟，几根卷毛凌乱地耷拉在额前，敞着一件花衬衫的不是谭文才是谁。

看到谭文才他就想起李文英，加上在小录像厅里逼的火，他心里像窝了一两千斤炸药。好男不与女斗，他不可能把李文英怎么样，也没谁规定他不能把谭文才羞辱一番啊。

他把衬衫的衣袖一卷，在掌心吐一口唾沫，双手擦了几下，往头发上一抹，走到谭文才身边，哑着嗓子问，"谭鳖，打桌球呢？"

谭文才把脚从台子上放下来，见朱兵的样子不对头，从裤袋里掏了根烟，笑盈盈地递给他，"兵哥，你这是从哪里来？"

朱兵伸手一拍，把谭文才递烟的手打得一沉，烟掉出去好远，"你小子，别跟老子来这套。怎么不待在屋里找你娘要奶喝，出来混什么混？摇窝草都没掉尽的黄毛小子，还跟老子争。也不看看你配不配？"

和谭文才一起打桌球的几个男孩子见朱兵的架势是故意找岔，便跑上前来打圆场："这位满哥，我们是浮桥这里的，一直与谭文才一起耍。我们混江湖的人，义气当先，你说谭文才其他，可能有点边，若说抢你东西——你是不是找错了人？"

朱兵逗性地用厚实的手掌往桌球台子上一拍，震得几个没进洞的彩球乱转。"老子认错了人？他化成灰老子都认得，这死无寸用，专门躲在爷娘裤裆里过日子的杂种。"

"朱兵，不要以为我喊你一声哥就怕了你。你几个意思啰，见面就骂人。我是挖了你家祖坟还是强奸了你堂客？"泥人惹急了还有几分泥性，莫说谭文才。见朱兵越逼越近，他把桌球杆子往地上一掼，一把揪住朱兵的衣领，往前一搡，推得朱兵退了好几步。

朱兵见谭文才一方人多，心想如果不搞个下马威震慑住他们，自己恐怕会吃个暗亏。他从旁边夺过一根球杆，往谭文才身上直扑。

谭文才不知自己到底哪里惹了这个瘟神，只好绕着桌球台子边躲边问："朱兵，老子死也要死个明白。你倒是说清楚，老子到底哪里得罪了你？"

"你未必心里冒数？老子不信，你们一屋人都跟老子过不去，看不得老子过好日子。你这杂种，莫跑啦！等老子抓到你，看老子不搞死你！"为证明自己确实狠到旁人无法随意欺侮，说话间，朱兵扬起球杆狠狠砸向桌球台子。球杆立时断成两截，虽然虎口处不久传来剧痛，朱兵仍紧握着手中剩余的半截球杆往谭文才身上捅。

谭文才被红了眼的朱兵吓得没了主意，同伴早已四散逃开，只好边抱着头躲闪边想办法保护自己，却慌里慌张地撞到一张肉案子上，"咣当"一声，屠户藏在肉案背面的剔骨刀掉了下来。谭文才想也没想，捡起刀，刀尖朝外竖在自己胸口，想吓退朱兵。

朱兵见谭文才拿出了刀子，吓了一跳，旋即又放声大喊："杀人了，大家快来看啊，谭文才杀人啦！"

一时场部街上的灯都被他喊亮，"哪里杀人了啦？杀死没有？"

肉案旁边手表维修店的老板因近视，想凑过去看个究竟，不知是自己绊了一下，还是被后面的人推了一下，笔笔直直撞在了刀口上。维修店老板惊愕地看着在自己心脏处没柄的刀，颤抖着指向谭文才想说些什么，张口涌出一股鲜血，只能圆瞪着眼，人跟着软软的倒下。

谭文才只觉脸上一热，手中的刀一沉，还没明白发生了什么事，就见身前一个人影缓缓倒下。他下意识想抽出刀，却被那人牵扯着一同倒地，刀便借力又进了几分。

朱兵远远瞧着这幕惨剧，半天说不出一句话，好久才失声尖叫。旁边看热闹的人见真的出了人命案，一下子炸了窝。有喊救命的，有喊报案的，也有喊拿挑绳绑凶手的。维修店老板的妻子见丈夫倒在血泊里，只顾抱住他失声痛哭。离得远的只听得这边传出一阵阵惊慌失措的尖叫声，"杀人了，真的杀人了"，想挤进去看，而里面一些受不了血腥场景的又拼命地往外挤，人挤人，人撞人，人踩人，场面混乱不堪。

醒过神的谭文才爬了几次，才从那人身上爬起来，擦着脸上的血水，见旁边的人只顾查看受害者，无暇顾及他，便伏在地上，从肉案子底下爬了出去。

异样的喧闹，引起了在大堤另一头打桌球的辅警小曾他们的注意，把杆子往地上一丢，冲了过来。

人们见警察来了，自动让开路让他们处理。小曾蹲下身往伤者鼻尖探去，发现伤者早已没了呼吸，脸色一变，立马吩咐另一位辅警回所里报告情况，自己则留下来保护现场。

所长得知消息后，跨上摩托车，第一时间赶到现场。向周围群众问明情况后，拿出大哥大向场领导与县局汇报完案情并请求调派人手追捕凶手。

吓傻了的不只是朱兵，还有那几个平时跟谭文才一起混的年轻后生。当小曾找他们询问情况时，他们吓得只能指着朱兵，"我不知道，不是我，你问他，是他……"

小曾看向扶着门店凉棚的钢管才能站稳、一脸煞白、两腿哆嗦着的朱兵，"不会是他吧？他身上没有血迹，这里离尸体那么远，以他的这种心理承受能力，不会的、不会是他。"

朱兵见小曾审视他，吓得上牙齿不停的叩着下牙齿，语无伦次地拿着半截球杆指向尸体："不是我，真不是我。我不知道、真不知道，他会……我只是吓吓他、真的只是吓吓他。"朱兵说着，把棍子往地上一扔，蹲下身子，双手抱头，一声声的嚷："我真没想到会这样，真没想到。"

事发经过很快便被查清楚，只是凶手已不知去向。

电话铃响时，江国祥感到一种莫名的焦躁。他以为又是谁家在外面的亲戚打过来的。自从装了电话后，余凤桃找到了一个生财之道，她把电话号码告诉南河头所有人，自己则从中收取一元一次的"跑腿费"。江国祥说过她无数次，但收效甚微。他被撤职后，余凤桃便跑得更勤了，照她的话说，别看这一天五块、十块的，多跑几趟，一家人的生活费便跑了出来。

"什么？真的呀？这又何得了啰。好，好。我马上就去叫他。"余凤桃说完把话筒倒扣在书桌上，迈出房门时，才发觉腿脚有点发软，便扶着门框喊，"老倌子，老倌子唉，快点来接电话，出大事了，快点来喽，我脚都吓软了。"

"到底出了什么事，你讲了未必会死人？还要我来接电话。"江国祥以为妻子如此夸张，是想骗他去送信，很不耐烦。余凤桃也不跟他计较，稳了稳神，伸手把他拽进屋。

江国祥这才明白，这次余凤桃没骗他，真的出了新建管区有史以来的头等大事。谭文才杀人了。他放下电话，在堂屋里换了双鞋，准备出门，却想起一件事，转过身对跟来的余凤桃说，"你先去谭家，稳住张禾秀与谭麻子。我安排一下就来。记着，我未到之前，千万莫跟他们讲实情。"

"什么？要我先去？江国祥呀，你不当支书了，连男人家都不是了，这种事还要我去打头阵？你也不想想，我一个堂客，再强能担多少事。我到现在手脚还是软的，让我去稳住他们，我晓得说些什么，我又能说些什么。"

"叫你去，你就去，说那么废话做什么。我这么安排自有我的道理。"江、谭两家的微妙关系，让江国祥有些犹豫。经验告诉他，这种事情，他不管以什么身份，冲在前面都会让谭家心生怨恨，他不如先把其他事安排好，等沐光辉这个代理支书到了后，再跟他们一起行动。等余凤桃去谭家后，他敲开了儿子正刚的门，吩咐他和自己分头行动，挨门挨户通知一、二、三队的民兵，守在谭文才回来的路口码头，一旦发现，立马抓捕，并再三叮嘱他们要注意保密。

第三十八章

　　黄翠兰见儿子房间里还亮着灯，知道沐阳还没睡，敲门进去问他与梦凡进展如何，顺便告诉他，沐阳姑姑兰馨稍信过来，说他姑父听说沐阳属意的是个乡里妹子，连声骂沐阳糊涂。苇场这种小地方培养一个大学生多不容易，工作的事他以为沐阳是想去基层镀金，因此没阻拦。谁知他却是因为一个乡下女人才回去的。这个没出息的，

　　稍微对自己负责一点的都明白，婚姻只能成为事业的助力，而不是为了所谓的爱情。二十四五了，还毛头小伙一样，追求那些虚无的东西。观念不转变，学历再高又有什么用。跟兰馨商量之后，立马在同事之间放出风，要帮内侄找对象。

　　照理说，沐阳姑父如此作派，难免有越俎代庖之嫌。但不知何时起，苇场稍微体面的家族中，谁出息最大，谁就在整个家族中，拥有一票否决权与决策权。当然沐阳姑父不是那种武断的人，在家族诸多事情上，大多时候只象征性地提提建议，某些方面还能充分考虑当事人的感受，尽量做到开通、民主。沐阳高二分科那年，沐光辉夫妇就专程到县城请教沐阳的姑父。虽然当时他只是一个普通科员，但他是城里人。在沐光辉他们看来，城里人就是比乡里人见识广，听他的准没错。沐阳姑父给出的意见是，充分听取沐阳自己的意见。因此，沐阳才选择了自己喜欢的文科。考大学时又是如此，沐光辉的意思让沐阳学法律或行政管理，将来毕业后不是当律师就是从政，而沐阳更想当教师，在姑父的支持下，他最终填的是师大。分配的事，沐阳没听父母的，找姑父商量，并不是沐阳翅膀硬了，而是他认为就算全家人反对，姑父肯定会支持他。至于找对象的事，不知什么原因，沐光辉一直没有让

儿子去征求妹夫意见的想法。黄翠兰当初确实想过让妹夫劝劝他们父子,被沐光辉说了一顿,就打消了念头。现在她虽然不排斥梦凡做她儿媳,可见他俩老这样不咸不淡地僵着,心中难免暗暗着急。他江家的女儿还小,再拖个两三年没问题,自家的儿子再拖几年便成了二叶子老倌儿。她不好去问江家的态度,只好再催沐阳一把,搞得好就早些确定关系、搞不好大家一拍两散,这样牵起挂起有什么意思。

沐阳笑着把妈妈扶到床边坐下:"小姑又不是没对我说过,我当时就告诉她,其他我都可以听姑父的,惟独这件事,我得自己做主。事关我的终身幸福,你说我能不考虑清楚?"

"阳阳,你可不能这样,搞得自己没半点退路。你姑与姑父是看重你,才管你。你看你的那些堂兄弟做什么,你姑父可曾说过多话?你呀,你。我不好说得。你跟江家满女也差不多大半年了,我看呀,这妹子的心思可能没在你身上,你年纪也不小了。要不,你去你姑那儿看看,兴许真有合意的呢?这样既遂了你姑父的心,自己又多了条路。你看,你看,你就这点不好。一讲起这个,就转头不理人。我又不是让你看了,马上扯证结婚。好了,好了,我咸吃萝卜淡操心,不管你总行了吧。"

妈妈说的,沐阳怎会不清楚。可他还是坚信精诚所至金石为开,"妈,女孩子不是面子浅吗?她要怎样,才能让你觉得她是喜欢我的?难不成你要她在场部广播室去广播?你听,是不是电话响了?"

黄翠兰这时也听到了电话铃声,她站起身,顾不得帮儿子把床单抹平整,快步走出房门:"这个时候来电话,肯定是你小姑说的事有眉目了。"

"快去吧,可能小姑真给您找了个城里的媳妇呢。"沐阳夸张地摇头晃脑走到门口,等母亲走远了,才耸耸肩,关上了门。他才不会去县里呢。若被梦凡知道了,那岂不彻底泡汤了。

不等黄翠兰走进房,电话铃就不响了。她见床上的沐光辉鼾声如雷,心中暗骂:"这酒疯子又喝了好多酒,脚都不洗、鞋也未脱就瘫在床上,睡得像死猪一样,铃声打雷一样都没听到?"走到床边准备帮他脱鞋,电话铃声又响了起来。

沐阳妈抓起话筒也不管那边是谁,开口便问,"喂,兰馨吧?"

"请问,是沐科长家吗?我是场部办公室,有紧急事情找沐科长,请叫他来接电话。"

沐阳妈一听,一手捂着话筒,一手扯了扯了沐光辉,"老沐、老沐,快醒醒、场部的电话,醒醒、醒醒。"

沐光辉不耐烦地坐起来就着沐阳妈手中的话筒没好气的喂了一声,那边急促的话语把他吓得一哆嗦，酒醒了一大半，他急切地从婆婆子手中夺过话筒："你说什么？消息属实？好！好！一定，一定。这样，你先给江国祥打个电话，他离得近，情况又熟……我马上就去。"

因沐阳奶奶听力衰退，便于她老人家接听其他子女的电话，沐家电话调到了最大音量。虽然断断续续，黄翠兰还是隐约捕捉到了几个关键字眼，吓得一失神，"哐当"一声，刚打过来的洗脚水泼了一地，"老倌子，这是真的？没听错吧？有人杀了人？这，这如何可能？"外地人老说芦苇场出强盗，苇场也确确实实出现过两起恶性事件，但那都是以前争苇山、抢湖场闹出来的事。近一二十年，只有几个小混混，晚上在船码头、浮桥边上收外地客的"保护费"，场部也是发现一例处理一例，并没引发恶性事件呀。这次是怎么了？嗯，肯定是场里的人喊沐光辉去打牌，怕她不肯，才乱讲的。

沐光辉也不跟黄翠兰解释，只叮嘱她，不管是真是假，莫要在外面乱传。转头见儿子房间的灯亮着，走过去敲了敲儿子的窗户，压低嗓子道，"沐阳，不管睡没睡着都跟老子出来。"

正准备睡的沐阳早听到妈妈惊恐的追问声，听父亲一喊，立马披衣开门出来，"爸，有什么事？"

沐光辉赞赏地看着动作迅速的儿子，等他穿上衣服，两父子推车走出了门。上了堤，沐光辉才告诉儿子，说谭文才在浮桥边上杀了人，派出所的估计他会回去，但也不排除他从苇山往外逃窜的可能。你去把管区的民兵叫起来，分成几个小组在进山的交通要道守点，你自己带几个人去停在码头上渔船上排查。一定要注意保密，每一组只有负责人晓得就行。现在人心本来就不稳，怕引发不必要的恐慌。"沐阳听后转身就往公路上跑。

"沐阳，等一下。"沐光辉走过去把手电递给儿子，拍拍儿子的肩，"一定要注意安全！千万莫单独行动！走吧。"自己则跨上自行车，往浮桥这边赶。

张禾秀见儿子天黑了还没回，以为他又去李文英家了。便把节能灯放在单车前的篮子里，往北河头赶。

到李家后，想着两家的好日子要近了，便端着一副婆婆架势，仰起脑壳，敲开李家的门。

"我说，你们也是要嫁女的人家了，怎么到现在还没有什么动静？也是的啰，好的缎子啊绸子你们都置办不起，莫说打红漆家私了。可再没钱你也得给他们弹几床棉花被窝吧。哟！看看、看看！"她说着说着走到堂屋角落里抓起一把棉花就着屋里昏暗的灯光，闻了又看，扯了又扯，"别人家屋里的棉花又大又白，拉力又好，你屋里的不都是这种猪脚趾甲吧，没用一点力就断了，扯出来的丝也光秃秃的，一点绒都没得，难怪没人要。我跟你讲，如果结婚那天，看到的是这种棉花弹的被子，莫说我做得出，我硬会给你们扔过来……"

余凤桃到谭家时，见谭家灯火通明，大门洞开，以为他家早晓得信了，假意咳嗽了一声，"老表啊，这么早就睡了？"

谭麻子披着衣，靠在床头看电视，听余凤桃一喊，闷闷地回了句："没睡呢？有事？"

"看样子还不晓得信。"余凤桃心里暗忖，"我是老五家的。"

"我晓得，"屋里还是闷闷的传出一句。

"我有点事找你们两口子，你堂客在家不？"

"出去寻文伢子了，你到底有么子事？"

余凤桃见谭麻子房间里除了电视的声音，没其他响动。自己一个女人家又不好直接进房间，想在堂屋里搬条凳子坐一下，等张禾秀回来，又担心谭麻子从中看出点什么，在阶基上来回走了几趟后，轻咳一声，"那，我等她回来后再来。"

从谭家出来后，余凤桃没回家，想去谢家找周腊梅聊聊，她太需要一个人跟着她一起消化这惊天的消息了。但想起出门前，江国祥的嘱咐，只好打着手电，在公路上瞎转。周腊梅听外面的咳嗽声有点像余凤桃，打开门，问她有什么事，大晚上的还在路上。余凤桃本就吓得腿有些发软，见她开了门，很想去谢家坐一下，可又担心自己会说漏嘴，只好推说在等人。周腊梅没想其他，便倚在房门边跟余凤桃说起了她的小孙孙。

两人正聊得起劲，张禾秀呼天抢地地被人送回来了。后面一大群从北堤、中岭子跟过来看热闹的，瞬间把谭家禾场与屋前的公路挤满。余凤桃立马撇下周腊梅往谭家跑。周腊梅这才知道，谭家出事了。也晓得余凤桃在谭家屋门前转的原因。心中暗骂了余凤桃一句，这鬼婆子鬼搞鬼弄，么子事跟我讲不得呢，我又不是丽子，恨不得在屋里装个高音喇叭。一错眼，向晖已抱起孩子出了门，谭家门前围这么多人，万一把她孙孙碰着磕着，她到地底下要怎么跟死鬼老倌交待？

向晖抱着孩子才挤过两层人，被余凤桃骂得打了转身。向晖心不甘情不愿地回到家中，准备把孩子交给婆婆后，再去看热闹，在屋里找遍了，也没见婆婆的人影，只好回到房间，把孩子塞进摇窝，希望等孩子睡着了，再去看热闹。谁知，这孩子也是个人疯子,不是小手从薄被里伸出来,就是用小脚把被子踢开。向晖无法,只好把彩电音量开得最大,斜躺在床上看电视。

事情闹成这样,瞒是瞒不住了。余凤桃简单跟周腊梅及赶过来的陈月英说了一下。便挤到张禾秀身边,把拽着她的两个男劳力替了下来。

江国祥与沐光辉赶过来时,见余凤桃一屁股坐在张禾秀腿上、周腊梅与陈月英则各按着张禾秀一只手,挤过去责骂余凤桃,不该这样对张禾秀,有罪的是她崽,不是她。余凤桃气得站起身来,准备好好讽刺一下江国祥,想起场合不对,只好让周、陈两人放开张禾秀。张禾秀人翻身起来,跳起脚来骂:"李文英,你这个婊子婆,你个扫把星,小时克死娘、大了又来克我家文伢子。谭建武唉——你恰酒恰哒死哩,糊里糊涂给我家文伢子定一堂这害人的亲。还没进门,我崽就要被她克死了呀。"嚎叫几声后,又如同一头暴怒的公牛,想冲过人群。余凤桃她们没法,只好故技重施,将她制服。张禾秀人动不了,嘴可没闲着,一会儿哭崽,一会儿骂天,甚至连遇害者都骂了起来。

江国祥疏散看热闹的群众后,跟沐光辉把谭建武扶进堂屋,劝他积极配合公安部门的工作,听张禾秀越骂越难听,跑到阶基上喊,"张禾秀,出了这么大的事,瞎闹有什么用?要想你崽活命,你们两口子赶紧想想,你崽会躲去哪里?若能投案自首或许他还有一线活命的希望。如果被公安抓到,案子一定性,那后果,我不说你们也知道。若是他在逃跑过程中袭警或拒捕,就地枪决都有可能。我不是吓你们,你们赶紧想想。"

张禾秀听他这样一说,用力把周腊梅她们推开,跑到场部来的几位同志面前直挺挺地跪下,重重的磕了几下头,"领导同志,你不晓得。我家文伢子是个好人呢,何解会杀人?管破天也没人会相信呢。领导同志你问问他们,哪个不讲他从小就懂事、听话……你们可不能冤枉好人啊。"

"快、快,谭文才跑了,谭文才跑了。"正刚全身湿透的跑了过来。队上几个拿挑绳、扁担、锄头把的男劳力,连声问,"在哪里跑的,往哪头跑的?"

正刚双手捂着腰,弯着身子,边喘粗气边向场领导及江、沐二人汇报了情况。

原来,江正刚在电排这边遇上了正在巡查的王凯与庞建军,互相交换信息后,三人结伴下堤,准备对停在码头边的渔船进行排查。离码头约百米许,便发现停在码头的公务船甲板上隐约有动静。三人灭了手电,猫着身子往公务船靠。正跟公务船师傅在甲板上扭打的谭文才,把这一辈子的灵泛劲都拿出来了,隐约见有几道暗影在往这边移,趁老师傅分神,一个猛子扎进了河里。江正刚和庞建军跳进河里死命追,王凯则与老师傅打着手电在河面搜寻,准备给江、庞两人指路。谁知,那家伙在河里打了个转身,爬上岸朝大堤上跑了,等三人追上堤时,谭文才已没了踪影。老师傅和庞建军、王凯兵分三路,估摸着往坑子里搜寻,江正刚则按出门时父亲的吩咐,跑回谭家报信与请求支援。

守在谭家的人正准备去屋后的苎麻土、棉花土里搜寻时,张禾秀不知什么时候脱得只剩一条花短裤,叉着腰站在路中间,眼睛血红的指着江正刚骂,"江正刚啊,老娘记死哒你。我屋里文伢子只不过是看上了你老妹啦,你们不同意,我们又没去抢人,你硬要这样把他往死里整。"搜捕人员中,有好几个未结婚的后生,见她这样,吓得背转了身。

江国祥与沐光辉,也吓出了身冷汗。就她这样子,完全构得上妨碍公务,搞不好……江国祥扯了扯余凤桃,指了指谭家房间。余凤桃会意,从房间里抱出一床毛毯,跑到张禾秀身边,在旁人的帮助下,张开毛毯,把张禾秀包裹住。

醒过神的谭建武,打开后门,用尽全部力气朝沟那边喊,"谭文才,你若还在人世,听老子的话,赶快出来自首。谭文才,你听到没,只有这样,你才能抢条命呢,我的崽呀。"说到最后,他再也忍不住,一屁股坐在后门门槛上嚎声大哭。

前面,张禾秀三下两下把身上的毛毯挣脱开来,死命地跑到已走到港子边的民警面前,张开双臂虚拦着。一刑警见她太难缠,拔出枪朝天鸣了一枪,枪声把张禾秀吓得抱着头蹲在地上。

这划破夜空清脆的枪响,不仅惊起了树上的鸟儿、吓哭了睡在摇窝里的毛毛,还把在麻土沟里乱窜的谭文才的腿吓软了,被庞建军与老师傅跑过去抓了个正着。

这边张禾秀还不知道谭文才被抓,裹着毛毯,坐在地上一把泪一把鼻涕指责江家人不近人情、无情无义。

平时见谭文才淘气,恨归恨、骂归骂,可真正到了这一步,江国祥心里也很不舒服。看着他出生、成长,眼看差不多得力了,却走上了这样一条路。莫说谭建武年近四十才得了这个满崽,就是有七八个崽,也是心头上的肉啊。唉——谭建武啊谭建武,早知今日,何必当初。当初你若信我们的劝,好些教育他,何至于小小年纪就闯下这滔天大祸。想到这儿,他顾不得避嫌,走到张禾秀面前,劝她,见她左右不听劝,只好下猛药,"张禾秀,你这是命好,遇到领导他们大事化小,小事化了。如果换做别人,就你这行为已构成妨碍公务罪,这是要判刑的,你晓得不?还不进去把衣服穿起。"

"判刑?"张禾秀一激动,猛地站了起来,罩在身上的毛毯往下面一掉,她赶紧弯下腰扯起来把自己包严实,"判刑?判刑还好些呢,最好判我一个死刑,替我文伢子送命。"说着又不管不顾地从照看她的妇女们中挤出来,向一旁的辅警求情,要去给她儿子抵罪。余凤桃见张禾秀一动,毛毯就往下掉,从一个劳动力手中讨过一根棕树绳子,想帮张禾秀系好毯子。

一眼看见屋后的土里,手电乱照,这是,抓住了?余凤桃正狐疑,屋后坝基亮起一支手电,朝他们晃了晃,"不要去了、不要去了,抓到了、抓到了。"

张禾秀一听,委顿在地。正系绳子的余凤桃被她带得往前面一跄,下意识地松开了手。张禾秀挣扎着起身时,毛毯又全部掉落在地。她哪还顾得上捡毛毯,光着身子朝屋里跑:"老江,江支书,求求你跟政府讲点好话,让他们抓我吧、抓我吧。"见江国祥他们没在堂屋里,转身又往外跑。路上突出的砖头、煤渣让她跌倒,她又飞快地爬起来往前方奔。等她追到河边时,公务船早已开走。回应她呼嚎的是垸内的鸡鸣与狗叫,及后面跟着赶过来一夜没睡的邻居们。

所谓说者无心听者有意,江国祥向民警询问案情时,不小心说出的一句:"除非谭文才有精神病,否则……。"谭建武便把这句话记在心窝子里。

等他到派出所办好相关手续,已是第二天凌晨两三点。回到新垸子,不管江国祥睡没睡着,敲开了江家的门。余凤桃睡眼迷蒙的打开门,见是谭建武,脸色也迅速由恼怒转为了关切,"怎么样?进去没被打吧?苦主那边怎么处理的?"见谭建武没回答,打着哈欠走向了女儿的房间,只隐隐听得自己房间里,谭麻子先是带着哭腔,跟江国祥低声说什么,其间夹杂着江国祥劝他的声音。后来,不知怎么的,两人都起了高腔,随后从不落下风的江国祥先放低了声音,再然后余凤桃带着对张禾秀两口子的同情,以及对谭文才的惋惜进入了梦乡。

谭建武离开江家时,天还未大亮,他把家中所有现金塞进了黑色的公文包里,准备出门时,又看了一眼坐在堂屋暗影里、已形似痴呆的张禾秀,转身走进房间,找出张禾秀藏在皮箱里的金首饰,用手帕胡乱包了一下,递与张禾秀,让她天一亮,和江国祥一起去找苦主协商。自己则开着小渔船进了城。

第三十九章

这天,梦凡下课后,走北河头大堤到了李家。早晨,她听妈妈在念叨,文英这妹子会被张禾秀吵癫,三天一大闹,两天一小闹。什么话伤人,就骂什么,什么事最出丑,就在李家做什么。梦凡这才想起自己又没尽到朋友的责任,因此,想去看看文英。虽然明知连父亲都解决不了的事,自己肯定也帮不上忙,但去陪陪文英,至少能给她一点信心。到李家才知,文英去了县城。文英姐姐嫁到了县郊,家中出了这样的事,去姐姐家避避风头,也应该,梦凡如此想。

梦凡婉拒文英妈留饭的好意后,抬脚准备上车,却被气势汹汹赶过来的张禾秀吓得缩回脚。

"李文英,你这臭婆娘,你跟老娘出来。你害得老娘屋里谭文才伢子关起来就想跑啊。老娘告诉你,没门。"从场部哭闹了半天,被人架着遣送回来的张禾秀,刚恢复了一丁点元气,又一手提着一只鲜活的花公鸡,一手拿着一把砍刀,跑到李家来了。她跳起脚来骂了一阵后,见没人理,只得又生一计直着嗓子喊 "天啊!你打开眼睛看看啊,看看李家里这个骚货啊……我屋里乖乖洁洁的崽要被她害死了啊!李文英啊,看我不剁死你这个砍颈的……"话没说完,一刀下去把公鸡的头给砍断,那血冲得她满脸都是,那狰狞的样子,吓得江梦凡直往文英的房间里奔。

如果你现在问端坐在精神病院院长客厅的文英,哪来的勇气跑过来找一个姓什么都不晓得的院长的?或者她哪来的底气认为院长可以帮她,不、应该说可以帮谭文才?她也说不出个所以然。肯定不只是因为,谭建武昨天下午到她家,当着上百人的面，居然对她父亲下跪了。虽然，她也知道谭建武后来给她父亲的那些钱，并不是他所谓的"退婚赔礼金"。但是，就冲谭家主动提出退婚这事，她愿意跟谭建武走这一趟。在船上、在县城的船码头，有不少人不顾谭建武在旁边，都在议论谭文才的事。加上等船时，谭建武跟文英说的那些，她便知晓了事情发生的大致过程。

文英擦了擦眼泪，毫无生气地跟谭建武上了去精神病院的公交车。

因谭建武昨天才来过院长家，第二次来精神病院的文英，没费周折就见到了她以为和蔼的院长。院长比昨天见谭建武时友善多了。他让谭建武和文英坐在沙发上后，还亲自给他们递了一杯水后，才缓缓走到阳台边常坐的椅子上坐下，上上下下打量了文英好几遍，才点燃一支烟，脸朝阳台外，狠吸了几口。

谭建武见院长突然不说话，以为事情有变，急得坐也不是站也不是。许久，才听院长缓缓地开了口，"明人不说暗话，你能带着她来，或许听人说过我家里的事，我只有一个儿子，他因为小时落下一点病，所以三十四五岁还没人上门。"

这种情形，这个时候，除了认命，她李文英还能怎样呢？

"呜——"一阵汽笛声从新河传回南堤。若不是谭家发生了那件大事，这不早不晚响起的汽笛声不会影响垸子里人们的生活。如今，不管是在土里、田里忙的，还是在路上走的、家里坐着的，或者是架着小船收渔的，都竖起耳朵听，从声音消失的方向听它会不会从南竹坳那里转弯进小河，从声音的缓急，判断是过路的还是办事的。快艇从不在意别人的想法，自顾自的一路鸣笛在湖面飞驰，带起浪一波接一波地洗空河边芦苇、杨树根下的泥巴。离新河不远地渔船也被余波浪得摇摇晃晃，在岸边嬉闹的孩子，想当然的以为挂在父母嘴边的"洞庭无风三尺浪"便是因此而来。

垸子里的刚掀起的插树苗潮也是有浪的。那天，伏桂香竟然跟着江国祥一起进了门。还未坐定，就告诉余凤桃，他跟江国祥商量好了，江家所有的速生杨扦插苗他全部要了。2.5米以上不足3.5米的，4元/株。3.5米以上的都按6元/株算。

江国祥去看鲁嗲时，刚好碰见给鲁嗲送止痛针的伏桂香。虽然两人在亲家过脚那天红过一回脸，并且一直未打个照面，作为男方家长，江国祥准备不跟他计较，便自认为高姿态地主动跟伏桂香打了个招呼。

伏桂香虽然恼恨于这亲家不开窍，没趁手中有权时答应把新沙洲承包给他，但他是谁？他可是伏桂香呀，"东方不亮西方亮"，他可不会做那种在一棵树上吊死的事。以他常年在外经商锻炼出来的品性，再加上自己的女儿还在江家做媳妇，就算江国祥没主动示好，他也不会当着鲁嗲的面给江国祥难堪，他几乎与江国祥同时向对方伸出了手，两手交握时，病床上的鲁嗲含笑点了点头。

回江家的路上，伏桂香告诉江国祥，他除了以前承包下来的洲子，今年又承包了巴栏湖旁边的牧牛山等小洲子，现在正在栽速生杨。

说实话，这事搁半年前，像牧牛山这种两三百亩，光长鸡婆柳的洲子，伏桂香眼睛都不看一看。就是跟亲家江国祥的那次争论，也因为自己的眼睛都只盯着那些芦苇产量高的洲子。不是Z总的点拨，他真不知道这看似不起眼的荒洲子有大利可图。Z总说得没错，反正每年洪水退后，洪道站都要用挖泥船疏通河道，与其浪费人力财力物力，还不如搞个挖沙船，既疏通了河道又赚了钱。听人说Z总早就在东洞庭湖那边置办了采沙设备，据说一条采沙船开工不超过12个小时就能获利十余万元。那黑乎乎地传送带上不是传送的沙子，而是一叠一叠的百元大钞呀。只可惜，他能筹到的资金有限，只能退而求其次，先承包几个小洲子，栽点速生杨，赚点本金后再做打算。现在难的是没树苗。就算是亲家，伏桂香也不会直截了当地说自己看上了江家那些树苗。

当然，挖沙的事他没跟江国祥讲，一则还没定下来的事，他伏桂香没必要像柏马虎一样，四处张扬；二则，他听说，那挖沙船，一小时挖得上百立方，明眼人都晓得，哪有一条河的淤泥经得一天上千立方的挖。听人说Z总的后台很硬，明知他挂羊头卖狗肉，也睁一只眼闭一只眼。若是江国祥得知自己承包洲子只是幌子，想抢占巴栏湖挖沙才是目的，等他想清白后，以他那性格，就算不是他的管辖范围，也会捅到上面去。为稳妥起见，这种事还是确定以后再说。

江国祥自从知道，小清借来的礼金是伏桂香自己掏的腰包后，一直想着要把这笔钱还了，省得儿子在岳家一世都抬头不起。如今听伏桂香说差树苗，又不明开口，立时明白，他亲家是在给他遮颜面，唉——拿人家的手短，只要伏桂香开口，也不管价不价，全部都可以给他了。到家后再听伏桂香出价这么高，没往深处想，只是以为伏桂香看是想抬他女婿（我的崽）一把。余凤桃按伏桂香的价，粗略算了一下，两千多株苗子，按二、三、五分，三成不要的，两成按6块算的，五成按4块算的，那也有七八千块钱，刚好可以还了伏家垫付的彩礼跟酒席钱。唉——不想懒人有懒人的福，江国祥不做油菜改插树苗时，自己还骂他懒，如今算起来确实比种油菜强远了。

余凤桃不知道的是，伏桂香挑剩下的这三成，与江国祥年初披下来顺手插进棉花土里的苗子，下半年也被抢购一空，并且，为这些苗子差点跟周腊梅、陈月英她们闹出意见来。江国祥此时才隐隐有些担心,苇山被承包出去,许多群众已失去了垸外固定收入,如今他们又让耕地变成苗圃场,那以后靠什么生存。

　　事隔多年后,管区沦为贫困村,江国祥回想起这件事时,才觉得自己当初的担心并不多余,只是太肤浅。他没料到,不到几年时间,管区稍有想法的年轻人都外出打工,家里留守的只剩下老人与孩子,以及部分懒惰成性的青壮年,一个生产队,就有近三十个25岁到38岁的男子打单身。一个外地媒婆带一位离了婚的女人来管区看人家,一天看了二十多家,收受的红包总额高达一万元。在她们拿了钱想趁天黑乘船逃跑时,被渡横河的发现,一边找借口把她们留在河边,一边通知那些单身汉。二三十个单身汉把她们围得铁桶一样,若不是江国祥闻讯跑过去调解,恐怕她们的性命堪忧。钱退回来了,只是后来连带人来骗这些单身汉的人也没有了。这些没成家的男子没了希望,变得更加懒惰,而他们的父母也愈加年老,靠微薄的退休金,一屋人生存都困难。江国祥无法,只好给在外面站住脚了的年轻人摊派指标,让他们每年每人带一至两个稍微年轻点的出去务工。莫管,还真有一部分人在外面解决了个人问题,他们回来把房屋稍加收拾,虽然只过年回来住几天,但垸子里总算恢复了些生机。

　　初夏的夜轻轻将半轮明月挂在屋旁苦枣树梢,和调皮的风一起悄悄地、静静地潜入睡熟的人们的梦苇场、闯入难以入睡的梦凡的眼中。

　　成片的蛙声已悄然隐退,连以前半夜偶尔地一两声狗吠也隐不可闻。父母卧室里时常传来的鼾声也因睡得沉而不再响起,"啪嗒、啪嗒"泪水滴落桌前的声音在静夜隔外刺耳。

　　小清考虑再三,还是把文英的事告诉了江梦凡。吃饭时,当着父母的面,梦凡不能怎样,现在夜终于静得只剩下她一人清醒了,她爬起来坐在书桌边斜托着腮,望着窗外那轮冰冷的月。月儿啊,你不会懂得一个女子在这世上清清白白生存是何其艰难;我一直以为人们所说的"做人难、做女人更难"只是母亲她们一时口不择言的埋怨,可是,命运啊,你也不必为了证明这一点,让我们受尽折磨。幸福,幸福真的存在?你真的存在?梦凡想到这儿含泪冷笑出声,为朵儿、志云、文英,以及自己的幼稚与痴情。

　　下午,江梦凡经过学校传达室时,门卫递给她几封信,其中就有几封让她盼望已久的信。她兴奋地把信放进背后的双肩包,也顾不得叫沐阳同行,一路狂奔回到家。

　　可是等她打开信时,脸上的笑容慢慢消失,高轲到底说了些什么?

"……凡凡，我最亲爱的。到底爱不爱你，不只是你问，我也无数次问自己，曾经的答案是肯定的，可是现在我有点迟疑。这就是不大给你写信的理由，因为我也想问清自己，想承担起一个男子汉应担负的责任。

……凡，我该怎么告诉你，我真的很爱你，该怎么告诉你此刻我内心的纠结，明知这信发出去我们之间就会划上句号，我是如此贪心，想着万一你能原谅我，万一你可以不在意……

凡，未来还很长。未来会怎样，我真的无法预测。他们说对于爱情，男人与女人之间最大的不同就是：女人爱得深的那个先放手，而男人爱得浅的那个会先放手。可是，凡，请允许我最后一次这样称呼你，我可以确定今天之前我是深爱你的，所以，我决定放手，让你追求你应有的幸福……心乱如麻，脑中犹记得在校图书室，读到莎翁的那句'在命运之书里，我们在同一行字之间'，我们还曾相视而笑。是啊，在命运之书里，我们在同一行字之间，只是我在这头、你在那头，相近相亲的路已被铅结结实实的封印。

仓促之间，不知所云，望你珍重，忘了我。

最后送你一首诗吧，权当临别赠言，如果我还有这个资格。'我曾经爱过你：爱情，也许/ 在我的心灵里还没有完全消亡/ 但愿它不会再打扰你/ 我也不想再使你难过悲伤/ 我曾经默默无语、毫无指望地爱过你/ 我既忍受着羞怯，又忍受着嫉妒的折磨/我曾经那样真诚、那样温柔地爱过你/ 但愿上帝保佑你，另一个人也会像我一样爱你。'"

那些用来抵御三百多个日夜相思啃噬的回忆，瞬间苦涩如黄连，痛楚猝不及防地蔓延至心乃至身体的每个角落，梦凡脑中只有一句话："他不要我了！他不要我了……"，明明已近夏日，梦凡却感到了透骨的凉意。泪不由自主地掉在薄薄的信纸上，多想那些被模糊了的字迹不是真的，就算换成普通问候也行啊！可是这不是看不清了便可以当作没发生啊！她的爱、她的深情竟然真的输给了所谓的不确定。可笑啊，世上应该没有比这更可笑的事了。

怎么也没料到，她与高轲会是这么一个结果。明明，那天她偷跑去省城找他时，他还特意带她去爬山看爱晚亭，挽着她的臂在湘江河畔漫步。在人行横道上穿行时，紧牵着她的手。他看她的视线还是那么炽热且让人沉醉，让她误以为他是在用行动告诉她，他决定护她一生。毕竟，去省城找高轲之前，她刻意等那封希望高轲能给她明确态度的信寄出后七八天，才动的身。她没料到，信会比她人慢，更没料到，高轲收到信后，会那么快回信。他是多么不想再在我身上浪费时间了呀；她是多么怕我耽误他那美好前程呀，居然一封不够，还连来两封。内容只有一个，就是分手。看来，那天吃饭时，高轲的室友不小心说出来的那话是真的了，高轲在外面租了个房子，学起了汉武帝的"金屋藏娇"。梦凡想到这儿，只觉两手冰凉，心痛难忍。不，这不是她所要的，也不是她写那封信的初衷。她多么希望，这只是高轲跟她开的一个玩笑，报复她在信中的尖锐措辞，她甚至想到了再写一封信去解释，那信大半是嫂子口述的，然而，一切已经没有任何意义了。

梦凡可没这么快忘记，短短几个月在她身边所发生的一切，她终于承认把这复杂的社会想得太简单，一如把爱情想得太美好。书里、电视里、电影里，甚至人们的交头接耳里叙述的爱情是多么美好，梁祝最终只能化蝶，罗密欧与朱丽叶的殉情，陆游唐琬的劳燕分飞……所有痛苦、哀怨至少都是因为爱啊，可是李文英她的爱在哪里？她的付出又是为了谁？她嫁的那个人生活都不能自理，真的会爱她，懂她，珍惜她？原来人世间最痛苦的事并不是爱而不得，而是现实让你没有爱的机会。反观自己，毕业以来，为了那份不确定的爱，何曾真正开心过，一个人为了这所谓的爱承受着家里、外来的压力，原本以为自己才是世界上最痛苦的人，可是相较朵儿、文英、志云，自己又何其幸运，在纷繁芜杂的尘世，可以两耳不闻窗外事地自怨自艾。

"嫂子，你幸福吗？"梦凡扶着小清走进堂屋里坐下。

小清摸摸梦凡额头："你这妹子，发烧啊。怎么突然问起这个？受刺激了？"

"唉呀，嫂子。我没有，我就是想问问，你那么爱我哥，结婚后，你觉得这种生活是你想要的幸福吗？"

"凡凡，是不是这段我老跟你哥怄气影响到你了？"

"不，我就想问问，拥有了爱情是不是真的拥有了幸福？"

"这一下子，你让我从何说起？说你哥现在这个样子让我有些难过？说我后悔了？还是说婚姻真的是爱情坟墓？凡凡，你看大家的日子都是这样过，至少我们比我们妈妈她们那一代好多了。结婚之前，我们不只见过面还认认真真爱过。结婚以前，我一直以为你哥爱我就会什么都依着我，如同没结婚时一样生怕我生气、担心我受伤，但是，现实可能有些残酷，你也看到了，我们婚后还是有些矛盾，但是这些不足以影响我爱你哥啊。老人们不是常说，牙齿与舌头还有打架的时候，更别说两个人……怎么，不说话了？"

"嫂子，我在听，你说。"

"别被我们吓着了，我只是希望你知道，并不是只要两个相爱待在一起就会幸福，相反，两个不相爱的人待在一起又未必会不幸福。比如我们的父母那一辈，有几个人会承认他们爱过对方，还不是过了大半辈子。我爷爷和奶奶结婚之前，对方长什么样子都不知道，还不是相依相守一辈子，我奶奶过去后第二天，我爷爷就跟着走了。你说他们幸福不幸福？可能他们说得对，日久生情，结婚后也可以恋爱的，你结婚后会慢慢懂的。凡凡，说真的，你除了等他，就没别的想法？""嫂子，说什么呢？我、我、我……"梦凡本来想告诉嫂子她与高轲已经分了，又担心自己会忍不住难过，影响嫂子的心情，只好装作害羞的样子，从椅子上弹起来，冲小清跺了几下脚，又坐回椅子上。

"好，好，好，你慢慢等着，等着给我孩子当老姑婆，咱们不说这个了。今天上午谢婶在跟妈妈说向晖怎么怎么的。等谢婶走后，我问了妈妈，你怎么也想不到，向晖扔下她儿子跑了。"

"啊！？向晖还是跑了？不可能啰！她不是说打死也不出去吗？再说她儿子还那么小。"梦凡又被吓到了。

小清就知道梦凡不会相信，她也不信啊，向晖的孩子还是奶娃娃，再怎么着，也得等孩子断了奶才走呀。让她不顾孩子的这样跑出去，唯一的原因，只有谢波。唉——家家有本难念的经。

第四十章

　　天刚擦黑，江国祥一身灰尘回来了，再过几天，所有洲子的基本信息都差不多摸清了，接下来的工作不管场部怎么安排，他都要抽空去医院陪鲁嗲几天了。

　　那天，和伏桂香去看鲁嗲，见鲁嗲垂着头坐在床边，心里一凉。"天柱倾，地维折，寿不久矣。"江国祥不知从哪本相书上看到过这样一句，江国祥不相信鲁嗲的下山路走得如此快。鲁嗲见江国祥老盯着他看，也曾努力地抬起头，过不了几分钟又无力地垂下。江国祥跟鲁嗲的二崽、满崽商量，让他们送鲁嗲去县里医院看看。当时二崽还有点不愿意，江国祥眼睛一瞪，他才着手准备。下午就把鲁嗲送到县医院。

　　从山里回来时，在西堤角上听柏马虎说，鲁嗲已卧床不起了。现在差不多打麻了，一直在医院陪护的满崽要回来抢收麻，若是大事一出，至少七天不能去忙那些，又不能误了时节，毕竟活的还要活下去不是。现在虽然有三女陪在他身边，可她是女儿身。听说鲁嗲现在起身解手都困难，他向来讲究，估计在女儿面前放不开。二崽又是个妻管严，每天下午到医院替下手，都作贼一样。鲁嫉想去照顾，可她也七十好几了，万一累得躺倒，岂不更忙。

　　江国祥在县医院照顾了鲁嗲两个晚上，便被前去探望的刘会计等几个老伙计请回了家。听说，可以用往来凭证抵做苇山承包款项，刘定国与南河头的四个队长，想包下学堂湖，又考虑到自己没能力处理这些事，便想到了让江国祥回来挑头。

　　这事，江国祥在出门前曾听余凤桃提起，当时他还有点责怪余凤桃，一天正事不做，天天只跟那些堂客们待在一起扯是非。包山？管区除了几户崽和媳妇都在外地工作的，有几个人的荷包能撑得起他们胆子？至于合伙，更不用想了，自古以来，合伙的生意，哪个不以彼此生意见收场？要不《三国》也不会开篇就讲"合久必分"。其实，他与余凤桃都知道，这些不过是面子上的话，顶顶重要的是，自己没钱。要不，以江国祥的脾气，根本不用别人旁敲侧击。在水毁山林发租时，江国祥就看上了杨柳洲，粗略估算大约三百多亩，只要包下那块山，邻新沙洲的那边可以多开几条沟，培育芦苇，邻垸子这边往堤脚下稍做延伸，种几行老杨树作为防浪林，相信不会有人怪罪。那样，每年收得七八十吨芦苇，除去开支，比自己上班拿的工资还要高，剩下的栽速生杨，只需第一年投些本钱，以后只花点时间看管，反正自己也不上班，趁机活动活动筋骨也好。只是按以往的水毁山林算，每年承包费也得一万元往上，十年就得十二三万，加上前期投资，没有二十万，口都开不得。正所谓一文钱难倒英雄汉，经济的拮据，让江国祥的盘算又落了一次空。

现在听说可以用凭证抵承包款，想起家里还有一二十张凭证，有自己这几年的工资往来凭证，也有儿子江正刚在山里开沟沥水、除藤除杂的工钱凭证。余凤桃手里也有二万多块钱的欠条，是两个舅子、三个姨夫来苇场找副业赚的工钱。照现在的形式，与其等着兑现真不如包一块山。

等江国祥他们商定好，去场部准备签合同时，才得知学堂湖、陈家山那一大块都被别人包了，剩下的只有大山岭、黑泥洲等几个几千亩的大洲子。

扫兴而归的几人左思右想，还是觉得不甘心，聚在江家，把苇场大小一百多个洲子在脑海中过了个遍，七个人都只想把那些白纸条子兑出去，不想去借一分钱。好不容易找到一两个合适的，等江国祥跟沐光辉打电话一问，都是已被承包而告终。如此再三，沐光辉也被逼得没办法了，在电话里提醒江国祥，何不把目光放长远一点，眼界稍微宽一点，去年汛期长，又添了好几处水毁山场，因为今年青山承包的政策一出，水毁山场这种往年的香饽饽倒成了冷门，不如莫往青山里头凑，包一块大一点的水毁山也不得差。最重要的一点，沐光辉在电话里不好讲得，好多山在出承包方案之前，就已经定好了。

不仅如此，沐光辉还透露了一个信息，现在有人在大垸子收往来凭证，兑换率为百分之七十。按这行情，不管包山赚不赚钱，起码这里就纯赚了百分之三十。沐光辉说完就后悔了，他清楚自己这位老友的性，此言一出，还不知他会怎样看自己，转而一想，我讲我的，他听他的，大不了他又和以前一样，搞过几个月半年不理我。反正我是为他好。

江国祥破天荒的没有指责沐光辉这种吸血行为，而是感谢沐光辉点醒了他。

因为电话是免提，伙计们都听到了。还没确定好包哪块山，便为了出多少点去收往来凭证而闹得面红耳赤。有时候，利益与权利就是这么可怕，不沾上它时，虽不是个个都是谦谦君子，至少会维持表面的善良大度，一旦沾上点边，心底潜藏的欲望便会被激发并加速膨胀，意志力稍差的人便人不人鬼不鬼了。最终还是江国祥拍板，不管他们用多少的点去收，他江国祥决定以100%的点去收一万多块钱凭证，尽量凑齐他的股份。这事确定后，似乎包哪块山的难题也好解决了。虽然有极个别人不情愿，但最终还是同意了包八九百亩水毁山的决定。

夜，可能是因为没有风而感到闷热，又可能是为一时不知从哪里凑钱而烦闷，江国祥情绪有些不稳，见儿子丢下筷子就想往外面跑，拂开余凤桃的手，大步追出堂屋，"翅膀都硬了是吧？一个一个都把老子的话当作耳边风。"江国祥一把推开准备打圆场的余凤桃，"你莫管，你总要把他们惯得像谭家文伢子就好了的。"

"你只积点口德。平常老要我骂人莫揭别人的短，你自己这又算什么？听说谭家那案子有点眉目了，说是定性为过失杀人。这样是不是谭文才就不用抵命了？"余凤桃递了杯凉开水给江国祥。

"一天一天的，正事不做，专门在外面扯是非，传流言。你凡事也过过脑子好不好？搞得两个崽女都跟你一样，都是些没脑子的。"

江正刚站定脚步，歪头盯着他父亲，正准备说些什么，被小清扯回堂屋。

"你看，你看，他做的这个样子啰。你是要打你屋里爷了，是吧？"梦凡拖着爸爸坐到堂屋里的椅子上，"你也莫假模假样的学乖巧，老子天天讲、天天念，让你快些找个人嫁掉、找个人嫁掉，你偏不听。你说，你看都跟老子惹些什么事回来了啰。生是泥鳅命，你就跟老子老老实实窝得泥巴里，莫这山望了那山高，我这副老脸都差不多被你丢尽了。"

梦凡怎么也料不到，父亲会突然朝她发火，见他老话重提，踢开凳子，跑到房间把门一关，希望得些清静。

江国祥一看，火气更大，转过身对着梦凡的房门吼："你也别给老子做样子。你们年纪轻轻不学好，一年四季讲外国人怎么怎么的，你们未必不晓得，外国人一到成年，就在外面自生自灭。老子好吃好喝的养着你们，你们一个一个还跟老子耍起态度来了。江梦凡，你今年还不跟老子定下来，尽闹些不三不四的，你就莫怪老子了，明年你给我自力更生去，老子才懒得操那心了。"

在灶屋里收拾的余凤桃，见老倌子又在发虚火，扯起腰围巾擦着手走了出来，"唉、唉，我说老倌子，你今天是鬼摸了脑、还是碰了煞啰，一屋人等着你回来吃饭，一进屋嘴巴没住停。吃完饭又立规矩又发火的，你这是唱的哪一出呢？是的，是我们一个一个都碍了你的眼，我明天就把他们都带回娘屋里去。只是满女她清清白白的一个姑娘家，你做爷的讲话也积点德，她天天上班下班的，哪里又不三不四了。"

江国祥冲余凤桃一瞪眼，"清白？你这做娘的太不管事了，你晓得外面怎么讲你这清白女儿吗？老江呐，你好命啊，你屋里满女真的好本事啊，勾勾搭搭八面玲珑，比你可强远了。你听听，这听得进耳不？"

梦凡猛地把门打开："到底谁勾谁、搭谁了？我……"一时气急哽得说不出话来。小清见状，忙站起身来，扶梦凡进房，劝她，父亲正在气头上，切莫跟他顶撞。

"你没有？你没有，倒是给我找一个正儿八经的回来啊，省得这个叫岳老子、那个叫亲家的，听着都丑。"

江梦凡不知道，她父亲的这场火在端午节那天就想发的。这叫什么事嘛，介绍人没半个上门，提节的倒上了门，而且还是两个。他才不会相信王尚文说的什么，碰巧路过，也不相信沐阳说的，刚好碰见王尚文，就一起来了。平时，两人车流水一样，你来我往也就罢了，但在乡里，年节间上门是有规矩的。是的，他还是可以跟别人解释，王尚文上门是工作，沐阳上门是替老沐传话，可他们一人一套一模一样的酒肉封子又做何解释？那天，余凤桃问要怎么回礼，他就想发火，又怕自己真的会错了意，再者还当着他们两个不是新客的新客，只好隐忍不发。

不久，在浮桥上，遇到几个二流子，居然打听起梦凡的事，见江国祥否认，便半真半假的开了句玩笑，"母狗不翘尾，公狗会往背上爬？老江呀，你可要守紧一点，省得外孙伢子都出世了，你还不晓得亲家姓什么。"一直以来，江国祥都因自己的品行过得硬，才能在群众和下属面前不怒自威。曾几何时，他咳嗽一声或只要看见他的影子，吵架的人都会自动收场，谁曾想，几个二流子都敢在他面前讲如此粗俗不堪的话了。可鉴于自己的身份，又不能教训他们，只好充耳不闻，不断地用阿Q精神安慰自己"狗咬你一口，难不成你也去咬狗一口？算了，算了。"

后来忙于商讨承包的事，把那件事放在了一边。可今天老沐建议的，用70%的兑现率收民工往来凭证的事到底又刺痛了他的某处敏感神经，只不过当时没反应过来。等伙计们一走，他就觉得心里如几十个猫爪子在挠，所有的情绪都似被纸紧裹的硝药，想有一根引线、想找一个突破口。发完火后，他迅速冷静下来，思来想去，还是自己无能呀。若是自己还在位，若是……想到这儿，他夹一支烟，走出了大门。

指间慢慢上升的烟，带着江国祥所有心思，在堂屋上空缠绕、弥散成一团轻雾，这团雾在余凤桃眼里，是自责与无奈，是猛虎关进笼子里的嘶吼，在正刚与梦凡眼里则与以往父亲每一次发的无名火一样糊里糊涂。尼古丁燃烧后的味道，迅速钻入梦凡的眼睛、鼻腔，刺激得她无法思考，她认定那团刚刚笼罩过文英她们的乌云正慢慢将她拢罩。

深更半夜，阵阵敲门声，把沐光辉从梦中惊醒。清醒后，他再三细听了一下，是的，敲门声是一长两短，应该不是什么大事。"谁呀？"拖长的尾音让任何人都能听出其间的不耐烦。

外面的人没回答，只是机械地重复一长两短的敲门声。

"到底是谁呀？"来人不知沐光辉此时脸上的表情，否则，恐怕不再敢不疾不徐的敲。

沐光辉扯亮灯，从房间侧门出来，打开堂屋门，只见光影处站着江国祥，一股汗臭味扑面而来，细看江国祥的汗褂子已无一根干纱。

江国祥不等沐光辉招呼，拿起桌上的茶壶与茶碗，猛灌了两碗茶，才打着水嗝，有点不好意思地对沐光辉笑了笑。

他也不知道，自己为何走着走着就到了肖公庙。本想立即打转回去，无奈自己口干舌燥，急需找个地方讨碗茶喝。在肖公庙敲了半天门没人应，只好跑到堤脚下的沐家。

沐光辉听江国祥说，他是从自己家里走过来的，一时不知该笑话他还是该骂他。真的一根筋，就算真有什么急事要找他，随便敲开一家的门，借个车过来不方便得多，非得要开11路车。

一路上，江国祥其实也想通了，收往来凭证的事不能怪老沐，以苇场的现状，大垸子来苇场找副业的，要想把手中的条子都兑现，没个三五年，恐怕办不到。是的，苇山承包了，场部就有钱了。这只是普通群众的想法。这几百千把万承包费除了还债，所剩的怕是只能勉强维持苇场的正常运转，莫说还要上交各种费用。基层干部与教师的工资一拖再拖，听梦凡说，他们学校的双职工都准备去县里静坐了，莫说拖家带口的单职工。基层干部也好不了多少，江国祥自己就是一个典型的例子，在群众面前人五人六的，回到家中，一听堂客提起钱，便如看见了猫的老鼠，恨不能地上随处有洞。

沐光辉见江国祥脸色有点不太好，扯着江国祥来到东侧的灶屋，扯开煤炭炉子，从碗柜里端出晚上剩下的腊猪脚，放在火上加热，又不知从碗柜下面哪个坛子里掏出一碗酒糟坨鱼，示意江国祥把大灶里的火引燃，放足油煎至双面呈琥珀色，起锅装好，放在煤炭灶灶沿边。再从灶屋后面的储藏间找出一瓶竹叶青。

两人坐在灶边，你一口我一口地喝了起来。两人从58年建场，一直说到了现在。四十多年来，大到建场、围垸、架高压线、修飞机场，小到哪个洲子开了多少条沟，苇场发生的哪件事。

"老沐，你晓得不？当年，我最喜欢站在大堤上往西南方向的县城望，心里想，什么时候我们的群众也像城里人一样，点上电就好了。后来，场部在每个管区都建了个柴油机发电站，我是管区第一个买电视机的，这么长这么高，比木壳收音机大不了一指甲。贵得吓死人，为此我堂客找我吵了好几次，说我不顾家底子，乱搞。她不懂，她怎么会懂啰。"虽然时隔三十多年，江国祥仍记得自己当初的欣喜。场部在蒿竹河边架设高压线，他像孩子一样，爬上铁塔的最顶端，看见大堤如银色的缎带般缠绕着垸子，头一次觉得人之渺小，头一次觉得人若是真能像鸟儿一样飞起来，所思所想就不会拘泥于眼前了，他迫切需要获得更多信息，知识。

沐光辉的触动节点比江国祥要早得多。不是他比老江大了四五岁，而是场部的飞机场就建在老垸子里。说起这个飞机场，它建得比老江他们的垸子还早个两三年。沐光辉永远也不会忘记，那年五月份，飞机第一次来苇场给芦苇投药杀虫时，远处赶来观看的人达三万人之多。在飞机里看向密密麻麻的人群，如同一堆堆蚂蚁。看来，人如蝼蚁不只是指人的命似蝼蚁一般脆弱，还有在足够大的空间里，自以为主宰一切的人确实只如蝼蚁般渺小，小到逃不过一阵风、抵不过一场雨。这次飞行带给沐光辉的震撼，让他在以后的仕途中学会了顺时应势。

酒是个好东西，酒意蒙眬时，能让执杯之人暂时忘却心中芥蒂，莫说江国祥与沐光辉这两位有共同话题的人。

他们也争论，争芦苇山中鸡屎藤厉害还是野黄豆藤厉害；争各自在芦苇山里修了多少桥、开了几条路；争在湖洲上开沟挖渠时，谁的气力大；争横在黄家河上的浮桥到底是哪一个建的；争哪个洲子上界沟边上的苏杨最大；争苇场哪一年最风光，从哪一年开始走下坡路；争到只听见酒杯清脆地敲击沉默，好似两人的嘴巴只剩下了咀嚼这个最原始的功能。很多年后，两人再回想起这一幕，他们已经不把它定性为一场争论，而是回顾。如同父亲病重将死，子孙们守在病榻边，回顾、自他们懂事以来，他们的父亲从辉煌到寂灭的人生轨迹。

在回家的路上，江国祥得到鲁嗲已仙逝的噩耗，虽然早有心里准备，仍然觉得有一阵闷痛由胸口处向四肢蔓延,逝者已矣,生的还需继续生存。在县殡仪馆帮鲁嗲治丧期间,他如此劝鲁嗲的子女也劝着自己。

把鲁嗲风风光光送上山,江国祥、刘会计他们继续为承包苇山的事奔波。而这一小部分人或单独或组团为承包的苇山而奔波时,还有一大部分人想要坚守,如同子孙想守护祖业一样,想用自己的方式守护苇山,他们一家一户的寻求支持,一次次写上访信,想从他们认定的"奸商"手里,要回苇山经营权与使用权;要求恢复企改之前所享受的国营农场职工待遇。当然,这些信毫不例外都成了入海泥牛。迟迟得不到回复的他们,不得不采取最原始的方法,到县府门前静坐。

苇场得知有近700群众分乘5艘钢板船到达县府后,动员党员、干部——迅速赶往县府,严密注视和控制局面。

集访事件发生后,县里不仅成立了专门的集访事件处置小组,还成立了现场处置组、合同清理组、专案组。因考虑到洞庭湖正处于丰水季节,部分地势较矮的洲子已经上水,地势高的洲子也有部分洲滩没入水中,除现场处置组外,其他两组等水退后将立即进驻苇场,督促苇场开展对苇山承包合同的自纠自查。

群众在获得县府将派人全面清查不合理合同,以及将尽县、场之力解决他们所提出的民生问题的承诺后,分批次乘船回到了苇场。现场处置组的成员第二天便进驻苇场的各管区队组,深入每家每户和田边地头,倾听群众的心声,充分了解这次集访事件的来龙去脉,对群众提出质疑的承包合同进行排查。以队为单位召开群众会议,投票选举出近四十名群众代表组成民主监督小组。

同时进驻苇场的合同清理小组对群众反映较大山场的合同进行清理,专案组也对违法人员进行了全面调查。

经过严格的调查比对,处置不合理苇山承包合同近两百个、防浪林承包合同近二十个,解除违规合同近三十个,经过协商和法律程序调整合同近八十个。收回多占承包面积款近八十万元。处理了在苇山承包时以山作礼、多占山场等以权谋私、与民争利的干职工若干。并拿出了一整套切实可行的承包方案。

要说伏桂香的命蛮好,反倒因江国祥没能帮他在本场承包山场,而免受调查。工作组走后,伏桂香特意买了一对好酒、一条好烟,诚心诚意拜访了一次江国祥这榆木脑壳的亲家。

当然,这些都是后话,但对于群众来说,这是他们坚信政府所得到的最大回报。

现场处置组在苇场深入群众访贫问苦,想方设法为其排忧解难时。廖正清校长撞到了处置组的枪口上，李芸事件是最大的推力。

李芸与王凯，这段时间成为了学校老师们茶余饭后谈资的主角。他们议论李芸跟王凯认识不到一月，就奉子成婚；王凯去李家帮忙春插，累个半死，回到学校还得给李芸打洗脚水帮她洗脚；哪天某人又碰到李芸骑单车，王凯不仅走路，还撑着把小洋伞为她遮阳，隔不了几分钟就拿出喷香的湿毛巾为她擦还没流出来的汗。

自从决定把锅甩给王凯后，廖正清便有了这种心理准备，不至于如普通嫉夫一样，闹得人尽皆知，甚至还有种歪曲心理，王凯越对李芸好，他的心中越觉得意，跟李芸幽会时也越有激情，所以任凭他们怎么传，廖正清都以不变应万变。

若说其他，王凯还会笑着说她们因嫉妒他对李芸太好，才故意造谣中伤李芸。就连梦凡质问他为何这么快就忘了朵儿时，他也是这么回答的。只是这次，他确实有些稳舵不住了。他记起第一次掀开李芸的上衣，一眼便看见她鼓起的小腹，当时他打趣过李芸，穿着衣服时那么苗条，不想脱掉衣服竟这么胖。李芸一脸娇羞地把头埋进他的脖颈间，在耳边低语，"人家这是'穿衣显瘦，脱衣见肉。'嘛"。至于事后没见落红，李芸说是她学骑单车时，不小心撕裂了那层膜。初经人事的王凯似懂非懂的相信了她。

怀疑这事的人，是王凯的妈妈。自从李芸宣布怀孕后，见她两三个月的肚子有别人四五个月的大，王凯妈便再三问儿子，到底是哪天动的李芸。当王凯问他妈妈为什么这样问时，老人只说可能是她想多了。到底是什么让她想多了，王凯一直没找着答案。直到听到那些好事者传出的流言，他才恍然大悟。他回去问他妈妈，是不是觉得李芸的肚子不对劲。他妈妈说，自己只是怀疑李芸是否怀了双胞胎。

王凯一听，刹时将疑虑变为欣喜。又想着要拿出证据狠狠抽打那些造谣之人的脸。端午节前约半个月左右，得意洋洋地带李芸到县里医院检查，谁知那一纸报告单却化为蒲扇般的大巴掌结结实实地打在他自己脸上。抽得他呆若木鸡。

孕检医生说，李芸怀的是单胎，肚子大是因为月份深。王凯不懂月份深是个什么概念，医生也没时间跟他解释，递给他一张报告单，让他自己看。

他接过报告单一看，"胎儿双顶径9.0cm，脊椎排列整齐，连续。股骨长度6.6cm，胎动正常，胎心141次/分……孕期29周。"

虽然，白纸黑字清清楚楚，但王凯还是看得一头雾水，"医生，29周，是什么意思？胎心又是什么意思？"

一旁的护士把王凯拦在检查室外，头也不回地告诉他，"29周就是六个多月，一般胎儿的孕期是40周。胎心是胎心率，胎儿的心率。"

护士还在说什么，王凯没听清，可"29周，六个多月"，他是听得清清楚楚。六个多月前，他连李芸的面都没见过，怎么会？这时，李芸整理好了从检查室走了出来，那位护士热心地对李芸说了些注意事项，然后带些责怪意味地对谭文才说，"你这做爸爸的怎么搞的，扶都不来扶一下。"

可怜王凯哪能听得见半句话。李芸倒是很镇定的把他拖了出来。一路上，任凭王凯怎么问，她都不说孩子到底是谁的。王凯只觉得命运给他开的玩笑太大了，朵儿是这样，李芸又是这样。于是，委屈与不甘心一齐向他袭来，两人在船上就闹翻了。下了船，李芸头也不回的冲回她小姨家。

本来事情到这里，闹到最大也不过是王凯退货。俗话说"夜路走多了终会遇见鬼"，两人一再小心还是被买菜回来的校长夫人——李芸的亲小姨逮了个现场，且不说校长夫人是如何泼天泼地引得家属楼的老师看热闹，只说王凯得知消息后，气得如战神附体般冲进廖家，狠抽了李芸几记耳光。这李芸刚被自家小姨一顿暴打，现在又被王凯几耳光抽倒在地，而廖正清只顾躲在书房里不出来，一年来所受的种种委屈、惧怕、屈辱等一齐涌上来，又想着如今这事已闹得世人皆知，以后也没脸见人了，不如一死了之。想到这儿，她从地上爬起来，擦干眼泪，跌跌撞撞地往浮桥方向跑。几个看热闹的人不知李芸要做什么，跟着她跑到浮桥边上，远远地瞧见她翻过栏杆，一头栽进了黄家河。后面的几位老师，与正要过浮桥的群众见李芸投了河，递的递竹篙，拆的拆救生圈，但因水流太急，一眨眼工夫，李芸便没了人影。等几位识水性的渔民，开着渔船找到她时，她早已没了生命体征。

闻讯赶来的家长们，听说此事后群情激愤，"人类灵魂的工程师"居然做出此等骇人听闻、禽兽不如的事。让这种人混进教师队伍，会对正处于读书求知阶段的孩子造成多坏的影响。

老师们则因这粒老鼠屎败坏了教师"人类灵魂的工程师"的光荣形象，而强烈要求有关部门涤清教师队伍中的污垢。

很快检查组的人便把廖正清"请"去谈话了。

等待廖正清的恐怕不只是撤职这么简单，而王凯则在伤心、愤慨之余，辞了工作，踏上了南下的列车。

第四十一章

六月中旬，南堤外的沙洋河已近乎于过度肥胖，水慢慢漫没过大小四眼塘白色的河滩，把防浪林里杨树根、紫云英、碎米荠等一股脑地纳入怀抱，再把枝丫上的胡须揽了进来。刚开始，藜蒿、芹菜、一年蓬还拼命把叶子往水面上升，不几天时间，便老老实实浸在了水底，任随水而来的小鱼小虾在它们的枝叶间嬉闹、栖息。还是合子草、奶浆藤有办法，随着水中的微波，把触须一样的茎往树枝上一搭，自顾自的育苞开花。只是它们这样的好日子也没过多久，第一波洪峰便来了，而后第二波、第三波便紧接着而来。

居住在洞庭湖畔的人，几乎每年都要经历洪水的侵袭。以前在高处台子上时，每年5、6月份，洪水一来，种在滩涂的菜籽便全部泡在水里，这样一家人半年的心血便将付之东流。条件好的人家便会架起小木船，在水面上捞割菜籽。条件差的也用家中的澡盆或借生产队的扮桶去捞菜籽。一旦水势稍大，便在高台子上用竹子或杨树搭撂，一家人爬上撂子，等水退。

搬到垸子里居住后，因耕地都在垸内，堤身也稍高，所以群众不再惊慌，而是天天清晨或傍晚，三五成群的上堤看一夜或一天到底来了多少水。

到底来了多少水，垸内的群众自有办法计量。平常便于下堤而挖的土码头到这时有了新的用处。他们大部分人不知防汛水位是多少米、警戒水位是多少米、危险水位又是多少米。但是他们知道，水淹到堤脚下第三级码头时，堤外边该扫障了；淹得只剩十一二级码头时，堤里侧也应该清障了；到只剩下七级时，巡逻的该上堤了，家中的男劳动力都要守在垸子里随时待命。一般这样守七八天、最多十几天，洪水便会如垸子长吁的一口气般慢慢散开，继而消失。

只是今年和往年有些不同，水不只来得快还来得猛。堤外扫障不过四五天，洪水就到了第七级码头脚下。这一天，涨了一尺多呀。因为接县防汛指挥部通知，24小时内，将有近一米的洪峰经过苇场，场苇防汛指挥部一天之内，连发了几个通知。一是为学生安全着想，全场的中小学考完考试后，直接放假；二是场部临堤水域禁止快艇通行；三是进一步严明防汛工作纪律确保洪峰安全通过。

洪水并没有因苇场干部职工的严阵以待而稍微放慢脚步，水位仍然持续攀高。进入警戒水位第三天，湖面就出现了从上游漂来的动物尸体及被浪打烂了的柜子等木器。人们边捞边叹息，这是上面哪个垸子遭了殃，还不晓得人有没有事。让人纠心的不单纯是这个，还有上面都倒垸子了，水不退反涨，这太反常了。因此，他们在一次次打捞、拨浪渣时，也把提防之心逐渐绷紧，不等人喊，不要巡逻的劳力也开始自发地排班守堤。

大堤上那些早被扫障的防汛队员砍得只剩下老根的谷皮树、臭牡丹、益母草、芭茅等，仍伸长着根系紧咬着泥土，在水底下与一波一波袭来的浪做斗争。

晚上大堤轮守人员敲着竹梆筒子、打着寡白的应急灯，提醒着人们晚上睡警醒点，随时准备上堤抢险。

沐阳因担心梦凡一个人过浮桥危险，这几天天天接送梦凡上下班。这天，梦凡和沐阳刚下堤，便被江国祥喊住，"凡妹子，把车放倒在堤边，拿把茅镰刀跟我到矮堤那里扫障去。"

梦凡以为父亲又要锻炼她，正想找借口推脱。江国祥已像风一样从她身边窜到她家屋旁那段没人居住的矮堤那里去了。不会出现管涌、沙眼了吧？梦凡顾不得跟沐阳打招呼，把书包往自行车旁一丢，小跑着去追江国祥。

沐阳本想帮梦凡去扫障，还没来得及出声，便被堤上挑着箢箕、扛着锄头、铁锹向东方奔跑着的人群吸引。不好，哪里出现了险情，来不及思考，把车往地上一丢，赶上堤，扯住人群中的一个年青后生问道，"哪里出现险情了？"

后生回头一看是沐阳，"巡逻的说，四队那边矮堤有浸水，不晓得什么情况，先拿着工具准备着。你来了正好，一起，多一个人多一分力。"说完，递给沐阳一把锹。水涨势这么凶猛，万一管涌堵不住，后果不堪设想。沐阳见汛情紧急，也不管自己是不是这个管区的，接过铁锹，跟着后生往北堤赶。

等梦凡拿着茅镰刀赶到矮堤时，才发现嫂子及妈妈也在砍草。江国祥带人仔细找了几遍也没看清水到底是从哪儿漫出，只好用最原始的方法，集中劳力把这段堤新长的草再砍一遍。江国祥自己执着柴刀，边砍边嘱咐着，"大家听着，尽量抹地砍，留下的草根不超过一寸，快点、快点，发现哪里浸水出来，立刻报告。"

余凤桃见梦凡来了，吩咐她接过小清手中的刀，让小清先回去休息。肚生怀肚的，万一有个闪失，在这个紧要关头，那可是不得了的事。

小清直起腰把刀递给梦凡，见梦凡拿着刀乱划，扭头对余凤桃说，"妈，还是我留下，让凡凡回去。她根本不晓得砍。"

不远处的江国祥，闻言走过来一看，见梦凡双手握着柴刀的长木把，东一下西一下地乱砍，一股无名火在心中一阵乱窜。这孩子真的惯坏了，关键时刻起不得半点作用。当着大家又不好发火，只好耐着性子，手把手地教梦凡砍草。

江国祥教了两遍后，被旁边的群众喊了过去。梦凡暗自松了口气，依照父亲刚教的方法，试着砍了几把，自我感觉良好，便催促嫂子快点回家。

小清此时感觉小腹处酸胀难忍，听梦凡这样一喊，便拿着茅镰刀往回走。余凤桃见小清一手托着腰、一手抚摸着肚子，担心地问，"清啊，没事吧？要不，明天让正刚送你去你哥那里住几天？"

伏小清担心这个时候去投靠娘家，会让娘家人更看不起正刚，所以用身为突击队队长的正刚脱不开身为由，回绝了家婆的善意。

第二天，二大队防汛指挥长王尚文带来了场部新的人事安排，再次任命江国祥为新建管区支部书记，谭建武不再代理支书一职。其实，谭文才出事后，谭建武就没心思理管区这一大摊子事，群众有什么事还是习惯性地来找江国祥，就连这次防汛安排，江国祥也起了一个老党员、老基层该有的作用。

这是江国祥第二次在防汛大堤上被任命为新建管区支书。他第一次被任命为支书时，汛情也十分严重。当时，老支书卧病在床，新建管区的防汛重任便全部压在生产主任江国祥肩上。后来，场防汛指挥部前来巡查时，发现新建管区的防汛工作在支书不在场的情况下，搞得相当不错，仔细访查后得知，年轻的江国祥是个有想法、做得事的人。刚好，场部早就有让基层班子年轻化的考虑。于是，老场长当场拍板，由自己与另外一位副书记当江国祥的入党介绍人，让他在抗洪一线入了党。这次又是汛情紧急，若平时，他可能会念一句"前度刘郎今又来"。但现在相当于火线，他从王尚文手里接过通知瞥了一眼，匆匆带着几位老成点的群众查险情去了。

走到电排屋前，想到此处堤内、堤外都是无遮无拦的，叫过来十几个后生，同他们一起挑土加固矮堤。

"打起那个抬硪呀，嗨呀嗬，齐心干哪，约嗬嘿，人山人海哪，嗨呀嗬，修堤坑哪，哟嚇嘿。"谢癫子把羊赶进堤脚下的树林，把赶羊的鞭子插在裤腰上，见这个挖泥巴，想伸手帮他抬，见那个上肩又凑过去搭把手。可他试了好几次，也没插上手，只好站在电排的水泥垛子上，用赶羊的鞭子打拍子，唱山歌给他们鼓励。

"癫子呃，唱这号的没劲呢，唱点带劲的啰。"刘松柏一出嘴，其他人立马起哄，"是的哩，唱点带劲的啰。"

"清早挑水过大堤，约我情哥树山里，郎扯蔗草把姐坐，姐扯罗裙遮郎身，二人挑水一早晨。"谢癫子清了清嗓子，准备接着唱，刘松柏又问，"癫子啊，我呀，有个问题想请教请教你这个大学生。伢几妹几挑一担水，何解挑得一早晨呢。"此言一出，周围哄笑声一片，撑着锄头把、锹把、扁担，一边用衣角擦汗水，一边看谢癫子如何回答。

谢癫子不再像年轻时那样动不动脸红，他咳了好几声，叽叽歪歪说了句，"老子，老子没吃过猪肉未必看见过猪走路。"这话配上谢癫子的表情，把大家肚子都笑痛了。

笑闹中做事果然觉得轻松得多。客班船在南竹坳那里唱流行歌时，矮堤便修得差不多了。

江国祥吩咐江正刚后，回到指挥部的棚子里。跟王尚文汇报工作时，还提了个建议，晚上水若还是来得快，明天一早，得发动群众在离矮堤不远的地方抽几条浸水沟，安排固定人员24时观测水质，一旦发现水发浑、或水中带沙立即报告，以便及时排除险情。

等一切搞定后，天已经擦黑，江国祥便邀在场的领导一起到自家吃饭，再喊沐阳时，沐阳早已不见人影。

吃完饭，天公又不作美，电闪雷鸣地下了一阵暴雨。王尚文与江国祥同时想到了去大堤检查，江国祥找了个理由把王尚文拦下了。他一则担心这年轻的副场长不知洞庭湖的水深浅，空有满腹理论没有实际经验，万一遇到险情耽搁了抢险可了不得；二则天黑路滑，雨又这么大，手电筒照不出三米远，王尚文不熟路，担心他会有什么闪失。

余凤桃见洪水的警戒水位一直居高不下，想把柜子里的棉被、没卖掉的麻，摺到堂屋的隔层里，便吩咐梦凡先把王尚文带回她的房间，再出来给她帮忙。

王尚文不知余凤桃如此安排是什么意思，又不好开口问，考虑了一下，觉得自己还是不便随便进人家闺房，于是扯起一块余凤桃用来包被子的塑料薄膜，双手撑在头顶，冲进了雨幕。

连续几天暴雨，洪水离堤面只剩一级半码头了，苇场流域除防汛抗洪的船已全面停航，牛羊都不准靠近离堤脚三百米范围内。漂下来的猪、牛等动物鼓胀的尸体也越来越多，守堤的人们已没有把它们捞起来埋葬的时间，只好任它们横搁在防浪林的枝丫间。也许下一个漩涡过来，就会随洪水漂到下游，又或许不久后会沉下去。这些想法也仅仅只是一闪念。他们更担心的是已接近堤面的洪水，"我看今年这水啊，有点凶，比五二年只高不低。"

"那是肯定的，五二年老垸子的堤比现在的大堤要矮好多，那一次倒垸子啊，想起都吓人……"说话的是谭建武。可能是谭文才的案子真的有眉目了，谭建武这两天又有心情跟人聊几句了。

关于五二年的大水，谭建武虽没亲身经历，但记得分外清楚。听他父亲说，那天是1952年9月24日，农历的八月初四。白天，太阳晒得蚂蟥死，到晚上差不多8点钟，天好像烂了一样，水往地上直灌，风吹得做鬼叫，洪水拍在高台子上，溅起的浪都有两三尺高。谭嗲之所以记得这么清楚，是因为谭建武母亲刚好发作了，吩咐他架着渔划子去挖口子找接生婆，他试了几下都出不得门。茅棚子里，大人叫小伢子哭，外面这个坝基刚刚筑好，那边的又被浪冲垮。他忙了这边忙不得那边，只好跑进去对婆婆讲，出去不成了，水又来得猛，他担心茅棚子会被风吹倒或者高台子上水后，棚子会坍塌，为了他们母子安全，他把原先的水撂子，多搞些木头加固一下。至于生人的事，只能让她自己想办法。谭母无法，只好强忍着疼痛，自己生火烧开水、并把剪刀放在火里烧红了，放在旁边的麻石上。等谭玉保忙完，把妻子与大崽放在撂子上时，一阵风吹过来，把茅棚的顶吹翻一大边。谭玉保只好急忙跳下撂子去搬被窝帐子、炉罐锅火，这边新生的毛毛儿也凑热闹的拱了出来，掉在水撂子上。他也是算好了时辰出来的，如果再迟一两刻钟出来，等台子上了水，说不定他会直接滚得洪水里。后来，才得知，在这场暴风雨中，洪水冲垮了七个垸子，淹死四五百人。谭玉保家新出生的毛毛儿，能在那样的形势下得以保全，你看他的命大不大。这命大的孩子便是谭建武的二哥。因此，谭家的人包括谭文才他们这一代都晓得五二年倒垸子的事。

"我看呀，今年这垸子可能会保不住。"从北堤抽调来的曹金华引起了人们的注意，半眯眼睛，抬起右手，装模作样的掐了几下手指头，"天老爷其实早有预兆，只是你们没看懂。当时，我就说了，除了谢癞子，你们没一个人相信啦。看看，看看，现在应验了吧。我就晓得，天老爷不会无缘无故地示警。"众人搞了半天，才知曹金华说的是三月底四月初的那场虫灾,不计其数的弓背虫,不只吃光了杉树上刚长开的叶子,还像新娘子的门帘一样,垂着丝吊在树枝上。那段时间,孩子们吓得不敢走垸子间的公路,大人们不管晴、雨,出门都打着伞,否则,不出五分钟,前胸后背就会爬满青绿色的虫子。那场景现在想起来心里都发麻。

在大堤上巡查的江正刚几个小伙子听老人们这么一议论,笑得要死,现在还会倒垸子吗?莫说上游修了大坝,只说自他们懂事以来年年涨水,年年喊会倒垸子,还是一直没倒。倒是吓得把大堤年年加宽加高,垸子里的水杉树都长它不赢。比外婆他们那边大垸子的大堤还威武的大堤,随便几个浪就冲得垮?这些人呀,真的是吃了饭没事做。

江国祥可没儿子那样乐观。他与谭建武他们一样,挽垸子时,他亲自挑过泥巴、夯过土。他清楚整个垸子哪段堤身最紧实,哪段堤身中沙土较多。这样的大堤,水在可控范围内猛涨猛退还行,若是还落得几天雨,再加上上游泄洪,恐怕过不了几天,这垸子真会保不住。江国祥提着草帽,扛着锄头,摇头叹气地上堤往子堤边走。

发最好的愿心做最坏的打算。在场指挥部统一安排下,这几天垸内的劳动力都在大堤上筑掩堤,万一洪水超过历史水位,或许这新筑的子堤能等到洪水退。然而,希望是美好的,现实却残酷无比。

第四十二章

第二天清晨，洪水就已攀上堤面，单薄的掩堤四处漫水，人们来不及收割垸内已成熟的稻谷，24小时守在大堤上，哪里漫水堵哪里。因小垸太小，已无处取土加固掩堤，每家每户的大门、房门门板及小媳妇们的陪嫁棉被都被拿出来堵口，管区干部更是带头把家中的粮食背了过来。梦凡也没有时间想那些，只随着大人们跑到这里送被子、跑到那里送木板。

雨终于停了，走上不足一米宽的掩堤望向大堤外，白茫茫的一片，让人丝毫感觉不到，这里曾经碧波万顷的苇荡。

"凡妹子，你走进来一点，小心，溜，溜，溜下湖，水这么、这么、这么大，又流得、流得，流得这样急，可不晓得到哪里，到哪里收尸了。"在大堤上巡逻的李长庚见梦凡爬上子堤好意嘱咐她。

"李大哥，这水是在退还是在涨？"梦凡看不懂这打着旋涡往前奔流的洪水是涨了还是退了。

"涨、涨、涨也没涨，退、退、退也没退呢。"李长庚担心着一旦溃垸，这小垸里的人们将何去何从。

"真的会那个？不会吧？"梦凡掩口惊呼。自梦凡有记忆以来，虽然三年要涨两次超过危险水位的洪水，但次次都是有惊无险，倒垸子她只从父母的口中听过，如果忽略伤亡与损失，像听故事一样，蛮有趣。

"你这妹子呢！回去问你家江支书啰，从他有记忆以来几时见过这么大的水？反正我记事以来最凶险的一次就是79年洪水与堤平面持平，李长庚的满弟是那个时候生的，才叫'水平'。问题是那时的堤还没现在高。你看看现在，你子堤外面的水,只怕离堤尺把深了,这子堤就这么宽,就算不涨水,水从子堤浸过来,垸子只怕也会保不住。你看前面大堤拐弯的地方,还在抢修。你啊,还是回去帮你妈和嫂子把要紧的东西整理一下,随时准备跑吧!别在这里玩了,太危险!"旁边一位叔叔见李长庚说话太费劲,便多了句嘴。那人说一句,李长庚就点一下头,等他说完,便敲着梆筒子,继续开始巡查。

好歹又捱过了一个晚上。第二天凌晨,天又开始下雨,水势继续上涨,已几天没合眼的江国祥,从堤上冲下来,扛起仓里仅剩的两袋谷,来不及吩咐余凤桃带领梦凡、小清先撤,便冲上大堤。空堤那边又开始漫水,只能带人强行抢修,如果水从那里漫溃,那后果不堪设想。

天亮时,梦凡家的东西还没收拾好,堤上有人用喇叭在喊:"各位群众请注意!各位群众请注意!请带好紧要东西,赶紧上堤!请带好要紧东西,赶紧上堤!"

"这垸子真的保不住了哟!"余凤桃和梦凡把小清房里的彩电、洗衣机等摆上阁楼后,边收拾家中重要细软,边摇着头。"凡妹子,帮你嫂子给你哥带几套换衣服背着。你还有什么一定要带走的也带好。"

下午三点多,三艘救灾船停靠在梦凡家门前大堤外,在场的场部领导及管区干部正在引导老弱病残先上船。梦凡和妈妈扶着小清上船时,正刚一再嘱咐小清自己要注意好身体,小清也红着眼睛哽咽着让正刚注意安全,正刚连连点头,又转过身嘱咐梦凡,一定要照顾好妈妈和嫂子,梦凡也叮嘱哥哥,"万一守不住时,千万要看着老爸。老爸是死脑筋、转不得弯,如果、如果……"

"你放心,我会的。我得走了,前面又有几个地方在漫水,得去抢险。你们一定要好好地!"正刚在关键时刻变得成熟了好多。

船沿着大堤缓行,一路上又接了不少灾民。并把十多户在大堤上搭了木架子的,也劝到了船上。

船再经过空堤转角处时,漫水的掩堤已裂开了一道一米多宽的口子。大堤上的男劳动力们打着哦嗬,背起能背的东西往前直扑。梦凡一眼看到那走在前面、嘶吼着的中年人便是自己那一根筋的父亲。他一个人扛着一张门板迅疾地奔向漫溃的子堤。

"爸、爸爸,你快回来,快回来……"可惜距离太远加上风雨太大,江国祥根本听不到梦凡揪心的呼喊。

"妈,你看,你看看我爸,你看看我爸。"梦凡无计可施,只好在船上边跺脚边朝父亲哭喊。

347

余凤桃拍拍女儿的手,"放心,你爸心里有数,不会有事!一定不会有事的!"

小清也站在船边,拼命在抢捡人群中寻找正刚的身影。梦凡见状擦干眼泪,一手拉着妈妈的手,一手揽着嫂子的肩,郑重地点了点着头,"嗯!一定不会有事!"

船驶向北堤时,梦凡突然记起装高轲信件及礼物的小木箱没带,闹着要下船回家拿箱子,余凤桃大声责骂,"难怪你爸说你不懂事,你还真的。你嫂子那么多电器说丢下就丢下了。你又有些什么金银财宝比命还重要?你不晓得这垸子说话间就倒了?"帮着运送灾民及其物质的沐阳见两母女闹起来,挤进去问梦凡,

梦凡正伤心地流着眼泪,沐阳问了好几遍才勉强搞清她的一个什么箱子忘在家中,"梦凡,放心,等一下我就帮你去拿,你先跟你妈他们一起转移。"

"沐阳,别去拿,我不能让你涉这个险,若有个三差两错,我们一屋人都交不得你父母的票。"余凤桃的表情有些严厉。

"放心,婶子,我又不傻,再说我们突击队不是有船吗。"说完,便从人群中挤了出去,跳到突击队的小船上。余凤桃及梦凡喊他的声音一下子淹没在船上灾民们的吵闹声及哭声中。

南堤因面临洞庭湖,险情远比北堤吃紧,江国祥看着持续上涨的水位,顾不到其他,只用沙哑的嗓子盼吩儿子及抢险突击队员,"快、快填上去,挺过这阵就好了……"可已被洪水泡了好几天的大堤好多地方已有齐腰深的烂泥,根本无法走人,而掩堤也因长时间浸泡,堤身开始发软,填上去的土、米包,一下子便被洪水冲得无影无踪,突击队员们因连续作战好几天已精疲力竭,加上小垸本就人口稀少,已没办法重新组织劳力抢险,场部领导只好含泪下了撤退的命令,看着渐成瀑布之势的溃口,江国祥等人站在倒口旁,任由脸上的泪水和雨水相汇合。他们亲眼看着浑浊的泥水裹挟着动物的尸体与他们填下去的木板等,倾泻而下,庞建军家那栋上下各五间的楼房一下子被冲得无影无踪,随之邻近几家的也不见了踪影。夜半,垸内与垸外水平面已经持平,江国祥父子两人才上了最后一条救灾船。船上哭声震天,江国祥哑着嗓子劝了这个劝不了那个,只好作罢。

船上驾驶员问江国祥,"江支书,你看我们是去安置点还是?"

"从倒口处进垸内看看,看垸内还有没有人?"他上船时,听北河头抽调来的几个劳动力在说,中岭子有好几户人家的老人因舍不得家业,坐在渔船上在禾场里等水。

船在中岭子绕行一圈,果真接到七八个坐着小划子漂在水上的人。因大船不利

于在房屋间穿行，又让几个水性好的后生，划着小船挨家挨户的搜救困在屋里或屋顶上的人，大船上的灾民情绪慢慢平静后，也开始拨弄到处漂浮的家具、牲畜尸体，参与救人。

凌晨，场防汛指挥部又调来几艘渡船参与搜救。至次日上午十点多，搜救工作基本结束，江国祥还不放心，在船经过房屋时，让几个后生站在船头齐声大喊，"有人吗？还有人在吗？"没人应后才让船开向安置点——蠡山。

梦凡见到父亲，已是溃垸后的第二天傍晚。在船上江国祥就接到了任务，到安置点后负责全体灾民的伙食及后勤保障工作。他一下船就找先到安置点的王尚文等领导商量并安排几千灾民的晚饭。

不久又听到老垸子溃垸的消息，他又忙着协助安排老垸子灾民的住处和吃饭问题，这一忙就是一天一夜。

梦凡告诉正在给灾民派饭的正刚，说小清的肚子时不时隐痛，正刚脱不开身，只问句："你快带她去医院呀，跟我讲有什么用。"江国祥则嘱咐梦凡，"如果问题不大，不要去医院添乱，让你妈多照看照看。她是赤脚医生又有经验，不比医院差。"

余凤桃一听，气得差点破口大骂，我是赤脚医生不错，但也得有药呀，巧妇难为无米之炊，你搞了一世未必不懂。想是这样想，终归没骂出口，自己难别人更难，她们几个人至少还睡在屋里。还有好多人现在睡在阶基上，操场里的树荫下。

沐阳在安置点找到梦凡时，梦凡正拿着饭盆准备去食堂给小清和妈妈打饭。小清神思越来越倦怠，肚子的痛感也越来越明显。余凤桃想去找江国祥商量一下，看有没有办法把小清送到医院，转而一想，那个一根筋的肯定不会同意，见沐阳来如同看见了救星，"沐阳，你爸呢？"

沐阳以为余凤桃是担心自己爸妈，"我爸也在安置灾民，我妈和嫘驰溃垸前去了县城我姑家。"

"那你怎么没去？"梦凡拿着空饭盒倚在门边，看着这个被太阳晒成古铜色的、脸上胡子拉茬的沐阳，他明明憔悴得很、眼睛却还炯炯有神地盯着自己。她收到高轲的信，在浮桥边的杨树林痛哭时，沐阳说的那句话，又萦绕在梦凡的耳边，"梦凡，我不知道你出了什么事。有人说每个女孩都是天使，她下凡时，都会有一个守护天使陪在她身后。而我也坚信，我就是你的守护天使。不管你出了什么事，我都会陪在你身边，你一定要相信……"

溃垸后，在这陌生的地方，在这般无助的情况下，再看到他，心情还不是一般的激动。她努力平复自己的气息，不咸不淡地问了沐阳那么一句。

沐阳并不知她此刻的想法，老老实实的回答，"我？我是场部防汛抢险突击队的，怎么能去？"

梦凡以为沐阳会像以前一样，开玩笑似的说上一句是为了找她之类的话，万没料到他这次竟说了一句大实话，心中微微有些失望。

"那你这边有熟人没？"余凤桃指着蜷缩在床上，大热天还盖着一床棉被的小清，"小清身子不舒服，正刚他们两父子又不晓得死得哪里去了？你看急死人了不？让凡妹子去找呢，人生地不熟地又不晓得从哪里找起，唉！可千万不能有事啊！小清、小清，你可不能睡，得打起精神。"余凤桃知道，在外躲灾不比在家里，而且现在的蠡山医院，恐怕早就挤满了人。至于远的医院，她是没办法。靠江国祥他们？莫看他们两父子都在安置小组，她们三娘女做什么跟其他灾民没两样，就连余凤桃多占了一块位置好一点的地方，被江国祥虎着脸训了一顿后，让给了别人。这也不怪江国祥，看着那些光着屁股满地爬的细伢子，谁都会心痛。但，这个位子余凤桃也不是为自己占的。最先，她是跟周腊梅占的。她一个人带着不到半岁的小孙孙，万一有个好歹，都是要命的事，离她们近一点，也好有个照应。傍晚周腊梅被她在菜队的大儿子接走了，余凤桃又让梦凡铺了张垫子，王赛花的细伢子也只有几个月，大水茫茫的也不晓得找到落脚的地方没，不想没等来王赛花却被江国祥看见了。

江国祥其实也不只是单单针对自己的堂客。他最恨的是某些男人家没良心，外面老的老、小的小坐在外面的禾场里，雨都没地方躲，他们倒好，翘起落马脚躺得一群堂客们中间，睡得鼾直扑。他喊了这个喊不动那个，只好拿自己家里的开刀。

等领导们命令一下，妇女儿童及老弱病残都睡得屋里，男劳动力都挤得阶基上睡，那些不自觉的男劳动力们也不好再跟堂客们挤地方了。现在三娘女守着的垫子，最里边是他们一家子的换洗衣服，中间的位置归小清，她与梦凡两娘女只能轮流休息。

想到这儿，余凤桃不禁又怪起伏桂香来。他们两口子真的放得心，自己又有水上漂，女儿怀生驮肚的，也不过来看看。她不知道的是，新垸子一倒，伏桂香便开着水上漂回到了垸子。把自家的电器、被窝运回了县城。再从儿子的批发部拿了些方便面与矿泉水回到了苇场。把东西分发给那十多个死活要守在大堤上的人后，把江家撂在阁楼上的电器与被子也运回了县城的家中。准备第二天，到蠡山把小清接回来，谁知当晚便病了，高烧不退。在家中躺了两天，实在不行了，小清的哥哥背着他去了县医院,一检查,发现他得了流行性出血热,父子两人都被医院隔离了。彭习珍虽然两头着急,大水茫茫地也没什么办法可想。

沐阳听说小清不舒服,连忙叫来几个后生,风风火火把小清送到蠡山医院。医院走廊已经水泄不通,沐阳只好让那几个后生抬着小清站在医院外,自己去找医生。

院方得知是一个孕妇出了状况,紧急调派人手,把小清安排在医院附近的一个小店里住下,并派医生进行特殊护理。

梦凡回到安置点后,把经过简单地跟父兄说了一下,"嫂子现在情况比较稳定,沐阳已经联系好船,等一下,我们就去县城。妈妈要我来说一声,说是让你们放心。"

江国祥看着女儿,"放心呢!有沐阳在,我有什么不放心的。但是我想,能不给人添麻烦就少给人添麻烦。这样,我这里还有一片钥匙,你们去毛巾厂试试,看能不能打得开。能打开就不要麻烦人沐阳了。"

梦凡一听,正合她意,连忙从父亲手中接过钥匙,大人一样嘱咐父亲注意休息,随后就跑出了出去。

江国祥待要唤住梦凡再嘱咐几句,一个后生子跑进来说道,"江支书,县里派了一艘船运来了大米、盐与蔬菜,王场长让你去办一下交接。"江国祥一听,叫上正刚与旁边的几个后生子,就往码头边跑。

不久,又有一架直升飞机降落在安置点的操场上,它给灾民们送来了帐篷、饼干、衣物以及药品。坐在楼房阶基上晒太阳的灾民们似乎对飞机的兴趣,大过救灾物资,里三层外三层的围着飞机看热闹。

大灾当前,民情似薪,一碰就着。安置点上人口密度太大,稍微一点小事,没处理妥当,不明真相的群众一乱,就可酿成大事故。场部的领导深知这个道理,迅速成立了赈灾办公室、场治安突击队,并以原管区原生产队为建制成立了管区、生产队联防队。责任到人,昼夜巡逻,以确保灾民的生命财产安全。为防止大病之后的大疫,职工医院的医生主动承担起责任,天天定时对安置点进行消毒,并搭建了临时卫生棚,免费医治灾民,安置点附近的医院也捐赠了部分药品与医疗器械,后来,省医疗队也跟随第一批救灾物资来到了安置点。相关部门也采取多种措施,平抑物价,筹措粮食与被褥等其他物质,确保灾民平稳度灾。

小清在蠡山医院观察三天后,被沐阳接回县城。余凤桃本想让沐阳好事做到底,把小清送回她娘家的,一听说伏桂香感染了流行性出血热,便打消了这个念头。这事还不能跟小清明说，只说江国祥在毛巾厂给他们安排好了，大水茫茫的，不好去麻烦亲家母他们。沐阳还是想让梦凡他们住到自己姑姑家，让姑姑认真考察一下梦凡，但是梦凡说什么也不同意。沐阳无法，只好帮他们把行李搬到毛巾厂废弃的办公楼里。自己则返回了安置点。

梦凡在县城躲灾的第三天，沐阳又回城了。一进门就冲在走廊上看水的梦凡喊，"梦凡，你绝对想不到，谁回来了？"

梦凡跑过去往楼梯间处张望，她以为爸爸或哥哥回来了。

"看什么呢？江叔叔他们没来，是朵儿和王凯回来了。"他走进屋，抽过一张椅子反坐着，"你不晓得，王凯这次好气派。包了一艘快艇，上面装了好几十箱方便面和矿泉水、压缩饼干，送到安置点，还捐了一万元给管区。朵儿也捐了一万五千，听说是她从她们公司募的捐。"

"你说谁？王凯？他出去才多久，哪里来的钱？"梦凡很不相信。朵儿更不可思议了，募捐了一万多块钱？认真一想，也不是不可能。乡里有句老话叫鸡肚里不晓得鸭肚里的事，她成天窝在苇场，又怎能知道外面的世界是怎么一回事呢？再说，有那么多双眼睛看到她拿了那么多钱出来，这事肯定假不了。不管怎样，朵儿能变成这样，梦凡在羡慕之余还真为她高兴。

"我晓得你会不信。你不晓得，王凯不只是捐了钱，手里还拿着一个黑棒棒，场部领导都为这事接见了他们，唉，真该让你去现场见见他们。"沐阳其实是个价值观很正的人。他之所以跟梦凡讲这个是因为，大灾大难如同一面照妖镜，能把人的本质照得暴露无余。王凯因朵儿、李芸的事，被众多好事者当成了茶余饭后的笑料，但他并没有自暴自弃，也没有忘本。这与派饭时多抢多占，偷别人东西的，以及安置点附近以超乎寻常的高价卖辣椒、南瓜等物品的那些人，两相对比，王凯的本性一下子不知比他们高出了多少倍。

"好端端的我见他干嘛？一个负心汉，我一世不见他才好呢。"梦凡还记恨着王凯在朵儿最需要他时，抛弃了她，也记着他是李芸悲剧的推手。

"他不会在外面抢钱吧，回来还拿个棒棒不放？他们一起回来，难不成和好了？"小清挺着肚子从小卧房里走出来。

沐阳见小清气色不错，知道她已经好了，"嗨！此棒棒不是彼棒棒，是移动电话，俗称大哥大。我们苇场就只有一把手有一个。他现在可牛气了，听说在南方因护卫有功，被老板认作干儿子。这次回来，老板给了他好几万，还派了两个人专门护送他回来救灾。"

"是怕他乱用钱,派人监视他的吧。还派两人护送,他王凯好大的脸面?还不知道是不是拿的朵儿的钱。"梦凡说完又歪在小沙发上。好像并不关心朵儿与王凯到底复没复合。

沐阳连忙岔开话题,"还有一个事,刘超群失踪了。"

刘超群的事,因当事人朵儿没能出庭作证,被认定为一般的民事纠纷,刘超群最终也被释放。他在家里猫了一两个月后,小垸便开始防汛,刘超群跟着父亲刘松柏一起上了堤。溃垸那天,他正在朵儿家附近巡逻,见朵儿妈他们三娘崽肩扛手提的,跑了一趟又一趟,就抽空去帮忙。艾文、艾武先前坚决不让他动手,后来确实需要人手,便由了他去。

他们好不容易把东西收拾好,爬上救灾船时,艾婶却因栏里的那头大花猪没赶出来,闹着要下船。那时,对面南堤已放火示警。这说明南堤已漫溃。但不管船上的人怎么劝,她只管哭着闹着要下船,刘超群让艾文、艾武拖住他们妈妈,自己则转身跳下船奔到堤下去赶猪。到现在人和猪都还没消息。

虽然痛恨刘超群及他们一家人对朵儿的伤害,但是这样的消息,仍让余凤桃他们三母女唏嘘不已。看着长大的伢子,错眼不见,喊没就没了,怎么想都不舒服。

沐阳回城的第二天,沐阳妈便带着沐阳姐姐的孩子,赶到了毛巾厂,要接梦凡她们去沐阳大姐家。余凤桃正打主意不定时,正刚跟沐阳也过来了。还带来了江家的几个亲戚。

沐阳妈见状,只好退而求其次,让梦凡随沐阳去她大女儿家。余凤桃没办法,只好连声说行,也不管女儿递过来的求助的目光。

梦凡见妈妈的胳膊肘又开始往外拐,只好自己解决,"伯母,我就不去麻烦了。等水再退一些,我还要去看看文英,这么久没见她了,也不知她怎么样了。"

"文英?是不是叫李文英?"

"是啊,伯母您认得她?"

黄翠兰本不认识李文英。毕竟,两家一个住在老垸子东,一个住在新垸子西。再熟也只熟年龄相仿的这辈,至于孩子,像雨后的韭菜一样,只要落地,就蹭蹭往上直窜,哪记得那么多。她之所以听着耳熟,是因为她刚从小姑子兰馨家来。不巧,听兰馨说起了一件案子。兰馨平时也鲜少八卦,只因这案子的原告是苇场的,便问了嫂子一嘴。黄翠兰前后一想,才知这案子是前不久苇场凶杀案的后续。这时,听梦凡一说,又记起谭家离江家不远,可能梦凡口中的文英就是兰馨告诉她的那个李文英。

这事在溃垸前不久,传得有声有色。说是李文英嫁到院长家后,把他家傻儿子侍候得干干净净,这让院长欣慰不已。只是这傻儿子与文英成亲都有一个多月了,文英的肚子还没动静。到底是傻儿子不行,还是李文英嫌弃这傻儿子,不肯与他同房?也不知哪根神经突然搭错了线,反正出事的原因是一天晚上,这院长自己摸上了李文英的床,被李文英打得鼻青脸肿不说,还被告上了法庭。这下,李文英与他家的事原原本本被人知道了。幸亏,谭文才的事他没能插上手,否则,李文英也会跟着脱不了干系。

黄翠兰听说后,虽然不认识李文英,同为女人的共性,也为她狠流了几把泪,好好的一个姑娘家,出了这样的事,以后哪还能抬得起头,她这辈子啊,算是毁了。如今听梦凡这样一问,又不好把这事说出口,只好含糊其词地说,"文英?听说她到她山上的姐姐家躲灾去了,这大水茫茫的,到处是灾民,你怎么去找她?"

原来,梦凡看到的退水,是头天晚上,与苇场仅一河之隔的大垸也漫溃了。一听说大垸子也倒了,余凤桃顾不得沐阳妈,连声吩咐正刚租船,到大垸的防洪大堤上,找她娘家的亲戚。黄翠兰见他们忙,也没好意思继续叨忧。留下沐阳帮忙,自己刚带着小外孙回到了女儿家。

下午,梦凡的大姨、小姨、大舅、小舅拖家带口的搬到了毛巾厂渡灾,一间小小的屋子挤着一二十个人,梦凡忙得不可开交,也没了去找文英的心思。

第四十三章

因各方面举措得当,安置点除了有几个中暑的晕倒,以及伏桂香两父子感染出血热被送到省城去医治外,没发生大疫情。帮艾家赶猪的刘超群成了这次大灾的唯一失踪人口。

洪魔撤退后,场部便安排群众有序地撤离安置点,回垸子里生产自救。从船上下来,翻过残垣般的子堤,站在被灰黄色泥层覆盖的大堤上往下看,熟悉的绿色都不见了,只剩下灰黑的植株与衰败枝叶。就连革命草也被晒得开裂了的灰白色淤泥层层覆盖。平房不管是红色的瓦还是蓝色的瓦,一律成了泥浆色。外墙白灰斑驳的印子,是洪水做的一副副恶作剧般的涂鸦。楼房也好不了多少,二楼的裙脚上下黑白分明,如同一个刻度。一个刻在上万苇场群众心中的刻度,溃垸时水位:36.5。禾场里见不到鸡鸭成群、猫狗嬉闹,东偏西倒的小三间与牛栏里也已空空如也。几棵较高的树上挂着各种各样的生活垃圾,田地里也被厚厚的淤泥笼罩,一片灰黄……,自家房屋被冲垮了的妇女,腿一软,瘫坐在地上,拍着大腿,嚎啕大哭,"几十年的家业呀,冲得一口砖都没给我留下,老天呀,你叫我如何起得水呀,还不如当初把我一起冲走呀,我的个老天呀,我前世还是今生到底造了什么孽呀,搞得你连一条活路都不跟我留。"有人劝着劝着,控制不住,也跟着泪流满面。

刘家的门敞开着,胡少兰与刘松柏以为刘超群回来了,带着小儿子冲下堤,才发觉是门板被洪水冲走了。看着后墙被冲垮的房子,又想起被水冲走了的大儿子,两人一屁股坐在堂屋里,抱头痛哭起来。

自1972年搬进垸子以来,三十年里,老少两三代人所有的辛勤劳苦都是为了这一家一业,谁知,一场洪水过来,全部化为乌有,这让人如何不伤心。

伤心归伤心，灾后虽有各种救助，终只能供一时之需。要生活下去还是只能靠自己。他们在大堤上搀扶在一起哭过之后，女人们领着孩子与老人各回各家收拾自己的家。男人们甩开膀子，先给冲垮房屋的那几家搭棚子，修屋。安顿下来后，男女一起当作什么事也没发生一样，扛着锄头、耙头、锹忙活在田间地头。很快，新播下的种子发了芽，长了枝叶。路旁小草的根茎也缓过了神，探出了脑袋。

有风的晚上，老人们搬着睡椅爬上大堤，在孩子们的嬉闹声、女人们的笑骂声、男人们的调侃声中摇着扇子打瞌睡。看似一切都没变，可终究还是变了。

以前，房子是一家人的面子，怎么客气怎么修。现在翻修时，随时可以听到这样一句话，"勉强住得人就算了，天晓得明年是什么年景？"

田里土里栽种好作物后，先是一两个后生子与妻子一起，扛着编织袋乘船走出了大湖，后来，又有几个年轻妹子也拖着行李箱，离开了家门。

"凡妹子，要不，你也跟着他们去南方打工？你学历高一些，先去找个落脚点，你嫂子生完孩子后，我们说不定也会出去……"江正刚婚后很少再跟自己妹妹推心置腹的聊天。

回垸子的那天晚上，小清见陪嫁的家私都被水泡得变了形，便吵嚷着这垸子没法待了，只要孩子落地，不管父母同不同意，她都要去她表哥那里打工。哪怕一年只赚两三千元，她也甘心情愿。正刚其实也想去打工。虽然，父亲说管区已把他作为后备力量报了上去，可他真的不想跟父亲一样，围着这浪一打就翻的小垸子转圈圈。他自认不比王凯差，既然王凯都能混出个人样来，他江正刚肯定也行。只是，万一，他只是说万一，他运气没王凯那样好呢？因此，他把主意打到了自己妹妹身上。前几年，那叫什么《外来妹》的电视里的女主角不就是做的正经工作吗？妹妹是高中生，现在当个语文老师，经常写教案、教作业搞到深更半夜，这么舍得吃苦，外面的那些老板未必不喜欢？她若是先站稳了脚，说不定以后还可以把孩子一起带出去。

说句大实话，倒垸子之前，江梦凡见父亲带着突击队，一副舍了命也要保住垸子，觉得有些可笑。大堤上，烂泥巴团一样的子堤已经堆得差不多有她这么高了，大堤脚下的麻土都挖得像渔塘了，他们还在死命往上面堆泥巴，有什么用呢？最终垸子还是倒了。垸子倒了时，江梦凡也只是担心父亲与哥哥的生命安全，对船上此起彼伏的哭声，她无法理解，又不是不回来了，哭什么哭。水一退，垸子不还是垸子，你看，年年涨洪水，堤外边的杨树、芦苇不还是绿了黄，黄了再绿。杨树底下的红花籽、辣蓼草，哪一年没遭受过灭顶之灾，还不是每年都发芽、开花、结籽。

到安置点的第二天，她才明白人们从自然灾害演变成灾难时所经历的痛苦、恐慌与无助，她才为自己先前的天真感到惭愧、汗颜，为在灾难面前不仅百无一用甚至成为了负担的自己而感到可怜。如果说，在安置点的几天，对江梦凡造成了一些冲击，那么水退后，左邻右舍在大堤上的伤心，对她来说又是一次大的冲击。

在安置点时，江梦凡还可以把自己当作一个旁观者，回垸子后，她才真正感觉到自己是灾民中的一员，面对残败不堪的家园，她的心也痛到无处发泄，继而又陷入迷茫，为自己的前途。

江国祥回毛巾厂那天今晚，两父女坐在胜利闸口歇凉，梦凡跟父亲有过一次深谈。父亲突然指着闸外泥黄色的洪水问梦凡，"凡妹子，你是个读书人。我考考你，你晓得洞庭湖这么多水是从哪里来的不？"

梦凡觉得父亲真把自己当三岁孩子了，还玩这种小把戏，"洞庭湖的，谁会不知道四水入洞庭？"

"那你晓得四水为何要在这个时候涌入洞庭湖？它们挤进来后，又要到哪里去？"

"天气变热，四水源头的山上冰雪融化，山脚的河流装它们不下，它们只好一路而下，流到洞庭了呗。"梦凡的态度依然带着一丝轻视父亲老套的教育方法。

"说得好，它们涌入洞庭湖是因为气候条件。那它们明知现在洞庭湖装不下，还挤进来做什么？"

梦凡有些不耐烦了，想回一句，我怎么晓得。一转眼看到父亲深陷的眼窝，又觉得说不出口，只好闷闷地答，"不是还可以下长江吗？"心里却说，它们不挤进洞庭湖，就只能冲垮沿途的堤垸，四散蔓延了。到时，太阳一出就只有被蒸发消失的命。

"是呀，它们还可以下长江。但你要记得，它们最终的目的，不是下长江，而是要奔入大海、大洋。这跟现在的你们是一样的呀。我们那小垸子，很明显已经装不下你们，现在又有合适的时机，你们走出家门，才能到达你人生的第一个平台，然后才能努力奔向第二个、第三个甚至更高的平台。当然，要注意，最重要的是心术要正。若心术不正，路就会走歪、走斜，一旦走上斜路、歪路，就像那些摧垮我们垸子的洪水一样，人见人恨，不再有出头之日。还有一件事，我一直在等，等你长大，等你以后自己做了娘，大概就会懂得。但今天话既然说到这儿，不如多句嘴跟你说一下。你一直认为我重男轻女，"见女儿瞪着他，准备开口反驳，江国祥像做报告一样，用手往下压了压，"你先听我说完。你也不想想，我若真的重男轻女，会让你去读高中，只让你哥去县农校混两年？我早跟你讲过，农村里的女孩子要走出农村，除了读书没有第二条出路。我当初是指望你能考上大学的，可你不是没考上吗？当然，现在也不是讨论谁是谁非的时候，我是想告诉你，我给你创造过机会，是你自己没把握住。好，好，好，不说这个。我只说你找对象的事，我若真的重男轻女，我何不捕风捉影，竭力凑合你跟王场长？你跟王场长真成了，以后你哥甚至你嫂子的工作问题，我相信以他的能力不是难事。听说，只等垸子退出来，他就要调回县里了。我之所以没硬要你跟他，是因为做爷的晓得，不管婚姻也好、还是工作与生活也好，但凡功利性、目的性太强的最终都会毁在这个上面，后果甚至比你所能想象到的更残酷。这段时间，周边发生的这些事情，我想你自己肯定有自己的想法。做爷的也不多说，只是崽呀，爷告诉你，一个人要得到自己想要的，除了靠自身的努力，其实并没有任何捷径可走，换而言之，只有你自己有了足够的能力，才会有选择的权利。否则，你就只有被别人挑来选去的命。还有一方面的原因，我跟你妈想你过得幸福，在别人家不受委屈。我晓得，沐阳这孩子可能不太如你的意，但强在知根知底，把你交到他手上，我们放心。当然，你可以都不要，做爷娘的也不会勉强你。只是有个前提，你得晓得你到底想过什么样的日子，或者想找一个什么样的人。不是我做爷的怪你。响鼓不用重锤，你是个聪明孩子，爸爸说的，你考虑考虑。"

经过那次谈话，江梦凡才知道，自己的工作并不是父亲要她跟沐阳在一起而耍的阴谋，也并非是沐阳单方面努力的结果，王尚文似乎真的起了决定性的作用。想到王尚文、沐阳对自己的态度，她觉得父亲说得对，有些事情她应该考虑清楚了。她也明白了，当初她拒绝接受这份工作时，母亲说的那段话，偌大的垸子都不能给人以保障，何况是别人。她想让自己强大起来，不说成为别人的依靠，至少不会再成为别人的包袱。

回家一看，她终于知道什么叫作惨不忍睹。看着小垸的惨状、败像，梦凡和小垸其他人一样，心情沉重。现今听哥哥这样一说，倒想做个顺水人情，又担心自己一个人冒冒失失的出去，如果找不到工作，人生地不熟的会不会很惨？"哥，我倒是想出去呢，可是我去投靠谁？先前我还想着等嫂子和你出去后，我再去投奔你们。听你这口气，你不想出去？"

"我想出去又能怎样？垸子被淹成这样，怎么样也得帮妈妈他们恢复生产后再出去吧？王凯不是给了张片子给你吗？你到南方后万一找不到工作，再给他打电话，他会帮你的。"

梦凡正擦着被浸泡得掉了不少漆的大门门片，听哥哥这样一说，猛地把抹布掼到铁桶里，"要出去，我也靠我自己。"把门一推，跑进屋里。

在屋里收拾的余凤桃听正刚这样说，赶出来用抹布抽了正刚的脑袋一下，"刚伢子，王凯给你灌了什么迷魂汤？他到底在外面做些什么，现在谁也说不清，万一真如别人传的那样呢？你莫忘了凡妹子是你唯一的亲妹子。"

正刚摸了一下被妈妈抽痛的后背，"妈，你说什么呢？好像我要跟人合伙把凡妹子卖了似的。王凯怎么啦？不就是流年不利，遇到两个负心的女人吗？都把人逼出去了，还要怎样？再说，你又不是没看见那天在安置点上，王凯的样子，方便面、矿泉水像不要钱的一样，一件件送，这样的人会强迫凡妹子去做那种见不得人的事？唉哟，妈，你老打我做什么？"

"越说越不像话，老娘不打你，不晓你还要嚼什么蛆。"余凤桃狠抽了正刚几下，怕梦凡心中不自在，放过这不晓事的，走进屋去劝梦凡。走进房间一看，梦凡像个没事人般擦着书桌，"凡凡，你别瞎想，你哥他不懂事。"

梦凡转头见妈妈眼圈又红了，有些不忍心，走过来伸手帮妈妈擦掉眼角的泪水，"妈，我没事，真没事，等我真想出去时，万一遇到困难，我宁愿去找朵儿。"

"朵儿？他们都说朵儿是做那个的，你去找她？那不如不出去，只怪你爸爸面子浅，怕你若不同意嫁给沐阳，会还不清老沐家的人情。依我看，你还是安心安意地教书，安心安意等沐家上门来提亲。唉——这一说起来，只怪郭美丽这个坏酒药子的。我一直没跟你讲，在毛巾厂躲灾时，我去买菜，在菜市场碰到了庞翠英。她说，去年下半年，本来想给你做个介绍的，就是那背时的郭美丽多了句嘴，说我已把你许给了沐家，庞翠英信真了，才把那男的介绍给了别人。听说，这男的家庭条件好，在街上门面都有四五间。你看，若是你嫁过去，搞一间门面卖小菜、切槟榔，都比窝在这鬼地方强，是不。现在好了，那边信都不晓得，沐家呢，又迟迟不给准信。我只担心呀，这扁担没扎——两头倒塔，到时算来算去一场空哟。"

"妈，朵儿到底在外面做什么，别人不清楚你还不清楚吗？跟你说过多少次了，她捐赠的那些钱物是她从公司募捐来的。你也不想想，她若真是做那种事，她敢带艾文、艾武过去躲灾，敢把文英带过去打工？那些人不就是眼红她在外面赚了钱，有的没的乱说一通。他们敢当着艾婶的面说？就不怕艾婶打断他的脚。"梦凡故意忽略掉她不想听下去的。

"唉，你们都长大了，心里有自己的主意了。只是你出去之前要跟沐阳说一声吧？我也不管你们成与不成，这一出去一年半年回不来，怎么样也得给人一个交待。"余凤桃最希望的是沐阳能跟梦凡一起出去，相互之间有个照应，说不定两人在外面还真能把好事成了。

梦凡想着是应该跟沐阳说一声。别的不说，如果现在出去，停薪留职的事，他去办总比父亲去办方便得多。莫说被水淹后，沐阳为他们一家忙前忙后，这可又是她欠下的一个大人情。可是，去跟他说些什么呢？又能说些什么呢？梦凡左思右想，还是没去跟沐阳道别，觉得不如把一切都留给时间。

"梦凡，你这是进城还是出去打工？"郭美丽见梦凡拖着个箱子要走不走的，粗着嗓门把梦凡从回忆中惊醒。

前方的大堤有一块还没晒干，有些泥泞，梦凡收了行李箱的拉杆，把箱子提起，小心翼翼地走过去后，再放下，"李嫂，你这是进城？"

郭美丽拍了拍身上挎的棉布袋子，"进城去买点东西。家里被水一冲，除了被窝行李，其他的没剩什么了。我又不像你们，无牵无挂，一遇事就可以到处跑。我呀，上有老下有小，出去不成啰。"

梦凡见她迈着大步往前直奔也不答话，拖着行李箱，紧紧的跟在她的身后。

"请搭船的旅客注意！船还有十分钟就要开了。船还有十分钟就要开了。请还没有上船的旅客，抓紧时间上船！抓紧时间上船！"船老板把流行了十多年的流行歌曲关了，在驾驶室话筒面前催促着大堤两头向码头靠拢的行人。

梦凡收了箱子拉杆，小跑着下堤，一身是汗的爬上船头，站在甲板上，回望着小垸。

梦凡如所有离开时回望家园的游子一样，以为自己的离开是为了追求。谁知，等他们深知自己的故土不再是他们的家园时，他们仍一次一次的回望，在他乡的最高处、在梦里、在不经意的言语中、在外漂泊的每时每刻，一次一次回望，当初自己轻易离开或摈弃的家园。

谢癫子赶着山羊站在大堤上，一会儿看看一片狼藉、败相百出的小垸，一会儿看看船头上七倒八站的挤着要出去赚大钱的人们，点燃一支用日历纸卷的烟，咳嗽着卖力地吼："哥说我的姐/女子生来菜籽命/甩得何海何海把根生/哥劝娇怜三思量/外面的金窝银窝不比屋里的狗窝强

姐说我的哥/谁说女子只是菜籽命/湖洲妹子分明就是苇花扬/上到高台抬眼望/下到湖中跑四方/外边世界多精彩/高楼大厦总比烂屋子强"

听谢癫子唱了好多年山歌的梦凡，总觉得谢癫子的沙哑的歌声里透着浓浓的忧伤，也总算听清楚了谢癫子到底在唱些什么，来不及感慨，被人群挤进船舱，只听船舱里有个熟悉的声音唤着她"梦凡，来这边……"

梦凡心中一乐，他怎么会在船上？

后　记

此次特大洪灾，使人们尝到了大自然给予的报复性恶果。他们开始反思与洞庭湖的关系。历数过往的种种灾难，他们终于明白，洞庭湖的一切并不如想象般取之不尽用之不竭。做为依赖洞庭湖生存的人类，和洲土上的鸟兽、湖中的鱼虾以及一草一木也并无二样。只有洞庭湖变好了，一起生活在这片区域的所有生物都过好了，他们才有可能生活得更好。由此，思想观念也发生了飞跃性改变，由无休止地向洞庭湖索取、过度捕杀、大肆污染飞跃到了下决心治理、修复、保护、守护与自己的生存质量息息相关的生态环境。

在有关部门的支持下，1991年3月，由市人民政府批准建立县级洞庭湖鸟类自然保护区。

1997年经省人民政府批准成立了"南洞庭湖湿地和水禽自然保护区"。

2001年，南洞庭湖湿地和水禽自然保护区因为星罗棋布分散的百余个生态类型的湖洲和岛屿以及"水涨为湖、水落为洲"的独特自然特色，加上是各种珍稀、濒危物种的天然基因库和重要栖息地和繁殖场，东北亚候鸟迁徙的重要通道等因素。被国际湿地组织列入了《国际重要湿地名录》。各级政府也因种种原因更加加强了对洞庭湖的水环境保护及整治工作。

一时间，洞庭湖周边的纸厂、化工厂等，因排污问题被勒令整改。不久，近九成的纸厂因整改不到位，排污不达标而被勒令关停。芦苇从以前的香饽饽变成了滞销产品，各苇山承包业主辛苦一年，连砍苇人工资及管理费都无法付清，纷纷打起了洲土的其他主意。

在这种形势下，苇场跟业主们签订的"苇山承包合同"也变成"湖洲租赁承包合同",承包内容中不再有"为芦苇经营且期限不超过一年"等与种植芦苇相关的条款。

自此以后,苇场的苇山十之八九都被种上了六九杨。从此,湖洲上苇花飞雪的美景只存在于人们的记忆中。而整个南洞庭湖也被业主非法建筑的各种矮围、渔民设置的迷魂阵、挖砂船的偷采偷挖而变得陌生起来。

2014年3月,下塞湖事件爆发后,省政府出台了洞庭湖专项整治三年计划,禁养、拆围,市政府出台《拆除洞庭湖矮围网围专项行动实施方案》以及《欧美黑杨砍伐清理退出实施方案》。

2016年9月12日,省委公布对有关责任人的处理决定,25个单位的62名国家公职人员受到严肃问责,另有11人接受组织审查和监察调查,受影响的业主高达几千人。

2018年6月,有关部门出动130余台推土机、13台挖掘机等设备,用了十余天时间,下塞湖7200米矮堤被全部拆除。苇场其他湖洲上的矮围也在规定期限里陆续被拆除。

因六九杨(欧美黑杨)在生长期需吸取大量的水份及营养,不但使湿地水份流失严重,造成湿地硬化、退化,减弱了洞庭湖的自净功能,还完全改变了湿地原有的群落生态系统,使以前在湿地洲滩栖息、越冬、繁殖的水禽、候鸟无处可栖,导致其生态多样性程度急剧萎缩。而且因林地面积大、分布广,大大降低了湖水流速,加快了湖洲泥沙淤积速度,严重影响了洞庭湖行洪与蓄洪。

2018年,依据各级政府下达的有关文件,南洞庭湖湿地保护区核心区的6000多亩欧美黑杨全部被砍伐。至此,南洞庭湖一百多个洲子终于挣脱了樊笼,得以在大湖中重新舒展自己的身体,展露自己的娇颜。

2019年开始,为恢复洞庭湖水下生态环境,政府又出台了禁渔、禁捕的相关举措。

2020年12月19日,苇场建制被取消,取而代之的是湿地保护与发展事务中心。从此,上级部门对洞庭湖的治理又开始了新的发展篇章。

相信在不久的将来,我们不仅又可领略到洞庭湖"衔远山,吞长江,浩浩荡荡,横无际涯"的磅礴气势,还可以穿行湖中,尽情观赏万顷苇荡的壮观、群鸟起落的优美舞姿,笑看迎浪的江豚在船后笨拙又可爱的表演,或站在小垸的防洪大堤上,为这个已成为人、鸟等万物和谐共处的新型湖泊湿地,而惊叹,而沉醉。